BASTEI
LÜBBE

Viktoria Platowa

Das Blut des Leoparden

Aus dem Russischen
von Margret Fieseler

BASTEI
LÜBBE

BASTEI LÜBBE TASCHENBUCH
Band 15 301

1. Auflage: April 2005

Alle Ereignisse in diesem
Roman sind erfunden, jede
Ähnlichkeit mit tatsächlich
existierenden Personen rein
zufällig.

DIE AUTORIN

Vollständige Taschenbuchausgabe

Bastei Lübbe Taschenbücher ist ein Imprint der Verlagsgruppe Lübbe

Titel der russischen Originalausgabe: СМЕРЪ НА КОНЧИКЕ ХВОСТА

Einbandgestaltung: Gisela Kullowatz
Titelbild: AKG-Image
Satz: hanseatenSatz-bremen, Bremen
Druck und Verarbeitung: Ebner & Spiegel, Ulm
Printed in Germany
ISBN 3-404-15301-4

TEIL 1

6. Februar. **Ljolja**

Die zweitägige Fahrt aufs Land mit Eisfischen, Selbstgebranntem und traditioneller altrussischer Banja, das einzige Vergnügen von Junggesellen, Witwern und Alimentenzahlern, konnte er endgültig abhaken.

Das wusste Ljolja, noch bevor er den Telefonhörer abnahm. Gleich streckt er die Hand nach dem mit Klebeband umwickelten Apparat aus, und der Dienst habende Milizionär macht ihm Mitteilung von der nächsten Leiche. Und er schleppt sich zum Tatort, wo ihn stundenlange Routinearbeit erwartet, schaut unter tote Augenlider, stöbert nach Beweisstücken und macht sich auf die Suche nach vereinzelten Zeugen.

Seine Intuition hatte ihn noch kein einziges Mal im Stich gelassen: Sie zeigte ihm eine ganz bestimmte Richtung an und kam Ljolja selber schon fast mystisch vor. Seine Intuition hatte ihm Bewunderer in der ganzen Behörde verschafft, die Wetten abschlossen und Geld auf ihn setzten. Zugegeben, in der letzten Zeit hatte die Begeisterung etwas nachgelassen – aber nur darum, weil das Rennpferd Leonid Ljolja niemals versagte und immer als Erstes durchs Ziel ging. Man verlor das Interesse an ihm – so wie man das Interesse an ewigen Siegern und ewigen Schlusslichtern verliert.

Im Fall von Ljoljas Intuition gab es keinerlei Spannung: Noch bevor er den Hörer abgenommen hatte, gleich nach dem ersten Klingeln, wusste er schon, ob es sich um einen Mord, einen Selbstmord oder einen tragischen Unfall handelte. Nach dem zweiten Klingeln konnte er Geschlecht und ungefähres Alter des Opfers nennen. Und falls es ihm glückte, bis zum dritten Klingeln abzuwarten, konnte er ganz genau sagen, wie der Mensch umgekommen war: Kugel, Messerstich, Strangulation mittels einer Damenstrumpfhose oder ein Schlag mit einem stumpfen Gegenstand im Bereich des zweiten Halswirbels.

Damit hatte die magische Kraft von Ljoljas berühmter Intuition ein Ende, und anschließend fuhr er wie jeder gewöhnliche Mitarbeiter der Miliz zum Tatort.

Auch jetzt, während er noch stumpf das Telefon anstarrte, stellte Ljolja sofort eine präzise Diagnose:

1. Mord.
2. Ein Mann über vierzig.
3. Eine Stichwunde im Bereich des Augapfels mit Todesfolge.

Und so war es auch. Der Diensthabende teilte ihm mit, dass man im Bezirk der Dolgoosernaja-Straße einen ausländischen Wagen gestoppt habe. Im Kofferraum sei die Leiche eines Mannes entdeckt worden, am Steuer hätten zwei Ganoven gesessen, die vor der Miliz fliehen wollten. Das Einsatzkommando sei schon bei der Arbeit, und nun werde Hauptkommissar Leonid Ljolja am Ort des Geschehens erwartet. Ein Wagen, der ihn abholen sollte, sei bereits unterwegs.

Nachdem Ljolja sich in den Dienstjeep hatte fallen lassen und dem Fahrer ein mattes Grußwort zugeworfen hatte, schloss er die Augen und schickte sich an, über sein trauriges Schicksal nachzudenken.

Sein Familienname.

Ljolja. Alles lag nur an diesem Familiennamen, mit dem ihn seine längst dahingeschiedenen Vorfahren beglückt hatten. Man hätte sich für einen gesunden fünfunddreißigjährigen Mann nichts Schlimmeres als diesen höhnischen, koketten, hermaphroditischen Familiennamen ausdenken können. Äußerlich schüchtern und zart, verbog und verdrehte er das

Schicksal des kleinen Leonid, diktierte ihm seine Bedingungen und stand hinter jeder seiner Handlungen.

Aber wie auch immer, trotz seines weiblichen Nachnamens brachte es Leonid zu einem Meistertitel im Sambo und Kategorie Eins im Scheibenschießen. Das Sambo kam ihm vor allem beim Militär zugute, wo der Name Ljolja als Hohn auf den gesunden Menschenverstand aufgefasst wurde. Das ganze erste Jahr bewachte Ljolja Gewehr bei Fuß den eigenen Hintern. Mürrisch informierte er die Schleifer, dass er sich im Fall einer Attacke nicht einmal zu einem Warnschuss herablassen werde.

Der Familienname machte einen gesetzestreuen Bürger aus ihm, obwohl der kleine Leonid schon im Alter von sieben Jahren Hörnchen aus der nahe gelegenen Bäckerei klaute. Aber später erwies sich der Weg ins kriminelle Milieu als gründlich verbarrikadiert. Man brauchte keine besondere Fantasie, um sich den Platz eines »Ljolja« in der Gefängniszelle vorzustellen.

Aus Sicherheitserwägungen ging Leonid Ljolja noch einen Schritt weiter: Er studierte Jura, schloss das Studium erfolgreich ab und wurde sogar mit dem roten Diplom ausgezeichnet. Um sich jetzt, nachdem er fast zehn Jahre bei der Miliz malocht hatte und reife fünfunddreißig geworden war, im Dienstjeep durchschütteln zu lassen und zum Rendezvous mit der x-ten Leiche zu hetzen.

Der nagelneue Nissan Premiere war von allen Seiten durch die Wagen der Verkehrspolizei eingekreist. Nur wenige Meter entfernt parkte auch der Minibus seiner eigenen Abteilung, und der Ljolja zugeteilte Einsatzleiter Sanja Gussalow stand gemeinsam mit dem Spurenexperten Kurbski über den geöffneten Kofferraum des Nissan gebeugt. Ljolja nickte Sanja flüchtig zu, reichte dem Experten die Hand und warf einen Blick in die dunkle Höhle.

Tief hinten im Kofferraum lag der verkrümmte Körper eines etwa fünfundvierzigjährigen Mannes – sein telefonischer Instinkt hatte ihn auch diesmal nicht getrogen. Außer Hosen und Socken trug der Mann keine Kleidung. Die eine Hälfte des Schädels war mit schwärzlichem, verkrustetem Blut verschmiert, statt des rechten Auges war nur ein Trichter zu sehen.

»Was meinst du?«, fragte Ljolja den Experten.

»Was soll ich meinen? Die Obduktion wird es zeigen. Getötet wurde er offensichtlich an einem anderen Ort und erst erheblich später in den Kofferraum verfrachtet.«

»So viel sieht jedes Kind«, knurrte Ljolja enttäuscht.

»Das Auge ist ausgeschlagen, aber eine Austrittsöffnung ist nicht zu sehen. Die Kugel steckt noch im Kopf«, suchte Kurbski sich zu rehabilitieren. »Der Tod ist augenblicklich eingetreten.«

»Das ist gut.«

Von allen möglichen Todesarten bevorzugte Ljolja solche mit dem Stempel »augenblicklich eingetreten«. Das bedeutete, dass das Opfer nicht gelitten hatte.

»Papiere sind natürlich keine da.«

»Nur für den Wagen«, schaltete sich Sanja Gussalow ins Gespräch ein.

»Ausgezeichnet.« So viel Glück hatte Ljolja gar nicht erwartet. »Und wer ist der Besitzer? Hat man das schon festgestellt?«

»Du wirst enttäuscht sein.«

»Wirklich?«

»Laut Papieren gehört der Nissan German Julianowitsch Radziwill. Der Körper gehört ihm ebenfalls. Erweisen Sie ihm die gebührende Ehre.« Gussalow verzog den Mund zu einem gutmütigen Grinsen. »Das heißt, es erwarten uns schwarze Tage.«

»Also Radziwill ...« Ljolja biss sich auf die Lippen und steckte den Kopf noch einmal in den Kofferraum.

»Der bewusste«, bestätigte Kurbski bereitwillig.

»Radziwill. Na, dann gute Nacht.«

»Wünschst du das mir oder ihm?«, witzelte Sanja Gussalow, der in der Abteilung für seinen schwarzen Humor berüchtigt war.

Mit gieriger, fast bubenhafter Neugier betrachtete Ljolja den kräftigen Torso des Toten. Dieser Körper hatte noch lange nicht sterben wollen. Auf den ersten Blick konnte man sehen, dass

Radziwill sich gepflegt hatte und den geringsten Ansatz von Fett bekämpft und vertrieben hatte wie Jesus die Händler aus dem Tempel.

Ljolja war bereits klar, dass man ihm einen miserablen, elenden, ganz und gar hoffnungslosen Fall untergejubelt hatte. Und zu alledem musste man jeden Augenblick mit dem dreisten Ansturm der Fernsehteams rechnen. Schließlich wurde nicht alle Tage ein so stadtbekannter Mann ermordet.

German Radziwill war Direktor einer der einflussreichsten Handelsbanken von Petersburg, »Irbis«. Der Status einer Handelsbank hinderte »Irbis« nicht daran, staatliche Gelder anzuzapfen und Abmachungen über die Finanzierung verschiedener Großprojekte zu treffen. Der clevere Radziwill war ein erfolgreicher Finanzier und stellte vieles auf die Beine. Man erzählte sich sogar, dass er mithilfe von Strohmännern und Scheinfirmen auch an der Börse mitmischte und seinen Spaß daran hatte, von Zeit zu Zeit ein bisschen den Markt aufzumischen – sozusagen aus sportlichem Ehrgeiz, um fit zu bleiben. Sowohl der FSB wie die Miliz und die Steuerfahndung zogen um »Irbis« ihre Kreise, aber Radziwill lachte nur über ihre vergeblichen Anstrengungen. Sein letzter und völlig überraschender Schachzug war der Abschluss eines Vertrages mit den Organen der Justiz gewesen, in dem die Versicherung von Einsatzleuten und Mitarbeitern der Staatsanwaltschaft geregelt wurde. Als Initiator dieses erstaunlichen Unterfangens trat Radziwill selbst in Erscheinung, und unter den Fittichen von »Irbis« tauchte sofort eine kleine, aber viel versprechende Versicherungsgesellschaft auf. Und nun lag der Bankier German Radziwill verkrümmt vor ihm, vor Leonid Ljolja.

»Eine aussichtslose Sache«, sagte Ljolja.

»Mach dir nichts draus.« Sanja senkte die Stimme und klopfte seinem Kollegen mitfühlend auf die Schulter. »Ein gewöhnlicher Auftragsmord – und die Spuren sind alle verwischt ...«

Ljolja blickte noch einmal auf den durchschossenen Kopf Radziwills und schnalzte mit der Zunge.

»Ein gewöhnlicher Auftragsmord, sagst du? Warum fährt man ihn dann im Kofferraum spazieren?«

»Was weiß ich. Vielleicht waren die Killer besonders originelle Käuze und haben ein bisschen improvisiert. Frag sie doch selber.«

»Na schön, ich werde sie mir mal vorknöpfen ... diese originellen Käuze.«

Die Käuze stellten sich als verschreckte junge Männer heraus, die mehr tot als lebendig waren. Andrej Maklak und Wenjamin Rjabokon, wenn man ihren Pässen glauben durfte. Gebürtig aus Leningrad, einundzwanzig und dreiundzwanzig Jahre alt. Sowohl Maklak wie Rjabokon stanken zehn Meter gegen den Wind nach Schnaps, ein Geruch, den Hauptkommissar Ljolja im Moment besonders schwer ertragen konnte, da ihm die Perspektive auf Urlaub mit Selbstgebranntem so gründlich verhagelt war.

»Nun sagt mal, Jungs«, begann er herzlich, »ihr habt euch ja schön in die Nesseln gesetzt.«

Maklak schluckte krampfhaft, und Rjabokon brach in Tränen aus. Das konnte heiter werden.

»Wisst ihr wenigstens, wen ihr da abgemurkst habt?«

Aus dem nun folgenden Gewinsel der Festgenommenen schloss Ljolja, dass die jungen Männer einfach eine Spritztour hatten machen wollen. Dabei war ihnen der Nissan ins Auge gestochen, der vor einem Bürogebäude in der Sawuschkin-Straße parkte. Zu ihrer Verwunderung war der Wagen nicht abgeschlossen, ein Umstand, den sie sofort nutzten. Die frisch gebackenen Autodiebe kamen aber nur wenige Häuserblocks weit – bis zum nächsten Streifenwagen der Verkehrspolizei. Auf die Aufforderung, anzuhalten, reagierten sie nicht, und es begann eine Verfolgungsjagd, die am Ende der Dolgoosernaja ohne weitere Zwischenfälle endete.

Diese ganze betrübliche Geschichte erzählte zitternd und stotternd Maklak. Rjabokon stieß nur ständig auf und fiel seinem Freund auf die Schulter.

Es war klar, dass die beiden Strolche nichts mit der Leiche zu tun hatten. Diese vertrottelten Schnapsnasen hatten, ohne es zu ahnen, die Rolle von Spürhunden für die Miliz gespielt. Wären sie nicht in den Nissan gestiegen, wer weiß, wie lange Radziwill dann noch im Kofferraum gefroren hätte.

»Wir hatten keine Ahnung. Wir haben das Auto einfach genommen. Um herumzufahren«, brummelte Maklak.

»Und ausgerechnet ein Auto, in dessen Kofferraum eine Leiche liegt. Ein erstaunlicher Zufall. Gab's etwa keine anderen Autos?«

»Doch ...«

»Na und?«

»Verstehen Sie ... Die Alarmanlage war nicht eingeschaltet. Wir haben an der Tür gezogen, und da war die Karre noch nicht mal abgeschlossen.«

»Und der Zündschlüssel steckte im Schloss«, unterstützte Ljolja ihn munter.

»Nein. Schlüssel waren keine da ...«

»Wo habt ihr den Wagen eigentlich gefunden?«

»Genau weiß ich das nicht. Aber ich kann es zeigen.«

»Dazu wirst du auch noch Gelegenheit haben.«

Radziwills Leiche war bereits abtransportiert worden. Am Ort des Geschehens waren drei Aufnahmeteams aktiv. Mit den Hyänen vom Fernsehen wollte Ljolja nicht zusammentreffen, und er suchte Deckung im Schatten des Jeeps. Eine Minute später gesellte sich Sanja Gussalow zu ihm.

»Na, was ist?«, fragte er.

»Gar nichts. Ich denke, die Jungen haben nichts damit zu tun, aber das macht die Sache auch nicht besser. Hat man seine Frau benachrichtigt?«

»Die Frau ist auf dem Land. Sie versichert, ihr Mann sei schon am Vierten nach Frankreich geflogen.«

»Wieso, hat sie ihn zum Flughafen gebracht und hinterher gewinkt?«

»Nein. Er selber hat ihr gesagt, er würde fliegen. Mit der

Frühmaschine. Am Dritten hat er sie angerufen und gesagt, er habe viel Arbeit und bleibe deshalb über Nacht in der Stadtwohnung.«

»Und weshalb wollte er nach Paris?«, fragte Ljolja. »Nach Paris fliegen« – das klang ja derart aufschneiderisch, etwas Blöderes konnte man sich nicht ausdenken. »Was hatte er dort zu tun? Geschäftstreffen?«

»Wohl eher ein Privatbesuch. Wenn es sich um Geschäfte gehandelt hätte, wäre schon längst mitgeteilt worden, dass der Boss nicht eingetroffen sei. Und außerdem wird man mit nacktem Oberkörper, bloß in Socken und Hose, zu Geschäftsgesprächen nicht zugelassen. Laut Protokoll.« Gussalow wies mit ruckendem Adamsapfel in die Richtung des Kofferraums und zeigte Ljolja grinsend seine spärlichen, weit auseinander stehenden Zähne.

»Besserwisser!«, schalt ihn der Kommissar. »Komiker. Na schön, fahren wir zurück ins Büro. Noch wissen wir nicht, was das für ein Vögelchen ist – dieser Radziwill ...«

6. Februar – 7. Februar. **Natalja**

Sei keine *charypka.*

Sei keine *charypka,* kauf dir ein Negligé und schließ dich endlich der Zivilisation an. Geh in die Philharmonie zu einem Klavierabend. Geh ins Russische Museum und schau dir die Bilder von Brjullow an. Geh zu McDonald's auf einen doppelten Cheeseburger – aber sei keine *charypka.*

»Charypka« – das war seine unschlagbare Trumpfkarte.

Betonung auf der zweiten Silbe, mit mittelasiatischem Schwanz. Dieser Schwanz schleifte ihm aus seinem früheren Leben hinterher, aus dem zusammen mit der Kolonialmacht in Schutt und Asche gesunkenen Taschkent mit seinen gedörrten Aprikosen, dem Alaiski-Basar und den Melonen im Dezember. Was war er doch für ein bezaubernder Junge – Dschawachir, Dschawa, Dschawussja ... Eine einzige Nacht im »Roten Pfeil« – und er hatte sich in ihrem Zimmer auf der Petrogradka eingenistet. Seine Freunde, von Gott weiß wo nach Petersburg verschlagen (ein usbekisches Bollwerk des Widerstands gegen den verräterischen Westen, eine fünfte Kolonne, benannt nach der Heldin der Arbeit Mamlakat Nachangowaja), wohnten ganze Monate bei ihnen, rauchten melancholisch Hasch und nannten sie »Natascha-chom«. So redet man, mit betonter Endung, Frauen an, die älter sind als man selbst.

Sehr respektvoll.

Dschawa war sieben Jahre jünger als sie und rauchte ebenfalls Hasch. Und las Brodski. Mit Brodski hatte er auch angefangen: damals, im »Roten Pfeil«, bevor er sie auf den gestärkten Laken des Schlafwagens genommen hatte. Und es geschah, was geschehen musste: Sie verliebte sich. In seine schmalen Lippen – von der Farbe überreifer Pflaumen. In seine mandelförmigen Augen – von der Farbe überreifer Pflaumen. In sein Haar – von der Farbe überreifer Pflaumen. Sie verliebte sich, weil ihr nichts anderes übrig blieb: siebenundzwanzig Jahre, ein misslungener Beruf, eine misslungene Ehe und eine ganz und gar misslungene Abtreibung, deren Folgen sie bis jetzt noch spürte. Trotzdem – an Pille und Präservativen musste sie sparen. Und bei Dschawas vulkanischem Temperament und ihrem Mini-Gehalt als Angestellte in einem Reisebüro würden sie in kürzester Zeit ruiniert sein.

Die zänkischen Nachbarn in ihrer Kommunalwohnung zähmte Dschawa innerhalb weniger Tage. Die Bedussjonoks (fünf Personen, inklusive des minderjährigen Andrjuscha, dreimal klingeln) hissten die weiße Flagge, nachdem Dschawa ihnen einen Furcht einflößend aussehenden Kurzsäbel gezeigt und gedroht hatte, ein Blutbad, schlimmer als das armenische, zu veranstalten. Die Familie Buwakin, stille Liebhaber von Volksmusik, eroberte er im Handstreich mit seinem Spiel auf dem Dutar und einer Tjubetejka als Geschenk (»Gruß aus Buchara«). Übrig blieb nur die alte Jadwiga Bronislawowna, genannt Baba Jadja, eine ausgemachte Giftschlange. Sie war mit ihren fünfundsiebzig Jahren noch hervorragend beieinander und rauchte seit 1942 Belomor. Im Gebetswinkel ihres Zimmers hing ein Porträt des Generalstaatsanwalts Wyschinski. Am zweiten Tag von Dschawas Aufenthalt in der Kommunalwohnung rief sie die Miliz. Aber der schlaue Dschawa einigte sich mit dem Milizionär – es war ein Zugereister aus Kasan mit begrenzter Aufenthaltserlaubnis und noch dazu ein rechtgläubiger Mohammedaner. Genauso rechtgläubig wie Dschawachir Scharipow, der Renegat aus Taschkent, der faule Zweig des edlen Pflaumenbaums.

Im sechsten Semester war er vom Schtschukin-Institut geflogen, weil er Haschisch geraucht hatte und außerdem ein allzu überhebliches Talent war. Und talentiert war er wirklich, höllisch talentiert – damit kannte Natalja sich aus. Sie hatte seinerzeit selber am Schtschukin-Institut für Theaterwissenschaften studiert. Zwar war ihr Fachgebiet die Verwaltung gewesen, aber das hinderte sie nicht daran, vollkommen objektiv die Fähigkeiten ihres bronzehäutigen Liebhabers zu beurteilen; eher im Gegenteil – es half. Allein der eine Abschnitt von Brodski über die ewige Ruhe auf der Wassili-Insel! Der Usbeke, dem Regen und Überschwemmungen so fern waren, rezitierte ihn mit so viel Gefühl, dass Natalja eine Gänsehaut über den Rücken lief. Und die Frage, warum Dschawa dem prunkvollen Moskau Adieu gesagt und in das baufällige Petersburg gezogen war, erübrigte sich.

Zum ersten Mal in ihrem Leben beschloss sie, einige lose Institutsbeziehungen auszunutzen, um Dschawa bei irgendeinem Theater unterzubringen. Das Vorsprechen klappte auch immer wunderbar, man nahm Dschawachir überall – für eine Probezeit, die er aber kein einziges Mal durchhielt. Keiner der Regisseure aus ihrem Bekanntenkreis erklärte ihr, warum – auch nicht in aller Freundschaft, auch nicht bei einem halben Liter Kognak. Eine Zeit lang gab Natalja die Schuld daran dem allzu exotischen Äußeren von Dschawa. Die Wahrheit kam eher unverhofft ans Tageslicht: Sanja Gordon, ihr guter Bekannter und früherer Kommilitone, ein Liebhaber von Ionesco, billigem Wodka und nackten Damenknien, der es als Letzter abgelehnt hatte, den Schauspieler Scharipow zu engagieren, gurrte ihr ins Telefon: »Geht nicht.«

»Warum?« Die Frage klang ganz alltäglich: Im Laufe eines halben Jahres hatte Natalja es bereits gelernt, auf Absagen gefasst zu reagieren.

»Er ist zu gut.«

»Was soll das heißen?«

»Er macht mir das ganze Ensemble kaputt. Reißt alles an sich. Neben ihm sehen die anderen wie Dilettanten aus. Und ich kann doch nicht meine ganze Truppe wegen Dilettantismus entlassen. Das sind alles lebendige Menschen, alle haben eine Familie zu ernähren.«

»Und was soll er machen?«, fragte sie einfältig.

»Er kann ja nach Hollywood gehen.«

»Sanja, versteh doch, das ist nicht komisch.«

»Tja, ich weiß nicht ... Mach ein Solo-Theater für ihn auf, da kann er allein auftreten und wird einen Haufen Geld verdienen.«

»Danke für den guten Rat.«

»Apropos, Natascha ... Kannst du mir ein paar Hunderter bis zum nächsten Ersten leihen?«

Natalja legte auf und kehrte ins Zimmer zurück. Da ist er ja, mein Geliebter, mein Haustier, meine nackte ägyptische Katze mit dem wie eine Ferse haarlosen Kinn. Liegt auf dem Sofa, wie immer, und liest seinen vergötterten Brodski.

»Na, was war?« Dschawa hob nicht einmal den Blick vom Buch.

»Sanja sagt, du wärst sehr talentiert.«

»Dann soll er mir doch die Rolle des Caligula geben.«

Sie setzte sich auf den Rand des Sofas und berührte sein Haar. Sieben Jahre Altersunterschied – da kann einem schon das Herz schwer werden. Mit seinen zwanzig Jahren ist Dschawa noch ein richtiger Junge, ehe man sich's versieht, findet er irgendwo einen Autoreifen und schwimmt durch die Bewässerungsgräben davon. Sie aber ist schon eine erwachsene Frau. Es wird langsam Zeit, sich Faltencreme zu kaufen. Wie lange kann ihre Beziehung noch dauern?

»Er gibt dir die Rolle des Caligula nicht.«

»Ich wusste ja, dass dein Sanja ein *charyp* ist. Und eure Theater sind auch *Charypen*-Theater«, bemerkte Dschawa träge und ohne jegliche Verärgerung.

»Charyp« war sein Lieblingswörtchen. Das usbekische Äquivalent für Stiesel. Aber »charyp« war mehr als ein einfacher Stiesel. Ein Stiesel im Quadrat, ein Stiesel hoch drei; ein Stiesel, der irischen Schnaps in Kristallgläser gießt, sich nur in der Banja wäscht und auch nur zum Jahrestag der Erstürmung der Bastille ... Und der Dschawas Talent niemals so würdigt, wie er es verdient hätte. Das Höchste für einen *charyp* waren die Rock-Oper »Jesus Christ Superstar« und die pseudoverruchten Machwerke des Skandalregisseurs Roman Wiktjuk.

»Geh nach Hollywood«, sagte Natalja müde.

»Meinst du?«

»Sanja meint das. Ich gebe nur einfach seine Empfehlungen weiter – die des Regisseurs und des Menschen.«

»Auch in Hollywood gibt es *charypy*.« Dschawa vertiefte sich wieder in sein Buch. »Die amerikanische Spielart.«

Natalja seufzte, stand vom Sofa auf und ging zur Tür.

»Wohin willst du?«, fragte Dschawa.

»Ich bin mit dem Putzen dran. Ich muss noch die Küche, die Toilette und das Bad machen.«

»Aha ...«

Weiter nichts, er rührte sich nicht vom Fleck. Nach dem Plan, der in der Gemeinschaftsküche aufgehängt war, hatten sie zwei Wochen lang Putzdienst: Das entsprach der Zahl der Personen, die in einem Zimmer wohnten. Dschawa ignorierte diese seit Jahrzehnten festgelegte Ordnung vollkommen. Er hatte sich noch nie in seinem Leben mit der Reinigung von gusseisernen Badewannen und zahnpastabespuckten Waschbecken befasst. Der graue Alltag konnte ihm nichts anhaben, er perlte von seinem mageren, haarlosen, vollkommenen Körper gleichsam ab. Dschawa wirkte wie eine Gestalt aus einem elitären westeuropäischen Film, in dem die Helden Toilettenpapier nur dazu benutzen, um sich damit den Lippenstift der Heldinnen von der Wange zu wischen.

»Wie wär's, wenn du mir hilfst?«, fragte Natalja unerwartet für sich selbst.

Dschawa hob den Blick seiner trägen asiatischen Augen zu ihr empor.

»Was?«

»Wie wär's, wenn du mir hilfst? Du kannst dich doch nicht ewig auf dem Sofa herumwälzen.«

Das sagte sie zum ersten Mal in diesem Jahr ihres Zusammenlebens. Es war eine Meuterei. Eine Meuterei der weiblichen Bevölkerungshälfte des Zimmers. Eine Absage an das klaglose Waschen von Socken und das nächtelange mühselige Abschreiben aller Rollen Dschawas aus allen für ihn geeigneten Stücken. Und an den doppelten Putzdienst der Gemeinschaftstoilette.

»Weißt du was, Dschawa«, sagte sie mit einem bis dahin nicht gekannten Genuss, »du bist selber ein *charyp.* Ein nach Knoblauch stinkender usbekischer *charyp.*«

Das war die reine Wahrheit. Dschawa liebte Knoblauch über alles. Knoblauch war sein Alter Ego, seine Dominante, die Würze der von ihm einstudierten und nicht einstudierten Rollen, die Würze zu Brodski und die Würze zum Sex. Manchmal kam es Natalja so vor, als lägen selbst im Flakon von Dschawas Lieblingsparfum »Hugo Boss« Knoblauchzehen auf dem Grund ...

»Idiotin«, sagte Dschawa schlicht.

»*Charypka*«, verbesserte Natalja ihn und machte sich auf, Fußböden und Klobecken zu schrubben.

Als sie eine Stunde später ins Zimmer zurückkam, war Dschawa nicht mehr da. Ihre Meuterei war grausam niedergeknüppelt worden, der treulose Usbeke hatte schonungslos zugeschlagen. Er hatte ihr nichts gesagt, er war einfach gegangen und hatte alle seine Sachen mitgenommen. Sogar die noch feuchten Socken von der Heizung – die letzte Opfergabe einer verliebten Frau. Nur der Brodski lag noch auf dem Sofa – aufgeschlagen auf Seite einhundertneunzehn: »Bobo ist tot. Doch lasst die Mützen auf. Kein Trost, keine Erklärung ...«

Natalja las das Gedicht nicht weiter. Bobo ist tot. Dem war nichts hinzuzufügen.

Zwei einsame, zermürbende Stunden nach dem Tod von Bobo entschloss sie sich, Ninon anzurufen.

Ninon, ihre alte Freundin aus dem Institut, Theaterwissenschaftlerin, progressive Intellektuelle und Guru in Personalunion, arbeitete in der Redaktion einer Pop-Zeitschrift für Teenies namens »Pussy Cat«. Ninon leitete die Rubrik »Alles, was Sie schon immer über Sex wissen wollten, aber nicht zu fragen wagten« und hämmerte geduldig die Grundlagen des Pettings, Informationen über empfängnisverhütende Mittel und ausgewählte Stellungen aus dem Kamasutra in die hohlen Köpfe ihrer minderjährigen Leserinnen.

Als Natalja am anderen Ende der Leitung Ninons Stimme vernahm, brach sie endlich in Tränen aus.

»Gott sei Dank«, gurrte Ninon. »Dein Keks hat dich verlassen.«

Als »Kekse« wurden im Slang von »Pussy Cat« junge Männer bezeichnet. Und alle diese jungen Männer träumten nach Ninons Überzeugung von nichts anderem, als unglückliche Nymphchen um den Finger zu wickeln.

»Bitte spar dir deinen Jargon für dein Schmuddelblättchen auf.«

»Schon gut, verzeih. Aber komm bloß nicht auf die Idee, irgendeine Dummheit zu machen.«

»Was für eine Dummheit?«

»Na, da gibt's viele Möglichkeiten ... Womöglich frisst du Streichhölzer. Oder süffelst eine Flasche Azeton aus.«

»Meinst du?«

»Ich meine gar nichts. Weißt du was, ich komme jetzt sofort zu dir. Sag mir nur noch, was ich mitbringen soll: Wodka oder Kognak?«

»Bulgarischen Brandy. ›Goldstrand‹.« Natalja lächelte: Die treue Ninon hatte von Anfang an klar gesehen und das unvermeidliche Ende der Beziehung zu Dschawa vorausgeahnt.

Ninon tauchte nach vierzig Minuten bei ihr auf. Wenn man bedachte, dass sie am Ende der Welt in Wessjoly Possjolok wohnte, war das beeindruckend schnell. Ninon hatte eine heftige Abneigung gegen Dschawa gefasst, kaum dass der sich in

Nataljas Zimmerchen mit Blick auf die Brandmauer des Nachbarhauses eingenistet hatte. Sie hasste ihn dauerhaft und inbrünstig, sie machte Natalja die Hölle heiß mit diesem Hass, sie entwarf apokalyptische Bilder von Dschawas Treubrüchigkeit und Verrat.

Tod und Teufel hatte sie an die Wand gemalt. Und nun war Bobo tatsächlich tot.

»Ich grüße die befreite Frau des Orients«, schmetterte ihr Ninon schon auf der Türschwelle entgegen, riss ihren teuren Polarfuchsmantel weit auf und zeigte Natalja zwei Flaschen »Goldstrand«, die an ihrer Brust ruhten. »Morgen gehen wir in die Kirche und stellen Kerzen auf.«

»Wozu?«, fragte Natalja verwundert.

»Nicht wozu, sondern wofür. Für deine glückliche Befreiung von dem mittelasiatischen Tyrannen. Das muss begossen werden, mein Mädelchen!«

Den gesamten Rest des Abends setzte Ninon ihrer Freundin bei minderwertigem Alkohol und Sauerkohl geduldig alle Vorteile ihrer jetzigen Lage auseinander.

»Erstens hätte dir dieser Keks nichts Gutes gebracht. Er hätte dich an Hasch gewöhnt, später an Heroin und LSD. Er hätte dich abhängig gemacht.«

»Red keinen Unsinn, Ninon. Ich bin keine Abonnentin deiner Zeitschrift ... Und überhaupt hast du eine krankhafte Fantasie.«

»Wieso Unsinn? Ein volles Jahr hat er auf deine Kosten gefressen und getrunken, sich auf deinem Sofa gewälzt und Bücher gelesen. Diese Rotznase. Diese Niete. Und dann hat er hier auch noch das reinste Nomadenlager aufgeschlagen. Wie viele von seinen usbekischen Kumpeln haben bei dir logiert, he? Ich will gar nicht davon reden, dass du für ihn auch noch wie eine Bekloppte gerackert hast ...«

»Ich liebe ihn ...«

»Aber lieben heißt doch nicht, dass man sich wie einen Putzlappen behandeln lässt.« Ninon stürzte schwungvoll ein Glas

Brandy hinunter und schnalzte mit den Fingern: »Oh, das ist ein guter Gedanke ...«

Ja, weiß Gott. Natalja lächelte traurig. Morgen würde Ninon im Namen irgendeiner gelangweilten kleinen Göre, die sexuelle Probleme mit ihrem Keks hatte, einen Brief an die Redaktion schreiben. Und ihn selber beantworten.

Lieben heißt doch nicht, dass man sich wie einen Putzlappen behandeln lässt. Das Zitat des Tages.

»Er hat seinen Brodski bei mir liegen lassen ...«

Ninon vertiefte sich augenblicklich in Seite einhundertneunzehn des zerfledderten Gedichtbandes.

»Oho! Mit tieferer Bedeutung. Hör mal, womit hast du ihm so zugesetzt?«

»Alle seine Sachen hat er mitgenommen. Sogar die nassen Socken von der Heizung.« Natalja fing wieder an zu weinen.

»Hör mal, mein Mädelchen!« Ninon wischte ihrer Freundin fürsorglich mit dem Ärmel die Wangen ab. »Vielleicht ist das ja eine Warnung? Soll heißen, hoffe nicht auf eine leichte Trennung. Die Orientalen sind rachsüchtige Menschen, weißt du. Er kommt mit einem Dolch zwischen den Zähnen zurück und schneidet dir wie einem Schaf die Kehle durch.«

»Ninon, ich glaube, du hast zu viel getrunken!«, äußerte Natalja eine durchaus begründete Vermutung.

»Es gibt ja auch reichlich Anlass dazu, Natascha. Und solange ich noch halbwegs nüchtern bin, schlage ich vor, wir unterhalten uns über dein künftiges Leben.«

»Du lieber Himmel! Mein Leben ist mein Leben. Deine Rotkäppchen mit ihren Präservativen im Geschenkkörbchen haben dich um den Verstand gebracht. Aber ich bin schon lange kein Rotkäppchen mehr. Und ein Wolf würde sich an mir die Zähne ausbeißen.«

»Ein Wolf vielleicht, aber ein Schakal würde schon mit dir fertig werden«, sagte Ninon und spielte unverhüllt auf Dschawa an. »In jedem Fall, du brauchst jetzt Ablenkung. Schaff dir einen neuen Keks an oder besser gleich mehrere. Wie wäre es mit Wladik? Er ist zufällig gerade mal wieder frei, frisch geschieden.«

Wladik war Ninons erster Ehemann, Besitzer eines Computergeschäftes im historischen Zentrum der Stadt, ein Mann mit weitem Herzen. Nach Ninon hatte Wladik noch drei weitere Ehefrauen und eine nicht feststellbare Anzahl von Geliebten gehabt. Alle seine Frauen verachtete der Chauvinist Wladik, nur mit Ninon verband ihn noch eine herzliche Freundschaft. Keine Frage, Ninon mit ihrer Rubensfigur war wie geschaffen für die Rolle einer Busenfreundin und Duenja.

»Du bist wohl verrückt geworden!« Natalja erinnerte sich an Wladiks Raubvogelprofil, seine wollüstig verengten Pupillen und verzog das Gesicht.

»Na, du sollst ihn ja nicht gleich heiraten. Geht zusammen in irgendein nettes Tanzlokal, wo ihr eine kesse Sohle aufs Parkett legt, und wart's nur ab, dann ist es auch bis zum Bett nicht mehr weit. Und Wladik organisiert dir eine kleine Spritztour zu Santa Claus nach Lappland. Er ist ein großzügiger Mann.«

»Ninon! Weihnachten ist längst vorbei. Und außerdem habe ich nicht mal einen Auslandspass.«

»Hm.« Ninon musterte Natalja skeptisch. »Na, dann jettet ihr eben nach Sotschi. Februar in den Subtropen, Palmen im Schnee – ein prima Hintergrund für eine romantische Liebe.«

»Wladik – und romantisch? Du machst dich wohl über mich lustig.« Natalja packte plötzlich den unglückseligen Brodski und schleuderte das Buch mit aller Kraft in die Zimmerecke.

Der Wurf traf ins Schwarze: Brodski prallte gegen die auf dem Fernseher stehende Vase, die in mehrere Stücke zerbrach.

»Die Sache steht schlimmer, als ich vermutet habe.« Ninon stand auf und wanderte im Zimmer umher. »Mach mal deine Schränke auf ...«

»Wozu?«

»Mal gucken, was deine Waffenkammer so zu bieten hat. Und überhaupt ... Ich lade dich zu einem Abend mit Barockmusik ein. Alles ist besser, als in den vier Wänden zu hocken und

Einrichtungsgegenstände zu zertrümmern. Was hältst du von Barockmusik?«

Sei keine *charypka* ... Schließ dich endlich der Zivilisation an ...

»Eine ausgezeichnete Idee.« Natalja ging zum Kleiderschrank und riss entschlossen die Türen auf.

Die Waffenkammer ließ einiges zu wünschen übrig. Ein paar sommerliche Sarafane, ein Kostüm ihrer Cousine aus Petrosawodsk, das diese bei ihrem letzten Besuch vergessen hatte. Zwei Pullover – einer mit Lurex und einer ohne. Ein fadenscheinig gewordener Angorapulli. Und – Krönung der Haute Couture – ein Abendkleid aus Pannesamt von zweifelhafter Qualität.

»Frevlerin!« Ninon hob theatralisch die Arme. »Du ziehst die hohe Berufung der Frau in den Schmutz. Gib es zu, diese ganze Zeit hast du dein Geld nur für deinen usbekischen Gigolo ausgegeben!«

»Nein!«, giftete Natalja zurück. »Diese ganze Zeit habe ich ihn an der Brust genährt.«

»Na, jetzt hat er ja die Segel gestrichen, dem Himmel sei Dank. Soll er zur Besinnung kommen und mit Mandarinen auf dem Markt handeln, dein Schmierenkomödiant. Ich war von Anfang an gegen diese Mesalliance.«

»Ninon, die Abchasen handeln mit Mandarinen. Die Usbeken verkaufen gedörrte Aprikosen.« Natalja zeigte sich überdurchschnittlich gut informiert.

»Von mir aus auch Datteln.«

»Nun reg dich nicht auf, bitte.«

Ninon warf den ganzen Plunder aus dem Schrank aufs Sofa und musterte die Sachen kritisch.

»Ja-a ... Was Aufreizendes kann ich hier nicht finden. Schade, dass wir nicht die gleiche Größe haben, ich habe so ein provozierendes Kostümchen, ›immer mir nach‹. Ein sexy Oberteil und ein koketter Rock ...«

Natalja stellte sich Ninons üppigen Körper im provozierenden Kostümchen »immer mir nach« vor und prustete los. Ninon, die ein feines Gespür für die Stimmungsschwankungen ihrer Freundin hatte, ließ sich aufs Sofa plumpsen, verhüllte sich mit dem halb vermoderten Pannesamt und brach ebenfalls in lautes Gelächter aus.

»Na, siehst du, du kehrst ins Leben zurück. Ich warte morgen um halb sieben am Metro-Eingang am Haus des Buches auf dich.«

Am nächsten Tag verspätete sich Natalja.

Der verflixte Wladimir Woronow, dessen neues Buch sie bei einem Straßenhändler erworben hatte, durchkreuzte ihre Pläne. Woronow war Nataljas Lieblingsautor. In regelmäßigen Abständen von drei bis vier Monaten brachte er einen neuen Krimi auf den Markt. Natalja hatte Woronow durch Zufall für sich entdeckt, als sie vor einem guten Jahr das letzte Mal nach Hause, nach Dnepropetrowsk, gefahren war. Auf dem Bahnhof hatte sie sich damals ein paar Bücher mit knalligen, wenig Vertrauen erweckenden Einbänden gekauft. Die Autoren ähnelten einander verdächtig mit ihren kernigen russischen Familiennamen und litten sämtlich an literarischem Schwachsinn. Die beliebtesten Ausdrücke in diesem erbärmlichen Geschreibsel waren Macker, Muschi und Makarow. Und die gängigste Liebeserklärung lautete: »Nimm ihn in die Hände, Kleines ...« Aber Woronow – Woronow war ganz anders. Virtuos und lässig wie ein geschickter Barkeeper mixte er einen Cocktail aus Leidenschaft, Mord und Vergeltung. Seine Opfer zwinkerten dem Leser ironisch mit dem toten linken Auge zu, das Blut roch nach gutem französischem Wein. Und die Mörder gaben, bevor sie ihren Kopf aufs Schafott legten, rasch noch ein paar scharfsinnige Bonmots im Stil La Rochefoucaults von sich.

Das neueste Opus Woronows trug den Titel »Ein wissenschaftlicher Tod«.

Nachdem Natalja ihre letzten dreißig Rubel für das Buch ausgegeben hatte, betrat sie die Metrostation und fing noch auf der Rolltreppe nach unten an zu lesen. Wie nicht anders zu erwarten, war Woronow sich treu geblieben. Gleich auf der ersten Seite schlug ihr der Apfelsinensaft-Atem seines hausbackenen Amateurdetektivs Kriwulja entgegen. Kriwulja war Lehrer für Algebra und Grundlagen der Analysis und löste alle Verbrechen, ohne sein Zimmer zu verlassen.

Natalja war von dem »Wissenschaftlichen Tod« derart gefesselt, dass sie nicht nur über den Newski Prospekt, wo sie hätte aussteigen müssen, hinausfuhr, sondern auch noch über die nächste Station, den Heumarkt. Sie musste zurückfahren, was sie zwanzig Minuten kostete. Als sie endlich aus der Metro herauskam, war der Erste, den sie erblickte, Wladik. Die treulose Ninon hatte ihn doch noch dazu überredet, sich der verlassenen Freundin anzunehmen.

»Hallo«, sagte Natalja matt.

»Hallo, hallo, meine Kleine«, säuselte Wladik im routinierten Tonfall des Verführers. »Du schaust entzückend aus, wie immer.«

»Wo ist denn Ninon?« Das hatte gerade noch gefehlt, dass sie mit Wladik allein zum Barockmusikabend gehen musste.

»Können wir den Abend nicht auch zu zweit verbringen, mein Herz?«, packte Wladik den Stier gleich bei den Hörnern.

Natalja blieb keine Zeit, um vor dieser Perspektive zu erschrecken. Mit einem Hot Dog in der Hand bog Ninon um die Ecke.

»Also, Mädchen, weißt du. Das ist kein trivialer Teeniefilm, das ist die Philharmonie. Und es gehört sich einfach nicht, eine Minute vor Beginn mit hängender Zunge zum Konzert zu erscheinen.«

Wladik ließ seine Ex-Frau nicht ausreden. Er hakte beide Frauen unter und zog sie zum Eingang des Kleinen Saals der Philharmonie.

Das letzte Mal war Natalja vor fünf Jahren hier gewesen, als ihre Romanze mit ihrem ersten Mann, einem Lehrer für Fallschirmspringen, gerade in voller Blüte war. Um Eindruck auf Natalja zu machen, lud er sie in ein Klavierkonzert ein. Der in intellektuellen Zerstreuungen unerfahrene Fallschirmspringer löste Karten für die letzte Reihe und war höchst irritiert darüber, dass das Licht im Saal nicht ausgemacht wurde. Gegen Ende des ersten Teils begann er zu den Klängen von Liszts »Ungarischer Rhapsodie« zu schnarchen, was Natalja aber nicht hinderte, einen Monat später seine Frau zu werden.

Diese Ehe hatte Ninon ebenfalls als Mesalliance bezeichnet.

Es sah ganz so aus, als wären alle Beziehungen ihrer Freundin zu Männern für sie Mesalliancen.

»Zum Buffet schaffen wir es nicht mehr«, stellte Ninon betrübt fest. »Na gut, in der Pause können wir das nachholen. Kaufst du uns ein Programm, Wladik?«

Als sie sich in den Saal drückten, zupfte der bekannte Musiker Anton Birulja schon an seiner Laute, und der aus den Niederlanden angereiste Star – die Sopranistin Sinje Kiel – lächelte den Zuhörern strahlend zu.

Sie sieht aus wie eine glückliche Hausfrau, dachte Natalja bei sich, die muss bestimmt keine Gemeinschaftsräume putzen und die Haarbüschel der alten Jadwiga Bronislawowna unter der Wanne herausholen.

Frescobaldi, Monteverdi, Purcell, Bach, Dowland – auch alles berühmte Glückspilze. Reine Kunst, ohne Kochdünste aus der Gemeinschaftsküche.

»›Frei wie der Wind.‹ In diesem Lied wird ein Mädchen besungen, das von seinem Liebsten verlassen wurde«, verkündete mit wohl modulierter Stimme die Moderatorin.

Natalja stützte das Kinn in die Hand und dachte zu den Klängen der Laute über Dschawa nach. Bei einer solchen musikalischen Untermalung gewinnt eine unglückliche Liebe nur.

Die Verräterin Ninon verließ sie fast sofort nach dem Konzert. Es geschah das, was Natalja am meisten gefürchtet hatte: Sie blieb mit Wladik allein.

»Komm, wir genehmigen uns noch ein Gläschen.« Offensichtlich befolgte Wladik gewissenhaft alle Anweisungen Ninons.

»Und dann?«, fragte Natalja.

»Dann sehen wir weiter. Gleich um die Ecke ist ein gemütliches kleines Lokal. Glühwein, Dämmerlicht und unaufdringliche europäische Bedienung.«

Mein Gott, war das nicht völlig egal! Übrigens garantierte auch Wladik selber seinen Damen immer eine unaufdringliche europäische Bedienung. Natalja ließ sich gefügig an die Hand nehmen und in eine schicke Kneipe namens »Garbo« führen.

Das »Garbo« entsprach vollkommen Wladiks Beschreibung und seinem exotischen Namen. Vom Boden bis zur Decke war es mit Fotos der berühmten Schauspielerin gepflastert: »Ninotschka«, »Königin Christine«, »Die Kameliendame« ... Die Kellnerinnen ähnelten allerdings mehr Marlene Dietrich als der Garbo: der gleiche verruchte Blick und überhaupt kein Hintern.

Wladik bestellte routiniert Glühwein und Zuspeisen, derart routiniert, dass Natalja sofort resigniert den Kopf hängen ließ: Die Liebesnacht war unvermeidlich. Das Drehbuch war von der mitleidigen Ninon ausgearbeitet und abgesegnet. Nach der Kneipe war Wladiks ewige Junggesellenhöhle an der Reihe samt abgerissenen Blusenknöpfen und BH-Häkchen. Und am nächsten Morgen würde Natalja als befreite Frau des Orients aufwachen. Reizende Aussichten.

Natalja schob das Glas mit dem Glühwein beiseite und stand auf.

»Wo willst du hin?«, fragte Wladik alarmiert.

»Ich komme gleich wieder.«

»Ah ... na denn.« Wladik grinste und zwinkerte ihr verschwörerisch zu.

Sie huschte aus dem Raum und rannte fast zur Garderobe: Gott sei Dank, sie hatte die Garderobenmarke dabei. Die heutige Nacht wollte sie doch lieber mit ihrem Amateurdetektiv Kriwulja verbringen ...

In der Metro vertiefte sich Natalja wieder in den Wälzer von Woronow. Und wieder verpasste sie ihre Station. Aber was machte es schon aus, jetzt, wo Dschawa sie verlassen hatte? Sie dachte plötzlich daran, dass sie zum ersten Mal seit einem Jahr in ein leeres Zimmer zurückkehren würde. Und eine leere Nacht verbringen würde. Diese Nacht und alle folgenden ... Sie musste sich damit abfinden. Aber wer hätte gedacht, dass ausgerechnet so ein Faulenzer aus Taschkent, dieses Jüngelchen Dschawa, diese kleine Pfefferschote, ihr ein solches Gefühl von Lebensfülle geben konnte? Und nun ... nun würde sie langsam sterben. Und ein Konsilium, bestehend aus der treuen Ninon, dem untreuen Wladik und dem keuschen literarischen Junggesellen Kriwulja, würde ihren Tod feststellen.

Der Hund tauchte ganz unerwartet auf. So unerwartet, dass Natalja nicht einmal erschrak, als die kalte Hundeschnauze sie anstieß.

Ein Dobermann.

Ein Dobermann – und ohne Maulkorb.

Von allen Schicksalsschlägen hatte ihr der noch gefehlt – von diesem SS-Hund in Stücke gerissen zu werden, von dieser schauerlichen Kreatur, noch dazu gleich vor ihrem Haus, in einer dunklen, verschneiten Grünanlage mit einem einsam in die Luft ragenden Kinderkarussell ...

Der Hund beschnüffelte sie vorsichtig, machte aber keine Anstalten, sich zurückzuziehen. Natalja presste ihre Handtasche mit dem Buch von Woronow an die Brust und wandte den Kopf. Aha, da waren ja die Besitzer, zwei junge Männer mit Gangstervisagen, die nicht weit entfernt von ihr auf dem Karussell saßen. Sie sahen auch nicht vertrauenerweckender aus als ihr Köter.

»Nehmen Sie bitte Ihren Hund weg«, piepste Natalja. Und bereute im selben Moment, überhaupt etwas gesagt und so die Aufmerksamkeit auf sich gezogen zu haben.

Die jungen Männer drehten synchron ihre schmalen Köpfe in ihre Richtung. Eine Fluchtmöglichkeit gab es nicht. Aber selbst die schaukelnden Silhouetten der Hundebesitzer waren weniger beängstigend als die mit dolchscharfen Zähnen bewehrte Hundeschnauze.

»Nehmen Sie den Köter weg!«

»He?«, bequemte sich schließlich einer der beiden zu nuscheln.

Der Hund begann dumpf zu knurren. Gleich würde er sich in ihre Halsschlagader verbeißen, Dobermänner sind spezialisiert auf Halsschlagadern.

Wäre sie doch bei Wladik in der Kneipe geblieben, bei Glühwein und den ausrasierten Augenbrauen Greta Garbos ...

»Ein Mädchen! Sieh mal an, was für ein Schnuckelchen.« Der junge Kerl kam näher, glotzte Natalja an und lächelte lüstern. Das Lächeln verhieß nichts Gutes. »Ziemlich spät für einen Spaziergang im Freien ...«

»Leisten Sie uns Gesellschaft, Madame?«, kam ihm sein Begleiter zu Hilfe. »Wir haben auch was zu trinken ...«

»Nehmen Sie den Hund weg.«

»Sofort, sofort. Wir regeln das sofort«, blökte der junge Mann immer noch grinsend und zog eine leere Bierflasche aus der Tasche. »Hau schon ab, du Biest!«

Und mit diesen Worten, die Natalja aus dem Herzen gesprochen waren, holte er ungeschickt aus und schleuderte die Flasche in die Richtung des Hundes. Aber bevor sie in den Schnee klatschte, sprang der Dobermann beiseite. Natalja wartete den Ausgang des Kampfes nicht ab. Mit weichen Knien stürzte sie davon, weg von der Anlage zum rettenden Haus. Nie zuvor hatte sie einen solchen Spurt hingelegt, nicht einmal bei den Sportprüfungen in der Schule. Eins, zwei, gleichmäßig atmen, der Hund gehört denen gar nicht, Natalja, das sind irgendwelche dahergelaufene Alkis; eins, zwei, gleichmäßig atmen, gleich bist du da, nur noch einen Augenblick ...

Aber der Hund! Die Schnapsdrosseln aus der Grünanlage interessierten ihn gar nicht. Nataljas zartes Fleisch und Blut waren für den verdammten Köter viel attraktiver. Er kam ihr um wenige Augenblicke zuvor und postierte sich vor dem Hauseingang. Im trüben Licht der Glühbirne konnte Natalja ihn endlich genauer betrachten.

Ein Dobermann, kein Zweifel. Genauer gesagt – eine Dobermannfrau. Ein Mädchen. Die Hündin hob ihren spitzen Kopf, legte ihn ein wenig auf die Seite, schaute Natalja aufmerksam an und begann ganz leise zu winseln. Das arme Tier zitterte, der ganze Bauch war mit Schmutz verschmiert, die Flanken schrecklich eingefallen. An dem mageren Hals baumelte ein Lederhalsband.

»Du bist wohl verloren gegangen, Hundevieh!«, äußerte Natalja eine vorsichtige Vermutung, und die Hündin winselte erneut, machte aber keinerlei Anstalten, die Haustür freizugeben. »Übrigens ist mir ziemlich kalt ... Wir haben schließlich nicht Mai.« Mutiger geworden, machte Natalja einen Schritt nach vorn und versuchte, von hinten um den Hund herumzugehen. »Lass mich vorbei.«

Nataljas sanfte Bitten machten einen sonderbaren Eindruck auf das Dobermannweibchen. Die Hündin schmiegte sich an die Haustür und kratzte mit der Pfote daran: Lässt du mich wirklich nicht rein, Natalja?! Lässt du mich auf der Straße erfrieren?

Mit vor Frost steifen Fingern wählte Natalja den Haustür-Code. Sofort schlüpfte die Hündin hinein und presste sich schwer atmend mit ihrer mageren Flanke an die Rippen der Heizung.

»Na schön.« Natalja blickte das Tier mitleidig an. »Warte, ich bringe dir gleich was zu fressen.«

Nicht der beste Einfall: Um einen solchen Hund satt zu bekommen, müsste sie schon ihren ganzen Kühlschrank ausräumen. In dem sich sowieso nicht mehr befand als Koriander, gedörrte Melonen und Plow – die Reste von Dschawas gastronomischen Vorlieben. Vorsichtig rückwärts gehend, tastete Natalja nach dem Aufzugknopf. Die Tür öffnete sich sofort, und mit einem Seufzer der Erleichterung drückte sie auf das leuchtende Rechteck ihres Stockwerks – »4«.

Der Plow wäre sicher das Richtige. Ihre Bürgerpflicht hatte sie jedenfalls erfüllt und das arme Tier nicht erfrieren lassen. Wenn Dschawa nun zurückgekehrt war? Kurz nach zwölf, und sie war nicht zu Hause – was sollte er bloß denken. Warum zum Kuckuck hatte sie sich von Ninon beschwatzen lassen! Augenblicklich war die Hündin vergessen, ihre Gedanken kreisten wieder um Dschawa und die Gebote der Schariah, mit denen sie sich fast schon ausgesöhnt hatte.

Aber die Hündin selber dachte anders. Sie erwartete Natalja auf dem Treppenabsatz direkt vor ihrer Wohnung – mit glänzenden Augen und vorwurfsvollem Gesichtsausdruck.

»Also du bist doch wirklich eine Hexe!« Natalja wunderte sich schon gar nicht mehr über so viel Flinkheit. »Na gut. Komm rein. Sollst dein Abendbrot in gemütlicher Atmosphäre kriegen ...«

Den Topf mit dem Plow hatte die Hündin im Handumdrehen verputzt. Genauso schnell verschwanden ein halbes Schwarzbrot und die Reste eines Baguettes. Dreißig Sekunden brauchte sie für die Vanillekringel und den vom gestrigen Abend mit Ninon übrig gebliebenen Sauerkohl.

»Jetzt fehlt nur noch, dass du auch mich auffrisst«, sagte Natalja laut. Diese Perspektive erschien ihr durchaus real.

Nachdem die Hündin auch die letzten Essensreste verschluckt hatte, legte sie sich neben die Heizung und steckte den Kopf zwischen die Pfoten. Noch immer zitterte ihr Körper leicht.

Irgendwie erinnerte das Tier Natalja an Dschawa – genau so ein magerer, straffer Körper, genau so eine elegante Grazie in den Bewegungen. Und genau so eine bezaubernde Schludrigkeit – unter dem Dobermann hatte sich bereits eine schmutzige Pfütze gebildet.

Natalja setzte sich aufs Sofa, zog die Beine hoch und drückte ein winziges, mit orientalischen Ornamenten verziertes Kissen vor den Bauch – wer weiß, auf was für Ideen die Vertreterin einer so Furcht erregenden Hunderasse kommen mochte. Eine Portion Plow reichte vielleicht nicht, und sie musste sich wappnen und ihre Weichteile schützen.

Im Übrigen war es an der Zeit, nähere Bekanntschaft zu schließen.

»Komm her«, rief Natalja leise. Um ihrer Aufforderung Nachdruck zu verleihen, klopfte sie mit den Fingerspitzen auf die Sofalehne.

Die Hündin erhob sich widerstrebend, kam näher, stupste an ihre Knie, senkte den Kopf – und blieb in dieser Haltung bewegungslos stehen.

Sieht ja ganz so aus, als wolltest du dich bei mir für das Candlelight-Dinner bedanken. Aber über den Kopf streicheln werde ich dich trotzdem nicht.

Natalja kratzte sich an der Nase und nahm das Halsband in Augenschein. Wahrscheinlich war das unglückliche Tier einfach verloren gegangen. Und vorher hatte es in einem anständigen Haus gelebt – das dunkelrote Lederhalsband sah jedenfalls höchst respektabel aus, so eins kriegt man nicht in einer durchschnittlichen Zoohandlung zu durchschnittlichen Preisen. Natalja vergewisserte sich, dass die Hündin friedlich gestimmt war, und nahm ihr dann vorsichtig das Halsband ab. Auf der Innenseite stand in Druckbuchstaben: »TUMA«.

Dann folgte eine Telefonnummer und eine Adresse: Wassili-Insel, Bolschoi Prospekt 62/3, Wohnung 48. Nicht schlecht, gar nicht schlecht. Um auf die Petrograder Seite zu gelangen, hatte der Hund eine Brücke überqueren müssen.

»Tuma!«, rief Natalja leise, und die Dobermannhündin bellte bereitwillig. Das Bellen klang so drohend, dass Natalja zusammenzuckte. Eine solche Todesmaschine bei sich zu behalten, selbst wenn sie gründlich zerzaust war und die Hälfte ihrer Kampfkraft verloren hatte, war sträflicher Leichtsinn.

»Tuma heißt du also. Tumotschka ... Tumotja ...« Klang ein bisschen schmeichlerisch. Genauso hatte sie sich immer bei Dschawa eingeschmeichelt – »Dschawa, Dschawotschka, Dschawussja«. »Ihr seid euch wirklich ähnlich, meine Freunde ... Also gut, Tuma. Bleib hier sitzen, und ich rufe jetzt dein Herrchen an.«

Mit dem Halsband in der Hand ging Natalja in den Flur hinaus zum Telefon. Und stieß sofort mit Jadwiga Bronislawowna zusammen.

»Wer hat da bei dir gekläfft?«, fragte die Alte misstrauisch.

»Das Fernsehen.« Der alten Hexe zu erklären, dass sie einen Hund von der Straße in ihre musterhafte Vorzeige-Kommunalka geschleppt hatte, ging über Nataljas Kräfte.

»In welcher Sendung?« An der Alten war ein tüchtiger NKWD-Mann verloren gegangen.

»Im Regionalprogramm«, wand Natalja sich heraus und versteckte das Halsband hinter dem Rücken.

»Und was ist das für ein Dreck im Flur?«

»Das war ich ... Ich hab mir die Füße nicht abgetreten. Entschuldigen Sie bitte.«

»Hör mal, Natalja. Du bist noch nicht lange hier in Petersburg, komm ja nicht auf die Idee, deine provinziellen Sitten aus der Ukraine hier einzuführen. Keine Tiere in der Wohnung. Sonst bringst du heute einen Hund mit, und morgen willst du einen Elefanten anmelden. Hörst du ...«

»Ja, ja, natürlich, Jadwiga Bronislawowna. Ich höre.«

Natalja lebte schon seit vier Jahren in der Kommunalwohnung, aber sie hatte es immer noch nicht gelernt, sich zu wehren. Das hatten alle ihre in Küchenkämpfen abgehärteten Mitbewohner sofort spitz bekommen. Die sanfte Natalja wurde sogar von dem Nachbarjungen Andrjuscha herumkommandiert, einem zehnjährigen Teufelsbraten mit allen Anlagen zu einem Diktator. Andrjuscha warf ihr tote Schaben in die Suppe und steckte ihr verendete Mäuse in die Schuhe. Weder die demonstrativen Züchtigungen seines Vaters noch das Wehklagen seiner Mutter nutzten etwas: Nach jedem Strafgericht wurde Andrjuschas Rache noch raffinierter. Natalja zweifelte nicht im Geringsten daran, dass sie früher oder später eine Bombe mit Zeitzünder unter ihrem Bett entdecken würde ...

Nachdem sie es sich auf dem Stuhl neben dem Telefon bequem gemacht hatte, legte sie das Halsband auf den Schoß und wählte die darauf angegebene Nummer.

Nichts. Keine Reaktion. Seltsam, wenn man bedachte, dass es schon nach Mitternacht war. Vermutlich waren Tumas Besitzer wohl situierte Leute mit einem regen gesellschaftlichen Leben. Schon die Handschrift, mit der die Adresse geschrieben war: selbstbewusste Buchstaben, ein selbstbewusster fester Druck am Ende jedes Wortes. Das ließ auf westlichen Standard im Wohnen und im Denken schließen, auf das Vorhandensein eines schicken ausländischen Wagens, einer Datscha in Repino und eines Devisenkontos in einem kleinen europäischen Land. Was es wohl für eine Belohnung geben würde? Natalja wählte erneut die Nummer vom Halsband.

Nichts regte sich.

Zu der mittlerweile aufgetauten Dobermannhündin zurückzugehen, hatte Natalja keine Lust, stattdessen rief sie Ninon an. Anders als die Hundehalter war Ninon zu Hause.

»Du bist wirklich eine Idiotin.« Ninon ließ sie gar nicht erst zu Worte kommen. »Wladik hat eine volle Stunde auf dich gewartet.«

»Und zum Schluss ist er mit der Kellnerin abgezogen.«

»Und wenn schon. Ich lehne jedenfalls jegliche Verantwortung für dein Privatleben ab.«

»Tu mir einen Gefallen ... Ich habe einen Hund gefunden, Ninon.«

»Ein akzeptabler Mann wäre besser gewesen.«

»Mit den Männern sieht es im Augenblick finster aus.«

»Du hast den Köter doch hoffentlich nicht mit nach Hause genommen?«

»Nein, ich habe ihn auf der Straße erfrieren lassen.«

»Was für ein Hund denn?«

»Ein Dobermann.«

»Bist du wahnsinnig! Er wird dich in Stücke reißen. Und deine gesamte Kommunalka mit dazu. Sieh zu, dass du ihn schnellstens wieder loswirst. Ja, ja, ich weiß, Mitleid mit unseren vierbeinigen Freunden und so weiter. Aber ein Dobermann ist schließlich kein Schoßhündchen.«

»Er ist einfach verloren gegangen. Morgen holen seine Besitzer ihn ab, und das war's.«

»Was, haben sie sich schon gemeldet?«

»Bis jetzt noch nicht. Aber ich kenne ihre Telefonnummer. Früher oder später werden sie schon auftauchen.«

»Besser früher. Aber bring ihn jetzt lieber ins Treppenhaus. Binde ihn an der Heizung an, da kann er übernachten.«

»Mal sehen.« Natalja dachte an das Zittern, das in Wellen über den Rücken des Hundes gelaufen war, an seine unglücklichen gelbbraunen Augen und an die spitzen, vorstehenden Rippen. Das Tier jetzt fortzujagen brachte sie nicht übers Herz.

»Da gibt's nichts zu sehen. Ist es ein schwarzer oder ein brauner Hund?«

»Ein schmutziger. Und unglücklicher.«

»Ein schwarzer Dobermann bedeutet nichts Gutes«, verkündete Ninon nach kurzem Nachdenken.

Verärgert über Ninon und ihren bedeutungsschwangeren Tonfall, legte Natalja den Hörer auf. Die Dobermannhündin war tatsächlich schwarz.

Um drei Uhr nachts begann die Hündin zu heulen und im Zimmer umherzurennen. Sie lief zur Tür, kratzte fordernd mit den Krallen daran und kehrte wieder zum Sofa zurück, auf dem ihre Gastgeberin vergeblich versuchte, im Schlaf Vergessen zu finden. Fluchend fuhr Natalja schließlich in ihre Stiefel und zog sich den Mantel direkt über ihr Nachthemd: Allem Anschein nach war Tuma eine große Liebhaberin nächtlicher Spaziergänge.

Tja, da musste sie sich wohl fügen.

Kaum traten die beiden aus dem Zimmer, als sie auch schon wieder auf die Alte stießen.

Jadwiga Bronislawowna saß neben dem Telefon und starrte sie aus zusammengekniffenen Augen durchdringend an.

»Also doch ein Hund.«

»Ja. Ein Dobermann.« Leugnen war zwecklos.

Tuma begann zu knurren.

»Tollwütig ist der. Kann jeden Moment zuschnappen.«

Genau wie du, dachte Natalja hämisch.

»Er ist nicht tollwütig. Mich haben Freunde gebeten ... Er bleibt nur ein paar Tage«, log sie rasch.

»Schreib dir hinter die Ohren: Morgen lasse ich dich mit dem Köter nicht mehr ins Haus.«

»Morgen Abend ist er bestimmt nicht mehr hier«, trat Natalja den Rückzug an. Lieber Gott, wie lange musste sie vor diesem Gesindel noch zu Kreuze kriechen?

Sobald die Alte wieder in ihrem Zimmer verschwunden war, liefen Natalja und Tuma nach draußen.

Ganz einfach.

Ich bringe den Hund auf die Straße, gehe zurück ins Haus und schlage die Haustür zu. Keine Probleme mehr, keine schmutzigen Pfützen unter der Heizung, keine zerbissenen Zwiebackreste. Kein Krach mit Jadwiga, nur Friede, Freude, Eierkuchen. In meiner jetzigen Situation kann ich einfach keinen Hund brauchen.

Aber dieser Gedanke beruhigte Natalja nicht.

Der Name.

Es lag am Namen. Dem Rufnamen, der im Halsband stand. Der Name verwandelte den abstrakten Hund in einen konkreten. Und den konkreten Hund Tuma im Stich zu lassen war unmöglich. Natalja seufzte und öffnete die schwere Haustür. Aber Tuma, die eben noch so ungeduldig gewesen war, rührte sich plötzlich nicht vom Fleck. Sie drehte den Kopf zu Natalja und winselte: Allein tue ich keinen Schritt auf die Straße, merk dir das. Kaum bin ich draußen, schlägst du mir die Tür vor der Nase zu.

Du begreifst alles, Tier.

»Was ist, meinst du, ich jage dich fort?«, fragte Natalja die Hündin übertrieben laut. »Nicht im Traum habe ich an so was gedacht. Aber wenn du kein Vertrauen zu mir hast, können wir auch zusammen hinausgehen ...«

Eine halbe Stunde später kehrten sie in die Wohnung zurück. Und sogleich setzte sich Natalja wieder ans Telefon: Um halb vier Uhr morgens müssten doch eigentlich alle Gesellschaften in der Botschaft und alle Glücksspiele im Casino beendet sein.

Aber keiner nahm das Gespräch an.

Auch nicht um vier Uhr, und um Viertel vor fünf, und um sechs, als in Jadwigas Zimmer das Radio zu grölen begann. Während Natalja durch die Tür den wenig tröstlichen letzten Nachrichten lauschte, fasste sie den einzig richtigen Entschluss: Heute nach der Arbeit würde sie zusammen mit Tuma zu der auf dem Halsband angegebenen Adresse gehen. Ein fremder Hund in einer Kommunalwohnung – das war schierer Wahnsinn. Und im Haus Nr. 62/3 am Bolschoi Prospekt gab es bestimmt eine Pförtnerin, ein liebes altes Frauchen mit einem großen Herzen für Kinder und Tiere. Sie würde auf den Hund aufpassen und ihn persönlich an den Besitzer übergeben. Den Finderlohn konnte Natalja dann natürlich in den Wind schreiben, aber letztendlich war ihr die Ruhe im Haifischbecken ihrer Kommunalka wichtiger.

7. Februar. **Woronow**

Die Krise hatte vor zwei Monaten begonnen.

Wie eine Schlange war sie in Woronows gleichmäßiges Leben gekrochen, hatte spielerisch das fest gefügte Sujet seines neuen Buches zum Einsturz gebracht und die bereits geschriebenen Kapitel in ihrer Umklammerung erstickt. Der Beginn der Krise fiel mit einer Virusgrippe zusammen und beunruhigte Woronow deshalb zunächst nicht besonders: Er war es gewöhnt, krank zu sein. Woronows Krankheiten teilten sich in saisonale und nachsaisonale und variierten in Abhängigkeit von der Jahreszeit. Im Sommer quälten ihn Anfälle von Heuschnupfen, Nachtblindheit und trophische Geschwüre; im Winter waren akute Erkrankungen der Atemwege, Gerstenkörner und exsudative Pleuritis an der Reihe. Dreimal hatte Woronow kruppöse Lungenentzündung mit Verdacht auf Tuberkulose gehabt; zweimal lag er mit Gastroenterokolitis im Bezirkskrankenhaus für U-Boot-Besatzung – dank der Protektion seines literarischen Agenten, des geradezu empörend gesunden Semjon Margolis. Bagatellen wie Bluthochdruck und Allergie gegen Katzen, Hunde und bestimmte Honigsorten beachtete er schon gar nicht mehr.

Einen großen Teil seiner Honorare gab Woronow für die neuesten medizinischen Präparate und für pharmazeutische Lexika aus. Und für seine neueste Passion – Atlanten seltener und exotischer Krankheiten. Diese nervöse und wie Scherpilzflechte kribbelnde Leidenschaft hatte bereits vor einem Jahr begonnen, eine Woche, bevor ihn seine erste Auslandsreise nach

Ägypten führen sollte. Dem energischen Margolis war es gelungen, ägyptische Verleger zu gewinnen, und Woronow war nach Kairo eingeladen worden, um dort einen Vertrag abzuschließen. Die Tickets für den Flug waren gekauft, das Hotelzimmer bestellt und bezahlt ... Und ausgerechnet in diesem rosigen Moment allseitiger Harmonie kam Woronow ein Zeitungsartikel unter die Augen: »SIE WAREN IM URLAUB? JETZT SIND SIE LEBENSLANG KRANK!« Der Artikel machte auf Woronow einen unauslöschlichen Eindruck. Die ganze Nacht träumte er von Malaria-Mücken im Nasenrachenraum und Larven der Tsetse-Fliege im Mittelohrbereich. Die Empfindungen waren so unbeschreiblich intensiv, dass Woronow nur mit Mühe die Nacht überstand.

Am Morgen rief er Margolis an.

»Ich fahre nirgends hin, Semjon«, teilte er seinem Agenten mit.

»Wie meinst du?« Der noch ganz verschlafene Margolis begriff nicht.

»Wenn ich nach Ägypten fahre, werde ich nicht lebend zurückkehren.« Und Woronow las ihm mit viel Pathos den Artikel vor.

Als er zum Schluss gekommen war, herrschte am anderen Ende der Leitung Grabesstille.

»Na?« Woronow blies sogar in den Hörer, um sich zu überzeugen, dass die Verbindung nicht unterbrochen worden war.

Sie war nicht unterbrochen.

»Ich weiß nicht, soll ich lachen oder weinen«, stöhnte Margolis und ließ dann einen ganzen Strom ausgesucht vulgärer Straßenflüche vom Stapel. »Hast du mich verstanden, du Idiot?!«

»Du kannst sagen, was du willst«, bemerkte Woronow leise. »Ich rühre mich nicht von der Stelle.«

Eine halbe Stunde später trommelte Margolis an die Tür von Woronows Wohnung, drohte kraftlos mit Miliz, Spezialeinheiten und der Psychiatrie. Gegen Abend, erschöpft von Woronows Unzugänglichkeit, änderte er die Taktik. Keine Flüche, keine Drohungen, nichts als Güte und schafsgleiche Sanftmut. Die Stimme des Schafs war so demütig, sein Tonfall so versöhnlich, dass Woronow schwach wurde und die Tür öffnete.

Das Schaf Margolis kam nicht allein. Es brachte drei Lämmchen von blühendem Aussehen mit. Die Lämmchen wurden Woronow als Ex-Freundinnen seines Agenten vorgestellt und hießen Wika, Nika und Gelja. Durch ein seltsames Zusammentreffen von Umständen waren Nika und Wika Besitzerinnen von Reisebüros und Gelja Epidemiologin. Den ganzen Abend versuchten die Damen bei irischem Schnaps »Alt-Dublin« und »Dom Pérignon«, Jahrgang 1956, dem Dickkopf beizubringen, dass Ägypten völlig ungefährlich sei, zeigten ihm ihre mit Cholchal-Kettchen geschmückten Knöchel und Papyrusrollen mit der Abbildung des Gottes Ra, die sie als Souvenirs gekauft hatten. Gegen Mitternacht kam auch der Bauchtanz zum Einsatz. Aber Woronow, der den ganzen Abend nur Mineralwasser geschlabbert hatte, biss auf den Bauchtanz nicht an. Er biss auch nicht auf den Vortrag der Epidemiologin Gelja über die völlige Sterilität des Niltals und seiner Umgebung an.

»Sie müssen mir natürlich nicht glauben, Wladimir Wladimirowitsch, aber das Schlimmste, was Ihnen in Ägypten drohen kann, ist die Küche, wenn Sie sonst ungesalzene Diätkost und milde Speisen vorziehen. Das ist alles. Keinerlei Ungeziefer, höchstens die Bettler im historischen Zentrum, aber auch die ziehen es in dieser Jahreszeit vor auszuschlafen ...«

»Ja, und alles Wasser ist dort heilig«, knurrte Woronow ironisch. »Und was ist mit dem hämorrhagischen Ebola-Fieber?«

Erstaunlicherweise war die »diplomierte Epidemiologin« auf eine so kinderleichte Frage nicht vorbereitet. Und der völlig unschuldige Ausdruck »hämorrhagisch« ließ sie erröten. Woronow schrieb das der Wirkung des irischen Schnapses »Alt-Dublin« zu und rief Semjon in die Küche, um ihn dort ins Gebet zu nehmen.

»Wen hast du mir da angeschleppt?«

»Erlaube mal, Wolodjenka! Das sind gute alte Freundinnen von mir, noch aus Institutszeiten ...«

»Du warst nie am Institut.« In Woronows Leben gab es zu wenige Menschen, als dass er nicht ihre Biographien genau gekannt hätte.

»Das hab ich dir verheimlicht. Weil ich im sechsten Semester wegen Unmoral geflogen bin.« Margolis dachte gar nicht daran zu kapitulieren. »Nun sei nicht dumm und pack deinen Koffer. Die Mädchen sind Expertinnen, ihnen kann man blind vertrauen ...«

»In welchem Striptease-Lokal hast du diese Expertinnen entdeckt?«

Bei dieser letzten, unbedacht hingeworfenen Bemerkung riss Margolis die Geduld.

»Du solltest besser den Mund halten, du muffeliger Miesepeter! Was verstehst du von Striptease-Clubs? Bei dir hat ja noch nicht einmal eine Drei-Rubel-Nutte vom Bahnhof übernachtet!«

Das war die reine Wahrheit.

Im Dezember war Woronow sechsunddreißig geworden, aber sein Wissen über das schöne Geschlecht schöpfte er ausschließlich aus Bunins »Dunklen Alleen« und der Broschüre »Die Psychologie der Frau« von Karen Horney. Übrigens war er auch hier nicht über das erste Kapitel – »Die Entstehung des Kastrationskomplexes bei Frauen« – hinausgekommen. Die Überschriften aller folgenden Kapitel erschreckten ihn genauso wie die Frauen selbst. Es war eine tief verwurzelte, kindliche Furcht – die Furcht eines schmächtigen, pickligen Halbwüchsigen vor Wesen einer höheren Ordnung. Seine ganze Kindheit – in den Pausen zwischen Krankheiten und Kliniken – verbrachte Woronow ehrbar und zufrieden mit dem Sammeln von Briefmarken. Er schaute nie heimlich in die Umkleidekabinen seiner Mitschülerinnen, onanierte niemals, und der erste Samenerguss rief bei ihm ein nervös bedingtes Ekzem hervor. Um hormonelle Probleme und übermäßige Emotionen zu vermeiden, wandte Woronow sich der populärwissenschaftlichen Literatur zu, wo es keinen Platz für Liebesleidenschaften und den Kampf der Geschlechter gab. Aber seine Romanze mit der Naturwissenschaft dauerte nicht lange: nur bis zu dem denkwürdigen Tag, an dem Woronow ein fundamentales Werk über die Karakurten las. Und über die hinterhältigen Weibchen der Karakurten – die »Schwarzen Witwen«. Die »Schwarzen Witwen« pflegten ihre Männchen gleich nach der Befruchtung aufzufressen, und das machte auf den jungen Woronow einen prägenden Eindruck. Seine erste (und einzige) Beziehung im Alter von einundzwanzig Jahren endete ergebnislos – nachdem Woronow erfuhr, dass seine Angebetete und potenzielle Braut schon einmal verheiratet und verwitwet war.

Seitdem gab es unter Woronows näheren Bekannten nur drei Frauen: die Redakteurin Olga Rjabtschikowa, die Korrektorin Sinulja und eine Dame im Balzac'schen Alter, die jeden Monat in Woronows Wohnung den Stromzähler ablas. Sogar als er anfing, Bücher zu schreiben, und – für ihn ganz unerwartet – ein populärer Schriftsteller wurde, änderte sich in seinen Beziehungen zu Frauen nichts Grundlegendes. Die Formel »Erfolg macht sexy« funktionierte in seinem Fall nicht. Woronow hatte eine panische Angst vor Interviews (Tröpfcheninfektionen durch die Luft), Pressekonferenzen (Zugluft) und Einladungen ins Fernsehen (schädliche elektromagnetische Strahlungen). Aus diesem Grund ignorierte er auch den Computer und tippte alle seine Romane auf einer uralten Underwood, die er für ein paar Kopeken in einem Kommissionsladen gekauft hatte. Die Bemühungen des mitleidigen Margolis, auf irgendeiner elitären Künstlerparty eine passende Gefährtin für ihn zu finden, blieben ergebnislos: Einladungen zu Partys wurden von Woronow hartnäckig ignoriert.

Das alles führte dazu, dass der harmlose, träge durchs Leben schlurfende Woronow sich in der literarischen Welt den Ruf eines Snobs und unberechenbaren Rüpels erwarb. Die Leser vergötterten ihn, die Kritiker lobten ihn, wenn auch von oben herab, und die Schriftstellerkollegen hassten ihn. Über Woronow gingen die unwahrscheinlichsten Gerüchte um: Es hieß, er habe eine Immobilie in Florida, eine Liaison mit der amerikanischen Schauspielerin Whoopi Goldberg, ein außereheliches Kind von der polnischen Sängerin Maryla Rodowicz, einen ganzen Park seltener Rolls-Royce, und außerdem sei er Mitglied einer kriminellen Vereinigung in Tambow. Einer der vielen Artikel über Woronow trug den Titel »Der Phantom-Autor«. Und das war durchaus zutreffend.

Niemand hatte Woronow jemals zu Gesicht bekommen.

Man erzählte sich, hinter dem Namen »Woronow« verberge sich eine ganze Truppe junger Schreiberlinge aus dem Literaturinstitut oder – eine andere Version – eine Truppe intellektueller Schriftsteller aus den Sechzigern, ehemals berühmten und jetzt aus der Mode gekommenen Vertretern des so genannten »Stadtromans«. Um Woronow prügelten sich zwei Petersburger Schriftstellervereinigungen, die progressiven Westler und die konservativen Slawophilen, aber er trat keiner von beiden bei. Die Mitgliedschaft in einem Verein erforderte die Anwesenheit auf den Sektionssitzungen, und große Ansammlungen von Menschen – diesen Verbreitern von Bazillen, Mikroben und Milzbranderregern – gingen Woronow auf die Nerven. Der Gang in den nächsten Supermarkt, um Lebensmittel zu kaufen – solche Ausflüge unternahm Woronow unter größten Sicherheitsvorkehrungen zweimal im Monat –, war für ihn ein echtes Abenteuer. Und eine Inspiration für neue Sujets. Besonders anregend wirkten auf Woronow die Gemüsestände. Eine banale Zwiebel oder eine triviale Avocado legten ihm Schürzung und Lösung des Handlungsknotens nahe. Ein Kopf Weißohl suggerierte ihm Kollisionen und Helden. Wichtige Hilfe leisteten ihm auch das Große Enzyklopädische Wörterbuch und der Illustrierte Englisch-Französisch-Deutsch-Russische Sprachführer von Solman. Aus diesen schlichten Ingredienzien mixte Woronow seine Romane. Und nur sein ständiger Held – der Amateurdetektiv Kriwulja – hatte ein reales Vorbild: den Chefarzt der chirurgischen Abteilung des Krankenhauses Nr. 18, A. P. Kriwulja. Vor sechs Jahren war Woronow mit einer eitrigen Bauchfellentzündung unter Kriwuljas Messer gekommen, und der Chirurg hatte den Schriftsteller in spe nur mit Mühe zurück in diese Welt geholt. Nach der Operation geschah mit Wolodja Woronow, der bisher in Heimarbeit auf Bestellung Abdeckhauben für Autos genäht hatte, ein Wunder: Er verspürte plötzlich einen unbezwingbaren Drang zu schreiben.

Sein erstes Manuskript sandte Woronow gleich an vier Verlage gleichzeitig.

Es reagierte nur einer, der sich auf billige Actionkrimis und nicht weniger billige Liebesromane spezialisiert hatte. Man lud Woronow nach Moskau ein, und im Vorzimmer des stellvertretenden Generaldirektors lernte er Semjon Margolis kennen. Margolis war ebenfalls aus Petersburg gekommen, um Verhandlungen für einen seiner Autoren zu führen. Während sie auf die Audienz bei dem Großen und Schrecklichen Stellvertreter warteten, kamen Margolis und Woronow ins Gespräch. Woronow zeigte dem Literaturagenten das erste Kapitel seines Manuskripts, und Margolis, der einen fantastischen Riecher für die literarische Konjunktur hatte, bot ihm auf der Stelle eine Zusammenarbeit an. Woronow stimmte sofort zu; er erinnerte sich noch zu gut an die Wehklagen seiner verstorbenen Mutter: »Was soll aus dir armem Schlucker nur werden? Unter die Wölfe wirst du geraten!«

Woronow stimmte zu – und hatte es noch kein einziges Mal bereut. Margolis erwies sich als ideales Bollwerk – gegen Wölfe wie gegen alles Übrige.

Zum stellvertretenden Direktor gingen sie gemeinsam.

Margolis, der sich dem Stellvertreter als literarischer Agent des angehenden Autors Woronow vorstellte, verstand sein Handwerk. Mit halb geschlossenen Augen, liebenswürdig lächelnd, stellte er drei unbestreitbare Thesen auf:

1. Sie und ich, wir sind kluge Leute und wissen sehr gut, wie viel dieses Manuskript tatsächlich wert ist.
2. Sie sind auf eine Goldgrube gestoßen.
3. Woronow ist keine Eintagsfliege.

Woronow und Margolis verließen das Büro des Stellvertreters um dreitausend Dollar reicher. Sie hatten tausend mehr bekommen als Margolis erwartet und zweitausend mehr als Woronow sich erhofft hatte. Auf dem Rückweg holte sich Woronow in einem Zugabteil des »Roten Pfeil« eine Entzündung der Nasennebenhöhlen, und seitdem fuhr Margolis allein nach Moskau.

Als Woronows erstes Buch »Der Tod kommt mit dem Ass« einen ehrenvollen dritten Platz auf der Bestsellerliste des Monats erreichte, trennte sich Semjon von seinen früheren Autoren – mit der gleichen Leichtigkeit, mit der man sich von lästig gewordenen Geliebten trennt. Danach konzentrierte er sich voll und ganz auf Woronow.

»Noch ein paar Jahre, und wir haben dich zu einer russischen Agatha Christie gemacht.«

Das kränkte Woronow, der keine Lust hatte, mit einem ganzen Rudel literarischer Dämchen zu konkurrieren.

»Nein. Nicht Agatha Christie. Besser schon Sébastien Japrisot.«

»Gut, dann eben Japrisot. Dann soll eben ein Japrisot aus dir werden.« Das Wort »unmöglich« existierte für Semjon Margolis nicht.

Davon konnte sich Woronow rasch überzeugen. Margolis war unersetzlich: Er übernahm alle finanziellen Angelegenheiten Woronows und überließ dem kränkelnden Autor nur den Kauf von Nahrungsmitteln, Medikamenten und Senfpflastern. Er scheuchte die Journalisten auf, er schleppte Woronows Bücher in die Zeitungsredaktionen und warf sie in die Briefkästen der Kritiker. Er setzte Hörspielinszenierungen der beiden ersten Romane durch und verkaufte die Filmrechte für den dritten. Er umgab den Misanthropen Woronow mit einer geheimnisvollen Aura (»Du wirst überall und nirgends sein wie der Herrgott persönlich. Hast du mich verstanden, du Idiot? Mach alles so, wie Semjon Margolis es dir sagt, dann bist du über Nacht berühmt.«). Die über die ganze Welt von Israel bis Birobidschan verstreuten zahlreichen Verwandten von Margolis gründeten ebenso zahlreiche Fanclubs. Dank Margolis' Bemühungen bekam Woronow sogar seine eigene Internet-Website; dort konnte man alles über ihn finden – von einer romanhaften Schilderung seiner Kindheit bis zu seinen musikalischen und gastronomischen Vorlieben. Nur Fotos des Autors gab es nicht.

»Sieh dich doch an, Wolodjenka. Du hast die Physiognomie eines Rabbiners. Solche, mit Verlaub gesagt, Visagen wirken höchstens auf Dissidenten und intellektuelle Alkoholiker anregend. Mit einem Wort, auf Leute aus unseren Kreisen. Aber das einfache Volk braucht etwas Brutaleres ...«

»Brutaleres?«

»Na ja. Wie Hemingway, zum Beispiel. Oder Jack London.«

»Die haben doch keine Krimis geschrieben ...«

»Was macht das aus? Wichtig ist, dass man mit dem Autor schlafen möchte. Das ist das A und O der Massenkultur. Soll der Plebs denken, dass du bei einer Mordkommission Dienst tust, schon ein halbes Dutzend Serienkiller zur Strecke gebracht hast und im Urlaub den Mount Everest besteigst.«

»Ich protestiere.«

»Gegen was?«

»Gegen die Serienkiller. Das ist kein Krimi mehr, sondern ein Thriller ...«

»Thriller, Krimi – das kann dir doch egal sein. Schreib du die Meisterwerke, und ich kümmere mich um den Rest ...«

Und Woronow schrieb. In drei Jahren veröffentlichte er fünfzehn Romane. Alle waren durch ein und denselben Helden verbunden: Auch das war auf den Rat des gewitzten Margolis zurückzuführen. Die Hauptperson des Buches soll für den Leser so etwas wie ein naher Verwandter werden. Über das Schicksal eines Verwandten möchte man immer auf dem Laufenden sein; man möchte wissen, was er zum Frühstück isst, wie er den Verbrechern auf die Spur kommt, mit wem er in die Spätvorstellung im Kino geht und mit wem in eine Ausstellung japanischer Stiche aus dem siebzehnten Jahrhundert. Unter Margolis' instinktsicherer Führung legte sich der Romanheld Kriwulja allerlei liebenswerte Marotten zu sowie ein Aquarium mit einem Fassungsvermögen von hundert Litern und den Beruf des Mathematikers.

Im dritten Roman war Kriwulja flügge geworden und hatte sich spezialisiert auf gut geplante und perfekt durchgeführte Morde mit spitzfindigen Motiven. Woronows Held betrachtete – nach Vorgabe des Autors, versteht sich – die Verbrechen wie mathematische Formeln, wie algebraische und transzendente Gleichungen.

Nur mit den Frauen hatte der Held gleich vom ersten Roman an gar kein Glück: Alle waren sie entweder Zeuginnen oder Opfer. Alle blinzelten Kriwulja entweder mit toten Augen vom Obduktionstisch zu oder gaben wirre Aussagen zu Protokoll.

Abweichungen von dieser Regel kamen nicht vor.

Anfangs kämpfte Margolis noch nach Kräften gegen die misogynen Tendenzen im Werk seines Schützlings an. Aber schließlich resignierte er und fand sogar eine Art finsteres Vergnügen daran.

»Na, was soll's, Wolodjenka, damit unterscheidest du dich wenigstens von deinen Mitbewerbern auf den Thron Japrisots. Keine Leidenschaften, keine Silikonbusen, keine Verlobungsringe. Eine solche Askese wird man gebührend würdigen.«

Margolis behielt Recht. Woronows Beliebtheit wuchs von Roman zu Roman. Man schrieb Artikel und Monographien über ihn; er belegte die ersten Plätze in allen Bestsellerlisten, aber ...

Aber in Woronows Leben änderte sich nichts. Wie ehedem lebte er in der Zweizimmerwohnung, die seine verstorbene Mutter ihm hinterlassen hatte, wie ehedem aß er morgens Haferbrei und mittags geraspeltes Gemüse. Und wie ehedem kleidete er sich in ein altes kariertes Baumwollhemd mit Flicken auf den Ärmeln und in eine ebenso alte Jeans mit Flicken auf dem Hosenboden.

Margolis, der dank Woronows Anstrengungen seinen gebrauchten Shiguli gegen einen luxuriösen Jeep eingetauscht hatte, konnte seinem Wolodjenka einfach nicht plausibel machen, dass seine Popularität einen völlig anderen Lebensstil erforderte.

»Ich verlange ja nicht, dass du zum Weekend nach Monte Carlo fährst, aber kauf dir doch wenigstens einen anständigen Anzug! Du hast doch Geld wie Heu!«

Woronow lauschte dem Rat seines Agenten und ... schaffte sich Wasserfilter, eine Dusche mit Vibromassage und ein deutsches Blutdruckmessgerät an. Seine gesamte Freizeit verbrachte er mit der Klassifizierung und dem Sortieren von Tabletten, Mixturen und Sprays. Margolis, der zweimal wöchentlich seine Junggesellenklause besuchte, schlug nur die Hände überm Kopf zusammen.

»Was bist du nur für ein trostloser Muffel, Wolodjenka! Wenn deine Verehrerinnen dich sehen könnten! Null Romantik, null Poesie, nur ein Esmarch'scher Becher mit einem Katheter als Zugabe.«

»Menopausengonadotropin zum Injizieren«, verteidigte sich Woronow in solchen Fällen matt. »Lyophilisiertes Bleomycinsulfat, eine Ampulle Trockensubstanz. Ich finde, das klingt sehr romantisch, du etwa nicht?«

Die Namen der Medikamente änderten sich, aber an dieser Stelle resignierte Margolis regelmäßig: Man kam gegen Woronow einfach nicht an. Sie arbeiteten nun drei Jahre zusammen, und in diesen drei Jahren hatte Woronow es zu einem der höchstbezahlten Autoren gebracht. Seine Honorare überwies Margolis pünktlich auf das Konto einer Handelsbank in Deutschland (in dieser Bank arbeitete ein Verwandter mütterlicherseits von Margolis). In alles Übrige mischte er sich bereits seit einiger Zeit nicht mehr ein: Sollte der verfluchte Hypochonder leben, wie er wollte. Hauptsache, er schmierte seine Seiten voll.

Nachdem er sich an der Ägyptenreise die Finger verbrannt hatte, wurde der Agent vorsichtiger. Er verfasste eine Vollmacht auf seinen Namen und unterschrieb die Verträge jetzt selber anstelle des Autors. Und der Himmel war ohne Wolken – bis zu dem Zeitpunkt, als Woronow von einer kreativen Krise ereilt wurde.

Zwei volle Monate lang.

Genau zwei Monate konnte Woronow auf seiner Underwood keine einzige Zeile schreiben. Die Worte schienen gleichsam von zerebraler Paralyse befallen zu sein und wollten sich einfach nicht zu Sätzen fügen. Und die Sätze selbst sahen aus wie tattrige Schlaganfallpatienten. Woronow stand um sechs Uhr auf und machte sich nach der gewissenhaften Einnahme eines ganzen Sortiments von Medikamenten an die Arbeit. Gewissenhaft verbrachte er Stunden und Tage am Schreibtisch, aber die einstige Leichtigkeit wollte nicht zurückkehren. Zuerst verfiel er in Panik, dann in Raserei, dann in Apathie. Und als bis zur Abgabe des nächsten Romanmanuskripts nur noch eine Woche blieb, aber noch keine einzige vernünftige Zeile geschrieben war, beschloss Woronow, sich Margolis zu offenbaren.

Er holte seinen Agenten aus der soundsovielten Präsentation der soundsovielten Fernsehserie über den grauen Alltag der Mitarbeiter der Justiz. Margolis hatte sich bereits tüchtig vom kostenlosen Wodka am kalten Büfett genehmigt und begriff deshalb nicht gleich, was los war.

»Ich bin ausgebrannt und leer geschrieben«, quiekte Woronow in tragischem Falsett ins Telefon. »Das Buch ist verdorben.«

»Was redest du da für einen Blödsinn, Wolodjenka? Du musst doch am Dreizehnten abgeben ...«

»Eben. Und bis jetzt sind erst drei Abschnitte vorhanden.«

»Warte, ich bin gleich da. Nimm jetzt nur keine Beruhigungsmittel.«

Seltsam – aber kaum hatte er die Verantwortung für seine so unverhofft ins Schlingern gekommene Karriere auf den Agenten abgeschoben, schon fühlte Woronow sich besser. Gleich würde sein Schutzengel mit der Halbglatze herbeifliegen – und alles würde sich von selber lösen.

Margolis ließ nicht lange auf sich warten: Von Woronows Fähigkeit, Bestseller wie am Fließband zu produzieren, hing auch sein Wohlergehen ab. Schon auf der Türschwelle verlangte er den Torso des Manuskripts, las die drei matten Abschnitte sofort durch und versank in tiefes Nachdenken.

»Was meinst du, Semjon?«

»Ja-a ... Es sieht so aus, als ob du dringend einen schöpferischen Urlaub brauchtest. Es ist unmöglich, ein solches Arbeitspensum durchzuhalten. Fünf vollwertige Kriminalromane im Jahr – und das jetzt schon seit drei Jahren. Das kann einem schon aufs Hirn schlagen. Du erholst dich irgendwo auf den Kanaren ...«

»Semjon!«, erhob Woronow warnend den Finger.

»Pardon ... Du erholst dich auf deiner Liege im Hinterzimmer. Einen Monat oder zwei. Und dann sehen wir weiter.«

»Und der Verlag?«

»Vergiss den Verlag. So was ist höhere Gewalt. Und schließlich hat ein Autor deiner Größenordnung ein Recht auf Launen. Es sind ja keine Unmenschen, sie werden Verständnis haben.«

»Und wenn ... wenn sie nicht zurückkommt?«

»Wer?«

»Na ... die Fähigkeit zu schreiben. Wie sie gekommen ist, ist sie gegangen. Solche Fälle hat es schon gegeben ... in der Weltliteratur.«

»Nun, erstens geht es hier nicht um Literatur.« Margolis konnte manchmal erbarmungslos sein. »Und zweitens – wo willst du hin? Wladimir Woronow – das ist viel mehr als ein Autor.«

»Was denn noch?«, fragte Woronow erschrocken.

»Wladimir Woronow ist ein Markenzeichen. Wenn deine verflixte Krise längere Zeit dauern sollte, dann heuern wir literarische Neger an. Sollen die sich abrackern und die Finger wund schreiben.«

»Wovon redest du? Was für Neger?«

»Die üblichen. Hungrige Bürschchen ohne Ambitionen. So was wird oft praktiziert.«

»Nein! Ich kann nicht ...« Woronow bekam plötzlich Atemnot, und er fuhr mehrmals hilflos mit der Hand durch die Luft.

»Nun reg dich nicht auf. Bis dahin ist es noch weit. Ich hab das nur so gesagt, für alle Fälle.«

Margolis klopfte Woronow auf die Schulter, rückte näher heran und entblößte lächelnd seine spitzen gelblichen Hauer. Vor drei Jahren hatte er alle seine wenig Erfolg versprechenden Autoren im Stich gelassen für diesen einen, viel versprechenden. Aber falls Woronow aus dem Rennen ausschied, würde Semjon sich bestimmt sofort einen neuen, noch viel begabteren Woronow suchen. Dieses neue Talent würde er behüten wie eine Henne ihr Ei, ihm die Nase putzen und sich eine Biografie und allerlei Marotten für ihn ausdenken. Und alle Verleger und Interessenten geschickt bearbeiten und beschwatzen ...

Bei diesem Gedanken bekam Woronow es mit der Angst zu tun. Semjon war sein einziger Freund, sein einziges Fenster in die große und himmelschreiend unhygienische Welt. Eine Welt, die ihm, Woronow, immer verschlossen sein würde. Ihn zu verlieren wäre gleichbedeutend mit dem Erstickungstod. Oder mit Herzversagen – kein Nitroglyzerin würde da mehr helfen.

»Woran denkst du, Wolodjenka?«, fragte Margolis wachsam.

»Meiner Meinung nach hast du zu viele Zähne.«

»Die habe ich, damit ich rechtzeitig alle unsere Feinde auffressen kann, du Idiot! Und überhaupt, du brauchst eine Frau, Woronow. Eine Frau.«

»Wozu?«, fragte Woronow aufrichtig erstaunt.

»Ja, wirklich.« Margolis kratzte sich die Glatze und blinzelte Woronow zu. »Wirklich, wozu eigentlich? Eine Frau lenkt dich nur von deinen pharmazeutischen Lexika ab. Also gut. Halt dich vorläufig von der Schreibmaschine fern, und morgen rufe ich in Moskau an und regele alles. Wie ist es, gehen wir inzwischen zurück zum Bankett? Die Party ist noch nicht zu Ende ...«

Das war eine rein rhetorische Frage.

Nachdem Woronow Margolis hinausbegleitet und seinen Blutdruck gemessen hatte (hundertvierzig zu hundert), zog er sich ins Bett zurück und öffnete den schon völlig zerlesenen »Atlas seltener und exotischer Krankheiten«. Wenn schon, dann wollte er sich richtig erholen. Er hatte es verdient, hol's der Teufel!

8. Februar. **Natalja**

Kaum hatte Natalja den Schlüssel im Schloss gedreht, als sie auch schon begriff, dass etwas Ungewöhnliches passiert war. Die alte Hexe Jadwiga Bronislawowna und beide Bedussjonoks, Mutter und Tochter, thronten auf Schemeln vor Nataljas Zimmer. Der minderjährige Andrjuscha lungerte ebenfalls ungestraft im Flur herum und blies, ohne dass ihn einer der Erwachsenen gehindert hätte, Erbsen aus einem Papierröhrchen direkt an die Tür ihres Zimmers, aus dem in gleichmäßigen Zeitabständen ein unheimliches, unmenschliches Geheul ertönte. In den gleichen regelmäßigen Abständen erzitterte die Tür unter heftigen Stößen. Vor Schreck wurden Natalja die Knie weich, aber sie hielt sich noch gerade auf den Beinen: Das Revolutionstribunal nahm sie in Augenschein.

»Da ist sie«, bemerkte Baba Jadja gewichtig.

»Aha. Ist doch noch eingetrudelt«, fiel die ältere Bedussjonok ein.

»Vom Teufel getrieben«, beendete die jüngere Bedussjonok diese Tirade. Und der minderjährige Andrjuscha beschoss Natalja mit einer Erbse.

»Guten Abend.« Natalja war einer Ohnmacht nahe.

Das Revolutionstribunal reagierte auf Nataljas unschuldige Bemerkung auf seine Weise.

»Für manche gut, für manche aber auch nicht«, versetzte die jüngere Bedussjonok scharf.

»Wir haben die Miliz benachrichtigt. Damit Ihr tollwütiger Hund erschossen wird. Seit heute Morgen tritt er gegen die Tür und heult zum Gotterbarmen. Manche Leute haben wirklich kein Gewissen. Suchen Sie sich eine separate Wohnung und züchten Sie dort von mir aus Krokodile.« Die ältere Bedussjonok liebte es, Moralpredigten zu halten. »Aber in einer Kommunalwohnung nehmen Sie doch bitte etwas mehr Rücksicht. Was für ein Volk sich jetzt hier alles einnistet ...«

»Ich habe dich gewarnt, Natalja«, zog Baba Jadja das Resümee. »Versuch nicht, hier deine Ordnung einzuführen. Du bist zu weit gegangen. Gleich kommt die Miliz, und dann ist's vorbei. Dann gibt es deinen Hund nicht mehr.«

Hinter der verschlossenen Tür ertönte wieder Tumas Geheul. Natalja beeilte sich, alles auf der Welt verfluchend, die Tür zu öffnen.

Der Hund saß mitten auf dem Sofa auf Nataljas Nachthemd und beruhigte sich beim Anblick seiner Retterin sofort. Er lief auf Natalja zu und wedelte freudig mit seinem Stummelschwanz.

»Keine Zeit, meine Liebe, keine Zeit.« Natalja tätschelte der Dobermannhündin den mageren, kapriziös geschwungenen Nacken. »Nimm die Beine in die Hand – und raus aus dieser Räuberhöhle.«

Aber die Hündin nur am Halsband hinauszuführen wäre glatter Wahnsinn gewesen. Wer wusste schon, was sie in ihrem schmalen Schädel alles ausbrütete? Nach kurzem Überlegen fertigte Natalja aus dem Riemen ihrer Handtasche eine Art Leine an und befestigte sie mit einem Karabinerhaken am Halsband.

»Na, dann mal los. Wir essen anderswo zu Abend.«

Offensichtlich disziplinierte die Leine Tuma; sie nahm sofort gehorsam neben Nataljas linkem Bein Stellung und hob die Schnauze leicht an: Ich warte auf weitere Anweisungen.

Als sie einen Augenblick später in den Flur hinaustraten, war dort nur noch der Spitzel Andrjuscha geblieben. Die anderen Mitbewohner waren wieder in ihre Zimmer zurückgekehrt, um sie vor der Ankunft der Miliz auf Hochglanz zu bringen.

»Mama, Mama!«, quiekte der kleine Satansbraten sofort los. »Sie bringt ihn weg. Sie bringt den Hund weg!«

Tuma sträubte das Fell und begann zu knurren.

»Hör mal, du Miststück«, flüsterte Natalja mit einer ihr bis dahin unbekannten Wollust. »Wenn du noch einmal dein dreckiges Maul aufmachst, lasse ich den Hund von der Leine. Er wird dich skalpieren, und du wirst nackt nach Afrika geschickt. Hast du kapiert?«

»Kapiert.« Andrjuscha wurde augenblicklich friedlich. »Wie heißt er denn?«

Ohne die Rotznase einer Antwort zu würdigen, schlug Natalja die Wohnungstür zu.

In der ersten Telefonzelle wählte sie die Nummer von Tumas Besitzern. Alles wie gehabt – niemand antwortete. Blieb noch Ninon. Zwar würde sie kaum bereit sein, eine Dobermannhündin bei sich aufzunehmen, aber trotzdem ...

Ninon nahm den Hörer beim siebten Klingeln ab, als Natalja die Hoffnung schon fast aufgegeben hatte, ihre Stimme zu hören.

»Ich bin's. Hör mal, Ninon, könntest du mir helfen?«

»Ich hab doch schon versucht, dir zu helfen. Was ist denn jetzt schon wieder?«

»Der Hund.«

»Was für ein Hund?«

»Die Dobermannhündin von gestern. Bei mir sind im Moment sämtliche Nachbarn auf Krawall gebürstet.«

»Ausgeschlossen.«

»Was ist los, bist du nicht allein?«

»Genau.« Ninon senkte die Stimme. »Also, du verstehst selbst ... Ich hab sowieso schon ein Hundeleben, und dann kommst du noch mit so einer zugelaufenen Dobermannhündin an. Bring sie in ein Tierheim. Es gibt doch genug davon.«

Tuma, die bis dahin ruhig gestanden hatte, zerrte plötzlich an der improvisierten Leine und winselte.

»Begreif doch, Ninon. Das wäre nicht fair. Ich kenne die

Adresse ihrer Halter, und dann den Hund ins Heim zu bringen ...«

»Aber mich vom Liebeslager aufzuscheuchen – ist das vielleicht fair?«

»Ja. Du hast Recht. Verzeih ...«

»Ist nicht schlimm.« Ninon war sogleich besänftigt. »Weißt du was, fahr doch einfach zu dieser Adresse. Wer weiß, vielleicht ist bei denen das Telefon abgeschaltet.«

Der Gedanke war so einfach und gleichzeitig genial, dass Natalja in Lachen ausbrach. Natürlich, das Telefon war abgeschaltet, das war alles. Auf diese Idee hätte sie schon längst kommen können.

»Du bist ein Schatz, Ninon. Ich bete dich an.«

»Gruß an Frau Dobermann«, brummte Ninon und legte auf.

Natalja verließ die Telefonzelle, hielt das erste vorbeikommende Taxi an (noch ein Dreißiger aus ihrem kümmerlichen Budget futsch!) und war zehn Minuten später auf der Wassili-Insel.

Das Haus Nr. 62/3 am Bolschoi Prospekt war ein finsteres sechsstöckiges Gebäude mit abblätternden Karyatiden an der Vorderfront. Die Karyatiden fletschten die Zähne und hielten auf ihren mächtigen Schultern ein Schild mit der Aufschrift »Wilde Welt. Café-Bar-Geschäft. Durchgehend geöffnet.« Im breiten Fenster des Café-Bar-Geschäfts prangte ein psychedelisches Plakat: »Gut ist ein Mensch, der mit Genuss trinkt und speist.«

Eine erschöpfende Definition.

Natalja musste lächeln und hätte im selben Moment fast das Gleichgewicht verloren: Die Dobermannhündin zerrte sie, am ganzen Körper zitternd, um die Ecke. Vor der Tür zum zweiten Eingang riss der schwächliche Riemen aus Kunstleder. Tuma öffnete die Tür mit der Pfote und verschwand in der Dunkelheit. Natalja folgte ihr.

Natürlich, von einer Pförtnerin konnte keine Rede sein. Das Innere des bespuckten und verdreckten Hauses machte einen deprimierenden Eindruck. Da sah ihr eigenes Haus, das auch ein Altbau war, weitaus respektabler aus. Zu alledem funktionierte auch der Lift nicht. Natalja überschlug sofort in Gedanken: Um bis zur Wohnung Nr. 48 zu gelangen, musste sie zu Fuß in den fünften Stock steigen. Auf solche sportlichen Leistungen war sie nicht vorbereitet.

Das Geheul Tumas, das von irgendwo ganz oben kam, veranlasste Natalja, flotter zu gehen. Als sie schließlich mit hängender Zunge auf dem Treppenabsatz des fünften Stocks ankam, ging das Geheul in heiseres Krächzen über. Tuma kratzte wie wahnsinnig an einer eisernen Tür. Natalja ging vorsichtig um das tobende Tier herum, drückte auf den Klingelknopf und presste das Ohr an die Tür.

In der Wohnung herrschte Totenstille.

Müde vom Heulen, legte Tuma sich auf den Gummiläufer und verstummte.

Verflixt, das wurde ja immer sonderbarer. Die Besitzer nicht da und auch weit und breit nicht in Sicht – aber den Hund wieder zurück auf die Petrograder Seite zu schleppen kam auch nicht infrage. Sie könnte natürlich zu Ninon fahren (wieder siebzig Rubel futsch) und sie vor vollendete Tatsachen stellen. Die gutmütige dicke Ninon würde dem Hund das Dach überm Kopf sicher nicht verwehren. Aber wenn doch? Wenn sie vielleicht gar nicht aufmachte? Die Freuden der Liebe erfordern Stille, Ruhe und Konzentration ...

Tuma hatte Natalja völlig vergessen. Sie legte den Kopf auf die Pfoten und schloss besänftigt die Augen: das Zuhause zum Greifen nah.

»Na gut, mein Mädchen, gehen wir.« Nataljas Stimme riss Tuma aus ihrem angenehmen Dösen. »Irgendwas denken wir uns unterwegs schon noch aus.«

Das war eine fromme Lüge: Alles war schon klar, direkt von hier würden sie zur Metro gehen und die Zeitung »Von Hand zu Hand« kaufen; dort waren bestimmt die Adressen von Tierheimen zu finden. Sie hatte getan, was sie konnte, sie hatte sich vierundzwanzig Stunden lang um einen fremden Hund gekümmert, sie hatte ihn nicht auf der Straße erfrieren lassen.

»Komm, Tuma. Du siehst ja, deine Herrchen sind nicht da ...«

Tuma zuckte nicht einmal mit dem Ohr. Na, dann musste man eben Gewalt anwenden.

Natalja packte die Dobermannhündin beim Halsband und bereute es sofort. Das Tier drehte seinen hochmütigen, königlichen Kopf zu ihr herum und fletschte die Zähne. Blitzend weiße Hauer, im Stande, die schlichte menschliche Anatomie binnen einer Minute zu zermahlen, tanzten vor Nataljas Pupillen. Alles war vergessen – der kalte nächtliche Park, die Schüssel mit Plow, der Platz an der Heizung. Tuma war bereit, sie in Stücke zu zerreißen.

»Zum Teufel mit dir. Dann bleib doch bis zum Sankt-Nimmerleinstag hier sitzen. Ich wasche meine Hände in Unschuld.«

Der Hund wandte sich von Natalja ab und drückte den Kopf an die Tür.

»Undankbares Vieh«, sagte Natalja und wich vorsichtshalber bis zur Treppe zurück.

Seltsam, aber sie fühlte sich auf einmal verraten. Selbst dem Hund war sie schnurzegal, was sollte man da von Dschawa reden ... Der Hund hatte ihre Wohnung benutzt, um nicht vor Hunger und Kälte zu sterben; Dschawa hatte Natalja benutzt, um seine akuten Wohnungsprobleme zu lösen. Jetzt hatte er bestimmt schon eine andere Frau gefunden, etwas älter und etwas reicher als sie. Die infantilen orientalischen Jungs ziehen immer die in den Stürmen des Alltags erprobten Frauen vor ... Aber warum hatte sie, Natalja, sich benutzen lassen?

Die Welle von Hass auf sich selbst und auf die anderen war so stark, dass Natalja rasch die Treppe hinunterlief. Aber als sie bis zum Absatz zwischen der ersten Etage und dem Erdgeschoss gekommen war, blieb sie stehen: Letztendlich hatte der Hund ja nur seine Treue gegenüber seinen Besitzern und der vertrauten Eisentür demonstriert. Es war dumm, von ihm Gehorsam zu erwarten. Dumm, sich selber zu zürnen. Es gab noch eine Möglichkeit, die sie nicht in Betracht gezogen hatte.

Die Nachbarn.

Sicher würden sie die Besitzer kennen. Sie musste einfach nur an einer der beiden Türen auf derselben Etage klingeln. Die Wohnungen 46 und 47 ... Die Briefkästen mit ihren Nummern konnte man von hier aus schon sehen. Gleichförmige schmale Fächer mit abgerissenen Schlössern – bei ihr zu Hause hingen genau die gleichen.

Der Briefkasten mit der Nummer 48 war einer der wenigen, den ein solides Schloss schmückte. Eher automatisch als mit bestimmtem Ziel schaute Natalja in den schmalen Schlitz: ein paar Werbeblättchen für die Reparatur von Audio- und Videotechnik und ein weißes zugeklebtes Kuvert. Unter dem Schlitz befanden sich ein paar runde Löcher, doch auch durch sie waren weder ein Stempel noch eine Adresse oder ein Name auf dem Kuvert zu sehen.

Der weiße Umschlag rief sofort Nataljas Interesse hervor. Zusammen mit dem verloren gegangenen Hund und dem stummen Telefon sah das alles ziemlich mysteriös aus. Briefe, selbst solche, die gar nicht für sie waren und in Briefkästen lagen, auf halbem Weg zwischen Absender und Empfänger, weckten bei ihr seit der Kindheit einen heiligen Schauder. Auch jetzt konnte sie dieser Faszination nicht widerstehen. Aus ihrer Manteltasche fischte sie eine Haarnadel, die sie seit den längst vergangenen Zeiten komplizierter Hochsteckfrisuren bei sich trug. Schlösser mit Haarnadeln zu öffnen hatte sie schon in der Kindheit gelernt, als sie aus der Anrichte ihrer Oma Karamellbonbons geklaut hatte.

Sie schaute sich verstohlen um und steckte dann die Nadel in die winzige Öffnung des Schlosses, machte den Briefkasten auf und zog den Umschlag heraus.

Während sie ihn von allen Seiten betrachtete, ertastete sie einen länglichen Gegenstand, vermutlich aus Metall. Sie hätte den Umschlag nur zurück in den Kasten zu legen brauchen – und ihr Leben wäre im alten Geleise weitergelaufen: keine Höhenflüge, keine Abstürze, ab und zu ein melancholisches Damenkränzchen mit ihren Kolleginnen. Sie hätte den Umschlag nur zurück in den Kasten zu legen brauchen, aber sie tat es nicht. Die Weiche des Streckenabschnitts klickte, und der Zug ihres Lebens raste, mit sterilen leeren Waggons polternd, ins Unbekannte.

Noch nie in ihrem Leben hatte Natalja einen Brief gelesen, der an jemand anderes gerichtet war. Aber dieser Brief – auf ihm stand kein Name, und Natalja gab der plötzlichen Versuchung nach und riss ihn auf. Augenblicklich rutschte ihr ein Schlüssel mit einem verschnörkelten Bart entgegen. Im Umschlag befand sich außerdem ein doppelt zusammengefaltetes, von einem Notizblock abgerissenes Blatt.

»Das hätte ich schon längst tun sollen, Darja. Ich war ein Idiot, ich habe über alle deine Affären hinweggesehen, über alle deine nächtlichen Ausflüge und die Telefonanrufe von weiß der Teufel wem. Auch dieser letzte Streich von dir war richtig gemein, findest du nicht?

Ich finde schon. Ich finde, es reicht.

Und merk dir: Ich nehme die Beziehung zu dir viel zu ernst, als dass ich mich wie einen Putzlappen behandeln ließe. Ich gebe dir den Schlüssel für die Wohnung zurück, ich brauche ihn nicht mehr. Leb wohl. Denis.«

Wie einen Putzlappen. Eine vertraute These. Auch die militante Feministin Ninon hatte sie als Eckstein ihres Universums benutzt. Aber offensichtlich war das nicht nur ein Problem der Frauen. Natalja seufzte und las dann das Postscriptum:

»Ich fahre bis zum Zehnten nach Moskau. Du hast also Zeit zum Nachdenken. Wenn du es dir anders überlegst, ruf mich an.«

Erst jetzt fühlte sie sich unbehaglich, so als ob sie durchs Schlüsselloch einen Blick auf eine Szene aus einem fremden und nicht allzu glücklichen Eheleben geworfen hätte. Ein ihr unbekannter Denis teilte einer ihr unbekannten Darja das Ende ihrer Beziehung mit. Und ließ ihr den dazugehörigen Schlüssel im Briefkasten. Kein Brief, der für einen breiten Kreis neugieriger Mitwisser gedacht war – aber noch konnte sie ihren Fehler wieder gutmachen. Sie konnte zur nächsten Post gehen, einen Umschlag kaufen und ihn zurück in den Briefkasten legen ...

Natalja setzte sich auf die Treppenstufen. Unerwartet spürte sie einen Anfall dumpfer Feindseligkeit gegen den Verfasser des Briefes: den Wohnungsschlüssel einfach in so einer obskuren Kiste zu lassen, so einem tückischen engen Sarg – er war wirklich ein Idiot. Wenn nun jemand anders den Brief herausgezogen hätte, nicht sie, sondern irgendwelche durchtriebenen Lausebengel, spezialisiert darauf, sich an fremdem Hab und Gut zu bereichern? Immer reinspaziert, liebe Freunde, holt euch aus der fremden Wohnung, was euer Herz begehrt.

Nein, so geht das nicht. So nicht, meine Herrschaften.

Sie musste wieder nach oben gehen und versuchen, den Brief zusammen mit dem Schlüssel unter der Tür durchzuschieben. Das war der vernünftigste Ausweg aus dieser Situation. Und Natalja stapfte wieder nach oben in den fünften Stock.

Tuma, die immer noch auf dem Gummiläufer vor der Tür saß, begrüßte sie wie eine alte, aber nicht sehr nahe Bekannte: mit einem melancholischen Tappen der Pfote auf dem Boden. Wenn der geheimnisvolle Denis sich nicht in der Nummer des Briefkastens geirrt hatte, dann hatte Tuma also kein Herrchen, sondern ein Frauchen. Und die Hündin gehörte einer ebenso geheimnisvollen, unsichtbar bleibenden Darja, die höchstwahrscheinlich allein lebte. Sonst hätte Denis den Schlüssel einfach einem Mitbewohner Darjas gegeben ... Kurz entschlossen steckte Natalja den Schlüssel ins Schlüsselloch und drehte ihn herum. Die Tür gab sofort nach, und Tuma schlüpfte mit freudigem Gewinsel unter ihren Füßen durch und rannte in die Wohnung.

Und begann sofort laut zu bellen.

Natalja folgte der Hündin und schloss die Tür hinter sich.

Kein Lüftchen regte sich. Die Wohnung schwieg. Auch

Tuma, die irgendwo in den Tiefen der Zimmer verschwunden war, gab kein Lebenszeichen von sich. Natalja hockte sich auf den Rand eines Lederpuffs, der unter einem Spiegel mit einem teuren Mahagonirahmen stand, und schaute sich in der fremden Diele um.

Ja, hier verstand man zu leben!

Das war etwas anderes als ihre Kommunalka mit Trögen und Kübeln, die an Haken unter der Decke aufgehängt waren. In der Diele schimmerte mattes Holz und spiegelte sich im Marmorfußboden wider. An der Garderobe hingen ein Schaffellmantel, ein Pelz und ein langer, himbeerrot gefütterter Trenchcoat. Allein für das himbeerrote Futter, allein für die Knöpfe hätte Natalja mehrere Monate knechten müssen.

Vorsichtig, ohne sich mehr als nötig zu bewegen, richtete Natalja ihren Blick nach unten, auf das Schuhregal: hohe, spitz zulaufende Stiefel, niedrige, stumpf auslaufende Stiefel, halbhohe Schnürschuhe – der Traum jedes Rappers aus den schmutzigen Gassen der Bronx, weiche Wildlederpumps, noch ein Paar Pumps mit quadratischen Absätzen und einer verblüffenden Vielzahl von Schnallen – keine teure Schuhboutique konnte mehr bieten.

Dieser ganze in der Diele ausgebreitete Luxus machte auf Natalja einen magischen Eindruck. Und die darauf folgende Aufwallung heftigen weiblichen Neides war so stark, dass sie unwillkürlich laut sagte: »Also wirklich, wie der Lebensstandard des Sowjetvolkes gestiegen ist!«

Der Klang ihrer eigenen Stimme gab ihr eine überraschende Sicherheit. Wenn sie schon so etwas Verrücktes tat, dann musste sie auch bis zum Ende gehen. Und warum eigentlich nicht diesen Abend zum Abend der Verrücktheiten erklären?

Immer noch ein bisschen misstrauisch gegenüber ihrer plötzlichen Abenteuerlust, verschloss Natalja die Wohnungstür mit der Kette – damit sie noch Zeit hatte sich zu rechtfertigen, falls die Wohnungsinhaberin plötzlich auftauchen sollte – und zog ihre Stiefel aus. Diese Stiefel hatte sich Natalja letzten Herbst für eine nach ihren Begriffen horrende Summe gekauft, aber jetzt kamen sie ihr neben dem luxuriösen Schuhwerk der Wohnungsinhaberin wie ärmliche Verwandte aus der Provinz vor.

Sie überlegte einen Moment, schlüpfte dann in ein Paar Hausschuhe (die Schuhgröße passte perfekt!) und steuerte entschlossen auf die Zimmer zu.

Es waren zwei Zimmer, die hintereinander lagen, ein etwas größeres und ein kleineres. Das erste – das größere – diente als Arbeits- und Wohnzimmer; das zweite – kleinere – war das Schlafzimmer. Natalja beschloss, sich das Schlafzimmer aufzuheben, und machte sich an die Erforschung des Wohnzimmers.

Eurostandard, keine Frage. Und zwar Eurostandard nach individuellem Entwurf. Nichts Überflüssiges. Strenge, exquisite Schlichtheit. Vor den beiden hohen, schmalen Fenstern waren die Jalousien heruntergelassen. Sie hochzuziehen und nach draußen zu gucken, riskierte Natalja lieber nicht.

Eine der tragenden Wände war entfernt worden, und das Wohnzimmer ging fließend in die Küche über, die vor neugierigen Blicken durch eine lange Theke abgeschirmt war. Vor der Theke standen mehrere runde hohe Stühle, und Natalja stellte sich unwillkürlich vor, wie sie an diese improvisierte Bar trat und sich einen doppelten Martini auf Eis bestellte.

Über der Theke hingen in besonderen Halterungen die Gläser, auf der Theke standen mehrere teuer aussehende Flaschen. In der Nische daneben erhob sich der einem Wolkenkratzer ähnelnde Kühlschrank mit einer rotblauen Ansicht von Manhattan auf der Tür.

Erst jetzt merkte Natalja, wie hungrig sie war. Nach all diesen Scherereien hatte sie sich ein Abendessen redlich verdient. Zum ersten Mal in ihrem Leben fühlte sie sich wie die Landmaus, die zu Besuch bei der Stadtmaus ist.

Sie machte die Kühlschranktür auf und hörte im selben Moment ein abgerissenes Schnaufen hinter sich.

Tuma.

Wie hatte sie die Hündin vergessen können! Wie konnte sie vergessen, dass Tuma hier die zweitwichtigste Person nach der Besitzerin war! Jetzt war sie auf ihrem Territorium und durchaus im Stande, den ungebetenen Gast ins Bein zu beißen. Auf jeden Fall mussten die Anstandsregeln eingehalten werden.

»Du hast doch nichts dagegen?«, fragte Natalja und wandte sich der Dobermannhündin zu.

Tuma saß vor Natalja und streckte ihre riesige rote Zunge heraus: Sie hatte nichts dagegen. Beruhigt durch das vernünftige Benehmen des Hundes, ließ Natalja ihren Blick über die Regale des Kühlschranks schweifen.

Schwarzer Kaviar in einer Blechdose, ein Restchen versteinerte Räucherwurst, in Zellophan verpackter Roquefort-Käse, einige aufgerissene Milchtüten, Eier und im unteren Kasten Obst. Die Saga vom schönen Leben ging weiter. Natalja nahm eine der Milchtüten und schnupperte daran: Die Milch war sauer, auf der Packung stand ein ganz unverdauliches Datum – 3. Februar.

Alle übrigen Nahrungsmittel flößten ihr keine Bedenken ein. Sie ergriff die Räucherwurst und den Roquefort und ging zu dem kleinen Tranchierblock, auf dem eine ganze Brut von Messern drohend in die Höhe ragte. Tuma folgte ihr winselnd.

»Gleich, mein Mädchen.« Natalja schnitt die Wurst in Furcht einflößend große Stücke, die ganz und gar nicht zu der eleganten Einrichtung passten. Tuma bekam das appetitliche Hinterteil der Wurst.

In einem der Küchenschränke fand Natalja große emaillierte Schüsseln. In einem anderen Schränkchen stand eine Zehn-Kilo-Packung Hundefutter. Sobald Tuma mit Fressen beschäftigt war, machte sich Natalja, an einem Stück Wurst kauend, daran, das Wohnzimmer zu inspizieren.

Die ganze Wand gegenüber der Küchentheke nahmen schmale Regale mit Büchern und CDs ein. CDs gab es merklich mehr, und die Bücher stellten sich bei näherer Betrachtung als Fachliteratur heraus – Handbücher für Computer und Computerprogramme in russischer und englischer Sprache. Auf einem besonderen Regal standen Krimis in Taschenbuchausgaben. Ihren vergötterten Woronow konnte Natalja allerdings nicht entdecken.

Dafür fand sie das Telefon – einen beigefarbenen Apparat von Panasonic mit einem Display für den Anrufbeantworter. Natalja nahm den Hörer ab und hielt ihn ans Ohr. Tatsächlich, Grabesstille. Als sie mit den Augen dem Kabel folgte, begriff sie den Grund: eine der Klemmen baumelte locker in der Anschlussdose. Natalja drehte die winzige Schraube mit dem Fingernagel fest, und augenblicklich war der Ton im Hörer wieder da.

Gut. Sehr gut.

Nach beendeter Besichtigung der Regale wandte sie sich dem breiten Schreibtisch zu, auf dem matt ein Computer schimmerte. Daran angeschlossen waren Drucker und Scanner. Auf dem Schreibtisch standen neben einem winzigen blühenden Kaktus zwei gerahmte Fotografien. Auf der einen war eine hübsche Blondine mit kecker hoher Stirn und ebenso kecken Augen zu sehen. Na, es war auch nicht schwer, keck zu gucken, wenn man zarte weiche Zobelfelle um die Schultern trägt und an den Füßen Stiefel, das Stück zu fünfhundert Dollar. In Natalja stieg plötzlich proletarische Feindseligkeit auf die unbekannte Blondine hoch. Außer ihr waren auf dem Foto noch die wohl bekannte Dobermannhündin Tuma und ein gänzlich unbekannter junger Mann mit einem gepflegten Dreitagebart zu sehen. Der junge Mann war von nichts sagend glatter Schönheit. So nichts sagend, dass er mit demselben Erfolg in einem Kostümfilm hätte auftreten können wie Werbung für Armeeunterhosen machen.

Natalja seufzte auf: Schade, dass eine so ungewöhnliche Frau einen so gewöhnlichen Geschmack hatte. Aber allem Anschein nach waren das die beiden Helden des Briefromans – Darja und Denis.

»Den hätte ich auch verlassen«, billigte Natalja im Nachhinein das Verhalten der Wohnungsinhaberin. »Was ist an dem schon dran. Sogar der Bart wirkt irgendwie verdächtig ... Was meinst du, Tuma?«

Die Hündin, die sie auf ihrer Exkursion durchs Zimmer begleitet hatte, bellte kurz auf.

Die zweite Fotografie war interessanter: Außer der Blondine vom ersten Bild waren darauf noch zwei andere Mädchen, ein blondes und ein brünettes. Fast identische Schönheiten, nur unterschiedliche Nuancen. Allerdings hatte die eine der beiden einen über die ganze rechte Wange verlaufenden seltsamen Streifen: entweder ein mit Tusche aufgemaltes kabbalistisches Zeichen oder aber eine Tätowierung. Alle drei Mädchen hatten einander die Arme um die Schultern gelegt und lächelten: drei exquisite Giftschlangen in rührender Eintracht.

Auf dem Couchtisch lagen unordentlich hingeworfene Prospekte in englischer und russischer Sprache. Paris, die französische Riviera, Monte Carlo, die Zwergstaaten am Wurmfortsatz Europas ... Mit derartigen Prospekten war auch Nataljas Reisebüro voll gestopft.

Die Stereoanlage und der riesige Fernseher mit Flachbildschirm, der vor einer blendend weißen Wand schwebte, waren die nächsten Nummern im Besichtigungsprogramm. Unter dem TV-Gerät, direkt am Fuß des Sockels, stand ein Videorecorder. Rund hundert Kassetten lagen verstreut auf dem Boden, aber ihre Titel sagten über den Geschmack der Besitzerin nichts aus. Offenbar waren sie alle en gros erworben worden, bei irgendeinem billigen Ramschverkauf: Thriller, Melodramen, ein paar seichte amerikanische Komödien.

Tuma trottete an ihr vorbei, mit den Krallen laut über das Parkett trappelnd, und machte es sich in einem Ledersessel bequem. Neben dem Sessel lag ein grellroter Rucksack, aber Natalja interessierte sich im Moment nicht für ihn: Schlafzimmer und Bad warteten noch auf sie.

Das Schlafzimmer übertraf alle ihre Erwartungen. Keine verschwiegen-strengen Jalousien mehr, nur schwere Gobelinvorhänge vor den Fenstern; eine Frisierkommode, in deren schummriger Höhle Dosen, Schachteln und Flakons matten Glanz verströmten; ein in die Wand eingelassener Spiegelschrank. Auch die Decke war verspiegelt.

Und dann das Bett!

Ein zwei-, drei-, vierschläfriges Monstrum. Eine schwarze Decke lag darauf, und am Kopfende schimmerten winzige weiße Kissen. Jedes stellte eine geschickt stilisierte Figur aus der Meeresfauna dar. Rochen, Meersterne, Garnelen und Seepferdchen, außerdem jede Menge Fischpärchen. Auf das Bett war nachlässig ein Kleid geworfen, von dem ein leichter Duft nach Parfum ausging.

Sie konnte sich einfach nicht beherrschen.

Mit einem schuldbewussten Blick zur Tür streifte Natalja sich ihr erbärmliches Sekretärinnenkostüm vom Leib und schlüpfte in dieses erstaunliche, göttliche, Schwindel erregende Kleid.

Und schloss die Augen.

Ja, an dieses Gefühl musste man sich erst einmal gewöhnen.

Das Kleid eroberte Natalja im Sturm. Es legte sich eng um ihren Körper und vergiftete jeden Zentimeter ihrer Haut mit verbotenen Wünschen, es bedeckte sie mit seinem leichten, schwerelosen Material und ließ ihr Herz schneller schlagen. Mit zusammengekniffenen Augen ging Natalja auf die Spiegeltüren des Schranks zu.

Oho! Wie sich zeigt, kann ich doch recht hübsch aussehen. Die Silhouette ist jedenfalls gar nicht ohne. Teure Klamotten verschönern jede Frau, da kann man sagen, was man will.

Nur widerwillig löste sich Natalja von ihrem Spiegelbild, aber sich sofort von dem Kleid zu trennen und wieder in die Froschhaut ihres eigenen Kostüms zu schlüpfen, das ging über ihre Kräfte. Der kostbare Stoff flüsterte ihr alle möglichen Dummheiten ins Ohr, der kaum merkliche Duft des Parfums machte sie schwindlig – jetzt etwas Hochprozentiges mit Orangensaft wäre nicht schlecht!

Ganz unter dem Einfluss des Kleides ging Natalja ins Wohnzimmer und blieb nachdenklich vor der Batterie der alkoholischen Getränke stehen.

Brandy, Whisky, mehrere angebrochene Flaschen Rot- und Weißwein, Gin, Wodka. »Handle! Sei keine *charypka*«, spornte das Kleid sie an, und Natalja entschied sich für den eher zu einer Frau passenden Martini. Mit dem Glas in der Hand ging sie wieder ins Schlafzimmer: Hinter der Spiegeltür des Schrankes verbargen sich sicher noch mancherlei Wunder.

Die Realität übertraf alle ihre Erwartungen. Der Schrank war bis zum Platzen mit teuren Klamotten voll gestopft – eine wahre Fundgrube weiblicher Wunschträume. Die Stimme der Vernunft, die Natalja so lange durchs Leben geführt hatte, war endgültig vergessen.

Sie wusste nicht, wie viel Zeit vergangen war – eine Stunde, zwei, drei ... Und was hatte das auch für eine Bedeutung, wenn Kostüme und Abendkleider auf sie warteten, Blusen, Pullover, Jeans, Jogginganzüge, Blazer für Geschäftstreffen, Wäsche für romantische Treffen. Mein Gott, jedes einzelne Stück würde für ein Riesenaufsehen in ihrem Büro sorgen. Schade, dass sie diese fremden Herrlichkeiten nie würde benutzen können ... Wirklich schade.

Aber warum eigentlich nicht?

Der Gedanke, der in ihrem umnebelten Gehirn auftauchte, kam ihr anfangs aufrührerisch vor. Aber nur anfangs. Natalja legte sich auf den Rand des Bettes, schob sich einen Meerstern unter den Kopf und begann nachzudenken.

Sie hatte den Hund gefunden. Sie hatte ihn gerettet. Und hatte Anspruch auf eine bescheidene Belohnung. Bestimmt hatte die Besitzerin ihren Dobermann nicht loswerden wollen – sonst hätte sie das Halsband mit Adresse und Telefonnummer entfernt. Also war Tuma einfach verloren gegangen. Vielleicht suchte man jetzt sogar schon nach ihr. Und es war nicht ausgeschlossen, dass die Besitzerin plötzlich in der Wohnung erscheinen würde.

Natalja brach der Schweiß aus.

Urplötzlich taucht die Besitzerin auf und findet in ihrer Wohnung eine völlig fremde Person, die noch dazu in ihren Sachen gewühlt und die Nase in ihre Flaschen gesteckt hat. Und die ihre Räucherwurst weggefuttert hat! Aber das alles ließ sich durch unglückliche Umstände rechtfertigen: Sie hatte ja telefonisch niemanden erreicht, weil das Telefon abgeschaltet gewesen war.

Apropos Telefon.

Nachdem Natalja mit Bedauern Abschied von dem Kleid genommen und sich wieder ihr mickriges Kostümchen angezogen hatte, ging sie zu einem weiteren Telefonapparat, der am Kopfende des Bettes stand, und nahm vorsichtig den Hörer ab. Dieser Apparat war nicht abgeschaltet und offenbar vollkommen in Ordnung. Um sich zu vergewissern, wählte Natalja die Nummer von Ninon.

»Weißt du, wie spät es ist?« Ninons Stimme atmete gerechten Zorn. Anscheinend war ihre kleine nächtliche Romanze schief gegangen.

»Wie spät ist es denn?«

»Kurz nach zwölf.«

Du lieber Himmel! Sie hatte ungefähr drei Stunden in der fremden Wohnung verbracht und es nicht einmal gemerkt.

»Liegst du um diese Zeit etwa schon in den Federn?«, fragte Natalja und biss sich sofort auf die Zunge. Sie hätte daran denken müssen, dass Ninon nach einem missglückten Rendezvous immer ganz früh ins Bett ging und vorher noch alles auffutterte, was der Kühlschrank hergab. Das war ihre Methode, mit Depressionen fertig zu werden.

»Ist wohl dumm gelaufen?« Ein bisschen Mitgefühl konnte nicht schaden.

»Du hast es erfasst«, erwiderte Ninon bereitwillig.

»Wer war es?«

»Ist doch egal. Ein Theaterregisseur. Sehr bekannt. Ein seltener Blödmann.«

»Mochte er keine Rubens-Formen?«

»Wie sich gezeigt hat.«

»Du solltest wirklich eine Diät machen, Ninon.«

»Du weißt doch ... Meine Figur ist jenseits von Gut und Böse. Der Begriff ›Diät‹ ist auf sie nicht anwendbar. Was macht dein Fiffi?«

»Alles in Ordnung.«

»Hast du ihn abgeliefert?«

»Gewissermaßen. Ich bin in eine ziemlich seltsame Lage geraten, Ninon.«

»Wirklich?« Ninon wurde augenblicklich munter: Ungewöhnliche Situationen liebte sie über alles. »Was denn für eine?«

»Nicht am Telefon. Können wir uns morgen treffen?«

Ninon schnaufte überlegend in den Hörer.

»Hm. Morgen Früh hab ich viel zu erledigen, mittags ist eine Pressekonferenz ... Am besten, du rückst so gegen sechs Uhr in der Redaktion an, dann gehen wir irgendwohin, was essen.«

»Ausgezeichnet. Dann bis morgen.«

Natalja legte auf. Das Gespräch mit Ninon, das so alltäglich gewesen war, hatte sie von der seltsamen Wohnung und ihrer seltsamen Besitzerin abgelenkt. Jetzt, als sie wieder mit sich allein war, gab es weitaus mehr Fragen als Antworten.

Ein jähes Telefonklingeln ließ sie zusammenzucken.

Als sei sie ein auf frischer Tat ertappter Dieb.

Und das war sie ja wirklich. Sie musste der Versuchung widerstehen und durfte den Hörer nicht abheben. Die Wohnung war leer, und niemand war da. Niemand. Tuma zählte nicht.

Und in diesem Moment ertönte im Wohnzimmer eine Frauenstimme.

Natalja schrie auf, presste die Hand vor den Mund und begriff erst einen Augenblick später: der Anrufbeantworter. Der Anrufbeantworter des Telefons im Wohnzimmer, das sie ja eben wieder angeschlossen hatte.

»Wohnung Litwinowa. Leider sind wir nicht zu Hause. Hinterlassen Sie eine Nachricht nach dem Piepton. Wir rufen zurück.«

Tuma, die bis dahin ruhig im Sessel gelegen hatte, sprang beim Klang der Stimme auf und rannte fiepend und winselnd im Zimmer umher. Offenbar hatte sie ihr Frauchen erkannt. Hunde sind doch wirklich treue Geschöpfe. Ein leiser Widerhall, ein fernes Echo, und schon verlieren sie den Verstand.

Um die Botschaft besser zu hören, beugte sich Natalja über das Telefon. Eine Frau war am Apparat, höchstwahrscheinlich eine Freundin. Vielleicht auch so eine dicke und forsche wie Ninon.

»Darja, ich bin's. Wart nur ab, wenn du aus deinem tollen Nizza zurück bist, gibt's ein Donnerwetter. Ich hoffe, ich bin nicht die einzige Gekränkte. Die Abschiedsparty einfach unter den Tisch fallen zu lassen – das war nicht schön von dir. Hoffentlich bringst du mit, was du versprochen hast. Küsschen, deine Lenussik.«

»Deine Lenussik« schaltete sich wieder ab, und Natalja schüttete etwas Trockenfutter aus der Packung in die Schüssel, um die Hündin, die ganz aus dem Häuschen war, etwas zu beruhigen. Sie richtete auch sofort alle Aufmerksamkeit aufs Fressen, und Natalja ließ sich schwungvoll in den Sessel fallen und schloss die Augen.

Jetzt war alles klar. Alles rückte auf seinen Platz.

Erstens hieß die Wohnungsinhaberin nicht einfach Darja, sondern Darja Litwinowa. Zweitens war sie nach Nizza gefahren. Vielleicht ein Pauschalurlaub. So eine Urlaubsreise kann eine Woche dauern, zwei Wochen oder zehn Tage. Heute war der achte, und auf der Milchtüte ...

Auf der Milchtüte stand als Datum – der dritte Februar.

Hurra!

Also waren seit ihrer Abreise nicht mehr als fünf Tage vergangen, die Dame erfreute sich an den Schönheiten Nizzas – die Glückliche! – und würde kaum vor übermorgen zurückkommen. Es lohnte sich ja wohl kaum, für drei Tage nach Frankreich zu fahren.

Natalja ließ ihren Blick über die schicken Möbel gleiten und seufzte. Eine Frau, die genug Geld für eine solche Einrichtung besaß, konnte es sich erlauben, in Nizza zu frühstücken und in Sydney zu Abend zu essen – unter Berücksichtigung der Zeitzonen, versteht sich.

»Tuma!«, rief sie die Dobermannhündin. »Tuma, komm her.«

Die Hündin, die das Futter im Nu vertilgt hatte, kam zu Natalja und drückte ihr bereitwillig den Kopf gegen die Knie.

»Wenn du mir doch irgendwas über dein Frauchen erzählen könntest. Aber aus dir kriegt man kein Wort heraus, oder?«

Während sie Tuma hinterm Ohr kraulte, fasste Natalja wieder neuen Mut. Der Hund – das war ihr Alibi, das war ihre Entschuldigung, die Antwort auf alle Fragen. Sie hatte nichts Unrechtes getan, sie hatte den Hund zurück an seinen häuslichen Herd geführt, sie hatte ihm zu fressen gegeben. Und im Prinzip war sie bereit, sich um ihn zu kümmern, bis die Besitzerin von ihrer Reise zurückkam. Alles war richtig und stimmig, ohne Wenn und Aber, ohne Haken und Ösen. Aber trotzdem hatte Natalja ein merkwürdiges Gefühl: Gerade Tuma passte überhaupt nicht zu der überstürzten Abreise von Darja Litwinowa.

Ich bin im Begriff, nach Nizza zu fahren, aber am Vorabend verschwindet meine geliebte Hündin, läuft weg, büxt aus. Ich läute überall Alarm, mobilisiere alle meine Freunde und Bekannten, heule meinem Lover die Weste voll. Und hoffe darauf, dass irgendwer sie aufgreift und die Adresse auf dem Halsband liest. Hoffe, hoffe, hoffe ...

Natalja goss sich erneut Martini ein.

Darja Litwinowa war nach Nizza gejettet und hatte die Suche nach dem Hund ihrem Lover Denis anvertraut. Und vermutlich war sie nicht allein gefahren, sonst hätte Natalja niemals den Schlüssel im Briefkasten gefunden – als kostenlose Zugabe zum Abbruch der Beziehungen. Wie hatte er sich doch ausgedrückt – »auch dieser letzte Streich von dir war richtig gemein, findest du nicht?«

Mit wem war sie wohl gefahren? Mit irgendeinem erfolgreichen Geschäftsmann, dem Besitzer von Fabriken, Zeitungen, Schiffen? Mit so einem kann sich ein schmächtiger Dachs wie Denis natürlich nicht messen, nicht einmal mit Dreitagebart. Und da reißt ihm die Geduld, und statt den Hund zu suchen, wirft er tief gekränkt den Schlüssel in den Briefkasten.

Aber vielleicht war ja auch alles ganz anders gewesen? Darja war weggefahren und hatte den Hund einer Freundin anvertraut. Die Freundin hatte ihn für eine Zeit lang zu sich geholt, darum hatten auch keine Schüsseln an dem Platz vor der Heizung gestanden, auf den die Dobermannhündin so ungestüm zugesprungen war. Die Freundin war mit dem Tier nicht zurechtgekommen, und die eigensinnige Hündin war bei einem Spaziergang weggelaufen. Solche Sachen passieren schließlich jeden Tag.

Der Sessel wurde der beschwipsten Natalja zu unbequem, und sie machte es sich auf dem Teppich gemütlich. Auf den weichen Wellen des Martini schaukelnd, schloss sie die Augen. Aber lange dauerte dieser selige Zustand nicht: Tuma wurde nervös und lief hin und her – zur Tür und wieder zurück zu Natalja; die feuchte Hundenase stupste ganz unmissverständlich an Nataljas Kinn.

»Willst du Gassi gehen, Hund?«, fragte Natalja widerstrebend.

Der Hund knurrte kurz und rannte wieder zur Tür.

»Ja, du willst Gassi, hol dich der Teufel ...«

Mit Bedauern stellte Natalja das Glas ab und stand auf. Ein Hund wäre wirklich das letzte Lebewesen, das sie auf ihren zwanzig Quadratmetern aufnehmen würde. Feste Zeiten, keinerlei Privatleben, stattdessen völlige Abhängigkeit von dem vierbeinigen Freund, zum Kuckuck mit ihm!

In der Diele unterdrückte sie die Versuchung, den wundervollen Schaffellmantel anzuziehen: Immer schön bescheiden sein, Natalja Iwanowna!

Schon in Mantel und Stiefeln, hielt sie vergeblich nach einer Hundeleine Ausschau. Auch ein Maulkorb fehlte. Das erhärtete ihre Vermutung, dass der Hund für die Zeit der Abwesenheit seines Frauchens jemand anderem anvertraut worden war. Na, fürs Erste würde der Riemen ihrer Handtasche reichen.

Und nun das Wichtigste – nicht den Schlüssel zu dem fremden Leben vergessen. Und möglichst unterwegs niemandem begegnen. Niemandem, der Darja Litwinowa kannte. Sonst wurde sie noch in blöde Gespräche verwickelt ...

Im Treppenhaus war es still. Keine einzige Tür öffnete sich, kein einziges neugieriges Gesicht schaute heraus.

Während Tuma draußen ihr Geschäft erledigte, ohne ihre neue Beschützerin auch nur für eine Sekunde aus den Augen zu lassen, kamen Natalja gleich mehrere interessante Gedanken auf einmal in den Kopf. Erstens: Es könnte nicht schaden, den Anrufbeantworter vollständig abzuhören. Zweitens: Es könnte nicht schaden, sich mit irgendeinem Bekannten der Litwinowa in Verbindung zu setzen, sie hatte ja Notizbücher mit Adressen. Schließlich konnte Natalja nicht ewig in der fremden Wohnung bleiben und mit Versuchungen kämpfen.

Und drittens ... Warum eigentlich konnte sie nicht hier bleiben?

Dieser abenteuerliche Gedanke fraß wie ein Wurm schon seit Stunden an ihr. Dabei ging es ihr nicht um den Hund. Es ging um die Wohnung. Um den Zobelpelz in der Diele, um den Fernseher, das Kleid, das so nachlässig aufs Bett geworfen worden war, um die Batterie teurer Flaschen mit teuren Getränken. Allein der Gedanke daran, dass sie in ihre widerwärtige Kommunalwohnung, zu Jadwiga, den Buwakins und der ganzen Sippschaft der Bedussjonoks zurückkehren sollte – allein dieser Gedanke machte sie verrückt.

Der Schnee knirschte munter unter ihren Füßen, in den Häusern brannten noch späte Pfefferkuchenlichter, und in der Wohnung im fünften Stock warteten Martini, die Reste des Roquefort und schwere Stores im Schlafzimmer auf sie.

»Nein«, sagte sie sich und ballte die Fäuste. »Nein. Du hast kein Recht dazu. Das ist nicht legal. Das ist Hausfriedensbruch und wird vom Gesetz bestraft. Jetzt nimmst du den Hund, schnappst dir ein Taxi und fährst zurück auf die Petrograder Seite, Natalja Iwanowna. Hast du mich verstanden?«

Natalja setzte sich in eine Schneewehe und rieb sich die erhitzten Wangen mit Schnee ab.

»Hohes Gericht! Ich habe nur ein Hundeleben gerettet – wer will mich verurteilen, wer wirft den ersten Stein? Sie kennen alle Umstände des Falls. Sie wissen, mit dem Hund wieder in die Kommunalwohnung zurückzukehren ist unmöglich, ihn ohne Aufsicht allein zu lassen aber noch unmöglicher ...«

Zur Nacht war der Frost merklich stärker geworden; Tuma zog abwechselnd die Pfoten ein und schaute Natalja bittend an: Zeit zurückzugehen, meine Liebe.

Sie kehrten in die Wohnung zurück, und wieder begegneten sie niemandem im Treppenhaus. Tuma wartete nicht ab, bis Natalja sich ausgezogen hatte, und drückte mit der Pfote gegen die Badezimmertür: Gewohnheit ist wie eine zweite Natur, besonders bei Hunden.

Das Badezimmer empfing Natalja mit blitzenden Kacheln und Spiegeln, flauschigen Handtüchern und zwei Bademänteln – einem Herren- und einem Damenmantel. Tuma stand schon in der Wanne und trat ungeduldig von einem Bein aufs andere.

Natalja brauchte ein paar Minuten, bis sie die nötigen Utensilien gefunden hatte. Ein orangefarbener Gummihandschuh und ein Shampoo mit dem grimmigen und abschreckenden Namen »Antifloh« waren allem Anschein nach für die Hundewäsche vorgesehen. Sie stellte das Wasser an, schaltete es auf die Dusche um und begann vorsichtig, Tumas Fell einzuschäumen.

Tuma benahm sich ganz brav, sie zuckte nicht und winselte nicht; anscheinend gefiel es ihr, gewaschen zu werden. Überhaupt schien es sich hier um eine Art Ritual zu handeln. Als die Waschung beendet war, rubbelte Natalja den Hund mit einem der Handtücher trocken. Die rötlichen Flecken in Tumas Fell glänzten, und Natalja dachte zum ersten Mal, dass es eigentlich ein wirklich schöner Hund war.

Eine Sphinx, eine römische Wölfin, Lupa ...

Natalja dachte an ihr eigenes Badezimmer auf der Petrogradka – ein riesiger, in trübsinnigem Ockerbraun gestrichener Raum. Die Decke hatte sich unter dem Druck der Feuchtigkeit gesenkt, der imposante gusseiserne Trog der Badewanne war im Lauf der Zeit gelb geworden. Und diese ganze proletarische Pracht wurde von einer nackten Hundert-Watt-Birne beleuchtet. Über die verstaubten Elektroleitungen liefen Schaben, vor dem Waschtrog hing keusch ein schimmliger Vorhang, und die gegenüberliegende Wand war von oben bis unten mit Holzpaletten behängt: Alle Mieter der Wohnung ekelten sich davor, in der Gemeinschaftswanne zu baden, und benutzten sie nur als Duschkabine. Alle, außer der alten Jadwiga Bronislawowna ...

Aber hier – blitzende Kacheln, eine schicke schwedisch-deutsch-französische Ausstattung. Alles vom Feinsten. Eine Wucht.

Ein Geschenk des Schicksals. Es wäre eine Sünde, es nicht zu nutzen.

Natalja setzte sich auf den Rand der Wanne und schaute sich die Flakons mit Shampoos, Spülungen, Haarkuren, Badesalz und Badeschaum an. Auf der Ablage vor dem großem Spiegel, der sich über die ganze Länge der Wanne erstreckte, zählte sie zwei Zahnbürsten und zwei Rasierapparate (einen teuren für Männer und einen sehr teuren für Frauen). Und ein Gummispielzeug. Die Wohnungsinhaberin war offenbar nicht frei von einer gesunden Sentimentalität, von ihrer Seite brauchte man sicher keine gerichtliche Verfolgung zu befürchten.

Sorgfältig wusch Natalja die Wanne aus und steckte die Reste der harten Hundehaare in die Haartüte. Dann ließ sie Wasser ein und warf alles hinein, was ihr unter die Hände kam – Schaum, Salz und das Gummispielzeug. Eine kleine Ente mit dem traurigen Näschen von Barbra Streisand.

Irgendetwas fehlte.

Ja. Musik und Martini.

Ganz wie in den besten romantischen Hollywood-Komödien.

Fünf Minuten später lag Natalja gemütlich im Schaumbad und schlürfte an ihrem Drink. Schade, dass ein solches Leben berückenden, hoch bezahlten Blondinen vorbehalten war. Erfolglose Brünette durften sich nicht einmal an einem Bruchteil solcher Vergnügen erfreuen.

Sie seifte sich den Kopf ein und streckte ihrem Spiegelbild die Zunge heraus: »Kalif für eine Stunde, meine bezaubernde Natalja Iwanowna, Kalif für eine Stunde ...«

Aber was für eine Stunde!

Warum wohl in dem Zahnputzbecher zwei Bürsten steckten? Eine, das war klar, hatte der zu Tode betrübte Denis absichtlich zurückgelassen, damit er einen Anlass hatte, noch einmal zurückzukommen. Er hatte seine Zahnbürste auf der Ablage und seinen Bademantel am Haken gelassen, und es war nicht ausgeschlossen, dass noch andere lebenswichtige Kleinigkeiten zurückgeblieben waren – die Lieblingsunterhose, das Lieblings-T-Shirt, der Lieblingskugelschreiber.

Natalja schob den Schaum beiseite.

Die zweite Zahnbürste gehörte sicherlich der Wohnungsinhaberin.

Aber warum hatte Darja sie nicht mit auf die Reise genommen? Die Zähne muss man sich auch in Nizza putzen, sogar in Vier-Sterne-Hotels. Aber andererseits – sie ist nicht wie du. Du hast deine Zahnbürste seit zwei Jahren nicht gewechselt, wartest so lange, bis alle Borsten ausgefallen sind. Aber sie ... Sie kauft sich eine neue Bürste. Auf dem Flughafen Le Bourget. Oder auf dem Flughafen Charles de Gaulle.

Natalja ging wählerisch die verschiedenen Haarspülungen durch und bemerkte erst jetzt das Haarfärbemittel, das sich zwischen all die anderen Flakons gestohlen hatte. Stillvergnügt kicherte sie in sich hinein.

Du bist gar keine Blondine, mein Herzchen. Eher eine Brünette, so wie ich. Und achtest sorgfältig darauf, dass man, Gott verhüte, nicht die dunklen Wurzeln sieht. Natalja hatte sich erst einmal im Leben die Haare gefärbt, in ein schonendes Kastanienbraun. Nicht dass ihr diese Farbe besonders gut gestanden hätte, aber sie erinnerte sich noch an das angenehme Gefühl der Neuheit. Als sie jetzt die teure Colorierung sah, dachte sie plötzlich: Warum dieses Gefühl nicht wiederholen? Warum sich nicht von der hochmütigen, stilvollen Wohnung anstecken lassen, warum nicht Ninon morgen Abend überraschen ...

Warum eigentlich nicht?

Für die Metamorphose von der Brünetten zur Blondine gingen gut anderthalb Stunden drauf. In dieser Zeit trank Natalja den Martini aus, fütterte Tuma und hörte zweimal die CD »Eduard Artemiev. Soundtrack zu den Filmen ›Solaris‹, ›Stalker‹, ›Der Spiegel‹«. Und sie sah sich genauestens alle Kosmetika in der Frisierkommode neben dem Bett an.

Ninon würde in Ohnmacht fallen. Dieses ganze Arsenal schwerer weiblicher Kriegsausrüstung kostete bestimmt tausend Dollar, nicht weniger. Alles aus Frankreich, kein »made in China«, keine Zumutungen aus dem Parfümerie-Kombinat »Morgenrot an der Newa«. Neben dem Regal mit den Kosmetika starb Natalja mehrere Tode und wurde ebenso oft wiedergeboren – in neuer Gestalt, mit platinblond schimmerndem Haar.

»Na, wie gefalle ich dir?«, fragte sie die Dobermannhündin. »Ich finde mich gar nicht übel.«

Tuma riss das Maul auf und gähnte.

»Recht hast du. Zeit, ins Bett zu gehen ...«

8. Februar. **Ljolja**

Hauptkommissar Ljolja und sein Einsatzleiter Sanja Gussalow waren nun schon eine geschlagene Stunde bei dem Pathologen Skoritschenko. Der Pathologe und Gussalow schlürften Bier, Ljolja begnügte sich mit einem bescheidenen Gin-Tonic. Auf dem kalten Seziertisch vor ihnen lag der Körper des allmächtigen Bankiers German Radziwill. Wenn man Skoritschenko glauben durfte, war der Tod Radziwills vor ungefähr vier Tagen eingetreten, als Folge einer Stichwunde in den Augapfel, zugefügt mit einem spitzen Gegenstand. Der Gegenstand hatte auf seinem Weg alles durchbohrt und war ins Gehirn eingedrungen. Eine genauere Charakteristik dieses spitzen Gegenstands wollte Skoritschenko nicht geben.

»Also keine Kugel?«, fragte Ljolja den Experten resigniert zum x-ten Mal. »Aber was dann?«

»Vielleicht ein Stilett. Vielleicht eine eigens zugespitzte Ahle. Vielleicht noch etwas anderes. Einem solchen Mordwerkzeug begegne ich ehrlich gesagt zum ersten Mal. Ein Teufelsding ...«

Der unerschütterliche Skoritschenko sprach aus, was Ljolja schon die ganze Zeit dachte. Ihnen allen wäre erheblich wohler zu Mute, wenn sich alles auf ein Attentat vor dem Büro und einen Kontrollschuss in den Kopf beschränkt hätte.

»Na, und was sagen Sie zu den Innereien des Verstorbenen, Doktor?«

»Was gibt's da zu sagen? Einige Stunden vor seinem Tod hat das Opfer tüchtig gegessen. Im Magen befinden sich unverdaute Speisereste ...«

»Was für welche im Einzelnen?«, mischte sich Sanja Gussalow ein.

»Sie wünschen die Speisekarte, meine Herren?«

»Das würde nicht schaden.« Gussalow verbreitete sich liebend gern über gastronomische Themen. »Anhand der Speisekarte ermitteln wir das Restaurant. Und belangen den Chefkoch als Auftraggeber und als Hauptverdächtigen.«

»Nicht mehr nötig«, unterbrach Ljolja ihn. »Das Lieblingsrestaurant von Radziwill haben wir bereits festgestellt. Die ›Wildgänse‹. Der Koch ist völlig unverdächtig. Radziwill hat tatsächlich am Abend des dritten Februar dort gegessen. So gegen zwanzig Uhr. Mit einer Dame. Einer eleganten Blondine, wie die Angestellten des Restaurants versichern.«

»Und seiner Frau hat er vorgeflunkert, dass er wichtige Geschäfte im Büro habe.« Gussalow zwinkerte dem Kommissar zu und wies mit dem Kinn in die Richtung der Leiche. »Da siehst du, was mit Männern passiert, die ihre Gattin betrügen. Denk daran, Petrowitsch, bevor du in den Stand der Ehe trittst!«

»Ich werd's mir merken.«

»Wo hat denn eigentlich die Wache ihre Augen gehabt?«

»Der Bodyguard war entlassen worden. Auch auf den Flughafen wollte Radziwill am Morgen des Vierten ohne Begleitung fahren.«

»Ist die Persönlichkeit der Dame schon festgestellt?«

»Nein. Was soll das schon für eine Persönlichkeit sein, wenn Radziwill die Frauen wechselte wie die Hemden ... Und Blondinen bevorzugte.«

»Na, das ist ja nicht strafbar. Ich trage meine Hemden zum Beispiel schon seit fünf Jahren. Und dass Gentlemen Blondinen bevorzugen, weiß jeder Depp.«

Ljolja überhörte die giftige Bemerkung Gussalows.

»Jeder Depp vielleicht, ich aber nicht. Wieso hat Radziwill seine Wache entlassen? Wieso hat er sich entschieden, allein zum Flughafen zu fahren, ohne seine Ehreneskorte?«

»Vielleicht wollte er mit seiner Blondine zum Schluss noch

ein paar Purzelbäume schlagen«, mutmaßte Sanja. »Auf der Anrichte zwischen Hummer und Kohlrüben mit Sauce.«

»Sie war übrigens nicht die Erste, die mit ihm dieses Restaurant besucht hat. Der Oberkellner hat von zwei Dutzend und mehr Gespielinnen gesprochen.«

»Wo hat denn eigentlich die Ehefrau ihre Augen gehabt?«, bemerkte der Pathologe Skoritschenko.

Von Emma Alexandrowna, Radziwills Frau, hatte Ljolja sich erst vor zwei Stunden verabschiedet, eine Begegnung, die ihm nicht in bester Erinnerung war. Erstens war Emma Alexandrowna eine heißblütige Brünette mit einem unauffälligen, aber deutlich ausgebildeten Kavalleristenschnurrbärtchen. Zweitens war sie nicht allein gekommen, sondern in Begleitung ihres handzahmen Leguans und eines ebenso handzahmen jungen Mannes, den sie als ihren persönlichen Chauffeur und Psychoanalytiker vorstellte. Und Ljolja konnte weder Eidechsen noch halbseidene Jüngelchen im Dienste reicher Damen ausstehen.

Emma Alexandrowna identifizierte ihren Mann völlig emotionslos und fragte ebenso kühl, wann sie die Leiche abholen könne.

»Es trifft Sie nicht allzu hart, wie ich sehe«, konnte Ljolja sich nicht verkneifen.

»Unsere Beziehung war ausgesprochen schlecht. Das wissen alle.« Emma Alexandrowna kraulte den faltigen Hals des Leguans. »Es wäre albern, die untröstliche Witwe spielen zu wollen.«

»Trotzdem haben Sie zusammen gewohnt und waren über seine Angelegenheiten auf dem Laufenden. Er hat Sie also am Abend des dritten Februar angerufen und Ihnen mitgeteilt, dass er in der Stadtwohnung übernachten würde. Was beabsichtigte er in Paris zu tun?«

»German hat mich in seine Geschäfte nicht eingeweiht. Vielleicht hatte es mit seiner Bank zu tun.«

»Wenn man der Sekretärin des Verstorbenen glauben darf,

handelte es sich um einen privaten Besuch«, bemerkte Ljolja bissig.

»Möglich. Unser Sohn studiert an der Sorbonne. Er sagte, er wolle bei Adam vorbeischauen.«

»Adam?«

»So heißt unser Sohn.«

Ljolja warf einen Blick auf den Begleiter von Emma Alexandrowna. Dieses mickrige Kerlchen war vermutlich im selben Alter wie der Sohn der Radziwills. So ist das Leben, ein Tal der Tränen: Der eine studiert an der Sorbonne, und der andere befriedigt die Launen einer Venus im Klimakterium.

»Er hat Sie angerufen ...«

»Ja. Er hat mich angerufen und gesagt, er fliege nach Paris. Er wolle sich mit Adam treffen.«

»Wusste Ihr Sohn von der Ankunft seines Vaters?«

»Ich habe keine Ahnung. Aber vermutlich hat German ihn darüber informiert.«

»Und er hat nicht angerufen, als das Treffen mit dem Vater nicht stattfand?«

»Adam ruft sowieso selten an.« Keinerlei Bedauern klang in der Stimme Emma Alexandrownas mit, es war nur eine kühle Feststellung. Wirklich eine reizende Familie!

»Hatte Ihr Mann Feinde?«

»Wie jeder, der im Big Business ist. Eine müßige Frage, Herr ...« Emma Alexandrowna schaute Ljolja an.

»Leonid Petrowitsch ...« Seinen unglückseligen Nachnamen ließ Ljolja lieber weg.

»Eine müßige Frage, Leonid Petrowitsch. Aber es ist niemals ein Anschlag auf ihn verübt worden ... Jedenfalls hat man eine sehr merkwürdige Methode gewählt.«

»Meinen Sie?«

»Mir scheint, Auftragsmorde sehen völlig anders aus.«

Anders. Genau das hatte er auch zu Sanja Gussalow in der Dolgoosernaja-Straße gesagt.

»Ich sehe, Sie kennen sich mit Auftragsmorden gut aus.«

»Jede Köchin kennt sich damit aus«, fauchte Emma Alexandrowna verächtlich. »Jeder Hilfsarbeiter. Genauso wie mit Politik, Wirtschaft oder Kaninchenzucht. Das ist alles der verderbliche Einfluss des Fernsehens, Leonid Petrowitsch.«

»Ich verstehe. Und Sie selber, was denken Sie?«

Emma Alexandrowna hob die Arme: Was soll ich denken, wenn vom rechten Auge meines Mannes nur noch Erinnerungen übrig sind.

»Leben Sie ständig auf dem Land?«

»Ja. In einem Vorort von Pawlowsk, mit guter Verkehrsanbindung ...«

»Aber in der Stadt haben Sie auch noch eine Wohnung.«

»An der Lanskoje-Chaussee.« Sie runzelte die Stirn: Warum fragen Sie, wenn Sie sowieso schon alles wissen. »Aber dort bin ich fast nie. Mein Mann steigt dort oft ab, das Hauptgeschäftshaus seiner Bank ist nicht weit entfernt, im Bezirk der Karpowka.«

»Wohnt dort außer Ihnen und Ihrem Mann noch jemand?«

»Seine Cousine Agnieszka. Vor sieben Jahren hat er sie aus den Karpaten geholt, aus Truskawez.« Emma Alexandrownas Schnurrbart sträubte sich verächtlich, als sie unverhohlen auf die blutschänderische Beziehung von Cousin und Cousine anspielte. »Sie kümmert sich ums Haus.«

Bist du vielleicht deshalb auf Nimmerwiedersehen nach Pawlowsk gezogen?

Die Lanskoje-Chaussee also. Gleich um die Ecke war die Sawuschkin-Straße, aus der der Wagen mit der Leiche Radziwills gestohlen worden war. Das bedeutete natürlich nichts. Die Witwe zu verdächtigen, am Tod des Bankiers beteiligt gewesen zu sein, war albern – außer natürlich, sie verfolgte in diesem Fall ihre eigenen Interessen.

»Wie hoch wird das Vermögen Radziwills ungefähr geschätzt?«, fragte Ljolja.

Emma Alexandrowna wurde flammend rot, und ihr winziger Schnurrbart stellte sich entrüstet auf.

»Warum fragen Sie mich das?«

»Ich bin verpflichtet, das zu fragen.«

»Mir scheint, das ist im Moment reichlich unpassend ...«

Die Witwe begriff sofort, dass sie eine Dummheit gesagt hatte, und stockte. Ihre Kälte und völlige Teilnahmslosigkeit gegenüber dem Tod ihres Mannes rechtfertigten beliebige Fragen der Ermittler.

»Ich habe mich nie näher mit den Finanzgeschäften meines Mannes befasst. Aber Sie wissen ja selbst, dass er nicht gerade arm war. Sie können Erkundigungen bei seiner Bank einziehen.«

Warum nicht gleich bei der Steuerfahndung!

»Hat er Ihnen große Summen gegeben, Emma Alexandrowna?«, fragte Ljolja unverblümt.

Natürlich hatte er das. Ihr selber, ihrer Eidechse, ihrem jungen Liebhaber, gar kein Zweifel. Emma Alexandrowna bekleidete offiziell den nebulösen Posten einer Beraterin in einem Verlag für populärwissenschaftliche Literatur, mit einem Festgehalt von 1775 Rubel. Davon konnte man nicht einmal die Motten für den Leguan bezahlen.

»Wir hatten eine ziemlich schwierige Beziehung. Aber es stimmt, er hat mir monatlich eine bestimmte Summe gezahlt. Eine sehr bescheidene, glauben Sie mir«, sagte die Witwe, sorgfältig die Worte wählend, obwohl die Brillanten in ihren Ohren eine ganz andere Sprache sprachen.

»Und im Falle seines Todes? Sicher hat er doch ein Testament hinterlassen.«

»Von einem Testament ist mir nichts bekannt«, fiel ihm Emma Alexandrowna brüsk ins Wort.

»Gut. Sprechen wir von etwas anderem. Sie sagten, Sie hatten eine ziemlich schwierige Beziehung. Was bedeutet das?«

»Was glauben Sie denn? Er hat unsere alte Hausangestellte Wera Ignatjewna entlassen und dafür diese Schlampe Agnieszka eingestellt ... German war immer ein Weiberheld. Der hat keinen Rock ausgelassen. Bei allen Wettbewerben, wo die Mädel die Hintern schwenken, saß er in der Jury.«

»Was für Wettbewerbe?«

»Das wissen Sie doch selber ... Miss Stadt, Miss Gebiet, Miss Bezirk, Miss Atomkraftwerk. Und anschließend hat er sie abgeschleppt.«

Wie hat er das nur alles geschafft, dachte Ljolja voller Respekt. Bei all seinen Aktivitäten, seinen Börsenspielen und Tochterunternehmen. Und bei allen Risiken – Krisen, Geldentwertung, Firmenpleiten, Beamtenwillkür ... Und bei einer Cousine aus den Karpaten.

Eine beneidenswerte Potenz.

»Sind Sie aus diesem Grund in ein Haus auf dem Land umgezogen?«

»Teilweise«, wich Emma Alexandrowna einer direkten Antwort aus. »Mir waren seine Abenteuer gleichgültig. Aber Adam ... Adam sollte all das nicht sehen. Die Ausschweifungen seines Vaters ... Verstehen Sie, Leonid Petrowitsch? Irgendwann hätte das ein trauriges Ende genommen.«

»Traurig?«

»Nun ja. Sie hätten angefangen, sich ihre Nutten zu teilen, sie auszutauschen ... Widerwärtig!«

Das Gespräch mit Emma Alexandrowna hatte dem strahlenden Bild von German Radziwill praktisch nichts Neues hinzugefügt. Außer dass der Verstorbene in Bezug auf Frauen ausgesprochen zügellos war. Aber das hatte ihm indirekt auch schon der Oberkellner aus den »Wildgänsen« mitgeteilt. Diese ganze Damenkollektion interessierte Ljolja nicht besonders. Das blonde vis-a-vis – das zu finden lohnte sich allerdings. Nicht ausgeschlossen, dass die Blondine die Letzte war, die ihn lebend gesehen hatte. Wenn man den Aussagen der Kellner glauben durfte, hatten Radziwill und seine Begleiterin das Restaurant um 21.45 Uhr gemeinsam verlassen. Radziwill hatte einen kleinen Diplomatenkoffer aus Leder bei sich gehabt. Die Dame war mit noch leichterem Gepäck erschienen – eine winzige Handtasche, in die nicht einmal eine Sicherheitsrasierklinge gepasst hätte. Sie hatte Radziwill schon im Restaurant erwartet, das bestätigten die Kellner. Die Dame war zehn Minuten vor Radziwill in den »Wildgänsen« erschienen. Sie bestellte ein Glas Wein und eine Flasche Mineralwasser und zeigte keinerlei Anzeichen von Unruhe.

Was man von Radziwill selber nicht behaupten konnte. Wie sein Bodyguard versicherte, war er in der Bank eine Viertelstunde aufgehalten worden und schaute während der ganzen Fahrt zu den »Wildgänsen« auf die Uhr. Der Bodyguard hatte den Eindruck, dass Radziwill zu einem wichtigen Geschäftstreffen wollte.

Vor dem Restaurant angekommen, wurde Radziwill sofort ruhig. Er entließ den Bodyguard am Eingang. Offensichtlich hatte Radziwill eine etwas seltsame Vorstellung von Personenschutz.

»Sind Sie mit dem Nissan zum Restaurant gefahren?«, fragte Ljolja den Bodyguard.

»Nein. German Julianowitsch hat zwei Wagen – einen Nissan und einen Volvo. Der Volvo wird von seiner Frau benutzt. Außerdem einen Dienst-Mercedes. In dem sind wir auch zum Restaurant gefahren.«

»Und dort hat Ihr Chef Sie entlassen?«

Der Bodyguard verzog das Gesicht. Offenbar mochte er das Wort »Chef« gar nicht, und überhaupt hatte er wenig Ähnlichkeit mit dem klassischen Bild eines Leibwächters. Er wirkte eher wie der Absolvent einer Elite-Uni. Eine Brille mit teurem Gestell, ein gut geschnittener Anzug, unter dem nicht die kleinste Andeutung von auch nur ansatzweise entwickelten Muskeln zu sehen war. Obwohl ... wer weiß, vielleicht ist dieser Bursche ja die perfekte Geheimwaffe, ein Ritter ohne Furcht und Tadel, ein echter Ninja-Kämpfer ...

»Und dort hat Ihr Chef Sie entlassen?«, wiederholte Ljolja seine Frage.

»Ja.«

»Ist so etwas üblich?«

»Bei ihm schon.«

»Und hat er das oft getan?«

Einen der einflussreichsten Bankiers der Stadt ohne Bewachung zu lassen – das war schon sehr originell. Viel Verständnis konnte Ljolja dafür nicht aufbringen.

»Manchmal.«

»Wann zum Beispiel?«

Das Gesicht des Bodyguards verwandelte sich in eine Maske: Er wollte offensichtlich die Geheimnisse seines Chefs nicht preisgeben. Nicht einmal des toten.

»Soweit ich mich erinnere, ist es dreimal vorgekommen.«

»Und alle drei Male hatte es etwas mit Frauen zu tun?«

»Kein Kommentar.«

»Hören Sie mal, junger Mann ... Heben Sie sich solche Statements für Talkshows über die Abschaffung der Todesstrafe auf. Die Sache ist ernst. Deshalb wiederhole ich meine Frage: Hatten alle drei Male etwas mit Frauen zu tun?«

»Ja«, gab der Bodyguard widerwillig zu.

»Und wie hat er das erklärt?«

»Wem? Mir oder seinen Frauen?«

»Ihnen. Die Frauen werden wir noch fragen.«

»Gar nicht. Er hielt es nicht für nötig, mir irgendetwas zu erklären. Gewöhnlich entließ er mich und den Chauffeur. Der Chauffeur musste seinen Nissan auf den Parkplatz des Restaurants fahren und German Julianowitsch die Autoschlüssel übergeben.«

»Aber er hat Ihnen doch sicher irgendwelche Anweisungen gegeben?«

»Ich sollte ihn nach dem Rückflug aus Paris abholen.«

»Wann wollte er zurückkommen?«

»Darüber sollte ich noch unterrichtet werden.«

»Von wem?«

»Von seinem Sekretär.«

»Das heißt also, er ist ohne Bewachung nach Paris geflogen?«

»Ich weiß es nicht«, gestand der Bodyguard ehrlich ein.

»Was heißt das – Sie wissen es nicht?«

»Ja, sehen Sie ... Ich war nicht sein einziger Bodyguard.«

Ljolja seufzte: Aus diesem Tölpel würde er nicht viel herausholen.

»Wer noch?«

»Das fragen Sie besser den Sicherheitsdienst der Bank.«

»Ich fürchte, junger Mann, Sie werden noch große Probleme bei der Arbeitssuche bekommen.« Dieser Brillenträger gefiel Ljolja so wenig, dass er sich eine Spitze zum Schluss nicht verkneifen konnte. »Niemand wird einen Bodyguard einstellen, dessen Boss ermordet wurde. Ein schlechtes Vorzeichen.«

Ohne Bedauern verabschiedete sich Ljolja von dem dreisten Leibwächter und seinen nichts sagenden, nutzlosen Auskünften. Weit interessanter waren die Aussagen des Personals in den »Wildgänsen«. Einer der Kellner erinnerte sich, dass die Dame zweimal den Tisch verlassen hatte. Der Garderobier bestätigte das: wirklich, zweimal. Das erste Mal begab sie sich zur Toilette, und das zweite Mal telefonierte sie aus der Telefonzelle im Foyer des Restaurants. In der Zelle war sie nicht länger als eine Minute, daran erinnerte der Garderobier sich genau.

»Wieso wissen Sie das noch?«, fragte ihn Ljolja.

»Sie war so wunderschön«, konnte der alte Knacker, dessen letzte aktive Erfahrungen mit dem anderen Geschlecht sicher zwanzig Jahre zurücklagen, nur sagen.

Dass Radziwills Begleiterin eine Schönheit war, bestätigten alle. Trotzdem konnte niemand sie ihm näher beschreiben oder besondere Merkmale nennen. Sie war einfach schön. Eine sterile Schönheit – nichts weiter. Von der Kategorie der geklonten Fotomodelle, die für alles Werbung machen, was ihnen angeboten wird, von Einwegspritzen bis zu Kraftwerken.

Auch das Foto, das in Radziwills dünner Brieftasche gelegen hatte, vermochte die Kellnermeute aus den »Wildgänsen« nicht zu identifizieren. Die Brieftasche hatte in der Gesäßtasche des Toten gesteckt. Außer dem Foto einer attraktiven Blondine ruhten dort noch vier Hundert-Dollar-Scheine und vier tiefblaue vaterländische Fünfziger. Im Handschuhfach fand man außerdem einen Schlüsselring mit zwei Schlüsseln daran. Beide mit verschiedenen, ausgesprochen drolligen Bärten.

Das Gesicht der Blondine vom Foto war zum Teil von ihren Haaren verdeckt – vielleicht war das der Grund, weshalb die Kellner nichts Genaues sagen konnten: irgendwie schon ähnlich, irgendwie aber auch nicht ...

Radziwills Chauffeur trug auch nichts zur Klärung der Sachlage bei. Er hatte seinem Chef wirklich die Schlüssel des Nissan übergeben. Aber in diesem Augenblick hatte nur Radziwill selbst am Tisch gesessen: Die Schlüsselübergabe fiel ärgerlicherweise zeitlich mit dem Toilettenbesuch der Dame zusammen.

Danach, vor dem nächsten Menügang hatte Radziwill einen Anruf über sein Handy getätigt. Aus irgendeinem Grund war er sehr aufgebracht gewesen: Das war dem Kellner aufgefallen, der den Fisch Asturisch zum Weißwein serviert hatte.

Der Telefonanruf war gewissermaßen der Schlussakkord des Abends gewesen. Die Dame und Radziwill brachen auf, ohne das Dessert abzuwarten. Um 21.45 verließen sie die »Wildgänse« und setzten sich in Radziwills Nissan; der Portier geleitete sie zum Wagen. Ab da verlor sich ihre Spur.

In Paris war Radziwill nie angekommen.

Auch die beiden Schlüssel aus dem Handschuhfach stellten sich als falsche Spur heraus: Sie passten weder zu der Wohnung der Radziwills an der Lanskoje-Chaussee noch zu ihrem Landhaus bei Pawlowsk.

9. Februar. **Natalja**

Natalja wachte gegen sieben Uhr auf und wusste einige Minuten lang nicht, wo sie sich befand. Als sie es begriff, sprang sie rasch aus dem fremden, unrechtmäßig besetzten Bett. Tuma schlief zu ihren Füßen, das verführerische Schlangenkleid hing auf einem Bügel ... Und die in der fremden Wohnung verbrachte Nacht kam ihr völlig unschuldig vor: Ich habe doch nichts Schlimmes getan, oder?

In der Wohnung war es still, Darja noch nicht wieder aufgetaucht.

Nachdem sie den Hund Gassi geführt hatte, kehrte Natalja mit der festen Absicht zurück, die Wohnung in ihrem eigenen Kostüm zu verlassen. Aber es wurde nichts daraus. Darjas Sachen strahlten eine so animalische Anziehungskraft aus – dagegen verblasste sogar Brodski. Sogar Dschawas Lippen und sein flacher Bauch – das Einzige, was Natalja in den letzten zwölf Monaten interessiert hatte –, sogar das trat in den Hintergrund. Wer hätte gedacht, dass teure Klamotten eine durchschnittliche Intellektuelle weitaus wirkungsvoller in Versuchung führen können als billige Liebhaber?

Natalja wühlte eine Weile im Schrank herum und wählte dann ein klassisches Kostüm aus. Zu dem Outfit gehörten ein unaufdringliches Parfum und ein dezentes Make-up für den Vormittag.

Im Badezimmer erwarteten Natalja zwei Überraschungen. Erstens – ihre gefärbten Haare sahen vollkommen natürlich aus. Und zweitens – das heiße Wasser war abgestellt worden.

Aber das betrübte sie nicht allzu sehr. Zumal in der Diele todschicke Stiefel standen und ein ebenso todschicker Schaffellmantel hing. Einige weitere Minuten brauchte sie für die Wahl der Handtasche. Sie entschied sich für eine Aktenmappe aus geprägtem Leder, obwohl ihr eigentlich der kesse rote Rucksack am besten gefiel, der immer noch neben dem Sessel stand. Na, egal, auch der Rucksack würde noch an die Reihe kommen.

In der Mappe befanden sich mehrere Schriftstücke, die mit einer kalligrafisch ordentlichen Handschrift bedeckt waren, mehrere Visitenkarten, mehrere Prospekte und ein dicker Stapel irgendwelcher Einladungen. Natalja verstaute all diese Dinge in einer Seitentasche und steckte Puderdose, Lippenstift und Parfum in das große Fach, zusammen mit ihrem eigenen bescheidenen Portemonnaie mit einer ebenso bescheidenen Geldsumme. Zuletzt kam noch das Buch von Woronow hinein, das sie über all den Ereignissen fast vergessen hatte.

»Also tschüss, mein Hund! Um acht bin ich zurück«, sagte Natalja und dachte sofort, dass ihre Sitzung mit Ninon sich hinziehen konnte. »Allerspätestens um halb neun. Ich lasse dir was zu fressen und zu trinken da, also knabbere nicht die Sessel an und leck kein Wasser aus dem Klo.«

Tuma wandte nicht einmal den Kopf in ihre Richtung.

Natalja hatte schon die Tür hinter sich zugeschlagen, da fiel ihr ein, dass sie den Anrufbeantworter noch nicht abgehört hatte. Aber das konnte sie auch noch am Abend tun.

An der Haustür hing ein bescheidener Gruß der Hausverwaltung: »Aufgrund eines Defekts in der Heizungsanlage ist das heiße Wasser bis 20.00 Uhr abgeschaltet.«

Danke für den Hinweis.

Mit schnellen Schritten ging Natalja zum Bolschoi Prospekt; an der Ecke tauchte eine Trolleybus-Haltestelle auf, umlagert von Leuten, die trotz der Krise im Lande immer noch arbeiteten. Und erst jetzt erschrak Natalja wirklich.

Der Schaffellmantel, das Kostüm, die Stiefel, die Aktenmappe – von Kopf bis Fuß war sie mit Dollarbündeln behängt. Und das bei der aktuellen zügellosen Straßenkriminalität! Die paar friedlichen Kleinbürger, die ihr entgegenkamen, sahen in ihren erschreckten Augen plötzlich alle wie Wegelagerer, Mafiosi, kleine Taschendiebe und gefährliche Räuber aus.

Nein. Der Bus kam nicht infrage. Die Metro auch nicht.

Sie lief auf die Straße und hob die Hand: nur mit dem Taxi und auch nur mit einem behördlich zugelassenen, kein Privatwagen mit verschmiertem Nummernschild. Nachdem sie drei Privatautos hatte weiterfahren lassen, zwängte sie sich schließlich in ein Taxi und sagte mit für sie selbst überraschend herrischer Stimme: »Kamennoostrowski, bitte.«

In der Kamennoostrowski-Straße befand sich ihr Reisebüro.

Der Chauffeur, ein junger Kerl mit modischen Koteletten à la Elvis Presley, lächelte sie lüstern an und zog die Nase hoch.

Hätte sie ihren eigenen Übergangsmantel angehabt, dann hätte sie ihn sofort gebeten anzuhalten. Wahrscheinlich hätte sie sich gar nicht erst hineingesetzt und für das Geld lieber eine Packung Buchweizen und ein paar Kilo Zwiebeln mehr gekauft. Aber der teure Mantel, die Stiefel und die platinblonden, glänzenden Haare diktierten ihr andere Spielregeln. Natalja flegelte sich selbstbewusst auf den Rücksitz und warf dem Chauffeur zu: »Darf man bei Ihnen rauchen?«

»Selbstverständlich.« Der Bursche ließ kein Auge von ihr.

Sie öffnete die Aktenmappe. Auf dem Grund der Tasche lagen ihre eigenen Zigaretten, die beschämend billigen North Star. Unmöglich. Wenn es noch Belomor gewesen wären, das hätte man noch als originell durchgehen lassen können. Aber North Star, zusammen mit dem weichen Kragen eines Schaffellmantels – das war purer Nonsens. Natalja ließ die Schlösser wieder zuschnappen und starrte aus dem Fenster.

»Wieso rauchen Sie nicht?«

»Ich hab's mir anders überlegt. Und sehen Sie bitte auf die Straße, Verehrtester.«

Den ganzen restlichen Weg rechnete Natalja in Gedanken aus, wie teuer die Fahrt sie zu stehen käme. Und ob ihr Geld für die Rückfahrt reichen würde. Und für das Hundefutter. Das Trockenfutter war natürlich gut, aber es würde nicht schaden, auch ein paar Knochen dazu zu kaufen. Schade, dass sie nichts von Hundeernährung verstand. Obwohl ... Saizew, der Geschäftsführer ihres Büros, ein überzeugter Junggeselle, hatte doch auch so einen Köter ...

Am Ziel angekommen, steckte Natalja dem Fahrer vierzig Rubel zu, obwohl der höchstmögliche Preis für eine Fahrt dreißig betrug. Die zusätzlichen zehn Rubel waren ihr Tribut an Mantel, Stiefel und Ledermappe.

»Immer zu Ihren Diensten, Eure Hoheit«, plapperte der Taxifahrer einen abgedroschenen Abschiedsgruß, und Natalja schlug wütend die Tür zu.

Sie wartete, bis das Taxi verschwunden war, und ging dann zum nächsten Kiosk, um Zigaretten zu kaufen. Nach einigem Zögern wählte sie eine dünne Schachtel Davidoff.

Ihr Erscheinen im Büro war eine Sensation.

Es begann damit, dass ihre Kollegin Galja, die sich immer nur Gala nannte (mit der Betonung auf der letzten Silbe, zu Ehren des Schnurrbartes von Salvador Dalí und seiner eisernen Muse), sie nicht erkannte, ihr eilfertig einen Polstersessel zurechtrückte und Prospekte »Urlaub auf Malta« hinschob, begleitet von einem routinierten Lächeln: »Nehmen Sie doch bitte Platz! Darf ich Ihnen unser Sonderangebot zeigen?«

»Bist du verrückt geworden, Gala, ich bin's doch!«

Über das Gesicht der Kollegin huschte ein zitterndes Lächeln, und Natalja bedauerte, dass sie für Aprilscherze keine Kraft mehr hatte.

»Natalja Schirokowa. Deine gute alte Bekannte. Erkennst du mich jetzt? Na?!«

Gala plumpste in den Sessel und fächelte sich mit dem »Urlaub auf Malta« geräuschvoll Luft zu.

»Was ... Was ist denn mit dir passiert?«

»Ich habe mir die Haare gefärbt.« Weiter ins Detail zu gehen, hatte Natalja keine Lust. »Hör mal, ist Saizew da?«

»W-weiß ich nicht ... Sieht ja toll aus. Wo hast du diesen Mantel ergattert?«

»Hat mir ein Kunde geschenkt.«

»Ein Kunde? Was für ein Kunde?«

Mit dem Kunden war sie etwas vorschnell gewesen. Die lukrativen und kostspieligen Europa-Reisen betreuten ganz andere Mädchen, sie musste sich mit Bulgariens Goldstränden und dem völlig aus der Mode gekommen Sewan-See in dem für Touristen nicht mehr attraktiven Armenien begnügen.

»Ein Scherz. Gut, ich mache mich auf die Socken und gehe zu Saizew.«

Nach kurzem Schwanken zog sie den Schaffellmantel lieber aus. Sie konnte doch nicht gut im Wintermantel ins Büro des Geschäftsführers stolzieren!

Im Unterschied zu Gala erkannte Schurik Saizew sie sofort. Sein Blick umnebelte sich auf verdächtige Weise.

»Du bist ja eine richtige Schönheit, Natalie. Wirklich, ich hatte gar nicht bemerkt ...«

»Du hast vieles nicht bemerkt.« Natalja schlug lässig die Beine übereinander und klopfte aus der teuren Packung eine teure Zigarette heraus. »Du erlaubst doch?«

»Aber selbstverständlich! Du kannst tun, was du willst. Wir ermutigen die Initiative unserer Mitarbeiter.«

»Das würde man zu gern glauben.«

»Göttlich«, hauchte Schurik und gab ihr Feuer.

Der leichte Rauch der Davidoff machte sie schwindlig. Oder lag das alles an den Kleidern?

»Ich beobachte dich schon lange, Natalja. Es wird Zeit, dich von Bulgarien zur Karibik und nach Polynesien zu versetzen. Was sagst du dazu?«

»Ich bin allzeit bereit, wie ein Pionier. Oder vielleicht zur Côte d'Azur? Ich könnte als Reiseleiterin mitfahren.« Alle diese schrecklichen Worte flüsterte ihr das fremde Kostüm ins Ohr. Und man musste zugeben, es hatte das Recht dazu.

»Wird beherzigt.« Die Metamorphose, die mit dem notorischen Schürzenjäger Schurik Saizew vorging, erstaunte Natalja nicht im Geringsten: Schurik baggerte alle hübschen Mädchen im Büro an, und seine Favoritinnen wurden regelmäßig zu Gruppenleiterinnen befördert. Jetzt war auch sie, Natalja, an der Reihe.

»Aber merk dir, Schurik, ins Bett gehe ich nicht mit dir.«

»Wird ebenfalls beherzigt.« Schurik ließ den Kopf hängen.

»Weshalb ich komme ... Ich habe gehört, du hast einen Hund?«

»Ja, möchtest du Welpen haben? Da muss ich dich enttäuschen – ich habe einen Rüden.«

»Welche Rasse?«

»Einen Dobermann.«

Natalja hätte fast ihre Zigarette fallen lassen.

»Was du nicht sagst! Ich habe auch einen Dobermann. Eine Dobermännin. Ein Mädchen.«

»Wenn das kein Wink des Schicksals ist.« Schurik verdrehte die Augen und lockerte den Knoten seiner Krawatte.

»Genau genommen ist es der Hund meiner Freundin. Einer sehr guten Freundin.« Warum hatte sie das jetzt gesagt? »Sie ist weggefahren, und der Hund ist bei mir geblieben.«

»Und was wird von mir verlangt?«

»Nur ein paar gute Ratschläge. Wie oft muss er rausgeführt werden, was gebe ich ihm zu fressen und so weiter ...«

»Wieso, hat dir deine Freundin keine Anweisungen gegeben?«

»Nein«, gab Natalja ehrlich zu.

»Na, Gassi führst du ihn zweimal täglich, morgens und abends, das reicht völlig. Zu fressen gibst du ihm am besten Fleischreste«, legte Schurik bereitwillig los. »Und natürlich Brei. Alle Sorten von Graupen, außer Grieß. Grieß ist schwer verdaulich. Dann Gemüse. An hohen Feiertagen Quark. Und am besten kaufst du dir das Buch ›Der Dobermann – ein Wach- und Schutzhund‹. Das findest du an jedem Straßenstand.«

»Vielen Dank für die Beratung, Schurik. Dann will ich mal wieder ...«

Schurik stand auf und begleitete Natalja galant zur Tür seines Büros. Beim Abschied schob er ihr eine Visitenkarte in die Hand.

»Wozu das jetzt?«, fragte Natalja verwundert.

»Wer weiß. Da steht meine Privatnummer drauf. Ruf an, wenn was ist.«

»Wenn was ist?«

»Na, wenn der Hund dir an die Beine geht. Oder sich inadäquat verhält. Ich komme sofort und erschieße ihn«, sagte Schurik grinsend und fasste Natalja bedeutungsvoll am Ellbogen.

»Kommt so was vor?«

»Dobermänner sind ihren Besitzern sehr ergeben. Fremde Menschen werden von ihnen höchstens toleriert.«

»Und ich dachte, alle Hunde seien ihren Besitzern ergeben ... Nicht nur Dobermänner.«

»Irrtum. Alle Hunde sind ihrer Futterschüssel und einem Markknochen ergeben.«

Drei Minuten vor sechs betrat Natalja das Gebäude der Redaktion »Pussy Cat«. Die Zeitschrift für die Jeunesse dorée der Club-Generation logierte unter einem Dach mit drei anderen Publikationen: dem Kommunistenblättchen »Stern des Oktobers«, der Musikrevue »Russisches Roulette« und dem Homosexuellen-Almanach »Gay-Slawjane«. Ungeachtet aller ideologischen Unterschiede kamen die drei Publikationen ausgezeichnet miteinander aus und veranstalteten sogar in regelmäßigen Abständen – einmal im Quartal – gemeinsame Zusammenkünfte mit der Wahl einer »Miss Presse« und eines »Mister Presse«. Bei den Nominierungen zum »Mister Presse« führte gewöhnlich der »Stern des Oktobers«. Bei der »Miss Presse« belegte regelmäßig »Gay-Slawjane« den ersten Platz.

Ninon nahm an den Wettbewerben nicht selber teil, saß aber immer in der Jury.

Sie hatte überhaupt eine Vorliebe für Sitzungen. Eine möglichst ruhige, sitzende Lebensweise, Eclairs und zwei Schachteln Zigaretten am Tag waren ihr Lebens-Credo.

Auch jetzt saß sie in ihrem kleinen verqualmten Büro und tippte den soundsovielten Schmus zum Valentinstag in den Computer: »Was wisst ihr über den französischen Kuss?«

Natalja erkannte sie nicht.

»Wollen Sie zu mir? Einen Moment, ich bin gleich fertig ...«

Natalja setzte sich auf den Rand des Gästesessels, schlug ein Bein übers andere und brach in Lachen aus.

»Ninon!«

»Verzeihung?« Ninon riss sich vom Computer los und starrte Natalja an.

»Na, jetzt hör aber mal, du altes Schaf. Das bin doch ich ...«

»Lassen Sie mich überlegen.« Ninons Gesicht verzog sich schmerzlich, und ihre Wangen bebten.

»Immer das Gleiche. Wenn der verlorene Sohn nach Hause zurückkehrt, sind die Letzten, die ihn erkennen, die liebenden Angehörigen.«

»Natascha?! Bist du es?«

»Sechs Uhr!« Natalja nickte mit dem Kinn zur Wanduhr hinüber. »Wir vergeuden nur Zeit.«

»Natascha?« Ninon konnte sich vor Erstaunen immer noch nicht fassen.

»Nun ja. Wie, habe ich mich so stark verändert?«

»Nein ... Aber ... Welchem Rindvieh hast du dieses Fell abgezogen? Und überhaupt ... Was geht da vor?«

»Ein paar Veränderungen.«

»Was soll das heißen?« Ninon erhob sich ächzend aus dem Sessel, näherte sich Natalja und beschnupperte ihren Mantel von allen Seiten. »Solche Sachen hast du ja noch nie in deinem Repertoire gehabt. Das Honorar für eine Liebesnacht? Wer ist er?«

»So könnte man es ausdrücken. Das Honorar für eine Nacht. Das muss ich dir alles im Einzelnen erzählen. Du hast mir einen anständigen Kaffee versprochen, wenn meine Erinnerung mich nicht täuscht.«

Zwanzig Minuten später saßen sie schon in Ninons Lieblingskneipe. Die »Dreiunddreißig Elche« waren ein beliebter Journalistentreff, berühmt für sein hausgemachtes Gebäck und unaufdringliche Jazzmusik. Ninon bestellte ein bescheidenes Abenddessert und schickte sich an zu lauschen. Nataljas Erzählung über die in der Wohnung Darja Litwinowas verbrachte Nacht reichte für genau vier Eclairs. Ninon wischte sich geschäftig die Lippen ab und lehnte sich im Sessel zurück.

»Meiner Meinung nach hast du nicht mehr alle Tassen im Schrank«, sagte sie nachdenklich. »Stärkere Ausdrücke möchte ich lieber nicht gebrauchen. Das wäre gegen die Regeln unserer Zeitschrift.«

»Ich weiß. Du meinst, ich bin eine Vollidiotin?«

»Du bist eine Abenteurerin. Das steht fest. Brichst in eine fremde Wohnung ein, zwängst dich in fremde Klamotten und färbst dir auch noch die Haare mit einem fremden Färbemittel. Du wirst in der Hölle schmoren.«

»Meinst du?«

»Oder im Kittchen landen.«

»Hör mal, Ninon.« Natalja stützte die Ellbogen auf den Tisch. »Ich habe nichts Kriminelles getan. Ich bin nicht schuld, dass der Hund sich an mich gehängt hat. Und außerdem hast du selber mir geraten, ihn zu der angegebenen Adresse zu bringen.«

»Ich kann mich aber nicht erinnern, dir geraten zu haben, auf fremdes Territorium einzudringen. Die Unverletzlichkeit der Wohnung wird bei uns einstweilen noch vom Gesetz garantiert.«

»Und wie hättest du an meiner Stelle gehandelt?«

»Auf jeden Fall hätte ich keinen fremden Briefkasten aufgebrochen. Und keinen Brief geöffnet, der gar nicht an mich adressiert ist.«

»Wirklich? Was bist du dann für eine Journalistin?«

»Eins zu null für dich. Aber trotzdem ...«

»Du hast es abgelehnt, den Hund aufzunehmen. Und bei mir auf der Petrogradka geht das schon gar nicht. Was sollte ich tun?«

»Den Hund ins Heim geben und den Schlüssel dorthin zurücklegen, wo er lag.«

»Er lag in einem gänzlich ungeschützten Briefkasten, den man mit einer Haarnadel öffnen kann. Unehrliche Leute hätten ihn sich aneignen können.«

»Und dem ehrlichen Mädchen fällt nichts Besseres ein, als eben diese Haarnadel zu benutzen und in eine fremde Wohnung einzudringen.«

»Das ist keine fremde Wohnung. Es ist die Wohnung von Tuma.«

»Wer ist das schon wieder?«, wunderte sich Ninon.

»Der Hund. Der Hund heißt Tuma. Habe ich dir das nicht gesagt?«

»Aber wozu hast du die fremden Sachen angezogen?«

Natalja beugte sich über den Tisch und krallte sich in Ninons Ärmel fest.

»Ich konnte mich einfach nicht beherrschen! Verstehst du? Solche Klamotten ... Da stockt einem das Blut in den Adern.«

»Und wenn die Besitzerin zurückkommt?«

»Die Besitzerin ist in Nizza.«

»Das hast du auch schon herausbekommen? Und wenn sie heute Abend zurückkommt? Oder schon zurückgekommen ist?«

»Ich erkläre es dir noch einmal. Im Kühlschrank stand Milch. Und auf der Milch stand ein Datum. Der dritte Februar. Der dritte. Und heute ist der neunte.«

»Wie ich sehe, bist du nicht nur eine Abenteurerin, sondern auch eine Privatdetektivin. Und zwar keine besonders gute. Vielleicht ist sie ja nur für sechs Tage nach Nizza gefahren, woher willst du das wissen?«

»Ninon!« Natalja holte ihre Zigaretten heraus und begann zu rauchen. »Ich bin jetzt seit vier Jahren im Tourismusgeschäft. Sechs-Tage-Reisen, so was gibt es nicht. Es gibt Wochenreisen, Zwei-Tage-Reisen, Zehn-Tage-Reisen.«

»Plebejerin!« Ninon schüttelte sarkastisch ihre kiloschwere Brust. »Geh zurück in dein Dnepropetrowsk. Ich glaube nicht, dass eine so stinkreiche Dame wie deine Darja Litwinowa mit einer Reisegruppe von einer Sehenswürdigkeit zur anderen trabt. Vielleicht wollte sie noch weiter nach Monte Carlo und dort ihr Geld verprassen? Oder sie hat beschlossen, sich mit ihrem Liebsten zwischen Orchideen zu vergnügen. Solche Frauen buchen keine Pauschalreisen, das ist unter ihrem Niveau. Drücke ich mich klar aus?«

»Sonnenklar.« Natalja zog ein finsteres Gesicht. Die scharfsinnige Ninon hatte ihre eigenen Gedanken ausgesprochen, nicht mehr.

»Und dann dieser Keks ... Was sagtest du, wie er heißt?«

»Denis.«

»Aha. Dieser Denis ist eine typische akzentuierte Persönlichkeit mit deutlich ausgeprägten Phobien. Heute legt er ihr den Schlüssel in den Briefkasten, und morgen ... Morgen kommt er und schlägt ihr die Tür ein. Dann möchte ich dich aber mal sehen.«

»Er ist nach Moskau gefahren. Und kommt am Zehnten wieder. Das heißt, erst morgen.«

»Hast du seinen Brief dabei?«

Natalja holte den Brief aus der Aktenmappe und reichte ihn Ninon. Und während die von den Eclairs ganz rot gewordene Ninon die ungleichmäßigen, verzweifelten Zeilen studierte, ergötzte sich Natalja schweigend am Anblick der Freundin. Der heimliche Blick ins Schlüsselloch, die Teilnahme an fremden Schicksalen stand Ninon teuflisch gut: eine hundert Kilo schwere Urmutter der Menschheit, die alles sieht und versteht.

»Alles klar.« Ninon riss sich von der fesselnden Lektüre los und sah Natalja an. »Ich hab's mir gleich gedacht. Der verlässt diese Darja nie. Ist bis über beide Ohren verliebt und versucht sie zu erpressen.«

»Woher weißt du das?«

»Was gibt's da zu wissen? Er verflucht sie, schleudert ihr Vorwürfe ins Gesicht, und dann schreibt er drunter: Wenn du es dir anders überlegst, ruf mich an. Und zwischen den Zeilen kann man die Fortsetzung lesen: Wenn du es dir nicht anders überlegst, rufe ich selber an. Oder stehe gleich vor der Tür. Also mach dich auf seinen Besuch gefasst. Besser noch – vergiss diese Wohnung.«

»Und der Hund?«

»Was hat der Hund damit zu tun? Es geht hier doch nicht um den Hund, oder? Du bist deine Kommunalka satt, du möchtest wenigstens für einen Tag mal raus, ein anderes Leben führen. Stimmt's?«

Ins Schwarze getroffen.

»Stimmt«, seufzte Natalja.

»Das ist gefährlich. Glaub mir.«

»Ninon! Was sind das für philosophische Gespräche? Du bist doch für eine ganz andere Rubrik zuständig.«

»Heute lässt du dich in ihrer Wohnung nieder, und morgen möchtest du dich ganz in sie verwandeln. Was willst du tun, wenn sie zurückkommt, deine Darja?«

»Dann gehe ich auch zurück. In mein eigenes Leben.«

»Komm, wir gießen uns noch einen Kognak hinter die Binde.« Ninon faltete den Brief wieder zusammen und reichte ihn Natalja. »Diese ganze Situation gefällt mir nicht.«

»Warum?«

»Journalistengespür. Aus seinem Milieu kann man nicht heraus.« Ninon stand auf, marschierte zur Theke und kam mit zwei Gläsern Kognak zurück.

Schweigend tranken sie.

»Ich habe gar kein eigenes Milieu, das weißt du doch«, seufzte Natalja. »Von der Wohnung ins Büro und wieder zurück, das ist mein Leben.«

»Das hat keine Bedeutung. Ich habe dich zwei Tage nicht gesehen, und dann solche grundlegenden Veränderungen! Gefärbte Haare. Teure Zigaretten.«

»Ich kann nicht anders ...«

»Du musst dich den fremden Sachen anpassen, ich verstehe. Mach keine Dummheiten, Natascha. Das ist nicht dein Leben.«

Der Wutanfall kam so plötzlich, dass Natalja Ninon beinahe die Reste des Kognaks ins Gesicht geschüttet hätte. Ninon hatte ja Recht. In allem hatte sie Recht. Verflucht sollte sie sein, diese blöde Dobermannhündin, verflucht dieser blöde Denis, verflucht dieser blöde Schlüssel samt Darja Litwinowa. Sie waren alle nur auf der Welt, um ihr, Natalja, die eigene Armseligkeit vor Augen zu führen. Und verflucht sollte auch Ninon sein, die das alles noch theoretisch untermauerte. Unwillkürlich platzte sie heraus: »Meiner Meinung nach bist du nur neidisch.«

»Ich?!« Ninon verschluckte sich vor Verblüffung an ihrem Kognak. »Ich wüsste doch gern, auf wen?«

»Auf mich. Weil das mir passiert ist und nicht dir.«

»Idiotin!«

»Na dann. Danke für den Kognak.«

Natalja erhob sich brüsk vom Tisch: Und so was nennt sich beste Freundin. Eigentlich hatte sie sich von Ninon noch Geld borgen wollen ... Zum Teufel mit ihr!

Sobald sie aus den »Elchen« herausgestürmt und die kalte Luft eingeatmet hatte, kam Natalja wieder zur Besinnung. Unmöglich. Unmöglich, dass sich innerhalb von vierundzwanzig Stunden ihr Charakter so verändert hatte. Sie hatte der armen Ninon einen Haufen Gemeinheiten entgegengeschleudert – und nur darum, weil sie Recht gehabt hatte. Sie musste zurück und sich entschuldigen. Auf der Stelle.

Ninon saß an dem Tischchen und aß seufzend einen weiteren Teller mit Gebäck.

»Verzeih mir.« Natalja berührte sie demütig an der Schulter.

»Wolltest du sagen – ›zum Teufel mit dir‹?« Ninon hob ihren von Tränen verschleierten Blick zu Natalja.

»Das wollte ich. Aber ich hab's mir überlegt. Natürlich hast du Recht. Verzeih mir.«

»Schon gut. War auch meine Schuld ...«

»Wenn du willst, fahren wir zusammen hin. Dann wirst du sehen ...«

»Erspar mir das. Weißt du, was mir eingefallen ist, mein Mädelchen. Du brauchst bestimmt Geld. Du verstehst schon ... Ich habe ein bisschen. Kann dir was leihen.«

Natalja küsste Ninon stürmisch auf die Wange.

»Du bist ein Schatz, Ninon! Du bist die Beste ...«

»Die Beste ... Das Beste für dich wäre, aus dieser Wohnung zu verschwinden«, brummte Ninon resigniert.

»Natürlich. Ich sause los. Der Hund, du weißt ja.«

»Womit haben wir den bloß verdient. Hör mal, Natascha, hat deine Darja vielleicht eine Schwester mit Hermelin und Diadem? Etwas kräftiger? So zirka Größe sechsundfünfzig?«

Natalja hielt das Versprechen, das sie Tuma gegeben hatte, fast ein.

Fünf Minuten vor neun stand sie vor der Haustür. Die auf das kurze Zerwürfnis mit Ninon folgende Versöhnungsszene hatte sich etwas in die Länge gezogen. Sie tranken noch einen Kognak, Ninon gab der Freundin Geld (»Hier hast du zweihundert Dollar, ich habe zufällig heute Honorar bekommen, gib's mir zurück, wenn du kannst«) und bat sie noch einmal, bei der ersten Gelegenheit »aus dieser obskuren Wohnung« zu verschwinden. Sie wollte sich in ihrem Bekanntenkreis umhören, vielleicht war ja doch jemand bereit, den Hund für eine Weile aufzunehmen.

»Auf keinen Fall«, erklärte Natalja. »Ich lasse nicht zu, dass Tuma derart traumatisiert wird. Das ist ein lebendiges Geschöpf, das kann man nicht einfach von einer Wohnung in die andere schleifen.«

»Tu, was du für richtig hältst, aber schieb die Schuld hinterher nicht auf andere!«, gab ihr Ninon zum Abschied mit.

Tuma begann zu bellen und gegen die Tür zu springen, kaum dass Natalja den Schlüssel ins Schlüsselloch gesteckt hatte. Aber nachdem sich Natalja an ihr vorbei seitwärts in die Diele gezwängt hatte, verlor die Hündin sofort jedes Interesse an ihr. Mit einem kurzen Knurren trollte sie sich in ihren Sessel.

Aber Tuma war sowieso sofort vergessen: Die ganze Wohnung war voller Dampf, und unter der Badezimmertür sickerte Wasser durch.

Natalja wurde schwarz vor den Augen.

Du dummes Schaf, du verdammte Idiotin, du unselige *charypka,* wie konntest du vergessen, den Wasserhahn im Bad zuzudrehen?! Um acht ist das Wasser wieder eingeschaltet worden, und seit fünfundvierzig Minuten strömt es ungehindert heraus! In einer fremden, luxuriösen, wie eine Bonbonniere aufgeputzten Wohnung! Was war sie nur für ein dummer Trampel?!

Sie ließ den Mantel auf den Fußboden fallen und warf die Mappe auf das Regal unter dem Spiegel, stürzte ins Badezimmer, tastete, nach Luft schnappend und fast blind vor Dampf, nach dem Wasserhahn und drehte ihn zu. Das Wasser sofort abzuschöpfen war unmöglich – es war zu heiß, fast kochend. Natalja wartete ab, bis der Dampf sich etwas verzogen hatte, und schaute sich dann um: Gott sei Dank, der geflieste Boden und die gekachelten Wände hatten nicht gelitten. Das Wasser im Badezimmer stand etwa knöchelhoch. Natalja rannte in die Küche und holte ein Paar Gummihandschuhe. Und einen Schrubber mit lauter Bindfäden dran (solche Schrubber hatte Natalja im Geschäft »Maxidom« gesehen, und sie hatten sie tief beeindruckt).

Während sie noch damit beschäftigt war, das Wasser aufzunehmen, klingelte es plötzlich an der Tür.

Aha. Jetzt war es so weit. Es fing an.

Natalja fielen Ninons Worte ein: »... oder stehe gleich vor der Tür.« Vielleicht hatte Ninon Recht, und das war wirklich der verlassene Liebhaber? Gut würde sie aussehen in fremden Handschuhen und mit einem fremden Schrubber in einer fremden Wohnung! Natalja schlich auf Zehenspitzen zur Tür und lauschte.

Das Klingeln dauerte an.

Warum war sie eigentlich so sicher, dass es gerade Denis war? Sein Besuch war doch nicht vor morgen zu erwarten. Die Versuchung war zu groß, und Natalja schaute vorsichtig durch den Spion.

Nein. Das war nicht Denis. Das war definitiv nicht Denis.

Dieses Etwas.

Auf dem Treppenabsatz vor der Tür stand, verzerrt durch die Optik des Spions, ein Mann in einem verwaschenen Karohemd, in Jeans und mit Pantoffeln an den nackten Füßen. Von einem Fuß auf den anderen tretend und mehrmals laut niesend, schellte er erneut und näherte sein Gesicht dem Spion. Natalja wich zurück und stieß an die Aktenmappe, die mit lautem Poltern zu Boden fiel. Der Inhalt der Tasche ergoss sich auf die Marmorfliesen.

Als der Mann vor der Tür hörte, dass aus der Wohnung Nr. 48 Lebenszeichen kamen, wurde er munter und drückte von neuem energisch auf den Klingelknopf.

»Machen Sie doch auf, zum Teufel! Sie haben meine ganze Wohnung überschwemmt! Oder muss ich erst mit der Miliz kommen?!«

Ach so. Das war offensichtlich der Nachbar aus dem Stockwerk unter ihr. Er würde so lange herumkrakeelen, bis sie öffnete. Mit seinem schlampigen Hemd und dem vorstehenden Adamsapfel sah er aus wie der typische Querulant. Der würde nicht von der Tür weichen, bis er Satisfaktion erhalten und Natalja alles gesagt hatte, was er von ihr dachte und gegen sie zu unternehmen beabsichtigte, inklusive Gerichtsverfahren und Geldstrafe für den moralischen und materiellen Schaden.

Sonderbar war nur, dass Tuma überhaupt nicht auf den Mann vor der Tür reagierte: Das widersprach Nataljas Vorstellungen von den Pflichten eines Wachhundes diametral. Ein Hund soll bellen, wenn sich jemand seinem Haus nähert. Aber vielleicht war dieser Mann allzu unbedeutend? So unbedeutend, dass Tuma es für unter ihrer Würde hielt, sich mit ihm auf irgendeine Form von Auseinandersetzung einzulassen?

Dieser Gedanke belustigte Natalja, und sie öffnete schließlich doch noch die Tür.

Nun stand der unerwartete Besucher in voller Schönheit vor ihr. Schmale Schultern, eine eingefallene Hühnerbrust, knochige Extremitäten, ein paar spärliche Härchen am Kinn und an den Knöcheln, ein strubbeliger, ungewaschener Kopf und ein leicht pockennarbiges Gesicht. Du lieber Himmel, was gab es doch für unerfreuliche Typen! Bestimmt ein Junggeselle und Frauenhasser, irgend so ein kleiner Bürohengst. Ein Giftpilz mit Hämorrhoiden und Prostatabeschwerden ...

»Sie haben mich überschwemmt!«, verkündete der Giftpilz. »Wie lange soll das noch so weitergehen? Sie sind gerade erst hier eingezogen, und man hat nichts als Unannehmlichkeiten mit Ihnen. Erst die Renovierung, wo Sie Tag und Nacht auf meinem Kopf herumgehämmert haben. Na gut, Schwamm drüber. Dann haben Sie angefangen, Orgien zu veranstalten, bis früh um sechs hat mein Kronleuchter gewackelt. Jetzt wieder neue Plagen ...«

»Sie sind der Nachbar von unten?«, vergewisserte sich Natalja.

»Ja, der Teufel soll Sie holen! Ich werde gerichtlich gegen Sie vorgehen!«

Genau. Ihre schlimmsten Befürchtungen bewahrheiteten sich.

»Bitte entschuldigen Sie. Ich werde alles in Ordnung bringen. Sie wissen ja, es war kein Wasser da, diese Leute von der Hausverwaltung sind unberechenbar. Entschuldigen Sie nochmals.« Auf solche Grobiane wirken Sanftheit und Demut am besten – an diese Strategie beschloss Natalja sich zu halten.

Unerwartet runzelte der Gast seine hohe, bucklige Stirn, und sein Gesicht bedeckte sich mit roten Flecken. Er nieste laut und fixierte Natalja.

»Haben Sie einen Hund?«

»Bitte?«

»Haben Sie einen Hund?«

»Ja. Wieso?«

»Ich bin allergisch gegen Hunde.«

Wer hätte daran gezweifelt! Nein, man hatte es nicht leicht.

»Ich sperre ihn sofort weg, einen Moment ...« Natalja huschte davon, um die Tür zum Wohnzimmer zu schließen. Als sie zurückkam, hielt der Nachbar das Buch von Woronow in den Händen, das aus der Aktenmappe gefallen war.

»Interessant?«, fragte er und musterte Natalja aufmerksam.

Natalja begnügte sich mit einem vieldeutigen Brummen und nahm ihm das Buch wieder weg. Anscheinend wollte dieser ungehobelte Kerl jetzt auch noch anbandeln. Zum Verrücktwerden!

»Ja«, sagte sie knapp.

»Und wie gefällt er Ihnen überhaupt?«

»Überhaupt?«

»Der Autor, meine ich?«

»Warum interessiert Sie das?«

»Ich frage ja nur ...«

Natalja erinnerte sich rechtzeitig daran, dass der Nachbar von unten die geschädigte Partei war, und wurde etwas freundlicher.

»Das ist ein sehr guter Autor. Haben Sie von Woronow überhaupt schon mal gehört?«

»Flüchtig. Mir gefällt diese Art von Literatur nicht.«

Natalja verspürte eine leichte Verärgerung. Natürlich, du

liest Steiners »Seelenrätsel« zum Lunch und Freuds »Traumdeutungen« zum Fünfuhrtee.

»Schade. Mir gefällt gerade diese Literatur. Stil, Sprache, Charaktere ...« Natalja schloss die Augen und schnipste mit den Fingern. »Das ist der russische Japrisot, Ehrenwort!«

Der Nachbar blickte Natalja interessiert an und zupfte sich am Ohrläppchen.

»Denken Sie wirklich so?«

»Aber sicher. Ich habe alle seine Bücher. Alle fünfzehn. Dies ist sein letztes.«

»Geben Sie mir mal eins zum Lesen?«

Im Badezimmer steht das Wasser, Miliz und ein ganzer Schwarm von Klempnern unter der wachsamen Führung des Hausverwalters können jeden Moment auftauchen ... Nein, diesen merkwürdigen Kerl behandelte man besser freundlich.

»Natürlich! Nur ...« Natalja fiel noch rechtzeitig ein, dass die übrigen vierzehn Bände bei ihr im Schrank auf der Petrogradka standen. »Wissen Sie was. Nehmen Sie dies hier, wenn Sie möchten.«

»Und Sie? Sie haben es doch noch gar nicht durch. Hier steckt ja ein Lesezeichen.« Für Leute seines Schlags bewies der Nachbar eine erstaunliche Beobachtungsgabe.

»Doch. Das Lesezeichen steckt nur noch so drin.«

»Danke.«

»Wie viel bin ich Ihnen für den Wasserschaden schuldig?« Immerhin hatte sie ja zweihundert Dollar und konnte sich großzügig zeigen.

»Nichts. Alles Gute. Das Buch gebe ich Ihnen in nächster Zeit zurück.«

»Seien Sie so nett.«

Natalja schlug die Tür zu und lehnte sich mit ihrem feuchten Nacken dagegen. Jedenfalls war der Besuch dieses allergischen Stiesels nicht umsonst gewesen, einiges hatte sich dadurch geklärt. Darja Litwinowa wohnte hier erst seit kurzem, das heißt, sie konnte unbesorgt mit Tuma die Treppe hinunterlaufen.

Sie kehrte ins Bad zurück und schöpfte noch gute anderthalb Stunden lang das Wasser heraus. Tuma lief um sie herum, patschte mit den Pfoten durch die Pfützen und trug die Spuren durch die ganze Wohnung. Natalja hinderte sie nicht daran: Zu gut waren ihr noch die morgendlichen Auslassungen Schurik Saizews über Bisse in die Schenkel und das inadäquate Benehmen von Dobermännern in Erinnerung.

Als sie mit dieser Sträflingsarbeit endlich fertig war, fiel sie in einen Sessel und saß dort mehrere Minuten mit ausgestreckten Beinen und an nichts denkend. Dann tastete sie nach der auf der Armlehne liegenden Fernbedienung der Stereoanlage und drückte auf die CD-Taste.

Göttlich. Eduard Artemiev. »Solaris«. »Listen to Bach«. Sie musste sich unbedingt wieder einmal die Filme von Tarkowski ansehen.

Tuma stieß ihr mit der Stirn gegen das Knie. Der Sinn dieser Geste blieb ihr verborgen. Wenn Darja hier wäre, könnte sie ihr vielleicht erklären, was das bedeutete. Wenn Darja hier wäre ... Womit diese Darja sich wohl beschäftigte? Wenn sie eine hoch bezahlte Nutte war, der die Französische Riviera als Lotterbett diente, wozu brauchte sie dann einen Computer? Auch so ein nettes Ding – ein Computer ...

Natalja ließ den Arm sinken und stieß völlig unerwartet auf den Rucksack. Das knallrote Objekt ihrer Begierde. In der Diele stand ein Paar Halbschuhe, das farblich genau passte, genauso rot und provozierend teuer. Natalja hob den Rucksack hoch und stellte ihn sich auf die Knie. Nachdem sie schon im Kühlschrank und im Kleiderschrank gestöbert hatte, warum dann nicht auch einen Blick in den Rucksack werfen?

Sie machte die Schnalle auf und steckte die Hand ins Innere.

Ja, hier könnte man reiche Beute machen: Der Rucksack war mit Sachen voll gestopft. Natalja rutschte auf den Teppich hinunter und schüttelte den Inhalt des Rucksacks heraus. Eine Kosmetiktasche, mehrere Notizblöcke, ein Adressbüchlein –

Ton in Ton mit dem Rucksack, ebenso rot; zwei Pässe, das bunte Rechteck eines Flugtickets ...

Stopp.

Natalja schüttelte den Kopf. Zwei Pässe und ein Ticket. Ein Auslandspass und ein normaler Inlandspass. Sie legte die Pässe vor sich hin und schlug den einen auf: RADZIWILL GERMAN JULIANOWITSCH. Das Schengener Visum. Laut Pass war dieser German Julianowitsch sechsundvierzig Jahre alt. Ein Mann im besten Alter.

Der andere Pass gehörte Darja Anatoljewna Litwinowa.

Geburtsjahr – 1975 (erst vierundzwanzig Jahre, und schon so eine Verpackung, nicht schlecht!).

Geburtsort – Apatity, Gebiet Murmansk. Unverheiratet, keine Kinder.

Dafür hatte sie einen Computer, einen Hund und einen Liebhaber. Oder mehrere Liebhaber. Jedenfalls war jetzt noch ein weiterer Mann am Horizont aufgetaucht – Radziwill, German Julianowitsch.

Natalja blätterte mechanisch den Pass durch. Hinter dem Einband steckte ein vierfach zusammengefaltetes Eisenbahnticket. Natalja faltete es auseinander und las, und nach und nach breitete sich eine erschreckende Leere in ihrem ganzen Körper aus: Schnellzug 21, St. Petersburg – Murmansk. Abteil 8. Platz 014. Abfahrt ab Petersburg – 4. Februar. 17.50 Uhr.

Die Fahrkarte war auf den Namen Litwinowa, Darja Anatoljewna ausgestellt. Die Nummer des Passes stimmte ebenfalls überein.

Mit steifen Fingern ergriff Natalja die zweite Fahrkarte – das Flugticket.

Air France. 4. Februar. Abflug 10.25 Uhr. Ankunft in Paris 11.55 Uhr. Flug-Nummer AF2657.

Inhaber des Tickets und des Platzes im Flugzeug der Air France war der bewusste Radziwill.

Zwei Fahrkarten – und niemand war abgereist. Niemand hatte gewinkt und ein letztes Lebewohl gesagt.

Zwei Fahrkarten. Eine für die Litwinowa. Eine für Radziwill. Weshalb lagen diese Tickets und Pässe im Rucksack? Tickets, ausgestellt auf den 4. Februar?

Der vierte Februar. Und heute war schon der neunte.

Und warum war die geheimnisvolle Lenussik aus dem Telefon so überzeugt gewesen, dass Darja Litwinowa nach Paris und Nizza geflogen war? Warum? Und was hatte Murmansk damit zu tun?

Fahrkarte und Pass der Litwinowa lagen hier vor Natalja, das heißt, in Murmansk konnte Darja jetzt kaum sein. Aber wo war sie dann?

Natalja begann, den Inhalt des Rucksackes unsystematisch zu Häufchen zu stapeln: Flugtickets, Pässe, das rote Adressbuch, ein Portemonnaie, Kleingeld, einige einfach so herumfliegende Hunderter, eine CD mit einem Computerspiel, Prospekte des Hotels Palais Maeterlinck, ein Handy.

Dann griff sie nach dem Telefonhörer. Sie brauchte eine objektive Meinung. Ninon – die würde ihr helfen. Sogar nach drei Tellern mit Eclairs und mehreren Gläsern Kognak war sie noch fähig, vernünftig zu denken.

»Ich bin's!«, japste Natalja, als Ninon abhob.

»Geht das Abenteuer weiter?«

»Hör mal ... Ich habe ihren Pass gefunden.«

»Wessen Pass?«

»Von Darja Litwinowa. Der Wohnungsinhaberin.«

»Na, Gott sei Dank. Wie sieht sie aus?«

»Wunderschön. Aber du verstehst nicht. Es ist nicht nur ein Pass, es sind zwei.«

»Und jeder auf einen anderen Familiennamen?« Der Kognak hatte Ninons eher schwerfälligen Humor offensichtlich beflügelt.

»Ninon! Ninon, hörst du mich?! Es gibt auch noch zwei Fahrkarten. Die eine ist ein Ticket für einen Flug der Air France. Die andere eine Eisenbahnfahrkarte nach Murmansk. Sie ist nirgends hingefahren, begreifst du?!«

Am anderen Ende der Leitung herrschte Schweigen.

»Und was willst du damit sagen?«, fragte Ninon nach einer Pause.

»Dass sie nirgends hingefahren ist und ...«

»Aber woher weißt du, dass sie überhaupt wegfahren wollte?«

»Der Telefonanruf wegen Nizza, das hab ich dir doch erzählt. Die Tüte Milch ...«

»Jetzt dämmert's mir wieder.«

»Und dann, zusammen mit ihrem Pass lag da noch ein anderer, fürs Ausland. Mit gültigem Touristenvisum. Irgendein Typ namens Radziwill. Und dann habe ich noch Fahrkarten gefunden. Ach, verflucht, das hab ich ja schon gesagt. Ein Flugticket nach Paris. Für den vierten Februar. Auch auf den Namen Radziwill. Sagt dir das irgendwas?«

Los, Ninon, nun streng mal dein berühmtes Gedächtnis an!

»Radziwill? Warte mal, da kommen mir Erinnerungen aus grauer Vorzeit! Ein polnisches Fürstengeschlecht ... die Rzeczpospolita ... Genau.«

»Ich fürchte, das passt hier nicht ganz. Radziwill, G. Ju., sechsundvierzig Jahre.«

»Ja, und?«

»Das ist doch merkwürdig! Sie lässt sich zu Hause nicht blicken, und hier liegen abgelaufene Fahrkarten nach Frankreich und Murmansk herum.«

»Was für einen Pass hast du gefunden? Einen Inlands- oder einen Auslandspass?«

»Einen Inlandspass. Ein Auslandspass ist nicht dabei ...«

»Du Provinzlerin! Um ins Ausland zu fahren, braucht sie den normalen Pass nicht. Du sagst doch, sie ist reich. Und die Reichen haben nun mal Schrullen. Vielleicht ist sie schon längst in Frankreich. Vielleicht ist sie bloß hingefahren, um sich einen BH zu kaufen. Oder eine hübsche Borte für ihren Bikini. Ich habe dir ja gesagt, Natascha, diese ganze Geschichte gefällt mir nicht ...«

Den Hörer ans Ohr gedrückt, setzte sich Natalja zwischen die Stapel mit Kleinkram und öffnete das eindrucksvoll aussehende Portemonnaie. Sie pfiff durch die Zähne und verstummte für eine ganze Weile.

»Warum sagst du nichts?«, fragte Ninon aufgeregt. »Hast du eine zerstückelte Leiche im Kühlschrank gefunden?«

»Dreitausend ...«, hauchte Natalja.

»Dreitausend Leichen?«

»Dreitausend.« Sie dämpfte ihre Stimme. »Dreitausend Dollar. In ihrem Portemonnaie liegen dreitausend Dollar.«

Jetzt verstummte auch Ninon für lange Zeit.

»Ich hoffe, du wirst nicht ...«, begann sie schließlich vorsichtig.

»Wovon redest du? Wofür hältst du mich?!«

»Für ein Mädchen, das schon den zweiten Tag in einer fremden Wohnung herumlungert und es sich dort gut gehen lässt. Leg alles an Ort und Stelle zurück, zieh dich um und verschwinde.«

»Ja, ja. Natürlich.«

»Kauf einen neuen Briefumschlag und wirf den Schlüssel zurück in den Briefkasten. Ich hoffe, es hat dich keiner gesehen?«

»Tja, wie soll ich sagen ... Ich habe den Nachbarn unter mir überschwemmt.«

»Wie schaffst du das alles nur!« Ninon kicherte ziemlich unpassend.

»Ich musste ihm meinen neuen Woronow als Entschädigung geben.«

»Wie, hat er dich etwa für die Wohnungsinhaberin gehalten?«

»Es sieht so aus. Die Inhaberin wohnt dort nämlich erst seit kurzem.«

»Und, sieht er gut aus?«

»Wer?«

»Der Nachbar von unten.«

»Also, du bist doch eine Kupplerin! Mir brennt der Boden unter den Füßen, und du ...«

»Nein, sag doch.«

»Ein grässlicher Typ. Eine Missgeburt. Selbst eine blinde und taubstumme Nymphomanin würde ihn verschmähen. Außerdem ist er allergisch gegen Hunde.«

»Soll ich dich abholen?«

»Nein. Ich komme schon allein hier raus.«

»Versprichst du mir das?«

»Ich versprech's.«

»Ruf an, wenn was ist.«

»Was soll sein?«

»Wenn du dreitausend Leichen findest ...«

Natalja legte den Hörer auf und starrte finster das Dollarpäckchen an. In ihrem ganzen Leben hatte sie noch nicht so viele »Grüne« auf einem Haufen gesehen. Das alles war sehr seltsam.

Aber es wurde Zeit, sich endlich mit dem Anrufbeantworter zu befassen.

Außer der schon gestern gehörten Botschaft von Lenussik gab es noch drei weitere Mitteilungen. Ein Mann, der seinen Namen nicht nannte, spielte sanft auf ein Treffen »aus dem Sie interessierenden Anlass« an. Er sei schon ganz begierig, die Angebote in Bezug auf »Askod« genauer zu prüfen. Die zweite, anonyme Mitteilung lautete folgendermaßen: »Unsere Vertreter möchten gern Bedingungen für ein vorbereitendes Treffen mit Ihnen besprechen.« Die dritte Botschaft wurde in erregtem Französisch vorgetragen, von dem sich klar vernehmlich das traditionell-russische »Verfluchte Hündin!« abhob.

Nicht zu unterschätzen, dieses Mädchen.

Tuma, die Natalja die ganze Zeit gefolgt war, bewegte nervös die Ohren und knurrte. Dann lief sie in die Diele und stimmte mit tiefer Bassstimme ein wildes, drohendes Gebell an. Eine Sekunde später ertönte ein hartnäckiges Klingeln.

Natalja fuhr zusammen. Heute war hier offenbar der Tag

der offenen Tür. Dreitausend Dollar, Pässe, abgelaufene Fahrkarten ... Diese Patience gefiel Natalja gar nicht, nur schwarze Farben und umgedrehte Pik-Asse. Allzu leidenschaftslos, allzu geschäftsmäßig hatten die Männerstimmen auf dem Anrufbeantworter geklungen.

Das Klingeln hörte nicht auf. Tuma bellte wie verrückt, sprang hoch und trat mit den Pfoten gegen die Tür. Tja, der Dobermann – ein Wach- und Schutzhund ... Natalja ging zur Tür und sah durch den Spion: ein kräftiger, quadratischer, irgendwie schlampig auf die Schultern gesetzter Kopf schaute Natalja an. Ein Hals war so gut wie nicht vorhanden. Kopf und Brust sahen so Furcht einflößend aus, dass Natalja die Beine einknickten.

»Zu wem wollen Sie?«, piepste sie von innen.

»Zu Ihnen«, verkündete der Kopf lächelnd und entblößte einen mit Haifischzähnen besetzten Unterkiefer.

»Ich ... ich bin nicht angezogen«, sagte sie spontan.

»Ich warte.«

Herrgott, warum hatte sie nur diesen Hund gefunden, diese Wohnung, diesen Schlüssel? Was war das für eine Frau, die hier wohnte? Und was für ein Mann stand da vor der Tür? Vielleicht würde er ja nach einer Weile wieder weggehen?

»Sind Sie bald fertig?«, ließ der Kopf sich wieder vernehmen.

Nein, so einfach ging der nicht weg. Der Sensenmann im Leichenhemd würde auch nicht so einfach fortgehen, wenn er einmal vor der Tür stand.

»Ja, ja ... Sofort«, sagte Natalja, rührte sich aber nicht von der Stelle. »Was möchten Sie denn eigentlich?«

»Reden.«

Der und reden, ausgerechnet. Die Tür könnte der mit der Stirn einschlagen, wenn er Lust hätte.

»Ich kenne Sie nicht.«

»Ich Sie auch nicht. Aber wir müssen reden.«

Er hielt sie doch nicht etwa für die Wohnungsinhaberin?

»Ich rufe die Miliz.« Das klang reichlich kindisch, und Natalja schämte sich.

»Wieso das? Und wenn ich nun selber die Miliz bin?«

Dreitausend Dollar, ein Pass auf den Namen einer fremden Frau. Abgelaufene Fahrkarten. Es war besser, sie machte die Tür auf.

9. Februar. **Woronow**

Hosianna! Halleluja!
Es war vollbracht.

Du kommst in die erste beste Wohnung, gleich die, die über deiner eigenen liegt. Und was siehst du? Dein eigenes Buch, das aus der Aktentasche der Wohnungsinhaberin gefallen ist. Das war so unerwartet und so wunderbar, dass der stumpfe Schmerz im Magen, der Woronow seit dem vergangenen Montag gequält hatte, augenblicklich verschwand. Wenn nur diese unverhoffte Verehrerin nicht so unsympathisch gewesen wäre ... Man sah gleich, eine reiche Mätresse, eine übersättigte Kokotte, wahrscheinlich eine Anhängerin von Ledersex und ähnlichen sexuellen Perversionen. Aber – wie hatte sie doch gleich gesagt? Der russische Japrisot?

Wie auch immer, das Ziel war erreicht. Nun konnte er zum magischen Realismus übergehen, ein Genre, das ihm schon immer gefallen hatte – aber ließ es sich mit einem kurzlebigen Produkt wie dem Krimi vereinbaren? Die Zeiten von Hitchcock und Humphrey Bogart mit seinem »Malteserfalken« waren vorbei, geblieben waren nur große Pistolen, die verdächtig an Phallusimitate erinnerten, und Hirn auf dem Asphalt, das verdächtig an Linsensuppe erinnerte. Und eine Unmenge Frauen und Männer, die an Schriftsteller erinnerten.

Eine Blondine. Sicher keine echte.

Ihr Gesicht hatte Woronow nicht richtig erkennen können: Die Allergie gegen Hundehaare hatte seine Augen tränen lassen. Vermutlich der gängige Typ, wie er den Neureichen gefiel:

Bonbonaugen, Bonbonlippen, ein Epiliergerät auf der Ablage im Bad und eine leidenschaftliche Vorliebe für die mexikanische Küche. Einen Hund hielt sie sich auch noch. Das ganze Badezimmer hatte sie ihm versaut. Jetzt würde der Putz feucht und die Decke schimmlig werden, und das war verheerend für Mandeln und Nasenscheidewände. Tja ... So hatte Woronow sich seine erste leibhaftig erblickte Verehrerin eigentlich nicht vorgestellt.

Er ging im Zimmer auf und ab, horchte auf seinen ächzenden und stöhnenden Organismus und berührte mit dem Finger die Underwood. In den letzten zwei Monaten hatte er nicht eine Zeile geschrieben, und die verfluchte Underwood ging ihm schon gehörig auf die Nerven. Wenn nicht die Strahlung gewesen wäre, hätte er sich längst einen Computer zugelegt und die blöden Texte zehnmal schneller geschrieben.

In der Küche wartete Haferbrei mit Rosinen und gemahlenen Nüssen auf ihn – das fade Abendmahl zur Besänftigung seiner Gastroenterokolitis. Woronow stocherte mit dem Löffel in dem dünnen Gemisch, fischte ein paar Rosinen heraus und beschloss, Margolis anzurufen.

»Ich bin's«, sagte er formlos in den Hörer.

»Na?« Margolis war ein unverbesserlicher Optimist, der immer nur gute Nachrichten erwartete. »Was macht deine Krise? Hat sie nachgelassen?«

»Sie dauert an.«

»Nimm es philosophisch, Wolodjenka ...«

»Ich habe Unannehmlichkeiten.«

»Was denn noch? Kindbettfieber? Morbus Cushing?«

»Meine Badezimmerdecke ist feucht.«

»Na, das ist doch weiter kein Problem, Wolodjenka. Morgen lasse ich die Arbeiter von der Hausverwaltung kommen, die bringen dir deine Decke nicht nur in Ordnung, sondern vergolden sie noch.«

»Die Kokotte aus dem Stock über mir hat mich unter Wasser gesetzt. So ein Halbweltdämchen, ein hirnloses Ding mit Puppengesicht und einem Hund als Zugabe.«

»Was du nicht sagst!«

»Wenn du sie nur gesehen hättest! Eine typische Nutte, dumm wie Bohnenstroh, aber eine Wohnungseinrichtung! Der Fußboden aus Marmor. Bestimmt ist sie dauernd erkältet ... Und bestimmt wird sie von irgendeinem Verbrecher ausgehalten. Oder von einem Bankier, was übrigens aufs Gleiche herauskommt. Weißt du, was ich von ihr bekommen habe?«

»Eine Karte mit allen Bordellen von Petersburg«, lachte Margolis.

»Meinen eigenen Roman. ›Der wissenschaftliche Tod‹.«

»Was du nicht sagst!«

»Wirklich. Sie ist nämlich eine glühende Verehrerin von mir. Hat alle fünfzehn Bücher gelesen. Und das letzte hat sie mir aufgeschwatzt. Eine richtige Missionarin.«

»Na, ist es nicht egal, wer sie ist, Hauptsache, du hast dich überhaupt unters Volk gemischt?«

»Sag das nicht.« Woronow räusperte sich. »Ich hätte mir gewünscht, dass meine erste Verehrerin, also die erste, die ich zufällig kennen lerne, ein bisschen ... äh ... anders gewesen wäre.«

»Vom Schlag getroffen? Vor Freude gelähmt?«

»Sehr witzig! Jedenfalls nicht derart provozierend.«

Margolis schnaufte. »Hast du was dagegen, wenn ich vorbeikomme, Wolodjenka?«

»Ich glaube, das ist keine besonders gute Idee.«

»Ich habe Metandrostenolon für deinen Magen aufgetrieben.«

»Das kann man doch in jeder Apotheke kaufen! Außerdem habe ich davon noch ein paar Packungen. Bis zum Frühjahr reicht es.«

»Du hast Tabletten. Das hier sind Ampullen. Ganz neu im Handel, wirken augenblicklich und haben keinerlei Nebenwirkungen.«

»Gut, dann komm her«, ließ sich Woronow endlich erweichen. »Aber ich warne dich. Unterhalten werde ich dich nicht. Diese Verehrerin ... Die ganze Stimmung hat sie mir vermiest.«

»Das klären wir schon. Warte auf mich.«

Margolis war nicht allein im Bett, neben ihm lag eine charmante Literaturkritikerin von der Trendsetterzeitschrift »Labyrinth-K«, die leichtsinnigerweise sein Angebot angenommen hatte, »eine Bibliographie zu W. W. Woronow zu überprüfen«. Nicht dass sich diese Prüfung über Gebühr in die Länge gezogen hätte, sie war nur sozusagen auf eine andere Ebene verlagert worden. Auch solche Dienste gehörten zu den Obliegenheiten des Literaturagenten Margolis und machten einen Teil seines Honorars aus. Mit dieser schlichten und todsicheren Methode brachte Margolis die gesamte Journalistenelite (zumindest die weibliche Hälfte) dazu, Woronow zu lesen. Und vor allem auch über ihn zu schreiben. Aber Woronow war das wert. Und auch Semjon selbst war felsenfest von der Genialität seines Schützlings überzeugt.

Der abendliche Anruf Woronows hatte Margolis aufgeschreckt: Zum ersten Mal hatte der notorische Junggeselle von einer Frau gesprochen, und noch dazu in solchem Ton! Unduldsam, verächtlich, mit nur schwer unterdrückter Wut und unerklärlicher Entrüstung. Und all das vor dem Hintergrund einer langwierigen schöpferischen Krise, die auch ihn, Margolis, um seine gesetzlich garantierten dreißig Prozent vom Honorar brachte!

Er musste handeln.

Eigentlich hatte er keine Lust, von der Kritikerin herunterzuklettern, die bereits nach dem ersten Orgasmus ihren Wunsch bekräftigt hatte, über Woronow einen ausführlichen Essay zu schreiben, aber die Sache war es wert. Margolis kehrte ins Schlafzimmer zurück, um sich anzuziehen.

»Ist was passiert?«, fragte die Kritikerin und beobachtete Margolis mit eifersüchtiger Neugier.

»Ja. Woronow hat angerufen. Ich muss dringend zu ihm.«

»Vielleicht können wir zusammen fahren? Dann könnte ich sofort damit anfangen, Material zu sammeln.«

Margolis verfehlte das Hosenbein und wäre fast gefallen.

»Ausgeschlossen.«

»Wieso?«

»Ich bin noch gar nicht dazu gekommen, es dir zu sagen! Er leidet an der Sodoku-Krankheit. Hat er sich irgendwo in Südostasien geholt.« Ein bisschen Legende konnte nicht schaden, das verstärkte nur den Nimbus des Geheimnisvollen über Woronows Haupt.

»Und was für eine Krankheit ist das?« Die Kritikerin stützte sich interessiert auf den Ellbogen auf.

Eine höchst banale – ein Rattenbiss mit anschließender Entzündung der Lymphknoten. Das Gespenst dieser Krankheit verfolgte Woronow und erschien ihm in morgendlichen Albträumen. Aus eben diesem Grund tauchte alle zwei Monate eine Putzkolonne von männlich aussehenden Arbeiterinnen der Seuchenstation bei ihm zu Hause auf, um die ganze Wohnung prophylaktisch zu desinfizieren.

»Eine ganz entsetzliche. Fieber, Halluzinationen wie im Heroinrausch ... Kurz, alle nur denkbaren Symptome. Wartest du auf mich, meine Süße?«

»Ich weiß nicht.« Die Kritikerin rückte kokett den Träger ihres Hemdchens zurecht.

»Es wird nicht lange dauern. Ein paar Spritzen und Kompressen – und alles ist wieder in Ordnung.«

Eine halbe Stunde später war Margolis bereits am Bolschoi Prospekt, aber vor der Wohnung Nr. 48, die im fünften und letzten Stock lag, musste er eine ganze Weile warten. Die dreiste Kokotte – eben dieses Bild hatte Margolis nach dem Telefonat mit Woronow vor Augen – wollte um keinen Preis die Tür öffnen. Aus der Wohnung war nur aufgeregtes Hundegebell zu hören. Und die Stimme der »Kokotte« klang auch enttäuschend: keine Spur von siegesgewissem Selbstbewusstsein, eher eine schüchterne Hausangestellte, die sich in Abwesenheit ihrer Herrin verrammelt und verriegelt hatte – weiter nichts.

Trotzdem blieb Margolis hartnäckig. Ohne mit der Wimper zu zucken, hörte er sich die Drohung mit der Miliz an und machte sogar selbst eine Andeutung, dass er mit der Miliz zu tun habe. Das war nicht einmal gelogen – sein Beruf brachte es mit sich, dass er Bekannte bei den Justizbehörden hatte. Aber auch das machte auf die Dame keinerlei Eindruck. Erst nach zehnminütiger Belagerung klackte das Schloss, die Kette spannte sich, und die Tür wurde einen Spaltbreit geöffnet.

»Was ist denn passiert?« So auffallend hübsch war sie gar nicht, jedenfalls nicht nach seinem Geschmack: an die dreißig, ein liebes, aber recht provinzielles Gesichtchen; die hohen Wangenknochen waren recht apart, aber die Lider wirkten zu schwer. Und überhaupt kein Sex-Appeal im Blick. Nur der Mund war ohne Einschränkungen schön. Eigentlich sah sie mehr wie eine allein erziehende Mutter aus als wie eine hoch bezahlte Edelnutte.

Diese kurze Einschätzung des Objekts dauerte etwa sieben Sekunden, danach sprach Margolis den einleitenden Satz: »Es ist etwas passiert.«

Über das Gesicht des Mädchens huschte ein beunruhigter Schatten. Sie erschrak, aber sie erschrak irgendwie auf eine Art, als wüsste sie, wovor sie sich erschrecken müsste. Dieses spontane Entsetzen gab dem etwas verwaschenen Gesicht des Mädchens eine überraschende Anmut und Abgerundetheit.

Du hast doch nicht so Unrecht, Wolodjenka!

»Wie heißen Sie?«, fragte Margolis und setzte sein berückendes Lächeln auf, bei dem nur die Lippen in Aktion traten und die Zähne bedeckt blieben.

»Was ... was soll das bedeuten?« Sie erschrak erneut.

»Nichts Schlimmes, aber ... Hier sind meine Papiere, damit zwischen uns keine Unklarheiten bestehen.«

Margolis schob den Mitgliedsausweis des Schriftstellerverbandes durch den Türspalt. Und die dünne Mappe mit Woronows letztem Vertrag.

»Ja, und? Was kann ich für Sie tun, Semjon ... äh ... Borissowitsch?«

»Nicht für mich. Die Sache ist die, ich bin der Literaturagent des Schriftstellers Wladimir Woronow. Und ich würde mich gern mit Ihnen über ein ziemlich ungewöhnliches Angebot unterhalten ...«

Die Tür wurde augenblicklich zugeschlagen, man hörte, wie die Kette klirrend abgenommen wurde, und Margolis wurde in die Diele gelassen. Hinter der verschlossenen Wohnzimmertür ertönte Gebell. Ja, ihre Figur war recht nett, Busen war zwar etwas wenig da, aber insgesamt – wirklich, sehr ansehnlich.

»Sie halten mich zum Narren«, sagte das Mädchen errötend. »Wie können Sie der Agent von Woronow sein?«

»Wie das Schicksal so spielt, meine Liebe. Es ist wirklich wahr. Sie haben ja den Vertrag gesehen ... Ich kann sogar den Schriftsteller persönlich vorweisen. Vorausgesetzt natürlich, Sie sind einverstanden.«

»Ich?! Einverstanden?«

»Sie sammeln doch seine Bücher, soviel ich weiß.«

»Aber ... Woher wissen Sie das?«

»Ich muss so etwas wissen. Ich bin schließlich sein Agent. Also, darf ich Sie dem Meister des Kriminalromans vorstellen?«

»Ich verstehe nicht. Das geht doch nicht ... Lebt er denn nicht in Moskau?«

Das war sie also, die Quittung für drei Jahre treuer Dienste an Woronow. Die exaltierten Dämchen hielten den kränklichen Dichter für ein Phantom, für Sindbad den Seefahrer und den Fliegenden Holländer in einer Person.

»Nein. Er lebt nicht in Moskau. Auch nicht in New York oder im Wolkenkuckucksheim. Er wohnt direkt unter Ihnen, liebes Fräulein. Und Sie haben ihn offenbar unter Wasser gesetzt. Habe ich Recht?«

Das Mädchen starrte Margolis verständnislos an.

»Machen Sie Witze?«

»Keineswegs. Wir können anrufen, wen Sie wollen – jeder Literaturfunktionär wird es Ihnen bestätigen. Wladimir Woronow wohnt wirklich hier.«

»Wollen Sie sagen, dass der Mann, der bei mir war ...«

»Das war er. Wladimir Wladimirowitsch Woronow. Und ich bin seine rechte Hand.«

In den Pupillen des Mädchens flackerte ein kaum merklicher Schatten der Enttäuschung auf. Margolis seufzte unterdrückt: Wie gut ich dich verstehe, mein Mädchen, er ist wirklich kein Märchenprinz ...

»Und was wollen Sie von mir?« Offenbar hatte er sie unterschätzt: Sie hatte ihre Enttäuschung rasch bezwungen und musterte Margolis jetzt aufmerksam.

»Ihre Mitarbeit.«

»In welchem Sinne?«

»Sehen Sie ... Darf ich offen zu Ihnen sein?«

»Versuchen Sie's.«

»Sie haben ihm gefallen.«

Das war eine kühne Behauptung, aber Margolis wusste, was er sagte. Man hatte ihn zwar seinerzeit von der Fakultät für Psychologie gefeuert, aber keineswegs wegen Unfähigkeit – er hätte nur die Tochter des Dekans nicht verführen dürfen, das war alles. Dieses Püppchen hatte irgendwie Woronows Interesse geweckt; um das zu merken, brauchte man keine Wahrsagerin.

»Ich?!«

»Nun ja. Er möchte Sie gerne kennen lernen. Ich übrigens auch. Wie heißen Sie?«

»Darja.«

»Sehr gut. Darja. Sein Lieblingsname. Kommen Sie zu uns nach unten? So in zwanzig, fünfundzwanzig Minuten?«

»Ich ... Ich weiß nicht.«

»Ja oder nein? Ich verspreche, Ihnen wird nichts geschehen.«

»Ich weiß nicht. Ja.«

»Ausgezeichnet. Wir erwarten Sie.«

Sie hatte den Köder geschluckt, das hatte Margolis gesehen. Jede Frau hätte ihn geschluckt. Eine Frau – das war es, was Woronow fehlte, das war der Grund für seine schöpferische Krise. Die eingesperrten Spermatozoen trieben sich unkontrolliert in seinem Organismus umher, verursachten Verkehrsstau im Kopf, verhinderten den ruhigen Fluss der Gedanken und attackierten aus lauter Langeweile Woronows kostbarstes Talent: die Fähigkeit, Krimis zu verfassen.

Margolis lächelte dem Mädchen Darja noch einmal zu und trat den Rückzug aus der Wohnung an.

9. Februar. **Natalja**

Der seltsame Mann namens Semjon Borissowitsch Margolis war gegangen, und Natalja stand noch immer mit der durchsichtigen Hülle in der Hand in der Diele.

Wahnsinn.

Da erscheint erst so ein erbärmlicher Typ mit Schlappen an den nackten Füßen, stellt sich als Nachbar von unten vor und erklärt, sie habe ihn überschwemmt. Das konnte man noch glauben. Aber wenn dann anderthalb Stunden später noch so ein Typ kommt, einem Papiere durch die Tür schiebt, sich als Agent ihres Lieblingsautoren vorstellt und vorschlägt, sie mit ihm bekannt zu machen ... Mit diesem Kulturträger in Schlappen ...

Wahnsinn.

Aber wieso hatte sie sich Darja genannt? Welcher Teufel hatte sie geritten? Wollte sie nun, nachdem sie schon in eine fremde Wohnung eingedrungen war, auch noch in eine fremde Identität schlüpfen? Ninon hatte Recht: Sie musste weg von hier, und schwarze Dobermänner führten zu nichts Gutem.

Sie zog mechanisch den Vertrag, den Margolis ihr dagelassen hatte, aus der Hülle. Es war tatsächlich ein Verlagsvertrag.

Mein Gott, wie dumm sie sich benommen hatte! Hatte ihm auch noch sein Buch angeboten.

Wie viel Zeit hatte ihr der Literaturagent gegeben? Fünfundzwanzig Minuten.

Natalja stürzte ins Wohnzimmer und schnappte sich das Telefon.

»Ninon!« Sie ließ die Freundin nicht einmal »Hallo« sagen. »Ninon! Du wirst gleich sterben ...«

Ninons Reaktion auf diese Erklärung war ziemlich seltsam.

»Du bist diejenige, die gleich sterben wird. Ich hoffe, du bist schon zu Hause?«

»Nein, bis jetzt noch nicht. Aber stell dir bloß vor ...«

»Lieber Gott, du musst so schnell wie möglich von dort weg! Schalt mal den Fernseher ein.«

»Wozu?«

»Die Kriminalchronik im Lokalfernsehen, die läuft jetzt gerade. Die Verbrechen der vergangenen Woche. Du hast doch von einem Radziwill gesprochen? Ein seltener Familienname, darum habe ich ihn behalten. Mein Scherz über die dreitausend Leichen war durchaus passend.«

Natalja war zu sehr mit ihren eigenen Gedanken beschäftigt, als dass sie auf Ninons Geschnatter geachtet hätte.

»Was hat das Fernsehen damit zu tun?«, fragte sie zerstreut.

»Stell die Kiste an und ruf mich sofort zurück! Unbedingt!« Und Ninon warf höchst flegelhaft den Hörer auf.

Also nahm Natalja die Fernbedienung und drückte auf den Knopf. Das hätte sie schon längst ausprobieren sollen: Der riesige flache Bildschirm an der Wand zeigte ein tolles Bild. Irgendwann würde sie sich auch so einen anschaffen ... Irgendwann in einem anderen Leben, mit einem wohlhabenden Ehemann ...

Auf dem Petersburger Kanal lief gerade Werbung für irgendeinen ungenießbaren Tee, auf allen anderen Kanälen gab es nur endlose Talkshows. Schließlich landete Natalja bei MTV, vergaß Ninons Aufforderung und begann nachzudenken: Der Besuch in der Wohnung unter ihr war riskant, aber sie konnte sich ja absichern. Zum Beispiel ein Handy in die Tasche stecken – für den Fall, dass die Dinge eine unerwünschte Wendung nahmen. Dann könnte sie sich immer noch im Bad oder in der Toilette einschließen und Hilfe herbeitelefonieren. Natalja ging im

Zimmer umher und schämte sich sogleich für diese Gedanken. Der Autor, der ihre beiden letzten Jahre weniger trübsinnig gemacht hatte ... Sogar Dschawa war in den besten Monaten ihres gemeinsamen Lebens auf Woronows Bücher eifersüchtig gewesen, wenn das nichts wert war!

Ein Abendkleid anzuziehen war dumm, das könnte falsch ausgelegt werden. Passender war irgendetwas Neutrales – ein langer Rock und ein hochgeschlossener Pullover, wie es die Leserinnen traditioneller, gemächlicher Kriminalromane lieben. Aber warum hatte sie sich Darja genannt?

Darja Litwinowa hatte offensichtlich ebenfalls traditionelle Kriminalromane geliebt: In ihrem Kleiderschrank fanden sich sowohl der passende Rock als auch der dazugehörige Pullover. Natalja zog sich um und steckte vorsichtshalber doch noch das Handy in die Tasche. Auch wenn sie keinen Notruf brauchte – so ein Telefon sah solide und Respekt einflößend aus. Dann begab sie sich nach unten zu Woronow. Die fünfundzwanzig Minuten, die ihr Margolis für die nötigen Vorbereitungen zugestanden hatte, waren vorbei.

9. Februar. **Woronow**

Na, wo sind denn deine Ampullen?«, fragte Woronow misstrauisch, sobald Margolis die Wohnung betreten hatte.

Die Idee seines Literaturagenten, ihn so spät noch zu besuchen, hatte ihm von Anfang an nicht gefallen. Man musste schon der letzte Trottel sein, um an die Existenz von Metandrostenolon in Ampullen zu glauben. Metandrostenolon wird immer in Tabletten zu 0,001 und 0,005 Gramm auf den Markt gebracht. Das ist eine ebenso unumstößliche Tatsache wie die Stabilität des Dollar und die Kirschblüte auf dem Fudschijama. Bestimmt hatte der schlaue Margolis sich wieder irgendeine Finte ausgedacht. Im Laufe von drei Jahren hatte Woronow Zeit genug gehabt, seine Winkelzüge zu studieren.

Margolis schüttelte die Zellophanpackung, in der es lockend klirrte.

»Da sind sie.«

»Ziemlich groß für Ampullen.«

»Gerade richtig.«

Er schob Woronow mit der Schulter beiseite und wollte an ihm vorbei ins Wohnzimmer.

»Die Schuhe!«, stöhnte Woronow. »Zieh die Schuhe aus! Du trägst mir ja Mikroben rein. Wie oft muss ich dir das noch sagen?«

»Häng doch ein Schild auf«, lachte Margolis, zog aber trotzdem die Schuhe aus.

Drei Minuten später standen auf dem Tisch im Wohnzimmer eine Flasche Champagner, eine Flasche Kognak und Obst.

Zuletzt zog Margolis noch eine Schachtel Pralinen aus der Tüte heraus. Woronow beobachtete die Manipulationen seines Agenten mit wachsender Neugier und schweigend, aber bei der Pralinenmischung »Petersburg am Abend« meldete er sich zu Wort.

»Wie soll man das verstehen?«

»Wir feiern heute Abend eine kleine Party.«

»Aus welchem Anlass?«

»Du musst dich ablenken, nur so kannst du dich aus deiner Krise befreien. Und da du nicht in Diskotheken gehst, keine Spielcasinos besuchst und Künstlerpartys hartnäckig ignorierst, müssen wir das eben zu Hause organisieren. Freu dich, dass du einen Freund wie mich hast.«

»Was genau werden wir organisieren? Eine Disco, ein Casino oder eine Künstlerparty?«

»Hm ... Sagen wir, eine Künstlerparty mit Disco-Elementen.«

»Hervorragend.« Woronow setzte sich in den Sessel vor den mit den Zutaten einer Künstlerparty beladenen Tisch. »Eine Disco. Du und ich. Und was werden wir tanzen? Krakowiak? Samba? Oder, Gott verhüte, argentinischen Tango?«

Margolis riss mit den Zähnen die Zellophanverpackung der Pralinenschachtel auf.

»Leckeres Zeug. Kirschen und Pflaumen in Alkohol. Bedien dich, Wolodjenka.«

»Nein, danke. Ich glaube, ich habe Diabetes.«

»Was du nicht sagst.« Margolis war nicht weiter beeindruckt. »Hast du Analysen machen lassen?«

»Nein. Aber einige Symptome treffen zu. Trockenheit im Mund und ständiger Durst. Ich habe im Lexikon nachgeschlagen ... Also friss das Zeug selber.«

Margolis steckte sich eine Praline in den Mund und verzog den Mund zu einem breiten Lächeln.

»Ich habe ganz vergessen, dir zu sagen – wir bekommen heute Abend Besuch. Von einer Dame. Ein bezauberndes Mädchen, ein Fan von dir.«

»Nachtigall, ich hör dir trapsen! Die kannst du allein unterhalten. Ich gehe schlafen.«

Das war Woronows übliche Taktik. Mehrere Male hatte Margolis ihm schon zu allem bereite Verehrerinnen seines Talents zugeführt. Die Verehrerinnen hatten sich auf diese Treffen sorgfältig vorbereitet, hatten sich Beine und Achseln rasiert, pseudofranzösische Wäsche auf Billigmärkten und pseudofranzösische Kosmetika an den Buden in der Metro gekauft. Aber alles endete stets gleich: Eine Viertelstunde nach der Begrüßung ging Woronow in das kleinere Zimmer schlafen. Und noch eine Stunde später lagen Woronows Verehrerinnen mit seinem Agenten im Bett.

»Irgendwann holst du dir ganz bestimmt noch eine Geschlechtskrankheit, Semjon«, pflegte Woronow in solchen Fällen zu sagen.

»Als berühmter Schriftsteller hast du einen Ruf zu wahren«, parierte Margolis in solchen Fällen gewöhnlich. »Und außerdem, was zum Teufel für eine Geschlechtskrankheit? Das sind alles ganz ehrbare Liebhaberinnen von Krimis, nichts weiter.«

»Liebhaberinnen von Krimis denken immer in den Kategorien Täter und Opfer. Und ein Opfer will ich nicht sein ...«

Auch jetzt drohte die Situation wieder in das gewohnte Gleis zu rutschen. Aber wenn das Mädchen weiterhin so negative Emotionen bei Woronow provozierte – dann bestand die Hoffnung auf eine vom Klischee abweichende Entwicklung der Beziehungen. Margolis schaute auf die Uhr: Die fünfundzwanzig Minuten waren vorbei, jetzt sollte sie eigentlich erscheinen, diese Darja aus dem fünften Stock.

Kaum hatte er das gedacht, als es auch schon klingelte.

Margolis erhob sich und ging zur Tür.

Das Mädchen war gekommen. Das war schon mal gut.

»Treten Sie ein, Darja.« Margolis war die Liebenswürdigkeit in Person.

»Danke«, sagte das Mädchen, blieb aber trotzdem vor der Tür stehen.

Es kostete Margolis einige Mühe, das erschrockene Schaf aus dem oberen Stockwerk ins Gehege des Wohnzimmers zu treiben. Und natürlich, Woronow spulte sein gewohntes Repertoire ab: saß im Sessel, ein Bein übers andere geschlagen, und wippte mit dem zerrissenen Pantoffel.

»Darf ich vorstellen, Wolodja. Das ist Darja.«

»Wir haben uns schon gesehen.« Der Pantoffel fiel herunter, aber er achtete nicht darauf. »Sie können gern mal ins Bad gehen und sich ansehen, was Sie dort angerichtet haben.«

»Entschuldigen Sie nochmals.« Das Mädchen wurde rot.

»Na, wir wollen uns den Abend doch nicht mit Nachbarschaftsgezänk verderben«, appellierte Margolis an beide Seiten und ergriff die Gläser. »Was möchten Sie lieber, Darja? Kognak, Champagner?«

»Mineralwasser«, murmelte das Mädchen verlegen. »Borshomi.«

Margolis zwinkerte Woronow zu. Der Abend fing nicht schlecht an! Auch Woronow selbst trank immer nur Borshomi, ein so netter Gleichklang in Geschmacksfragen konnte ihn nicht gleichgültig lassen.

»Ich gehe und hole welches.« Woronow stand auf und tastete mit dem Fuß nach dem Pantoffel. »Hilfst du mir, Semjon?«

»Flaschen anschleppen?«

»Genau.«

Margolis hob entschuldigend die Arme und trottete hinter Woronow her. Gleich würde es wieder losgehen: die Pockennarben auf Woronows Wange wurden weiß – das erste Anzeichen für unterdrückte Wut. Danach folgten gewöhnlich Donner und Blitz.

Margolis hatte sich nicht geirrt.

Kaum waren sie in der Küche, schloss Woronow fest die Tür und stürzte sich auf seinen Agenten: »Was ist das für eine Schmierenkomödie, frage ich dich?«

»Wieso Schmierenkomödie? Wenn schon, dann wohl eher klassisches Theater: Einheit von Ort, Zeit und Handlung. Glühende Leidenschaften, Gefühle in ihrer archaischen Form, rasender Hass, hervorgerufen durch eine tropfende Badezimmerdecke.«

»Genau!« Woronow konnte sich nicht zurückhalten und schrie laut: »Genau!«

»Leise!«, flehte Semjon. »Das Mädchen kann uns hören. Das ist doch peinlich ...«

»Aber mir die erstbesten Weiber ins Haus zu schleppen, das ist wohl nicht peinlich?«

»Da ist doch nichts Schlimmes dabei ... Nachher kannst du ja alles desinfizieren«, scherzte Margolis nicht ganz passend. »Ich will doch nur das Beste. Dich auf andere Gedanken bringen. Ihr könnt über deine Bücher reden, und du hörst mal Volkes Stimme. Und schließlich kannst du doch auch einfach mal flirten, dich amüsieren, wie kann man nur ein solcher Misanthrop sein!«

»Hast du ihr das gesagt?« Woronow holte mehrere Flaschen Mineralwasser aus der Verpackung.

»Was?«

»Das mit dem Borshomi?«

»Kein Gedanke. Das war sie selbst. Definitiv.«

9. Februar – 10. Februar. **Natalja**

Definitiv, man hielt sie zum Narren.

Natalja setzte sich auf den Sesselrand und schaute sich um. Alle ihre Vorstellungen von einem Schriftsteller und seiner Klause zerplatzten wie eine Seifenblase. Ein ganz gewöhnliches Zimmer, kein Hinweis darauf, dass hier Kriminalromane geschrieben wurden.

Und keine exklusiven Dinge, angetan, die Fantasie zu beflügeln: kein Schaukelstuhl, keine Glöckchensammlung, keine Wasserpfeife, keine Krummsäbel an der Wand, kein Bärenfell auf dem Fußboden, nicht einmal ein paar dürftige Schusswaffen.

Eine uralte Underwood auf einem nackten Tisch. Daneben ein unberührter Stapel Papier, das Große Enzyklopädische Wörterbuch und ein zerfleddertes Exemplar des Sprachführers von Solman.

Ein abblätternder Bücherschrank, ein abgewetzter Teppich (geschmacklose weinrote Mohnblüten auf dunkelgrünem Grund). Eine Liege, bedeckt mit einem Plaid; eine Kommode in der einen Ecke und eine Stehlampe, deren Form einem chinesischen Reiher nachempfunden war, in der anderen. Ein sperriger, verblichener Wandschirm: »Lao Tse verlässt auf einem Büffel reitend China«. Ein wackliger Couchtisch, zwei Sessel, zwei Bilder an der Wand – Genreszenen in Öl. Ein Pastorale im Stil des späten Boucher und eine Industrielandschaft im Stil des frühen Nisski. Ein verlassenes Möbellager hätte besser ausgesehen.

Natalja trat an den Bücherschrank und ließ den Blick über die Buchrücken gleiten. Eine merkwürdige Auswahl – medizinische Lexika und Atlanten. In der Luft hing ein leichter Geruch nach Arzneimitteln, wie in einem Krankenhaus. Die rätselhaften Gastgeber dachten gar nicht daran zurückzukommen, langsam wurde das richtig unhöflich. Um sich trotzdem irgendwie zu unterhalten, nahm Natalja eine Praline aus der Schachtel und steckte sie mit einem verstohlenen Blick zur Tür in den Mund.

Oho, eine Alkoholkirsche, die Lieblingsleckerei von Ninon. Ja, die hätte diesen Abend aus vollem Herzen genossen!

Apropos Ninon.

Sie hatte ganz vergessen, sie anzurufen, so beschäftigt war sie mit der Auswahl des passenden Outfits gewesen. Wofür nun der ganze Aufwand, wenn sie jetzt völlig einsam hier saß und auf das unzufriedene Gebrumm der aus der Küche dringenden Stimmen lauschte? Von was für einer Kriminalchronik hatte Ninon eigentlich geschwatzt? Es hatte etwas mit dem Namen Radziwill zu tun gehabt. Sie steckte sich noch eine Praline in den Mund, griff dann in die Rocktasche, holte das Handy von Darja Litwinowa heraus und wählte Ninons Nummer.

»Na, erzähl schon«, verlangte Natalja im Flüsterton, sobald Ninon abnahm.

»Wieso flüsterst du?«, wollte Ninon sofort alarmiert wissen.

»Weil ich ... Ach, das dauert jetzt zu lange. Was hast du da von Kriminalchronik geschwatzt?«

»Hast du sie gesehen?«

»Werbung für Tee, das war alles, was ich gesehen habe. ›Für gute Freunde nur das Beste‹.«

»Ein sehr aktueller Slogan. Man hat ihn ermordet.«

»Wen?«

»Du hast mir doch selbst am Telefon seinen Namen genannt. Einen ziemlich ausgefallenen ... Also, ich zitiere, so gut ich mich erinnere: Die Leiche von German Radziwill, dem bekannten Petersburger Bankier, wurde im Kofferraum seines eigenen Wagens gefunden«, verkündete Ninon mit Grabesstimme. »Die Leiche haben sie nicht gezeigt. Offenbar wollten sie die Nerven der Fernsehzuschauer schonen. Nur den Wagen – einen schicken ausländischen Bankerschlitten.«

»Das verstehe ich nicht.« Mehr brachte Natalja nicht heraus.

»Was ist da zu verstehen? Du hast mir doch die Angaben aus dem Pass vorgelesen. Radziwill, Ju. G., wenn mein Gedächtnis mich nicht im Stich lässt. Richtig?«

»Aber das ist doch ... Das kann doch nicht ...«

»Es kann«, schnitt ihr Ninon das Wort ab. »Solche Familiennamen sind sehr selten. Ich habe dich ja gewarnt: Schwarze Dobermänner führen zu nichts Gutem. Hörst du mich? Warum sagst du nichts?«

»Was soll ich sagen? Vielleicht hat das gar keine Beziehung zu ...«

»Gar keine!« Ninon schnaubte. »Außer der Tatsache, dass in der Wohnung, in der du dich gerade aufhältst, der Pass des Ermordeten liegt. Das ist alles. Weiter nichts!« Damit beendete sie das Gespräch.

Natalja spürte, wie sich ihr Magen zusammenzog. Ninon hatte Recht, sie brauchte gar nicht so störrisch zu sein: Von Anfang an hatte diese ganze Geschichte faul ausgesehen, man musste schon blind sein, um das nicht zu bemerken. Der völlig verständliche Wunsch, sich wenigstens ein paar Tage von der Kommunalka zu erholen, könnte geradewegs in die Katastrophe führen. Wenn er das nicht schon getan hatte. Das Klingeln eines Telefons ließ sie zusammenzucken.

Natalja schaute sich suchend um und begriff erst nach einer Sekunde, dass ihr eigenes Handy klingelte. Genauer gesagt, Darja Litwinowas Handy. Ausgerechnet! Der Klingelton war so hartnäckig, dass Natalja sich nur mit Mühe zurückhielt, auf die Taste für Empfang zu drücken. Sie hatte schon genug Fehler gemacht, ein weiterer war wirklich nicht nötig. Jemand wollte mit Darja sprechen. Mit Darja Litwinowa, und keineswegs mit Natalja Schirokowa. Wollte ihr vielleicht etwas Wichtiges mitteilen. Oder sich vergewissern, dass es ihr gut ging.

Oder sich vergewissern, dass sie tot war.

Der letzte, ganz plötzlich gekommene Gedanke erschreckte sie zutiefst. Sie goss sich zur Stärkung ein wenig Kognak in das bereitgestellte Glas und stand auf.

Der Bücherschrank war nicht nur mit pharmazeutischen Nachschlagewerken gefüllt. Die Zeitschriften »Kriminalistik« und »Gerichtspsychiatrie« standen hier, das Strafgesetzbuch, eine fünfbändige Werkausgabe des berühmten Juristen Koni und ganz hinten ein seltsames Ding: ein Stück durchsichtiges Mineral, geformt wie ein aufgeschlagenes Buch. Eine Lupe, hergestellt aus dem gleichen Mineral, verband sich mit den Seiten dieses Buches zu einem einheitlichen Ganzen. Am Fuß war eine winzige Tafel befestigt, auf der in Zierschrift eingraviert war: »Wladimir Woronow für den besten Kriminalroman des Jahres. Moskau. Januar 199...«. Das Jahr konnte sie nicht erkennen.

Offensichtlich irgendein Literaturpreis. Also war sie tatsächlich bei einem Schriftsteller zu Gast.

»Sie haben sich doch nicht gelangweilt?« Die Stimme von Margolis ließ Natalja zusammenzucken. »Hier ist Ihr Mineralwasser.«

»Zu spät. Sie waren so lange weg, dass ich mir schon einen Kognak genehmigt habe.«

Über Woronows Gesicht, der hinter Margolis eingetreten war, huschte eine kaum merkliche Grimasse des Abscheus: Das habe ich mir doch gleich gedacht – das Mädchen hat bloß so getan, als sei sie Abstinenzlerin, jetzt besäuft sie sich schon mit Kognak, und gleich zieht sie die Zigaretten aus der Tasche.

Zigarettenrauch war Woronow verhasst.

»Darf ich hier rauchen?«, fragte Natalja.

»Nur im Treppenhaus.« Woronow war nicht gerade liebenswürdig. »Ein passiver Raucher leidet immer mehr als ein aktiver.«

»Verzeihung.«

Peinliche Stille trat ein.

»Darja ist eine alte Verehrerin von dir«, versuchte Margolis die Lage zu retten. »Das stimmt doch, Darja?«

Warum hatte sie sich nur mit diesem fremden Namen vorgestellt? Jeden Augenblick konnte man sie der Lüge überführen, aber nun war es zu spät, um die Wahrheit zu sagen.

»Ja«, sagte Natalja errötend. »Ich bin eine alte Verehrerin von Ihnen, Wladimir Wladimirowitsch.«

»Sagen Sie einfach Wladimir.« Margolis machte eine einladende Geste: »Setzen Sie sich, Daschenka. Kein schlechter Kognak, wie?«

»Nein, wirklich ...«

Woronow schnaubte durch die Nase und verschwand demonstrativ hinter dem Wandschirm. Ihr nächtlicher Besuch wirkte auf einmal albern. Genauso albern wie Semjon Borissowitsch, der gezwungen war, mit einer völlig unbekannten Frau Konversation zu machen.

»Womit beschäftigen Sie sich, Darja?«

»Ich ... Ich arbeite. In einem Reisebüro.«

Hinter dem Schirm ertönte ein Poltern. Offenbar hatte diese Mitteilung Woronow so verblüfft, dass er einen Stapel Bücher hatte fallen lassen. Oder einen Blumentopf mit Reseda. Oder einen Briefbeschwerer. Am ehesten einen Briefbeschwerer.

»Hörst du? Darja arbeitet in einem Reisebüro!« Der Literaturagent hob die Stimme. »Sicher kann sie dir in einigen Fragen gute Ratschläge geben.«

»Das freut mich für sie.« Woronow dachte gar nicht daran, hinter seinem Wandschirm hervorzukommen.

»Ein Briefbeschwerer«, sagte Natalja leise und völlig mechanisch.

»Wie bitte?« Margolis zog die Augenbrauen hoch.

»Ein Briefbeschwerer. Mir scheint, Wladimir ... Wladimir Wladimirowitsch hat einen Briefbeschwerer fallen lassen?«

Margolis hüstelte und leerte das Glas Kognak bis zum Grund.

»Also wirklich, Wolodjenka! Wirst du noch lange da herumkramen und Dinge fallen lassen? Übrigens, Darja behauptet, das sei ein Briefbeschwerer gewesen.«

»Stimmt.« Woronow kam hinter dem Wandschirm hervor und zupfte sich verdutzt am Ohrläppchen. »Sie haben ein musikalisches Gehör, Darja. Ich habe wirklich einen Briefbeschwerer fallen lassen.«

Definitiv, er hatte was, wenn man genauer hinschaute: eine linkische Figur, linkische Extremitäten, sogar die Haare waren irgendwie linkisch – zerzaust und in verschiedene Richtungen abstehend. Und die Pockennarben auf seinen Wangen störten gar nicht, im Gegenteil – sie gaben ihm etwas Geheimnisvolles.

»Ganz wie in Ihrem vierten Roman«, sagte Natalja.

»Ich verstehe nicht ...«

»Der Briefbeschwerer aus der Epoche der Dritten Republik, mit dem der Sammler Trachtenberg ermordet wurde ...«

»Daran erinnern Sie sich?« Woronow schaute Natalja mit unverhohlenem Interesse an, und Margolis schob seinen Kognak zur Seite.

Sie lehnte sich im Sessel zurück, schloss halb die Augen und zitierte: »›Ein Briefbeschwerer aus Malachit, der mit gleichmäßigem Licht von innen leuchtete; mit Adern, die den Venen ähnelten, in denen das erschrockene Blut gefror ... Wie bizarr und vielfältig ist doch die Welt der Werkzeuge des Verbrechens, wie reich ist ihre Flora und Fauna! Und wie oft dienen edle Gegenstände den niedrigsten Zwecken. Daran ist nichts Übernatürliches, die Dinge ahmen nur beflissen die Menschen nach, das ist alles ...‹«

Margolis applaudierte entzückt: »Bravo, Dascha! Sie haben die Schlacht gewonnen. Darauf müssen wir anstoßen!«

Woronow ließ sich ihr gegenüber nieder, hob das Glas mit Borshomi und betrachtete Natalja durch das Mineralwasser.

»Jedenfalls sehr dicht am Original«, sagte er mit ungläubig verzogenem Gesicht. »Lernen Sie alle Romane auswendig?«

»Nein. Nur ausgewählte Stellen. Und außerdem lerne ich sie nicht. Ich behalte sie nach einmaliger Lektüre. Ihre Texte eignen sich vorzüglich zur Schulung des Gedächtnisses, sie wären genau das Richtige für professionelle Agentenschulung.«

»Meinen Sie?«

»Zu viele Partizipialkonstruktionen, das ist nicht jedermanns Sache.«

»Offenbar wissen Sie, wovon Sie reden.« Aus Woronows Mund klang das wie »offenbar muss man im Kontakt mit Ihnen die Pistole entsichert halten«.

»Haben Sie selber nie versucht zu schreiben, Darja?«, fragte Margolis plötzlich.

»Nein.« Das war zufällig die reine Wahrheit. »Warum fragen Sie?«

»Einfach so. Ich dachte, ein so kluges, feinfühliges Mädchen« – der beschwipste Margolis trug dick auf – »könnte sich durchaus selbst mit dem Schreiben von Büchern befassen. Noch dazu bei Ihrem Beruf. Gestehen Sie, Sie haben schon die halbe Welt bereist!«

Natalja schwieg wohlweislich, aber Margolis bemerkte das gar nicht.

»Die Handlung könnten Sie in irgendein exotisches Land verlegen. Leidenschaften auf dem Hintergrund einer Lagune, Verführungsszenen vor Rhododendron. Und ein Palmendieb als einziger Zeuge der leidenschaftlichen Liebe.«

»Liebesromane sind nicht mein Genre.«

»Dann ein Kriminalroman«, schlug Margolis bereitwillig vor. »Jetzt schreiben alle Krimis. Oder meinen zumindest, sie schrieben welche. Entschuldige, Wolodjenka, Anwesende sind damit nicht gemeint. Warum sollten nicht auch Sie sich in diese Phalanx einreihen, Dascha? Und ich trete in der Rolle Ihres literarischen Agenten auf. Man sagt mir nach, dass ich ein gutes Händchen dafür habe.«

»Ich fürchte, das übersteigt meine Kräfte.« Langsam entspannte sich Natalja. Oder war das dem Kognak und den Weinbrandkirschen zu verdanken? »Zu viele Konkurrenten. Obwohl, ein nettes Sujet wüsste ich.«

»Na, dann erzählen Sie mal«, sagte Woronow plötzlich gleichgültig. Vielleicht ein bisschen gleichgültiger als nötig gewesen wäre.

»So raffiniert wie der Mord mit dem Briefbeschwerer ist es aber nicht.«

»Erzählen Sie Ihr unraffiniertes Sujet.«

»Na gut. Es fängt damit an, dass eine junge Frau in einer Grünanlage nicht weit von ihrem Haus einen Dobermann findet. Genauer gesagt, eine Dobermannhündin. Ein Mädchen.«

»Ein Mädchen – muss das sein?«, fragte Woronow rasch.

»Nein. Was sein muss, ist nur, dass auf dem Halsband Adresse und Telefonnummer der Besitzer stehen. Einige Tage lang versucht die Frau ... Nennen wir sie Natalja.« An dieser Stelle errötete Natalja. »Also, Natalja versucht einige Tage lang vergeblich, die Nummer vom Halsband anzurufen. Aber niemand hebt ab.«

»Sicher meint sie, dass etwas mit dem Telefon nicht in Ordnung ist«, schaltete sich Woronow in das Spiel ein. »Ein technischer Defekt. Oder es wurde abgeschaltet, weil die Rechnung nicht bezahlt war.«

»Ja, ungefähr so etwas denkt sie. Und nach der Arbeit macht sie sich zusammen mit dem Hund zu der angegebenen Adresse auf. Natürlich ist die Tür verschlossen.«

»Natürlich.«

»Die junge Frau – Natalja – ... Sie will schon weggehen, da entdeckt sie im Briefkasten mit der Nummer der Wohnung einen Brief. Sie öffnet den Brief ...«

»Einen fremden Brief zu öffnen gehört sich nicht«, mischte sich Margolis ein, der wusste, was Verlage und Buchmarkt erwarteten. »Das wird der Heldin kaum Sympathien einbringen.«

»Sie öffnet den Umschlag, weil auf ihm keine Adresse steht.«

»Und in dem Brief findet sie den Wohnungsschlüssel«, nuschelte Woronow träge. »Kein schlechter Einfall, wenn auch nicht übertrieben originell.«

»Ja, Sie haben Recht. Sie findet den Schlüssel zur Wohnung. Und gelangt auf diese Weise hinein. Die Hündin ist glücklich – sie ist wieder zu Hause. Die Heldin ebenfalls – für eine Zeit lang.«

»Wartet mal, das habe ich nicht verstanden.« Margolis drehte den Kopf hin und her und blickte von Woronow zu Natalja. »Was für ein Brief? Und wie ist der Schlüssel hineingekommen?«

»Ihre Theorie, Wladimir Wladimirowitsch?« Natalja wurde plötzlich fröhlich.

»Was immer Sie wünschen. Ein Verwandter, der überraschend weggefahren ist. Oder ein ehemaliger Liebhaber, der beschlossen hat, mit seiner Liebsten Schluss zu machen, weil sie ihm zum Hals heraushängt. Sie ist ihm in letzter Zeit zu sehr auf die Nerven gegangen«, sagte Woronow gallig.

»Ausgezeichnet. Dann fahre ich fort. Sie bleibt in der Wohnung, die ihr sehr gut gefällt. Sie findet jede Menge Rechtfertigungen dafür.«

»Der Hund.« Woronow lehnte sich im Sessel zurück. »Ihre Heldin, Natalja – so haben Sie sie ja wohl genannt – sie rechtfertigt das damit, dass sie für den Hund sorgen muss, bis die Besitzer wieder auftauchen. Und das kann man besser in der dem Tier vertrauten Umgebung.«

»An den Haaren herbeigezogen.« Die mit Journalistinnen und Literaturkritikerinnen verbrachten Nächte waren an Margolis nicht spurlos vorbeigegangen: Er ging auf Konfrontationskurs mit den Autoren. »Warum fährt sie nicht wieder nach Hause? Zusammen mit dem Hund ...«

»Ist Ihre Heldin verheiratet?«, fragte Woronow plötzlich.

»Nein.«

»Sie lebt allein?«

»Ja.«

»Schade. Wenn sie verheiratet wäre, könnte man sagen, dass ihr Mann allergisch gegen Hundehaare ist. Oder sonst jemand aus ihrer Familie. Aber letztendlich kann man immer irgendeinen Grund finden, und wenn er ganz harmlos ist. Manchmal tun die Menschen einfach etwas Exzentrisches. Fahren Sie fort, Darja.«

Irgendetwas hatte sich verändert, auf schwer fassbare Weise – sowohl im Zimmer als auch bei Woronow selbst. Die mürrischen Falten in seinem Gesicht hatten sich geglättet, die Nasenflügel bebten, und die Augen strahlten ein fast unerträgliches Leuchten aus. Ein Jagdhund vor der Höhle des Fuchses! Er wirkte richtig attraktiv. Sehr attraktiv, dachte Natalja unwillkürlich.

»Fahren Sie fort«, wiederholte Woronow gebieterisch.

»Sie bleibt. Und die Wohnung, sagen wir es so, verzaubert sie.«

»Die Wohnung gehört einer Frau aus einer ganz anderen sozialen Schicht?«, hakte Woronow nach. »Die alles hat, wovon die Heldin immer geträumt hat?«

»Vielleicht ... Vielleicht ... Und die Heldin selbst, wie stellen Sie sich die vor, Wladimir Wladimirowitsch?«

»Ich stelle mir vor, sie ist so um die dreißig, und sie lebt allein – die ideale Variante für einen Krimi. Die Attraktivität der späten Jugend ist noch nicht verflogen, aber eine gewisse Lebenserfahrung ist schon da. Ich denke nicht, dass sie über irgendwelche außergewöhnlichen Fähigkeiten verfügt oder ungewöhnliche Eigenschaften besitzt. Ein absoluter Durchschnittstyp.«

»Genau.« Natalja wurde traurig: Woronows Worte hatten sie unerwartet heftig getroffen. »Genau das habe ich mir auch gedacht.«

»Einspruch! Als Vertreter des Auftraggebers erhebe ich Einspruch!« Margolis trommelte mit den Fingern auf dem Tisch.

»Was heißt ›ein absoluter Durchschnittstyp‹? Wer interessiert sich für einen Durchschnittstyp?«

»Aber verstehst du denn nicht, Semjon?!« Woronow sprang auf und ging mit langen, unbeholfenen Schritten im Zimmer umher. »Umso interessanter wirkt das Sujet! Sie wird gezwungen, sich an die Spielregeln der Wohnung zu halten, in die sie gekommen ist. Die Wohnung verwickelt sie in einen Kriminalfall. Ich habe Sie doch richtig verstanden, Darja?«

Natalja ließ den Blick nicht von Woronow, der plötzlich zu einem Propheten, einem Verkünder geworden war, einer Pythia mit zerrauftem Haar. Sie war einer Ohnmacht nahe; ein Kognak – das war's, was ihr jetzt helfen würde! Mit zitternden Händen goss sie sich ein und trank das Glas in einem Zug aus.

»Darf man wissen, in was für einen Kriminalfall?«, fragte Margolis.

»Gut. Ich fahre fort. In der Wohnung findet sie eine große Summe Geld in ausländischer Währung, abgelaufene Fahrkarten auf den Namen der Wohnungsinhaberin und auf den eines Mannes. Und außerdem den Auslandspass dieses Mannes ...«

»Wohin?«, unterbrach sie Woronow.

»Wie meinen Sie – wohin?«

»Die Fahrkarten. Sie wollte wegfahren. Wohin?«

»Was macht das aus ... Von mir aus nach Frankreich. Aber nicht sie, sondern der Mann, der Besitzer des zweiten Passes. Ihre Fahrkarte war eine Eisenbahnfahrkarte, aber auch abgelaufen. Und nicht etwa nach Frankreich, sondern nach Murmansk.«

»So? Und welchen Ort hat er sich in Frankreich ausgesucht?«

»Darüber habe ich noch nicht nachgedacht.« Natalja kam noch rechtzeitig zur Besinnung. »Vorläufig ist es nur eine Idee, ein Vorschlag für einen Schriftsteller, nicht mehr. Vielleicht die Côte d'Azur. Nizza, Cannes ...«

»Und Monte Carlo gleich um die Ecke. Das kann eine Spur sein.«

»Eine Spur?«

»Ja, sicher. Monte Carlo, die Belle Epoque, das Spielcasino. Haben Sie nicht daran gedacht, den Begleiter der Verschwundenen zu einem professionellen Spieler zu machen?«

»Nein.«

»Schade. Das Schicksal eines professionellen Spielers ist immer interessant. Außerdem bekommen Sie dadurch eine zusätzliche Theorie, die höchstwahrscheinlich später widerlegt wird. Aber eine falsche Spur ist unerlässlich. Noch besser gleich mehrere. Man muss dafür nur die Wohnung richtig auf den Kopf stellen. Obwohl auch die Fahrkarte nach Murmansk schon eine falsche Spur sein könnte.«

»In der Wohnung war offensichtlich in den letzten Tagen niemand.«

»Und da wird sie nicht stutzig?«

»Teilweise schon. Besonders nachdem sie erfährt, dass man den Besitzer des Auslandspasses tot aufgefunden hat.«

»Ich wüsste gern, auf welche Weise sie das erfährt?«, ließ sich Margolis vernehmen.

»Das ist doch egal, Semjon!« Woronow rieb sich wütend das Kinn. »Das ist nebensächlich ... Sie kann es aus den letzten Nachrichten haben, aus der Kriminalchronik. Das Fernsehen serviert den braven Bürgern zu später Stunde gern noch Schauergeschichten. Habe ich Recht, Darja?«

»Ja ...«

»Sie sehen aber gar nicht gut aus«, stellte Margolis plötzlich erschrocken fest. »Sie sind ja ganz blass geworden.«

»Es ist nichts. Das liegt am Kognak. Ich hätte ihn nicht trinken dürfen«, stotterte Natalja. »Im Übrigen haben Sie Recht. Was die Kriminalchronik betrifft.«

Margolis goss Wasser in ein Glas und reichte es Natalja: »Trinken Sie. Und was ist weiter?«

»Weiter? Ich weiß nicht. Vielleicht sollte sie fortgehen? Fliehen? Alles vergessen?« Natalja sah Woronow hoffnungsvoll an.

»Dann verderben Sie ein gutes Sujet. Und das gleich zu Beginn.«

»Sie raten ihr zu bleiben?«

»Ich rate gar nichts. Das Genre schreibt seinen Helden ein bestimmtes Benehmen vor. Sie haben doch sicher bemerkt, dass alle Helden von Krimis, insbesondere die so genannten Amateurdetektive, ungewöhnlich neugierig sind, ihre Nase in jede Ritze stecken und keine noch so unwahrscheinliche Möglichkeit ausschließen. Sie sind besessen von der Idee, den Tod von Menschen aufzuklären, die sie nie gesehen haben. Oder die sie nur flüchtig gesehen haben. Ein normaler, vernünftig denkender Mensch würde nie so handeln.«

»Meinen Sie?« Eine Vorlesung über die Theorie des Kriminalromans, gehalten von Woronow, war das Letzte, was Natalja im Moment interessierte.

»Davon bin ich überzeugt. Ein vernünftig denkender Mensch will nur ein einziges Rätsel lösen: Wie bereitet man Gnocchi alla romana zu.«

»Einen Moment«, unterbrach ihn Natalja. »Das heißt also, sie soll bleiben?«

»Würden Sie selber bleiben?«, fragte Woronow.

»Ich ... Ich weiß nicht. Wahrscheinlich würde ich schnellstens die Flucht ergreifen.«

»Ohne auch nur den Versuch zu machen herauszufinden, was wirklich passiert ist? Sie verletzen die Regeln des Genres.«

»Aber auf welche Weise soll ich ... soll die Heldin sich in all dem zurechtfinden?«

»Na, wenn sie die Pässe und Tickets gefunden hat, hat sie sich bestimmt auch die Sachen angeguckt.«

»Sag doch gleich – sie hat in den Klamotten der Wohnungsbesitzerin herumgewühlt«, unterbrach ihn Margolis. »Einen guten Eindruck macht das wirklich nicht.«

»Das ist ein Krimi, keine erbauliche Kindergeschichte von Tolstoi! Sie ist verpflichtet, in den Sachen zu wühlen, Notizbücher zu lesen, Fotos zu betrachten und so weiter und so fort.«

»Und wie steht es mit Telefonanrufen?«, fragte Natalja. »Muss sie die beantworten?«

»Besser nicht. Außerdem muss das Telefon mit einem Anrufbeantworter verbunden sein. Wenn wir uns einig sind, dass es sich um eine reiche Wohnung handelt. Zwei, drei geheimnisvolle Anrufe erhöhen die Spannung.«

»Meinen Sie?«

»Ich bin davon überzeugt.«

In diesem Moment ertönte in Nataljas Tasche das aufdringliche Piepsen des Handys. Es kam so unerwartet und klang so Unheil verkündend, dass sie zusammenfuhr. Margolis steckte automatisch die Hand in die Innentasche seines Jacketts und zog sein eigenes Telefon heraus.

»Entschuldigung. Das wird meine Najade sein. Ich hab sie unbeaufsichtigt im Bett zurückgelassen ...«

Margolis drückte das Handy ans Ohr, pustete verdutzt in die Membrane – das Klingeln wollte nicht verstummen.

»Seltsam. Das scheint gar nicht mein Telefon zu sein.«

Schriftsteller und Agent richteten ihre Blicke auf Natalja.

»Das ist meins«, murmelte sie und drückte den Arm gegen die Hüfte, um das verfluchte Getriller etwas zu dämpfen.

»Dann gehen Sie doch ran«, schlug Woronow vor.

»Nein, es ist nicht wichtig. Achten Sie nicht darauf.«

»Vielleicht ist es ein vertrauliches Gespräch? Genieren Sie sich nicht«, ließ Woronow nicht locker.

»Nein. Sicher ist das mein Ex-Freund. Er hat eine Vorliebe für nächtliche Ruhestörungen.«

Margolis zwinkerte Woronow unauffällig zu: Nutze die Gelegenheit, alter Knabe, das Mädchen ist hübsch, originell und offensichtlich gerade frei; eine derartige Konstellation trifft man nicht allzu oft. Nach einigen Sekunden hörte das Telefon auf zu klingeln, und Natalja fühlte sich erheblich besser.

»Wo waren wir stehen geblieben?«, fragte sie Woronow.

»Telefonanrufe braucht sie nicht zu beantworten. Aber ihnen nachzugehen, dazu ist sie verpflichtet.«

»Wieso?«

»Um zu begreifen, was für ein Mensch die verschwundene Wohnungsbesitzerin war. Und was mit ihr geschehen sein könnte.«

»Sie ... Sie vermuten das Schlimmste?«, fragte Natalja mit steifen Lippen.

»Alles hängt von der Situation ab. Wenn die Information stimmt, dass der Mann ums Leben gekommen ist und sie kurz davor noch zusammen waren, dann hat sie ihn entweder getötet oder ist selber tot, ist entweder Verbrecherin oder Opfer. Ich tendiere zu Letzterem.«

»Glauben Sie?«

»Da gibt es nichts zu glauben. Sie taucht zu Hause nicht mehr auf, alle ihre Papiere liegen unbenutzt in der zurückgelassenen Handtasche.«

»Im Rucksack.«

»Das ist nicht wichtig. Und dann – der Hund.«

»Was ist mit dem Hund?«, fragte Natalja beunruhigt.

»Mit dem Hund muss etwas geschehen. Sein Auftauchen am Anfang der Geschichte ist eine großartige Idee. Aber später ... Später stört er eigentlich nur. Läuft einem zwischen den Beinen herum. Einen Hund muss man füttern, mit ihm spazieren gehen, das heißt, man ist ans Haus gebunden. Die Heldin kann sich das nicht erlauben.«

»Raffiniert!«, konnte Natalja nur hervorbringen.

»Aber nein, da ist nichts Raffiniertes dran. Einfach das kanonische Schema. Ihr Hund spielt noch einmal eine Rolle – beim Höhepunkt. Warum tauchte er eigentlich im Park auf?«

»Darüber habe ich nicht nachgedacht«, gestand Natalja ehrlich. »Wahrscheinlich ist er seiner Besitzerin davongelaufen. Verloren gegangen ...«

»Na, verloren gegangen wohl kaum. Versuchen wir, es etwas dramatischer zu gestalten. Sagen wir, die Besitzerin des Hundes geht mit ihm in einem Park am Rande der Stadt spazieren. Sie wird beobachtet.«

»Von wem?«

»Woher soll ich das wissen – von wem? Vorläufig skizzieren wir ja nur den Anfang der Handlung. Also, sie wird beobachtet, und sie wird entführt. Der Hund bleibt zurück, den kann man nicht gebrauchen. Das Weitere kann man sich denken. Das Tier läuft durch die Straßen, bis es mit unserer Heldin zusammentrifft. Na? Sieht das glaubwürdig aus?«

»Super!« Margolis und Natalja klatschten synchron in die Hände und sagten genauso synchron: »Und was weiter?«

»Weiter?« Woronow dachte nach. »Weiter muss man überlegen. Aber man muss unbedingt schon jetzt entscheiden, was aus dem Hund werden soll. Der Hund darf kein Hemmschuh für die Handlung sein. Sagen wir, in Abwesenheit der Heldin dringen in die Wohnung der verschwundenen Besitzerin die Täter ein. Es gibt irgendetwas in der Wohnung, was sie dringend brauchen – eine Videokassette, eine Diskette, eine Tagebuchnotiz. Mit einem Wort: irgendeine Informationsquelle, über die die entführte Besitzerin verfügte.«

Natalja spürte, wie es in ihren Schläfen hämmerte. Der zerzauste Autor, der ihr gegenübersaß, skizzierte mal eben so ins Unreine, wie ihr eigenes Schicksal und das von Darja Litwinowa aussehen könnten.

»Meinen Sie, die Täter müssten unbedingt auftauchen?«

»Es wäre zumindest wünschenswert. Sie kämmen die Wohnung durch, und mit dem Hund machen sie kurzen Prozess – sie töten ihn, und fertig. Und wir sind eine überflüssige Figur los.«

»Vielleicht sollte man besser nicht so ... eh ... blutrünstig sein?«, meinte Margolis vorsichtig. »Wenn nun das Buch verfilmt werden soll? Ein totes Tier – also weißt du, das ist reichlich unappetitlich.«

»Im Abspann machst du eine entsprechende Bemerkung: ›Während der Dreharbeiten ist kein Tier zu Schaden gekommen‹«, hielt Woronow dagegen.

»Nein. Ich bin nicht einverstanden«, kam Natalja Margolis zu Hilfe. »Mehrere Leichen – das kann man akzeptieren. Aber ein toter Hund, das ist zu viel.«

»Wie Sie wollen. Eine andere Variante: Sie bringt den Dobermann für eine Zeit lang bei Bekannten unter. Bei Leuten, die keine Allergien, Kater, Meerschweinchen und kleine Kinder haben, dafür aber ein Haus auf dem Land oder eine anständige Wohnung.«

»Meine wäre passend«, bot Margolis seine Dienste an. »Vorausgesetzt natürlich, du führst mich als edlen Ritter und potenziellen Geliebten der Heldin in die Handlung ein.«

»Ich denke nicht daran. Nein, die Variante Romeo und Julia oder auch Bill und Monica überlassen wir dem Genre des Liebesromans. Wir wollen das harmonische Schema des klassischen Kriminalromans nicht verderben. Sind Sie einverstanden, Darja?«

»Mit was?«

»Damit, dass wir Ihre Idee zu Papier bringen?«

Der Vorschlag kam so unerwartet, dass Natalja erst nicht wusste, ob Woronow einen Scherz machte oder es ernst meinte. Doch die fiebrige Röte, mit der sein Gesicht sich bedeckt hatte, und die scharf hervortretenden Wangenknochen zeigten deutlich: Er meinte es ernst. Auch bei seinem Literaturagenten setzten merkwürdige Metamorphosen ein: Seine gepflegte, elegante Halbglatze glitzerte plötzlich feucht, über die bläulich schimmernden rasierten Wangen rollten dicke Schweißtropfen, und die Lippen verzogen sich unwillkürlich zu einem mephistophelischen Lächeln.

»Ich weiß nicht ...«

»Sagen Sie Ja, Daschenka.« Margolis drückte die Hände auf die Brust. »Sagen Sie Ja. Bei der Geburt eines Romans dabei zu sein, an seiner Wiege stehen zu dürfen – das ist etwas ganz Besonderes. Und das erste gedruckte Exemplar bekommen Sie.«

»Es geht nicht«, sträubte sich Natalja unerwartet. »Es ist meine Geschichte. Und meine Idee.«

»Ideen liegen in der Luft, meine Liebe.« In Margolis' Stimme tauchte eine metallische Note auf. »Sie wollen sich doch nicht etwa auch an die Schreibmaschine setzen?«

»An den Computer. Ich habe einen.« Noch eine kleine dumme Lüge: Der PC gehörte ihr genauso wenig wie der Rock und der Pullover. Und das Handy in der Rocktasche.

»Einen Computer«, sprach Woronow nachdenklich in den Raum. »Sehr gut. Bestimmt hat die verschwundene Wohnungsinhaberin auch einen. Und Ihre ... unsere ... Heldin kann diesen Computer einschalten, in der elektronischen Post kramen, die Ordner durchsehen. Und diese – wie heißen sie ... wie nennt man dieses Zeugs, Semjon?«

»Files«, soufflierte Margolis. »Dateien.«

»Genau. Bestimmt entdeckt sie etwas Interessantes. Das ist ein Gedanke.«

»Einverstanden«, erklärte Natalja entschlossen. »Wenn das Sujet Ihnen gefällt – in Gottes Namen. Aber ich habe eine Bedingung.«

»Eine Bedingung?« Margolis musterte Natalja mit zusammengekniffenen Augen von Kopf bis Fuß. »Was für eine?«

»Erlauben Sie mir, an der Ausarbeitung teilzunehmen?«

Sie sah Margolis bei dieser Frage gar nicht an. Woronows Reaktion, das war es, was sie interessierte. Natürlich konnte er ablehnen und sich ohne Gewissensbisse ihre persönliche Geschichte aneignen. Ideen liegen in der Luft, da hatte der gewitzte Semjon Borissowitsch Recht. Und was das Heer der billigen Schreiberlinge betraf, die klauten sowieso alle wie die Raben. Aber Woronow! Woronow war kein billiger Groschenromanschreiber, er hatte Stil, und Stil und Unredlichkeit sind unvereinbar. Nein, er würde ihr Sujet nicht stibitzen.

»Erlauben Sie es?«, fragte Natalja noch einmal.

Margolis begann plötzlich laut zu lachen.

»Was soll Ihnen Wolodjenka denn eigentlich erlauben?«

»An der Ausarbeitung teilzunehmen. An der Erörterung ...«

»Was meinst du, Wolodjenka?«

»Tja, ich weiß nicht ...«

»Ich werde Sie nicht stören. Ich möchte nur gern wissen, in welche Richtung Sie die Handlung lenken. Ich kann ja auch etwas beisteuern. Auf die Urheberschaft oder meinen Namen auf dem Titelblatt erhebe ich keinen Anspruch. Das verspreche ich.«

»Sie verspricht es! Hörst du, Wolodjenka, sie verspricht es! Da kannst du doch nicht Nein sagen!«

In die Augen des schon ziemlich beschwipsten Margolis trat ein verzückter Glanz: Ein hervorragender Schachzug, Mädel, etwas Besseres hättest du dir nicht ausdenken können. Glaube mir, schon viele überkandidelte Damen, die Georges Simenon gegen Wladimir Woronow eingetauscht hatten, wollten sich an unseren kränklichen Schriftsteller heranmachen. Aber noch keiner ist es gelungen, ihn für sich zu interessieren. Nur dir, und noch dazu auf so raffinierte Weise.

»Na gut«, resignierte Woronow schließlich. »Gut. Morgen Abend von neun Uhr fünfzehn bis zehn Uhr.«

Abends von neun bis zehn pflegte sich Woronow – in den glücklichen Zeiten, wenn er an seinen Büchern arbeitete – zu erholen. Diese Erholungspause umfasste ein Glas Kefir, die Einnahme von Tabletten und ein fünfundvierzigminütiges Nickerchen auf der Liege. Auf dieses Nickerchen musste er nun verzichten.

»Ich werde kommen. Morgen. Von neun Uhr fünfzehn bis zehn Uhr.«

»Länger möchte ich Sie nun nicht mehr aufhalten.«

»Ja ... Ich verstehe. Ich habe mich gefreut, Sie kennen zu lernen, Wladimir ... Wladimir Wladimirowitsch.«

Natalja erhob sich und ging zur Tür. Aber das interessierte Woronow nicht mehr. Für das Ehrengeleit war Margolis zuständig, er würde die reiche Zicke schon nach Hause bringen. Seltsam, aber diese Trine aus dem oberen Stock war eigentlich gar nicht dumm. Den heutigen Abend konnte man als durchaus gelungen betrachten. Er hatte den Ausgangspunkt für ein neues

Buch bekommen, ohne sich im Geringsten anstrengen zu müssen. Danach hatte er schon so lange und vergeblich gesucht. Schade, dass er diese plötzliche Erleuchtung einer völlig fremden Person zu verdanken hatte. Aber auch diese Probleme würden sich leicht regeln lassen. Mehr als ein paar Abende würde sie bei seiner rüpelhaften Misanthropie sowieso nicht durchhalten. Zwei, drei von ihr entlehnte Ideen, zwei, drei Wendungen im Sujet – niemandem, auch nicht einem wenig sympathischen Menschen, sollte man die Illusion nehmen, am Schaffensprozess beteiligt zu sein.

Aber das Wichtigste war jetzt, die Schreibmaschine zu säubern, die Papiervorräte aufzufüllen, warme Wäsche und warme Socken bereitzuhalten. Und Lebensmittel für die nächsten beiden Wochen zu kaufen: Früher würde er seine Wohnung nicht wieder verlassen.

Die Zeit war reif.

Nun konnte er in See stechen.

Nur Margolis vertrat die alberne Theorie, die Menschen schrieben aus verschiedenen Gründen: aus Langeweile, aus Dummheit, aus Geldgier oder aus Ruhmsucht. In Wirklichkeit schreiben die Menschen aus angeborener Leidenschaft fürs Reisen. Was ist ein Buch anderes als eine Reise?

Während er noch melancholisch grübelte, kehrte Margolis zurück und goss sich den restlichen Kognak hinter die Binde.

»Ein erfolgreicher Abend«, verkündete der Agent selbstzufrieden.

»Meinst du?«

»Ich sehe es ja. Das Ende der Krise war gar nicht so schmerzhaft, wie ich befürchtet habe. Gewissermaßen mit Rosen umrankt. Göttliche Vorsehung war das.«

»Mein Papier geht zu Ende. Es sind nur noch ein paar Packen da.«

»Morgen bringe ich dir neues. Wirst du diese Hundegeschichte schreiben?«

»Ich weiß noch nicht«, wich Woronow listig aus. »Vielleicht. Die Idee gefällt mir. Ich versuche, ein paar Seiten zu schreiben, und dann sehen wir weiter.«

»Endlich!« Margolis presste die Hände wie im Gebet an die Brust. »Endlich erkenne ich ihn wieder, den genialen Kriminalautor, den mürrischen Sänger von Zyanid und Schwefelsäure! Morgen rufe ich beim Verlag an und hole mir dort einen Vorschuss!«

»Was, bist du Schweinehund etwa schon wieder pleite?«, erkundigte sich Woronow mäßig interessiert. »Haben die Weiber deine letzten Unterhosen als Souvenir mitgehen lassen?«

»Da packst du das Übel an der Wurzel.«

»Ich packe gar nichts an. Das überlasse ich deinen Weibern.«

»Also kann ich morgen beim Verlag anrufen?«

»Ja doch, hol dich der Teufel.«

»Und wie gefällt dir dieses exotische Vögelchen?« Nachdem die geschäftlichen Fragen entschieden waren, wechselte Margolis leichter Hand auf persönliche Dinge über. »Dieser platinblonde Kolibri.«

»Na, so exotisch ist sie nun auch nicht. Exotisch ist Miss Trinidad und Tobago: hundertzwanzig Kilogramm Lebendgewicht. Den Krug auf dem Kopf nicht mitgerechnet.«

»Ich finde, diese hier ist auch nicht ohne, auch wenn sie nur die Hälfte auf den Rippen hat. Glänzende Augen, glänzende Haare, Fingerchen wie ein Stummfilmstar. Und ein Mündchen – ein bisschen unschuldig, ein bisschen lasterhaft ... Schade, dass sie einen Pullover anhatte – so bleibt die Busengröße ein Geheimnis. Aber ich denke, es tendiert so in Richtung Körbchengröße B.«

»Wieso, hat die Größe des Busens eine grundsätzliche Bedeutung?«

»Nein, aber manches bestimmt sie schon.« Margolis war in seinem Element – über erotische Themen konnte er sich endlos verbreiten.

»Und was, wenn man fragen darf?«

»Glaube meiner Erfahrung – je weniger Busen, desto zickiger ist eine Frau.«

»Weißt du was? Wir wollen ihr gar nicht so viel Beachtung schenken.«

»Übrigens hat sie auch einen Dobermann. Eine Dobermannhündin«, sagte Margolis nachdenklich.

»Na und?«

»Nur so. Sei mir bitte nicht böse, Wolodjenka. Ich glaube, ihr seid euch in manchem ähnlich.«

»Worin?«

»Ihr greift nicht nach den Sternen, sondern haltet euch an das, was in der Nähe liegt. Dich zum Beispiel bringt eine Zwiebel auf eine Idee. Oder ein Kohlkopf. Und sie, wie ich sehe – eine einsame Laus im Fell eines Vierbeiners.«

»Du kannst jetzt gehen!«, kläffte Woronow.

»Und vergiss nicht, eine Liebeshandlung einzubauen, Wolodjenka«, brummte Margolis und wich in raschen kleinen Schritten zur Tür zurück. »Den Weibern gefällt das. Und sie bilden den Hauptanteil des lesenden Publikums im Land. Vergiss das nicht. Wie wäre es zum Beispiel mit einer Liebesszene auf einem Bärenfell vorm Kamin – wenigstens aus konjunkturellen Erwägungen? Was ist das denn für ein Detektiv bei dir – säubert sich die Nägel mit Zahnstochern und wäscht sich den Kopf mit türkischer Haushaltsseife. Rasiert sich mit einem Elektrorasierer. Das ist doch wirklich kein guter Ton. Die ganze Welt ist längst zu Gillette übergegangen.«

»Bist du immer noch hier?!«

»Schon unterwegs. Papier für den großen Schriftsteller holen.«

Endlich schlug dieser klebrige Literaturagent die Tür zu, und Woronow war wieder allein.

Gott sei Dank. Jetzt konnte er tief durchatmen. Und sich endlich an die Schreibmaschine setzen. Nach zweimonatiger Pause würde er wieder die abgewetzten Tasten berühren, und es würde eine so zärtliche und wilde Berührung werden, dass jede erotische Fantasie von Semjon Margolis dagegen verblasste.

Das Sujet – mochte es auch von jemand anderem stammen und noch keine endgültige Gestalt angenommen haben – hatte schon Besitz von Woronows Seele ergriffen ... Ein paar Minuten, ein paar Stunden, ein paar Tage – und die Worte und Sätze würden sich ihm, zahm geworden, widerspruchslos unterordnen, bis zum letzten Punkt und Komma.

Und Woronow würde ein Buch schreiben. Sein bestes Buch.

Nun saß Natalja schon fünfzehn Minuten in der dunklen Diele, den Nacken gegen den Spiegel gepresst. Tuma, die sie mit gleichmütigem Bellen begrüßt hatte, war wieder still geworden und hatte sich in den Sessel zurückgezogen, um ihre schwarzweißen Hundeträume zu Ende zu träumen. In diesen Träumen gab es vermutlich verwitterte Rinderknochen, die Stimme ihres Frauchens, zärtliches Tätscheln der Schnauze und ... und noch etwas. Etwas oder jemanden. Natalja zweifelte kaum noch an den hellseherischen Fähigkeiten Woronows: Tuma war nicht einfach verloren worden. Sie hatte selber jemanden verloren.

Der Hund hatte seine Herrin in einem der abgelegenen Parks am Rande von Petersburg verloren. Vielleicht hatte man die Litwinowa beobachtet und verfolgt, und dann hatte man ihr die Arme auf den Rücken gedreht und sie in ein Auto gestoßen. Aber was hatte in diesem Fall Tuma getan? Mit aufgerissener Schnauze dagestanden und schweigend beobachtet, wie man ihr Frauchen wegschleppte? Das konnte doch nicht sein: Ein Dobermann benimmt sich nicht wie ein altersschwacher Pekinese. Er ist verpflichtet, den Beleidigern die Zähne in die Halsschlagader zu schlagen und sie mit dem Eifer eines jungen Chirurgen im Praktikum zu zerbeißen.

Aber Tuma ...

In den wenigen Tagen, die sie gemeinsam verbracht hatten, hatte sich die Hündin von ganz verschiedenen Seiten gezeigt:

1. Als vor Hunger und Kälte halbtotes Haustier, bereit, überallhin zu gehen und jedem zu folgen, wenn es nur ein Dach über dem Kopf und etwas zu fressen bekommt.
2. Als Leckermaul, das dem exquisiten Hundefutter gefrorene Kartoffelschalen aus dem Mülleimer vorzieht.
3. Als unkomplizierte Sybaritin, die mehr als alles auf der Welt Ledersessel und ihre eigene Hunderuhe schätzt.

Außerdem stellte Tuma mit wahrer Inbrunst Katzen und Tauben nach, sie brachten sie zur Raserei und ließen sie alles auf der Welt vergessen. Wütend verbellte sie kleine Hunde, sobald aber ein Artgenosse in ihrem Blickfeld auftauchte, der geringfügig größer als ein Foxterrier war, drückte sie sich an Nataljas Beine. Wahrscheinlich gab es im Stammbaum der Dobermannhündin ein anstößiges Geheimnis, irgendwelche Bruchstellen, Erdrutsche und Spalten. Und in einer dieser Erdspalten hatte sich ein nichtsnutziger, garstiger, räudiger Straßenköter verkrochen ...

Oder hatte Darja selbst sich keinen Wachhund herangezogen, sondern eine Busenfreundin, mit der sie zusammen auf dem Sofa liegen, Erdnüsse knabbern und die Musik von Artjomjew hören konnte? Oder hatte sie Tuma als schon erwachsene, verdorbene Hündin bekommen und hatte ihr einfach nichts mehr beibringen können?

Im Wohnzimmer klingelte das Telefon, und fast sofort sprang der Anrufbeantworter an.

»Dascha! Dascha, ich bin es. Verzeih, verzeih, ich habe einen ganz blöden Brief geschrieben. Wir hatten beide nicht Recht. Verzeih mir bitte!« Der heisere zärtliche Bariton streichelte Natalja über die Halswirbel. »Ich bin wieder zurück und habe in Moskau viel nachgedacht. Wir müssen miteinander reden, ich werde dir alles erklären.«

Mit ungefähr derselben Intonation hatte Dschawa seinen vergötterten Brodski deklamiert.

Aber kaum war sie schwach geworden und dieser Stimme auf den Leim gegangen, da schlug die Stimme mit voller Wucht zu – ebenfalls ganz in Dschawas mittelasiatischem Stil: »He, du! Sei nicht so gemein, nimm den Hörer ab! Ich weiß, dass du zu Hause bist, du verdammte Schlampe, du Miststück, du gemeines Biest ... Wenn du nicht sofort abnimmst, komme ich und schlage dir die Tür ein, hörst du?!«

Versuch's nur, mein Junge, die Tür ist aus Eisen, grundsolide gearbeitet! Du hättest den Schlüssel eben nicht in den Briefkasten werfen sollen!

»Hörst du?« Der Bariton rutschte in die Tenorlage. »Nimm den Hörer ab!«

Nur zu, nur zu, Bürschchen, du kriegst den Hals wohl nicht voll. Wenn du weiter diesen Telefonterror praktizierst, hetze ich den Dobermann auf dich.

Offenbar hatte der Anrufer Nataljas drohende Gedanken gespürt: Er legte auf, jedoch nicht für lange. Eine Minute später klingelte das Telefon erneut.

»Ich will doch nur reden, Darja. Ich verspreche dir, keine Drohungen, keine Forderungen, ich werde mich zusammenreißen. Ich warte im ›Dirigeable Nobile‹ auf dich. Morgen, von acht bis neun. Und auch die Abende danach. Wir müssen uns aussprechen. Ich bitte dich ...«

Endlich verstummte das Telefon, und Natalja holte tief Luft. Ganz schön leidenschaftlich. Erstaunlich, dass bei einem solchen vulkanischen Temperament noch alle Möbel und Fensterscheiben heil waren und der Toaster noch funktionierte. So einer könnte leicht in einem Anfall unkontrollierter Wut alle Gasflammen aufdrehen, sämtliche CDs in den Kühlschrank stopfen und den Computer mit dem Hammer zertrümmern. Oder wenigstens alle Wände und Spiegel mit dem Lippenstift der Besitzerin beschmieren. Dschawa.

Dschawa hatte sie niemals so bedrängt. Lächerlich, eine Frau zu bedrängen, wenn man auf ihrem durchgedrückten Sofa in einer Kommunalwohnung lag. Leidenschaft ist eine Marotte der Reichen. Liebe, still wie eine Familiengruft an einem sonnigen Tag – das ist das Los der Mittelklasse. Und den untersten Schichten, dem Bodensatz, zu dem sie sich selbst zählte, bleiben nur nasse Socken auf der Heizung und spurlos verschwundene Liebhaber ...

Den Computer mit dem Hammer zertrümmern ... Woronow – der weise Woronow! – hatte doch auch etwas vom Computer gesagt.

Ja. Ordner. Files (»Wie heißt dieses Zeugs doch gleich, Semjon?«). E-Mails. Woronow hat Recht. Die Handlung muss von der Stelle kommen.

Natalja ging zum Schreibtisch, setzte sich auf den Rand des Sessels und näherte ihren Zeigefinger dem Computer. Sie hatte schon einige Routine in der Arbeit mit diesem subtilen, ideal organisierten Wesen, obwohl es Gala war, die die meiste Zeit am Computer verbrachte: Anfragen wegen Hotels und Auslandsflügen, Fahrpläne, Tickets ... Aber das hier war komplizierter. Sobald sie auf den Knopf »Power« drückte, gelangte sie in das Heiligtum von Darja Litwinowa, in ihr elektronisches Gehirn.

»Was meinst du, Tuma?« Natalja drehte sich zu der Hündin um, aber die öffnete nur die Schnauze, gähnte laut und herzhaft, wechselte ihre Position im Sessel und wandte Natalja ihren kurzen Stummelschwanz zu.

Natalja schaltete den Computer ein, und nach wenigen Sekunden belebte der Monitor sich. Darja Litwinowa stellte sich als Ästhetin mit zweifelhaftem Geschmack heraus: Auf dem Desktop war ein Gemälde des halb vergessenen Schlachtenmalers Wereschtschagin zu sehen, »Die Apotheose des Krieges«. Ein Haufen Schädel und in einiger Entfernung ein Schwarm von Raben – wenn das kein nettes Vorzeichen war!

Natalja schauerte zusammen: Wem dieses Zeichen wohl galt – der Litwinowa selbst oder den vielen Neugierigen, darunter auch Tuma, Denis, Lenussik aus dem Telefon und der geheimnisvollen Firma Askod? Dann könnte es eine Art Warnung sein: Betreten verboten, Lebensgefahr! Die Zahl der *icons* auf dem Bildschirm war nur noch mit der Zahl der Schädel auf dem Haufen der Apotheose vergleichbar – da brauchte man ja Tage, um sich durchzuwühlen. Aber fürs Erste würde sie sich mit Internet und E-Mails begnügen. Natalja führte den Pfeil auf das Symbol »PeterStar« und klickte mit der Maus.

Es dauerte nur einen Augenblick, und da war sie, die elektronische Post, hieß den Nutzer von »Litvin@mail.ru« willkommen und begrüßte Natalja mit der trostlosen Nachricht »Geben Sie das Passwort ein«.

Mist.

Natalja brummte enttäuscht und tippte mit einem Finger auf der Tastatur: »Passwort«. Dieser alte Kasernenwitz blieb nicht unbestraft. Mail.ru ließ sofort eine missbilligende Tirade vom Stapel: »Fehler. Falscher Benutzername oder falsches Passwort«.

Und erzeugte dann auf die Schnelle einen hypothetischen Dialog zwischen dem schusseligen Benutzer und dem Oberaufseher über die Elektronischen Briefkästen:

»Ich habe mein Passwort vergessen. Was soll ich tun?«

»Drücken Sie hier.«

Nach einigen einfachen Manipulationen war Natalja schließlich am Ziel angelangt und erblickte die ersehnte Geheimabfrage – »Der Name Ihres Hundes«.

Reingefallen, du kugelsicherer Geheimbriefkasten!

Ohne sich auch nur zu der Dobermannhündin umzusehen, schrieb Natalja mit ruhiger Hand: »Tuma«. Aber der Briefkasten bockte. Den Namen »Tuma« wollte er entschieden nicht akzeptieren. Natalja ging im Geiste mögliche Gründe dafür durch: Die Dobermannhündin Tuma war möglicherweise nicht der einzige Hund der Litwinowa, davor hatte es vielleicht noch andere geliebte Vierbeiner gegeben. Erst nach dem Studium der Instruktionen kam Natalja zu dem einfachen Schluss, dass man den Namen des Hundes auf Englisch eingeben musste,

Russisch, in welcher Form auch immer, tolerierte der Briefkasten nicht. Also »Tooma.« Sobald sie das getan hatte, erschien auf dem Monitor die triumphierende Nachricht: »Richtige Antwort. Wir empfehlen, sofort ein neues Passwort einzugeben.«

Woronow. Oder meinetwegen auch Voronoff. Er ist es wert ...

Natalja gab in den Computer Darja Litwinowas den Namen eines Schriftstellers ein, den diese niemals gelesen hatte, und erhielt endlich Zugang zu ihrer Korrespondenz.

Nach dem dritten Februar gab es nur zwei neue E-Mails. Offenbar hatte die Litwinowa keinen besonders intensiven Briefwechsel gepflegt. Natalja klickte auf »Posteingang« und schaute sich aufmerksam die Absender der Botschaften an. Sie stammten von einem Menschen mit dem LogIn »Grim«. Um gleich auf dem neuesten Stand zu sein, wählte Natalja den letzten Brief aus und öffnete ihn.

Der Brief lautete:

»Verdammt nochmal, antworte, zum Teufel, sonst denke ich noch, dass du gar nicht mehr am Leben bist!«

TEIL 2

10. Februar. **Natalja**

Am folgenden Abend, pünktlich um neun Uhr fünfzehn, stand Natalja vor Woronows Tür.

Diesem Ereignis ging eine ganze Reihe anderer Ereignisse voran. Erstens rief sie im Büro an und nahm sich mehrere Tage unbezahlten Urlaub. Mit Schurik Saizew, dem Geschäftsführer, dem ihr gestriger Auftritt im Büro noch in bester Erinnerung war, einigte sie sich sofort. Bereitwillig stimmte er zu, Natalja einen fünftägigen Urlaub zur Regelung von Familienangelegenheiten zu gewähren, stellte nur eine einzige Bedingung: ein gemeinsames Abendessen bei Kerzenlicht in einem Restaurant in der Stadt. Das Restaurant durfte Natalja auswählen.

Natalja schwor feierlich, sich am kommenden Sonntag Zeit für Schurik zu nehmen.

Die zweite Maßnahme war ernsthafterer Natur, sie betraf Ninons Nachricht vom Mord an dem Bankier Radziwill. Schon am frühen Morgen setzte sich Natalja vor den Fernseher. Der Mord an Radziwill war keine ganz neue Meldung mehr, und man widmete ihr erheblich weniger Aufmerksamkeit als den übrigen städtischen Neuigkeiten. Aber in einem der langweilig und dilettantisch gemachten Regionalprogramme stieß sie doch noch auf einen Beitrag, der sich mit German Radziwill befasste.

Seine Leiche war im Kofferraum seines eigenen Wagens in der Dolgoosernaja-Straße gefunden worden. Radziwill war der Direktor von »Irbis« – einer der größten Banken der Stadt. Man kannte ihn als Mäzen, Besitzer einer Segelyacht und Ehrenvorsitzenden des Petersburger Schachclubs. Sein Tod hatte der gesamten Finanzwelt einen Schock versetzt. Die intensiv geführte Ermittlung tendierte zu der Version, dass der Mord mit seiner Tätigkeit als Bankier zu tun habe. Aber andere Motive wurden nicht ausgeschlossen, darunter auch persönliche. Die zivile Trauerfeier sollte im Empfangshaus der Bank »Irbis« am zehnten Februar um die Mittagszeit stattfinden.

Also heute.

Während der ganzen Reportage war eine Fotografie German Radziwills zu sehen. Die gleiche, die in seinem Auslandspass eingeklebt war, dem Pass, der jetzt in Darja Litwinowas Rucksack lag. Es konnte keinen Zweifel geben. In der Wohnung Nr. 48 am Bolschoi Prospekt 62/3 roch es nach Tod.

Dieser Gedanke raubte Natalja alle Kräfte.

Mit Mühe zwang sie sich, die schon ganz zappelige Tuma Gassi zu führen, lief mit ihr zum nächsten Zeitungskiosk und kaufte sich sämtliche Wochenzeitungen.

Jedes Blatt, das auf sich hielt, veröffentlichte einen Kommentar zu den Ereignissen in der Dolgoosernaja. Je nach Richtung des Blattes variierten die Kommentare von einer winzigen Notiz in der Rubrik »Kriminalchronik« bis zu ausführlichen Artikeln vom Genre »investigativer Journalismus«. Ein Handelsblatt brachte ein Dossier zu Radziwill, in dem er als Finanzengel mit einer Transferposaune an den Lippen und Bündeln von Staatsobligationen anstelle von Flügeln dargestellt war.

Nur eins wunderte Natalja – keiner der Journalisten schrieb Einzelheiten über die Entdeckung der Leiche. Der verkrümmt im Kofferraum liegende Radziwill fesselte ihre Fantasie offensichtlich nicht allzu sehr. Und es wurde auch nichts über eine Reise nach Frankreich gesagt. Aber sie war doch geplant gewesen! Wie waren Radziwills Flugticket und sein Pass in die Wohnung der Litwinowa gekommen? Die einfachste Theorie – sie waren ein Liebespaar und wollten gemeinsam nach Paris fliegen. Und die einfachste Theorie kann durchaus richtig sein. Aber was bedeutete dann die Fahrkarte nach Murmansk?

Hatte vielleicht Denis bei Radziwills Tod die Hand im Spiel? Und seine Reise nach Moskau war nur Tarnung?

Aber nach reiflicher Überlegung verwarf Natalja diesen Gedanken. Ein Hysteriker wie Denis (und dass er das war, ging klar aus seinen erregten Telefonanrufen hervor) würde niemals eine Leiche im Kofferraum verstecken – das passte nicht zu seinem Temperament. Vielleicht war er fähig zu töten. Aber kaltblütig einen Mord zu arrangieren – das wohl kaum ...

Und dann – wo war Darja selbst?

Der Gedanke an die Litwinowa trieb Natalja nach draußen und führte sie zum Empfangshaus von »Irbis« an der Karpowka.

Der ganze Platz vor dem beeindruckenden Gebäude aus Glas und Stein war mit teuren ausländischen Wagen zugeparkt. Natalja freute sich insgeheim, dass der schicke Schaffellmantel der Litwinowa und das ebenso schicke Tuch zusammen mit den Stiefeln ihr das Recht gaben, ungestraft an dieser High-Society-Trauerfeier teilzunehmen. Ohne zu zögern, setzte sie sich die schwarze Hundert-Dollar-Brille der Litwinowa auf und mischte sich unter die Menge der teuer gekleideten Männer und der ebenso teuer aussehenden Frauen und schritt in den Saal.

Der Sarg mit dem Körper des Toten stand auf einem Postament in der Mitte des Raumes. Er ertrank in Blumen und Kränzen und war dicht umlagert von trauernden Angehörigen. Natalja erkannte sofort die Witwe, die mit steinernem Gesicht neben dem Sarg saß, neben ihr ein abgezehrter junger Mann – offenbar Radziwills Sohn. Zu ihnen traten ununterbrochen solide aussehende Männer. Sie flüsterten der Witwe etwas ins Ohr und drückten dem Sohn die Hand. In der Menschenmenge, die dem Toten die letzte Ehre erwies, erblickte Natalja mindestens zwei Dutzend durchs Fernsehen bestens bekannte Gesichter.

»Du auch hier?« Ein lautes Flüstern in ihrem Rücken ließ sie zusammenzucken. »Dich hab ich hier wirklich nicht erwartet! Weinst du diesem Schwein etwa nach? Oder traust du deinem Glück nicht und willst dich persönlich überzeugen? Die Hündin da vorn kann ihr Glück offenbar auch noch gar nicht fassen. Der Erpresser ist krepiert, es lebe die Freiheit!«

Natalja drehte sich abrupt um – vielleicht allzu abrupt für eine gemessene Totenfeier und das leise gespielte Requiem von Mozart. Hinter ihr stand eine blendend aussehende Blondine mit verächtlich geschwungenem Schlangenmund. Natalja erkannte sie sofort: die Freundin der Litwinowa, eine von den dreien auf dem Foto, das auf dem Schreibtisch stand. Die Blondine hatte sie offenbar für die Litwinowa gehalten: Der Schaffellmantel und das exklusive Tuch hätten wohl jeden in die Irre geführt.

»Entschuldigen Sie ...«, stotterte Natalja.

Die Frau begriff sofort, dass sie sich in der Person geirrt hatte. Sie errötete und verzog ärgerlich das Gesicht.

»Sie müssen entschuldigen, aber ich habe Sie für meine Freundin gehalten. Sie sehen ihr sehr ähnlich. Zumindest von hinten ... Entschuldigen Sie nochmals ...«

Die Blondine trat eilends den Rückzug an, ließ aber Natalja noch einige Zeit nicht aus den Augen. Man konnte sich vorstellen, wie sie sich für eine derartige Unvorsichtigkeit selber ausschalt. In fast schon unschicklich schnellem Tempo strebte Natalja zum Ausgang.

Die fremden Klamotten trugen also schon erste Früchte.

Die giftige kleine Tirade ging ihr nicht aus dem Kopf. Die Freundin hatte Radziwill als Erpresser beschimpft, was allein schon als perfekter Anlass zum Mord betrachtet werden konnte. Und wen hatte sie mit der vagen Umschreibung »Hündin« gemeint? Eine Hündin, die ihr Glück nicht fassen kann? Natalja dachte an das steinerne Gesicht der Frau am Sarg – sie hatte keineswegs ausgesehen, als sei sie vor Kummer niedergeschmettert. Wie verrückt vor Freude hatte sie allerdings auch nicht gewirkt. Aber das war eine Frage der Etikette. Die Etikette konnte jede Emotion verbergen.

Bis zum Abend bummelte Natalja ziellos über die Wassili-Insel; sie ließ kein Café, keine Bierstube am Bolschoi Prospekt aus, sie trank literweise Eichel-Ersatzkaffee, der auf der Preisliste stolz als »Cappuccino« bezeichnet wurde, kam aber zu keinem Ergebnis.

Noch stand ihr der einfachste Ausweg offen: alles der Miliz zu melden. Den Ermittlern Ticket und Pass Radziwills und zugleich auch die Papiere Darja Litwinowas zu übergeben. Das würde die Sache sicher voranbringen. Nur in welche Richtung? Und wie sollte sie ihre Anwesenheit in der Wohnung erklären? Eine alte Schulfreundin aus Murmansk? Eine Tennispartnerin? Eine befreundete Hundeliebhaberin? Aber sobald die echten Schulfreundinnen, Tennispartnerinnen und Hundehalterinnen ausfindig gemacht waren, bedeutete das erhebliche Unannehmlichkeiten für sie. Ihnen einfach nur Pässe und Papiere zuzuspielen, ohne irgendetwas zu erklären, nur anonymer Helfer im Hintergrund zu bleiben – das war noch dümmer. Genauso dumm wie jetzt aus dem Nest der Litwinowa zu schlüpfen, möge Ninon ihr verzeihen ...

Woronow.

Ihn brauchte sie jetzt. Woronow würde ihr eine Lösung anbieten.

Woronow begrüßte sie mit säuerlichem Lächeln und dem Satz: »Sie haben genau fünfundvierzig Minuten.«

Daran hätte er sie nicht unbedingt erinnern müssen.

»Und wischen Sie sich die Füße ordentlich ab. Ich hasse es, wenn man mir Schmutz in die Wohnung trägt.«

Natalja nickte demütig und zog Stiefel und Schaffellmantel aus.

»Sie kommen nicht aus dem Haus?«, fragte Woronow.

»Nein. Ich bin vorm Schlafengehen noch spazieren gegangen. Das Wetter ist so schön.«

»Es ist widerlich.« Ohne auf Natalja zu warten, ging Woronow ins Zimmer zurück.

Ein reizender Auftakt.

Natalja trottete dem Gastgeber nach.

Seit dem gestrigen Abend waren in Woronows Klause Veränderungen vor sich gegangen. Auf dem Boden lagen zerknüllte Blätter, die Underwood strahlte eine seltsame Wärme aus. Woronow nahm auf dem Stuhl vor dem Schreibtisch Platz und blickte Natalja finster an.

»Ehrlich gesagt, ich habe nicht gedacht, dass Sie kommen.«

»Aber wir sind doch verabredet.«

»Ja«, sagte er mit Bedauern. »Wir sind verabredet.«

»Haben Sie mit dem Schreiben schon begonnen?« Eine dumme Frage, am Fluidum, das in der Luft lag, merkte man das auch so.

»Was soll das sein, ein Interview?«

»Nein, natürlich nicht. Es interessiert mich nur.«

»Wenn es Sie interessiert, wollen wir keine Zeit verlieren. Fangen wir mit den allgemeinen Charakteristiken an.«

»Gut.«

Ohne eine Aufforderung abzuwarten, setzte Natalja sich auf den Rand des Sessels und blickte den Schriftsteller an.

»Was für Krimis bevorzugen Sie?«, fragte Woronow und sah durch Natalja hindurch.

»Ihre«, gestand sie ehrlich.

Die kleine Schmeichelei ließ Woronow gleichgültig.

»Ich meine keine konkreten Autoren«, sagte er hochnäsig. »Die Unterarten, darauf kommt es mir an. Die Unterarten als taxonomische Kategorie.«

»Das meinen Sie?«, stammelte Natalja. Die bedrohliche Wortverbindung »taxonomische Kategorie« passte gar nicht zu Woronows zerrissenen Pantoffeln.

»Sie etwa nicht? Es gibt den Polizeiroman, es gibt den Kriminalroman in seiner klassischen Form, es gibt die so genannte holländische Windmühle ...«

»Was ist denn das?«

»Ein zufälliger Held folgt zufälligen Umständen, weiter nichts. Und nur zufällige Umstände führen ihn zu der ebenso zufälligen Aufdeckung des Verbrechens.«

Verflixt – Darja Litwinowas »Penthouse à la russe«, in das sie auf so seltsame Weise geraten war, kam dem sehr nahe.

»Holländische Windmühle ... Wohin der Wind einen weht. Ich verstehe.« Natalja schauerte zusammen. »Nein. Mir gefällt der klassische Kriminalroman am besten.«

»Mir auch.«

Woronow stand auf und ging im Zimmer umher.

»Die Intrige. Die Intrige ist die Hauptsache.«

»Haben Sie vor, mir eine Vorlesung zu halten?«, rutschte es Natalja heraus.

Sie ahnte nicht, dass sie damit genau ins Schwarze getroffen hatte. Heute hatte Margolis bei Woronow, der gerade auf Seite sieben des neuen Buches steckte, angerufen.

»Bei der Arbeit, alter Junge? Ich habe sensationelle Neuigkeiten.«

»Den Staatspreis für Literatur, Kunst und Architektur?« Wenn es etwas auf der Welt gab, was Woronow hasste, waren es Neuigkeiten.

»Man lädt dich ein, eine Vorlesungsreihe zu halten.«

»Ich kann jetzt nicht.«

»Nicht jetzt. In drei Monaten. Du schaffst es doch, das Buch in drei Monaten fertig zu kriegen?«

»Ich warne dich, ins Flugzeug steige ich nicht.« Woronow hatte die gescheiterte Reise nach Kanada noch in lebhafter Erinnerung.

»Keine Flugzeuge. Europa, alter Junge! Zum Ort des Geschehens kannst du mit dem Autobus fahren.«

»Im Autobus wird mir von dem Geschaukel übel. Das weißt du doch.«

»Dann mit der Eisenbahn«, reagierte Margolis augenblicklich.

»In der Eisenbahn zieht es.«

»Wir nageln die Fensterrahmen zu. Zlatá Praha! Da wirst du doch nicht absagen?«

Goldenes Prag – warum eigentlich nicht. Mittelalterliche Steine, aus denen man anschließend einen ordentlichen gotischen Thriller zusammensetzen könnte.

»Ich werde darüber nachdenken.«

»Was gibt's da nachzudenken? Sie wollen innerhalb von zwei Tagen eine Antwort.«

»Und was für Vorlesungen?«

»Na, wohl kaum über die Theorie der Infinitesimalrechnung! Über den Kriminalroman, Wolodjenka, über den Kriminalroman.«

Woronow runzelte die Stirn: ein hermetisch abgeschlossener Hörsaal; lebenslustige Studenten, die sich für Bier und die Unterwäsche ihrer Freundinnen interessieren; hirnlose Studentinnen, die sich für Männer-Striptease begeistern. Braun gebrannt, hoch gewachsen, mit Flaum an den Beinen und Armreifen an den Handgelenken.

Und dann er, der kränkliche Wolodjenka Woronow aus dem kränklichen Russland, das sie alle einmütig hassen. Solchen Rindviechern Vorlesungen zu halten, noch dazu über den Kriminalroman! Aber die mittelalterlichen Steine, der mittelalterliche gotische Roman über den Mord am Zunftmeister der Waffenschmiede?!

Der Einsatz lohnte sich.

Und was die Vorlesungen betraf, auf die er sich zumindest stichwortartig vorbereiten musste ... Er hatte ja schließlich die eine Stunde, die ihm diese Furie aus der oberen Etage abgetrotzt hatte. Sie konnte ja die Rolle der Prager Studenten übernehmen und er an ihr seine Vorträge einüben.

»Die Intrige – das ist die Hauptsache!« Woronow blieb vor Natalja stehen und hob belehrend den Finger.

»Ein Gedanke von bestechender Originalität.« Das konnte sie sich nicht verkneifen.

»Ironie ist hier nicht am Platz. Die Intrige diktiert den Stil des Werks. Die Intrige ist gleichsam eine der handelnden Personen. Zum Teufel, sie ist die wichtigste handelnde Person. Sie entwickelt sich, sie isst zum Frühstück Maisflocken, sie wäscht sich unter der Dusche, sie verlässt den einen Helden und verführt den anderen. Darin liegt der ganze Sinn. Verstehen Sie mich?«

»Dunkel. Das heißt also, die Intrige im Kriminalroman ist eine ganz gewöhnliche Nutte?«

Woronow öffnete den Mund und schloss ihn wieder. Wäre Margolis auch hier gewesen, er hätte Woronows Wortschwall unter Freud'sche Komplexe verbucht. »Intrige« war ein Nomen weiblichen Geschlechts, zu dem Wolodjenka in äußerst gespannter Beziehung stand.

»Wieso denn Nutte?«, nuschelte Woronow. »Das muss doch nicht unbedingt eine Nutte sein. Es gibt respektablere Berufe. Na gut, gehen wir zu unserer Geschichte über.«

»Tun wir das.«

»Die Ausgangssituation haben wir ja schon erörtert. Die Heldin ist in der fremden Wohnung geblieben, wo sie die Pässe und die abgelaufenen Fahrkarten gefunden und ein paar Nachrichten auf dem Anrufbeantworter abgehört hat. Was noch?«

»Die elektronische Post. Das war Ihre Idee«, half ihm Natalja bereitwillig aus. »Sie hat den Computer der abwesenden Besitzerin eingeschaltet und ihre E-Mails gelesen.«

»Ja, das ist gut möglich. Bei einem Thriller oder einem billigen Groschenheftkrimi würden wir jetzt einen perversen Mörder einführen, der die Heldin mithilfe der neuesten technischen Errungenschaften belästigt. Wie finden Sie das?«

Natalja schauderte. Ein Perverser im Computer – bloß nicht!

»Aber wir schreiben doch keinen billigen Groschenroman!«, sagte sie flehend.

»Nein. Wenn ein Autor zu wenig Grips hat, dann schiebt er alles einem irren Mörder in die Schuhe. So ein Irrer ist die Stütze der Talentlosen, ein deus ex machina, der jederzeit zu Hilfe kommen kann. Ein im klassischen Detektivroman verbotenes Verfahren. Wissen Sie, was ich denke: Wenn es viele E-Mails gibt, dann öffnet die Heldin die aktuellste. Die menschliche Neugier ist immer ungeduldig, sonst würden wir nie in die letzten Seiten eines Buches schauen. Also die neueste E-Mail. Logisch?«

»Natürlich!« Natalja leckte sich über die trockenen Lippen.

»Irgendwas muss in diesem Brief stehen, was Leben und Sicherheit der Wohnungsinhaberin betrifft. Ich denke, es sollten keine Drohungen sein, das wäre allzu einfach. Dafür gibt es auch andere Methoden. Und dann ist eine E-Mail auch eine gute Möglichkeit, eine neue Person einzuführen. In diesem Stadium noch eine virtuelle ...«

»Grim«, sagte Natalja, die sich an den Absender des Briefes erinnerte, unerwartet.

»Bitte?«

»Wir könnten diese virtuelle Person Grim nennen ...«

»Wenn Sie wollen ... von mir aus«, stimmte Woronow ohne weiteres zu. »Umso mehr, als der Name Grim wie eine Metapher klingt, er kann alles Mögliche bedeuten.«

»Und der Brief? Was soll drinstehen?«

»Eine Warnung vor Gefahr?« Woronow kratzte sich am Kinn und widersprach sich gleich selbst: »Nein, wohl kaum. Wenn man jemanden vor einer Gefahr warnen will, ruft man an. Aber wenn nun unsere virtuelle Person ... Grim, oder wie er heißt ... Wenn er sich um die verschwundene Darja Sorgen macht? Sie hat ihm vielleicht nicht geantwortet, als sie hätte antworten sollen. Und für ihn ist das nicht einfach nur charmante weibliche Vergesslichkeit – ihr Schweigen hat für ihn einen gefährlichen Sinn.«

»›Verdammt nochmal, antworte, sonst denke ich noch, dass du gar nicht mehr am Leben bist!‹«, sprach Natalja langsam den Text des Briefes, den sie am Vorabend gelesen hatte, und spürte, wie kalte Schweißtropfen ihr über den Rücken perlten.

»Wie bitte? Was haben Sie gesagt?«

»*Verdammt nochmal, antworte, sonst denke ich noch, dass du gar nicht mehr am Leben bist!* Eignet sich das für einen Krimi?«

Ohne ein Wort zu sagen, stürzte Woronow zu seiner Underwood und tippte etwas auf das Blatt, das in die Maschine eingespannt war. Dann kehrte er zu Natalja zurück. Seine Pupillen saugten ihre Gestalt in sich auf, zerlegten sie in ihre Bestandteile und setzten sie neu zusammen: Das Bild im Kaleidoskop hatte sich geändert. Nun sah der bunte Schmetterling gar nicht mehr so hirnlos aus.

»Ausgezeichnet!«, rief er atemlos. »Ausgezeichnet! Sie machen Fortschritte ... Darja. Einfach und geschmackvoll! Eine Zeile nur, aber eine Intrige! Und was für eine Intrige! Unruhe, verhaltene Wut – wissen Sie, was sich dahinter verbergen kann?«

»Was?«

»Der Text, den Sie sich ausgedacht haben – das ist nicht der Text eines Liebesbriefes. So etwas schreibt ein guter Bekannter oder Kollege. Ja! Sie sind durch geschäftliche Beziehungen miteinander verbunden. Vielleicht nicht allzu saubere. Vielleicht gefährliche, was für die Entwicklung des Sujets wichtig werden könnte.«

»Meinen Sie?«

»Ich bin überzeugt!«

»Nun gut. Glauben Sie, ich ... die Heldin sollte auf diesen Brief antworten?«

»Ich denke, ja. Die Frage ist nur – in welcher Form.«

»›Alles in Ordnung. War in Frankreich.‹ Oder etwas in der Art.«

»Ach je!« Woronow schniefte enttäuscht. »Zu primitiv. Und völlig unwahrscheinlich.«

»Warum?«

»Ich weiß nicht ... Es kommt mir so vor. Sicher hat doch jedes der beiden Mädchen seinen individuellen Wortschatz. Unsere Heldin kann im Computer suchen, sich die anderen Briefe ansehen, wenn es davon Kopien gibt. Die Dateien der Besitzerin öffnen. Der Mensch – das ist sein Stil. Sie haben doch nichts gegen diese These?«

»Nein.«

»Und insbesondere sein Briefstil. Die Heldin muss ein Gespür für diesen Stil bekommen und versuchen, ihm zu entsprechen.«

»Kapiert.«

»Der Stil. Genau. Was ist sie von Beruf?«

»Wer?«

»Die Vermisste.«

»Ich weiß nicht.«

»Das ist aber ein grober Schnitzer ... Ein ganz schwacher Punkt ...« Woronow rannte im Zimmer hin und her. »Die Heldin ist mehrere Tage in der Wohnung und stellt sich so dilettantisch an. Warum hat sie bis jetzt noch nicht die Papiere und die Fotos durchgesehen!?«

»Ein Versäumnis«, sagte Natalja mit schuldbewusster Stimme.

»Schließlich ist das ein Krimi. Man darf doch nicht allen Schwung aus der Handlung nehmen!«

»Ich werde dran denken. Und ich ... ich wollte noch etwas hinzufügen. Wie wäre es, wenn die ganze Zeit ihr früherer Liebhaber in der Wohnung anruft?«

Woronow runzelte die Stirn.

»Wir haben doch verabredet – keine Liebesgeschichte, wenn sie die Handlung nicht vorantreibt.«

»Und wenn sie das tut? Wenn er auf den Anrufbeantworter einen bestimmten Text spricht?«

»Welchen genau?«

»Nun, zum Beispiel: ›Ich muss mit dir reden, Liebes. Es ist wichtig. Ich warte auf dich in ...‹« Natalja überlegte. »›Ich warte auf dich in dem und dem Café.‹ Es folgt der Name des Cafés. ›Jeden Abend von acht bis neun.‹ Dann könnte die Heldin doch dahin gehen, um einen Blick auf den Mann zu werfen, der der verschwundenen Wohnungsinhaberin so nahe stand.«

»Und wie soll sie ihn erkennen?«

»Ganz einfach. Auf dem Schreibtisch neben dem Computer steht ein Foto, auf dem die Besitzerin mit ihrem Hund und einem jungen Mann zu sehen ist. Das könnte ihr Ex-Lover sein.«

»Unwahrscheinlich. Wenn sie sich getrennt haben, warum sollte sie dann noch ein Foto ihres früheren Geliebten auf dem Schreibtisch haben? So was löst man radikaler: Man reißt das Foto wutentbrannt in kleine Stücke und befördert es in den Papierkorb.«

»Und wenn sie sich erst vor kurzem getrennt haben? Oder sich vielleicht gar nicht getrennt haben?«

»Was heißt das, gar nicht?«

»Nicht auf ihre Initiative hin, meine ich. Erinnern Sie sich, wie die Geschichte begann? Die Heldin findet im Briefkasten einen Brief und einen Schlüssel. In dem Brief erklärt der Mann, dass er alle Beziehungen abbricht.«

»Und ruft danach an?«

»Nun, das ist eine ganz banale Situation, die gibt es in Liebesbeziehungen oft: Die verschwundene Frau hat ihn betrogen. Sie hat ihn auch früher schon betrogen. Diesmal ist das Maß voll.« Natalja wählte sorgsam ihre Worte, um den jungfräulich reinen Woronow durch nichts zu verletzen. »Aber er liebt sie. Wirklich. Der Bruch war im Grunde nur ein Erpressungsversuch. Jetzt tut es ihm Leid, und er will die Beziehung wieder herstellen.«

»Warten Sie.« Woronow, der bei der Aussicht auf eine mögliche Love-Story ganz apathisch geworden war, belebte sich wieder. »Ein Erpressungsversuch – das ist gut. Das ist eine akzeptable Variante. Dann muss sie unbedingt zu dem Treffen gehen.«

»Und was wird sie tun? Geht sie zu diesem Mann und stellt sich als Freundin seiner früheren Geliebten vor?«

»Für den Anfang sollte sie ihn in diesem Café eine Zeit lang beobachten. Vorausgesetzt natürlich, sie hat die Zeit dafür.«

Zeit! Natalja standen fünf Tage unbezahlter Urlaub zur Verfügung, mit einem lüsternen Schurik Saizew als Zugabe. Wenn sie etwas hatte, dann Zeit!

»Zeit hat sie genügend. Sie hat in ihrem Betrieb unbezahlten Urlaub genommen.«

Woronow kehrte wieder zu seiner Underwood zurück und hämmerte flink auf die Tastatur ein.

»Ausgezeichnet! Also, sie beobachtet ihn. Ich wollte Sie schon die ganze Zeit fragen, da Sie ja gewissermaßen als Katalysator des Sujets fungieren ... Unsere Heldin – ist sie hübsch?«

Das letzte Wort sprach Woronow mit unverhohlenem Abscheu aus. Mit solchem Abscheu pflegt man eine Schabe zu zertreten, die sich unvorsichtig ans Tageslicht gewagt hat.

»Ich habe noch nicht darüber nachgedacht. Ich glaube nicht, dass sie besonders hübsch sein sollte ...«

»Eher so ein Typ wie Sie!« Woronow musterte Natalja von Kopf bis Fuß. »Durchschnitt. Keine Laufstegschönheit, aber auch keine Missgeburt aus dem Raritätenkabinett.«

»Danke für das Kompliment.« Natalja dachte nicht im Traum daran, dem sanften Frauenhasser böse zu sein.

»Eine Femme fatale ist mit dem klassischen Detektivroman unvereinbar. Sie gibt allenfalls ein schönes Opfer mit effektvoll durchgeschnittener Kehle ab. Der Tod im Detektivroman muss poetisch und sentimental sein, wie eine Locke in einem Medaillon, sonst steigen wir auf das Niveau von Boulevard-Journalismus herab. Je unauffälliger die Heldin ist, nur eine Puppe, der man beliebige Kleider anziehen kann, desto mehr Raum bleibt der Fantasie.«

»Was soll sie also im Café tun?«

»Am ersten Tag, denke ich, sollte sie sich im Hintergrund halten.«

»Und am zweiten?«

»Am zweiten kann sie versuchen, mit ihm Bekanntschaft zu schließen.« Woronow kratzte sich den zugewachsenen Nacken. »Prüfen, ob er seiner Liebsten wirklich so zugetan ist, wie er das am Telefon verkündet hat.«

»Ja, vermutlich haben Sie Recht.«

»Aber sie muss noch mehr tun.« Woronows zerzauste Haare schienen plötzlich zu elektrisieren: Natalja hätte schwören können, dass sie leichte Entladungen gehört hatte. »Sie muss ... Sie muss ihn für sich interessieren. Neugierig machen!«

»Aber wie? Eine durchsichtige Bluse anziehen und den BH weglassen?«

»Sie denken zu primitiv.«

»Und wenn sie gar nicht nach seinem Geschmack ist?«

»Was hat das mit Geschmack zu tun? Sagen wir, die Heldin nimmt zum Rendezvous ein Notizbuch mit.«

»Wozu?«

»Na, haben Sie zum Beispiel ein Notizbuch in der Handtasche?«

»Ja.«

»Dann wollen wir das auch unserer Heldin zugestehen. Sie nimmt ein Notizbuch mit und schreibt auf eine besondere Seite mit großen Druckbuchstaben ... hm ... den Namen und die Telefonnummer der verschwundenen Hundehalterin.«

»Wozu?«

»Wozu? Nun, sie lässt sich beispielsweise neben dem Ex-Geliebten nieder und öffnet das Notizbuch auf der betreffenden Seite. Und beginnt, auf der Seite daneben etwas zu notieren. Aber so, dass ihr Nachbar den Namen und die Telefonnummer auf der anderen Seite gut lesen kann.«

»Sie meinen ...« Endlich begriff Natalja diesen amöbenhaft schlichten Gedankengang Woronows. »Sie meinen, er schaut ihr über die Schulter?«

»Würden Sie selber das nicht tun?«

»Ich? Doch«, gab Natalja zu.

»Sehen Sie. Und er tut das auch. Ganz bestimmt. Die Menschen lieben alles Verbotene. Sie können solchen Bruchstücken eines fremden Lebens nicht widerstehen. Er wird gucken.«

»Sie sind ja ein richtiger Psychologe, Wladimir Wladimirowitsch.«

»Ach«, Woronow wurde verlegen, »dafür braucht man nicht unbedingt ein Psychologe zu sein. Es gibt Dinge, die liegen auf der Hand.«

»Na gut. Nehmen wir an, er hat die vertraute Telefonnummer gesehen. Und hat angebissen. Was weiter?«

»Weiter wird er die Bekanntschaft forcieren. Da bin ich mir sicher.«

»Und wie soll ich ... Wie soll die Heldin erklären, auf welche Weise diese Nummer in ihr Notizbuch kommt?«

»Da gibt es viele Möglichkeiten. Sie kann sich als alte Freundin ausgeben. Oder als Arbeitskollegin.«

»Sie haben vergessen, wir haben bis jetzt noch nicht geklärt, wo Dar ... wo die Verschwundene arbeitet.«

»Ein Versäumnis. Aber ich denke, wenn die Sache erst einmal bis zu diesem Ausflug ins Café gediehen ist, wird unsere Heldin schon vieles wissen.«

»Und wenn nicht?«

»Wenn nicht?« Woronow überlegte einen Moment. »Dann nehmen wir irgendein neutrales Terrain. Sie haben sich in einem Kosmetiksalon kennen gelernt. Oder beim Friseur. So was in der Art.«

»Ziemlich schwach«, wagte Natalja zum ersten Mal zu widersprechen.

»Ich erhebe keinen Anspruch auf Originalität. Wir können ja noch nach überzeugenderen Versionen suchen. Ich denke, das wird nicht allzu schwer sein.«

»Und dann? Was soll sie dann tun?«

Die Uhr mit dem bocksbeinigen Satyr auf der Kommode erzitterte und schlug melodisch zehn Mal.

»Sie müssen gehen«, sagte Woronow ohne jegliches Bedauern. Nun, nachdem die Schulstunde vorbei war, erschien ihm Natalja nur noch als Störenfried, als lästige Fußfessel an den schlanken Knöcheln des klassischen Detektivromans.

»Ja.«

Es lohnte nicht, auf einer Fortsetzung des Gesprächs zu bestehen, im ungleichen Kampf mit der schrottreifen Underwood hatte sie keine Chance. Trotzdem konnte sie sich nicht verkneifen zu sagen: »Begleiten Sie mich nicht hinaus?«

»Das obere Schloss«, erwiderte Woronow nur gleichmütig und riss ein neues Paket Papier auf. »Nur das obere, die anderen fassen Sie gar nicht an. Drehen Sie es zweimal nach rechts.«

10. Februar. **Ljolja**

Das begriffsstutzige Personal der »Wildgänse«, das mit dem Foto aus Radziwills Brieftasche nichts anfangen konnte, war auch mit der Beschreibung seiner Begleiterin überfordert. Das war Ljolja klar, kaum dass sich alle diese geschniegelten Vertreter der gehobenen Gastronomie um Sanja Gussalows Computer geschart hatten.

»Na denn, meine Herrschaften, gehen wir ans Werk.« Sanja zwinkerte den Anwesenden zu. »So ein Phantombild ist eine ernste Sache, ich bitte Sie um äußerste Aufmerksamkeit.«

Die Herrschaften wackelten bereitwillig mit ihren glatt rasierten Kinnen.

Nach fünfundzwanzig Minuten war unter gemeinsamen Anstrengungen ein Porträt des Fotomodells Linda Evangelista zusammengetragen worden. Nach einer weiteren halben Stunde, nachdem sich der Oberkellner an ein kleines Muttermal über der Lippe der Blondine erinnert hatte, kam die Reihe an Cindy Crawford. Es folgten Claudia Schiffer, Marla Hanson und ein namenloses Model, das im Fernsehen für das Toilettenwasser »Egoiste« warb.

»Hören Sie, liebe Freunde«, flehte Sanja Gussalow schließlich. »Sie war doch nicht zufällig eine Farbige?«

»Warum sollte sie eine Farbige gewesen sein?«, fragte der Oberkellner verdutzt.

»Nun, das würde den Kreis der infrage Kommenden erheblich einschränken. Wir würden an jedem Kiosk ein Bild von Naomi Campbell aushängen, und fertig!«

Nachdem Ljolja die begriffsstutzigen Kellner aus dem Büro geleitet hatte, kehrte er zu seinem Kollegen zurück: »Was sagst du dazu?«

»Degenerierte Trottel«, zischte Gussalow. »Das Einzige, was sie können, ist, Wodka eingießen und ihre Rüssel in den ›Playboy‹ stecken!«

»Na, einiges haben wir doch erfahren.« Ljolja machte eine beschwichtigende Handbewegung.

»Und was, wenn ich wissen dürfte?«

»Wahrscheinlich war Radziwills letzte Freundin ein Fotomodell. Und zwar ein hoch bezahltes.«

»Wie kommst du zu solch kühnen Schlussfolgerungen, Petrowitsch?«

»Alle diese Models, die sie uns untergeschoben haben, sind Weltniveau. Berühmt wie Filmstars! Und sie – diese Dame, die wir suchen – sieht ihnen sehr ähnlich.«

»Die sehen sich alle ähnlich. Wie ein Ei dem anderen. Lange Beine, lange Zähne und ein flacher Hintern. Und jede – wirklich jede! – hat zwei Augen, zwei Ohren und zwei Brüste.«

»Nicht zu vergessen fünf Finger an jeder Hand! Erinnerst du dich, was die Frau des Ermordeten gesagt hat? Radziwill habe keinen teuren Bikini ausgelassen und in der Jury sämtlicher Schönheitswettbewerbe gesessen. Und wohin geht so eine Mamsell nach dem Wettbewerb? Wohl kaum in die Brotfabrik und auch nicht zum städtischen Amt für Begrünung. Nein, sie wird Fotomodell!«

»Was schlägst du also vor?«

»Alle auch nur halbwegs bekannten Agenturen zu durchkämmen. Vielleicht taucht da jemand auf ... Umso mehr, als die vorherige Flamme von Radziwill auch als Model gearbeitet hat. Bei einer Agentur namens ›Ingrid‹. Sie heißt Xenia Nikolskaja.«

Sanja, der die ganze Zeit damit beschäftigt war, das Gesicht von Cindy Crawford mit dem Kinn von Mike Tyson zu kreuzen, pfiff durch die Zähne.

»Woher hast du diese Information?«

»Die Cousine des Toten, Agnieszka Radziwill, hält die Stadtwohnung der Radziwills in Ordnung. Sie war es, die mich auf die Nikolskaja gebracht hat.«

Ljoljas Besuch an der Lanskoje-Chaussee war ausgesprochen unterhaltsam gewesen.

Genauso unterhaltsam wie Agnieszka Radziwill, eine vierzigjährige alte Jungfer mit riesigen Händen und einer Furcht einflößenden Schuhgröße. Agnieszka betrachtete etwa fünf Minuten lang Ljoljas Dienstausweis und ließ ihn erst dann in die Wohnung. Aber weiter als bis in das kleine Foyer, das auf die Diele folgte, gelangte er nicht. Dort wurde ihm ein Sessel angeboten, der an der Wand zwischen zwei mit Trauerflor verhängten Spiegeln stand. Und Tee. Letzteres eher aus Gewohnheit als aus Höflichkeit: Radziwills Cousine war eine gut geschulte Angestellte. Vor dem Umzug nach Petersburg hatte sie als Hausdame in einem der Sanatorien von Truskawez gearbeitet.

Nachdem er ein kleines Tablett mit Tee und Sandgebäck in Empfang genommen hatte, begann Ljolja die Vernehmung.

Aber das Gespräch wollte von Anfang an nicht recht in Gang kommen. Schuld daran war die schaurige Sprache, in der sich die Hausangestellte ausdrückte. Trotz der sieben Jahre, die sie schon in Petersburg lebte, sprach Agnieszka einen entsetzlichen Mischmasch aus Polnisch und Ukrainisch, und in ihren kurz angebundenen Erwiderungen dominierte der Ausdruck »matka bozka«. Offensichtlich war sie aber – als Einzige von allen! – zutiefst erschüttert. Ihr unschönes Gesicht, das mit roten Äderchen übersät war, verzog sich immer wieder schmerzlich, und Tränen stiegen ihr in die Augen. Es dauerte eine halbe Stunde, bis Ljolja ihr einige Auskünfte über Radziwills letzten Tag entlockt hatte. Die Nacht vom zweiten auf den dritten Februar hatte ihr Cousin zu Hause verbracht. Morgens war wie immer um 8.15 Uhr der Wagen gekommen, der ihn abholte. Radziwill teilte seiner Cousine mit, dass er am vierten wegfahren und nicht mehr in der Stadtwohnung übernachten werde, und bat sie, seine Sachen zu packen.

»Welche?«, wollte Ljolja sofort wissen.

»Schkarpetki«, würgte Agnieszka heraus. »Sockän. Dwi pari – zwei Paar Nasentichär. Wäsche ... Einä Krawatka ...«

»Wollte er die letzte Nacht in seinem Haus auf dem Land verbringen?«

»Dariber ich weiß nichts.«

Nach diesem knappen Bescheid zog Ljolja seine Trophäen aus der Tasche: den Ring mit den beiden Schlüsseln und die Fotografie der Blondine.

»Erkennen Sie das wieder?«, fragte er die Hausangestellte.

Von den Schlüsseln wollte Agnieszka nichts wissen, aber das Foto des Mädchens sah sie sich ziemlich lange an.

»Povija!«, sagte sie schließlich.

»Ist das der Vorname oder der Nachname?«, fragte Ljolja erfreut.

»Alläs zusammän. Alle sind sie povija ... Oh, matka bozka, wie ich hasse sie alle!« Agnieszka Radziwill war nicht länger im Stande, ihre Emotionen zu unterdrücken: Ihr Gesicht bedeckte sich mit Flecken und verzerrte sich scheußlich.

»Ist Ihnen schlecht?«, erkundigte Ljolja sich schüchtern.

Agnieszka würdigte ihn keines Blickes. Sie erhob sich und verschwand im Innern der Wohnung – vermutlich, um sich wieder in Ordnung zu bringen und sich ein Validol unter die Zunge zu schieben. Kaum war die Hüterin des Herdes verschwunden, sprang Ljolja auf und öffnete die erste beste Tür.

Es war das Zimmer von Agnieszka. Das merkte er sofort am Geruch nach Weihrauch, dem schmalen klösterlichen Bett und der Statue der Jungfrau Maria am Kopfende des Bettes. In der gegenüberliegenden Zimmerecke stand eine weiß drapierte Ikonostase, die aus Fotografien des verstorbenen Radziwill zusammengesetzt war. Gedrehte Kerzen brannten knisternd vor diesem Altar, und Girlanden aus gewachsten halbtoten Glyzinien schmückten ihn.

Die reinste Kultstätte, die letzte Zuflucht einer untröstlichen Sektiererin. Es fehlte nur noch die Skulptur einer Pietà mit einem gekreuzigten Radziwill und einer auf den Knien liegenden Agnieszka.

Ljolja ging zu den Glyzinien und schaute sich die Fotos des Toten genauer an: Offensichtlich hatte Agnieszka sie schon seit langem gesammelt, vielleicht sogar einfach aus den Familienalben gestohlen.

Radziwill war kein allzu einnehmender Typ, er hatte den Schädel eines Schakals und ebensolche schakalartig gelben Augen. Dafür war sein Körper perfekt: Man brauchte sich nur eine der hochkünstlerischen Aufnahmen anzusehen – der Bankier in Badehose, auf der eigenen Yacht, in der einen Hand die Segelleine, in der anderen ein Champagnerglas.

Ljolja beugte sich zu der Fotografie hinunter und sah, dass der nackte Torso Radziwills von kaum sichtbaren kleinen Löchern durchstochen war, wie von einer Stecknadel. Wer hatte den Fotokörper wohl derart misshandelt – Agnieszka oder jemand anders?

Die anderen Fotografien ließen keinen Zweifel: Aus ihnen hatte die Hausangestellte erbarmungslos alle übrigen Personen ausgemerzt – sie waren entweder herausgeschnitten oder mit dicken, nervösen Strichen unkenntlich gemacht worden. Sieh einer an, dieses stille Wasser aus Truskawez!

Ljolja ließ den Blick tiefer gleiten und stieß einen leisen Pfiff aus. In eine der Glyziniengirlanden war kunstvoll eine dicke schwarze Schnur eingeflochten. Was heißt hier Schnur! Eine richtige Knute aus teurem Leder war das, eine solide doppelschwänzige Peitsche. Ljolja strich vorsichtig über den Griff der Peitsche, in den eine Inschrift eingraviert war: »Probasti me, Domine, et cognovisti.«

Er kam nicht mehr dazu, das Gesehene zu verdauen: Mit vor Wut halb erstickter Stimme fiel Agnieszka über ihn her: »Slodjuga! Schachrai! Raus, raus hier! Oh, matka bozka, matka bozka!«

»Entschuldigen Sie bitte«, murmelte Ljolja. »Ich wusste nicht, dass es verboten ist ... Entschuldigen Sie ... Ich fühle mit Ihnen ... Wir werden alles in unserer Kraft Stehende tun ...«

Aber das vorherige, ohnehin zerbrechliche Gleichgewicht war zerstört. Agnieszka verschloss sich endgültig. Sie lehnte es brüsk ab, über Radziwill und Emma Alexandrowna zu sprechen, selbst der zwanzigjährige Sohn Adam rief bei ihr nur Verärgerung hervor. Gegen Ende des Gesprächs war Ljolja fast überzeugt, dass Agnieszka Radziwill alle hasste, die auf die eine oder andere Weise Zugang zum Körper ihres Cousins gehabt hatten. Sie wollte ungeteilte Macht über ihn haben – wenn schon nicht über ihn selbst, dann doch wenigstens über sein Andenken, das Andenken, das in die Blumengirlande eingeflochten war. Eine Peitsche ... Was sie wohl symbolisierte: Macht über den Cousin oder sklavische Unterwürfigkeit ihm gegenüber? Dem Zimmerschmuck nach zu urteilen – das Letztere. Aber auch Sklaven rebellieren bisweilen ...

Nachdem er sich noch eine halbe Stunde mit Agnieszka abgemüht hatte, fand Ljolja endlich die Bedeutung des Wortes »povija« heraus. Eine ganz banale Nutte – nichts anderes. Und dieser Nutte gab die Cousine auch noch einen Familiennamen – Nikolskaja. Einmal hatte Radziwill ein Mädchen in die Wohnung gebracht, das hier eine Nacht verbracht und einen Kamm mit einem Büschel Haare zurückgelassen hatte (»Nieczlujna istota!«) sowie eine Packung Antibabypillen (»Jaka rozpusta! Ganba!«).

Na immerhin, »povija«, »nieczlujna istota« – das war doch schon was. Langsam nahmen die mythischen Mädchen Radziwills reale Gestalt an ...

»Hast du herausgefunden, was der Satz ›Probasti me, Domine, et cognovisti‹ bedeutet?«, fragte Ljolja zwei Stunden nach dem Besuch in der Lanskoje-Chaussee Gussalow.

»Hier ist die Übersetzung.« Sanja legte dem Kommissar ein Blatt Papier vor. »Beglaubigt von einem Experten für alte Sprachen. ›Herr, du hast mich geprüft und erkannt.‹«

»Was das wohl heißen soll? So wie es im Zimmer der alten Jungfer aussah, ist Radziwill persönlich ihr Herr gewesen.«

»Wie, hatten Cousin und Cousine irgendwelche anstößigen Geheimnisse?«, wollte Gussalow wissen.

»Tja ... Ich weiß nicht.« Ljolja fiel der von Stecknadeln zerlöcherte Körper Radziwills auf dem Foto ein.

»Und was ist uns mit dieser Nikolskaja für ein Vögelchen zugeflogen? Soll ich mich mal mit ihr treffen? Ihre Aussagen zu Protokoll nehmen?«, fragte Sanja munter.

»Mit der treffe ich mich selbst.«

»Nutzt du deine Dienststellung aus, Petrowitsch? Na, na ...«

Ljolja fand Xenia Nikolskaja bei Dreharbeiten in einem der Pavillons auf dem Gelände von »Lenfilm«. Sie hatte gerade den Videoclip eines bekannten Schlagersängers abgedreht, in dem sie sehr überzeugend seine unzugängliche Geliebte darstellte.

Auf Ljoljas schäbige Ausweispapiere warf die Nikolskaja nicht einmal einen Blick.

»Was wünschen Sie?«, fragte sie.

»Ich will mit Ihnen reden.«

»Lieber Gott, hat man denn nie Ruhe! Gestern erst bin ich aus Hamburg zurückgekommen, direkt zum Dreh, nicht mal umziehen konnte ich mich mehr. Ich habe doch Ihren Leuten schon alles erzählt. Dass Marina Drogen geschmuggelt hat, davon hatte ich keine Ahnung. Und überhaupt, wir waren gar nicht näher befreundet, wir sind nur ein paar Mal zusammen auf Modenschauen gewesen, das war alles ...«

»Ich fürchte, ich komme nicht aus diesem Anlass«, unterbrach sie Ljolja.

Diese Mädchen schienen ja ein lustiges Leben zu führen!

»Nicht aus diesem? Aus welchem denn?«

»Wir können uns also unterhalten?«

»Ich bin sehr müde ...«

»Es wird nicht lange dauern.«

»Na schön«, erbarmte die Nikolskaja sich. »Begleiten Sie mich in den Schminkraum.«

Im Schminkraum warf das Model sofort den Überwurf aus Federn ab, der im Clip den biestigen, vogelartigen Charakter der Heldin unterstreichen sollte.

»Es stört Sie doch nicht, wenn ich schon anfange, mich umzuziehen?«

»Wenn es Sie nicht stört.«

Die Nikolskaja warf Ljolja einen viel sagenden Blick zu und lächelte.

»Mich nicht.«

Sie setzte sich auf den Stuhl vor dem Schminktisch, sodass Ljolja nur noch ihren nackten Rücken sehen konnte.

»Nun, worüber wollen Sie denn mit mir reden?«

»Über German Julianowitsch Radziwill.«

»Wie, ist ihm etwas passiert?«

»Allerdings ... Er wurde ermordet.«

»Was Sie nicht sagen«, meinte die Nikolskaja mit sichtlicher Genugtuung, ohne sich im Mindesten über diese Nachricht zu wundern.

Ljolja hatte alles Mögliche erwartet, nur nicht eine solche Reaktion.

»Seltsam«, sagte er schließlich. »Seltsam. Sie waren ... Sie standen sich doch einmal sehr nahe.«

»Na und?«

»Nichts. Aber ich dachte ... Wenn zwischen zwei Menschen einmal eine Beziehung gewesen ist ...«

»Es ist mir schnuppe, was Sie denken.«

Sie schminkte sich rasch ab, stand auf und schob ebenso schnell die Träger des Kleides herunter. Das Kleid fiel zu Boden, und das Fotomodell stand mit nacktem Busen vor ihm. Ljolja spürte ein Kribbeln in den Handflächen und errötete. Die Nikolskaja stieg über das auf dem Boden liegende Stück Stoff hinweg und begab sich graziös in die andere Ecke des Schminkraums.

»Ich würde gern mit Ihnen über den Toten reden«, krächzte Ljolja.

»Ich habe aber keine Lust, über ihn zu reden.«

»Dann muss ich Ihnen eine Vorladung schicken. Aber das möchte ich nicht.« Wenn diese Luxus-Exhibitionistin auf dem Präsidium erschiene, wäre die Arbeitskraft seiner Kollegen vermutlich für den Rest des Tages paralysiert.

Die Nikolskaja stieg schamlos langsam in ihre Jeans und streifte sich einen Pullover direkt über den nackten Körper. Der verführerische Busen verschwand unter der Wolle, und Ljolja fühlte sich sofort besser.

»Na gut. Was interessiert Sie im Besonderen?«

»Alles. Alles, was Ihre Beziehung zu Radziwill betrifft.«

»Unsere Beziehung ...« Die Nikolskaja öffnete langsam ihre Handtasche, nahm ein Päckchen leichter Damenzigaretten heraus und begann zu rauchen. »Besuchen Sie Sex-Shops, Herr Kommissar?«

»Ich verstehe nicht ...«

»Zumindest ab und zu.« Der Ring aus Rauch, den die Nikolskaja ausstieß, stieg träge zur Decke empor. Ohne darauf zu warten, dass er sich in der Luft auflöste, formte das Fotomodell einen neuen, wobei sich ihre Lippen zu einem Kreis rundeten. Mit Schrecken merkte Ljolja, wie seine ganze gute Erziehung mit rasendem Tempo in die Hose rutschte.

»Nein.«

Das war nur die halbe Wahrheit. Zwar hinderte sein Amt ihn daran, die Schwelle einer solchen Einrichtung zu überschreiten, aber heimlich träumte er davon, dass ihm irgendwann einmal bei einem seiner vielen Fälle der Besitzer eines Pornoladens über den Weg laufen würde. Wenigstens in der Rolle eines Zeugen.

»Schade. Irgendeine x-beliebige, schmutzige Pornokassette aus irgendeinem x-beliebigen Sex-Shop – und Sie haben die Quintessenz meiner Beziehungen zu German Julianowitsch.«

»In welchem Sinn?«

»Im allerkonkretesten. An Frauen interessierten ihn nur ganz bestimmte Stellen.«

»Wie lange waren Sie mit ihm bekannt? Und wann haben Sie sich getrennt?«

»Hat das irgendeine Bedeutung?«

»In einem Mordfall hat alles eine Bedeutung.«

»Hat mich diese Braut Christi verpetzt?«, fragte die Nikolskaja scharfsinnig.

»Das hat keine Bedeutung«, wich Ljolja einer Antwort aus.

»Hat sie Ihnen nicht gesagt, dass dieses flüchtige Ereignis bereits vor drei Jahren stattgefunden hat?«

Eine überraschende Wendung.

»Und danach haben Sie Radziwill nicht mehr getroffen?« Ljolja versuchte, sich zusammenzureißen.

»Doch. Mehrere Male. Bei Präsentationen, bei Modenschauen. Er war ein großer Fan von Modenschauen. Wie er bei seiner vielen Arbeit dafür Zeit dafür gefunden hat, ist mir schleierhaft!«

»Und nach Ihrer Trennung – hatte Radziwill da eine andere?«, fragte Ljolja plump.

Die Nikolskaja drückte ihre Zigarette in dem winzigen, mit Perlmuttintarsien verzierten Aschenbecher aus und lachte spöttisch.

»Also, Trennung – das ist zu viel gesagt. Unsere Affäre dauerte nicht länger als eine Woche. Immerhin werde ich mich an etwas erinnern können, wenn ich mich mal vom Geschäft zurückziehe. Er hat mich nach Frankreich mitgenommen.«

Ljolja zog die Brauen hoch. Schon wieder Frankreich.

»Zum ›Du‹ sind wir erst im Flugzeug übergegangen«, fuhr die Nikolskaja fort. »Drei Tage Paris, eine Woche Nizza, vierundzwanzig Stunden Monte Carlo ... Ich habe auf null gesetzt und fünfhundert Dollar gewonnen. Galant war er ja, das muss man ihm lassen. Große Schachteln mit Orchideen, nette Kleinigkeiten vom Juwelier unter dem Kopfkissen. Jeden Tag habe ich so was gefunden.«

»Und was ist nach Ihrer Rückkehr geschehen?«

»Das möchte ich nicht im Detail erörtern. Sagen wir so, in einem bestimmten Augenblick begriffen wir, dass wir nicht zueinander passten. Gott sei Dank war das ziemlich bald.«

»Was heißt ›nicht zueinander passen‹?«

Die Nikolskaja blickte den Kommissar mitleidig an: dieser arme Tropf in seinem Laufmaschenpullover, den lange nicht geputzten Schuhen und der zu kurzen und engen Jacke. Vermutlich genauso kurz und eng wie seine Vorstellungskraft. Sollte sie ihn wirklich mit der Dechiffrierung des Ausdrucks »nicht zusammen passen« schockieren?

»Verstehen Sie denn nicht?«

»Hm, ja ... Und mit wem war Radziwill noch ... äh ... bekannt?«

»Ich denke, das müssen Sie nicht mich fragen. Allerdings bevorzugte er einen bestimmten Typ. Blonde Fotomodelle mit klassischem Aussehen. Ja, in gewisser Weise war German immer nur einer Frau treu. Alle seine Flammen ähnelten einander und bildeten einen starken Kontrast zu seiner Ehefrau. Ich habe ihn mit mehreren jungen Models gesehen ...«

»Mit wem genau?« Ljolja griff nach seinem Notizblock, klickte mit dem Kugelschreiber und schickte sich an mitzuschreiben.

»Ich erinnere mich nicht.«

»Bitte versuchen Sie es.«

»Nein. Es tut mir Leid.« Die Nikolskaja stand auf und ging zur Garderobe, an der weit ausgebreitet, wie gekreuzigt, ein kostbarer Mantel aus Fuchspelz hing.

Um seine Erregung zu kaschieren, sprang Ljolja blitzschnell hinzu und griff an den Mantelkragen.

»Ich helfe Ihnen!«

»Auf Ihr Risiko.«

Das waren keine leeren Worte. Xenia Nikolskaja war einen ganzen Kopf größer als Ljolja. Ihr in den Mantel zu helfen gelang ihm erst beim zweiten Versuch, nachdem sie peinlicherweise vor ihm in die Knie gegangen war. Die Nikolskaja dankte dem kleinwüchsigen Kommissar mit ein paar durch die Zähne genuschelten Worten und wandte sich zum Ausgang. Ljolja zockelte ihr nach und fühlte sich am Boden zerschmettert.

»Hat man ihn wirklich ermordet?«, fragte das Model leise, als Ljolja ihr die Tür aufriss.

»Ja. An dem Abend vor dem Mord hat er mit einer Dame im Restaurant ›Wildgänse‹ gegessen. Möglicherweise mit dieser hier.« Ljolja holte aus der Tasche das Foto aus der Brieftasche des toten Radziwill und reichte es der Nikolskaja: »Hier, sehen Sie.«

Die Nikolskaja starrte das Bild aufmerksam an. Dann gab sie es ihm abrupt zurück.

»Nein, dieses Mädchen ist mir unbekannt«, sagte sie langsam, sorgfältig die Worte wählend. »Ich habe sie nie zuvor gesehen. Ist sie von jemand anderem identifiziert worden?«

»Warum fragen Sie?«

»Es interessiert mich einfach.«

»Bisher noch nicht.« Ljolja nahm ihr die Fotografie aus der Hand und steckte sie wieder in die Tasche.

»Und was hat dieses Foto mit German zu tun?« Offenbar wollte dieses energische Mädchen ihm die Initiative bei der Führung des Gesprächs abnehmen.

»Es wurde unter den Sachen des Toten gefunden.«

»Tatsächlich!« In der Stimme der Nikolskaja klang eine eifersüchtige Note mit.

»Warum sagen Sie nichts mehr?«

»Ich höre Ihnen einfach aufmerksam zu.«

»Der Mord geschah am Dritten. Und am Vierten sollte Radziwill nach Frankreich fliegen.«

Die Nikolskaja hob die perfekt nachgezogenen Brauen. »So?«

»Ein Privatbesuch.«

»Ein Privatbesuch ... Das kenne ich.«

»Lebend wurde Radziwill das letzte Mal in den schon erwähnten ›Wildgänsen‹ gesehen. Waren Sie jemals dort?«

»Das war ich. Ich hoffe, das ist nicht strafbar?«

»Mit Radziwill?«

»Schon möglich. Ich weiß nicht mehr. Und ... ist wirklich nicht festgestellt worden, wer seine Begleiterin war?«

»Nein. Die Angestellten des Restaurants konnten nicht einmal eine ungefähre Beschreibung geben.«

»Das ist nicht weiter erstaunlich. Sie sehen niemals die Gesichter«, sagte das Model langsam.

»Wie meinen Sie – ›sehen niemals die Gesichter‹?«

»Sie sehen auf die Beine. Auf die Beine und ein bisschen höher, verstehen Sie wirklich nicht? Das war so eine Marotte von Radziwill. Er suchte sich nicht einfach Blondinen aus. Er suchte sich Blondinen mit unwahrscheinlich langen Beinen aus.«

»So wie Ihre?«, konnte sich Ljolja nicht verkneifen.

»So wie meine. Er hat sogar ihre Länge gemessen. Bestimmt hat er in seiner Hütte irgendwelche Don-Juan-Listen. Wenn die polnische Hexe sie nicht verbrannt hat ...«

Draußen auf der Straße stieg die Nikolskaja in einen Jeep.

»Soll ich Sie mitnehmen?« In ihren Worten lag nur hochmütiges Mitleid, nicht mehr. Noch einen Moment – und sie würde dem armseligen Kommissar, der sich im Dienste der Justiz aufrieb, eine Kopeke geben.

»Nicht nötig.«

»Wie Sie wollen. Wissen Sie was – sprechen Sie mit Violetta Gatti.«

»Wer ist das?«

»Die Chefin der Modelagentur ›Calypso‹. Aber verraten Sie mich nicht. Sagen Sie nicht, dass ich Sie zu ihr geschickt habe.«

»Und worüber soll ich mit ihr sprechen?«

Aber da hatte der Jeep sich bereits mit aufheulendem Motor in Bewegung gesetzt und war einen Moment später im Strom der Autos auf dem Kamennoostrowski-Prospekt verschwunden. Ljolja stand noch gute fünfzehn Minuten unter den abblätternden Säulen von »Lenfilm« und bemühte sich nach Kräften, den Eindruck der Lichtgestalt Xenia Nikolskajas abzuschütteln. Schließlich zog er seinen Notizblock heraus und malte in Druckbuchstaben hinein: »VIOLETTA GATTI. MODELAGENTUR »CALYPSO«. Und setzte neben den ungewöhnlichen italienischen Familiennamen ein dickes Fragezeichen. Und ein ebenso dickes Ausrufezeichen.

Ljolja stellte den Kragen hoch, steckte die Hände in die Taschen und ging zur Metrostation Gorkowskaja.

Hübsch war sie, keine Frage, aber in all dem war etwas ... Etwas allzu Unwahrscheinliches, ein falscher Ton. Irgendein Splitter, der in der frischen rosigen Ferse der von der Nikolskaja erzählten Geschichte steckte. Erstens sie selber. Allzu leicht war sie einverstanden gewesen, und allzu schnell hatte sie ihm ihr Herz ausgeschüttet. Zweitens war sie über die Nachricht vom Tod des Bankiers kaum überrascht gewesen. Dass sie ihn nicht hatte ausstehen können, war unter Berücksichtigung der Umstände nur allzu verständlich. Aber wenigstens wundern hätte sie sich doch können! Aber sie hatte Ljoljas Worte wie etwas ganz Selbstverständliches aufgenommen. Als wisse sie schon alles.

Aber warum eigentlich nicht – wir sind alle Menschen, wir sehen alle fern ...

Stopp.

Was hatte ihm die Nikolskaja gesagt? Dass sie erst heute aus Hamburg zurückgekommen sei ... Ja, aus Hamburg – und sofort zu den Dreharbeiten gefahren sei. Und zu Hause war sie vorher nicht mehr gewesen. Aber in Hamburg würde man wohl kaum das Lokalprogramm von Petersburg empfangen können. Es blieb noch die geringe Möglichkeit, dass sie es durch einen Telefonanruf erfahren hatte. Aber wer würde wohl extra im Ausland anrufen, um ihr den Tod eines Menschen mitzuteilen, mit dem sie nur kurze Zeit zusammen gewesen war und von dem sie sich schon längst getrennt hatte! Man müsste genauer feststellen, wie lange die Nikolskaja in Hamburg gewesen war.

Ljolja stieg in die Unterführung hinunter und blieb einige

Minuten vor einem Buchverkäufer stehen, der seine Ware auf dem Boden ausgelegt hatte. Er zog die Fotografie aus der Tasche und betrachtete sie aufmerksam: Der rechte Rand war abgerissen und nicht ganz gerade, das sah er erst jetzt – wirklich ein feiner Detektiv! Er hatte gar nicht bemerkt, dass das nur der Teil eines Fotos und gar kein ganzes Foto war!

»Suchen Sie etwas Bestimmtes?«, holte ihn der Buchverkäufer aus seinen Gedanken.

»Haben Sie den neuen Woronow?«, fragte er nachlässig.

»Der war schon heute früh ausverkauft. Kommen Sie morgen wieder, ich bestelle für Sie ein Exemplar.«

Ja denkste, da kannst du lange warten!

Für den Schriftsteller Woronow schwärmte Simotschka, Ljoljas Nichte. Das exaltierte Gör hing ständig vor Woronows Website im Internet und schrieb zweimal im Monat Briefe an seinen Verlag. Auf keinen dieser naiven, begeisterten Briefe war eine Antwort gekommen. Ljolja selbst hatte Woronow nie gelesen, und die geschmacklosen knalligen Einbände fand er einfach entsetzlich. Aber dem Mädchen gefiel dieses Zeug. Sollte sie ruhig lesen, so viel sie wollte. Mit der Zeit, wenn in ihrem hübschen Köpfchen etwas mehr Hirn sein würde, würde sie sich schon noch für wirklich wertvolle Literatur begeistern. Für lange Sätze, die über eine halbe Seite reichten, zum Beispiel. Für geruhsame und detaillierte Beschreibungen und ebenso geruhsame Dialoge. Für Bücher, wie sie Ljolja gefielen. Der Schriftsteller Woronow gefiel ihm nicht.

Das Fotomodell Nikolskaja auch nicht.

Und wer war diese Violetta Gatti? Die Kombination von Vor- und Nachnamen missfiel Ljolja auf Anhieb. Auch das doppelte »T« in beiden Namen. Es erinnerte ihn an die Pistole »TT«.

Apropos Waffe.

Der Gegenstand, mit dessen Hilfe man Radziwill vom Leben zum Tode befördert hatte, war nicht gefunden worden, auch nicht der Auslandspass. Nicht einmal das Ticket für den Flug der Air France, das seine Sekretärin für ihn bestellt hatte. Informationen über den Kauf des Tickets gab es nur im Computer des Flughafens – sonst nirgends. Die Untersuchung von Radziwills Wagen lieferte ebenfalls keine positiven Resultate. Sein Führerschein lag im Handschuhfach. Dort befand sich auch seine Gaspistole. Das Armaturenbrett und das Lenkrad waren über und über von den Fingern der idiotischen Autodiebe Maklak und Rjabokon betatscht. Andere Fingerabdrücke gab es nicht. Jemand hatte die Spuren sehr professionell verwischt.

Als einzigen Fund konnten die Ermittler einen Manschettenknopf verbuchen, der in die hinterste Ecke des Kofferraums gerollt war: 925er Silber mit einer Perlmutteinlage – die in Ekstase miteinander verschlungenen Symbole für das Männliche und das Weibliche – Yin und Yang ...

10. Februar – 11. Februar. **Natalja**

Natalja erschien im »Dirigeable Nobile« eine halbe Stunde vor der Zeit, die der Geliebte der Litwinowa festgesetzt hatte. Die Adresse der Kneipe über den telefonischen Auskunftsdienst herauszufinden war nicht weiter schwierig gewesen.

Sie lag irgendwo ganz weit draußen in Grashdanka; das bedeutete: erst Metro, dann zweimal umsteigen, vom Trolleybus in den Autobus und wieder zurück. Kein besonders galanter Kavalier, und nicht eben ein Zeichen für wahnsinnige Liebe. Woronow hätte sich an einem so unbedeutenden Detail sicher festgebissen und an der Beziehung der beiden Protagonisten gezweifelt. Aber schließlich war es ja auch möglich, dass sie sich in diesem Lokal kennen gelernt hatten und Denis das Andenken daran kostbar war. Und dann hatte Darja vermutlich auch ein Auto. Neben der Station gelegen und heller funkelnd als jedes »Moulin Rouge«, stellte sich das »Dirigeable Nobile« als nette kleine Kneipe mit einer Vorliebe für die Luftfahrt heraus.

Die Lampen waren geformt wie kleine Zeppeline, und das Personal lief mit prächtigen Fliegerhelmen, Lederjacken und leuchtend gelben koketten Gamaschen bekleidet zwischen den Tischen hin und her. Freie Tische gab es nicht, und Natalja ließ sich auf einem Schemel an der Theke nieder. Sie bestellte sich einen Literkrug Bier.

Denis erschien im »Dirigeable« um Punkt acht Uhr. Natalja erkannte sein leichtsinnig-schönes Gesicht mit dem verwilderten Stoppelbart und das Kinn mit der markanten Furche sofort. Besonders unglücklich sah er nicht aus. Genau wie Natalja musste er sich mit einem Platz an der Theke begnügen. Aber im Unterschied zu ihr begrüßte er den Barkeeper wie einen guten alten Freund und bestellte sich ein Glas Sherry.

Ein exquisiter Geschmack.

Und eine gefährliche Nähe. Woronow hatte der Buchheldin geraten, Denis nur heimlich zu beobachten, ohne die Aufmerksamkeit auf sich zu ziehen. Aber jetzt, wo sie nebeneinander saßen und Natalja Jacke, Pullover und Schuhe der Litwinowa trug und ihre eigene Mähne sich dank des Haarfärbemittels verwandelt hatte ...

Nicht zu vergessen das Make-up. Und das Parfum. »Schwarze Magie« – das sogar für den Abend sehr schwer war.

Aber Denis nippte nun schon seit einer Viertelstunde an seinem Sherry und zeigte keinerlei Anzeichen von Unruhe. Aus der Nähe kam er Natalja noch attraktiver vor als auf dem Foto. Na, Darja Litwinowa hatte so einen temperamentvollen Liebhaber im spanischen Stil auch verdient. Ein Ring am kleinen Finger, eine abgewetzte offene Lederjacke, ein dicker Pullover, ein Halstuch ... Der verstorbene Radziwill hatte längst nicht so gut ausgesehen. Denis schielte mit seiner anthrazitfarbenen Pupille seltsam herüber und wandte sich plötzlich direkt an Natalja.

»Entschuldigen Sie«, sagte er, und sie zuckte zusammen. »Sind wir uns früher schon einmal begegnet?«

»Nein. Ich glaube nicht«, flüsterte sie.

»Ich habe Sie hier noch nie gesehen.«

»Ich bin zum ersten Mal hier.«

»Ich verstehe. Darf ich Sie einladen?«

Nicht schlecht. Gar nicht schlecht für einen vom Liebeskummer überwältigten jungen Mann!

»Ehrlich gesagt ... Ich weiß nicht ...«

Denis schnippte mit den Fingern: »Zwei Sherry, Toljan.«

Der Barkeeper nickte und stellte gewandt ein Glas vor Natalja hin. Denis wartete ab, bis Toljan seine professionellen Obliegenheiten erledigt hatte, stieß dann mit ihr an und neigte den Kopf: »Denis. Ich heiße Denis. Und Sie?«

»Natalja.«

»Wirklich? Mein Lieblingsname. Auf unsere Bekanntschaft, Natalja?«

»Meinetwegen.« Die Situation gefiel Natalja gar nicht mehr. Jeden Augenblick konnte die Litwinowa eintreten – schließlich hatten die flehentlichen Telefonanrufe genau das bezweckt. Und was würde sie antreffen? Ihren untröstlichen Geliebten in der Gesellschaft der erstbesten angemalten Schlampe ...

Ohne den Blick von Natalja zu wenden, leerte Denis sein Glas bis auf den Grund und verlangte vom Barkeeper Toljan Nachschub.

»Sie sind also das erste Mal hier?«

»Ja.«

»Und wie gefällt Ihnen das ›Dirigeable‹?«

»Ganz nett.«

»Ich finde diese Luftschiffe göttlich. Ich bin fast jeden Tag hier.«

»Wohnen Sie hier in der Nähe?«, ließ Natalja ihren ersten Versuchsballon los.

»Wieso?«

»Nur so. Ich habe einfach nur gefragt ...«

Denis stützte den Ellbogen auf die Theke und musterte Natalja ganz ungeniert. Gleich würde er die Jacke erkennen; von dieser Machart gab es in Petersburg nur ganz wenige, warum zum Teufel hatte sie ausgerechnet diese Jacke anziehen müssen! Gleich würde er den Kragen des Pullovers erkennen und das Parfum.

»Sie haben ein angenehmes Parfum«, schnurrte Denis.

»Auch Ihr Lieblingsparfum?«

»Jetzt schon ...«

Natalja trank den Sherry aus und verzog das Gesicht: Du lieber Himmel, der Supermann vom Foto stellte sich als ganz banaler Aufreißer, als billiger kleiner Playboy heraus, der die

Mädchen direkt an der Bartheke anbaggerte. Aber ... Vielleicht war sie ja zu streng? Letztendlich hatte eine solche Methode, mit persönlichen Problemen fertig zu werden, auch ihre Berechtigung. Den Teufel vertreibt man mit Beelzebub. Und der unglückliche Denis suchte in den Armen der ersten besten Frau Vergessen. Sie hatte ja auch nichts dagegen, diese erste beste Frau zu sein – auf diese Weise würde sie die Chance bekommen, auch die andere Seite zu hören.

»Hat Ihre Freundin Sie verlassen?« Natalja bemühte sich, ihre Stimme möglichst verständnisvoll klingen zu lassen.

»Wie kommen Sie darauf?«

»Es schien mir so.«

»Wieso, haben Männer, die von ihren Frauen verlassen wurden, ein besonderes Aussehen?«

»Nun, ihr Aussehen ist vermutlich unterschiedlich. Dafür ist aber ihr Benehmen gleich.«

Diese These interessierte Denis so sehr, dass er sogar sein Glas beiseite schob.

»Und wie benehmen sie sich?«

»Sie hängen sich an die erstbesten Personen weiblichen Geschlechts. Bestellen ihnen etwas zu trinken. Und machen ihnen triviale Komplimente bezüglich ihres Parfums.«

Denis kniff die Augen zusammen und brach in Gelächter aus.

»Sie sind ja ein interessantes Mädchen. Sie würde ich gern näher kennen lernen.«

»Wir sind uns auch so schon nahe genug. Sitzen nebeneinander und trinken das gleiche Gesöff.«

»Ich kann etwas anderes bestellen.«

»Das lohnt nicht mehr. Ich muss los.« Natalja sagte das nicht ohne Absicht.

»Wissen Sie was? Ich wohne wirklich hier in der Nähe.« Denis hatte den Anfang ihres Gesprächs nicht vergessen.

»Ich gratuliere.«

»Und ich habe einen vorzüglichen Wein.« Er beugte sich zu

Natalja hinüber, und sie spürte den scharfen, abgestandenen Geruch nach Alkohol. Von zwei unschuldigen Gläschen Sherry konnte das nicht kommen. Offenbar trank der Junge nicht erst seit heute, sondern hatte schon im Speisewagen auf der Fahrt nach Moskau damit begonnen. Das erklärte auch die überdrehten Anrufe.

Alles rückte jetzt an seinen Platz. Denis' Stoppelbart wirkte schon nicht mehr so gepflegt, und der fiebrige Glanz seiner Augen kam vom übermäßigen Alkoholkonsum.

Armer Kerl.

»Sie laden mich ein?«, fragte Natalja mitleidig.

»Warum nicht?«

»Aber mir schien ... Mir schien, dass Sie auf jemanden warten.«

Über das Gesicht des jungen Mannes glitt ein Schatten – oder spielte ihr nur das mit Sherry gemixte Bier einen Streich?

»Das schien Ihnen nur so.«

»Trotzdem.«

»Na gut. Wenn ich Ihnen sage, dass ich auf Sie gewartet habe – käme Ihnen das nicht unglaubwürdig vor?«

So umwerfend attraktiv war sie auch wieder nicht, um derartig übertriebenen Komplimenten zu glauben. Darja Litwinowa sah weitaus effektvoller aus.

»Allerdings, das täte es«, versetzte Natalja.

»Ich hab's gewusst.« Denis lächelte sie traurig an. »Sie glauben offenbar, ich will nur ein Mädchen für eine Nacht aufreißen?«

»Was würden Sie denn an meiner Stelle denken?«

»Ich kapituliere.« Denis hob die Hände. »Noch ein Glas?«

»Nur zu.«

Nein, es würde ihm nicht gelingen, sie betrunken zu machen; Natalja nippte nur an der nach Kirschkernen duftenden Flüssigkeit und stellte das Glas sofort wieder auf die Theke.

»Sie haben schöne Augen.«

»Sie könnten sich etwas Originelleres einfallen lassen.«

»Seien Sie nicht böse. Das sind halt so die üblichen Maschen, die man parat hat.«

»Dann improvisieren Sie etwas.«

»Sofort.« Er kniff die Augen fest zusammen. »Diese Haarfarbe steht Ihnen gut. Meine Lieblingsnuance. Platinblond.«

Da hast du nicht gelogen: Das ist wirklich deine Lieblingsnuance. Die Farbe dafür habe ich mir ja auch im Bad deiner Freundin geborgt.

»Akzeptiert.« Natalja lächelte.

»Ausgezeichnet. Na, wie ist es, akzeptieren Sie auch mein Angebot zur Weinprobe?«

»Leider nein. Ich muss wirklich gehen. Es hat mich gefreut, Sie kennen zu lernen.«

Er unternahm nicht einmal den Versuch, sie zurückzuhalten – worauf Natalja insgeheim gehofft hatte –, berührte nur bittend mit heißen Fingern ihre Hand. Das genügte.

»Dann werden wir uns nicht mehr wieder sehen?«

»Wieso?«

»Weil Sie das erste Mal hier sind. Und wahrscheinlich auch das letzte Mal.«

»Wenn Sie wollen ...«

»Ich will.«

»Wenn Sie wollen, gebe ich Ihnen meine Telefonnummer.«

»Und ich Ihnen meine Adresse.«

Denis zog aus der Innentasche seiner Jacke ein Portemonnaie, nahm ohne hinzusehen eine Visitenkarte heraus und reichte sie Natalja. Sie nahm sie und wollte sie genauso, ohne einen Blick darauf zu werfen, in die Gesäßtasche der Jeans stecken.

»Warten Sie, ich habe vergessen, meine Privatnummer draufzuschreiben.«

Er kritzelte irgendetwas auf die Karte und gab sie Natalja zurück.

»Jetzt Ihre«, sagte er.

Nicht nur du hast deine Maschen parat, Bürschchen. Natalja öffnete in aller Ruhe ihre Handtasche und holte genauso gemächlich ihr Notizbuch heraus. Sie hatte nicht gedacht, dass es schon heute zum Einsatz kommen würde – der Autor hatte davon abgeraten, es gleich beim ersten Treffen zu benutzen –, aber wenn sich schon eine so elegante Chance ergab ...

Denis beobachtete ihre Manipulationen mit trauriger Neugier. Macht nichts, deine Trauer wird gleich spurlos verschwinden, Cowboy, wenn du dem Rest der Menschheit ähnlich bist.

Und Denis war ihm ähnlich. Deprimierend ähnlich.

Sie brauchte nur das Büchlein aufzuklappen und die richtige Seite zu suchen. Eben die, auf der in deutlicher und ziemlich großer Schrift stand: »DARJA LITWINOWA!!!« Weiter folgte in ebenso unübersehbaren Ziffern die Telefonnummer.

Natalja schob das Notizbuch etwas zu Denis hinüber und begann sorgfältig, die Nummer von Ninon aufzumalen. Schließlich wollte sie diesem Luxus-Torero nicht verraten, dass sie in einer Kommunalka wohnte! Das Schreiben der sieben Ziffern und des Namens dauerte kaum länger als dreißig Sekunden. Aber als Natalja sorgfältig das Blatt herausgerissen, es gefaltet und Denis gereicht hatte und dann endlich den Kopf hob ...

Das war entschieden nicht mehr Denis.

Das war nur noch sein jämmerliches Abbild, eine Gummihülle mit plötzlich fahl gewordenem Stoppelbart, tief in den Höhlen liegenden matten Augen und einem absolut leeren, ausdruckslosen Gesicht. Allerdings dauerte dieser abstoßende körperliche Verfall nur einige kurze Momente, dann hatte er sich wieder im Griff und nahm ihren Zettel in Empfang.

Natalja beeilte sich aber keineswegs, ihr Büchlein mit der Eintragung »DARJA LITWINOWA!!!« zu schließen. Sie stützte den Ellbogen auf die aufgeschlagene Seite und fragte mit sanfter Stimme: »Ist Ihnen schlecht, Denis?«

»Wie kommen Sie darauf?«

»Sie sehen irgendwie nicht gut aus.«

»Ich habe zu viel getrunken. Weiter nichts.«

»Ich hoffe, Sie brauchen keinen Arzt. Alles Gute. Vielleicht sehen wir uns ja wieder.«

Mit diesen Worten wollte sie von ihrem Stuhl rutschen, aber da packte der junge Mann, der endgültig wieder zu sich gekommen war, sie ganz ungalant am Ellbogen.

»Ich kann Sie nicht einfach so gehen lassen, Natascha!«

Die Finger des Cowboys mit dem Halstuch waren hart wie aus Eisen und passten überhaupt nicht zu einer romantischen Liebesszene.

»Sie tun mir weh.«

»Verzeihung. Nur eine Minute. Ich brauche nur eine Minute.«

»Gut. Eine Minute können Sie haben.« Mal sehen, was er tun würde. Und was für eine fantasievolle Geschichte er wohl erzählen würde.

Der Löwenanteil der Minute ging für die Bestellung der nächsten Portion Sherry drauf. Erst dann kam Denis zur Sache.

»Kennen Sie die Theorie der totalen Bekanntschaft, Natalja?«

»Nein, die ist mir neu ... Alle Menschen vereinigen sich in ekstatischer Gleichheit und Brüderlichkeit?«

»Fast.« Er gestattete sich ein Lächeln. »Die Theorie der totalen Bekanntschaft besteht darin, dass jeder Mensch – indirekt natürlich – einem anderen Menschen bekannt ist.«

»Was Sie nicht sagen!«

»Nehmen wir zum Beispiel Sie und mich.«

»Ich dachte, wir seien bereits direkt miteinander bekannt.«

»Ich gehe in meine Lieblingskneipe, sehe an der Bar ein entzückendes Mädchen, das so liebenswürdig ist, mir ihre Telefonnummer zu geben ...«

»Sie sind auch ein sehr netter junger Mann«, sagte Natalja völlig aufrichtig. »Und Sie haben mir auch gefallen. Daher ist nichts Außergewöhnliches daran, dass ich Ihnen meine Telefonnummer gegeben habe, wirklich nicht.«

»Sie haben noch nicht alles gehört.«

»Verzeihung.«

»Darf ich mal Ihr Notizbuch haben?«

Das war's! Es ging los! Woronow, Woronow, du bist ein unübertroffener Kenner der menschlichen Psyche und ein vorzüglicher Meister der Intrige. Sitzt bei dir zu Hause an der uralten Underwood und rechnest dir alles im Voraus aus. Ein Denkmal hast du verdient, wenn nicht mehr ...

»Mein Notizbuch?«

»Ja.«

»Bitte sehr.«

Natalja schob dem jungen Mann das Büchlein zu. Aber der beeilte sich nicht, es in Augenschein zu nehmen. Stattdessen griff er selber in seine Tasche und zog sein eigenes Notizbuch heraus. Nachdem er einige Seiten durchblättert hatte, wedelte er Natalja damit triumphierend vor der Nase herum.

»Hier, sehen Sie? Offenbar haben wir gemeinsame Bekannte.«

Auf einem fettfleckigen Blatt mit dem halb verwischten Buchstaben »L« prangte der Name der Litwinowa. Und zwei dazugehörige Telefonnummern – die Handynummer und die ihrer Wohnung. Von eben dem Handy, das jetzt in ihrer Tasche lag.

»Was sagen Sie dazu?«, fragte der junge Mann siegesgewiss.

»Unglaublich!«

Was sollte man dazu auch sagen?

»Sehen Sie, wir sind uns gar nicht so unbekannt, wie es auf den ersten Blick scheint. Und Darja hätte uns leicht miteinander bekannt machen können ... Irgendwann.«

Darauf musste sie irgendwie reagieren, aber Woronows spontane Idee vom Kosmetiksalon war indiskutabel. Natalja entschloss sich zu einer Improvisation: »Das wohl kaum.«

»Warum nicht?«

Erst jetzt fiel Natalja auf, wie sehr sich die Wangenmuskeln des jungen Mannes anspannten und wie synchron seine Mundwinkel und Wimpern bebten. Eine etwas feminine, aber durchaus verständliche Reaktion.

»Die Sache ist die, dass ich diese Frau – Darja Litwinowa – nie gesehen habe«, erklärte sie.

»Nie gesehen?«

»Nein. Ich habe ihre Telefonnummer von Bekannten bekommen, die einen Hund haben. Sie haben mir gesagt, dass sie einen Hund, einen Dobermann, hat. Ich habe auch einen Dobermann.« Natalja schluckte: etwas reichlich viele Dobermänner. »Einen Rüden.«

»Ein Hund. Na ja.« Er machte eine finstere Miene.

Ohne seinen betrübten Gesichtsausdruck zu beachten, fuhr Natalja sogleich fort: »Ein reizender Kerl. Semjon.«

»Wie bitte?«

»So heißt er. Semjon.« Warum ihr ausgerechnet der Vorname von Woronows Agenten in den Kopf kam, konnte sie sich selbst nicht erklären.

»Ein seltsamer Name für einen Hund.«

»Ich wundere mich selbst darüber.« Natalja wurde ruhiger und schloss ihr Manöver ab: »Aber darum geht es nicht. Ich wollte Semjon mit einem passenden Dobermannweibchen zusammenbringen. Und da hat man mir die Hündin Ihrer Bekannten empfohlen. Man sagte mir, sie habe einen sehr guten Stammbaum.«

»Wer hat das gesagt?« In Denis' Stimme klirrte es bedrohlich.

»Meine Bekannten.« Natalja schüttelte vorwurfsvoll den Kopf, und Denis, der sich fast vergessen hätte, schaltete sofort einen Gang herunter.

»Ja, und?«

»Semjon ist gestorben.« Natalja erschrak selber über eine derartige Verleumdung des Literaturagenten, aber jetzt konnte sie keinen Rückzieher mehr machen. »Vor zwei Wochen. Er wurde vom Auto überfahren. Sodass aus dem Decken nichts geworden ist.«

»Mein Beileid.«

»Ich habe sehr an ihm gehangen ... Und Sie? Haben Sie auch einen Rüden?« Wenn sie schon die Rolle der naiven Hundehalterin übernommen hatte, dann musste sie sie auch zu Ende spielen.

Denis lächelte und zeigte seine gleichmäßigen, makellosen Zähne. Ich bin selbst ein Rüde, sagten all diese perfekten Beißer und Hauer.

»Nein, wo denken Sie hin, Natascha. Uns haben ganz andere Beziehungen verbunden.«

Genau. Ganz andere.

»Aber jetzt ist das unwichtig. Ich bin froh, dass ich Sie kennen gelernt habe.«

»Darja ist Ihre Freundin, nicht wahr?« Jetzt konnte sie diese Frage stellen, ohne die Folgen zu fürchten.

»Sie war es.«

»Sind Sie schon lange auseinander?«

»Nicht sehr lange.«

»Wer hat denn wen verlassen?« Sie redete ja schon ganz wie Ninon, die so gern Liebesverbindungen inszenierte und lenkte. Gratulation, Natalja.

»Das hat keine Bedeutung.«

»Sie lieben sie immer noch?«, fragte sie sanft.

»Aus unserer Beziehung wäre doch nichts geworden«, erwiderte Denis rascher, als es die Umstände eigentlich verlangt hätten.

»Sie dürfen nicht so pessimistisch sein.« Nach kurzem Schwanken wählte Natalja die sicherste Strategie: mütterliche Fürsorge und psychologische Soforthilfe direkt an der Bartheke. »Sicher wird sich alles wieder einrenken.«

»Das glaube ich nicht ... Aber trotzdem, lieb von Ihnen.«

»Erzählen Sie mir von ihr. Dann wird Ihnen gleich leichter.«

»Meinen Sie?«

»Bestimmt.«

»Sie ist Fotomodell. Damit ist schon alles gesagt.«

»Schön?«

»Überirdisch schön.«

Natalja wurde für einen Augenblick ganz schwindlig vor Eifersucht. Wenn du ein überirdisch schönes Fotomodell zur Freundin hast, wieso reißt du dann in der Kneipe ein längst nicht so überirdisches Durchschnittsmädchen auf?

»Und was ist passiert? Hat sie einen anderen?«

»Sie hatte ständig andere. Aber man darf ihr das nicht zum Vorwurf machen. Das ist der Beruf. Und die chaotischen Zeiten. Aber sie wusste, was sie wollte.«

»Hört sich traurig an ...« Unwillkürlich berührte sie Denis' Wange, und er drückte dankbar ihre Hand.

»Ja, Sie haben Recht. Ich bin von dem Mädchen, das ich liebe, verlassen worden. Sie verlässt mich in regelmäßigen Abständen. Damit unsere Beziehung aufregend bleibt.«

»Vielleicht kommt alles wieder in Ordnung?«

»Ich bezweifle es.«

»Und Sie haben nicht versucht, Sie zurückzuholen?«

Und wie er es versucht hatte! Wusste sie das nicht am allerbesten? Die hitzigen Telefonanrufe, die Drohungen und Schmähungen, alles in einem Atemzug, der Schlüssel im Briefkasten ...

»Nein. Es ist sinnlos, etwas zu unternehmen.«

»Wie lange waren Sie zusammen?«

»Nicht lange genug, um an Selbstmord zu denken.«

»Fotomodell ist sie also?«

»Tja, so kann man es auch nennen«, sagte Denis nach unerwartetem Zögern. »Ich bin erst heute Nacht aus Moskau zurückgekommen. Und habe sie nicht zu Hause angetroffen. Auf Anrufe reagiert sie nicht.«

»Und der Hund?«, fragte Natalja zu ihrer eigenen Überraschung plötzlich.

»Der Hund?«

»Der Dobermann ... das Dobermannmädchen.«

»Was ist mit dem Hund?«

Natalja biss sich auf die Zunge. Wirklich, was hatte der Hund damit zu tun? Die zufällige Thekenbekanntschaft, die sie Denis vorspielte, konnte überhaupt nicht wissen, dass Darja Litwinowa allein lebte. Und dass sie im Falle einer Reise den Hund irgendwo unterbringen musste. Es wurde Zeit, den Rückwärtsgang einzulegen. Solange es noch nicht zu spät war.

»Ach ... Ich hatte nur so gedacht. Ich würde gern wieder einen Welpen nehmen. Einen Dobermann.«

Denis sah sie aufmerksam an und begann zu lachen.

»Wie ich sehe, sind Sie eine große Tierfreundin.«

»Wenn Ihr Liebling unters Auto gekommen wäre ...«

»Mein Liebling hat mich verlassen«, platzte Denis heraus. »Wir beide sind also in der gleichen Situation.«

»Trinken wir aus diesem Anlass?«

»Eine hervorragende Idee. Sie gefallen mir, Natascha.«

»Das haben Sie mir schon gesagt.«

»Jetzt sage ich es mit wirklicher Überzeugung.«

Beim nächsten Sherry erfuhr sie mehr über Darja Litwinowa und auch über Denis. Kennen gelernt hatten die beiden sich im Haus des Films, wo »Autopilot«, das Computerstudio von Denis, im Rahmen eines Trickfilmfestivals mehrere Kurzfilme zeigte.

Sie verließen das Haus des Films gemeinsam und trennten sich von da an nicht mehr.

Die Geschichte, die der junge Mann erzählte, erinnerte Natalja so lebhaft an ihre eigene Geschichte mit Dschawa, dass sie beinahe in Tränen ausgebrochen wäre. Sie fand Denis immer sympathischer. Sogar das Halstuch in aggressivem Rot störte sie nicht mehr. Was, wenn sich ihre Beziehung fortsetzte? Konnte ihr nach Dschawa, der wie ein heißer Wüstensturm durch die entferntesten Winkel ihrer Seele gefegt war, noch jemand gefallen?

Gegen Mitternacht brachen sie endlich auf, bis zur Halskrause abgefüllt mit Alkohol. Denis fasste Natalja vorsorglich unter und steuerte zielsicher in die andere, von der Metro wegführende Richtung.

»Wohin schleppen Sie mich, Denis?! Ich muss zur Metro.«

»Die Metro hat schon zu.«

»Dann fahre ich mit dem Taxi.«

»Ich komme mit!«

Das hatte ihr noch gefehlt! Der Rausch, der Nataljas Kopf benebelte, verflüchtigte sich im Nu. Sollte sie ihm etwa einen Platz in Darjas Bett anbieten? Originelle Idee.

»Nicht nötig, Denis. Ich komme allein zurecht.«

Denis betrachtete Natalja zweifelnd.

»Das glaube ich nicht. Wo wohnen Sie?«

So, jetzt nimm deinen Verstand zusammen.

Sie setzte sich in eine Schneewehe und rieb sich das Gesicht mit Schnee ab, um einen klaren Kopf zu bekommen. Zwei Adressen – ihre eigene und die von Darja Litwinowa – schieden sofort aus. Die ersten drei Zahlen von Ninons Telefonnummer, die sie Denis leichtsinnigerweise gegeben hatte, verrieten ihm sofort, dass es sich um Wessjoly Possjolok handelte. Folglich musste sie auch dorthin fahren. Möglicherweise begleitete Denis sie, und wenn er wieder nüchtern war, würde er sicher die berechtigte Frage stellen: Was machte sie im »Dirigeable Nobile«? Grashdanka und Wessjoly Possjolok waren beides Außenbezirke und verkehrsmäßig nicht gerade bequem miteinander verbunden. Fuhr man etwa ans andere Ende der Stadt, bloß um sich in einer ganz durchschnittlichen Kneipe einen Krug Bier hinter die Binde zu gießen?

Das sah verdächtig aus.

»Geben Sie mir Ihre Hand!«

Denis zog sie aus der Schneewehe heraus, stellte sie vor sich hin und drückte fest ihre Schultern.

»Na, wie steht's? Fahren wir?«

»Gehen wir.«

»Ich verstehe nicht ...«

»Die Aussicht auf Ihren exquisiten Wein ist zu verlockend. Betrachten Sie mich als überredet.«

Bis jetzt hatten ihr alle Sachen der Litwinowa perfekt gepasst: der Schaffellmantel, die Stiefel, das Kostüm, die beiden

Pullover, die Jeans. Die Halbschuhe drückten nicht, das Kleid knitterte nicht, das Make-up reizte ihre Haut nicht, das Parfum tröpfelte bereitwillig in ihre Halsgrube. Sogar der Hund gestattete ihr gnädig, ihn zu streicheln, und ebenso gnädig nahm er das Futter aus ihrer Hand entgegen. Der schwarzhaarige Dreamboy Denis gehörte gewissermaßen auch der Litwinowa. Und er gefiel Natalja nicht weniger als die anderen Accessoires aus ihrer Kollektion.

Das Risiko lohnte sich. Ein solcher Mann würde ihr in ihrem eigenen Leben nie wieder über den Weg laufen ...

Denis wohnte tatsächlich ganz in der Nähe, nur wenige Minuten zu Fuß vom »Dirigeable« entfernt. Sie bogen um die Ecke, betraten ein fünfundzwanzigstöckiges Hochhaus und stiegen in den Aufzug. Denis' Jacke, sein Halstuch, die dicke Wolle seines Pullovers, alles duftete nach den gefährlichsten Wünschen, die man sich vorstellen konnte.

»In welchem Stock wohnen Sie?«

»Im obersten.«

»Sie haben sich ja hoch hinausgewagt ... Leben Sie allein?«

»Nein. Mit meiner Frau, drei Kindern und einer zahmen Bisamratte.« Er lachte. »Natürlich allein, Natascha.«

Der Lift kroch bedrohlich langsam nach oben, Denis trat von einem Bein aufs andere und rückte ihr immer näher. Die schwache Notbeleuchtung in der Aufzugkabine machte Natalja auch keinen besonderen Mut. Von außen gesehen, lief die ganze Geschichte auf nichts weiter als einen billigen One-Night-Stand hinaus. Aber für einen Rückzug war es zu spät. Schließlich konnte sie nicht gut schreien: »Halten Sie den Lift an, ich will aussteigen.«

»Beunruhigt Sie etwas?« Denis deutete ihr Mienenspiel offenbar ganz richtig und beschloss, ein wenig Mitgefühl zu zeigen.

»Ehrlich gesagt, ja.«

»Und was genau?«

»Dass ich mitten in der Nacht zu einem unbekannten Mann gehe ...«

»Glauben Sie mir, so etwas kommt dauernd vor. Aber machen Sie sich keine Sorgen, hier liegt die Sache anders. Nur ein Glas Wein. Keine unlauteren Absichten. Ich verspreche es.«

Zum Wein servierte Denis Weihnachtskerzen, den Soundtrack aus Kusturicas Film »Arizona Dream« mit einer Zugabe aus »Underground« und ein nacktes Fenster, in dem sich unruhig die Februarnacht hin und her warf.

Seine winzige Wohnung duftete intensiv nach Tabak: »Borkum Riff«, »Amphora«, »Spring Water«, »Captain Black« – das alles zusammen, lässig vermischt, konnte mehr als eine Frau um den Verstand bringen.

»Rauchen Sie Pfeife?«, fragte Natalja, kaum dass sie die Diele des Appartements betreten hatten.

»Manchmal. Um Eindruck zu schinden.«

Er half ihr aus der Jacke, entschuldigte sich für die Unordnung und verschwand im Zimmer. Die Ordnung à la Denis war in weniger als einer Minute hergestellt: Natalja hatte sich noch nicht einmal die Schuhe aufgeschnürt.

»Bitte sehr.« Er öffnete ihr schwungvoll die Tür.

Das Zimmer war nicht groß, mit leichter Hand, aber rational möbliert: ein niedriges breites Bett, niedrige Sessel, Teppichboden, überall verstreut CDs und Disketten. Alles von erstklassiger Qualität, aber irgendetwas fehlte. Erst als sie sich etwas eingewöhnt hatte, begriff Natalja, was es war.

Ein Computer.

Es gab keinerlei Hinweis auf einen PC, obwohl er doch flüchtig erwähnt hatte, dass er bei einer Computerfirma arbeite. Aber so ist es ja oft: ein Schuster ohne Schuhe.

»Sie sagten, Sie arbeiten mit Computern.«

»In gewisser Weise. Ich beschäftige mich mit Computergrafik. Die Firma, in der ich arbeite, ist nicht sehr groß, aber ziemlich bekannt.«

»Und wie heißt sie?«

»›Autopilot‹. Ich dachte, das hätte ich Ihnen bereits gesagt.«

»Und was machen Sie konkret?«

»Verschiedenes. Grafik für Filme, Vor- und Abspanne, Werbung ... Und Sie?«

»Ich arbeite in einer Agentur. Wie Ihre Freundin.« Natalja beschloss, Denis noch einmal an die Litwinowa zu erinnern. »Nur ist sie bei einer Modelagentur, und ich bin bei einer für Urlaubsreisen.«

»Vielleicht buche ich irgendwann mal bei Ihnen eine Reise.«

»Tun Sie mir den Gefallen. Na, wo ist denn der versprochene Wein?«

»Wird sofort gebracht.«

Denis entfernte sich in die Küche und kehrte lange nicht zurück. Vielleicht wollte er ihr Zeit geben, sich zu akklimatisieren und sich einen Platz in dem ihr fremden Universum zu suchen?

Aber einen solchen Platz gab es nicht.

Denis war ein eingefleischter, überzeugter, militanter Junggeselle. Alles in dieser Wohnung bewies es: die halb geöffnete Tür des Schrankes, aus dem seine unordentlich aufgestapelten Sachen hervorquollen; die wilde Mischung von Toilettenwasser- und Tabakdüften; mehrere Tassen mit nicht ausgetrunkenem Kaffee auf dem Tisch, zwei Paar halbhohe Stiefel in der Ecke. Und – als demonstrative Krönung des männlichen Selbstbewusstseins – eine angebrochene Packung Präservative auf dem Tisch neben dem Bett.

Stühle gab es nicht, und auf den beiden Sesseln stapelten sich Klamotten. Natalja überlegte kurz und ließ sich dann auf dem Fußboden nieder. Einen Moment später erschien Denis mit zwei Flaschen Wein und zwei Gläsern.

»Haben Sie sich schon gelangweilt?«

»Dazu bin ich noch nicht gekommen. Ich habe mir Ihre Einrichtung angesehen.«

»Gefällt sie Ihnen?«

»Sehr.«

»Und wie finden Sie den Besitzer der Einrichtung?« Denis setzte sich ihr gegenüber auf den Teppich, stellte die Gläser auf den Boden und schenkte vorsichtig den Wein ein.

»Von Sesshaftigkeit sind Sie noch weit entfernt.«

»Meinen Sie?«

»Davon bin ich fest überzeugt. Wie alt sind Sie?«

»Einunddreißig.«

»Wenn Sie bis dreißig nicht geheiratet haben, dann werden Sie es wohl kaum noch tun.«

»Das ist eine strittige These.« Er hob sein Glas und sah Natalja durch die dunkelrote Flüssigkeit an. »Ich habe schon zweimal in meinem Leben einen Heiratsantrag gemacht ...«

»Und?«

»Und beide Male einen Korb bekommen.«

»Ihr Fotomodell ...?« Ein wenig Mitgefühl und Verständnis konnten nicht schaden.

»Ja. Aber jetzt hat das keine Bedeutung mehr.« Er blickte Natalja eindringlich an. »Wie klein die Welt doch ist! Ich gehe in meine Lieblingskneipe, um mich zu betrinken. An der Theke lerne ich ein bezauberndes Mädchen kennen. Und sehe in ihrem Notizbuch die Telefonnummer eines mir nahe stehenden Menschen. Glauben Sie, so etwas kann Zufall sein?«

Das Glas in Nataljas Hand zitterte verräterisch, und sie hätte beinahe den Wein auf den Teppich verschüttet. Klang in Denis' Stimme ein drohender Unterton mit, oder hatte sie sich das nur eingebildet? Der Computerspezialist war kein grüner Junge mehr und keineswegs ein Dummkopf ... Was, wenn er mit ihr ebenfalls ein Spiel spielte?

»Sie haben mir nicht geantwortet«, erinnerte sie Denis.

»Nicht geantwortet?«

»Ist es ein Zufall, dass wir uns begegnet sind?«

»Tja, ich weiß nicht. Einmal habe ich im Fitnessclub ein Mädchen kennen gelernt – und was glauben Sie? Sie stellte sich als zweite Frau meines ersten Mannes heraus!«, log Natalja inspiriert.

»Sie sind verheiratet?«

»Ich war. Ich bin schon ziemlich alt, Denis.«

»Sie sehen jünger aus.« Er lächelte und rutschte etwas näher. »Ich glaube, unsere Begegnung ist kein Zufall. Ich glaube, unsere Begegnung ist ein Wink des Schicksals.«

Natalja wurde schwindlig.

Der Wein. Es lag am Wein. Es war wirklich ein guter Wein, einer, der sich auf flüchtige Leidenschaften und tiefe Küsse verstand, der die Farbe wechselte und auf den Boden geworfene Kleider liebte. Morgen würde alles wieder beim Alten sein, und vom Wein blieben nur ein Nachgeschmack nach Korken und klebrige Flecken übrig, aber heute ... heute, das war ein magischer Moment, eine Illusion von Ewigkeit, Pfeifentabak, das Flackern von Kerzen ... Warum sollte sie nicht?

Warum nicht – nur die zynisch angebrochene Packung Präservative verdarb alles.

»Das ist Zeitverschwendung, Denis.«

»Warum?«

»Ich dachte, diese Frage hätten wir schon im Aufzug geklärt. Wenn ich ehrlich bin, ich verstehe Ihren Zustand ja ...«

»Wirklich?«

»Erzählen Sie mir von ihr. Von Ihrer Freundin.« Vielleicht würde ihn das ja ernüchtern.

Denis streckte sich auf dem Teppich aus und stützte sein Kinn auf beide Fäuste.

»Wozu?«

»Vielleicht wird Ihnen davon leichter.«

»Wenn ich über sie reden wollte, dann hätte ich mir eine Nutte geholt. Fünfhundert Rubel für eine Nacht – das gibt mein Budget durchaus her.«

Du lebst ja nicht schlecht!

»Eine Nutte?«

»Na ja doch. Nutten lieben es über alles, die Klagen der Kunden über ihr unglückliches Leben anzuhören. Besonders, nachdem die Sache selbst erledigt ist und beide Seiten zufrieden gestellt sind.«

»Gegen Aufpreis, versteht sich?«

»Versteht sich.«

»Haben Sie's schon probiert?«

»Habe ich«, gab Denis ehrlich zu.

»Und wie war's?«

»Es hat nicht geholfen.«

»Vielleicht versuchen Sie es noch einmal? Völlig kostenlos.«

Der Wein. Es lag nur am Wein.

Der Wein geisterte durch ihren leicht gewordenen Körper und betrachtete neugierig die Verflechtung der Venen und Kapillaren. Aber zumindest konnte der geniale Woronow stolz auf sie sein. Sie hatte das Sujet nicht verdorben, im Gegenteil, sie hatte sich bemüht, zusätzliche Nuancen hineinzubringen.

»Entschuldigen Sie, ich muss einen Anruf erledigen«, sagte Denis unerwartet, griff nach seinem Handy und begab sich in die Küche. Die Küchentür schloss er fest hinter sich.

Einige Augenblicke später brach über Nataljas unglückliches Haupt das Unheil herein, und zwar in Form eines dünnen, aber aufdringlichen Piepsens, das aus ihrer Handtasche drang.

Das Handy. Es war das Handy der Litwinowa, das da klingelte. Welcher Teufel hatte sie geritten, dass sie es mitgenommen hatte! Denis rief Darjas Handy an, ohne auch nur zu ahnen, wo sich dieser verfluchte Apparat gerade befand!

Natalja wurde es kalt.

Der Name im Notizbuch, das Telefon in der Tasche ... Das Foto auf dem Schreibtisch log, er war ganz und gar kein Dummkopf, er konnte eins und eins zusammenzählen. Endlich verstummte das Getriller, und eine halbe Minute später erschien auch Denis selbst.

»Mir schien, als hätte das Telefon geläutet«, sagte er. »Im Korridor ... Haben Sie ein Telefon?«

»Ja, ein Handy. Seltsam, ich habe nichts gehört.« Natalja suchte mühsam nach Worten. »Wo waren wir eben stehen geblieben?«

»Sie sind ein ungewöhnlicher Mensch.«

»Wirklich?«

»Das können Sie als Kompliment betrachten«, fügte Denis sofort hinzu, setzte sich neben sie, rückte ganz eng an sie heran und berührte mit den Fingerspitzen ihre Wange.

»So habe ich's auch verstanden.«

Nein, sie würde sich nicht verteidigen. Sie würde ihm sogar erlauben, sie zu küssen. Sie würde es erlauben ...

Als Denis sich endlich wieder von ihren Lippen löste, fand Natalja doch noch die Kraft zu sagen: »Sehen Sie, ich bin ein ganz gewöhnlicher Mensch. Ein ganz gewöhnlicher ...«

... Sie wachte mitten in der Nacht auf und wusste mehrere Minuten lang nicht, wo sie sich befand. Denis schlief neben ihr, nur notdürftig mit dem Laken bedeckt. Die tropfenden Kerzen waren heruntergebrannt und erloschen – eine nach der anderen. Sie wachte noch rechtzeitig auf, um ihre Agonie zu erleben. Und in ihrem ungewissen Licht seinen Körper zu betrachten. Den Körper, der dem Mann Darja Litwinowas gehörte. Ein kräftiger Rücken, gut trainierte Arme, ein goldenes Halskettchen und ein dazu passendes Armband am Handgelenk. Das Armband hatte noch einen ziemlich seltsamen Nachbarn: einen schwarzen Wollfaden, ähnlich denen, die sie sich selbst in der Kindheit umgebunden hatte. Die bunten Fäden am Handgelenk sollten damals helfen, ihre schlichten kindlichen Wünsche in Erfüllung gehen zu lassen.

Aber keiner ihrer Wünsche erfüllte sich – weder damals noch heute. Nicht einmal der allerbescheidenste.

Und die Nacht mit diesem Mann hatte sie einer fremden Frau gestohlen. Genauso wie die Farbe für die Haare. Und all das wäre gar nicht geschehen ohne den verloren gegangenen Hund ...

Der Hund.

Natalja setzte sich abrupt im Bett auf und schüttelte ihr Haar. Der Hund, hol's der Teufel! Sie hatte Tuma völlig vergessen. Der Dobermann, der nicht Gassi geführt worden war und jetzt verzweifelt in der abgeschlossenen Wohnung herumrannte. Woronow hatte Recht: So ein Tier fesselt einen ans Haus. Sie musste aufstehen, sich anziehen und nach Hause fahren. »Nach Hause« – das hieß, auf die Wassili-Insel, wo Tuma auf sie wartete.

Leise sammelte sie ihre Kleider ein, schlüpfte ins Bad und zog sich an. Das eigene Gesicht – das Gesicht einer niederträchtigen Schlampe, die sich alles krallt, was herrenlos herumliegt – wollte sie nicht sehen. Aber dann konnte sie nicht anders und schaute doch in den Spiegel über dem Waschbecken.

So übel sah sie gar nicht aus. Im Gegenteil: Die Augen glänzten, der Mund schwang sich zu einem Bogen, die Lippen schimmerten dunkel von der plötzlich aufgeflammten Leidenschaft, und die Linie der Wangenknochen war weicher geworden. Das Gesicht einer Frau, die zu jedem Abenteuer bereit ist. Hatte das etwa alles dieser einunddreißigjährige Computerjüngling vollbracht?

Bevor sie ging, musste sie unbedingt noch den Zettel mit Ninons Telefonnummer aus seinem Notizbuch nehmen. Was, wenn er Lust bekäme, sie anzurufen, und auf Ninon stieße? Sie konnte natürlich ihre Freundin vorwarnen, das war kein Problem. Aber Ninon würde eine Erklärung verlangen. Nein, besser, der Sündenfall blieb unentdeckt.

Natalja schlüpfte in die Diele, zog die Tür hinter sich zu und knipste das Licht an. Denis' Jacke hing an der Garderobe. Natalja griff in die Innentasche und fand das kleine Buch sofort. Und ebenso den Zettel mit der Telefonnummer, die sie Denis gestern präsentiert hatte. Sehr gut. Natalja wurde sofort ruhig. Sie zog sich Schuhe und Jacke an, öffnete leise die Tür und trat ins Treppenhaus.

Die Schuhe schnürte sie sich erst im leeren Aufzug zu.

Die unglückliche Tuma würde sie bei lebendigem Leibe auffressen, so viel war sicher.

Als der Aufzug anhielt, erinnerte sich Natalja an die Visitenkarte und holte sie aus ihrer Tasche.

»DENIS JEWGENJEWITSCH MARKELOW. ›AUTOPILOT‹ – STUDIO FÜR COMPUTERGRAFIK.«

Darunter stand ein handgeschriebener Zusatz: »Sie gefallen mir.«

Punkt halb neun morgens klingelte Natalja an Ninons Tür. Vorher war sie schon auf der Wassili-Insel gewesen, hatte unterwegs Futter für Tuma gekauft und das entrüstete Hundegebell an der Tür gehört. Tuma ließ sich dazu herab, mit dem Schwanz zu wedeln; das konnte man schon als Fortschritt in ihrer Beziehung betrachten. Der Morgenspaziergang nahm sehr viel mehr Zeit in Anspruch, als Natalja gedacht hatte. Tuma schleppte sie durch die ganze Umgebung und verlangte beharrlich, dass sie die Leine abknöpfte. Natalja gab nach und beging damit einen fatalen Fehler: Als Erstes stürzte Tuma zum nächsten Mülleimer und zerrte einen steinharten, unappetitlich aussehenden Knochen heraus. Dann kam die Reihe an die Nachbarskatzen und die unvorsichtig gewordenen Tauben. Tuma beruhigte sich erst, als alle Feinde besiegt und auf die Dächer und in die Keller verjagt waren.

»Lieber Himmel, du bist doch wirklich eine Närrin, Tuma«, jammerte Natalja und schüttelte die nutzlose Leine. »Und dabei kommst du doch aus einem kultivierten Haus ...«

In Woronows Fenstern brannte trübes Licht, und Natalja dachte plötzlich daran, dass sie die ihr zugestandenen fünfundvierzig Minuten versäumt hatte. Und alles wegen Denis und dem »Dirigeable Nobile«. In jedem anderen Fall hätte sie sich das nicht verziehen. Aber gestern ...

Gestern war es ihr gut gegangen.

Woronow war es sicherlich auch gut gegangen. Bei welcher

Wendung des Sujets er sich wohl gerade befand? Und hatte Natalja selbst auch diese Wendung erlebt? Aber in Liebesdingen war Woronow ihr keine Hilfe.

Ninon.

Ninon war es, die sie jetzt brauchte. Die Spezialistin für den kompromisslosen Geschlechterkampf. Ihr könnte sie von Denis erzählen.

Ninon begrüßte sie beinahe feindselig.

»Was zum Teufel willst du?«, fragte sie noch in der Tür.

»Es ist schon halb neun«, begann Natalja forsch. »Bewirtest du deine Freundin mit Tee?«

»Ich bin nicht allein ...«

»Auf einen flotten Dreier erhebe ich keinen Anspruch. Nur auf einen Tee.« Natalja drängte ihre Freundin ins Innere der Wohnung und konnte dann nicht anders, sie musste fragen.

»Wer ist er?«

»Nicht wer, sondern was. Ein in meinem Haushalt völlig überflüssiger Gegenstand. Wladik.«

»Wladik?«, wunderte sich Natalja.

Wladik, der missliebige Ex-Ehemann, der noch vor kurzem versucht hatte, ihr im »Garbo« die Einsamkeit zu versüßen; Wladik, den Ninon ihr so gern ins Bett legen wollte ... Unerforschlich sind deine Wege, o Herr!

»Habt ihr beschlossen, es noch mal zu probieren? Pass auf, unverhofft klappt es wieder.«

»Unverhofft wird man höchstens schwanger.«

»Auch diese Möglichkeit musst du in Betracht ziehen.«

Ninon gähnte herzhaft, schlug den Bademantel zu und rauschte in die Küche. Natalja folgte ihr.

Sobald der Teekessel auf der Gasflamme stand, setzte sich Ninon Natalja gegenüber und stützte das Kinn auf die Faust.

»Na, und wer ist er?«, fragte Ninon.

»Von wem redest du?«

»Der, mit dem du heute Nacht gebumst hast? Entschuldige, ich hoffe, ich trete dir nicht zu nahe ...«

»Wie kommst du darauf?« Ninons Scharfsichtigkeit kam Natalja fast schon übernatürlich vor.

»Hast du heute Morgen schon in den Spiegel geguckt? In jeder Pupille sieht man einen prächtigen Pimmel. Und dann, wann warst du das letzte Mal bei mir?«

Das letzte Mal hatte Natalja sich auf den Weg nach Wessjoly Possjolok gemacht, als Dschawa in ihrem Leben aufgetaucht war.

»Gut, du hast gewonnen!«

»Na, wie ist er also, dein neuer Keks?«

»Eigentlich ist es nicht mein Keks. Es ist der Keks der Wohnungsinhaberin.«

»Was für einer Wohnungsinhaberin?«

»Wach auf, Ninon! Von der Wohnung, in der ich gerade wohne. Der Hundewohnung.«

Jetzt wurde Ninon endgültig wach. Sie rannte in der kleinen Küche hin und her, immer darauf bedacht, mit ihren kräftigen Hüften nicht ihre bescheidenen Küchengeräte zu demolieren.

»Du hast den Verstand verloren! Du bist immer noch dort?«

»Immer noch.«

»Sogar nachdem du diese blöden Tickets und diese blöden Papiere gefunden hast?! Sogar nachdem der Bankier ermordet wurde?«

»Er ist ja nicht dort im Haus ermordet worden. Kein Blutbad in der Küche«, stellte Natalja abgeklärt fest. »Und außerdem, ich kann den Hund nicht im Stich lassen.«

»Gut.« Ninon presste die Hände auf die Brust. »Gut. Wenigstens eine von uns beiden sollte vernünftig sein. Bring deinen Hund hierher.«

Ein prima Ausweg. Das musste sie Woronow sagen: Er sollte eine beste Freundin in die Erzählung einflechten, eine enge Vertraute und Beraterin. Mit ebensolchen weichen Milchbrötchenbrüsten wie Ninon sie hatte.

»Du willst sagen ...«

»Ich will sagen, wenn das der einzige Grund ist, warum du dich hartnäckig weigerst, diese verfluchte Wohnung zu verlassen, dann bring ihn hierher!«

»Aber was wird Wladik sagen?«

»Was hat Wladik damit zu tun? Wenn ich meinen Ex-Angetrauten hier einquartieren kann, mit seinen stinkenden Socken und seinem genauso stinkenden Kölnisch Wasser, dann wird der Hund die Luft auch nicht mehr groß verpesten.«

»Ich überlege es mir. Das ist natürlich sehr nett von dir. Aber für den Hund könnte es Stress bedeuten.«

»Sorg dich lieber um dich selbst.«

»Das tue ich.«

»Das sehe ich. Wo hast du ihn aufgegabelt?«

»Er hat ständig angerufen«, sagte Natalja ehrlich. »Und dann hat er ein Treffen in einer Kneipe vorgeschlagen.«

»Mit wem? Etwa mit dir?«

»Mit ihr. Aber da sie ja nicht wieder aufgetaucht ist ...«

»Da bist du zu diesem Treffen gegangen.«

»Ich wollte ihn gern sehen. Schließlich war er kein Fremder.« Den Trick mit dem Notizbuch ließ Natalja lieber weg: Krimis waren nicht Ninons Ding, sie bevorzugte Liebesromane, und komplizierte Schachzüge ermüdeten sie.

»Aber wie hast du deine Anwesenheit erklärt?«

»Gar nicht. Ich habe so getan, als sei ich ein zufälliger Gast.«

»Und?«

»Wir haben miteinander geschlafen. Das ist alles. Mir hat es gefallen.«

»Du wirst in der Hölle schmoren.«

»Vielleicht.«

»Wenn dieser Keks dich nicht schon bei Lebzeiten röstet. Wie heißt er übrigens?«

»Denis.«

»Der lässt nichts anbrennen, das muss man schon sagen. Und was, wenn er selbst darin verwickelt ist?«

»Worin?«

»In den Mord. Denn die Wohnungsinhaberin ist ja verschwunden, das ist eine Tatsache, die du nicht so einfach wegschieben kannst. Sie ist verschwunden, und ihren neuen Liebhaber hat man ermordet aufgefunden, wenn ich die Situation richtig sehe.«

Natalja presste die Finger gegen ihre Schläfen: Wenn Ninon nun Recht hatte? Leidenschaft, ob für Menschen oder für Dinge, ist ein guter Nährboden für Verbrechen. Und Gründe hatte Denis mehr als genug ...

»Red keinen Blödsinn. Er ist ein ganz lieber Kerl.«

»Entschuldige, aber du hast statt Hirn wohl Watte im Kopf. Bring den Hund her und verschwinde von dort. Solange es noch nicht zu spät ist. Merk dir, wenn dir irgendwas passiert, ich komme nicht mal zu deiner Identifizierung.«

»Na, ich glaube, da kommst du nicht drum herum, das ist deine Bürgerpflicht. Gut, alles klar. Ich muss weg.«

»Und der Tee?«

»Ich hab's mir anders überlegt. Ich wollte einfach nur sagen ... Es war sehr schön heute Nacht.«

Ninon lächelte traurig.

»Genau das macht mir ja Angst, meine Kleine. Genau das. Du klaust alles, was dir vor die Finger kommt. Du bist eine Diebin, Natalja. Eine Kleptomanin, bei Gott!«

»Was glaubst du, Ninon, wie schnell kann man eine alte Liebe vergessen?«, fragte Natalja.

»Wie schnell hast du denn Dschawa vergessen? Man kann kein fremdes Leben leben, Natascha. Sonst kann man auch einem fremden Tod begegnen. Unverhofft ...«

Ninon blieb einen Moment stocksteif stehen, dann stürzte sie zum Küchentisch und schrieb rasch etwas auf ein Blatt ihres Abreißkalenders.

»Prima! Das Zitat des Tages. Das muss ich unbedingt in einem meiner Artikel verwenden.«

»Du bist unverbesserlich, Ninon!«

»Weißt du was, mein Herz. Heute muss ich nicht in die Redaktion, ich kann laut Dienstplan zu Hause arbeiten, also bring dein unartiges Hundemädchen heute Nachmittag so gegen vier, fünf Uhr vorbei. Aber denk daran, das ist eine plötzliche Anwandlung, und die können sehr kurzlebig sein.«

»Kapiert. Ich nutze den Moment.«

Viel Gutes hatte der Besuch bei Ninon nicht gebracht. Nur um sich die Moralpredigten einer überkandidelten Journalistin anzuhören, hätte sie nicht bis ans andere Ende der Stadt fahren müssen. Natürlich, irgendwo hatte Ninon ja Recht. Eigentlich müsste sie wegfahren, untertauchen, diese Wohnung ein für alle Mal vergessen. Und sich einreden, dass die Begegnung mit Denis im »Dirigeable Nobile« zufällig war. Warum auch nicht, schließlich lernen sich eine Menge Müßiggänger in Bars kennen, trinken Sherry, verpassen die letzte Metro und nehmen Einladungen zu einem Glas Wein an. Daran war nichts Schlimmes, es gab keine Vorgeschichte, nur ein weißes Blatt Papier ... Der einzige Trost an dieser ganzen Geschichte – Tuma würde endlich gut untergebracht sein.

Der Aufzug funktionierte wieder einmal nicht, und sie stieg zu Fuß in den fünften Stock. Zwischen dem zweiten und dem dritten Stock stieß sie mit Margolis zusammen. Semjon strahlte wie eine blank gewienerte Offiziersgürtelschnalle und pfiff grauenhaft falsch die Arie des Don José aus »Carmen«. Als er Natalja erblickte, breitete er die Arme weit aus und drückte sie schwungvoll an sich. Natalja konnte nicht mal mehr Pieps sagen, als sie zwischen Kopf und Brust des Literaturagenten begraben wurde.

»Ich freue mich, Sie zu sehen, Retterin der Welt!«, schnurrte Margolis.

»Wie geht es Ihnen, Semjon?«

»Wie soll es mir gehen – ich schlage mich durchs Leben, mit all seinen Höhen und Tiefen. Aber Sie haben einen günstigen Einfluss auf unser Genie, Daschenka. Er schreibt und schreibt. Seit fast vierundzwanzig Stunden sitzt er ununterbrochen an der Schreibmaschine. Sogar auf das Frühstück hat er verzichtet. Er wird dieses Buch Ihnen widmen müssen.«

»Darüber freue ich mich.«

»Gehen Sie zu ihm. Ich glaube, er wird sich auch freuen.«

Und Natalja mit Bedauern aus seiner Umarmung entlassend, sauste Margolis weiter nach unten.

»Gehen Sie zu ihm!«, rief er noch einmal und sah den Treppenschacht hinauf.

»Gut.«

Ein paar Augenblicke später stand sie vor Woronows Tür und drückte entschlossen auf den Klingelknopf. Woronow öffnete nicht sofort: Eine volle Minute lang klapperte er bösartig mit den Schlössern. Und als die Tür endlich aufging, starrte er Natalja ebenso bösartig an.

»Warten Sie. Ich will eben noch einen Mundschutz umbinden.«

»Was für einen Mundschutz?«

»Aus Gaze. Übers Radio ist gerade durchgegeben worden, dass in der Stadt eine Grippeepidemie ausgebrochen ist. Ein neuartiger Virus. Kommt aus dem Westen zu uns, wie auch aller andere Mist.«

»Gut. Ich warte.«

Schließlich wurde die Tür endgültig aufgerissen, und Woronow stand vor ihr, vorm Gesicht eine Gazebinde, über der finster die von der schlaflosen Nacht entzündeten Augen funkelten.

»Guten Tag«, sagte sie versöhnlich.

»Glauben Sie, er ist gut?«

»Das will ich doch hoffen.«

»Ich habe erhebliche Zweifel.«

»Wieso, ist irgendetwas Ungewöhnliches geschehen?«, fragte Natalja beunruhigt.

»Ja.«

»Was?!«

»Kommen Sie herein. Wir wollen nicht länger hier im Zug stehen.« Woronow trat beiseite und ließ sie in die Wohnung. Aber er bot ihr weder an, sich zu setzen noch abzulegen. »Sie sind gestern Abend nicht gekommen, na, Gott mit Ihnen. Es geht nicht um Sie, auf Sie kann ich dankend verzichten. Es geht um Ihre Heldin. Um die, die ich unvorsichtigerweise zur Hauptperson gemacht habe.«

»Und was ist ihr passiert?«

»Kommen Sie. Aber ziehen Sie bitte die Schuhe aus und wischen Sie sich die Füße gut ab.«

Als sie ins Zimmer trat, saß Woronow schon rittlings auf dem Stuhl, in der Hand ein paar Blätter, und sah sie finster an.

»Nun?«, ermunterte Natalja den Autor.

»Ich habe mich von Ihnen und von Semjon beeinflussen lassen, das ist wahr. Die Geschichte kam mir interessant vor, und so habe ich mich drangesetzt. Bin mir gewissermaßen selbst untreu geworden und habe auf meinen eigenen Helden gespuckt, der mich niemals – niemals! – im Stich gelassen hat. Und wissen Sie, was Ihre Heldin gemacht hat? Sie hat eine Nacht mit ihm verbracht!«

»Eine Nacht verbracht?« Natalja begriff nur mit Mühe den Sinn von Woronows Worten.

»Na, sie hat mit ihm geschlafen, wie man jetzt sagt ...«

»Ja, mit wem denn?«

»Erinnern Sie sich, wir sprachen davon, dass sie ständig von dem ehemaligen Freund der Wohnungsinhaberin angerufen wird. Dass er ein Treffen in irgendeinem Café verlangt. Das haben Sie doch selber vorgeschlagen.«

»Ja, ich erinnere mich.«

»Ja, und dieses, mit Verlaub zu sagen, halbseidene Dämchen konnte sich einfach nicht gedulden. Sie ist in das Café gefahren, um ihn zu beobachten. Ihn sich genauer anzusehen und eine Strategie zu entwickeln. Und der Bursche, der tatsächlich im Café aufgetaucht ist, hat sich zu ihr gesetzt.«

»Warum?«

»Ist es nicht egal, warum? Einfach darum, weil es an den Tischen keine freien Plätze mehr gab und man sich nur noch an die Bar setzen konnte. Das ist die sicherste Methode, Personen zusammentreffen zu lassen, ohne Verdacht zu erregen: weder bei ihnen selbst noch beim Leser. Und so habe ich es gemacht. Ich habe ihnen zwei Gläser Kognak bestellt und sie miteinander bekannt gemacht ...«

Der Gazeschutz, der fast das gesamte Gesicht Woronows verdeckte, kam Natalja vor wie eine weiße Flagge, die der Autor vor der Wirklichkeit hisste. Erst mit einiger Verspätung begriff sie, was Woronow da eigentlich gesagt hatte. Die Heldin des künftigen Buches handelte genauso, wie sie selbst gehandelt hatte ... Oder nein, sie selbst war diese Heldin! Woronow, dessen Intuition und Inspiration anscheinend nicht von ihm selbst abhingen, hatte die Situation nur deshalb entwickelt, weil er der Heldin gefolgt war. Er hatte alle Bedingungen akzeptiert, die sie ihm gestellt hatte. Und hatte vielleicht noch etwas weiter gesehen als sie selbst ...

»Sie haben sie miteinander bekannt gemacht?«

»Na ja ... Der junge Mann begann sich auf einmal lebhaft für seine Thekennachbarin zu interessieren, hat ihr was zu trinken bestellt. Dies und das, ein paar Komplimente, mir gefällt der Schnitt Ihrer Augen, mir gefällt der Schwung Ihrer Lippen, warum habe ich Sie nicht schon früher hier gesehen – mit einem Wort, die üblichen Tricks des Verführers.«

»Und sie?«

Woronow zupfte sich am Ohr.

»Sie hat sich nicht allzu sehr gesträubt. Die Seite mit der Telefonnummer hatte sie vorbereitet und hat sie auch rechtzeitig geöffnet. Immerhin hatte sie genug Grips, um zu sagen, dass sie das verschwundene Mädchen nie persönlich gesehen hat.«

»Ja?«

»Sonst hätte sie sich in Widersprüche verwickelt. Auf die Telefonnummer ist der Junge sofort hereingefallen. Aber lesen Sie selbst ...«

Woronow warf ihr die Blätter mit dem maschinegeschriebenen Text auf den Schoß. Die Underwood erwies sich als besonders widerwärtiges Schreibwerkzeug: der Buchstabe »i« war kaum zu erkennen, das »p« dagegen durchschlug jedes Mal das Papier, und auch die Qualität des Farbbandes ließ zu wünschen übrig. Außerdem schrieb Woronow die Seiten von oben bis unten gedrängt voll und fing mitten auf der Seite neue Kapitel an. Die Beschreibung der Kneipe, in der die Heldin gelandet war, wirkte recht oberflächlich; man merkte, dass Woronow die eigene Küche mit der angebrannten Milch auf dem Herd und den halb aufgegessenen Maisflocken in der Schüssel dem zwielichtigen Luxus von Nachtclubs vorzog. Aber alles Übrige! Alles Übrige war wunderbar und absolut logisch. Sarkastische Dialoge – wenn sie sich doch damit hätte im Voraus wappnen können! –, Anzüglichkeiten und Mehrdeutigkeiten in jeder Drehung des Kopfes, in jeder zufälligen Berührung. Und das Objekt der schicksalhaften Begierde selbst, ein melancholischer Yuppie mit einem Ring (!!!) am kleinen Finger, hatte außerordentliche Ähnlichkeit mit Denis.

Die Bettszene hatte Woronow keusch ausgelassen und sich auf die Gefühle der Heldin konzentriert. Sogar die Präservative hatte dieser verfluchte Kerl nicht vergessen! Für Nataljas literarische Doppelgängerin wurde dieses schlichte Produkt aus Gummi zu einem symbolischen Gegenstand, der durchaus mit den traditionellen Handschuhen des Übeltäters konkurrieren konnte.

»Was sagen Sie dazu?«, fragte Woronow, als Natalja schließlich ihre Lektüre beendet hatte.

»Klasse!«, sagte sie voller Überzeugung. »Besonders die Stelle, wo die Heldin sich einzureden versucht, dass Denis nichts mit dem Verschwinden zu tun hat. Hat er wirklich nichts damit zu tun, wie denken Sie?«

»Ich weiß nicht. Aber kennen Sie die erste Regel des Detektivromans?«

»Nein.«

»Der Detektiv darf unter keinen Umständen der Mörder sein.

Es gibt noch ein paar Regeln. Zum Beispiel: Der romantische Verliebte eignet sich sehr gut für die Rolle des Verbrechers.«

»Meinen Sie?« Natalja sank das Herz.

»Aber mit der Leidenschaft muss man im Detektivroman äußerst vorsichtig sein, wie auch mit den übrigen manischen Phobien. Leidenschaft ist zu allem fähig, ihr ist jedes Mittel recht, sie übertritt ständig die Regeln, und das nimmt dem klassischen Schema seine Eleganz.«

»Das heißt, er könnte etwas wissen und sich einfach geschickt maskieren?«, insistierte Natalja.

»Nun warten Sie doch! Niemand taucht im Detektivroman zufällig auf.«

»Das habe ich schon begriffen.«

»Entweder steht er auf der Seite des Detektivs oder auf der des Verbrechers. Oder er ist einfach Sprachrohr für irgendeine Sache, soll die Aufmerksamkeit auf irgendeinen unauffälligen Umstand lenken, einen beiläufigen Satz sagen, aus dem man später des Rätsels Lösung ableiten kann. Nicht zuletzt ist jede neue Person der potenzielle Täter. Daran ist nichts Schlimmes. Ohnehin beschnuppert der Detektiv jeden und fällt sein Urteil. Aber lassen Sie uns jetzt zu unseren Schäfchen zurückkehren. Der verlassene Liebhaber, der ständig anruft und sich immer wieder in Erinnerung bringt, der Teufel soll ihn holen. Weshalb ist er aufgetaucht?«

»Nun, vielleicht deshalb, damit sie erfährt, dass die Vermisste als Model arbeitete.«

»Möglich. Das könnte ich noch in den Text einfügen. Model ist ein wunderbarer Beruf, eine solche Frau hüpft durch die Betten wichtiger Männer, die ebenso wichtige Geheimnisse haben. Eine gute Idee«, ließ sich Woronow zu einem Lob herab. »Wird akzeptiert. Er teilt also der Heldin mit, dass seine Ex-Freundin als Fotomodell gearbeitet hat. Bei einer Modenschau oder Präsentation hat sie einen einflussreichen Bankier kennen gelernt und den Pechvogel mit seiner Mini-Firma für den Verkauf von Wasserfiltern verlassen.«

»Mit seinem Studio für Computergrafik«, korrigierte ihn Natalja pedantisch. »Er ist Computergrafiker.«

»Von mir aus. Obwohl ... Obwohl man aus der Computergrafik auch noch etwas für das Sujet machen könnte. Wenn Sie nichts dagegen haben, denke ich darüber noch nach.«

»Ich habe nichts dagegen.«

»Gut. Er war nicht übermäßig gesprächig und hat der Heldin nur das mitgeteilt. Aber wieso ist sie mit ihm ins Bett gestiegen?«

»Fragen Sie mich das?« Natalja errötete, als hätte man sie beim Gebrauch eines Vibrators erwischt. »Sie selber haben das doch geschrieben!«

»Ja. Tatsächlich. Aber es ergab sich wie von selbst, verstehen Sie? Sie zum Beispiel ... Wenn Sie an der Stelle der Heldin wären, hätten Sie mit ihm geschlafen?«

»Ich?!«

»Sie.«

Armer Woronow, du letzter Vorkämpfer für das Zölibat, wenn du nur wüsstest, dass ich das schon getan habe! Und es nicht eine Sekunde bereut habe.

»Ich weiß nicht. Das hängt von vielen Umständen ab.« Jetzt, als sie in Woronows sicherer, patriarchalischer Wohnung saß, begann sie verspätet den Abend im »Dirigeable Nobile« zu analysieren. Und die darauf folgende Nacht. »Vielleicht haben sie viel getrunken. Vielleicht gefielen sie einander ...«

»Vergessen Sie nicht, er hat schon ein Mädchen.«

»Hatte. Er hatte ein Mädchen. Glauben Sie denn nicht an Liebe auf den ersten Blick? An unvermittelt aufflammende Leidenschaft?«

»Warum nicht. Aber dafür müsste die Heldin Sex-Appeal haben. Im besten Fall aussehen wie Cathérine Deneuve aus der Periode der ›Regenschirme von Cherbourg‹. Ich glaube nicht, dass unser Mädel aus der heruntergekommenen Kommunalka auch nur entfernt in diese Kategorie gehört.«

Natalja schoss das Blut in die Wangen. Woronow gefiel ihr

immer weniger. Und dieser idiotische Gazeverband auf seinem Gesicht: Er wollte sich nicht nur vor Bakterien und blöden hypothetischen Viren schützen. Er wollte sich damit auch vor dem wirklichen Leben schützen, vor Schweiß, Sperma, Krähenfüßen, aufgeschlagenen Knien und abgebissenen Fingernägeln.

»Sind Sie eigentlich Vegetarier, Wladimir Wladimirowitsch?«

»Ja. Was tut das zur Sache?«

»Ich glaube, Vegetarier sollten keine Bücher schreiben. Die Geschmacksempfindungen stumpfen ab. Befassen Sie sich lieber damit, Spinat zu ziehen.«

Die zerzausten Haare Woronows, die immer zuerst auf Unangenehmes reagierten, stellten sich drohend auf und begannen zu knistern. Er streifte sich den Mundschutz ab und fuhr sie mit vor Wut verzerrtem Mund an: »Raus! Sie wollen mir vorschreiben, womit ich mich zu befassen habe?! Raus aus meiner Wohnung, und lassen Sie sich hier nie wieder blicken, Sie unverschämte Person!«

»Schon gut, schon gut.«

Im Rückwärtsgang schlüpfte Natalja aus dem Zimmer, angelte sich eilig Schuhe und Jacke und fasste nach der Tür. Die verfluchten Schlösser wollten nicht gehorchen, und den im Arbeitszimmer zurückgebliebenen Woronow um Hilfe zu bitten wäre zu erniedrigend gewesen.

Er tauchte in der Diele erst auf, als die vor Anstrengung ins Schwitzen gekommene Natalja mit dem letzten Schloss um ihre Freiheit kämpfte.

»Sie sind immer noch hier?«, fragte Woronow kalt.

»Ich kriege Ihre verdammten Schlösser nicht auf!«

»Gehen Sie zur Seite.«

Nachdem er geöffnet hatte, musterte Woronow Natalja skeptisch: Sie war noch gar nicht dazu gekommen, sich die Schuhe anzuziehen.

»Sie fliehen aus dem Heim des Dichters und haben noch nicht einmal Schuhe an?«

»Mir bleibt ja nichts anderes übrig.«

»Ich werde Ihnen das Buch zuschicken.«

»Machen Sie auf jeden Fall einen Vermerk, dass die Idee für die Handlung von jemand anders stammt.«

»Erörtern Sie diese Frage mit meinem Agenten. Alles Gute.«

Die Tür schlug dumpf und unwiderruflich hinter Natalja zu.

»Idiot«, sagte sie laut und krümmte die augenblicklich kalt werdenden Zehen. »Hypochonder. Paperback-Prophet.«

Jetzt war ihr klar, warum Frauen, die auf sich hielten, lieber mit sonst wem zusammenlebten als mit einem Schriftsteller. Schriftsteller sind launisch wie Kinder, eitel, waschen sich selten, kämmen sich überhaupt nicht, sind kleinlich und übermäßig empfindlich. Und wenn man dann noch Misanthropie, Intoleranz und das Bedürfnis, alle anderen zu belehren, hinzufügte ... B-r-r-r!

Sie würde nie wieder ein Buch von ihm kaufen.

Natalja stieg mechanisch nach unten und blieb wie angewurzelt stehen: Der Briefkasten der Wohnung Nr. 48 war aufgebrochen worden. Aber Rowdys waren offenbar nicht am Werk gewesen, denn der Inhalt hatte nicht gelitten: mehrere helle Rechtecke – die Rechnung für die Miete, die Rechnung für das Licht, das Formular mit den Ferngesprächen – und ein dicker Umschlag, auf dem mit Maschine geschrieben stand: »St. Petersburg / Wassili-Insel, Bolschoi Prospekt, 62/3, Wohnung 48. Litwinowa, D. A.«, waren unversehrt. Natalja griff sofort nach dem Briefumschlag und öffnete ihn. Darin befand sich eine Doppelkarte mit goldgeprägten Buchstaben auf weißem Grund: »EINLADUNG«. Alle wollen etwas von dir, Darja. Du bist für alle lebensnotwendig.

Frau D. A. Litwinowa wurde zur Eröffnung einer Ausstellung von neuen Telekommunikationssystemen, Computertechnologien und Fernmeldeanlagen eingeladen. Die Veranstaltung mit anschließendem Festessen sollte am sechzehnten Februar stattfinden, die Karte war für zwei Personen ausgestellt. Was hatte ein Fotomodell wie Darja Litwinowa mit neuen Telekommunikationssystemen zu schaffen?

Darüber zerbrach sich Natalja den Kopf, während sie in den fünften Stock stieg. Vor der Wohnung angekommen, sah sie, dass die Überraschungen noch nicht zu Ende waren. Die Eisentür war mit schmutzigen Schuhspuren besudelt: Offenbar hatte jemand ausdauernd gegen das gefühllose Eisen getreten. Unter der Tür steckte ein Zettel, hastig und ohne viel Rücksicht auf Kalligrafie bekritzelt: »Wo zum Teufel steckst du?! Denis«.

Natalja knickten fast die Beine ein.

Das nächtliche Abenteuer war also bedeutungslos, von einer Fortsetzung der Liebesgeschichte mit dem unrasierten Computerfachmann brauchte sie nicht länger zu träumen. Und er selbst war nur durch ein Wunder nicht mit Natalja zusammengestoßen. Das wäre ein Bild gewesen!

Und dennoch ... Auf dem Zettel stand kein Wort von wahnsinniger Liebe. Vielleicht war er einfach gekommen, um seine Sachen zu holen? Nein, sie betrog sich nur selbst ...

Nachdem sie Tuma begrüßt und ihren Futternapf gefüllt hatte, ging Natalja ins Badezimmer und drehte das heiße Wasser auf. Sie gab ein duftendes Schaumbad dazu und ließ wie eine Königin ihre Kleider einfach auf den Boden fallen, bevor sie in die Wanne stieg.

Wie lange ihr Urlaub vom Alltag wohl noch dauern würde? Wie lange noch brauchte sie nicht mehr das wütende Schnaufen der Nachbarn vor ihrer Zimmertür zu hören? Wie lange ihre vom ewigen Überlebenskampf trüb gewordenen Gesichter nicht mehr zu sehen? Und die alte Hyäne Jadwiga Bronislawowna, die mit geradezu besessener Ausdauer in der Gemeinschaftsküche ihre alten Speckschwarten briet ... Wie lange würde Natalja noch ungestraft mit einem fremden Schlüssel eine fremde Tür öffnen? Und wann würde die Litwinowa zurückkehren?

Und wenn sie nun gar nicht zurückkam?

Natalja tauchte unter und schloss die Augen.

Die Pässe, die in dem roten Rucksack lagen, mussten doch eine Vorgeschichte haben. Woronow, der feinere Nuancen nicht mochte, hatte Tumas verschwundenes Frauchen in sein schwarz-weißes Koordinatensystem »Täter – Opfer« eingeordnet – und sie zum Opfer gemacht. Und Opfer kommen nicht zurück. Sie sind in diesen schwarz-weißen Koordinaten gefangen.

Und die dreitausend Dollar ...

Ein Opfer braucht kein Geld. Geld braucht der Verbrecher. Aber jetzt lagen die Scheine einfach im Rucksack. Und wenn nun niemand kam, um sie zu holen? Wenn überhaupt niemand kam?

Es wurde höchste Zeit, wieder an die Oberfläche zu kommen, der Luftmangel verengte ihre Gefäße und füllte ihr den Kopf zum Bersten mit trägen, schwarzen, verbrecherischen Gedanken.

Geräuschvoll tauchte Natalja wieder aus dem Wasser auf und verschnaufte. In den Spiegelfliesen erblickte sie das Bild einer kleinen Gaunerin: unruhige Augen, ein falscher Brauenschwung, eine lasterhafte Linie um Lippen und Nasenflügel.

Wenn Darja Litwinowa nicht zurückkam ...

Zuerst würde man sie noch anrufen und ihr Einladungen schicken; man würde sich auf Französisch entrüsten und ihr in nicht druckfähigem Russisch ins Gewissen reden. Man würde Treffen mit ihr suchen, Rendezvous vorschlagen, man würde ihr E-Mails schreiben und Blumensträuße vor die Tür legen. Aber dann ... Dann würde das alles aufhören – die Menschen sind unbeständig, sie hassen hochmütiges Schweigen. Und es ist ihnen völlig egal, was der Grund für dieses Schweigen ist. Und auch die Wohnung würde langsam sterben, wenn sie, Natalja, sich nicht um sie kümmerte.

Sie würde sich um sie kümmern.

Natalja schüttelte ihre nassen Haare und lehnte sich mit der Stirn an den kalten Spiegel. Dieser Spiegel hatte zuerst Darja Litwinowa gesehen und war freundlich zu ihr gewesen. Jetzt war er freundlich zu Natalja. Der Spiegel war immer mit irgendetwas gefüllt, es wechselten nur die Linien und Umrisse, nichts weiter. Gleich würde sie aufstehen, sich mit dem Handtuch der anderen Frau frottieren, den Bademantel der anderen Frau anziehen und die Füße in die Pantoffeln der anderen Frau stecken. Sie würde sich auf den Laken der anderen Frau ausstrecken, sie würde den Hund der anderen Frau füttern – aber niemals würde sie die andere Frau werden.

Sie lächelte traurig und gab ihrem eigenen Spiegelbild einen Nasenstüber: Du wirst niemals eine andere Frau werden. Du wirst niemals Darja Litwinowa werden.

Du bist eine Illegale. Lebst im Untergrund, trotz fünftem Stock und Aufzug.

Ins Wohnzimmer zurückgekehrt, ließ sich Natalja in dem Sessel vor dem Computer nieder. Und fühlte sofort eine seltsame Unruhe.

Die Fotografien.

Denis, Darja und Tuma, das glückliche Dreigestirn. Natalja nahm das Foto in die Hand und berührte das Gesicht von Denis.

»Sie würden sehr erstaunt sein, Darja Anatoljewna, aber es sieht so aus, als hätten wir denselben Mann. Dumm von Ihnen, dass Sie ihn so leicht aufgegeben haben. Ein unverzeihlicher Fehler. Er ist so lieb. Ein wenig zerstreut im Bett, aber das macht ihn nicht weniger sympathisch ...«

Sie schaltete den Computer ein und betrachtete einige Minuten lang den friedlichen Schädelberg auf dem Monitor. Einen seltsamen Geschmack hatte dieses Fotomodell!

Im elektronischen Postfach lag nur eine einzige Nachricht. Und diese Mail war wieder von Grim.

»Warum schweigst du? Was ist mit Leopard?!«

Das Schreiben war heute Nacht gekommen, um 02.34 Uhr, gerade zu der Zeit, als sie mit Denis im Bett lag. Der fade Woronow hatte Recht: Zwischen Darja und Grim bestanden ziemlich ungewöhnliche Beziehungen. Eher geschäftliche als private.

Beide Nachrichten ähnelten ganz und gar nicht den besorgten Briefen eines verliebten Mannes: Grim zitterte um die eigene Haut, das war es, was ihn umtrieb.

Natalja lehnte sich im Sessel zurück.

Sie musste dem feigen Grim eine Antwort schicken. Eine beruhigende, nichts sagende, kein »ja«, kein »nein«, und ohne Unterschrift am Ende.

Zehn Minuten später war der Brief formuliert, weitere fünf Minuten später abgeschickt.

»Wir müssen uns treffen. Morgen, um 19.13 Uhr an der rechten Sphinx gegenüber der Akademie der Künste.«

19.13 Uhr war eine günstige Zeit. Wenn dieser Typ irgendwo arbeitete, so würde er es bis sieben Uhr von jedem beliebigen Punkt der Stadt aus schaffen. 19.13 Uhr war eine genaue Zeit, sie würde ihr helfen, ihn mit niemand anderem zu verwechseln. Während sie auf die Antwort wartete, sah sich Natalja im Internet die Websites von Nachrichtenagenturen an, dann wechselte sie zu den elektronischen Versionen der Lokalpresse – und fand wieder Neues über Radziwill. Die erste Nachricht betraf den Mord selbst und wiederholte Wort für Wort all das, was Natalja schon wusste. In der zweiten ging es um die Bank »Irbis«, die der Tote lange Jahre geleitet hatte. Der Artikel begann mit einem langen und ziemlich Furcht einflößenden Satz: »Gut möglich, dass nach dem tragischen Tod des Direktors auf die Bank Irbis große Erschütterungen warten und die Pechsträhne in ihrer Geschichte noch nicht zu Ende ist ...«

Grim war ein rühriges Kerlchen; sein Antwortbrief kam schon eine halbe Stunde später und bestand nur aus drei Worten: »Wer sind Sie?«

Das war eine unerwartete Wendung. Offenbar hatte sie irgendeinen Fehler gemacht. Aber welchen?

»Eine Freundin Darjas. Wir müssen uns unbedingt treffen. Es betrifft ihr Verschwinden.«

Eine angemessene Antwort, schlicht und mit Geschmack, ein

virtuelles Ping-Pong. Grim sortierte seine Gedanken fast eine Stunde lang und schickte schließlich einen weiteren Brief: »Einverstanden. Heute Abend um 19.13 Uhr. Prospekt der Metallarbeiter 113, Wohnung 3. Die Tür wird offen sein. Ende der Verbindung.«

Na schön.

Natalja schaltete den Computer aus und schloss die Augen. Was bedeutete »Die Tür wird offen sein«? Und würde die Tür auch nicht für immer hinter ihr zufallen? Jetzt hätte ihr Woronow helfen können, die Lage zu analysieren und in kleine und ungefährliche Einzelteile zu zerlegen. Aber nach der Szene von heute Morgen war Woronow für sie verloren.

Die schlaflose Nacht machte sich bemerkbar, die Augen klebten ihr zusammen. Sie musste sich ein wenig ausruhen, damit sie bis 19.13 Uhr wieder frisch war und gut gewappnet zum Rendezvous mit Grim aufbrechen konnte. Jetzt war es fast Mittag, gegen fünf wollte sie mit dem Hund zu Ninon fahren, das hieß, ihr blieben gute dreieinhalb Stunden für ein Nickerchen.

Sie streckte sich auf dem Bett aus und versuchte, alle Gedanken aus ihrem Kopf zu vertreiben außer den an Denis. Er hatte es verdient.

Aber die verfluchte Dobermannhündin hatte für Nataljas Bedürfnis nach Ruhe kein Verständnis. Kaum hatte sich Natalja auf den frischen schwarzen Laken ausgestreckt, die sie gestern im Wäscheschrank gefunden hatte, als sich Tuma mit einem Tennisball zwischen den Zähnen ins Schlafzimmer zwängte. Der Ball war völlig zerbissen und sah erbärmlich aus. Tuma legte ihn vorsichtig aufs Bett und sah sie erwartungsvoll an.

»Willst du etwa spielen, verflixte Töle?«, fragte Natalja unfreundlich. »Du willst spielen, und ich will ausschlafen. Nehmen wir auf unsere beiderseitigen Interessen Rücksicht.«

Aber Tuma hatte überhaupt keine Lust, auf Nataljas Interessen Rücksicht zu nehmen: Sie blickte vom Ball auf das Mädchen und wieder zurück und knurrte kurz. Dieses Knurren verhieß nichts Gutes.

»Na schön«, kapitulierte Natalja. »Einmal. Aber wirklich nur einmal.«

Sie nahm den Ball, holte aus und warf ihn gegen die Wand. Er prallte zurück, und Tuma stürzte mit freudigem Gewinsel hinterher. Sie packte ihn mit den Zähnen, trug ihn zum Bett und legte ihn erneut vor Natalja.

»Wie, nochmal? Na schön.«

Die folgenden zehn Minuten unterhielt Natalja die Hündin, so gut sie konnte, wechselte die Ecken und die Stärke des Wurfs. Tuma zeigte sich wunderbar geschickt und elegant. Einige Male flog der Ball gar nicht erst bis zur Wand, sondern landete schon vorher zwischen ihren Zähnen. Eine Idylle. Nun hatte also auch Tuma sie vorbehaltlos akzeptiert. Genau wie der Schaffellmantel, die Stiefel, das Businesskostüm, der Pullover, der Rock, der zweite Pullover, die Jeans, die Halbschuhe und Denis. Hatte sie noch jemanden vergessen?

Ach ja, die Gummiente aus dem Bad. Mit der traurigen Nase von Barbra Streisand.

Natalja holte weit aus und warf den Ball gegen die Wand. Diesmal war Tuma nicht schnell genug. Er sprang mit dumpfem Schlag von der Wand ab, hüpfte über den Fußboden und verschwand unter dem Bett. Tuma rannte ihm nach, hatte aber das Nachsehen: Das Bett war zu niedrig und der Ball zu weit gerollt.

»Na?«, lachte Natalja. »Sind die Beine zu kurz? Merk dir, helfen werde ich dir nicht.«

Tuma heulte zur Antwort. So schnell gab sie nicht auf. Als das Gepolter und Gejaule der Hündin unerträglich wurden, schwang Natalja ihre Beine vom Bett. Gleich würden beide zur Tür hinausrollen – Dobermann und Ball.

»Soll ich ihn dir holen?«, fragte sie fröhlich.

Tuma verstummte, legte den Kopf auf die Seite und ließ die Zunge heraushängen.

»Was hältst du davon: Ich hole dir dein Spielzeug heraus, und du lässt mich in Ruhe. Für genau dreieinhalb Stunden. Einverstanden?«

Tuma bellte kurz: Einverstanden.

Natalja streckte den Arm nach dem Ball aus und stieß sofort auf irgendeinen Gegenstand. Sie tastete die Konturen mit den Fingerspitzen ab und konstatierte: ein Koffer. Oder eine Aktentasche. Was machte die hier unterm Bett? Alle anderen Gepäckstücke Darja Litwinowas standen doch dort, wo sie zu stehen hatten: im großen Fach des Schrankes.

Eine Minute später war der Diplomatenkoffer – es war tatsächlich ein eleganter Herrenkoffer aus Schweinsleder – ans Tageslicht gezogen. Auf die Hündin machte er einen seltsamen Eindruck: Sie begann sich wie ein Kreisel zu drehen und leise zu heulen. Vor Ungeduld brennend, klickte Natalja mit den Schlössern und klappte den Deckel auf.

Der Koffer war fast leer, bis auf ...

Bis auf ein blutverschmiertes, zusammengeknülltes Männerhemd mit einem einsam daran baumelnden Manschettenknopf.

11. Februar. **Ljolja**

Das Treffen mit Violetta Gatti, der Chefin der Modelagentur »Calypso«, erforderte gründliche Vorbereitung. Umso mehr als die von Sanja Gussalow und zwei jungen Einsatzleuten zusammengetragenen Informationen wirklich beeindruckend waren.

Genauso wie die Gatti selbst.

Vor kurzem war sie fünfundvierzig geworden. Die letzten sieben Jahre ihres Lebens hatte sie im Modelgeschäft gearbeitet. Sie war es gewesen, die die Spielregeln auf dem Markt für Fotomodelle diktiert hatte. Unter ihre Fittiche zu kommen, davon träumten sowohl die ehrgeizigen Starlets aus der Provinz wie auch die erfahrenen Fotomodelle mit guten Perspektiven im Westen. »Calypso« war die letzte und höchste Instanz, ein Umschlagplatz, eine Ausgangsbasis für den Sturm auf die bekanntesten Modehäuser. Mit »Calypso« arbeiteten etablierte Fotografen, Clipmaker und Künstler aus dem Showbusiness zusammen. Die Mädchen von »Calypso« glänzten auf den Laufstegen Moskaus und Petersburgs, sammelten rasch Erfahrungen und wurden ebenso rasch zu bekannten Gesichtern für Handelsmarken, Firmen und Zeitschriften. Sie fuhren regelmäßig nach Europa; die Gatti war keine Despotin und versuchte immer, ihre Models so gut wie möglich zu fördern. Ihre Autorität war unbestritten. Sie griff sich ein völlig unauffälliges Mädchen aus der Menge heraus, kümmerte sich intensiv um es, und einen, höchstens anderthalb Monate später war dieses Mädchen der Star jeder Modenschau. Ihr Geschmack war unbestechlich, außerdem verfügte sie über die einmalige Fähigkeit, ein Gesicht, das ihr gefiel, von allen Schlacken des Alltags zu befreien und es schön wie am ersten Schöpfungstag erstrahlen zu lassen.

Es gab noch eine weitere Eigenschaft, für die die »Calypso«-Chefin von ihren Mannequins vergöttert wurde: Sie fürchtete sich nicht vor Extravaganzen. Es war die Gatti gewesen, die als erste Regina Bader in ihre Agentur geholt hatte, ein Mädchen mit einer schrecklichen Narbe auf der rechten Wange. Die Gatti arbeitete mehrere Monate mit Regina Bader – sie lehrte das künftige Supermodel, sich für ihre Verunstaltung nicht zu schämen, sondern sie im Gegenteil zum Teil ihres Image zu machen. Das Ergebnis übertraf alle Erwartungen: Nach einem Jahr war Regina das höchstbezahlte Model von »Calypso«, danach unterschrieb sie einen vorteilhaften Vertrag in Frankreich. Und vor einem Monat hatte eine große Kosmetikfirma sie zu ihrem Gesicht gemacht.

Davon hatte Ljolja in einem Interview gelesen, das die Bader selbst einer Modezeitschrift gegeben hatte. Von der Gatti sprach das Model in den höchsten Tönen und nannte sie die »Patin«. Übrigens stand es so ähnlich auch als Überschrift über dem Interview: »ALLES IN MEINEM LEBEN HABE ICH ›CALYPSO‹ ZU VERDANKEN.«

Es gab auch noch andere Interviews, Zeitungsnotizen und ausführliche Artikel, nicht ganz so überschwängliche, aber alle mit dem gleichen Tenor: Violetta Gatti und ihre Agentur »Calypso« waren konkurrenzlos.

Das Erstaunlichste daran war, dass nichts im früheren Leben der Gatti eine so steile Karriere und einen so raschen Aufstieg hätte vermuten lassen. In ihrer Jugend hatte sie sich intensiv mit asiatischem Kampfsport befasst, das Lesgaft-Sportinstitut absolviert und dann eine Zeit lang als Trainerin gearbeitet. Mitte der achtziger Jahre gab sie ihren Beruf auf und nahm eine Stellung als Kellnerin auf einer der Fähren an, die zwischen dem damaligen Leningrad und den nordeuropäischen Hauptstädten verkehrten.

Danach tauchte die Gatti überraschend als Reiseleiterin bei »Intourist« auf. Im Auftrag von »Intourist« begleitete sie Reisegruppen nach Italien, Frankreich und in die Benelux-Länder. Ljolja hielt es nicht für ausgeschlossen, dass die häufigen Besuche im zivilisierten Europa, wo das Wort »Fotomodell« keinen zweideutigen Beigeschmack hatte, Violetta Gatti erst auf die Idee gebracht hatten, eine eigene Agentur zu gründen.

Sie begann ein halbes, vielleicht auch ein Jahr vor den anderen. Dieser Zeitvorsprung verschaffte ihr erhebliche Vorteile – die besten Mädchen standen bei ihr unter Vertrag.

Und blieben auch bei ihr.

Der Ruf der Gatti war makellos. Kein einziger dunkler Fleck, eine heilige Katharina von Siena mit Kreuz und Lilie. Das günstige Bild wurde nur von einem Vorkommnis im letzten Jahr gestört. Marina Buschnewa, eins ihrer Models, wurde auf dem Flughafen Pulkowo vom Zoll erwischt, als sie versuchte, Heroin zu schmuggeln. Allerdings war die Menge der beschlagnahmten Droge nur geringfügig, und das Mädchen selbst gab zu, dass sie schon seit einem Jahr an der Nadel hänge.

Die Gatti engagierte die besten Anwälte, die die Verteidigung darauf aufbauten, dass das Mädchen nicht vorgehabt habe, den Stoff zu verkaufen. Vor dem Gefängnis konnte man Marina Buschnewa bewahren, aber aus der Agentur verschwand sie. Und sie tauchte auch in keiner anderen auf, obwohl sie inzwischen eine Entziehungskur hinter sich hatte.

Die Gatti konnte hart sein, wenn ihr Ruf auf dem Spiel stand.

Aber um den Ruf der »Calypso«-Chefin machte Ljolja sich gar keine Gedanken. Ihn interessierte, warum das Luxusluder Xenia Nikolskaja ihm gerade die Gatti unter die Nase gerieben hatte. Und welche Beziehung hatte Radziwill zur Agentur »Calypso«? Was die Nikolskaja betraf, so war die Sache mehr oder weniger klar: Sie hatte eine Zeit lang bei der Gatti gearbeitet und die Agentur dann mit einem Riesenskandal verlassen. Der Gerechtigkeit halber musste man aber sagen, dass die Nikolskaja der einzige Fall dieser Art war. Die Gründe für den Skandal hielten die beiden feindlichen Parteien geheim, was Raum für die verschiedensten Versionen gab – von banalen Eifersuchtsgeschichten bis hin zu weniger banalen Geldgeschichten.

Einmal zumindest hatten sich die Wege der Gatti und Radziwills gekreuzt. Im Jahre 1994 saßen sie beide in der Jury eines der zahlreichen Schönheitswettbewerbe.

Das war immerhin ein Anhaltspunkt.

Bevor Ljolja sich auf den Weg zu »Calypso« machte, beschloss er, noch einmal mit der Nikolskaja zu reden. So naiv, wie sie tat, konnte das Mädchen nicht sein. Immerhin hatte sie vor einigen Jahren in Moskau am Institut für Technische Physik studiert und das Studium erst im sechsten Semester abgebrochen. Und wie Sanja Gussalow versicherte, war das MITP eins der wichtigsten Institute im Land.

Als Gussalow Ljolja die Informationen über das aufmüpfige Model brachte, verwandelte sich seine ausgeprägte misstrauische Sympathie für die Nikolskaja in eine ebenso ausgeprägte misstrauische Hochachtung. Offenbar lohnte es sich, dieses Mädchen genauer in Augenschein zu nehmen.

Um sie nicht mit Aufforderungen und Vorladungen zu verschrecken, beschloss Ljolja, sich auf neutralem Territorium mit ihr zu treffen. Die Nikolskaja reagierte auf Ljoljas Bitte sehr vernünftig und kooperativ und schlug dem Kommissar ein Treffen im Restaurant »Geisha« in der Ligowka vor.

Ljolja kam eine halbe Stunde vor der vereinbarten Zeit ins »Geisha« und begriff sofort, dass dieses verfluchte Biest beschlossen hatte, ihn zu demütigen und ihm zu zeigen, mit welchem Platz er sich in der Hierarchie des Lebens zu begnügen hatte. Die Preise im »Geisha« waren exorbitant, außerdem gab es hier nur japanische Küche, von der Ljolja auch nicht die Bohne verstand. An der ganzen Situation war nur ein Gutes – die Nikolskaja war pünktlich. Sie stürmte wie ein Wirbelwind ins Restaurant und warnte Ljolja, noch bevor sie sich gesetzt hatte, dass sie nur eine halbe Stunde Zeit habe: »Ich muss wieder zurück zu den Dreharbeiten, fassen wir uns also so kurz und konkret wie möglich, mein Lieber!«

Ohne Ljolja anzusehen, bestellte die Nikolskaja sich eine Suppe und Reistörtchen. Erst dann wandte sie sich an den Kommissar: »Und Sie, was nehmen Sie?«

Ljolja erzitterte innerlich: Jedes dieser Gerichte konnte ihn aufs Peinlichste bloßstellen.

»Ich habe keinen Hunger.«

»Nehmen Sie Sashimi«, drängte sie ihn. »Das ist ein Fischgericht. Schmeckt unvergleichlich!«

»Ich glaube, es lohnt nicht.«

Die Nikolskaja beugte sich über den Tisch, zwinkerte Ljolja zu und flüsterte: »Reichen die Mittel nicht? Lassen Sie das Knausern. Ich lade Sie ein.«

Das hatte noch gefehlt!

»Lassen Sie uns zur Sache kommen«, erwiderte er brüsk. »Fassen wir uns kurz und konkret, um Ihren Ausdruck zu gebrauchen.«

»Ich höre.«

»Wann haben Sie vom Tod Radziwills erfahren?«

»Als Sie mir davon berichtet haben«, sagte Xenia vollkommen ruhig und steckte ein Stück Reistörtchen in den Mund.

»Wie lange waren Sie in Hamburg?«

»Hat das irgendeine Beziehung zu dem Mord?«, fragte sie erstaunt. »Vier Tage ... Vom sechsten bis zum zehnten Februar, um genau zu sein.«

»Das heißt, am dritten ...«

»Nun hören Sie aber auf.« Die Nikolskaja hantierte konzentriert mit den Stäbchen in der Schüssel. »Am dritten war ich hier in Petersburg – und hätte gut an dem Mord beteiligt sein können, das wollten Sie doch sagen?«

Ljolja merkte, nun konnte er Revanche für das Fischgericht mit dem blöden Namen »Sashimi« nehmen.

»Der Mord wurde am vierten Februar zwischen Mitternacht

und null Uhr fünfzehn begangen. Ich hätte sehr gern gewusst, was Sie um diese Zeit gemacht haben.«

»Geschlafen.«

»Gehen Fotomodelle so früh ins Bett?«

»Wenn sie nicht allein sind ...« Die Nikolskaja zeigte Ljolja ihre perfekt geformten Reklamezähne.

»Das heißt, zur Tatzeit ...«

»Habe ich mit einem jungen Mann im Bett gelegen. Sind Sie mit dieser Auskunft zufrieden?«

»Und er kann das bezeugen?«

»Er wird es können, sobald er aus Österreich zurück ist. Er ist geschäftlich dorthin gefahren.«

»Warum warten, bis er zurück ist? Wir können ihn doch dort anrufen.«

Die Nikolskaja verdrehte die Augen und seufzte: »Spielen Sie Ihre Spielchen mit mir, Herr Kommissar? Nur können Sie mich damit nicht einschüchtern. Wie heißt es doch, ›Probasti me, Domine, et cognovisti‹.«

Diese Worte trafen Ljolja wie ein dumpfer Schlag in den Nacken: Genau dieser lateinische Satz hatte in schimmernden Buchstaben auf dem Peitschengriff im Zimmer von Agnieszka Radziwill gestanden. Was für ein übernatürliches Zusammentreffen!

»Was haben Sie gesagt?!«

»Das war Latein, mein Lieber!!« Meine Güte, wie viel Verachtung in der Stimme dieses Biestes lag! »Herr, du hast mich versucht und erkannt. Soll heißen, dass ich auf alle Ihre zweifelhaften Drohungen und Mutmaßungen spucke. So einfach kriegen Sie mich nicht, selbst wenn kein Alibi in meinem Bett übernachtet hat.«

Wie sie von sich selbst überzeugt ist, dieses rotznasige kleine Mannequin, dachte Ljolja. Wie nur ein völlig selbstsicherer, unschuldiger Mensch es sein kann. Oder ein gut präparierter Verbrecher.

»Ich frage Sie nicht nach einem Alibi«, trat er sofort den Rückzug an. »Noch nicht. Erzählen Sie mir lieber von der Cousine des Ermordeten.«

»Von Agnieszka?«, fragte die Nikolskaja äußerst überrascht. »Aber die habe ich ja nur zweimal im Leben gesehen – einmal bei Abendbeleuchtung und das andere Mal bei Morgenlicht. Und beide Male fand ich sie widerwärtig.«

»Trotzdem ... Sie scheinen mir ein Mensch mit einer guten Beobachtungsgabe zu sein. Und keine schlechte Psychologin.«

»Schmeicheln Sie mir? Na schön. ›Ego me Christo sponsam tradidi.‹«

»Wieder Latein?«, seufzte Ljolja resigniert.

»Genau. ›Ich habe mich Christus als Braut hingegeben.‹ Ich glaube, das ist ihr Lebenscredo. Christus verbirgt sich in diesem Fall hinter dem Pseudonym ›Radziwill‹. Drücke ich mich klar genug aus?«

Klarer ging's nicht! Ungefähr dasselbe hatte Ljolja gedacht, als er die Glyzinienzelle der Emigrantin aus Truskawez verließ.

»Mimt die Heilige, vergeht aber in Wirklichkeit vor sündhafter Leidenschaft zu ihrem Cousin. Vielleicht kasteit sie sich sogar ... nachts.«

Ljolja beobachtete fasziniert das Gesicht der Nikolskaja: Für ein Fotomodell war sie unverschämt, unanständig, hemmungslos klug. Und dieses verteufelte Latein, mit dem sie so ungezwungen um sich warf. Lernte man das etwa auch auf dem Institut?

»Ein ziemlich schauriges Bild, Xenia.«

»Sie haben mich doch selber gebeten zu erzählen, was ich denke. Ich habe nur eine Nacht bei German verbracht, aber diese eine hat mir gereicht, glauben Sie mir. Es ist dort einfach unerträglich. Alles riecht nach ihrer Liebe und ihrem Hass. Der Liebe zu ihm und dem Hass auf alle anderen. Ich konnte es geradezu physisch spüren. Ich denke, jetzt wird sie ruhiger werden. Der tote Radziwill ist ihr uneingeschränkter Besitz.«

Uneingeschränkter Besitz – kein schlechtes Motiv. Ljolja seufzte.

»Was denken Sie, wer könnte Radziwill ermordet haben?«

»Ich wollte damit keineswegs sagen, dass sie es war.«

»Trotzdem?«

»Woher soll ich das wissen?«, wunderte sich die Nikolskaja aufrichtig. »Leute, die mit so viel Geld umgehen, haben eine Menge Feinde.«

»Das ist klar. Aber sehen Sie, derartige Verbrechen ... werden nach einem etwas anderen Schema ausgeführt.«

»Damit kenne ich mich nicht aus.«

Die Nikolskaja holte Zigaretten aus ihrer Handtasche und begann zu rauchen. Und wieder war Ljolja, wie schon bei ihrem ersten Treffen, verblüfft, wie elegant sie die Rauchkringel blies.

»Sie sind ein drolliges Mädchen.«

»Darüber können wir reden, wenn Sie nicht im Dienst sind«, fertigte die Nikolskaja ihn ab.

Ljolja ließ den Kopf hängen, hatte sich aber schnell wieder im Griff.

»Kennen Sie vielleicht jemand aus dem engeren Bekanntenkreis von Radziwill? Die Welt der Models ist ziemlich klein, wie mir scheint. Und der verstorbene Bankier bevorzugte doch allem Anschein nach gerade Models.«

»Erstens waren wir uns nicht besonders zugetan. Wirklich nicht.« Die Nikolskaja war erstaunlich offenherzig. »Und zweitens, setzen Sie sich mit der Gatti in Verbindung. Ich habe Ihnen von ihr erzählt.«

»Aber Sie haben nicht erzählt, dass Sie die Agentur erst vor kurzem verlassen und die Tür dabei ziemlich laut zugeknallt haben.«

»Mit dem Tod von Radziwill hat das nicht das Mindeste zu tun. Sagen wir so: Ich war nicht immer mit den Arbeitsmethoden in der Agentur einverstanden. Das ist alles.«

»Mit welchen genau?«

»Ist das ein Verhör? Dann schicken Sie mir eine Vorladung.« Sie machte sich offen über Ljolja lustig.

Natürlich konnte er ihr eine Vorladung schicken und sie aufs Revier bitten – zu »Hauptkommissar Ljolja«. Er konnte sich gut vorstellen, wie sich ihre Lippen zu einem verächtlichen Lächeln verzogen. Dieser verdammte Nachname, der ihm wie ein Klotz am Bein hing und den er weder verlieren noch wegwerfen konnte!

»Wollen Sie sagen ...« Ljolja zwang sich, seine Gedanken wieder ins richtige Gleis zu lenken. »Wollen Sie damit sagen, Ihre Kolleginnen haben ...«

»Sprechen Sie mit Violetta Sergejewna«, schnitt die Nikolskaja ihm das Wort ab. »Und jetzt leben Sie wohl. Ich muss wirklich gehen.«

»Wissen Sie was, Xenia ... Erlauben Sie mir, Sie so zu nennen?«

»Wieso nicht? Bitte sehr.«

»Sie scheinen mir ein vernünftiger und ziemlich nüchterner Mensch zu sein.«

»Allerdings!«

»Können Sie mir nicht Ihre Handynummer dalassen? Damit ich mich jederzeit mit Ihnen in Verbindung setzen kann.«

»Sie erstaunen mich. Bestimmt ist Ihnen doch meine Telefonnummer längst bekannt. Seit wann sind die Mitarbeiter der Justiz derart taktvoll?«

Ljolja lächelte hilflos: Nicht alle Mitarbeiter der Justiz darf man über einen Kamm scheren.

»Na gut«, erbarmte sich das Mannequin und schrieb rasch etwas auf die Serviette. »Das ist meine Handynummer. Aber ich mache Sie darauf aufmerksam, dass ich nur noch drei Tage in der Stadt bin. Dann fliege ich weg.«

»Wieder nach Hamburg?«, fragte Ljolja.

»Aber nein. Nach Linz. Aus geschäftlichen Gründen. So, das wär's. Jetzt muss ich aber wirklich weg.«

»Ich begleite Sie«, platzte Ljolja heraus und war selber ganz baff über so ein extravagantes Ansinnen.

Die Nikolskaja strahlte ihn an.

»Nur bis zum Auto, mein Lieber!«

Als der Jeep der Nikolskaja verschwunden war, spuckte Ljolja aus. Noch nie im Leben war er in einer so erniedrigenden Situation gewesen. Aber ein tolles Mädchen! Gerade mal dreiundzwanzig Jahre, und was für ein Selbstbewusstsein. Und was für ein Latein. Und was für Beine, verflucht nochmal ... Aber warum hat sie der Agentur den Rücken gekehrt? Diese verschwommenen Andeutungen über gewisse Arbeitsmethoden der Gatti ... Das Erste, was einem in den Kopf kommen könnte – die Chefin von »Calypso« hat ihre Mädchen wohlhabenden Männern zur Verfügung gestellt. So etwas wird praktiziert. Und genau darauf wollte die Nikolskaja ihn stoßen. Ziemlich plump. Warum? Aus Rache? Radziwill ist tot, nun kann man ihn dazu benutzen, alte Rechnungen zu begleichen. Aber diese Beine, verflucht nochmal ...

Die Beine weckten seine niedrigsten Begierden. Warum gerade sie, das konnte Ljolja sich selbst nicht erklären. Die Nikolskaja war insgesamt unverschämt hübsch: eine dichte blonde Mähne; helle, etwas kalte Augen; Lippen wie die Blütenblätter einer nordischen Blume – zart und triumphierend zugleich. Und trotzdem, trotzdem ... In ihrem Gesichtsausdruck lag etwas Drohendes.

Ljolja versuchte, nicht mehr an die Nikolskaja zu denken, aber es wollte ihm nicht gelingen. Und als er endlich die zarten Knöchel des Mannequins aus seiner allzu lebhaften Fantasie verjagt hatte, dachte er plötzlich, dass die Nikolskaja fähig sei zu töten. Alles mathematisch genau zu berechnen (Gruß und Dank ans physikalische Institut!) und zu töten. Wenn es ein Motiv gäbe.

Aber es gab kein Motiv.

Anders dagegen verhielt es sich mit Agnieszka Radziwill. Sie war offensichtlich nicht bei Verstand – aber war sie fähig zu töten?

Und nun noch die Gatti.

Zwischen der Gatti und Radziwill gab es eine Verbindung,

möglicherweise nur eine oberflächliche. Gemeinsam in der Jury eines Schönheitswettbewerbs zu sitzen war eher harmlos, aber trotzdem ... Wenn sich Leute einmal getroffen haben, dann gibt es keine Garantie dafür, dass sie sich nicht wieder getroffen haben.

Auf dem Weg zu der Gatti machte Ljolja vorher noch einen Abstecher ins Büro, wo ihn Sanja Gussalow erwartete. Sanja hatte sich ausgiebig mit Radziwill beschäftigt und würde ihm sicher einige Neuigkeiten berichten können.

So war es denn auch. Sanja schleppte den Hauptkommissar in die Kantine, zog dort sein zerfleddertes und mit Fett beschmiertes Notizbuch heraus, das er schon seit ewigen Zeiten nur als »mein Gesangbuch« bezeichnete, schlug es feierlich auf und verkündete: »Einen doppelten Kaffee!«

»Ein einfacher reicht auch«, fiel ihm Ljolja ins Wort. »Berichte.«

»Erstens zu unserem Verstorbenen. Über Tote soll man ja bekanntlich nichts Schlechtes sagen, aber ... Das war schon ein Typ für sich. Offenbar hat er in der ersten Hälfte der Neunziger Verbindungen zu den dubiosen ›Finanzpyramiden‹ gehabt, die die Kleinanleger geschröpft haben.«

»Damit kann sich die zweite Abteilung beschäftigen. Da sitzen all die schlauen Finanzexperten«, sagte Ljolja mit gerunzelter Stirn. »Mich interessieren die Fakten, die Licht in den Mordfall bringen können.«

»Nun denn. Was also unmittelbar den Mord betrifft.« Gussalow lächelte breit. »Es ist uns endlich gelungen festzustellen, wo genau diese Lümmel den Nissan gestohlen haben.«

Weder Maklak noch Rjabokon waren im Stande gewesen, die Stelle, wo sie über den Wagen gestolpert waren, genau zu bestimmen; zu groß waren die Alkoholmengen, die sie sich vorher zu Gemüte geführt hatten. Beide Autodiebe schworen hochheilig, dass der bedauerliche Fehltritt in der Sawuschkin-Straße stattgefunden habe, vor den Türen irgendeines Geschäftsgebäudes, aber eine erste Überprüfung ergab nichts. Niemand hatte den verfluchten Nissan auch nur von weitem gesehen. Das war zumindest seltsam: Zwischen Radziwills Tod und dem Diebstahl des Wagens lagen ungefähr drei Tage. Es war natürlich möglich, dass die Leiche des Bankiers erst im letzten Moment in den Wagen geladen worden war und der Nissan mit dem Toten im Kofferraum nicht länger als eine Viertelstunde unverschlossen auf der Straße gestanden hatte, aber das wäre dann schon ein sehr ungewöhnlicher Zufall gewesen. Und an ungewöhnliche Zufälle glaubte Ljolja nicht.

»Na, und wo haben sie den Nissan geklaut?«

»In der Dubinowskaja-Straße. Sie verläuft genau parallel zur Sawuschkin-Straße, die Architektur ist ganz ähnlich, und was sieht so ein Besoffener schon ... Dort gibt es tatsächlich das Büro einer Firma ...« Sanja schaute in sein Gesangbuch und vergewisserte sich, wie der Name lautete. »›Spline, Ltd.‹. Öl, Ölfilter und Zubehör. Maklak und Rjabokon haben den Ort so gut wie wiedererkannt ...«

»So gut wie?«

»Du verstehst schon, Petrowitsch. Jugendliche Alkis. Sie wissen kaum noch ihren eigenen Namen und schon gar nicht den einer Firma wie ›Spline, Ltd.‹. Aber darum geht es nicht.« Sanja schwieg eine ganze Weile.

»Worum dann? Na los, red schon.«

»Je bedeutender der Schauspieler, desto länger die Pausen, wie einer der Großen mal gesagt hat. Na, bist du neugierig geworden? Also, der Wachmann, der in der Nacht vom dritten auf den vierten Februar Dienst im Büro der Firma hatte, hat den Wagen identifiziert. Und sein Freund hat sogar gesehen, wer den Wagen vorgefahren hat.«

»Und wer war es?«

»Ein Mädchen!«

»Geht's etwas genauer?«

»Bitte sehr. Der Wachmann Waleri Iwanowitsch Karalup, geboren 1954, die weiteren Daten zur Person lasse ich weg, hatte in der Nacht vom dritten auf den vierten Februar Dienst in der Firma. Sein Freund Wladimir Semjonowitsch Popow, geboren 1956, die weiteren Daten zur Person lasse ich weg, schaute kurz bei ihm herein, und sie beschlossen, ihr Treffen gebührend zu feiern. Karalup schickte Popow in den nächsten Laden, der nachts geöffnet hatte, um Schnaps zu holen. Als Popow von seinem Gang zurückkam, fuhr der Nissan gerade vor. Am Steuer saß ein Mädchen. Mit Kopftuch und langem Pelzmantel. Sie stieg aus und ging auf den Laden zu, aus dem Popow soeben herausgekommen war. Er sagte zu seinem Freund, sobald er wieder oben war ...« Sanja steckte die Nase wieder in sein Gesangbuch und las ausdrucksvoll vor: »Klasse Weiber laufen hier nachts bei euch rum, das haut einen glatt aus den Latschen!«

Ljolja seufzte. »Na, das ist kein Argument. Aus Erfahrung solltest du wissen: Es gibt keine hässlichen Frauen, es gibt nur zu wenig Wodka. Und du willst, dass ich diese Aussage zu den Unterlagen gebe? Zwei besoffene Autodiebe, zwei besoffene Zeugen ...«

»Was redest du, Petrowitsch! Die Wache, das sind doch unsere Leute, für die ist ein Liter Wodka nicht mehr als ein Schrotkorn für einen Elefanten. Die haben ein kristallklares Gedächtnis.«

»Dieser Popow ... Wieso ist ihm das Mädchen aufgefallen?«

»Weil sonst niemand da war, der ihm hätte auffallen können.« Sanja klopfte sich viel sagend an den Kopf. »Halb fünf Uhr morgens.«

»Und könnte er sie identifizieren?«

»Tja, das sieht nicht so gut aus. Er erinnert sich nur, dass es ein Mädchen war, ziemlich groß, mit Kopftuch und Pelzmantel ... Attraktiv.«

»Also könnte er doch ...«

»Ich will nichts beschönigen, Petrowitsch.« Gussalow schniefte kurz und klapperte mit den Augenlidern. »Damit wird es Probleme geben. Weil nämlich Popow gesagt hat, dass er alle

Mädchen liebt und alle Mädchen für ihn attraktiv sind. Irgendwelche besonderen Kennzeichen hat er nicht genannt. Es wäre auch unrealistisch: Nacht, Schnee, eine Entfernung von etwa zehn bis fünfzehn Metern. Oder mehr. Da erkennt man ja die eigene Mutter nicht.«

»Du sagtest, sie ging auf dieses Nachtgeschäft zu. Was sagen die Verkäufer?«

»Nichts. Sie hat es nicht betreten.«

»Hat sie sich in Luft aufgelöst?« Ljolja blickte Gussalow spöttisch an.

»Nein, wieso? Neben dem Geschäft ist ein Torweg. Durch dieses Tor und über einen Hof gelangt man auf die Schkolnaja-Straße, und von dort überallhin.«

»Also ist das Mädchen ...«

»Tja. Und der Nissan hat fast drei Tage und drei Nächte vor dem Büro gestanden.«

»Und keiner hat sich daran gestört?«

»Da ist ja alles zugeparkt. Auch jetzt steht da ein Auto am anderen.«

»Dubinowskaja ... Dubinowskaja ...« Ljolja begann zu grübeln. »Sie werden doch mit der Leiche im Kofferraum kaum durch die ganze Stadt gebrettert sein. Wer von unseren Leuten wohnt im Bezirk Tschornaja Retschka, Staraja Derewnja oder Komendantskoje?«

»Guten Morgen, Petrowitsch!«, sagte Sanja beleidigt. »Ich zum Beispiel wohne dort. In der Planernaja.«

»Dann ziehen wir dich als Komplizen zur Verantwortung ... War nur ein Scherz. Aber in der Lanskoje-Chaussee wohnt Agnieszka Radziwill, die untröstliche Cousine. Außerdem ist auch Emma Alexandrowna Radziwill dort gemeldet, die ebenso untröstliche Witwe.«

»Na, mit einem jungen Mädchen haben die wohl kaum Ähnlichkeit. Schon gar nicht mit einem attraktiven.«

»Nacht, Schnee, eine beträchtliche Entfernung, vom Wodka getrübte Augen ...«

»Meinst du das ernst, Petrowitsch?«, fragte Sanja erschrocken.

»Aber nein. Es gibt nur noch ein kleines Detail. Radziwills Testament. Laut Testament sind die einzigen Erben des Bankiers seine Frau und sein Sohn. Plus ein bestimmter Anteil, der für seine Cousine bestimmt ist. Und weißt du, wie hoch nach Abzug aller Steuern das Vermögen des Verstorbenen ist?«

»Komm bloß nicht auf die Idee, es zu sagen.« Sanja hielt sich sein Gesangbuch vors Gesicht. »Willst du, dass ich die ganze Nacht nicht schlafe und meine Ingenieurseltern, diese Habenichtse, verfluche?«

»Schon gut. Ich werde deine Selbstachtung schonen. Und deine Nerven gleich mit. Da nun die Radziwills schon seit langem nicht mehr zusammen lebten und die Beziehung der Witwe zum Verstorbenen, vorsichtig ausgedrückt, kühl war ...«

»Ich will dir mal was sagen, Petrowitsch«, unterbrach ihn Gussalow. »Das sieht alles ziemlich mau aus, das weißt du selbst. Eine Witwe, selbst eine untröstliche, wird wohl kaum eine Leiche bei sich vor der Haustür deponieren und sich dadurch noch zusätzliche Unannehmlichkeiten schaffen. Aber vielleicht ihr kleiner Freund ...«

Ljolja dachte an den Begleiter der Radziwill. So einer kann einem schon den kindlichen Glauben an die ewige Liebe nehmen.

»Fehlt bloß noch, dass du ihre Eidechse verdächtigst. Und dann, Sanja, vergiss nicht, Radziwill war kein Würstchenverkäufer auf dem Heumarkt. Er war ein einflussreicher Financier, eine Säule der Wirtschaft für die ganze Region. Und du versuchst, seinen Tod als triviale Privatsache hinzustellen. Du vergisst dabei, dass Radziwill leicht fremde Interessensphären verletzen und jemand Wichtigem in die Quere kommen konnte.«

»Petrowitsch! Das bestreite ich ja gar nicht. Ich bin ganz deiner Meinung. Aber dieser Mord sieht doch wirklich sehr seltsam aus. Ein halbnackter Toter im Kofferraum. So viel Scherereien mit dem Abtransport. Welcher Killer, der auf sich hält, wird sich denn mit so einem Scheiß abgeben, überleg doch selbst!«

Ljolja stand vom Tisch auf, ging zur Kantinentheke und schaufelte sich mehrere Teller voll. Mit Mühe schleppte er das schwer beladene Tablett zurück. Sanja verfolgte seine Aktivitäten interessiert und fragte dann lebhaft: »Na, Petrowitsch? Ist dir eine geniale Idee gekommen?«

»Ich weiß noch nicht.«

»Nun komm schon! Gib es zu.«

Alle, die mit Leonid Petrowitsch Ljolja zusammenarbeiteten, kannten diese ziemlich ungewöhnliche Eigenart: Sobald dem Kommissar ein Gedanke kam, der der Sache einen neuen Impuls geben konnte, begann ihn ein unmenschlicher Appetit zu peinigen. Der Gerechtigkeit halber muss erwähnt werden, dass solche Geistesblitze nicht allzu häufig waren, sodass die Figur des Kommissars davon keinen Schaden nahm. Er war immer noch sehnig und dürr wie ein Bügelbrett.

»Côte d'Azur, Orchideen, Schmuck unterm Kopfkissen, Casinos«, sagte Ljolja nachdenklich und zerkaute mit Mühe eine Frikadelle vom Vortag. »Galant war er ja ...«

»Träumst du vom schönen Leben, Petrowitsch?« Sanja nutzte den günstigen Augenblick und stibitzte ein Wurstbrot vom Teller. »Vergiss es. Nichts für uns.«

»Galant war er ja, verstehst du, Sanja? Er schleppte alle seine Weiber an die Côte d'Azur! Wieso habe ich das nicht gleich kapiert! Besorg mir eine Liste der Passagiere, auf deren Namen Tickets für das Flugzeug gekauft wurden, mit dem Radziwill hätte fliegen sollen.«

Ljolja schluckte ein zu großes Stück Fleisch hinunter und begann zu husten. »Emma Radziwill hat ausgesagt, dass ihr verlotterter Ehegemahl sie am Vorabend angerufen hat. Er führe weg und wolle seinen Sohn besuchen. Und die Sekretärin hat bestätigt, dass diese Reise nach Frankreich nichts mit Geschäften zu tun hatte. Zwei, drei Tage höchstens, ein improvisiertes

Weekend. Folglich ist es durchaus möglich, dass er mit einem Mädchen nach Frankreich wollte. Logisch?«

»Vollkommen logisch. Aber Radziwills Sekretärin hat dir doch gesagt, dass nur ein Ticket bestellt wurde. Ein einziges! Auf Radziwills Namen.« Der nüchterne Sanja hatte immer ein Gegenargument parat. »Logischer wäre es, wenn die Sekretärin zwei Tickets bestellt hätte: für Radziwill selbst und für seine Begleiterin. Ihm wäre deshalb kein Zacken aus der Krone gefallen. Was denkst du?«

»Ich weiß nicht. Vielleicht hast du ja Recht. Aber trotzdem, erkundige dich ...«

Der Appetit verschwand genauso plötzlich, wie er gekommen war, und das bedeutete, dass die Phase der Erleuchtung zu Ende war. Sanja hatte ja Recht: Warum bestellte Radziwill, wenn er sich schon entschlossen hatte, in Damenbegleitung zu reisen, nicht gleich zwei Tickets?

»Diese Tussi im Restaurant ist unser einziger Anhaltspunkt. Wenn wir sie finden, können wir zumindest den weiteren Weg Radziwills verfolgen. Nachdem er die ›Wildgänse‹ verlassen und sich zusammen mit ihr ins Auto gesetzt hat. Was für ein Depp!« Ljolja schlug mit der Faust auf den Tisch.

»Von wem sprichst du?«

»Von Radziwill, der Teufel soll ihn holen. Was ist das für eine Kinderei? Den Bodyguard wegzuschicken und mutterseelenallein durch die Stadt zu zockeln.«

»Na, so ganz allein war er ja nicht. Dieses Mädchen hat ihn begleitet, wie du selber gerade gesagt hast. Vielleicht war sie es ja, die ihn ins Jenseits befördert hat?«

»Zu riskant. Sie hat im Restaurant gesessen und sich dort ganz offen gezeigt.«

»Schon. Aber was haben wir von den dusseligen Kellnern erfahren? Kein vernünftiges Wort.«

»Na, das konnte sie ja nicht im Voraus wissen, stimmt's?«

»Wer weiß«, seufzte Sanja. »Aber wenn es dir Spaß macht, deinen Kumpel zu scheuchen wie einen Hamster im Laufrad, dann werde ich mal zum Flughafen fahren. In einer halben Stunde sind wir klüger.«

Sanja stand vom Tisch auf und ging zum Ausgang. Ljolja wartete, bis er verschwunden war, dann lief er eilig in sein Büro, versperrte die Tür von innen und holte mit zitternden Händen die Serviette mit der Handynummer der Nikolskaja aus der Tasche. Das Ticket war ein guter Vorwand, um sie anzurufen! Die vollkommenen Beine der Nikolskaja baumelten in Ljoljas Hirn wie die Klöppel einer Glocke, und diese Glocke läutete die Titelmelodie aus dem Film »Love Story«.

»Hallo«, meldete sich das Model sofort.

»Entschuldigen Sie bitte«, presste Ljolja hervor. »Hier spricht der Kommissar, mit dem Sie gestern im Restaurant waren. Leonid Petrowitsch.«

Die leichte Verzögerung am anderen Ende der Leitung ließ Ljolja stutzen: Hielt das Mädchen etwa die Hand über den Hörer, um höchst überflüssigerweise zu kichern?

»Guten Tag, Leonid Petrowitsch.« Die betont höfliche Stimme des Fotomodells verstärkte Ljoljas Verdacht noch.

»Es geht um Ihre Reisen zusammen mit Radziwill nach Frankreich.«

»Ich war nur einmal mit ihm dort«, bemerkte das Fotomodell trocken.

»Ich verstehe ... Erinnern Sie sich vielleicht, ob Radziwill auch für Sie ein Flugticket bestellt hat?«

»Was denken Sie denn? Das war seine Idee, und für diese Idee hat er großzügig bezahlt. Oder dachten Sie, ich würde mir das Ticket selber kaufen?«

»Ich verstehe ...«

»Was möchten Sie sonst noch wissen?«

»Weiter nichts. Danke für die Information, Xenia.«

Ljolja legte den Hörer auf die Gabel und hätte vor Ärger fast ausgespuckt. Ein Mann, der für eine Frau entflammt ist, muss selbstverständlich alle Kosten übernehmen, das ist jedem Esel klar. Und er war in den Augen dieser hochmütigen Zicke ein

Esel im Quadrat, ein Hornochse mit Eichenlaub und Schwertern.

Wie auch immer, Ljolja beschloss, nicht zu der Gatti zu gehen. Jedenfalls noch nicht jetzt. Wenn schon so eine Göre wie die Nikolskaja ihn mit Leichtigkeit auf seinen Platz verweisen konnte, was hatte er dann erst von einer abgebrühten Geschäftsfrau zu erwarten?

Das Mädchen aus dem Restaurant ließ Ljolja keine Ruhe. Vielleicht war sie ja nicht allein, sondern gehörte zu einer ganzen Bande von kriminellen Mannequins? Eine trieb im Restaurant ihr Unwesen, eine andere vorm Büro von »Spline, Ltd.«. Plus die Nikolskaja, die ja in direkter Beziehung zu dem Ermordeten stand. Apropos Nikolskaja. Vielleicht hatte sie ja andeuten wollen, dass eins von den Mädchen des Bankiers bei »Calypso« arbeitete? Aber mit so schwächlichen Argumenten brauchte er der Gatti gar nicht zu kommen, die würde ihn zum Teufel jagen.

Aus diesen düsteren Gedanken holte ihn Sanja Gussalow heraus. Er riss derart heftig an der verschlossenen Bürotür, dass er fast die dekorative Klinke abgebrochen hätte. Sein rundes Gesicht strahlte – offenbar war es ihm gelungen, einiges herauszubekommen.

»Wieso hast du dich eingeschlossen, Petrowitsch?«, wieherte Sanja. »Masturbierst du in der Arbeitszeit? Pass auf, diese Modepüppchen stürzen dich noch ins Unglück.«

»Das befürchte ich auch schon«, brummte Ljolja. »Na los, berichte.«

»Also. Wie du weißt, ist der Bürger Radziwill, German Julianowitsch, nicht zum Einchecken erschienen. Und im Flugzeug ist er natürlich auch nicht aufgetaucht. Aufgetaucht ist er im Kofferraum seines Nissan Premiere ...«

»Erzähl keine Romane, komm zur Sache.«

»Außer dem oben erwähnten Bürger hat noch eine weitere Person nicht eingecheckt.« Gussalow machte eine bedeutungsvolle Pause. »Metalnikow, S. N.«

»Spartak?«, fragte Ljolja zutiefst verwundert.

»Genau! Spartak Metalnikow, dein alter Bekannter. Ich habe mich schon telefonisch mit seiner Frau in Verbindung gesetzt. Sie hat gesagt, dass Spartak tatsächlich nach Frankreich wollte, dass ihn aber auf dem Weg zum Flughafen irgendeine Schlampe angefahren hat. Sein eben erst gekaufter Opel sah aus wie eine Ziehharmonika, er selbst hat sich zwei Rippen gebrochen und einen Milzriss zugezogen, und mit Frankreich war's daraufhin natürlich Essig!«

Spartak Metalnikow hatte früher mit Ljolja zusammen gearbeitet und sich vor einigen Jahren als juristischer Berater für eine Firma selbstständig gemacht.

»Ein Opel, sagst du? Lebt nicht schlecht, unser Spartak.«

»Sollen wir ihn vielleicht mal in die Mangel nehmen?«, lachte Gussalow. »Wo deine Theorie ja geplatzt ist ...«

Geplatzt oder nicht – um die Gatti kam er trotzdem nicht herum, so viel war sicher ...

Die Modelagentur »Calypso« befand sich mitten im historischen Zentrum der Stadt, nicht weit vom Newski Prospekt in einem bescheidenen Torweg an der Maratstraße. Ljolja hatte beschlossen, ohne Einladung oder Voranmeldung hinzugehen. Er kannte mittlerweile alle Ausflüchte zickiger Damen, die nicht mit den Ermittlungsbehörden zusammenarbeiten wollten. Und einen formalen Anlass, Violetta Sergejewna Gatti vorzuladen, hatte er nicht.

Nachdem er die Maratstraße vom Anfang bis zum Ende abgesucht hatte, stieß er schließlich auf ein bescheidenes Schild »CALYPSO. EINGANG IM HOF«. Das war nun also die Säule des Modelbusiness, hol sie der Teufel!

Das Schild am Eingang allerdings war luxuriöser und sah sehr elegant aus.

Zu Ljoljas angenehmer Überraschung gab die aus supermodischem Kunststoff angefertigte Tür beim ersten Drücken nach, und er befand sich im Innern. Dort lief er sofort einem Wachmann in die Arme. Aber auch der Wachmann im »Calypso« war ungewöhnlich: Er sah aus wie eine Mischung aus allen Jünglingen der antiken Mythologie, Adonis, Polydeukes und so weiter. Am Gürtel von Adonis-Polydeukes baumelte eine Pistole.

»Zu wem möchten Sie?«, fragte der Wachmann.

»Zu Frau Gatti. Violetta Sergejewna.« Ljolja suchte im Geist rasch nach einem mehr oder weniger glaubwürdigen Vorwand für den Besuch bei der Modezarin.

Aber besondere geistige Anstrengungen wurden gar nicht von ihm verlangt, ebenso wenig wie die abgegriffenen Ausweispapiere des Hauptkommissars.

»Erste Etage, dritte Tür links.«

»Ist sie da?«

Der Wachmann zuckte nur gleichgültig die Achseln.

Das kleine Foyer war voll mit eleganten Skulpturen, eleganten Bildern, einem eleganten Springbrunnen und einem eleganten Bassin. Ljolja war überzeugt, dass in dem Bassin ebenso elegante Fische schwammen. Muränen, Piranhas, Seeteufel und Zitterrochen. Außerdem duftete es im Foyer nach Meer: offenbar eine Klimaanlage. Der Teppichboden war von so makelloser Sauberkeit, dass Ljolja versucht war, die Schuhe auszuziehen. Er stieg in den ersten Stock, der im Unterschied zum Foyer im Stil eines Edelpuffs gehalten war: exotische Kübelpflanzen, gedämpftes Licht, Plakate mit hübschen Mädchen an den Wänden. Allerdings waren die Mädchen alle bekleidet, zum Teil sogar mehr als nötig – einige Plakate machten Werbung für Pelze.

Ljolja schaute vorsichtig in den ersten Raum.

Ein Fotostudio, in dem es von Menschen wimmelte. Auf die Schnelle zählte Ljolja fünf: zwei umwerfend aussehende Mädchen auf einem Podest, ein Beleuchter, ein Fotograf mit einer gigantischen Fotoausrüstung und ein mageres Wesen, offenbar eine Art Laufbursche.

»Macht die Tür zu, ihr Blödmänner!«, brüllte der Fotograf, ohne den Kopf zu wenden.

Ljolja gehorchte dem Zuruf und trottete weiter den Flur hinunter – zur dritten Tür links.

An der gesuchten Tür hing ein Täfelchen »GATTI«. Sonst nichts – kein Vorname, keine Berufsbezeichnung, ein Napoleon der Mode.

Schüchtern drückte Ljolja die Klinke herunter und trat in ein kleines Vorzimmer, in dem ein Sofa, mehrere Sessel und Couchtische standen. Das Vorzimmer war leer. Aus dem angrenzenden Büro, dessen Tür nur angelehnt war, drang Musik. Nichts, was den Blinddarm reizte oder Magengeschwüre verursachte – ein sanftes Jazz-Saxophon.

Wer weiß, vielleicht war das ein Wink von oben. Wenn Violetta Gatti in guter Stimmung war, konnte Ljolja mit ihr ein wenig über Charlie Parker und Paul Desmond plaudern. Die Hauptsache war, das Gespräch richtig aufzubauen. Ohne Aggressivität, nur die Güte und Sanftmut eines Milchferkels. Tief Luft holend, überschritt Ljolja die Grenze vom Vorzimmer zum Büro.

»Guten Abend«, begann er in süßlich-heuchlerischem Tonfall und blieb sofort stecken.

Am Fenster stand ein etwa fünfundzwanzigjähriges Mädchen. Zu sagen, dass sie schön war, hätte bedeutet, gar nichts zu sagen.

Sie war vollkommen.

Ein klares Profil wie auf einer Münze, ein Schwall lockiger, kurz geschnittener Haare, ein feucht schimmerndes Auge und Lippen, wie aus festem dunklen Karton ausgeschnitten.

»Verzeihung.« Ljoljas Stimme hatte sich hoffnungslos irgendwo im Bereich der Luftröhre verfangen, und er musste sie gewaltsam wieder an die Oberfläche holen. »Ich will ... Ich möchte Violetta Sergejewna sprechen.«

Das Mädchen drehte sich zu Ljolja um, und die unglaubliche Vollkommenheit zerfiel in Schutt und Asche. Über die ganze rechte Wange des Mädchens verlief eine schreckliche Narbe. Aber gebändigt durch geschickt aufgelegtes Make-up, verunstaltete sie das Mädchen keineswegs, sondern verlieh ihm im Gegenteil einen unerklärlichen Reiz und machte es noch anziehender. In dieser Narbe lag eine seltsame Faszination – wie in der Freimut und Schamlosigkeit einer Stripteasetänzerin, die ihre letzten winzigen Kleidungsstücke abwirft.

»Sie kommt sofort«, sagte das Mädchen und streifte Ljoljas Gesicht mit einem gleichmütigen Blick.

»Verzeihen Sie ... Verzeihen Sie mir, aber sind Sie nicht Regina Bader?«

Das Mädchen lächelte: Natürlich, du Idiot, ich bin Regina Bader, kannst du das nicht sehen, ich trage doch meine Visitenkarte immer bei mir.

»Ja.«

In diesem »ja« lag keinerlei Entgegenkommen, in diesem »ja« lag überhaupt nichts, und Ljolja geriet in Verwirrung. Ein Gespräch fortzusetzen, das mit einem solchen frostig kalten »ja« begonnen hatte, war zwecklos.

»Ich muss Violetta Sergejewna sprechen.«

»Sie kommt gleich.«

»Kann ich auf sie warten?«

»Von mir aus.«

Regina Bader drehte sich wieder um. Eine so blässliche Person wie Ljolja zur Kenntnis zu nehmen war unter ihrer Würde. Durch Ljoljas verwirrten Kopf schossen die verschiedensten Gedanken. Sollte er die Bader um ein Autogramm bitten? Sollte er sie um Hand und Herz bitten? Das Letztere kam ihm ausgesprochen originell vor, aber er dachte sofort, dass er mit diesem Wunsch bestimmt nicht allein auf weiter Flur stand. Und noch ein anderer Wunsch verzehrte ihn: noch einmal die Narbe zu erblicken, die nun wieder auf der anderen, für ihn nicht sichtbaren Seite des Gesichts von Regina lag.

»Entschuldigung«, quengelte er noch einmal.

Und sie wandte noch einmal den Kopf. Und er sah noch einmal ihre Narbe. Die Idee, diesen Makel in einen Vorzug zu verwandeln und ihn wie eine Siegesfahne durchs Leben zu tragen, stammte natürlich von Violetta Gatti. Nur ein durch Lebenserfahrung gewitzter Mensch, der sich vor nichts mehr fürchtet, ist zu einem solchen radikalen Schritt fähig.

»Kommen Sie von ›Bumdido‹? Wegen des Interviews?«

»Nicht ganz.«

»Kann ich Ihnen helfen?«

»Vielleicht. Ich interessiere mich für Xenia Nikolskaja«, sagte Ljolja das erste Beste, was ihm in den Sinn kam. Es war eine Lüge. Regina Bader war es, für die er sich wirklich interessierte.

»Xenia?«

Gott sei Dank, der tote Punkt war überwunden, das Gespräch kam in Gang.

»Sie arbeitet doch in der Agentur?«

»Nicht mehr ... Soviel ich weiß.«

»Xenia Nikolskaja arbeitet hier nicht mehr«, ertönte eine trockene brüchige Stimme hinter ihm.

Ljolja drehte sich um.

Es war Violetta Sergejewna Gatti höchstpersönlich. Ljolja war enttäuscht: nichts Dämonisches, nichts Extravagantes. Eine ganz gewöhnliche, konturlose Figur, ein ganz gewöhnliches, konturloses Gesicht, das aussah wie ein Stück heller Bimsstein, konturlose Lippen, Brauen, Wangen. Tief liegende Augen. Das Haar Violetta Sergejewnas war von aggressivem Rot, und Ljolja konnte seit seiner Jugend keine Rothaarigen leiden. Sergeant Kritenko, der finstere Dämon seiner Zeit bei der Armee, war rothaarig gewesen.

»Xenia Nikolskaja arbeitet hier nicht mehr«, wiederholte die Gatti noch einmal und fixierte Ljolja mit ihren unschönen kleinen Augen. »Wollen Sie zu mir?«

»Ja. Ich brauche dringend einige Informationen.«

»Regina, warte im Vorzimmer«, sagte Violetta Sergejewna mit herrischer Stimme und wandte sich wieder Ljolja zu.

Ohne ein Wort zu sagen, verließ Regina das Büro. Ihre ganze ungestüme Gestalt, ihre wilden und graziösen Bewegungen drückten Gehorsam aus. Und nicht einfach Gehorsam, sondern begeisterten Gehorsam. Das reichte aus, um bei Ljolja eine eifersüchtige Feindseligkeit gegenüber Violetta Sergejewna hervorzurufen. Ljolja begriff den Grund für diese Unterwürfigkeit: Die Gatti hatte einem Mädchen, das keine Chancen gehabt hatte, die ganze Welt zu Füßen gelegt.

»Ich höre«, sagte die Gatti mit offizieller Stimme, sobald hinter Regina Bader die Tür zugeschlagen war.

»Was für eine Schönheit«, sagte Ljolja ziemlich unpassend. Er stand noch ganz unter dem Eindruck, den die Narbe auf dem Gesicht des Mannequins auf ihn gemacht hatte.

»Wollten Sie darüber mit mir sprechen?«

»Nein. Ich komme aus einem ganz anderen Anlass.« Ljolja zog seinen Ausweis aus der Tasche und reichte ihn der Gatti.

Die »Calypso«-Chefin studierte die Papiere aufmerksam und schob sarkastisch die Lippen vor.

»Ich höre, Herr Ljolja.«

»Ist Ihnen dieses Mädchen vielleicht bekannt?«

Er reichte ihr das Foto aus Radziwills Portemonnaie.

Die Gatti nahm es und warf einen raschen Blick darauf.

»Das ist ja Darja Litwinowa«, rief sie. »Mein Gott, was für eine scheußliche Aufnahme! Die Beleuchtung stimmt nicht, die Perspektive ist entsetzlich. Unsere Fotografen machen ganz andere Bilder ... So ein Pfusch!«

So ein Pfusch. Na toll.

»Aber ... wie kommen Sie zu diesem Foto?«, fragte die Gatti vorsichtig.

»Es hat mit dem Fall zu tun, in dem ich gerade ermittle. Das Mädchen heißt also Darja Litwinowa. Was können Sie mir über sie sagen?«

»Sie haben heute wirklich kein Glück, Herr Ljolja. Die Litwinowa arbeitet nicht mehr bei uns, genau wie auch die Nikolskaja.«

»Wie lange schon?«

»Seit kurzem.« Offensichtlich hatte die Gatti keine Lust, ins Detail zu gehen.

»Ich würde darüber gern etwas ausführlicher sprechen.«

»Ist irgendetwas passiert?«

»Bis jetzt weiß ich das nicht«, gab Ljolja ehrlich zu. »Aber es ist gut möglich.«

»Was interessiert Sie konkret?«

»Alles.«

Die Gatti ging durchs Büro und schaute ins Vorzimmer.

»Mach uns einen Kaffee, Regina.«

Das würde ja ein interessanter Anblick sein, diesen Verkündigungsengel Kaffee und Zucker in die Tassen verteilen zu sehen.

»Nun?« Die Gatti setzte sich in der konzentrierten Pose einer meditierenden Mantra-Anhängerin an den Tisch.

»Sie sagten, dass sie nicht mehr bei Ihnen arbeitet.«

»Das ist richtig. Wir haben den Vertrag mit einseitiger Wirkung aufgelöst.«

»Was war denn geschehen?«

»Sie war kontraktbrüchig geworden. Und das nicht zum ersten Mal. Sie hat unsere angesehene Agentur in eine ganz dumme Lage gebracht, weil sie nicht am Ort der Dreharbeiten erschienen ist, obwohl alle Bedingungen im Voraus geklärt waren.«

»Bitte etwas detaillierter.«

»Am sechsten Februar wurde sie in Frankreich erwartet. Aber sie hat es nicht für nötig gehalten zu kommen.«

Schon wieder Frankreich!

»Warum?«

»Woher soll ich das wissen – warum? Eine Laune. Die Allüren einer unberechenbaren Göre. Und so etwas ist nicht zum ersten Mal passiert. Im letzten Jahr hat sie zwei Finnland-Verträge platzen lassen. Sie hatte sich nämlich verliebt. Danach gab es eine Vereinbarung mit ›Mary Kay‹. Dasselbe Spiel. Und jetzt Frankreich. Widerlich.«

»Haben Sie versucht, sich mit ihr in Verbindung zu setzen?«

»Zwecklos. Entweder schaltet sie das Telefon ab, oder sie verschwindet aus der Stadt. Wenn sie zurückkommt, geht das Gejammer und Geschrei los, sie schwört Stein und Bein, sich zu bessern. Fehlt bloß noch, dass sie Erde frisst. Mit einem Mann hält sie es maximal zwei Monate lang aus. Dann verliert sie das Interesse an ihm. Und es taucht ein neuer auf.«

»Ein beneidenswertes Temperament.«

»So kann man es auch nennen. Ich hatte mir schon so oft geschworen, den Vertrag mit ihr aufzulösen ...«

»Und?«

»Ich sorge mich sehr um meine Mädchen und betrachte mich als verantwortlich für ihr Schicksal.«

Eigentlich war die Gatti darauf eingestellt gewesen, dem Journalisten der Zeitschrift mit dem geheimnisvollen Namen »Bumdido« ein Interview zu geben, und jetzt fiel es ihr schwer, das eingefahrene Schema zu verlassen.

»Aber sie haben ihn doch aufgelöst?«

»Ja. Sie ist nicht nach Frankreich geflogen. Sie ist überhaupt nicht mehr aufgetaucht. Wir haben von unserem französischen Partner ein sehr aufgebrachtes Fax bekommen, das können Sie mir glauben.«

»Hat es Sie nicht beunruhigt, dass sie so einfach verschwunden ist?«

»Ich habe Ihnen doch schon gesagt, das war nicht das erste Mal. Und auch nicht das letzte. Kein Anlass zur Beunruhigung. Sie taucht garantiert wieder auf.«

»Und wenn nicht?«, fragte Ljolja vorsichtig.

»Dann heißt das, dass sie vor Liebe zu irgendeinem Scheich aus den Emiraten gestorben ist«, lachte die Gatti. »Aber warum interessiert sich eine so seriöse Behörde wie die Ihrige für Darja?«

»Ist Ihnen German Julianowitsch Radziwill bekannt?«

Über das Gesicht der Gatti glitt ein Schatten.

»Ich habe gehört, was mit ihm geschehen ist«, antwortete sie ausweichend. »Aber was hat Darja Litwinowa damit zu tun?«

»Die Fotografie, die ich Ihnen gezeigt habe, wurde in der Brieftasche des Toten gefunden.«

»Das erstaunt mich nicht«, sagte die Gatti, auf den Lippen kauend. »Erfolgreiche Geschäftsleute waren ihre Spezialität.«

»Mit Radziwill selbst sind Sie nie zusammengetroffen?«

»Doch, aber nur ein einziges Mal, und das war auch nur sehr flüchtig«, gab die Gatti widerstrebend zu. »Wir waren beide Mitglieder in der Jury einer Schönheitskonkurrenz, 1994. Im Übrigen leben wir in unterschiedlichen Sphären und haben keine Berührungspunkte.«

Also das, verehrtes Stück Bimsstein, nehme ich Ihnen nicht ab. Was die unterschiedlichen Sphären und Berührungspunkte betrifft. Radziwill schwärmte für junge Models, und die liefern Sie wie vom Fließband.

Die Tür öffnete sich leise, und auf der Schwelle tauchte Regina Bader mit einem Tablett auf. Kaffee, Sahne, Zucker und zwei winzige Törtchen.

»Danke, meine Liebe«, sagte die Gatti zu Regina, und das Mädchen ging verlegen lächelnd wieder hinaus. »Bedienen Sie sich, Herr ... Ljolja.«

»Vielen Dank.«

»Einen lustigen Familiennamen haben Sie«, konnte sich die Gatti nicht verkneifen.

»Einen ganz gewöhnlichen.«

»Wäre kein schlechtes Pseudonym für ein Mädchen, das auf dem Laufsteg arbeitet.«

»Apropos, das bringt mich noch mal auf die Litwinowa.« Ljolja nutzte die Gelegenheit. »Ich brauche ihre Adresse und Telefonnummer.«

»Natürlich. Trinken Sie Ihren Kaffee, und inzwischen suche ich alles für Sie heraus, was Sie brauchen.«

Nachdem Ljolja sich die Angaben aufgeschrieben hatte, fragte ihn die Gatti: »Sie sprachen davon, dass Radziwill und die Litwinowa sich kannten?«

»Es gibt Gründe, das zu vermuten. Man trägt ja nicht das Foto eines unbekannten Menschen in der Brieftasche ...«

»Vermutlich nicht.«

Die Gatti stellte die Kaffeetasse ab und begann im Zimmer umherzugehen.

»Lieber Himmel, das hat mir gerade noch gefehlt. Letztes Jahr Marina mit ihrem unglückseligen Heroin. Jetzt ein Bild der Litwinowa in der Brieftasche eines Mordopfers. So verscheuchen Sie mir ja die ganze Kundschaft. Und ich habe doch auch noch eine Mannequinschule ...«

»Regen Sie sich nicht unnötig auf, Violetta Sergejewna. Ein Foto allein ist noch kein Verbrechen. Wer weiß, wie es dorthin gelangt ist ...«

»Ja, natürlich. Halten Sie mich auf dem Laufenden, Herr Ljolja.«

»Sie mich auch. Wenn die Litwinowa glücklich und wohlbehalten wieder auftaucht.«

»Unbedingt.«

Die Gatti erhob sich und gab damit zu verstehen, dass die Audienz beendet war. Und Ljolja wurde plötzlich ganz melancholisch. Nun musste er gehen und würde keinen Grund mehr haben, Regina Bader mit ihrer gebändigten Narbe zu treffen.

»Man sagt, Sie hätten sich mit Xenia Nikolskaja gründlich zerstritten?«, sagte Ljolja, sich an die letzte Möglichkeit klammernd, um wenigstens noch eine Minute länger zu bleiben.

»Das wissen Sie auch?«

»Gerüchtweise.«

»Ich glaube, das braucht die Justiz und die Rechtsprechung nicht weiter zu bekümmern.« Immerhin hatte er es geschafft, der Agenturchefin die Laune zu verderben. »Interne Querelen, wie man so sagt. Alles Gute, Herr Ljolja.«

»Alles Gute. Ich habe mich gefreut, Sie kennen zu lernen, Violetta Sergejewna. Ich hoffe aufrichtig, Sie nicht wieder behelligen zu müssen. Jedenfalls nicht aus einem so betrüblichen Anlass.«

»Das hoffe ich auch.« Violetta reichte ihm die Hand.

Und da passierte etwas Sonderbares. Die schwüle Atmosphäre bei »Calypso« spielte Ljolja einen Streich. Er duckte sich ungeschickt zu einer halben Verbeugung und wollte der Gatti zum Abschied die Hand küssen. Die Agenturchefin, die von einem Spürhund der Miliz so viel Galanterie nicht erwartet hatte, war darauf nicht vorbereitet. Ihre zu einem geschäftsmäßigen Händedruck ausgestreckte Hand traf Ljolja schmerzhaft an der Nase.

Die allgemeine Verlegenheit dauerte ein paar Sekunden und wurde von leisem Gelächter unterbrochen. Es lachte Regina Bader, die unerwartet hinter ihnen aufgetaucht war.

»Verzeihen Sie«, zischte die Gatti, und das Lachen brach sofort ab.

»Nein, verzeihen Sie mir ...«

Aber es war schon zu spät. Aus Ljoljas Nase sickerte ein feines Blutrinnsal. Seine Nase war schon immer sein schwacher Punkt gewesen. Sie hatte den Hauptkommissar schon öfter in wichtigen Situationen im Stich gelassen.

»Mein Gott, Sie bluten ja!«, sagte Violetta mit farbloser Stimme.

»Das macht nichts, es ist gleich vorbei ...«

»Es ist mir so peinlich.«

»Aber es ist ja alles in Ordnung.«

»Regina, bitte, hilf ihm ... Hol ein Taschentuch und mach es nass.«

Genauso gefügig wie zuvor huschte Regina Bader aus dem Zimmer, und die Gatti bugsierte den hilflosen Leonid Petrowitsch in einen Sessel.

»Heben Sie den Kopf«, befahl sie in einem Ton, der keinen Widerspruch zuließ.

»Es ist wirklich nichts.«

»Heben Sie ihn hoch ... Sie haben sich das Jackett befleckt.«

»Es macht nichts.«

Regina kehrte ins Büro zurück, in der Hand ein nasses Taschentuch.

»Leg es ihm auf die Nasenwurzel«, kommandierte die Gatti.

Die weichen Finger der Bader berührten Ljoljas Stirn. Die Berührung dauerte nur wenige Sekunden, aber dem Kommissar pochte es in den Schläfen. Er war bereit, zu verbluten, wenn er nur die Wärme dieser Hände auf seiner Haut spüren durfte.

»So ist's richtig«, bemerkte die Gatti zufrieden. »In ein paar Minuten ist alles vorbei.«

Aber die verfluchte Nase wollte auch hier nicht so wie Ljolja: Das Blut hörte so plötzlich auf zu fließen, wie es angefangen hatte. Weiter zu simulieren war nicht möglich.

»Noch ein paar Fragen, wenn Sie gestatten«, sagte Ljolja, ohne den zurückgeworfenen Kopf zu senken.

»Ich stehe in Ihrer Schuld. Fragen Sie.«

»Wie lange hat die Litwinowa bei Ihnen gearbeitet?«

»Etwa fünf Jahre.«

»Und wie ist sie zu Ihnen gekommen?«

Die Gatti setzte sich in den Sessel gegenüber dem Kommissar und dachte nach.

»Nun, wie die Mädchen eben zu mir kommen. Es gibt die Schule für Mannequins, es gibt das Casting. Mir hat sie sofort gefallen. Sie hatte so etwas Ungewöhnliches, eine Art tragisches Geheimnis. Und ich habe mich nicht geirrt ... Sie war eine Waise, aus der tiefsten Provinz, einem Nest irgendwo bei Murmansk, nach Petersburg gekommen. Wissen Sie, was sie mir bei der ersten Begegnung gesagt hat?«

»Was?«

»Sie sagte: ›Wenn Sie mich nicht in Ihre Agentur aufnehmen, gehe ich auf den Strich.‹ Und dabei war sie gerade mal neunzehn Jahre.«

»Eine erstaunliche Zielstrebigkeit.« Mehr fiel Ljolja dazu nicht ein.

»Und ein nicht ungefährlicher Hang zur Erpressung.«

»Haben Sie nachgegeben?«

»Was blieb mir anderes übrig? Umso mehr, als sie hervorragende Voraussetzungen hatte. Sie hatte so eine Ausstrahlung von ›jung und verdorben‹. Solche Dinge werden noch mehr geschätzt als eine makellose Figur. Zugegeben, mittlerweile neige ich zu der Ansicht, sie hätte besser auf den Strich gehen sollen. Da wäre sie genau am richtigen Platz gewesen.«

»Keine schmeichelhafte Charakteristik.«

»Tja, was soll man machen. Na, geht es Ihnen besser?«

»Ja, danke.«

Länger wollte Ljolja die Gastfreundlichkeit der »Calypso«-Chefin nicht strapazieren. Er stand auf, steckte verstohlen das feuchte Taschentuch Regina Baders in die Tasche und schüttelte – nun ohne jeglichen Hintergedanken – die ausgestreckte Hand der Gatti.

»Halten Sie mich auf dem Laufenden«, wiederholte sie.

»Unbedingt.«

»Regina, begleite ihn hinaus.«

Eine solch königliche Geste hatte Ljolja nicht erwartet.

Das Mädchen zuckte die Achseln und ging hinter Ljolja her. Sobald sie im Flur waren, zog er das Model zum nächsten Blumenkübel, aus dem eine winzige Ölpalme ragte.

»Auf ein paar Worte, Regina.«

Die Bader lächelte mitfühlend, und die Narbe, die sich wie ein Krummsäbel über Ljoljas armem Kopf erhob, wiederholte ihr Lächeln.

»Es betrifft die Litwinowa.«

»Darüber möchte ich eigentlich nichts sagen. Umso mehr als Sie von Violetta Sergejewna erschöpfende Auskunft erhalten haben.«

»Trotzdem ... Was Ihre Chefin gesagt hat, ist sozusagen die Perspektive der Königin auf ihre Untertanen.«

»Und Sie interessieren sich für die Meinung der Untertanen?«

»Nein, wieso ... Mich interessiert einfach die Meinung einer Berufskollegin.«

»Ich arbeite schon lange nicht mehr in Russland. Die letzten paar Jahre habe ich in Europa gelebt.«

Na klar! Das sieht man dir an, kein Zweifel.

»Und hier sind Sie ...«

»Hier mache ich Urlaub. Ich liebe es, in meine Heimatstadt zu fahren, wissen Sie.«

»Und alte Freunde zu besuchen.«

»Violetta ist mehr als eine Freundin.«

Ja, ja, das wissen wir – sie ist Patin und Pygmalion in einer Person und so weiter, das übliche pathetische Gesülze für zahllose Interviews.

»Ich verstehe. Aber noch einmal zurück zur Litwinowa. Sie haben gemeinsam begonnen?«

»Ja. Wir haben gemeinsam begonnen. Vor fünf Jahren.«

»Und was können Sie über sie sagen?«

»Sie eignet sich nicht für das Modelgeschäft.«

»Tatsächlich?«

»Das Modelgeschäft verlangt völlige Selbstaufgabe. Ich würde sogar sagen – Askese.«

Eine überraschende Sicht der Dinge. Wie kann ein so vollkommener Mund solche schrecklichen Worte aussprechen?

»Eine überraschende Sicht der Dinge«, sprach Ljolja seinen Gedanken laut aus.

»Weder überraschend noch außergewöhnlich. Es ist ein Beruf wie andere auch. Um darin erstklassig zu sein, muss man sich vollständig darauf konzentrieren. Alles andere ist Nebensache. Das ist ein ungeschriebenes Gesetz.«

Sieh einer an, welcher Fanatismus! Ljolja hätte sich keineswegs gewundert, wenn er erfahren hätte, dass die Bader in ihrer laufsteg- und drehfreien Zeit ihr mageres Fleisch mit Peitschen und Bleiruten geißelte. Mit einer lateinischen Inschrift auf dem Griff.

»Und die Litwinowa hat dieses Gesetz verletzt?«

»Nein. Sie hat sich von Anfang an nicht daran gehalten. Der Beruf war für sie nicht Ziel, sondern Mittel zum Zweck. Und das ist falsch, glauben Sie mir.«

»Mittel zum Zweck?«

»Zur Erreichung ihrer eigenen Ziele.«

»Und welche Ziele verfolgte sie?«

Die Bader seufzte: »Darüber möchte ich lieber nicht reden.«

»Männer?«, meinte Ljolja hellsichtig.

»Könnte man sagen.«

»War sie auf der Suche nach einer guten Partie?«

»Ich weiß nicht ... Sie lebte allein und verließ sich nur auf sich selbst. Wer kann sie dafür verurteilen?«

»Und Sie?« Die Frage schlüpfte Ljolja so unerwartet heraus wie eine Schabe aus dem Brotkorb. »Leben Sie allein?«

»Ich bin nicht allein«, sagte die Bader hochmütig, ohne Rücksicht auf Ljoljas verworrene Gefühle.

Natürlich, du bist nicht allein. Du hast deine Verträge, die Arbeit im Ausland, deine Ernährerin Violetta, das Gefühl der eigenen Würde und deine erotische Narbe. Und einen ganzen Schwarm wohlhabender Verehrer – von bekannten Modeschöpfern bis hin zu südfranzösischen Weinbergbesitzern mit silbergrauen Schläfen.

»Ich verstehe.«

»Sagen Sie, was ist denn passiert?« Zum ersten Mal im Verlauf ihres Gesprächs klang schlichte menschliche Neugier in der Stimme der Bader auf.

»Wenn Sie meine Einladung zu einer Tasse Kaffee annehmen, könnte ich Ihnen einiges erzählen.«

Das widersprach natürlich allen Dienstvorschriften, aber es war Ljolja egal.

Regina Bader wusste seine Pflichtvergessenheit durchaus zu würdigen.

»Gut«, sagte sie nach kurzem Überlegen. »Warten Sie auf mich?«

Ob er warten würde? Bis zum Jüngsten Gericht, wenn es nötig war!

»Ich hole nur eben meine Handtasche. Und verabschiede mich von Violetta. Wir treffen uns unten.«

Einen Augenblick später war Regina im Büro der Gatti verschwunden, und Ljolja stand immer noch mitten auf dem Flur, betäubt und entzückt. Sie treffen sich unten, und er geht mit dem schönsten Mädchen Kaffee trinken! Aber ... Was Ljolja erzählen konnte, reichte für ein paar Minuten, nicht mehr. Was sollte er dann tun? Den Superdetektiv mimen, der Hand in Hand mit Interpol durchs Leben ging? Den unversöhnlichen Kämpfer gegen das organisierte Verbrechen?

Ljolja stieg ins Erdgeschoss hinunter und ließ sich neben Adonis-Polydeukes nieder, der gelangweilt in einem Otto-Katalog blätterte.

»Eine saubere Arbeit ist das hier, wie?«, fragte Ljolja den Wachmann.

»Interessieren Sie sich dafür?«

»Brennend.«

Adonis-Polydeukes klappte den Katalog zu und nahm Ljolja genauer in Augenschein.

»Und eine nette Firma«, fuhr Ljolja aufmunternd fort. »So viele schöne Frauen.«

»Zu viele, ehrlich gesagt«, erwiderte der Mann bereitwillig. »Sie rennen ja scharenweise hier herum. Und ein Gesicht ist wie das andere.«

»Tatsächlich?«

»Na, zumindest die Figuren sind alle gleich. Kleiderständer, nichts weiter.« Adonis-Polydeukes war für sein jugendliches Alter erstaunlich abgeklärt. »Wenn man abends ins Bett geht, wimmeln sie einem immer noch vor den Augen, und man kann nicht einschlafen.«

»Helfen Schlafmittel nicht?«

»Nein. Der einzige Trost ist, ein hässlicheres Mädel zu finden. Die Seele erholt sich dabei, Ehrenwort.«

»Die Schönen gefallen Ihnen also nicht?«

»Schöne dürfen nicht in Massen auftreten. Sie essen doch auch nicht tagelang nur Halwa, oder?«

»Nein.«

»Eben das meine ich.«

Ljolja streckte sich in dem Polstersessel aus und schloss die Augen: Regina Bader, das war eine, von der man nie genug kriegen könnte. Die Narbe auf der Wange würde der Seele nie Ruhe geben ...

Reginas Stimme holte ihn aus seinen tiefen Gedanken: »Ich bin fertig. Gehen wir?«

Ein schlichter langer Mantel, ein leichter Schal, keine Kopfbedeckung: Regina hatte nichts von dem provozierenden Luxus einer Xenia Nikolskaja. Und trotzdem ... Die so schnöde vergessene Nikolskaja erschien dem Kommissar im Vergleich zu Regina wie ein Parvenü vom Dorf.

Er stand auf.

Wenn er sich auf die Zehenspitzen stellte oder sich ein paar Einlagen in die Schuhe tat ... Wenn Regina selber von ihren hohen Absätzen herunterstiege ... Dann wären sie vielleicht gleich groß. Aber das hatte keine Bedeutung. Neben so einem Mädchen war nichts von Bedeutung. Und solange er sich in ihrem Dunstkreis bewegte, würde ihn sowieso niemand beachten.

Er folgte der Bader zum Ausgang und raschelte vorsichtig mit der Hand in der Innentasche seines Mantels. Drei Hunderter und etwas Kleingeld. Für Kaffee – sogar für den teuersten – reichte es.

Ljolja war darauf vorbereitet, auf der Straße irgendeinen aufgemotzten ausländischen Wagen zu sehen oder wenigstens einen mittelgroßen Geländewagen. Aber Regina fuhr nur einen zweitürigen roten Volkswagen, ein Sportcoupé. Sehr bescheiden, wenn man bedachte, mit welchen Agenturen sie zusammenarbeitete und wie viel Geld sie verdiente.

»Das ist Violettas Auto«, erklärte sie. »Ich benutze es, wenn ich nach Petersburg komme.«

»Wie ich sehe, sind Sie sehr vertraut miteinander.«

»Sehr. Wohin fahren wir?«

Die zurückhaltende Regina überließ es ihm, eine Kneipe auszusuchen, ganz anders als Xenia Nikolskaja. Und im Unterschied zu ihr war sie taktvoll. Sie begriff, dass sich ein schlecht bezahlter Staatsdiener keine mexikanische Küche leisten konnte.

»Es gibt hier in der Nähe ein nettes Lokal. Nicht weit von den Fünf Ecken ...«

»Dann nichts wie hin.«

Ljolja wurde plötzlich leicht zu Mute. Der tote Radziwill, der wie eine schwere Bürde auf ihm gelastet hatte, Sanja Gussalow, die dämlichen Autodiebe Maklak und Rjabokon und sogar seine Lieblingsnichte Simotschka – alles trat in den Hintergrund. Nur Simotschka schickte er in Gedanken einen kurzen Gruß: An den Fünf Ecken befand sich ihre Lieblingskneipe »Doktor Watson«, berühmt dafür, dass dort manchmal die populäre Gruppe gleichen Namens auftrat und regelmäßig die Sektion ›Kriminalautoren des lokalen Schriftstellerverbandes‹ tagte. Ungeachtet ihres jugendlichen Alters war Simotschka häufig im »Doktor Watson«, besonders an den Abenden, an denen sich dort die Schriftsteller versammelten. Sie glaubte fest daran, dass früher oder später der große Woronow persönlich die Sektion mit seiner Anwesenheit beehren würde.

Regina parkte schneidig direkt vor dem Eingang ein, und sie betraten das Lokal.

Im »Doktor Watson« herrschte verqualmtes Halbdunkel und lautes Stimmengewirr. Aber sobald Ljolja und seine Begleiterin eingetreten waren, verstummten augenblicklich alle Stimmen, und die Köpfe der Besucher wandten sich den Neuankömmlingen zu.

Die Ankunft der englischen Königin mit einer Eskorte aus Filmstars und australischen Eingeborenen hätte nicht so viel Eindruck gemacht.

Hol's der Teufel, das Mädchen sah einfach zu gut aus. Zu gut für dieses Lokal, diese Stadt und dieses Land. Ja, und auch für alle übrigen Länder. Neben ihr verblasste alles.

Ljolja fand am einzigen freien Tisch einen Platz für Regina und ging zur Theke.

»Kaffee, bitte.«

»Und für die Dame?«, fragte der Barkeeper und reckte den Hals in Richtung Regina.

»Auch für die Dame.«

»Vielleicht noch irgendetwas?«

»Mehr ist nicht nötig.«

»Ich serviere es Ihnen.«

Das war ganz was Neues. Ljolja war schon öfters im »Doktor Watson« gewesen, und bis jetzt war dort noch die traditionelle sozialistische Selbstbedienung üblich.

Er kehrte zum Tisch zurück und setzte sich Regina gegenüber.

»Na«, sagte sie, »wo ist der versprochene Kaffee?«

»Er wird gleich gebracht.«

»Sehr gut. Nun, werden Sie mir jetzt erzählen, was geschehen ist, Herr ...?« Sie blickte Ljolja fragend an.

»Leonid.«

»Leonid. Sehr gut. Ich heiße Regina.« Sie brach in fröhliches Lachen aus. »Aber das wissen Sie ja schon.«

Der Barkeeper kam zu ihrem Tisch geflitzt. Außer den zwei Kaffee standen auf dem Tablett noch zwei Gläschen Kognak.

»Ein Geschenk des Hauses«, teilte der Barkeeper mit gedämpfter Stimme mit. »Es freut uns, dass ein so schönes Mädchen ... Wir sind geschmeichelt.«

»Danke.« Regina war die personifizierte Huld. »Ich bin gerührt.«

Der Barkeeper schien gar nicht wieder gehen zu wollen. Er drückte sich neben ihrem Tisch herum und verschlang das Mannequin mit den Augen. Die Situation geriet außer Kontrolle, und das gefiel Ljolja nicht.

»Haben Sie nicht gehört? Die Dame hat sich bedankt. Sonst noch etwas?«

»Nein ...«

»Dann dürfen Sie gehen. Wenn wir noch etwas brauchen, werden wir Sie rufen.«

Der Barkeeper ging widerwillig zur Theke zurück, und Regina fing wieder an zu lachen.

»Das haben Sie gut gemacht, Leonid.«

»Es tut mir Leid für Sie ...«

»Für mich?« Sie stützte die Ellbogen auf den Tisch und blickte Ljolja durchdringend an. »Interessant.«

»Die ständige Aufmerksamkeit, manchmal so ... so aufdringlich. Dumme Bemerkungen, schmierige Blicke. Wird Ihnen das nicht oft zu viel?«

»Doch, das wird es. Aber solange ich noch die Augen aufhalten kann und nicht vom Stuhl falle ... Rücken Sie raus mit Ihrer Geschichte, Leonid.«

»Unter einer Bedingung.«

»Welcher?«

»Sie erzählen mir alles, was Sie von der Litwinowa wissen.«

Das Mädchen zog ein finsteres Gesicht, und zwischen ihren Brauen bildete sich eine rührende, hilflose Falte.

»Welche Art von Information erwarten Sie von mir?«

»Ich habe keine Ahnung«, gestand Ljolja ehrlich. »Ich weiß nicht einmal, ob die Litwinowa überhaupt etwas mit dem toten Bankier zu tun hat.«

»Dem toten Bankier?« Die Falte zwischen den Brauen vertiefte sich.

»Radziwill, German Julianowitsch ... die Bank ›Irbis‹.«

»Ach ja ... Veta hat mir schon davon erzählt.«

»Veta?«

»Violetta Sergejewna. Also was ist mit dem Bankier passiert?«

»Wenn Sie die Zeitungen gelesen und ferngesehen haben ...«

»Ich lese weder Zeitungen noch sehe ich fern. Veta hat mir gesagt, dass er ermordet wurde.«

»Ja. Was hat Ihnen Frau Gatti sonst noch gesagt?«

»Sonst nichts. Auch das hat sie nur flüchtig erwähnt.«

»Ich verstehe.«

»War es ein Auftragsmord?«

»Alles ist möglich. Man hat ihn im Kofferraum des eigenen Autos gefunden. Völlig zufällig.«

»Entsetzlich«, flüsterte Regina. Aber in ihren Augen stand weder Erschrecken noch Mitgefühl, nur neugierige Verwunderung. »Und keine Anhaltspunkte?«

»Wir gehen verschiedenen Spuren nach.«

»Aber was hat die Litwinowa damit zu tun?«, fragte die Bader schnell.

»Sehen Sie, Regina, lebend hat man ihn das letzte Mal im Restaurant ›Wildgänse‹ gesehen. Einige Stunden vor seinem Tod. Der Bankier war nicht allein dort, sondern in Gesellschaft eines jungen, bezaubernden Mädchens. Oberkellner und Angestellte schwören feierlich, dass sie ausgesehen habe wie ein Fotomodell.«

»Ach ja? Stand das in Riesenbuchstaben auf ihrer Stirn geschrieben? Oder werden Fotomodelle neuerdings gebrandmarkt?« Regina spöttelte offensichtlich sowohl über ihre Narbe als auch über Ljolja.

»Aber nein. Das Personal des Restaurants versichert nur einfach, dass der Bankier dort häufig zusammen mit Mannequins gegessen hat. Er hatte eine Schwäche für hübsche blonde Models. Das bestätigt übrigens auch seine Frau. Eins von diesen Mädchen müssten Sie kennen.«

»Welches genau?«

»Xenia Nikolskaja.«

»Xenia?« Regina lächelte.

»Ja. Die Sache ist die, dass sie vor einiger Zeit ... sagen wir mal so ... dem Toten nahe stand.« Ljolja verriet die Nikolskaja ohne die geringsten Gewissensbisse. »Apropos, wissen Sie zufällig, was zwischen der Nikolskaja und der Gatti vorgefallen ist?«

Das Gesicht des Fotomodells spannte sich augenblicklich an.

»Nein. Aber auch wenn ich es wüsste ... Was auch vorgefallen ist, ich werde immer auf Seiten Vetas stehen.«

Das sieht ein Blinder. Du brauchst gar nicht weiter zu reden, Mädchen.

»Ich wollte Sie nicht verletzen, Regina.«

»Ist nicht schlimm. Sie haben mich überhaupt nicht verletzt. Hat man denn irgendeinen Verdacht gegen Darja?«

»Bis jetzt noch nicht. Aber wir werden uns noch heute mit ihr in Verbindung setzen.« Ljolja beugte sich über den Tisch. »Ehrlich gesagt, wir haben sie noch nicht einmal gesucht. Und überhaupt ...«

Und überhaupt hatte er von ihrer Existenz erst vor einer halben Stunde gehört.

»Erzählen Sie mir von ihr, Regina.«

»Da gibt es nicht viel zu erzählen ... Wir standen uns nie besonders nahe. Höchstens im ersten Jahr. Damals wollten wir gemeinsam den Durchbruch schaffen: Darja, Xenia und ich. Aber dann ging jede ihren eigenen Weg. Xenia dreht sehr viele Videoclips, soweit ich gehört habe. Sie hat die glückliche Wesensart einer Frau, die immer selber den Mann verlässt.«

»Das habe ich bemerkt.«

»Sehen Sie. Aber wenn es keine unglückliche Liebe und keine verlassenen Liebhaber gäbe, würden dem Showbusiness die Themen ausgehen, und es würde unter Qualen zu Grunde gehen.«

»Sie haben Recht.« Ljolja schaute unverwandt in das Gesicht des Mannequins und spürte, wie sein eigenes Herz sich zusammenzog und unter Qualen zu Grunde ging.

»Xenia ist wie geschaffen für die Rolle des Biestes ...«

»Und Sie?«

»Ich weiß nicht ... Ich habe eine völlig andere Mentalität. Xenia war sich ihrer Schönheit immer bewusst und hatte gelernt, damit umzugehen. Aber ich – ich war niemals schön. Meine ganze Kindheit und einen Teil meiner Jugend habe ich in meinen vier Wänden verbracht, ich fürchtete mich hinauszugehen, selbst wenn ich nur ein Weißbrot und eine Packung Milch holen sollte. Erst später erschien dann Veta und erweckte mich zum Leben. Sie verstehen?«

Ljolja legte behutsam seine Hand auf die ihre. Sie dachte gar nicht daran, sie zurückzuziehen.

»Sie ... Sie sind das erstaunlichste Mädchen, das ich je getroffen habe. Ehrenwort!«

»Ich glaube Ihnen.«

»Wie wär's jetzt mit einem Kognak?«

»Ich muss noch fahren. Deshalb müssen Sie den Kognak leider allein trinken. Und was Darja betrifft – sie hätte als Model viel erreichen können, wenn nicht ihre dauernden Liebesaffären gewesen wären. Sie war von Männern wie besessen.«

»Ist das so schlimm?«

»Nein. Aber ... Ich habe mich nicht richtig ausgedrückt. Sie hat Männer gesammelt. Sie konnte für den Chef irgendeiner großen Firma schwärmen und ihn im nächsten Moment gegen einen bettelarmen Musiker austauschen. Oder gegen einen Sportlehrer, der schon ein halbes Jahr kein Gehalt mehr bekam. Und dann ließ sie sie ohne Bedauern allesamt im Regen stehen. Die Firmenchefs genauso wie die Sportlehrer. Ihre längste Beziehung dauerte vier Monate, da dachte sie sogar schon an Heirat.«

»Sehr interessant.«

»Der Typ hieß Wsewolod. Es war nichts Besonderes an ihm, er hatte eine mittelgroße Bank, die nach der Finanzkrise Pleite ging. Ich bin zwar immer nur auf Stippvisite in Petersburg, aber einmal habe ich ihn bei einer Premiere im Haus des Films gesehen. Er kam mir recht sympathisch vor. Aber alles ging schnell wieder in die Brüche, und dann tauchte dieser Computerspezialist auf ...«

»Ein Computerspezialist?«

»Ja. Er arbeitet in einem Studio für Computergrafik, wenn

mich mein Gedächtnis nicht täuscht. Aber in der letzten Zeit hatte sie mit ihm auch Probleme ... Das hat mir Xenia erzählt, sie hat noch losen Kontakt zu ihr.«

»Interessant. Die Sache ist die, ich habe mich mit der Nikolskaja unterhalten. Und sie hat mir nichts von ihrer Freundschaft mit Darja Litwinowa gesagt.«

»Von Freundschaft kann auch keine Rede sein! Ich sagte doch, es ist nur noch ein loser Kontakt. Umso mehr als die Litwinowa in der letzten Zeit fast keine Aufträge mehr bekam ...«

»Auch das wissen Sie?«, fragte Ljolja ganz mechanisch.

»Ist das jetzt ein amtliches Verhör?«

»Verzeihen Sie ... Ich wollte sagen ...«

»Alles ist ganz einfach. Ich weiß das alles von Veta ... Violetta Sergejewna. Als ich nach Petersburg zurückkam ...«

»Wann war das?«

»Vor einer guten Woche, Sherlock Holmes ... Also, als ich zurückkam, spuckte Veta bereits Gift und Galle. Alles wegen des letzten Vertrages mit den Franzosen. Darja hatte schon lange nichts Ernsthaftes mehr gemacht, und diese Franzosen, eine kleine, aber viel versprechende Kosmetikfirma, interessierten sich lebhaft für sie. Das wäre eine langfristige Sache geworden, glauben Sie mir ... Anfang Februar sollte Darja nach Frankreich fliegen, aber sie verschwand, wie sie es schon so oft getan hatte. Stellen Sie sich vor, was für ein Schlag für den Ruf der Agentur! Veta war außer sich und hat geschworen, dass sie mit der Litwinowa nie wieder etwas zu tun haben will.«

»Was heißt: › ... sie verschwand, wie sie es schon so oft getan hatte‹?« Etwas Ähnliches hatte Ljolja heute schon von der Gatti gehört.

»Na, diese ständigen Affären ...«

»War sie denn so was wie ...« Ljolja überlegte und sprach dann laut ein Wort aus, das er kürzlich von seiner Nichte Simotschka gehört hatte: »... eine Nymphomanin?«

Regina lachte.

»Nun, ich will niemandem Etiketten aufkleben. Jeder lebt so, wie er es für richtig hält. Ich glaube nicht, dass sie in solchem Ausmaß von ... pardon, männlichen Genitalien abhängig war. Aber sie schloss gern neue Bekanntschaften. Das war für Darja eine Art Sport, verstehen Sie? Im großen Stil. Sie wusste immer, dass sie auch ohne Arbeit leben kann. Und dass sich immer ein Mann finden würde, der im Stande wäre, sie auszuhalten. Sie hatte ... wie soll ich sagen?« Die Bader schnalzte elegant mit den Fingern. »Sie hatte die Mentalität einer Mätresse. Verstehen Sie mich?«

»Ich denke, ja. Eine ganz normale weibliche Mentalität.« Ljolja bemerkte, wie die Miene des Mädchens finster wurde, und korrigierte sich augenblicklich. »Ich wollte sagen, dass das ein sehr verbreiteter menschlicher Typ ist.«

»Mag sein. Aber mir ist das unverständlich. Dabei hat sie die Verliebtheit niemals vorgetäuscht. Sie hat sich immer richtig verliebt. Sie ging gewissermaßen im Objekt ihrer Begierde auf. Erinnern Sie sich, ich erzählte Ihnen von Wsewolod?«

»Die Pleite gegangene Bank?«

»Ja. Wissen Sie, während sie mit ihm zusammen war, eignete sie sich ein solides Wissen über Bankoperationen und Finanzströme an. Xenia und ich fielen fast auf den Rücken, als sie uns eine Vorlesung über die Börse hielt.«

»Und als sie den bettelarmen Musiker traf, lernte sie sofort, Zimbel und Englischhorn zu spielen?«

Regina lachte. »Das schließe ich nicht aus. Nein, das schließe ich wirklich nicht aus. Sie sind nett«, fügte sie unerwartet hinzu.

Ljolja stockte das Herz. »Finden Sie?«

»Finde ich.«

Nichts Affektiertes, keinerlei Selbstverliebtheit, bei einem so fantastischen Aussehen eine verblüffende Bescheidenheit, fast schon Keuschheit. Regina hatte Recht: Schönheit, die die Natur geschenkt hat, ist immer hochmütig. Etwas ganz anderes ist es, wenn du durch Leiden zur Schönheit gekommen bist. Armes Mädchen ...

Ljolja stellte sich plötzlich lebhaft vor, welche Hölle ihre Jugend gewesen sein musste, und dabei traten ihm fast Tränen in die Augen.

»Was haben Sie?«, fragte sie.

»Nichts.«

»Sie haben über mich nachgedacht?«

»Ja. Ich dachte über Sie nach. Aber in anderem Zusammenhang ...«

»Davon bin ich überzeugt. Danke für den Kaffee, Leonid.«

Das war's. Jetzt würde sie aufstehen und gehen. Er würde sie zum Wagen begleiten, und sie würde ihn vielleicht bis zur nächsten Metrostation bringen, dort zum Abschied noch einmal mit den Scheinwerfern blinken und wieder zurück in ihr europäisches Leben fahren.

»Wie lange werden Sie noch in Petersburg sein?«, fragte Ljolja.

»Wieso?«

»Vielleicht braucht die Ermittlung noch Ihre Hilfe.«

»Die Ermittlung oder der Ermittler?« Sie hatte ihn durchschaut.

»Die Ermittlung. Und der Ermittler. In diesem Fall ist das ein und dasselbe.«

»Genau eine Woche. Ich fliege nächsten Donnerstag.«

»Wohin?«

»Nach Frankreich. Anderthalb Drehtage in Besançon.«

Paris, Besançon, Hamburg – bei diesen Mädchen konnte einem ganz wirr im Kopf werden.

»Besançon ist sicher eine schöne Stadt?«, fragte Ljolja, der diesen Namen gerade zum ersten Mal gehört hatte.

»Ein entzückendes Städtchen ... Gotische Kirchen, ein Fluss ... Ich denke ernsthaft darüber nach, ob ich dort nicht für immer bleibe.«

Regina stand auf, und sämtliche Gäste des »Doktor Watson« hielten wieder den Atem an. Ljolja legte einen Hunderter auf den Tisch und folgte ihr.

Draußen schneite es. Das Pflaster vor dem Lokal und der VW-Winzling waren schon zugeschneit. Weich und zart blieb der Schnee sofort auf Reginas unbedecktem Kopf und ihren zerbrechlichen Schultern haften. Sie kam Ljolja so rührend und schutzlos vor, dass er am liebsten den Arm um sie gelegt hätte, um sie zu verteidigen. Vor dem Schnee und vor allem Übrigen.

Aber er tat es nicht. Er blieb vor dem Auto stehen, trat von einem Fuß auf den anderen und sagte traurig: »Schade ...«

»Schade?« Regina drückte auf die Fernbedienung und blickte ihn fragend an. »Was ist schade?«

»Schade, dass ich kein Auto habe.«

»Und wenn Sie ein Auto hätten?«

»Dann würde ich Sie nach Hause bringen.«

»Halb so schlimm.« Sie lächelte. »Ich habe ja eins. Und ich kann Sie nach Hause bringen.«

»Machen Sie sich keine Umstände. Ich wohne zu weit weg.«

»Ich habe Zeit. Und nichts weiter vor.«

»Wirklich? So eine ... So eine berühmte Persönlichkeit! Die Leute reißen Sie doch vermutlich in Stücke.«

»Ich bin es so müde, in Stücke gerissen zu werden. Und deshalb nehme ich mir heute frei.«

Zum Teufel, bestimmt sah er jetzt ganz lächerlich aus! Nichts Solides, nichts Geheimnisvolles mehr.

»Ich muss erst einen meiner Jungs anrufen«, sagte Ljolja und setzte eine sorgenvolle Miene auf: ein wenig tatkräftige Betriebsamkeit oder betriebsame Tatkraft konnte nicht schaden.

»Kein Problem. Nehmen Sie mein Handy.« Regina öffnete bereitwillig ihre Handtasche und reichte Ljolja das Telefon.

»Aber ich möchte nicht ...«

»Ihre Dienststellung missbrauchen? Vergessen Sie's, Leonid. Aber setzen wir uns doch ins Auto, da wird es schnell warm.«

Ljolja trottete dem Mannequin wie angeleint hinterher, setzte sich brav auf den Beifahrersitz und wählte die Nummer seiner Abteilung.

Gussalow war an seinem Platz und nahm sofort ab.

»Ich bin's. Was gibt es Neues, Sanja?«

Sanja schnaufte am anderen Ende der Leitung gekränkt: »Wo treibst du dich herum, Petrowitsch?«

Ljolja schob die Hand vor den Hörer, damit Regina nicht mitbekam, in welch frivolem Ton seine Untergebenen mit ihrem Chef sprachen.

»Ich bin gerade mit einem Zeugen beschäftigt«, stotterte er vage und ungeschickt, und Regina lächelte verstehend. »Hör mal, Sanja, fahr doch mal schnell bei einer Adresse vorbei ... Das Mädchen heißt Darja Litwinowa. Das ist die auf dem Foto, das wir bei Radziwill gefunden haben.«

Was zum Teufel tat er da? Gab Anweisungen, während eine Zeugin direkt neben ihm saß, noch dazu eine gute Bekannte des Mädchens, zu dem er seinen Mitarbeiter schickte!

»Aber benimm dich anständig, Sanja. Keine Überfälle. Stell fest, ob sie sich kannten. Na, das weißt du alles selber. Wir sprechen uns dann. Wenn du etwas Interessantes erfährst, ruf mich direkt zu Hause an.«

Das Handy ans Ohr gepresst, diktierte Ljolja Gussalow Adresse und Telefonnummer von Darja Litwinowa.

»Und wenn sie nicht zu Hause ist?«

»Dann musst du eben warten, bis sie auftaucht. Und ohne deine üblichen Faxen!«

Ljolja wusste, wovon er sprach. Er arbeitete nicht das erste Jahr mit Gussalow zusammen und kannte dessen unbekümmerte Arbeitsmethoden. Dienstvorschriften existierten für Sanja nicht. Bevor er, wie vorgeschrieben, einen Ort im Beisein ziviler Zeugen inspizierte, suchte er ihn gern allein auf und drang in schlecht bewachte Wohnungen auf nicht immer legale Weise ein. Aufhalten konnten ihn höchstens Eisentüren und Bullterrier. Mit allen übrigen Hindernissen wurde er spielend fertig.

»Natürlich, Petrowitsch. Das kriegen wir schon geregelt! Ich lege auf.«

Im Telefon klackte es. Ljolja wischte sich über die schweißbedeckte Stirn und gab das Handy seiner Besitzerin zurück. Eigentlich hätte er jetzt sofort ins Büro fahren und Sanja abfangen müssen, bevor er irgendwelche ungesetzlichen Handlungen beging. Falls die Litwinowa, was der Himmel verhüten möge, nicht zu Hause war.

»Ist etwas passiert?«, fragte Regina teilnehmend.

»Nein, nein, alles in Ordnung.« Ljolja rieb sich mit der Hand durchs Gesicht. »Danke für die Hilfe, Regina.«

»Wohin fahren wir?«

Ljolja wandte sich dem Mädchen zu. Der Nebel in seinem Kopf löste sich allmählich auf, und daraus blickte ihn das Gesicht von Regina Bader an. Das schönste Gesicht, das er je im Leben gesehen hatte.

»Wie meinen Sie?«

»Wir hatten doch verabredet, dass ich Sie nach Hause bringe.«

»Prospekt der Veteranen ...«

»Ausgezeichnet«, sagte sie und setzte den Wagen in Bewegung.

Draußen glitt das nächtliche Petersburg vorbei, aber genauso gut hätte es auch das nächtliche Amsterdam, das nächtliche London oder das nächtliche Posemuckel sein können. Weder Städte noch Menschen hatten eine Beziehung zu Regina Bader – sie würde überall eine Fremde sein. Eine Gefangene der Hochglanzjournale, des Zelluloids, des Kameraobjektivs. Sie würde niemals jemandem gehören. Ljolja betrachtete sie melancholisch von der Seite. Er merkte gar nicht, wie sie in den Prospekt der Veteranen einbogen.

»Ich warte auf Ihr Kommando, Herr Kommissar«, sagte Regina.

»Geradeaus. Ich zeige Ihnen dann, wo.«

»Wo ist denn hier bei Ihnen der angesagteste Laden?«

Der »angesagteste« Laden war das Kaufhaus Tallinski, in dem Ljolja sich zweimal wöchentlich mit allem Nötigen eindeckte. Käse, Wurst, gefüllte Klopse und tiefgefrorene Hähnchenkoteletts – die schlichte Ration des eingefleischten Junggesellen.

Warum hatte sie nach einem Geschäft gefragt?

»Erschrecken Sie nicht, Leonid.« Offenbar konnte die Bader seine Gedanken lesen. »Eben durfte ich ja keinen Kognak trinken. Dabei habe ich solchen Appetit ...«

»Sie wollen sich voll laufen lassen?«

»Na, das ist zu viel gesagt. Einen oder zwei Drinks, nicht mehr. Ich möchte einfach mit Ihnen anstoßen. Sie sind mir sympathisch. Sie haben doch nichts dagegen?«

Was konnte er dagegen haben? Aber alles Weitere ... Alles Weitere sah unklar und beängstigend aus. Wenn sie jetzt etwas trinken wollte, wie konnte sie sich danach noch ans Steuer setzen? Aber wenn sie sich nicht mehr ans Steuer setzte, dann ... Diese Gedankengänge wurden ihm zu gefährlich, und Ljolja beschloss, lieber an gar nichts mehr zu denken.

»Der Beruf lässt sich nicht verleugnen, nicht wahr?«

»Wovon sprechen Sie?«

»Von gar nichts. Ich weiß nur, was Sie gedacht haben.«

»Was habe ich denn gedacht?« Ljolja wurde plötzlich fröhlich zu Mute.

»Sie haben gedacht: Wenn sie jetzt etwas trinken will, wie kann sie sich danach noch ans Steuer setzen? Oder will sie das sowieso nicht mehr tun? Aber wenn sie sich nicht mehr ans Steuer setzt, dann ...«

»Dann ...« Ljolja bekam seinen vor Anspannung ausgetrockneten Mund kaum noch auf.

»Dann nimmt sie sich einfach ein Taxi«, lachte die Bader. »Und morgen Früh holt sie sich ihren Volkswagen ab.«

»Ja ... So ungefähr das habe ich gedacht.«

»Welchen Kognak bevorzugen Sie?«

»Eigentlich bevorzuge ich Wodka. Aber nur an Feiertagen. Sonst trinke ich nicht«, erklärte Ljolja.

»Ich auch nicht.«

»Aber heute würde ich eine Ausnahme machen ...«

»Ich auch.«

Sie fuhr den Wagen auf den großen Parkplatz vor dem Kaufhaus und stellte den Motor ab.

»Kommen Sie, suchen wir irgendwas aus. Ich verlasse mich auf Ihren Geschmack.«

Zehn Minuten später hielt ihr Volkswagen vor einem vierstöckigen Mietsblock, dessen Schmalseite auf den Prospekt der Veteranen hinausging. Ljolja wohnte im Erdgeschoss des letzten, von der Straße am weitesten entfernten Hauses. Lange hatte er nicht glauben wollen, dass das Mädchen wirklich entschlossen war, seine bescheidene Junggesellenbehausung zu besuchen. Aber nachdem der französische Kognak ihn vom Gegenteil überzeugt hatte, begann er nun besorgt zu überlegen, welcher Anblick sich dieser feinen Dame aus Besançon wohl bieten würde, sobald sie die Schwelle seiner Wohnung überschritten hätte. Die Reste des Frühstücks auf dem Tisch, ein Teller mit vertrocknetem Käse, halb ausgetrunkener Kaffee, ein nicht mehr frisches Handtuch im Bad, ein Haufen Schmutzwäsche, den er immer noch nicht zur Reinigung gebracht hatte, ein Waschbecken, das mit Rasiercreme verschmiert war ...

Warum dachte er eigentlich so hartnäckig immer ans Bad?

11. Februar – 12. Februar. **Natalja**

Natalja wusste nicht, wie viel Zeit vergangen war. Und wie lange sie schon vor dem verfluchten, schaurigen Diplomatenkoffer saß. Ein blutiger Fetzen Stoff, der noch vor kurzem ein Männerhemd gewesen war ... Ein alberner Manschettenknopf mit den chinesischen Symbolen Yin und Yang. Natalja selber besaß einen billigen Ring, in den diese Symbole eingraviert waren, aber sie hatte ihn schon seit sieben Jahren nicht mehr getragen.

Mit Händen, die vor Schrecken ganz kalt waren und ihr nicht gehorchen wollten, faltete sie das teure Stück Seide auseinander. Ein Loch von einer Kugel war nicht zu sehen. Und auch die Flecken selbst sahen unordentlich aus – als hätte man das Hemd als Putzlappen benutzt und eine Blutlache auf dem Fußboden damit aufgewischt.

Natalja kniff ihre Augen zusammen: Ninon mit ihrer Nachricht vom Mord an dem Bankier Radziwill ... Sie selbst mit einem Haufen Zeitungen über den Mord an dem Bankier Radziwill ... Der Pass Radziwills mit dem Visum ... Die Leiche Radziwills im Kofferraum ... Die abgelaufenen Tickets ...

Man brauchte nicht besonders gewitzt zu sein, um eins und eins zusammenzuzählen und zu begreifen, dass sie in der Klemme saß.

Mehrere Tage in einer fremden Wohnung zu verbringen, seelenruhig in einem Bett zu schlafen, unter dem ein blutverschmiertes Corpus Delicti liegt; sich nicht im Mindesten daran zu stören, dass sich in dem fremden Rucksack der Pass eines Toten befindet ...

Eine doppelte und dreifache Idiotin bist du, eine Idiotin im Quadrat, eine Idiotin hoch fünf, hoch zehn, Natalja Iwanowna!

Sie zwang sich, den Blick von dem schrecklichen Fund loszureißen, und versuchte, etwas Klarheit in ihren schmerzenden Kopf zu bringen.

Bis jetzt war noch nichts Schlimmes geschehen. Man hatte sie noch nicht abgeholt, an ihren Handgelenken waren noch keine Handschellen zugeschnappt. Sie war ja auch unschuldig. Sie hatte nur den Hund zu seiner Besitzerin gebracht. Und dann hatte sie in den Briefkasten gegriffen ... Und dann hatte sie die Tür geöffnet ... Und dann hatte sie beschlossen, in der Wohnung zu bleiben ... Und überall hatte sie ihre Fingerabdrücke zurückgelassen.

Fingerabdrücke.

Wenn die Wohnung mit dem Mord in Zusammenhang stand – und daran zweifelte sie immer weniger –, dann würde früher oder später die Miliz hier auftauchen. Und sie, Natalja, finden. Und auch Markelow, Denis Jewgenjewitsch, Mitarbeiter in einem Studio für Computergrafik, aufspüren ... Und der würde ihnen als gesetzestreuer Bürger erzählen, dass er zufällig eine Frau kennen gelernt habe, in deren Notizbuch in Riesenbuchstaben die Telefonnummer Darja Litwinowas gestanden habe.

Nervös lief Natalja durchs Schlafzimmer. Sofort schloss sich ihr die dumme Tuma an, die immer noch den Ball in der Schnauze hielt. Natalja packte die Hündin an der Nase, und die begann beleidigt zu winseln.

»Wie, gefällt dir das nicht?«, fragte Natalja mit düsterer Stimme. »Mir gefällt es auch nicht. Ganz und gar nicht. Und was bedeutet das? Welche Strategie sollen wir jetzt verfolgen?«

Tuma knurrte kurz und versuchte sich loszureißen.

»Richtig. Wir werden die Umzingelung durchbrechen und kämpfen. Etwas anderes bleibt uns gar nicht übrig. Also, du begibst dich jetzt ins Wohnzimmer, und ich fange an, die Spuren zu verwischen.«

Das abendliche Rendezvous mit dem geheimnisvollen Grim am Prospekt der Metallarbeiter (»Die Tür wird offen sein«) war komplett vergessen. Genauso wie der blödsinnige Streit mit Woronow und das Versprechen, den heimatlosen Hund zu Ninon zu bringen.

Den Rest des Tages verbrachte Natalja damit, die Wohnung zu wienern, bis sie keimfrei sauber war. Sie schrubbte mehrere Male den Boden in beiden Zimmern, in der Küche und im Bad. Sie putzte Toilette und Diele blitzblank, sie wischte alle vertikalen und horizontalen Oberflächen ab, sie spülte das gesamte Geschirr und rieb jede CD ab, die sie mit ihren mutwilligen Händen berührt hatte. Tuma benahm sich sehr anständig: Sie lief ihr nicht unter den Füßen herum, verlangte nicht, dass das Spiel mit dem Tennisball fortgesetzt würde – so als ob sie verstünde, dass etwas Außergewöhnliches vor sich ging.

Als Natalja gegen zehn Uhr mit der Generalreinigung fertig war, begann Tuma erste Anzeichen von Unruhe zu zeigen. Sie drückte sich an der Tür herum, lief zu Natalja und winselte leise. Sie wollte nach draußen.

»Warte«, wies sie den Hund zurecht. »Gleich hole ich meine Sachen. Und dann gehen wir.«

Aber Tuma hörte ihr gar nicht mehr zu. Sie rannte plötzlich zur Tür und begann laut und wütend zu bellen. Und gleich darauf ertönte ein langes, hartnäckiges Klingeln an der Tür. Nicht zurückhaltend und taktvoll (so klingelte Woronow). Auch nicht kurz und gutmütig, mit koketten kleinen Pausen (so klingelte Margolis). Dieses Klingeln war fordernd, schlug an die Tür und drohte.

Vor Furcht vergehend, schlich Natalja in die Diele und schaute durch den Spion. Ein wenig Hoffnung hatte sie noch, es könne Denis sein, der so stürmisch Einlass verlangte: Er hatte es nicht ausgehalten und war gekommen, weil er befürchtete, sein Zettel habe nicht den gebührenden Eindruck gemacht ...

Nein. Das war nicht Denis.

Und auch nicht Semjon Borissowitsch Margolis, dessen Erscheinen ihr jetzt nicht weniger wunderbar vorgekommen wäre als die Erscheinung Christi vor dem Volk.

Durch den Spion schaute ein abstoßender Kerl mit wildem Gesicht, dem lasterhaften Mund eines Serienmörders und einer höckerigen Stirn.

Es war aus. Sie waren gekommen.

Immer weiter klingelnd, tastete der Kerl mit der Hand am Türschloss herum.

Wenn Tuma nicht wie wahnsinnig gebellt hätte, wäre Natalja glatt in Ohnmacht gefallen. Bestimmt kam der Mann, um den Diplomatenkoffer zu holen, der unter dem Bett lag. Bestimmt war er ein Meuchelmörder. Auf Tuma brauchte sie nicht zu hoffen. Deren Kämpferqualitäten hatte sie schon beim Spaziergang an der frischen Luft gesehen: Das Äußerste, wozu sie fähig war, bestand darin, Katzen, Vögel und ihre kleineren Artgenossen zu verbellen.

Der Meuchelmörder drückte erneut auf den Klingelknopf und rief plötzlich: »Öffnen Sie! Miliz.«

Und im selben Moment wurde der Spion von einem Ausweis verkleistert, den genauer zu studieren sich als unmöglich erwies.

»Öffnen Sie, Darja Anatoljewna!«, sagte der Mann vor der Tür noch einmal.

Feiner Schweiß brach Natalja aus, aber sie schwieg. Jetzt die Tür zu öffnen wäre Wahnsinn gewesen. Die Tür zu einer Wohnung, in der ein blutbeflecktes Hemd lag, fremde Pässe und Gott weiß was noch alles – schließlich hatte sie nicht in alle Schubladen geguckt!.

Unmöglich.

Ebenso unmöglich, wie nicht zu öffnen. Wenn dieser Typ von der Miliz war, Vor- und Vatersnamen der Wohnungsbesitzerin kannte – dann hieß das, er war nicht zufällig hier aufgetaucht. Und wenn er nicht zufällig aufgetaucht war, dann würde er auch nicht wieder weggehen. Bestimmt würden noch andere dazukommen. Und sie zusammen mit einem Haufen Belastungsmaterial finden.

Der Serienmörder steckte seinen Ausweis wieder weg, klingelte noch einmal und dachte nach. Dann drückte er sein eigenes Auge an den Spion. Nun trennte sie nur noch die Eisentür.

Natalja hielt den Atem an. Sogar Tuma verstummte.

»Na schön«, sagte der Mann vor der Tür. »Warten wir eben.«

Vor Entsetzen kniff Natalja die Augen zu, und als sie sie wieder öffnete, war der Mann verschwunden. Wohin konnte er gegangen sein? Nach oben, zum vernagelten Dachboden? Oder nach unten? Oder hatte er sich auf den Treppenstufen niedergelassen und harrte geduldig, bis jemand auf der einen oder anderen Seite der Tür erschien? Natalja ließ sich an der Wand im Flur nieder und schlug sich mehrere Male mit der Faust an ihren dummen Kopf. Sie hätte sofort öffnen müssen. Natürlich ... Den ganzen heutigen Tag und einen Teil des Abends hatte sie damit verbracht, die Wohnung blitzblank zu putzen; sie hatte gewissenhaft gearbeitet, und nicht ein Fingerabdruck war geblieben. Kein einziger Abdruck. Das würde ebenfalls gegen sie sprechen. Niemand würde ihr glauben, dass sie unschuldig war. Niemand. Und Darja ...

Oh, zum Teufel!

Natalja presste die Hand auf den Mund, um ein unwillkürliches Aufstöhnen zu ersticken. Sie hatte Woronow und Margolis gesagt, sie hieße Darja. Natürlich, man würde jetzt die Nachbarn befragen – die normale Routine. Sie würden auch zu Woronow gehen und ihn über die Nachbarin aus dem oberen Stock ausfragen, und Woronow würde ihnen alles erzählen: Ja, das Mädchen war bei ihm gewesen, ja, sie hatte alle seine Pralinen aufgegessen und mehrere Gläser Kognak getrunken. Sie war auch am folgenden Tag gekommen. Hatte ihm eine Kriminalstory über den Mord an einem Bankier (möge er in der Hölle schmoren!) aufgetischt. Und sie hieß Darja ... Zumindest hatte sie sich als Darja vorgestellt ...

Natalja legte das Ohr an die Tür und lauschte. Im Treppenhaus war es still. Aber das brauchte nichts zu bedeuten. Er konnte sich verborgen halten, dieser Mann mit dem Ausweis. Ein Typ mit solcher Stirn und so einem Mund war im Stande, stundenlang stumpfsinnig im Hinterhalt zu hocken. Aber wenn er doch aus dem Haus gegangen war und es sich im Auto bequem gemacht hatte, wie die Detektive es gewöhnlich taten – und jetzt den Hauseingang beobachtete? Und gleichzeitig auch die Fenster? Im Wohnzimmer brannte Licht ...

Sie musste es augenblicklich ausmachen!

Sie rannte ins Wohnzimmer, fasste nach dem Lichtschalter und zog die Hand sofort wieder zurück. Was, wenn er das Licht schon gesehen hatte und deswegen heraufgekommen war? Durfte sie es dann überhaupt ausmachen, bestärkte sie ihn dann nicht in der Überzeugung, dass in der Wohnung jemand war? Er hatte das Hundegebell gehört, das war richtig, aber ein Hund, selbst der allerklügste, der sogar den Befehl »Geh zum Bäcker und bring mir ein halbes Schwarzbrot« ausführte, konnte wohl kaum den Lichtschalter an- und ausknipsen! Besser, sie ließ alles, wie es war. Er konnte ja denken, dass die Bewohnerin das Licht angelassen hatte, als sie weggegangen war.

Natalja schlich auf Zehenspitzen in das dunkle Schlafzimmer und schaute vorsichtig aus dem Fenster.

Tatsächlich, vor dem Hauseingang auf der gegenüberliegenden Seite der Fahrbahn parkte ein widerlich aussehender Shiguli. Von hier oben aus dem fünften Stock konnte sie nicht erkennen, ob jemand im Inneren saß. Und ob dieser Wagen überhaupt irgendeine Beziehung zu dem Geklingel an der Tür hatte. Sie musste sich zusammennehmen und eine Weile die Straße beobachten.

Nach einer halben Stunde wurde ihre Geduld belohnt. Aus dem Hauseingang trat eine Frau mit einem Riesenschnauzer.

Sogleich wurde die Fahrertür des Autos aufgerissen. Der Fahrer lief in flottem Tempo auf die Frau zu und sprach sie an. Am Ende der kurzen Unterredung hoben der Mann und die Frau gleichzeitig die Köpfe und schauten zu den Fenstern der Litwinow'schen Wohnung empor.

Alles klar. Sicher kannte die Frau sowohl die Dobermannhündin Tuma wie auch ihr Frauchen: Hundebesitzer schließen schnell miteinander Bekanntschaft, das hatte jemand Natalja mal erzählt. Zumindest grüßen sie einander immer.

Warum hatte der Mann aus dem Shiguli die Hundebesitzerin angehalten?

Natalja kehrte zu Tuma zurück und begriff. Das Bellen. Das Bellen der Dobermannhündin hinter der Tür hatte die große Rasse verraten. Und ein Riesenschnauzer gehörte ebenfalls zu einer großen Rasse. Irgendeinen winzigen Zwergpinscher hätte er keines Blickes gewürdigt.

Das änderte die Sachlage erheblich. Sie konnte Tuma einfach in der Wohnung zurücklassen und ganz ruhig hinausgehen, als unabhängige, von keinerlei Haustieren belastete Frau. Dieser Spitzel würde ihr ja wohl nicht gleich Handschellen anlegen!

Natalja holte Luft und wollte gerade schon vom Fenster weggehen, als noch ein verspäteter Bewohner des Hauses Nr. 62/3, Bolschoi Prospekt, auftauchte. Er hatte zwar keinen Hund, aber der Fahrer des Shiguli trat auch auf diesen schlampig gekleideten Kerl mit Ohrenmütze zu.

Wie ihr Gespräch endete, interessierte Natalja nicht mehr.

Der Hund tat nichts zur Sache. Der Typ aus dem Shiguli würde sich jeden vornehmen, der aus dem Haus kam. Natalja ging vom Fenster weg und legte sich aufs Bett. Sie musste sich beruhigen. Abwarten.

... Sie erwachte vom leisen Gewinsel Tumas.

Die Hündin stupste sie mit ihrer kalten Nase an, lief aus dem Zimmer und dann wieder zurück zu ihr. Der versprochene Abendspaziergang hatte nicht stattgefunden, und Tuma gab ihrer Entrüstung darüber Ausdruck. Natalja schaute auf die

Uhr und stöhnte auf: halb vier Uhr morgens! Das Klingeln an der Tür, der Dienstausweis vor dem Spion, der einsame Shiguli unten auf der Straße – das alles wirbelte ihr sofort wieder durch den Kopf. Sie zwang sich aufzustehen und zum Fenster zu gehen.

Nichts hatte sich verändert.

Der Wagen stand vor dem Haus wie angewurzelt. Im Innern brannte Licht. Vermutlich würde er dort bis morgen Früh stehen oder sogar bis morgen Abend. Und wenn nötig, würden noch andere Wagen kommen, und man würde die Eisentür aufbrechen. Der Mord an einem Bankier war eine ernste Sache.

Es gab keinen Ausweg.

Sie war nahe daran, in Tränen auszubrechen. Aber sie riss sich zusammen, ging in die Diele und zog sich die Stiefel an. Ihre eigenen Stiefel. Und den Mantel. Ihren eigenen Mantel. Das schöne fremde Leben war zu Ende. Und ihr eigenes womöglich auch. Jedenfalls würde sie nach der heutigen Nacht nicht mehr so sorglos sein.

Natalja hockte sich vor die aufgeregte Tuma und gab ihr einen Kuss auf die Nase.

»Das war's, Hund«, sagte sie traurig. »Finita la commedia. Das Spiel ist aus. Behalt mich in gutem Andenken. Morgen Früh kommt jemand und bringt dich raus. Vielleicht sogar schon heute Nacht. Wenn du Glück hast.«

Furchtlos öffnete sie die Tür: Komme, was da kommen soll. Selbst wenn vor dem vernagelten Dachboden eine ganze Antiterroreinheit auf der Lauer lag – es hatte keinerlei Bedeutung mehr.

Aber es war niemand vor der Tür. Natalja ging zur Treppe und stieg hinunter.

Auf dem Treppenabsatz zwischen dem fünften und dem vierten Stock traf sie Woronow.

»Ich will gerade zu Ihnen«, sagte Woronow mürrisch und kratzte sich den zugewachsenen Nacken. »Es gibt Neuigkeiten.«

Vor Überraschung brach Natalja in Gelächter aus. Sie lachte so lange und so verzweifelt, dass Woronow sie schließlich am Arm packte.

»Was ist los mit Ihnen?«

»Nichts ...«

»Was ich Ihnen sagen wollte ... Das Sujet gleitet mir aus der Hand.«

»Na, und wenn schon, zum Teufel damit.« Nur schnell die Treppe hinunter, zum Shiguli laufen und ein Geständnis ablegen!

»Was ist, verstehen Sie nicht? Das Sujet steht auf der Kippe. Es fehlt eine wichtige Komponente.«

»Was denn für eine Komponente?«

»Es gibt keine Quelle, aus der die Heldin Informationen bekommen kann. Sie verstehen?«

»Nein.«

»Nicht hier. Gehen wir zu mir hinunter oder zu Ihnen hinauf.«

»Besser zu Ihnen. Nach unten.«

»Dann kommen Sie.«

Woronow stieß Natalja fast in seine Wohnung und brummte schon auf der Schwelle: »Ich brauche eine Parallelhandlung.«

»Wie meinen Sie das?«

»Verstehen Sie, Ihre ... unsere Heldin verfügt nicht über alle nötigen Informationen. In den Zeitungen vom Mord an dem Bankier zu lesen – nichts dagegen einzuwenden. Aber wissen Sie, Zeitungen und Fernsehen sind eine Sache, konkrete Indizien aber eine ganz andere. Zum Beispiel: Im Kofferraum, in dem die Leiche lag, wurde noch etwas anderes gefunden. Ein Knopf etwa ...«

»Ein Manschettenknopf«, sagte Natalja mit erstickter Stimme.

»Ausgezeichnet. Ja, ein Manschettenknopf ist gut. Dann wird der andere Manschettenknopf ...«

»... von der Heldin in der verfluchten Wohnung gefunden,

aus der sie einfach nicht mehr rauskommt! Zusammen mit einem blutigen Hemd.«

»Fabelhaft.« Woronow verzog seine schmalen Lippen zu einem angedeuteten Lächeln. »Sie machen Fortschritte. Aber die Heldin kann ja von dem zweiten Knopf, der im Kofferraum gefunden wurde, nichts wissen.«

»Stimmt.«

»Eben. Man muss eine Parallelhandlung einführen. Einen Kommissar oder Ermittler. Und die beiden geschickt miteinander bekannt machen ... Schließlich ist unsere Heldin auf erotischem Gebiet ja sehr bewandert, wie sich gezeigt hat.«

»Schon passiert.«

»Was – ›schon passiert‹?« Woronow begriff nicht.

»Die Parallelhandlung gibt es schon. Kommen Sie, ich zeige sie Ihnen.«

Natalja wollte schon zum nächsten Fenster gehen, aber Woronow hielt sie an: »Die Stiefel! Ziehen Sie bitte die Stiefel aus!«

»Wie Sie mir auf die Nerven gehen ...«, murmelte Natalja. »Na gut.«

Nachdem sie die Stiefel ausgezogen hatte, ging sie in Woronows dunkle Küche und blieb vor der mit winzigen Kakteen voll gestellten Fensterbank stehen.

»Schalten Sie bitte nicht das Licht an, Wladimir Wladimirowitsch.«

»Was ist denn los?«

»Sehen Sie den Shiguli? Der vor dem Eingang parkt?«

»Ja. Und?«

Woronow stand hinter ihr, und sie spürte seinen gleichmäßigen und friedlichen Atem – rein wie den eines Kindes.

»Genau das ist unsere Parallelhandlung. Ein Kommissar oder Ermittler. Genau weiß ich es nicht.«

»Aber wie sind Sie darauf gekommen?« In Woronows Stimme lag keinerlei Neugier.

»Der Mann im Auto beobachtet mich.«

»Sie?«

»Na, nicht mich persönlich ... Er beobachtet die Wohnung.«

»Wessen Wohnung?«

»Meine ... Das heißt, nicht meine ... Das ist nicht meine Wohnung.«

»Nicht Ihre?« Immerhin ein Anflug von Verwunderung. Gott sei Dank! »Wem gehört sie dann?«

»Haben Sie etwas zu trinken?«, fragte Natalja.

»Mineralwasser.«

»Ich denke, das passt jetzt nicht ...«

»Warten Sie.« Woronow ging zum Kühlschrank und riss die Tür auf. »Es ist noch Wodka da. Erstaunlich, dass Sergej ihn nicht ausgetrunken hat.«

»Sehr gut. Her mit dem Wodka.«

Woronow öffnete einen Hängeschrank und holte ein winziges Schnapsglas heraus.

»Nicht so eins«, rügte ihn Natalja. »Haben Sie kein richtiges Glas?«

»Ein richtiges Glas?«

»Ein ganz normales Trinkglas.«

»Schon, aber ...«

»Gießen Sie es voll.«

In Woronows Augen glomm ein missbilligender Funke auf, aber er goss den Wodka trotzdem ein.

»Sind Sie Alkoholikerin?«, fragte er teilnahmsvoll, als Natalja das Zeug schwungvoll hinunterkippte.

Sofort breitete sich in ihrem ganzen Körper Wärme aus, und der Shiguli vorm Haus verlor seine Bedrohlichkeit. Sie fühlte eine unerwartete Aufwallung von Energie und brach in Gelächter aus.

»Alkoholikerin? Ja, vielleicht bin ich eine Alkoholikerin. Und außerdem eine Diebin, Lügnerin, Hundeentführerin und Mörderin.«

»Sie sehen gar nicht gut aus. Kommen Sie, wir gehen ins Wohnzimmer. Da können Sie sich beruhigen und mir alles erzählen.«

»Ja. Ich muss alles erzählen ... Ich muss unbedingt irgendwem alles erzählen.«

»Erzählen Sie, Darja.«

»Damit können wir gleich anfangen. Mit dem Namen. Ich heiße gar nicht Darja. Sondern Natalja. Natalja Iwanowna Schirokowa. Das bin ich. Ich habe einen Hund gefunden. Ich bin hierher gefahren, auf die Wassili-Insel, weil diese Adresse auf dem Hundehalsband stand. Das ist die Wahrheit! Und ich bin in dieser verteufelten Wohnung geblieben, weil sie mir gefiel. Weil sie bis zur Decke mit schönen Sachen und teurer Technik gefüllt ist, weil ich selber, Natalja Iwanowna Schirokowa, nur ein kümmerliches kleines Zimmer auf der Petrogradka habe. Und Nachbarn, die ich hasse. Und die mich hassen ... Die ganze Zeit habe ich mich selbst belogen ... Ich warte auf die tatsächliche Besitzerin, ich kümmere mich um ihren Hund, ach, woher denn! Ich wollte mich einfach nur erholen, gemütlich in einem fremden Bett und in einer fremden Badewanne liegen. Ein elementares Bedürfnis, vielleicht ein niedriges, aber ein elementares. Und dann habe ich die Pässe gefunden und die abgelaufenen Tickets. Aber nicht einmal das hat mich stutzig gemacht. Ich habe alle Anrufe auf dem Anrufbeantworter abgehört, ich habe fremde E-Mails gelesen – es kam mir vor wie ein unschuldiges Spiel. Ich bin sogar zu einem Treffen mit dem Ex-Freund der Wohnungsinhaberin gefahren. Auch das war ein Spiel ... in gewisser Weise. Nichts Schreckliches, nichts Bedrohliches. Aber heute ... heute habe ich ein Hemd mit Blutflecken darauf gefunden.«

»Ketchup oder Kirschsaft?«, fragte Woronow völlig unpassend.

Natalja stockte. Dieser verfluchte Schriftsteller, er glaubte ihr kein einziges Wort, und er war doch ein Mann mit Verstand und Fantasie. Was sollte man dann erst von dem Hüter des Gesetzes erwarten, der sich jetzt in seinem Shiguli den Hintern wund saß.

»Ich glaube nicht«, sagte sie. »Die Geschichte, die ich Ihnen vor ein paar Tagen erzählt habe, ist wahr. Verstehen Sie?«

»Es fällt mir schwer.« Woronow setzte sich in den Sessel ihr gegenüber. »Soll das heißen, der Roman, an dem ich gerade schreibe ...«

»Ist meine eigene Geschichte! Begreifen Sie jetzt?«

»Und die Leiche im Kofferraum?«

»Die Leiche im Kofferraum ist ganz real. Oben habe ich Zeitungen ... Und im Fernsehen hat man auch darüber berichtet.«

»Ich sehe nicht fern.«

»Ja. Ich erinnere mich. Deshalb habe ich es auch erzählt.«

»Und Sie wollen, dass ich diesen sentimentalen Unsinn glaube? Diese fantastische Geschichte, die beim ersten Zusammenstoß mit der Realität in Stücke bricht?«

»Ja«, hauchte sie verzweifelt. »Das will ich.«

»Aber eine solche Menge von Zufällen ... So etwas gibt es einfach nicht.«

»In Büchern vielleicht nicht. In Büchern muss man alles begründen und rechtfertigen. Aber im Leben gibt es niemanden, vor dem man sich zu rechtfertigen hat. Das Leben hat keine Literaturkritiker.«

»Bedauerlicherweise. Nun, und wohin wollten Sie so spät am Abend?«

»Mich ergeben. Der Mann, der im Shiguli sitzt, bewacht diese Wohnung, verstehen Sie? Er hat schon an der Tür geklingelt und gesagt, dass er von der Miliz ist.«

»Und Sie haben das geglaubt?«

»Ich glaube gar nichts mehr.«

»Na schön.« Woronow stand auf und ging im Zimmer umher. »Ich fasse zusammen. Ihren Worten nach ist diese ganze Pseudodetektivgeschichte, die Sie mir aufgedrängt haben, also tatsächlich geschehen.«

»Geschieht«, verbesserte Natalja. »Sie ist noch nicht zu Ende. Sie wird damit enden, dass man mich in den Knast steckt. Niemand wird auf das kindliche Gefasel von dem Hund hören. Ein Mensch, der beharrlich alle Gründe, wegzugehen, übersieht, muss eine Menge Gründe haben zu bleiben. Das wird man mir nicht verzeihen. Wissen Sie, womit ich mich in den letzten Stunden beschäftigt habe? Ich habe in der ganzen Wohnung meine eigenen Fingerabdrücke weggewischt.«

»Wozu?«

»Damit man mich nicht findet, zum Teufel!!!«

»Wieso, sind Sie schon mal mit der Miliz zusammengestoßen?«

»Nein, warum?«

»Wenn nicht, war die ganze Plackerei überflüssig. Ihre Fingerabdrücke sind in keiner Kartothek. Das weiß doch jedes Kind. An Ihrer Stelle würde ich die Situation nicht so dramatisieren.«

»Dramatisieren?!« Natalja lachte nervös auf. »Ein Mann ist ermordet, und in meiner Wohnung liegt sein Pass, sein Flugzeugticket und sein Hemd ... Voller Blut ...«

»In Ihrer Wohnung?«

»Nicht in meiner ... Verflixt ... Lassen Sie uns nach oben gehen, dann werden Sie alles selber sehen.«

»Eine ausgezeichnete Idee.«

Woronow ging zur Tür. Und drehte sich unmittelbar davor um: »Na?!«

In seiner Stimme lagen auf einmal so viel Kraft und ruhige Autorität, dass Natalja zusammenzuckte. Als sie schon die Stiefel angezogen hatte, bat sie Woronow kläglich: »Gucken Sie doch bitte erst ins Treppenhaus. Wer weiß, wer sich da herumtreibt ...«

Er brummte, gehorchte dann aber doch. Ein paar Augenblicke später kam er mit der beruhigenden Nachricht zurück: »Alles in Ordnung. Niemand da. Wir können gehen.«

Mit großen, feigen Sätzen rannten sie in den fünften Stock, und Natalja steckte den Schlüssel ins Schloss. Hinter der Tür hörte man leises Winseln. Tuma hatte noch immer nicht die Hoffnung aufgegeben, sich die Pfoten auf der Straße zu vertreten.

Als der Schlüssel sich im Schloss drehte, wurde Woronow plötzlich störrisch.

»Ich habe ja ganz vergessen ... Sie haben einen Hund.«

»Tuma ist sanft wie ein Schaf, die hat selber vor allen Angst.«

»Sie haben einen Hund, und ich habe eine Allergie! Übrigens, gegen Schafe bin ich auch allergisch ...«

»Wladimir Wladimirowitsch! Ich sperre den Hund sofort ins Bad, und Sie können unbesorgt eintreten.«

Woronow überlegte. Dann packte er mit fester Hand den Türgriff.

»Hören Sie, Natalja ... oder wie Sie heißen ... Sie versichern mir, dass Ihnen das alles tatsächlich passiert ist und Sie mich nur benutzt haben, mir die einzelnen Details erzählt haben, damit ich Sie zu einem Ganzen zusammenfüge ...«

»So ist es.«

»Und Sie sind also zu dem Treffen mit dem Ex-Freund der Wohnungsbesitzerin gefahren, während ich zu Hause saß und versuchte, alles gewissenhaft zu beschreiben ... Wie war das, haben Sie da mit ihm geschlafen?«

Natalja war sprachlos. Dieser Scheinheilige in Schlappen, dieser lüsterne Eremit – auf was für Ideen er kam!

»Sie sind wohl verrückt geworden. Natürlich nicht«, log sie kläglich. »Das ist Ihre dichterische Fantasie.«

Sie schubste ihn fast in die Diele, zwängte sich dann selbst hinein und schlug sofort die Tür hinter sich zu. Tuma sprang in schweren Sätzen um sie herum. Woronows Gesicht lief rot an, aus seinen Augen rollten erbsengroße Tränen.

»Sie haben mir doch versprochen«, ächzte er keuchend. »Nehmen Sie den Hund weg ... Bringen Sie ihn irgendwohin ...«

»Ja, ja, natürlich.« Natalja packte die Dobermannhündin am Halsband und zog sie ins Bad.

Sofort ging es Woronow besser. Er wischte sich das Gesicht mit einem riesigen Taschentuch ab und kommandierte munter: »Also los. Zeigen Sie mir Ihre grauenhaften Beweise.«

»Sie sind im Schlafzimmer. Aber da ist kein Licht. Ich mache es extra nicht an, um keinen unnötigen Verdacht zu erregen ... Warten Sie, ich hole sie sofort. Sie können sich inzwischen die Zeitungen ansehen. Die Artikel über den Mord habe ich rot markiert.«

In dem dunklen Schlafzimmer tastete sie mit der Hand nach dem Diplomatenkoffer, bekam ihn zu fassen und kehrte ins Wohnzimmer zurück. Woronow saß bereits im Sessel und studierte aufmerksam die Zeitungen.

»Tatsächlich ... Ein Toter im Kofferraum, aber über die Art der Verletzungen wird nichts gesagt. Vielleicht irgendetwas Exotisches ... Radziwill, German Julianowitsch. Bankier. Na, je mehr man von denen umbringt, desto besser.«

»Sie reden wie ein widerlicher kleiner Spießer, Wladimir Wladimirowitsch. Hier, schauen Sie.«

Mit zitternden Händen öffnete Natalja den Koffer. Nein, sie hatte nicht geträumt, das Hemd lag an seinem Platz.

»Sehen Sie jetzt? Glauben Sie mir jetzt?«

Aber Woronow schien sie gar nicht zu hören. Er kniete vor dem weit geöffneten Koffer nieder. Seine ganze Haltung – die angespannten spitzen Ellbogen, der servil gekrümmte Rücken, das wie eine Trauerfahne auf halbmast hängende Kinn – hatte etwas von einer Gebetsekstase. Oder von kindlicher Ehrfurcht vor den wunderbaren, noch unbekannten Geschenken, die versteckt unter dem Weihnachtsbaum liegen. Nicht im Stande, sich länger zurückzuhalten, näherte er sein Gesicht dem schrecklichen Inhalt.

»Haben Sie etwas angefasst?«, fragte er mit brüchiger Stimme.

»Das Hemd ... Ich habe das Hemd auseinander gefaltet.«

»So. Tatsächlich, Blut ... Nach der Art der Flecken zu urteilen, etwa eine Woche alt ...«

»Woher wissen Sie das?«

Woronow warf Natalja einen herablassenden Blick zu: »Das gab es bei mir schon. Im fünften Roman ...«

»›Der ungewisse Tod‹.«

»Genau. Wenn Sie sich erinnern – dort hing das Schicksal des Helden von der Beschaffenheit der Blutflecken auf dem Hemd ab.«

»Ja, ja, ich erinnere mich.«

»Und ›Der Tod kehrt in den Hafen zurück‹?«

»Ihr sechster Roman.« Natalja kannte sich bestens aus. »Das Blut auf dem Fußboden hatte man mit einer Sommerjacke aufgewischt.«

»Eben.«

Woronow musterte das Hemd und entdeckte den Manschettenknopf.

»Was ist das für ein Plunder?«

»Yin und Yang«, kommentierte Natalja bereitwillig und unterdrückte ein Lächeln: Natürlich, das Männlich-Weibliche war Woronow mehr als suspekt, er würde dem Kampf der Geschlechter immer ausweichen und mit den anämischen Flügelchen des Impotenten schlagen.

»Das sehe ich. Billiges Silber, wie man es an jedem Bahnhofsstand kaufen kann. Ein Mensch, der auf sich hält, steckt sich so einen Ramsch nicht an. Was haben Sie noch?«

Natalja trabte mit der Beflissenheit eines Wachhundes im Dienst zu dem roten Rucksack der Litwinowa und kippte den Inhalt vor dem Schriftsteller aus. Woronow kroch zwischen den Sachen herum und hob sie Stück für Stück hoch, um sie genau zu betrachten. Er begann mit den Pässen.

»Ein Auslandspass. German Julianowitsch Radziwill. Mit Schengener Visum. Was für eine widerliche Fresse ... Wirklich höchste Zeit, sich über die Konsequenzen der Privatisierung Gedanken zu machen! Aber sie sieht ganz nett aus.« Der Pass Darja Litwinowas verharrte lange im festen Griff seiner Finger.

»Sie wäre wohl besser die Hauptperson und nicht ich?«, scherzte Natalja matt.

»Die Hauptperson wäre am besten A. P. Kriwulja«, erwiderte

Woronow schroff. »Er jedenfalls hat mich noch nie enttäuscht. Pass und Fahrkarte nach Murmansk. Sie wollte ihre historische Heimat besuchen, ist aber nie losgefahren. Warum? Hat man sie daran gehindert?«

»Warum hat man dann nicht ihr Geld genommen?«, fragte Natalja vernünftig.

»Was für Geld?«

»Im Portemonnaie.«

Woronow öffnete die dicke Brieftasche, und die Dollarscheine flatterten heraus.

»Dreitausend«, schätzte Woronow mit einem flüchtigen Blick.

»Warum hat man es nicht genommen?«

»Vielleicht ist es Falschgeld.« Der unscheinbare Schriftsteller legte eine erstaunliche Gleichmut gegenüber dem ausländischen Geld an den Tag. »Logischerweise müsste es falsch sein. Aber das wird man ja leicht nachprüfen können. Was haben Sie mir noch zu bieten?«

»Ach verflixt.« Natalja griff sich an den Kopf. »Die E-Mails ... Grim.«

»Derselbe Grim, den Sie mir als neue Person unterschieben wollten? Der existiert also auch?«

»Na ja, natürlich ... Ich zeige es Ihnen sofort.«

»Verschonen Sie mich.« Woronow runzelte die Stirn. »Ich habe kein Vertrauen zu Computern ...«

»Ich habe mich für heute mit ihm verabredet. Besser gesagt, er hat sich mit mir verabredet. Aber über all diesen Hemden und Knöpfen habe ich das total vergessen.«

»In wessen Namen sind Sie mit ihm verabredet?«

»In meinem eigenen.«

»Einem erfundenen oder dem richtigen?«

»Mit solchen Details wie dem Namen habe ich mich gar nicht abgegeben. Er hat die ganze Zeit Briefe mit irgendwelchen verschwommenen Andeutungen geschickt, vagen Warnungen. Ich war gezwungen, ihm zu antworten.«

»Und was hat er Ihnen angedeutet? Hat er gedroht, zur Miliz zu gehen, wenn Sie nicht auftauchen?«

»So ungefähr.«

Um ins Internet zu gelangen, brauchten sie gute zehn Minuten. Die Leitung war dauernd besetzt – wie ein Schwarm Krähen hatten sich jetzt alle Nutzer des billigen Nachttarifs versammelt. Eine neue Mail von Grim, auf die Natalja insgeheim gehofft und die sie insgeheim gefürchtet hatte, war nicht gekommen.

»Zeigen Sie mir die Briefe«, ertönte über ihrem Ohr Woronows Stimme.

Sie öffnete gehorsam Grims letzte Mitteilungen.

»Verdammt nochmal, antworte, sonst denke ich noch, dass du gar nicht mehr am Leben bist!«

»Warum schweigst du? Was ist mit Leopard?«

»Wer sind Sie?«

»Einverstanden. Heute Abend um 19.13 Uhr. Prospekt der Metallarbeiter 113, Wohnung 3. Die Tür wird offen sein. Ende der Verbindung.«

»Na, was sagen Sie dazu?«, fragte sie Woronow, nachdem er alles gelesen hatte.

»Wieso fragt er – ›Wer sind Sie?‹ Hat er plötzlich angefangen, sich aktiv für Sie zu interessieren? Oder haben Sie ihm etwas mitgeteilt, was Sie mir nicht gesagt haben?«

In Woronows Stimme klang ein eifersüchtiger Unterton mit.

»Nein ... Als er die ersten beiden Nachrichten geschickt hat, habe ich beschlossen zu antworten. Und einen Brief geschickt. Einen sehr allgemein gehaltenen. Ich habe ihm ein Treffen an der Sphinx gegenüber der Akademie vorgeschlagen. Zu einer Zeit, die jedem passt – 19.13 Uhr.«

»19.13 Uhr. Sie wollten wohl besonders originell sein?«

»Ich fand es ganz witzig. 19.13 Uhr – das ist ganz im Stil dieser Wohnung.«

»Und was weiter?«

»Weiter? Weiter schickte er mir die Nachricht ›Wer sind Sie?‹.«

Woronow starrte aus angemessener Entfernung ungläubig auf den Monitor.

»Na, ich weiß nicht ... Höchstwahrscheinlich konnte er einfach nicht kommen.«

»Er hätte das Treffen auf einen späteren Termin verschieben können.«

»Das glaube ich nicht. Er konnte grundsätzlich nicht kommen. Das wusste die Wohnungsbesitzerin, aber Sie wussten es nicht. Deshalb hat er gemerkt, dass ein Fremder in die Post eingedrungen war.«

»Was heißt – er konnte grundsätzlich nicht kommen?«

»Nun, da kann es verschiedene Umstände geben ... Er hat sich die Beine gebrochen, als er beim Reparieren der Regenrinne aus dem zweiten Stock gefallen ist. Oder er ist seit der Kindheit an den Rollstuhl gefesselt. Was kann es nicht alles für Gründe geben. Aber er war trotzdem einverstanden, sich mit Ihnen zu treffen. Was haben Sie ihm geschrieben?«

»Ich habe geschrieben, dass wir uns unbedingt rasch sehen müssen und dass es um Darja geht. Um ihr Verschwinden.«

»Und er war einverstanden. Er hat geschrieben, die Tür werde offen sein, aber Sie sind nicht gekommen.«

»Ich hatte es völlig vergessen.«

»Schlecht. Was gibt es noch in diesem Apparat?« Woronow klopfte vorsichtig gegen den Computer.

»Ich weiß nicht. Ich habe nur die Post geöffnet.«

»Sie haben mich ja geschickt hinters Licht geführt. Ich hätte von Anfang an wissen müssen, dass eine so, entschuldigen Sie, durchschnittliche Frau nicht so geschickt ein Sujet entwerfen und mir auch noch immer einen Schritt voraus sein kann.«

»Nein. Sie waren es, der mir immer einen Schritt voraus war.« Zu jeder anderen Zeit hätte Natalja dem Chauvi Woronow seinen geliebten Briefbeschwerer an den Kopf geworfen, aber jetzt hatte sie keine Wahl. Demut, dümmliche Neugier und kriecherische Schmeichelei – das waren jetzt ihre einzigen Waffen.

Aber es wäre gar nicht nötig gewesen, diese Waffen anzuwenden – Woronow überhörte ihre Bemerkung glatt.

»Ist das alles, was Sie entdeckt haben?«

»Noch andere Sachen ... Verschiedene Kleidungsstücke, die der Wohnungsinhaberin gehören.«

»Na, das ist ja klar.« Woronow fletschte verächtlich die Zähne. »Sie haben die teuren Klamotten Ihren Freunden und Freundinnen vorgeführt. Als Ihre eigenen ausgegeben. Eine völlig durchschnittliche Frau. Ich hatte Recht.«

Natürlich, natürlich, alles, was Sie sagen, Wladimir Wladimirowitsch, stimmt. Aber jetzt müssen Sie mir helfen. Ein neuer und völlig unerwarteter Gedanke kam Natalja in den Kopf. Woronow konnte ihr wirklich helfen. Er konnte bestätigen ...

»Sie sagen also, das Haus wird beobachtet?«, vergewisserte sich Woronow.

»Ja. Zuerst ist er nach oben an die Wohnungstür gekommen, hat den Namen der Besitzerin gerufen und mir durch den Spion seinen Ausweis gezeigt. Sein Wagen steht immer noch vor dem Haus. Sie haben ihn doch gesehen ...«

»Wer ist denn das?« Woronow interessierte sich plötzlich für die Fotos neben dem Computer. Die drei Grazien auf dem einen Bild – Darja und die beiden anderen Mädchen – und die drei Grazien auf dem anderen – Darja, Tuma und Denis.

»Ich weiß nicht. Offenbar Freundinnen. Auf dem anderen Foto ist ihr Freund.«

»Der, mit dem Sie sich getroffen haben?«

»Ja.«

»Sieht er in Wirklichkeit auch so selbstzufrieden und dumm aus?«

»Nein.«

»Schade.« Woronow nahm die Bilder aus den Rahmen und drehte sie um. »Aha. ›Xenia, Bader-Bader, ich. Calypso.‹ Und hier das zweite: ›Abend bei ›Autopilot‹. Dezember.‹ Was ist ›Calypso‹?«

»Ich weiß nicht. Vielleicht ein Restaurant?«

»Nein, wie ein Restaurant sieht die Einrichtung nicht aus ...« Nachdem er die Fotos noch einmal aufmerksam betrachtet hatte, steckte Woronow sie wieder in die Rahmen zurück. Und wischte alle Oberflächen sorgfältig mit dem Ärmel ab.

»Wie ich sehe, sind Sie auch nicht gerade darauf erpicht, hier Ihre Fingerabdrücke zu hinterlassen«, konnte sich Natalja nicht verkneifen.

Woronow gab keine Antwort. Er musterte noch einmal gründlich das Zimmer.

»Wo haben Sie den Koffer gefunden?«

»Unter dem Bett.«

»Und alle diese Papiere – Ausweise, Fahrkarten, Geld?«

»Im Rucksack.«

»Legen Sie alles wieder an Ort und Stelle zurück.«

»Aber ...«

»Ich denke, wir haben alles Interessante gesehen«, fällte Woronow sein Urteil und wandte sich zum Ausgang.

»Und ich?«, fragte Natalja verwirrt. »Was ist mit mir?«

Sie hätte sich am liebsten an Woronows mageren Ellbogen geklammert wie an den rettenden Strohhalm. Noch vor ein paar Augenblicken hatte sie sich relativ sicher gefühlt, sie hatte die Bürde der Verantwortung mit einem anderen Menschen geteilt. Einem Menschen, der sich für diese Geschichte lebhaft interessierte. Aber dieses Interesse war nur flüchtig gewesen. Offensichtlich hatte Woronow in diesen Sachen nichts gefunden, was sein Sujet irgendwie voranbringen konnte. Oder seine Geschichte sollte sich nach ganz anderen Regeln entwickeln. Und die von ihm erfundenen Spuren waren viel interessanter und ungewöhnlicher.

»Sie hatten doch vor, die weiße Flagge zu hissen und sich zu ergeben«, bemerkte Woronow gleichgültig.

»Nein ... Man wird denken, ich wäre beteiligt ...«

»Und was schlagen Sie vor?«

»Wladimir Wladimirowitsch! Ich weiß ja, dass es dumm

klingt ... Aber würden Sie mir vielleicht erlauben, bei Ihnen zu übernachten?«

»Bei mir?«

»Nun ja. Und wenn es nur auf dem Teppich in der Diele ist. Er wird doch wohl nicht ewig vor dem Haus warten. Ich übernachte bei Ihnen, und morgen fahre ich nach Hause. Und Sie sehen mich nie wieder. Niemand sieht mich wieder ... Ich verspreche, um die Wassili-Insel in Zukunft einen Riesenbogen zu machen.«

»Tun Sie mir den Gefallen.«

»Nur diese Nacht, Wladimir Wladimirowitsch, nur ein paar Stunden. Ich will nicht länger in dieser Wohnung bleiben.«

»Bloß wegen des erbärmlichen Wagens vorm Haus?«

»Vielleicht ist es ja nicht der einzige?«

Auf Woronows Gesicht spiegelten sich widerstreitende Gefühle: Der verächtliche Mund und die hochgezogenen Brauen waren gegen einen so exzentrischen Vorschlag einer exzentrischen Frau. Aber die Wangenknochen und das schwache, unschlüssige Kinn hatten sichtlich Mitleid. Natalja entschloss sich zu einem unerlaubten Mittel.

»Erinnern Sie sich an Ihr siebtes Buch, Wladimir Wladimirowitsch, an den Serienmörder. ›Der Tod klopft nur einmal‹. Da war ebenfalls ein Unschuldiger in der Klemme. Aber der Held hat ihm geglaubt, ihm Zuflucht gewährt. Sie können einen Unschuldigen nicht abweisen, Wladimir Wladimirowitsch.«

»Was ist mit Leopard?«, fragte Woronow unerwartet.

»Ich weiß nicht, was mit Leopard ist ... Helfen Sie mir!«

»Was ist mit Leopard? – Diese Frage hat er in seinem Brief gestellt, Ihren elektronischen Bekannten meine ich. Leopard, Leopard ... Wissen Sie, dass es für den Schneeleoparden noch eine andere Bezeichnung gibt – Irbis? So hieß doch wohl die Bank des Ermordeten?«

»Und ich? Was wird mit mir?« Natalja hörte ihm gar nicht richtig zu.

»Na gut«, gab er unerwartet nach. »Sie können bei mir bleiben. Aber nur bis morgen. Morgen überlegen wir uns irgendetwas. Und heute wischen Sie die Türklinken ab.«

Woronow ging zum Ausgang.

Natalja wollte schon hinter ihm her rennen, als ihr Blick auf die Fotografie auf dem Schreibtisch fiel: Darja, Tuma und Denis. Denis. Der nette Junge, der Sherry, platinblondes Haar, Kerzenlicht und Tabak liebte ...

Ohne sich Rechenschaft darüber abzulegen, was sie tat, nahm Natalja die Fotografie vom Tisch, entfernte die kleine Kassette des Anrufbeantworters aus dem Telefon und holte aus dem Bad die Zahnbürste, den Rasierapparat von Gillette und mehrere Tuben mit Rasiercreme, Schaum und Gel.

Erst dann trug sie den Koffer mit dem Hemd ins Schlafzimmer zurück und schob ihn unters Bett. Anschließend steckte Natalja ohne jegliches Bedauern Geld und Papiere in den Rucksack zurück.

Die Arbeit war getan. Es blieben nur noch die Türklinken.

Bemüht, keinen Gegenstand in dieser Mausefalle zu berühren, wollte Natalja auf Zehenspitzen aus der Wohnung schleichen. In dem Moment begann die Hündin, die sich eine Zeit lang nicht gemuckst hatte, gegen die Badezimmertür zu springen.

Tuma.

Wie hatte sie das Tier nur vergessen können! Sie konnte Tuma unmöglich hier zurücklassen. Morgen würde Ninon sie zu sich nehmen, aber heute musste sie aus der verfluchten Wohnung gebracht werden. Natalja ging entschlossen auf die Badezimmertür zu und öffnete sie.

Die Hündin kam winselnd in die Diele gestürzt und führte einen Freudentanz auf. Natalja packte sie am Halsband, knöpfte die Leine fest, wischte dann rasch die Türklinken ab und huschte aus der Wohnung. Tuma zerrte sie nach unten, aber es war schon zu spät. Vor der halb geöffneten Wohnungstür von Woronow hockte sie sich hin, verdrehte leidend die Augen und machte eine riesige Pfütze.

Natalja konnte nur hilflos zuschauen. Ebenso wie Woronow, der plötzlich in der Tür erschien.

»Was ... Was ist denn das?«, fragte er mit abgerissenem Flüstern.

»Tuma ... Sie hat so lange warten müssen und hat es nicht mehr ausgehalten. Sie ist nicht sehr gut erzogen ...« Das hätte Natalja besser nicht gesagt.

»Soll das etwa heißen, der Hund bleibt auch hier?!«

»Wo soll ich denn sonst mit ihm hin? Ich kann ihn doch nicht in der Wohnung lassen.«

»Von dem Hund war nicht die Rede. Ich habe eine Allergie gegen Hundehaare.«

»Wir sperren ihn im Bad ein. Nur die eine Nacht.«

»Und wenn er nun Leptospirose hat?«, fragte Woronow. »Wissen Sie, dass Leptospirose über Hunde-Urin übertragen wird?«

»Ich wische das sofort auf.«

»Ich will gar nicht davon reden, dass er wahrscheinlich Flöhe, Läuse und Würmer hat.«

»Wie kommen Sie darauf?«

»Alle Hunde haben Würmer. Und Leptospirose ist für Menschen gefährlich. Sie greift die Leber, die Nieren, die Augäpfel und das Nervensystem an.«

»Aber sie hat doch gar keine Leptospirose, du lieber Himmel!«

Die Diskussion über veterinärzoologische Themen wurde durch den Lift unterbrochen, der sich plötzlich in Bewegung setzte.

Natalja schubste den verdatterten Woronow beiseite und stürzte, die Dobermannhündin hinter sich her ziehend, mit solchem Schwung in die Wohnung, dass sie durch die Diele sauste und sofort in der Küche landete. Jetzt musste sie handeln, bevor der schlafmützige Schriftsteller wieder zur Besinnung kam.

Als Woronow sich einige Augenblicke später wieder gefasst

hatte und im Stande war, seiner Empörung Ausdruck zu verleihen, war Tuma bereits im Bad eingesperrt. Und fing sofort an, sich gegen die Tür zu werfen.

»Was sollen wir tun?«, fragte Woronow finster. »Ich habe nicht die Absicht, das zu ertragen.«

»Sie wird sich gleich beruhigen.«

»Das bezweifle ich. Aber wenn Sie mir schon bis morgen Früh Ihre Gesellschaft aufgedrängt haben, dann richten Sie sich doch auch gleich hier ein.«

»Wo?«

»Im Bad, mein Täubchen, im Bad.«

»Im Bad?«

»Warum nicht? In der Ecke finden Sie eine Luftmatratze, Semjon hat sie mal angeschleppt ... Also dann, gute Nacht. Gleichzeitig können Sie auch dieses Untier beaufsichtigen.«

Besonders gastfreundlich sind Sie wirklich nicht, Wladimir Wladimirowitsch!

Aber in ihrer Situation hatte sie keine andere Wahl. Seufzend drückte sie die Klinke herunter.

In der Ecke lag wirklich eine doppelt zusammengefaltete Luftmatratze. Um sie einigermaßen aufzublasen, brauchte sie gute fünfzehn Minuten. Aber kaum lag die aufgeblasene Matratze auf dem Boden, da machte sich sofort die Dobermannhündin darauf breit. Alle Versuche, das Tier von der Matratze zu verjagen, führten zu nichts: Tuma knurrte und fletschte die Zähne.

»Miststück! Und mit dir hatte ich Mitleid«, sagte Natalja vorwurfsvoll, verzichtete aber auf einen weiteren Kampf um die Matratze.

Sie legte das Ohr an die Tür und klopfte ganz leise.

Sofort ertönte Woronows ungehaltene Stimme: »Was wollen Sie?«

»Wladimir Wladimirowitsch, ich vergesse dauernd, Sie zu fragen ... Wie wird eigentlich Ihr neues Buch heißen?«

»›Der Schweif des Todes‹«, sagte Woronow nach kurzem

Überlegen. »Vorausgesetzt natürlich, die PR-Abteilung des Verlags hält den Titel nicht für zu blutleer. Entschuldigen Sie, ich muss arbeiten. Gute Nacht.«

Ein kahles Bad, trübe Kacheln, die ihm offenbar Fans aus der städtischen Leichenhalle verehrt hatten, und ein tropfender Wasserhahn: Das würde wirklich eine gute Nacht werden ...

12. Februar. **Ljolja**

Er konnte nicht einschlafen.

Und würde auch nicht mehr einschlafen – nicht in dieser Nacht und nicht in den folgenden.

Hätte er noch vor ein paar Stunden auch nur im Traum daran gedacht, dass dieses Mädchen zu ihm kommen würde, um zu bleiben? Dass sie ihren Volkswagen abstellen und taktvoll über seine Junggesellenhöhle lächeln würde, dass sie den Kaffee ablehnen, in den Händen den Kognakschwenker wärmen und mit den Fingerspitzen sein stoppliges Kinn berühren würde? Und hätte er jemals geglaubt, dass ein hochgeschlossener Pullover so schamlos und Nacktheit so keusch sein konnten?

Mit Reginas Erscheinen verwandelte sich Ljoljas öde, traurige Wohnung wie durch Zauberhand. Ähnelte plötzlich Besançon mit seiner Spätgotik oder vielleicht auch dem kleinen Städtchen an der Küste bei Riga, in das die Oma mit der kleinen Regina fuhr, um Rippenfell- und Lungenentzündungen zu kurieren. »Die Nacht ist meine Zeit«, sagte sie ihm. »Seit meiner Kindheit.«

Die Nacht, die die Narbe verbarg. Die Nacht, die sie niemals verriet. Sie ist bis heute ihre Verbündete.

»Wir sind bis heute Verbündete. Niemand kennt die Nacht so wie ich ...«

»Ich verstehe ...«

Ljolja erinnerte sich nur vage daran, was danach geschah, nachdem sie den Kognak in ihren Händen gewärmt hatte. Übrigens brauchte Regina gar keinen Kognak. Sie brauchte überhaupt kein besonderes Milieu.

Später erst, als alles geschehen war, erschrak Ljolja wirklich. Ihre Intimität hatte etwas von einem tragischen Fehler, etwas Diebisches, Verbrecherisches: als hätte er sich genommen, was ihm nicht gehörte und nie gehören konnte, als müsse unweigerlich eine Vergeltung erfolgen.

Er wusste noch nicht, wie die Vergeltung aussehen würde. Nur eins wusste er mit Bestimmtheit: Er würde nie wieder eine andere Frau haben. Und wenn Regina nicht bei ihm blieb, dann würde alles Weibliche, ob belebt oder unbelebt, für immer aus seinem Leben verbannt sein. Wenn sie sich heute in ihren Volkswagen setzen und wegfahren würde, dann würde er alle Tassen, Untertassen und Schüsseln zerschlagen, alle Decken zerschneiden, alle Matratzen aufschlitzen, niemals würde er mehr ärmellose Westen und Strickjacken tragen, nur noch Pullover und Blazer. Sogar auf die Wärmflasche würde er im Alter verzichten ...

Es war schon fast Mittag, sie hatten zwölf Stunden im Bett verbracht, und Ljolja war fest entschlossen, auch die nächsten zwölf Stunden hier zu verbringen. Zweimal zwölf Stunden. Dreimal zwölf. Solange die Lebensmittel und das Wasser nicht ausgingen, solange die Stadt nicht überschwemmt wurde, solange das Haus nicht vermoderte und aus Altersschwäche einstürzte.

»Das Telefon klingelt«, sagte Regina zu ihm und drückte ihre kühle Stirn gegen sein Kinn. »Hörst du es denn nicht?«

»Zum Teufel damit. Soll es klingeln.« Ljolja küsste sie und spürte, dass er einer Ohnmacht nahe war. »Heute ist Samstag, und ich nehme mir frei.«

»Aber wenn es etwas Wichtiges ist? Ich möchte nicht, dass unsere Beziehung deiner Arbeit schadet.«

Großer Gott, unsere Beziehung ist meine Arbeit, bei der ich die Zeit vergessen möchte, in der ich mich vervollkommnen, Gipfel erreichen und befördert werden möchte ...

Das verfluchte Telefon wollte nicht verstummen, und Ljolja nahm schließlich doch ab. Seine berühmte Intuition, die auf Telefonanrufe so empfindlich reagierte, schwieg jetzt. »Ich höre«, sagte er, obwohl er gar nichts hörte außer der pulsierenden dünnen Ader an Reginas Schläfe.

Aber das, was man ihm mitteilte, veranlasste ihn, sich im Bett aufzusetzen.

»Ja. Ich bin gleich da ...«, war alles, was er sagen konnte.

»Ist etwas passiert?«, fragte Regina.

»Man hat deine Freundin gefunden. Darja Litwinowa.«

»Wo?«

»Auf dem Land. Nicht weit von der Siedlung Olgino. Tot.«

TEIL 3

12. Februar. **Ljolja**

Die Leiche Darja Litwinowas wurde in einem der kürzlich verkauften Cottages am Ufer des Finnischen Meerbusens gefunden. Sie war an einer Überdosis Heroin gestorben.

Entdeckt hatte sie eine Einwohnerin von Olgino, Tamara Alexandrowna Kutscherenko. Sie war es auch, die die Miliz rief. Anderthalb Stunden nach dem Auffinden der Leiche traf Hauptkommissar Ljolja am Ort des Geschehens ein.

Er hatte auf einen Dienstwagen verzichtet und war mit eigenem Fahrzeug gekommen. »Mit eigenem Fahrzeug« hieß, anderthalb Stunden länger mit Regina. Sie selbst hatte darauf bestanden. Sie wollte Einzelheiten wissen, und Ljolja konnte ihr das nicht verdenken. Noch von zu Hause aus versuchte er Sanja zu erreichen, aber man teilte ihm mit, dass Gussalow bereits losgefahren sei und Ljolja vor Ort erwarte.

»Wusstest du, dass sie süchtig war?«, fragte Ljolja, kaum dass sie den ersten Kontrollpunkt der Verkehrspolizei auf der Strecke passiert hatten.

»Nein«, erwiderte Regina schnell. Etwas zu schnell.

»Nein?«

»Nun«, sie wurde verlegen. »Wir haben uns lange nicht gesehen ... Und dann war sie auch immer ein verschlossener Mensch. Hasch, das ja, aber nicht mehr. Ein Joint unter Freunden ... Ganz unschuldig. Mit zwanzig probieren alle mal Hasch aus.«

Ljolja fasste mit zitternden Fingern nach Reginas Ellbogen.

»Ich hasse Drogen«, sagte sie einfach. »Ist die Frage damit erledigt?«

»Ja.«

»Wohin fahren wir?«

»Nach Olgino. Dort ist die Leiche gefunden worden. Von einer Rentnerin, die nach dem Haus sieht. Sie kam heute dorthin, um sauber zu machen, und ...«

»Und Darja? Was wird mit ihr? Sie hat doch keine Verwandten. Niemanden, der ihr nahe steht.«

»Ich weiß nicht«, sagte Ljolja.

»Du hast doch nichts dagegen, wenn wir eben bei Veta vorbeifahren? Ich muss ihr das mitteilen. Sie hat so viel für Darja getan ... Für sie wird es ein Schlag sein.«

Weiß Gott! Besonders nachdem die Gatti die Litwinowa aus der Agentur gejagt, öffentlich den Bannfluch über sie verhängt und geschworen hat, nie wieder mit ihr arbeiten zu wollen.

»Es liegt ja auf dem Weg. Und dauert nicht länger als zehn Minuten. Ich verspreche es.«

»Du kannst doch anrufen.«

»Nein. Solche Nachrichten kann ich nicht übers Telefon erzählen.«

Die verliebte Schülerin und die vergötterte Lehrerin, na klar, sie muss im Fall des Falles bei ihr sein, ihr den schwach gewordenen Ellbogen stützen, sie zum Sessel führen und ein Glas Wasser bringen. Dabei macht die rothaarige Gatti eher den Eindruck einer kleinen, bestens motorisierten und geölten Maschine als den einer schwachen Frau, die Trost braucht.

»Gut«, willigte Ljolja ein. »Ich warte im Auto auf dich. Übrigens, weißt du vielleicht, wie der Bankier, von dem du mir erzählt hast, mit Nachnamen heißt? Dieser Wsewolod?«

Regina krauste die Stirn. »Nein. Aber wenn du willst, kann ich Veta fragen.«

»Woher weiß die das denn?«

»Ganz einfach, mein Lieber. Darja hatte ja niemanden. Und Veta bedeutete für sie sehr viel. So wie für uns alle. Sie hat sie bestimmt miteinander bekannt gemacht. Zumal Darja eine ziemlich ernsthafte Beziehung zu diesem Typ gehabt hat. Ich werde fragen.«

Regina brauchte tatsächlich nicht mehr als zehn Minuten. Aber diese zehn Minuten kamen Ljolja wie eine Ewigkeit vor. Kaum war sie aus dem Wagen gestiegen und unter dem Torbogen von »Calypso« verschwunden, da fühlte er sich auch schon verlassen. Die Straße wurde trüb, über die steinernen Hausmauern fegte erbarmungslos der Februarwind, und die Menschen glitten wie körperlose Schatten über den Bürgersteig.

War alles, was heute Nacht zwischen ihnen gewesen war, überhaupt wahr?

Ljolja öffnete die Hand und drückte sie ungläubig an sein Kinn: Hatte diese Hand wirklich das zitternde Fleisch der schönsten Frau der Welt berührt, die dünnen Schlüsselbeine, den mageren Bauch und die hervorstehenden Hüften gesucht und gefunden?

Und was würde aus ihm werden, wenn im halbmythischen Besançon die Jagdhörner geblasen und die königliche Standarte erhoben würden, um sie zurückzurufen? Diesen Gedanken, gefährlich wie die Schlinge eines Selbstmörders, dachte er nicht mehr zu Ende. Die Straße hörte auf, öde zu sein, stand voller Rosen und Geißblatt und fiel Regina zu Füßen.

»Maschkow«, sagte sie, während sie den Wagen in Gang setzte. »Sein Name ist Maschkow.«

»Und was sagt deine Violetta Sergejewna?«

»Sie möchte die Leiche abholen. Wenn ihr ... wenn ihr alles Nötige erledigt habt.« In Reginas Augen traten Tränen. »Ist das möglich?«

»Hat sie wirklich niemanden?«

»Sie ist Vollwaise.«

»Ich denke, es ist möglich.«

Nur mit Mühe fanden sie das winzige Cottage, das fast unmittelbar am Ufer der Bucht lag; hohe Tannen verbargen es vor den Augen Neugieriger. Neben der Pforte, die zum Haus führte, standen schon der Kleinbus des gerichtsmedizinischen Labors und zwei Einsatzwagen. Sanja wartete rauchend neben der Pforte.

»Wie immer kommst du auf den letzten Drücker«, begrüßte er den aus dem Volkswagen steigenden Ljolja. Und blieb im selben Moment stecken.

In den folgenden drei Minuten war kein vernünftiges Gespräch mit Gussalow möglich: Er hatte nur Augen für Regina. Sein Blick wurde glasig, sein Mund verzerrte sich, und seine Nüstern vibrierten wie bei einem Rassefohlen.

»Darf ich bekannt machen«, sagte Ljolja weltläufig. »Das ist Regina Bader. Und das ist Alexander ...«

»Gussalow«, brachte Sanja mit matter, stockender Stimme hervor und machte vor lauter Gefühlsüberschwang einen Kratzfuß.

»Sehr angenehm. Schade, das wir uns unter solchen Umständen ...« Regina reichte dem Einsatzleiter die Hand, und er fasste nach ihr wie ein Ertrinkender nach dem Strohhalm.

Ljolja verspürte einen jähen Anfall von Eifersucht und riss drohend das Kinn hoch: Sieh dich vor, Bürschchen, Unbefugte haben hier keinen Zutritt!

»Also was ist passiert?« Erst nach zwei erfolglosen Anläufen gelang es Ljolja, seinen Kollegen aus der hypnotischen Starre herauszuholen.

»Die Einzelheiten teilt dir Kurbski noch mit. Aber in groben Zügen sieht es so aus: Das Mädchen ist an einer Überdosierung gestorben. Ungefähr vor einer Woche. Im Cottage war es kalt, und die Leiche hat sich gut erhalten.«

»Und was ist das für ein Cottage?«

»Eine erstaunliche Hütte«, knurrte Sanja und tat sehr geheimnisvoll. »Es lohnt sich, sie genauer anzugucken. Auch die alte Tamara Alexandrowna macht sehr interessante Aussagen. Verbeugt sich dauernd und nennt den Hausherrn German Julianowitsch ...«

»Wie?!« Ljolja riss die Augen auf.

»German Julianowitsch. Allzu viele mit diesem Namen dürfte es in Petersburg wohl nicht geben, was meinst du?«

Tamara Alexandrowna Kutscherenko verfügte tatsächlich über höchst wertvolle Informationen. Aber sie rückte nur teelöffelweise damit heraus und häkelte außerdem unablässig an einem Deckchen.

»Sie haben doch nichts dagegen, junger Mann, wenn ich weiterhäkele?«, fragte sie Ljolja leise zu Beginn des Gesprächs. »Meine Schwägerin hat bald Geburtstag, und ich will rechtzeitig fertig werden.«

Fahr zur Hölle mit deiner Decke, häkle so viel du willst, aber sag endlich irgendwas, das Licht in die Sache bringt!

»Wenn es Ihnen so angenehmer ist, Tamara Alexandrowna«, erwiderte Ljolja mit öliger Stimme.

»Mir ist es angenehmer. Das Häkeln beruhigt ja auch ...«

»Wann haben Sie die Tote gefunden?« Die Finger der Alten tanzten ihm aufdringlich vor den Augen, und um sich von dieser Plage zu befreien, betrachtete Ljolja die Wandnische, vor der sie Platz genommen hatten.

»Heute Morgen. Und ich habe sofort bei Ihnen angerufen. Sofort!«

»Sie kümmern sich um das Haus?«

»So könnte man sagen ... German Julianowitsch ist der Besitzer. Er bezahlt mich. Es ist natürlich keine große Summe, aber es bessert meine Rente doch spürbar auf. Sie wissen ja selber, was eine ehemalige Grundschullehrerin bekommt.«

»Und wie oft sind Sie ... hm ... machen Sie hier sauber?«

»Einmal alle acht bis zehn Tage. Wenn German Julianowitsch nicht kommt. Aber manchmal ist er auch öfter zu Besuch. Dann ruft er einen Tag vorher an. Ein sehr höflicher Mann. Höflich und pünktlich. Ich mache dann Feuer im Kamin, heize das ganze Haus, räume auf, beziehe die Betten.«

»Er kommt nicht allein?«

Die Häkelnadel in ihren Fingern stand eine Sekunde still.

»Das weiß ich nicht. Aber ich denke, das ist auch seine Privatsache. Schließlich werde ich nicht dafür bezahlt, dass ich nachzähle, wie viele Gäste er mitbringt, oder? Ich habe natürlich einen Schlüssel, aber ich missbrauche ihn nicht, um zu spionieren. Ich weiß, was sich gehört.«

»Daran zweifle ich nicht im Geringsten«, versicherte Ljolja, und Tamara Alexandrowna legte das Deckchen beiseite und holte aus der Tasche ihrer alten Jacke einen Schlüssel.

Einen Schlüssel mit einem drollig verschnörkelten Bart. Diesen Bart hätte Ljolja aus tausenden wieder erkannt. Ein Zwillingsbruder dieses Schlüssels lag jetzt als Sachbeweis im Mordfall Radziwill bei den Akten.

»Sie gestatten?«, bat der Kommissar flüsternd um den Schlüssel.

»Den kann ich Ihnen nicht geben. Zuerst muss der Hausherr benachrichtigt werden.«

»Ja, ich verstehe ... Übrigens, was den Hausherrn betrifft. Sie sagten, er war seit über einer Woche nicht mehr da, und für heute war so eine Art Generalreinemachen angesetzt?«

»Ja.«

»Und wann war er das letzte Mal hier?«

»Also, das war ...« Tamara Alexandrowna verdrehte die Augen. »Er hat mich am zweiten Februar abends angerufen und gesagt, dass er die folgende Nacht hier verbringen würde.«

»Die folgende Nacht? Das heißt, vom dritten auf den vierten?«

»Genau.«

»Entschuldigen Sie, Tamara Alexandrowna – haben Sie den Hausherrn gewöhnlich erwartet, oder sind Sie vorher aus dem Haus gegangen?«

»Gewöhnlich kam er gegen zehn, und ich ging um neun. Das ist vorher so verabredet worden. Und wenn ich früher fertig werde, sitze ich noch ein wenig hier, häkle, höre Musik. Er hat mir erlaubt, seine Stereoanlage zu benutzen. Ich liebe Strawinsky sehr. Besonders ›Sacre du printemps‹. Und Sie?«

»Meine Lieblingsmusik«, log Ljolja im Brustton der Überzeugung. »Sagen Sie, Tamara Alexandrowna, haben Sie jemals seine Gäste gesehen?«

»Ich habe Ihnen doch schon gesagt, junger Mann, ich habe hier nie jemanden gesehen.«

»Sie sind also heute Morgen gekommen und haben das tote Mädchen entdeckt.«

»Ja.« Tamara Alexandrowna häkelte völlig unbeeindruckt weiter. »Ich habe sie nicht gleich bemerkt. Erst als ich die Vorhänge aufgezogen habe und Feuer im Kamin machen wollte. Sie saß im Sessel. Ich habe sofort gewusst, dass sie tot ist. Und sofort angerufen. Zuerst bei Ihnen, dann beim Hausherrn. Ich bin ein gesetzestreuer Mensch.«

»Sie haben den Hausherrn angerufen ...«

»Und man hat mir gesagt, er sei nicht da, und den Hörer aufgelegt. Sehr unhöflich.«

»Welche Nummer haben Sie denn angerufen?«

Die alte Frau wühlte in den unergründlichen Tiefen ihrer Jackentasche und förderte ein Blatt Papier mit zwei Telefonnummern zu Tage: Eine davon war die Nummer der Radziwill'schen Wohnung an der Lanskoje-Chaussee. Die zweite seine Handynummer.

»Haben Sie ihn auch früher schon angerufen?«

»Nie. Er bat darum, ihn nur im Notfall zu stören. Aber es gab keine Notfälle. Dies war der erste.«

»Und haben Sie dieses Mädchen früher schon einmal gesehen?«

»Nie«, beschied ihn Tamara Alexandrowna. »Und ich glaube nicht, dass ein so anständiger Mann wie German Julianowitsch drogensüchtige Bekannte hat. Wahrscheinlich hat sie sich ins Haus geschlichen, um sich eine Spritze zu setzen. Tja, sie ist selbst daran schuld.«

»Ich bitte Sie sehr, Tamara Alexandrowna. Man wird Sie gleich holen, um das offizielle Protokoll aufzunehmen, und Sie schreiben dann alles auf, was Sie mir gesagt haben.«

»Ist das unbedingt nötig?«, fragte Tamara Alexandrowna unzufrieden: Offensichtlich brannte ihr das Deckchen zum Geburtstag der Schwägerin unter den Nägeln.

»Leider. Juristische Formalitäten.«

In Begleitung eines Milizionärs rauschte sie in die Küche, und Ljolja begab sich daran, das Haus in Augenschein zu nehmen.

Ein gemütliches Nest, das musste man schon sagen. Noch dazu in gebührender Entfernung von Ehefrau und Cousine. Radziwills Logik war leicht nachvollziehbar: Ins Bett seiner Frau konnte er kein Mädchen schleppen, sie hatte ja selber ihren Lustknaben. Bei Agnieszka Radziwill hatte er auch nur Ungemach zu erwarten. Also blieb German Julianowitsch nichts anderes übrig, als diesen netten kleinen Bungalow zu erwerben. Seine Mittel erlaubten es ihm ja.

In China nennt man so was ein Lusthäuschen.

Im Erdgeschoss befanden sich die kleine Küche, das Kaminzimmer mit dem Alkoven, in dem er jetzt saß und in dem Tamara Alexandrowna Kutscherenko die Leiche entdeckt hatte. Dicht neben dem Sessel, in dem die Haushälterin gesessen hatte, stand ein kleiner Tisch mit einer Holzschale. Darin lagen mehrere Wollknäuel, drei oder vier Paar Stricknadeln und eine Furcht einflößend aussehende Häkelnadel.

Neben der Nische befand sich die Theke der Mini-Bar und in einiger Entfernung noch ein Sessel. Und Bücherregale, auf denen aber keine Bücher standen, sondern Keramik: mehrere bemalte Schüsseln, mehrere georgische Tonkrüge, zwei niedrige japanische Vasen und eine ägyptische in Gestalt des heiligen Stiers Apis. In den Kopf des bedauernswerten Tieres hatte man Strohblumen gesteckt.

Ljolja ging zu dem Experten Kurbski, der noch mit der Leiche der Litwinowa beschäftigt war, und fragte leise: »Na, wie sieht's aus?«

»Der Tod ist vor etwa acht Tagen eingetreten. Eine Überdosierung. Die Verstorbene war heroinsüchtig, in ihrer Handtasche haben wir eine Überweisung zum Narkologen gefunden.

Mithilfe dieses Papiers haben wir übrigens auch ihre Identität festgestellt.«

»Also kein Mord?«

»Die Obduktion wird Gewissheit bringen, aber ich für mein Teil habe keine Zweifel mehr.«

Ljolja betrachtete das tote Mädchen. Besonders schön kam sie ihm nicht vor – auf dem Foto hatte sie netter ausgesehen. Andererseits saß sie in diesem Sessel ja auch schon seit acht Tagen, und nicht nur das Leben, auch der Tod hatte das Interesse an ihr verloren: schlampige Haare, ein schlampiges Gesicht, Einstiche in der Armbeuge ...

Eine Armbinde hatte die Litwinowa nicht gehabt, sie hatte stattdessen den Riemen ihrer Handtasche benutzt.

Den gesamten Inhalt dieser Tasche hatte der gewissenhafte Kurbski bereits eingepackt: etwas Kleingeld, ein paar zerdrückte Hunderter, ein Kosmetiktäschchen, eine Puderdose und ein Taschenmesser.

Was hatte ein Taschenmesser unter diesen femininen Accessoires zu suchen?

Jemand presste schmerzhaft seine Hand, und Ljolja drehte sich um: Natürlich, es war Regina. Unverwandt starrte sie die tote Freundin an, und über ihr Gesicht liefen vollendet schöne Tränen.

»Beruhige dich, ich bitte dich ... Sieh lieber nicht hin«, flüsterte Ljolja.

»Daschka, Daschka ...«

»Soll ich dir Wasser bringen?«

»Nein, lass nur, ich bin in Ordnung, Lieber. Wie ist sie hierher gekommen?«

»Ich weiß nicht. Niemand weiß es, glaube ich. Alle handelnden Personen des Stücks sind tot.« Reginas Gesicht war so nah, dass er es beinahe geküsst hätte.

Aber bevor er dazu kam, ertönte die Stimme von Sanja Gussalow: »Petrowitsch! Komm mal her!«

Gussalow und einer seiner Männer standen im Schlafzimmer im ersten Stock und bearbeiteten eine der beiden Türen. Die andere Tür führte zu Bad und Toilette.

»Wozu gleich einschlagen?«, meinte Ljolja gleichgültig. »Fragt doch die Haushälterin, wo die Schlüssel sein könnten.«

»Das ist es ja eben! Die Alte sagt, die Schlüssel zu dieser Kammer hätte der Hausherr immer selbst gehabt. Sie selbst hat noch nie einen Blick hinein getan.«

Während die beiden Männer damit beschäftigt waren, die Tür aufzubrechen, warf Ljolja einen Blick ins Bad: Whirlpool, Bidet, ein teures rosafarbenes Klobecken, mehrere frische Frotteehandtücher, mehrere frische Frotteebademäntel, der sterile Duft eines Lufterfrischers und blitzende Fliesen auf dem Boden. Radziwill liebte das komfortable Leben, keine Frage! Aber bevor Ljolja so richtig neidisch auf den toten Bankier werden konnte, brach die Tür im Schlafzimmer knirschend ein, man hörte den erstaunten Pfiff Gussalows und seinen ebenso erstaunten Ausruf: »Petrowitsch! Guck dir das mal an!«

Hinter der eingeschlagenen Tür befand sich nur eine kleine Kammer, aber ihr Inhalt ...

Die Männer brauchten einige Minuten, um zu sich zu kommen. Peitschen, Handschellen, Haken, Lederkleidung, ein Regal voller Videokassetten ... Und sogar eine Miniaturfolterbank für den Hausgebrauch. »Hol's der Teufel«, stotterte Sanja. »Hol's der Teufel, das ist ja vielleicht eine Sammlung! Was soll das heißen, war er etwa ein Sadomasochist?! Was für ein Typ!«

Vorsichtig berührte Ljolja eine der Peitschen: der gleiche Griff, das gleiche Geflecht wie bei dem Exemplar, das er im Zimmer von Agnieszka Radziwill gesehen hatte.

Genau die gleiche Peitsche, nur ohne Inschrift.

Wenn das kein Grund zum Staunen war!

Während sie noch wie vom Donner gerührt vor der Folterkammer standen, kamen aus dem Erdgeschoss neue überraschende Nachrichten: Auf dem Fußboden waren hastig verwischte Blutspuren entdeckt worden.

»Was sagst du nun, Petrowitsch?«, fragte Gussalow und stülpte sich eine Lederkappe aus der reichhaltigen Sammlung Radziwills auf den Scheitel.

»Kurbski hält sich zwar noch zurück, aber ich denke, wir haben den Ort gefunden, wo der Bankier ermordet wurde«, meinte Ljolja nachdenklich, und Regina, die ihm die ganze Zeit nicht von der Seite gewichen war, seufzte krampfhaft auf.

»Das glaube ich auch ... Na? Steht das Käppi mir?« Sanja schob sich die Kappe in die Stirn und runzelte markant die Brauen. »Ob ich es mir vielleicht mal von dem Toten ausborgen kann?«

»Leg die Mütze wieder zurück, du Clown, das ist ein Sachbeweis!«, schnauzte Ljolja ihn an.

»Schon gut, schon gut! Aber was hatte das Mädel hier zu suchen? Ist die bei ihrem toten Geliebten eingebrochen, um sich einen Schuss zu setzen, und hat dann selbst den Löffel abgegeben? Und wen habe ich dann gestern Abend vor ihrem Haus beobachtet?«

»Ich verstehe nicht ...«

»Bei ihr in der Wohnung brennt Licht, und ein Hund bellt. Aufgemacht hat mir keiner. Aber wenn ein Hund bellt, heißt das doch, die Besitzer können nicht weit sein. Richtig?«

Ljolja begriff den Sinn der von Gussalow gesprochenen Worte immer noch nicht.

»Wovon redest du?«

»Davon, dass ich gestern zur Wohnung der Litwinowa gefahren bin und hinter ihrer Tür ein Hund gebellt hat. Aber wie kann er bellen, wenn seine Besitzerin seit acht Tagen tot ist?«

»Ein Hund?«, fragte Ljolja erstaunt und warf Regina einen Blick zu. »Hatte sie einen Hund?«

»Ich weiß nicht.« Regina zuckte die Achseln. »Voriges Jahr, als wir uns das letzte Mal gesehen haben, hatte sie jedenfalls noch keinen.«

»Gut. Lassen wir die Jungs hier und fahren zur Wohnung der

Litwinowa. Unterwegs schauen wir im Büro vorbei und holen uns einen Hausdurchsuchungsbefehl. Was für ein Hund ist es denn wohl, Sanja?«

»Weiß ich vorläufig noch nicht. Definitiv festgestellt habe ich aber, Genosse Kommandeur, dass in dem Haus ein Riesenschnauzer, ein Königspudel und zwei Dackel leben. Und dass ihre Besitzer hochanständige Leute sind ... Aber hinter der Tür hat wirklich ein Hund gebellt. Das steht auch definitiv fest.«

Es war schon gegen Abend, als sie am Bolschoi Prospekt ankamen. Mit einem Durchsuchungsbefehl und den Schlüsseln von Radziwill, die die ganze Zeit bei Ljolja im Safe gelegen hatten. Ljolja hatte die Schlüssel vorausblickend mitgenommen. Wenn seine Theorie stimmte, musste der zweite passen.

Regina erbot sich – zu seiner Überraschung –, als Zeugin bei der Durchsuchung zu fungieren.

Ein seltsamer Wunsch für ein Fotomodell. Aber Ljolja war bereit, ihr jeden Wunsch zu erfüllen. Selbst den allerseltsamsten. Das einzige Problem war die Anwesenheit der Bader unter lauter männlichen Ermittlern. Die Männer würden sie belagern, ihr Kognak aus dem Bestand der Sachbeweise anbieten und dem Mädchen um die Wette beibringen wollen, wie man Fingerabdrücke abnimmt.

Hinter der Tür der Wohnung Nr. 48 herrschte Totenstille.

Ljolja steckte den Schlüssel ins Schloss.

Der Schlüssel passte perfekt, aber Ljolja hatte es nicht eilig, ihn umzudrehen.

In diesem Moment erschien nämlich auf der Treppe Sanja Gussalow mit einer merkwürdigen Gestalt in alten Jeans, einem abgewetzten Karohemd und einer Weste mit einer Vielzahl von Taschen. Auf dem blassen Gesicht des Westenträgers schimmerten Pockennarben, und sein Kinn zierten ein paar spärliche Haarbüschel.

»Hier, ich habe einen Zeugen mitgebracht.« Sanja nickte zu dem Westenträger hinüber. »Der Nachbar aus dem vierten Stock.«

Der Nachbar aus dem vierten Stock zog die Nase hoch und runzelte die Stirn.

Weiter teilte Sanja mit, dass die Wohnungen 47 und 46 zur Zeit leer ständen – die Besitzer der einen boten ihre Wohnung zum Verkauf an, der Besitzer der anderen war seit drei Monaten spurlos verschwunden.

Eine nette Gesellschaft hatte sich auf dieser Etage gefunden! Da passte einer zum anderen.

»Und was ist mit der Litwinowa?«

»Die hat sich diese Wohnung gekauft und ist vor etwa zwei Monaten hier eingezogen.«

»Scheint ja ein reiches Mädchen gewesen zu sein. Na, und wo ist dein Hund?«, fragte Ljolja Gussalow. »Hinter der Tür ist es still wie im Sarg. Nichts rührt sich.«

Diese Nachricht verwirrte Sanja etwas, aber er verlor seine Geistesgegenwart nicht.

»Vielleicht ist er vor Hunger krepiert?«, vermutete er.

»Vielleicht war er überhaupt nicht da?«

»Wofür hältst du mich, für einen kompletten Trottel?«, empörte sich Gussalow. »Willst du sagen, dass ich für nichts und wieder nichts die ganze Nacht gefroren und an der Kochwurst gewürgt habe?«

»Das Benzin geht auch auf deine Rechnung. Denk daran ...«

Die Durchsuchung dauerte schon zwei Stunden, obwohl alle Indizien sofort gefunden worden waren. Unter dem Bett im Schlafzimmer lag ein Koffer mit einem blutigen Hemd, und im Rucksack im Wohnzimmer fand man ein Ticket nach Frankreich auf Radziwills Namen, eine Fahrkarte nach Murmansk auf den Namen der Litwinowa, die Pässe der beiden, ein kleines Notizbuch mit einem Einband aus rotem Leder, Prospekte irgendwelcher Hotels, ein Handy und eine große Summe in ausländischer Währung.

Der Hund war nicht mehr in der Wohnung, doch sein kämpferischer Geist schwebte noch überall: Am Fenster standen zwei leere Näpfe, im Küchenschrank fanden sich zwei große Packungen Trockenfutter, und in einem Fach des Sekretärs lagen zusammen mit den technischen Papieren für die Audio- und Videogeräte auch die Abstammungs-Dokumente für einen Hund der Rasse Dobermann. Auf das Zertifikat war mit Bleistift gekritzelt: »Nestor Iwanowitsch und Naina«. Weiter folgte eine Telefonnummer.

Dass das Tier verschwunden war, deprimierte Gussalow zutiefst. Er baute sich vor Ljolja auf, fletschte seine lückenhaften Zähne und jammerte: »Ich bin doch nicht verrückt, Petrowitsch. Als ich vor der Tür stand, war der Hund noch da.«

»Du bist nicht verrückt, du bist ein Trottel«, sagte der Kommissar leichthin. »Musstest du dir die ganze Nacht den Arsch abfrieren, bloß damit dir ein Hund aus einer verschlossenen Wohnung durch die Lappen geht? Schließlich ist er ja wohl nicht mit einem Hubschrauber der amerikanischen Küstenwache weggeflogen, oder?«

»Wer weiß, wer weiß ... Auf jeden Fall ist kein einziger Dobermann aus dem Haus gekommen. Vielleicht ist er in eine andere Wohnung gebracht worden? Die haben Lunte gerochen – und ihn beiseite geschafft!«

»Willst du alle Wohnungen durchklingeln? Oder soll ich mir für alle Räume Durchsuchungsbefehle holen? Oder eine Rund-um-die-Uhr-Bewachung aufstellen? Vielleicht hat man ihn hinausgebracht, als du gerade deine Kochwurst gegessen hast. Oder mal eben für kleine Jungen warst ... Weißt du was, Sanja, wo du schon unser Hundespezialist bist, kümmere dich doch mal um diesen Nestor Iwanowitsch.«

»Du schickst mich weg?« Gussalow kniff wissend die Augen zusammen und schielte zu der gesittet auf der Kante eines Sessels sitzenden Regina Bader hinüber. »Hast du Angst vor der Konkurrenz?«

»Bist du verrückt?«, brauste Ljolja auf.

»Lass gut sein. Ich sehe alles ... Aber was für einen perversen Geschmack diese Damen manchmal haben – ich kann mich nur wundern! Vergaffen sich in Bullen, die Ärmsten. Oder ist sie vielleicht blind?«

»Halt die Schnauze«, zischte Ljolja. »Marsch ab zu Nestor Iwanowitsch.«

»Ich beuge mich der rohen Gewalt ...«

Eine Stunde später fand man in einem Schuhkarton für Stiefel ganz unten im Schrank mehrere Päckchen Heroin, und eine der Schubladen in der Einbauküche war voller Einwegspritzen. Ljolja ging im Wohnzimmer umher und nahm eine Fotografie vom Schreibtisch. Etwas Ähnliches hatte er erwartet: Xenia Nikolskaja, Regina und die verstorbene Darja Litwinowa, zur Erinnerung an eine Mädchenfreundschaft in einem sentimentalen Eichenholzrahmen. Das war ein guter Anlass, um zu Regina zu gehen, ohne den misstrauischen Neid der anderen zu wecken.

»Wann ist das Foto gemacht worden?«, fragte Ljolja leise.

»Im Herbst fünfundneunzig«, erwiderte Regina ebenso leise und drückte ihre Hand an den zarten, schutzlosen Hals. »Xenia hatte damals gerade ihren ersten Vertrag unterschrieben. Glückliche Zeiten waren das.«

»Ja. Glückliche Zeiten.«

»Habt ihr was gefunden? Etwas Wichtiges?«, fragte Regina.

»Ich fürchte, deine Freundin hat eine Beziehung zum Tod des Bankiers. Eine sehr direkte, würde ich sagen.«

»Das ist unmöglich ... Natürlich, Darja war kein Muster an Tugendhaftigkeit, aber sie hätte keiner Fliege etwas zu Leide tun können.«

»Einer Fliege vielleicht nicht. Aber einem Mann ... Übrigens, was machst du heute Abend?«

»Habe ich dir das nicht gesagt? Ich trinke mit dir zusammen Kognak.«

»Bloß keinen Kognak!«

»Dann eben Saft. Grapefruitsaft.« Regina lächelte und wuschelte Ljolja durchs Haar.

Soll der Teufel diese Wohnung holen, diese ermordeten Bankiers und drogensüchtigen Schlampen. Und den Experten Kurbski gleich mit.

Ljolja riss sich mit Überwindung von Regina los, und im selben Moment fiel sein Blick auf den Kerl in der Weste. Er hatte die allgemeine Betriebsamkeit genutzt und blätterte in zwei dicken Fotoalben der Toten. Bestimmt bis zum Bersten gefüllt mit den Reizen der verstorbenen Besitzerin.

Perverser Kerl.

»Entschuldigen Sie!«, sagte Ljolja und zog die Alben mit sanfter Gewalt aus den mageren Fingern des Zeugen. »Ich denke, die Prüfung der Beweismittel ist das Vorrecht der Justiz.«

»Das denke ich auch«, bestätigte der zottelhaarige Strolch bereitwillig und stellte sich vor: »Woronow. Wladimir Wladimirowitsch.«

Ein vertrauter Name. Wladimir Woronow war das Idol seiner Nichte Simotschka, eine Art Superman mit einem Dolch in der Hand und dem Blut der ermordeten Papierhelden am Kinn. Aber es gibt auch ganz andere Wladimir Woronows. Wie dieser hier zum Beispiel. Der kauft bestimmt regelmäßig Pornomagazine an der nächsten Metrostation.

»Leonid Petrowitsch. Ich muss Sie bitten, nichts in dieser Wohnung zu berühren.« Und deine Pfoten von fremden Fotos zu lassen, fügte Ljolja in Gedanken hinzu.

»Ich verstehe. Aber die Sache ist die, ich bin Schriftsteller. Ich schreibe Kriminalromane. Mein Name ist – wie gesagt – Woronow. Vielleicht haben Sie schon von mir gehört?«

Vor Verwunderung klappte Ljolja der Unterkiefer herunter.

»Aber ja!«, brachte er nur heraus. »Tatsächlich?«

»Wirklich.«

Also Woronow. Der Schriftsteller. So etwas. Ljolja hüstelte

und streckte Woronow die Hand hin: »Sehr angenehm. Meine Nichte betet Sie an.«

»Ich bin geschmeichelt«, brummte Woronow ausdruckslos.

»Das heißt also, Sie wohnen in diesem Haus? Wer hätte das gedacht!«

»Ich begreife nicht ganz.« Der Schriftsteller heftete den Blick seiner kleinen Augen auf Ljoljas Gesicht und war sichtlich nicht gewillt, ihn so schnell wieder gehen zu lassen. »Was hat das alles zu bedeuten? Wozu diese Durchsuchung?«

»Kennen Sie die Wohnungsinhaberin?«, wich Ljolja einer direkten Antwort aus.

»Nein. Sie ist erst vor kurzem hier eingezogen. Ich glaube, ich habe sie überhaupt noch nie gesehen.«

»Und der Hund? Sie wissen doch, dass sie einen Hund hatte?«

»Wenn ich nicht mal die Besitzerin gesehen habe, wie soll ich dann ihren Hund kennen?«, bemerkte Woronow sachlich.

»Ja, natürlich. Und keine verdächtigen Geräusche von oben? Sie wohnen doch im Stock darunter, soweit ich weiß?«

»Nein. Was ist denn eigentlich passiert?«

»Brauchen Sie neues Material für ein Buch?«

»Neues Material kann alles Mögliche sein. Zum Beispiel das Mädchen, mit dem Sie sich gerade so nett unterhalten haben. Sie ist es doch, die zusammen mit der toten Wohnungsinhaberin auf dem Foto abgebildet ist?«

Ljolja betrachtete die unansehnliche Gestalt des Schriftstellers aufmerksam von Kopf bis Fuß: So harmlos, wie er tut, ist er gar nicht, der benutzt seine kleinen Augen wie einen Dosenöffner. Sogar das Foto hat er bemerkt, obwohl er gar nicht in die Nähe des Schreibtisches gekommen ist.

»Woher wissen Sie, dass auf dem Foto die Wohnungsinhaberin ist? Sie haben sie doch nie gesehen.«

Der dreiste Schriftsteller wurde nicht einmal verlegen.

»Dichterische Fantasie, wissen Sie. Und dann liegt die Vermutung, dass sich unter den drei reizenden Mädchen die

Bewohnerin befindet, doch wohl nahe. Meinen Sie nicht auch?«

»Durchaus nicht.« Ljolja spürte plötzlich ein fast krankhaftes Bedürfnis, den Schriftsteller irgendwie bloßzustellen, ihn in die Enge zu treiben und zu sehen, wie er sein blutleeres Literatenzahnfleisch fletschen würde. »Die Wohnungsinhaberin ist sechzig, Rentnerin und verdient sich ein Zubrot als Nachtwächterin in der Fabrik ›Rotes Dreieck‹. Und das Foto auf dem Tisch ist nur eine Aufnahme ihrer innig geliebten Enkelin.«

»Na dann«, kicherte Woronow. »Der schicken Einrichtung nach zu urteilen, zahlt die Fabrik wohl märchenhafte Gehälter. Und Ihre Rentnerin trägt Zobelpelze in Nachtclubs spazieren. Halten Sie mich nicht für einen Idioten. Also was ist mit der Wohnungsinhaberin geschehen? Wurde sie ermordet?«

»Wie kommen Sie darauf?«

»Ist nur eine Vermutung ... Wenn so viele wichtig aussehende Leute hier sind ...«

»Übrigens, haben Sie einen Hund?«

»Ich bin allergisch gegen Hunde.«

Woronow zwinkerte mit beiden Augen und verzog sich in die Küche.

Ein seltsamer Bursche. Und wie leicht er sich in der Wohnung zurechtfindet, hinter den Ermittlern umherschleicht, heimlich in jede Ritze schaut. Und auch noch Regina anglotzt. Wenn Simotschka diesen Fatzke sehen könnte, würde sie sich sofort von Woronow lossagen.

»Leonid, komm doch mal her!«, rief einer der Einsatzleute, die sich am Computer zu schaffen machten. »Hier ist was Interessantes. Die Bewohnerin muss wirklich ein Sonnenscheinchen gewesen sein.«

Was Ljolja auf dem Bildschirm erblickte, ließ ihn das Gesicht verziehen: Wereschtschagins Gemälde »Apotheose des Krieges« als Desktop-Motiv passte schlecht zur kapriziösen Einrichtung der Wohnung und roch meilenweit nach schlechtem Geschmack.

»Hier ist auch das Internet ...«, sagten die Einsatzleute fast synchron.

»Kommt ja nicht auf die Idee, euch auf fremde Kosten die Pornoseiten anzugucken«, blaffte Ljolja sie an und wurde sogleich puterrot: Hoffentlich verdächtigte Regina ihn nicht, sich in der Geographie des Netzes allzu gründlich auszukennen. Eine Pornoseite hatte Ljolja sich nur einmal angesehen, und sie hatte bei ihm einen deprimierenden Eindruck hinterlassen.

»Sie hatte einen E-Mail-Briefkasten.«

»Sehr gut. Ladet alle Daten von der Festplatte runter.«

Während die Einsatzleute einen Spezialisten aus der Verwaltung anforderten, hatte Ljolja ein unerfreuliches Gespräch mit dem Experten Kurbski.

»Es ist wie verhext«, stöhnte dieser und zog Ljolja in die andere Ecke, wo die Türme der Stereoanlage standen. »Kein einziger brauchbarer Fingerabdruck.«

»Das heißt?«

»Als ob eine ganze Putzkolonne hier am Werk gewesen wäre. Alle Oberflächen steril sauber.«

»Ich vermute, die Litwinowa hat sich auf die Abfahrt nach Murmansk gut vorbereitet, bevor sie die Wohnung verließ.«

Aus dem Augenwinkel bemerkte Ljolja Woronow, der sich in verdächtiger Nähe herumdrückte.

»Ich habe Sie doch gebeten ...«

»Wladimir Wladimirowitsch«, soufflierte Woronow sanft.

»Ich habe Sie doch gebeten, Wladimir Wladimirowitsch, nicht länger in der Wohnung herumzulungern und die Arbeit der Ermittler zu behindern!«

»Aber natürlich, ich verstehe Sie vollkommen.«

Gar nichts verstehst du, wühlst wie ein Schakal in der Müllgrube menschlicher Leidenschaften.

»Apropos, Wladimir Wladimirowitsch, da ein glücklicher Zufall ...« Ljolja stockte einen Moment, als ihm der ungewollte Zynismus dieses Ausdrucks bewusst wurde, fuhr dann aber doch fort: »... uns zusammengeführt hat, könnten Sie mir vielleicht ein Autogramm für meine Nichte geben? Und ihr ein paar Zeilen schreiben? Sie würde überglücklich sein.«

»Mit Vergnügen. Nur weiß ich nicht, worauf. Papier habe ich nicht dabei.«

Ljolja blickte sich um und sah die auf dem Boden liegenden CDs. Er zögerte einen Moment und kam dann zu der Überzeugung, dass Darja sie nicht mehr brauchen werde. Ein Computerspiel für Kinder namens »Würmer«. Was die Leute sich nicht alles ausdachten!

Woronow setzte sein Autogramm bescheiden auf den äußersten Rand des Inlays und blickte Ljolja dann an.

»Bei den guten Wünschen weiß ich nicht recht ... Wie alt ist sie?«

»Sechzehn.«

»Und wie heißt sie?«

»Sima.«

»Sima – kommt das von Serafima?«

»Genau«, bestätigte Ljolja unwirsch und musste daran denken, dass Sima sich für ihren vollen Vornamen genauso schämte wie er sich für seinen Nachnamen.

Woronow kritzelte mit schlaffer Hand etwas auf das Inlay der CD. Nach ein paar Minuten reichte er Ljolja das Geschriebene.

»Der lieben Serafima vom Schriftsteller Woronow mit den allerbesten Wünschen für Schule, Beruf und Privatleben. Woronow W. W.«

Erstaunlich, dass er nicht noch »Liebe mich so, wie ich dich« hinzugesetzt hat, dachte Ljolja gehässig. Aber er durfte die Kleine nicht enttäuschen. Er musste ihr erzählen, dass Woronow ein großer, imposanter, dunkelhaariger Mann mit dichtem Bartwuchs und einem Colt in der Hose sei.

12. Februar. **Natalja**

Den ganzen Tag benahm Tuma sich merkwürdig: Sie kam fast gar nicht aus dem Bad heraus, in das man sie am Abend zuvor gewaltsam hatte sperren müssen. Als es klingelte, bellte sie nicht einmal. Woronow ging hinaus, um mit dem, der geklingelt hatte, zu reden. Nach fünf Minuten kehrte er zurück. Weitere fünf Minuten hielt er unschlüssig den Türknopf in der Hand, schnaufte und kratzte sich im Genick. Endlich gab er sich einen Ruck: »Sie haben Recht, Natalja. Etwas ist passiert. Etwas ziemlich Ernstes.«

Natalja wurden die Beine kalt, und eine Gänsehaut lief ihr über den Körper. Bis jetzt waren ihre Befürchtungen wegen des Diplomatenkoffers operettenhaft und unwirklich gewesen; Woronow hatte Recht, das Blut auf dem Hemd konnte man auch für Ketchup halten, im schlimmsten Fall für Moosbeerensaft. Aber seine düstere Stimme holte sie aus der Kinowelt auf den Boden der Tatsachen zurück.

»Und was?«

»Sie wissen doch, was passiert ist. Sie haben mir doch selbst die Zeitungen gezeigt. Jetzt findet eine Durchsuchung der Wohnung statt. Und gratulieren Sie mir. Man hat mich gerade gebeten, als Zeuge zu fungieren.«

»Ich gratuliere! Sehen Sie, ich hatte Recht. Aber Sie wollten mir nicht glauben.«

»Ich glaube Ihnen auch jetzt nicht. Wer weiß, vielleicht sind Sie ja doch die Wohnungsinhaberin«, sagte er unerwartet. »Und gestern Abend haben Sie begriffen, dass Sie eingekreist sind, und schnell die rührende Geschichte von dem verlorenen Hund erfunden. Um sich bei einem Außenstehenden einzunisten und der Vergeltung zu entgehen.«

»Diese ganze Geschichte haben wir beide zusammen erfunden«, empörte sich Natalja. »Und entwickeln sie schon mehrere Tage lang weiter. Sie haben doch die Fotografien im Pass und auf dem Tisch gesehen.«

»Getürkt!«

»Und die Fahrkarten ...«

»Gefälscht.«

»Und die dreitausend Dollar ...«

»Die haben Sie selbst gedruckt.« Woronow entblößte seine Zähne zu einem blassen Grinsen.

Da nahm Natalja ihre Zuflucht zu einem nicht zu schlagenden Argument: »Schauen Sie mich doch an, Woronow: Sehe ich aus, als wäre ich im Stande, mit dem Seidenfetzen, den wir im Koffer gefunden haben, Blut vom Fußboden zu wischen?«

Woronow gab keine Antwort, aber sie sah sich gleichsam mit seinen Augen: ein nettes Mädchen, nichts weiter. Solche netten Mädchen stehen zu tausenden in der Straßenbahn, zeigen ihre Fahrkarte vor und würgen vor der Metro kalte Hamburger hinunter. Die wenigen aber, die im Stande sind, ein blutiges Hemd in einen Koffer zu stecken, ziehen es vor, alle zwanzig Minuten das Taxi zu wechseln. Oder verfügen sowieso über einen eigenen fahrbaren Untersatz – einen Jeep Marke »Cherokee«.

»Vermutlich nicht. Aber das ändert nichts an der Sache. Bleiben Sie hier still sitzen, und ich gehe los und finde mehr heraus.«

»Die Parallelhandlung ...«

»Wie bitte?«

»Die Parallelhandlung, die das Sujet stützen kann«, spornte ihn Natalja an. »Sie haben mir doch selber vorgestöhnt, wie nötig sie sei. Jetzt haben Sie sie. Aber Sie dürfen mich nicht verraten.«

»Das hängt von den Umständen ab«, sagte Woronow ausweichend. »Wenn man anfängt, mich mit der Lötlampe zu foltern, dann gebe ich Sie preis ... Damit Sie Bescheid wissen.«

Woronow zog eine Lederweste an, die ihm offenbar zu repräsentativen Zwecken diente, und ging zur Tür.

»Warten Sie! Und der Hund?«

»Ist er noch nicht tot? Man hat ihn so lange nicht gehört ...«

»Nein. Im Gegenteil, er will fressen.«

»Er kann eine Weile hungern. Ich habe nichts, was ihm zusagen würde.«

Woronow verschwand, und Natalja begab sich in die Küche. Im Kühlschrank befand sich wirklich nichts, was auch nur entfernt an normale menschliche Speise erinnerte. Den größten Teil des Kühlschranks nahmen Medikamente ein. Nur auf dem untersten Regal standen eng zusammengepfercht ein paar andere Sachen: Milch, eine Hand voll Datteln in einem Marmeladenglas, ein paar Kohlstrünke und ein winziger Topf mit Reisbrei. Erst jetzt fiel Natalja wieder ein, dass Woronow ja Vegetarier war.

Aber Reisbrei mit Kohlstrünken – nein, das war unmöglich.

Nach der fruchtlosen Besichtigung des Kühlschranks kam die Reihe an die Küchenschränke. Hier hatte Natalja mehr Glück: sie fand ganze Jahresvorräte an Haferflocken, zwei Packungen Grieß und eine mit Hirse. Und mehrere Stücke versteinerter Exkremente, auf denen ein verschämtes, schlecht gedrucktes Etikett klebte: »Soja-Beefsteak«.

Immerhin etwas. Mit genügend Einbildungskraft konnte das als Fleischersatz durchgehen.

Nach einer halben Stunde war der Haferflockenbrei mit Soja-Fleisch fertig. Erst beim dritten Versuch bekam Tuma das Zeug hinunter. Natalja selbst rührte den Fraß gar nicht erst an: Einen Tag lang konnte sie auch mal fasten.

Sie ging wieder ins Wohnzimmer, rief Tuma zu sich, damit ihr Bellen nicht versehentlich verriet, wo sie sich befand, und schloss fest die Türen.

Eine Zeit lang umkreiste sie den Stapel bereits bedruckter Blätter, dann hielt sie es nicht mehr aus, nahm sich den Packen und vertiefte sich in die Lektüre.

Woronow hatte den Roman tatsächlich »Der Schweif des Todes« genannt.

Und es war ihre eigene Geschichte! Die Heldin war ihr verdächtig ähnlich: die gleiche Unsicherheit, die gleichen haltlosen Träume von teurer Wäsche, die gleichen Stiefel für sechshundert Rubel, die schon nach einem Winter auseinander fielen ... Aber woher wusste er das eigentlich alles? Woher wusste er, dass sie georgischen Kebab liebte, den sie schon seit fünf Jahren nicht mehr gegessen hatte, und Zahlenschlösser hasste, weil sie ständig die Ziffernkombination vergaß?

Woronow hatte vierzig Seiten getippt.

Auf der zweiten Seite brachte die Heldin eine heruntergekommene Dobermannhündin in ihre Kommunalwohnung und fütterte sie mit Pelmeni-Resten. Auf der vierten landete sie in der todschick eingerichteten Wohnung, wühlte in den Schubladen und fand die Papiere des toten Bankiers. Auf der siebten tauchte der Freund der verschwundenen Wohnungsinhaberin auf, aber die Details ihres intimen Beisammenseins waren auf der elften Seite schamhaft ausgelassen. Alle übrigen Seiten waren dem Beobachten, Belauschen, Sammeln und Sortieren von Informationen gewidmet. Die Heldin hatte es zwar immer noch nicht zu anständiger Unterwäsche gebracht, aber sie vollbrachte wahre Meisterleistungen des logischen Denkens, stellte die unwahrscheinlichsten Vermutungen auf, verglich Namen und Daten.

Und ... kam zu keinem Ergebnis.

»Zu wenig Informationen«, klagte sie ihrem Freund mit Namen Sinowi, einem finsteren Hallodri, der dem Literaturagenten Margolis ähnelte.

Zu wenig Informationen, genau. Aber vielleicht würden es ja mehr werden, wenn Woronow zurückkam.

Er tauchte erst um sieben wieder auf.

Tuma, die sich vor dem chinesischen Wandschirm gewärmt hatte, wurde augenblicklich ins Bad auf die Matratze verfrachtet, und Natalja musste sich eine Rüge wegen des allzu großzügigen Verbrauchs von Sojasteaks anhören. Danach ließ sich Woronow im Sessel gegenüber Natalja nieder und schaute sie böse an.

»Warum haben Sie die Fotografie vom Schreibtisch genommen?«, fragte er.

»Welche Fotografie?«

»Die von ihrem Liebhaber, verflucht nochmal! Von ihrem Liebhaber und von dem Hund, soll er in der Hölle braten! Etwa als kostbares Andenken?«

»Nein, aber ...«

»Und die Kassette des Anrufbeantworters ist auch herausgenommen! Das ist doch Ihr Werk, geben Sie es zu!«

»Ich wollte ... Ich dachte ... Ich kenne diesen Jungen schließlich. Er könnte verdächtigt werden. Und ihn trifft doch keine Schuld ... Er hat Sachen auf den Anrufbeantworter gesprochen ...«

»Sie sind eine Idiotin! Alles besudeln Sie, nehmen der Miliz die Beweise weg. Wissen Sie, was man für Unterschlagung von Beweismitteln bekommt? Das ist ein Straftatbestand, mein Herzchen.«

»Was ist denn da oben eigentlich los?« Natalja beschloss, das Thema zu wechseln.

»Ihre Gastgeberin, deren Wohnung Sie in den letzten Tagen so eifrig gehütet haben, weilt nicht mehr unter den Lebenden.«

Woronow sagte das im alleralltäglichsten Tonfall, als hätte er nur eine Figur auf einem Schachbrett umgestellt. Er ließ Natalja weder Zeit sich zu wundern noch über die plötzliche Nähe des Todes zu erschrecken.

»Aber ... wie?«

»Regen Sie sich nicht auf, ihre Leiche wurde nicht in der Wohnung gefunden. Und auch nicht in der Stadt, soweit ich es mitbekommen habe. Der Kommissar hat etwas von Olgino gesagt. Es sieht so aus, als hätte man sie dort in irgendeinem Cottage entdeckt.«

»Mein Gott!«

»Es war gewissermaßen ein natürlicher Tod. Sie ist an einer Überdosis Heroin gestorben. Übrigens ist auch in der Wohnung eine beträchtliche Menge Heroin gefunden worden. Sie haben nichts bemerkt?«

»Nein. Ich habe ja nicht alles durchwühlt ...«

»Natürlich nicht. Sie haben nur ihre Klamotten benutzt. Ausgeliehen. Übrigens haben Sie beim Spurenverwischen hervorragende Arbeit geleistet. Der Experte ist baff. Er sagt, er habe schon lange keine so sterile Wohnung mehr gesehen.«

»Entschuldigen Sie«, presste Natalja hervor. »Ich hatte gestern vollkommen den Kopf verloren.«

»Na, macht nichts. Es geht auch nicht um die Fingerabdrücke. Selbst wenn die ganze Wohnung voll davon wäre, würde das den Ermittlern kaum helfen.«

»Meinen Sie? Worum geht es dann?«

Woronow klopfte sich mit dem gekrümmten Finger an die Stirn.

»Gewinnen wird der, der exakt Ursachen und Folgen feststellt. Und da helfen keine Sachbeweise wie ein blutiges Hemd, ein Manschettenknopf oder Fingerabdrücke.«

»Das ist mir zu kompliziert«, sagte Natalja und runzelte die Stirn.

»Mein Gott, wen habe ich mir da nur als Vorbild für meine Heldin ausgesucht! Wie alt sind Sie?«

»Siebenundzwanzig.«

»Und schon Kalkablagerungen im Gehirn. Ich fürchte, die Senilität wird bei Ihnen früher eintreten als das Klimakterium.«

»Sehr höflich ...«, begann Natalja, aber Woronow ließ sie nicht ausreden.

»Ich habe ein paar Bekanntschaften gemacht. Und Beobachtungen. Übrigens, die zweite Zeugin war das eine Mädchen vom Foto. Das mit dem Mal auf dem Gesicht. Genauer gesagt ist es eine Narbe. Das Mädchen heißt Regina Bader und ist ein sehr bekanntes Mannequin. Ein Supermodel. Arbeitet schon seit langem im Ausland. Darja Litwinowa war übrigens auch ein Model.«

»Und der Name auf dem Foto?«

»›Calypso‹ ist die Agentur, in der sie gemeinsam angefangen haben. Wir müssen uns Material darüber beschaffen.« Woronow starrte Natalja an. So intensiv, dass sie verlegen wurde. »Schade, dass Sie schon so alt und unansehnlich sind.« Offenbar hatte er beschlossen, ihr endgültig den Rest zu geben. »Wären Sie jünger, attraktiver und ein bisschen größer, könnten wir Sie zu der Agentur schicken.«

»Warten Sie! Was soll das heißen? Wollen Sie sich jetzt etwa richtig mit der Sache beschäftigen?« Natalja war so überrascht, dass sie sogar vergaß, Woronow eine Ohrfeige für seine dreiste Unverschämtheit zu geben.

»Was haben Sie denn gedacht? An dieser ganzen Geschichte ist etwas, was mich beunruhigt.«

»Was? Das Mannequin?«

»Nein ... Sehen Sie, alles fügt sich tadellos in ein unangreifbares logisches Schema. Nehmen wir einmal die offensichtlichste Variante. In der Wohnung des verschwundenen Models wurden abgelaufene Tickets für Flugzeug und Eisenbahn gefunden, Pässe und ein Koffer, der auf den Mord an seinem Besitzer hinweist, einem ziemlich einflussreichen Bankier. Dass der Bankier ermordet wurde, steht außer Zweifel.«

»Ja?«, bemerkte Natalja ironisch.

»So muss es auch sein. Frauen müssen Kinder kriegen, Männer müssen kämpfen oder Bücher schreiben. Und Geschäftsleute müssen Leibwächter engagieren, damit man sie nicht umbringt. Verbrecher müssen Verbrechen begehen, Seeleute zur See fahren und Hausmeister Schnee fegen. Das ist die Ordnung der Dinge. Und der Mord ist Teil dieser Ordnung. Solange es einen Krieg der Interessen gibt, solange wird es in diesem Krieg

Opfer geben. Nehmen wir an, dass German Julianowitsch Radziwill jemandem im Wege stand. Oder etwas wusste, was jemandes Interessen berührte.«

»Hat Ihnen das auch Ihr Mannequin zugeflüstert?«

»Die hat es Ihnen ja angetan, meine Güte! Nein, aber ich habe den Kommissar kennen gelernt, und er hat eine Nichte, die eine große Verehrerin von mir ist. Um ehrlich zu sein, das habe ich ausgenutzt. Ich habe mich einverstanden erklärt, mit ihr essen zu gehen, wenn er mir dafür alle Umstände des Falls erzählt. Alles, was ich nicht weiß.«

»Gibt es nicht so etwas wie ein Dienstgeheimnis?«

»Ich bitte ihn ja nicht, mir seine Theorien mitzuteilen! Ich bitte ihn nur darum, mir die Fakten zu geben. Leider haben Sie die Fotografie geklaut. Das bedeutet, ich weiß ein wenig mehr als er.«

»Und das stört Sie?«

»Es freut mich nicht. Ein vollständiges Bild kann man sich erst dann machen, wenn man über alle Teile eines Puzzles verfügt. Nur dann hängt die Lösung davon ab, wie man die Teile anordnet. In allen übrigen Fällen – wenn die richtige Lösung zufällig gefunden wird – ist das kein echter Sieg. Manchmal fällt die Lösung einer Aufgabe zufällig mit der Antwort am Ende des Lehrbuchs zusammen. Aber das heißt noch lange nicht, dass Sie eine gute Mathematikerin sind. Nebenbei, wann beabsichtigen Sie mich eigentlich von Ihrem Hund zu befreien?«

Natalja nahm all ihre Frechheit zusammen und platzte heraus: »Hat das nicht vielleicht noch etwas Zeit? Der Hund ist ja auch Teil des Puzzles.«

»Ich weiß. Und ich hätte auch nichts dagegen – wenn dieser Teil nachts nicht schnarchen würde, keine Flöhe zerknacken und keine Allergie bei mir hervorrufen würde. Die Aufdeckung eines Verbrechens verlangt absolute Sterilität, und Enzephalitismilben in den Ohren Ihres Hundes kann ich da nicht brauchen.«

»Gut. Heute Nacht kommt meine Freundin und holt ihn ab. Wenn alles ruhig geworden ist ...«

»Ich werde mit Ungeduld auf sie warten. Was haben wir also vorläufig?« Woronow kratzte sich im Nacken und kommandierte plötzlich: »Nehmen Sie einen Stift und schreiben Sie.«

Vierzig Minuten später hatte Natalja unter Woronows Anleitung ein Schema zusammengestellt, das folgendermaßen aussah:

1. Der Bankier Radziwill und – vermutlich – Darja Litwinowa besuchen das Restaurant »Wildgänse«. Sie verlassen das Restaurant gemeinsam und fahren weg. Danach sieht sie keiner mehr. Jedenfalls nicht lebend.
2. Die Leiche Radziwills wird halbnackt im Kofferraum seines Wagens gefunden. Alles sieht nach einem Mord aus.
3. Die Leiche Darja Litwinowas wird in einem Cottage gefunden, das Radziwill gehört. Alles sieht nach einem Selbstmord durch eine Überdosis Heroin aus.
4. Ausweise, Geld und Fahrkarten werden in der Wohnung der Litwinowa gefunden.
5. Das blutbefleckte Hemd des Toten wird in der Wohnung der Litwinowa entdeckt – es liegt in Radziwills Diplomatenkoffer.
6. Schließlich werden in der Wohnung noch mehrere Päckchen Heroin gefunden.

Sorgfältig schrieb Natalja die Nummern auf, umrandete sie mit Schnörkeln und schaute dann Woronow an.

»Fertig.«

»Jetzt die nächste Liste«, kommandierte er rasch und leckte sich über die ausgetrockneten Lippen. »Das waren sozusagen die Antworten. Und jetzt stellen wir die Fragen.«

Fragen gab es ein paar weniger als Antworten darauf.

1. Warum lag der Diplomatenkoffer mit dem Hemd nicht irgendwo im Fluss, sondern in der Wohnung, wo er sofort gefunden wurde?
2. Warum fährt Darja Litwinowa zum Landhaus des Toten, obwohl sie schon eine Zugfahrkarte hat, und lässt das Heroin so leichtsinnig zu Hause zurück? Oder hat sie am Ort des Verbrechens etwas vergessen und will dieses »etwas« zurückbringen?
3. Warum wurden die Ausweise von Radziwill in der Wohnung gelassen? Es wäre doch viel logischer gewesen, sie wegzuwerfen.

»Haben Sie das?«, fragte Woronow, als Natalja einen Punkt machte.

»Ja.«

»Was sagen Sie dazu?«

»Was soll ich sagen? Ich verfüge nicht über so viele Informationen wie Sie.«

»Aber Sie müssen doch irgendwelche Vorstellungen haben«, fuhr Woronow sie an. »Schließlich haben Sie in ihrer Wohnung gelebt, ihre Kleider gemopst und in ihrer Badewanne gelegen! Und trotzdem können Sie nichts sagen?«

»Na gut«, platzte Natalja heraus. »Ich denke, dass sie alles dafür vorbereitet hatte, nicht wieder in die Wohnung zurückzukehren. Aber dann fiel ihr ein, dass sie am Tatort etwas vergessen hatte. Sie fuhr dorthin, setzte sich in den Sessel, spritzte sich die Droge und stand nicht mehr auf. Deshalb blieb auch die Fahrkarte unbenutzt.«

Woronow lief wieder im Zimmer auf und ab. Erst nach ein paar Minuten blieb er vor Natalja stehen.

»Ja! Das ist es! Das muss jeder vermuten, der sich mit diesem Fall beschäftigt. Aber es bleiben trotzdem eine Menge Fragen offen.«

»Welche?«

»Nun, zum Beispiel das Hemd. Wozu zog man ihm das

Hemd aus, bevor man ihn in den Kofferraum steckte? Und wo sind die übrigen Sachen? Wir haben ja nicht Mai! Die Grippeepidemie ist in vollem Gang. Das Hemd im Koffer – das ist zu dick aufgetragen. Aber das ist noch nicht mal das Auffälligste.«

»Sondern?«

»Der Manschettenknopf. Erinnern Sie sich? Der am Hemd baumelte ...«

»Yin und Yang.«

»Genau. Den gleichen Knopf hat man im Kofferraum des Ermordeten gefunden. Und wissen Sie, warum man ihn gefunden hat?«

»Nein.«

»Weil man ihn finden sollte. Offenbar schien ihm das Hemd allein nicht ausreichend.«

»Wem?«

»Dem Mörder, der Radziwill getötet hat und alles auf die Litwinowa schieben will ...«

12. Februar. **Gussalow**

Sanja Gussalow saß in der Vorortbahn und wurde kräftig durchgerüttelt.

Schuld daran war der liebeskranke Ljolja, der ihn ungerechterweise an einen erbärmlichen Ort namens Pudost abkommandiert hatte.

In diesem elenden Kaff lebten die Hundezüchter Nestor Iwanowitsch und Naina Antonowna Vainonen. Bevor er sich in die Vorortbahn setzte, hatte Gussalow einige Erkundigungen über die Züchter eingezogen. Die Vainonens befassten sich schon seit mehreren Jahren mit der Zucht und dem Verkauf von Wachhunden der Rassen Dobermann, Rottweiler und kaukasischer Schäferhund.

Ein Dobermann.

Sein hartnäckiges Gebell hinter der verschlossenen Tür der Wohnung Nr. 48 ließ Gussalow keine Ruhe. Wie hatte er einen so großen Hund übersehen können, was für eine Sinnestrübung hatte ihn befallen – er konnte sich das einfach nicht erklären. Aber Fakt blieb Fakt: Der Hund war aus dem Haus verschwunden, das er so wachsam und hingebungsvoll beobachtet hatte. Bei der Hausdurchsuchung hatte Gussalow noch geglaubt, er könne alles wieder gutmachen und den verfluchten Hund an seinem Schwanzstummel ans Tageslicht zerren. Er müsse dafür nur durchs ganze Haus ziehen und vor jeder Tür mit den Fingern schnalzen. Außer dem Dobermann gab es noch vier andere Hunde im Haus – einen Riesenschnauzer im Parterre, einen Königspudel im ersten und zwei Dackel im dritten Stock. Gussalow nutzte die Zeit, in der Ljolja die Wohnung durchsuchte, und lief unzählige Male die Treppe hinauf und hinunter, klatschte vor jeder Tür in die Hände, jaulte leise und klopfte mit den Fingerknöcheln gegen die Türen. Dabei hatte er Gelegenheit, die gesamte stimmliche Bandbreite der vierbeinigen Hausbewohner zu studieren: Der Riesenschnauzer bellte in müdem Bass, der Königspudel kläffte die ganze Tonleiter herauf und herunter, und die beiden Dackel winselten beleidigt.

Nur der Dobermann reagierte nicht.

Nach einer guten Stunde brach Sanja seine fruchtlosen Experimente ab – nachdem er von einer Alten aus dem zweiten Stock angeschnauzt worden war. Die Alte war es leid, sich die verdächtigen Geräusche auf der Treppe anzuhören, und tat ihm drohend kund: »Wenn ihr verfluchte Rowdybande nicht bald verschwindet, hole ich die Miliz.«

Aber den Dobermann gab es doch wirklich. Das bezeugten die Papiere, die Ljolja in der Wohnung gefunden hatte. Demnach war der Hund zweieinhalb Jahre alt und hatte einen beeindruckenden Stammbaum. Und aus diesem Grund fuhr Gussalow jetzt in dieses gottverlassene Pudost.

Die Vainonens wohnten am Südrand des Ortes, ganz am Ende einer buckligen Straße, die tief im Schnee versank. Ein stabiler Staketenzaun umgab ihr zweistöckiges Holzhäuschen, und dahinter war gelegentliches Bellen, Heulen und Winseln zu hören.

Sanja trat auf die gewaltige Zauntür zu und drückte beherzt auf den Klingelknopf. Er wusste noch nicht, in welchem Stil er das Gespräch mit den Vainonens führen sollte und welche Art von Informationen er aus ihnen herausholen konnte. Wie immer in solchen Fällen verließ er sich auf seine unbekümmertdreiste Bulleninspiration.

Nach der dritten hartnäckigen Klingelserie ertönte hinter der Tür eine mürrische Stimme: »Was wollt ihr Saufköppe denn noch! Ich hab doch gesagt, es ist kein Wodka mehr da. Kommt morgen wieder.«

Sehr gut. Die Strategie, die er gegenüber den Vainonens einschlagen musste, nahm Konturen an. Sanja drückte noch einmal auf die Klingel.

»Mach auf, Chef! Ich komme aus der Stadt, wegen des Hundes.«

»Wir erwarten heute niemanden aus der Stadt«, fuhr ihn der Chef von drinnen an.

»Mach auf, sonst komme ich mit der Miliz! Die bringen dich schnell zur Räson«, drohte Sanja.

Nach einer kurzen Pause schepperte das Türschloss, und vor Gussalow tauchte das bärtige, finstere Gesicht eines trockenen Alkoholikers auf.

»Wie viele Jahre trinken wir nicht mehr?« Sanja zwinkerte dem Gesicht zu.

»Fünf. Was geht dich das an?«

»Vainonen, Nestor Iwanowitsch?«

»Schon möglich.«

»Das Spiel ist aus, Nestor Iwanowitsch.«

Nestor Iwanowitsch bewegte seine aufgesprungenen Lippen und nuschelte: »Wie beliebt?«

»Das nette Hündchen, das Sie verkauft haben, hat sich als blutrünstige Bestie herausgestellt. Wir werden euren Zuchtbetrieb schließen, meine Herrschaften.«

»Was sind Sie denn überhaupt für einer?«

»So einer«, erklärte Sanja bedeutungsvoll und hielt Vainonen seinen Dienstausweis vor die Nase. »Führ mich ins Haus, Chef.«

Der Ausweis machte auf den Alkoholiker im Ruhestand Eindruck. Ohne zu murren, führte er Gussalow auf das Haus zu, vorbei an beheizten Käfigen mit Schrecken erregenden Kreaturen, die tobend und mit Schaum vor der Schnauze ihre Zähne fletschten.

»Was ist denn passiert?«, fragte Vainonen unterwegs.

»Gleich wirst du alles erfahren. Dir erzähle ich es als Erstem.«

Sobald sie das Haus betreten hatten, war es mit der Gastfreundschaft Vainonens schon wieder vorbei: Weiter als bis in die schäbige Küche ließ er Gussalow nicht.

»Ein lausiger Empfang, Chef«, tadelte ihn Sanja.

»Hier sind Welpen. Ungeimpfte«, erklärte der Hausherr mürrisch. »Wer weiß, was Sie mir alles ...«

»Wer weiß, was dir alles noch blüht«, fuhr ihm Sanja in die Parade und warf die Papiere des Hundes aus der Wohnung der Litwinowa auf den Tisch. »Erkennst du das wieder?«

Vainonen zog eine Brille aus der Tasche, die mit einem Bindfaden zusammengebunden war, und begann die Papiere eingehend zu studieren.

»Wo ist denn die Chefin?«, fragte Sanja.

»Auf dem Markt. Verkauft Welpen.«

»Ungeimpfte? Wie ich sehe, läuft euer Laden ja wie geschmiert. Aber nicht mehr lange!«

»Was ist denn passiert?«, fragte der Hundezüchter flehend.

»Haben Sie diesen Hund verkauft?«

»Nun ja ...«

»Wann?«

»Vor einem Monat.«

»Also schon als erwachsenes Individuum. Ich verstehe ...«

Gussalow machte seine geliebte bedeutungsschwangere Pause und fragte dann: »Wie hieß der Hund?«

»Tuma ... Tumotschka«, stotterte Vainonen.

»Für diese Tumotschka werden Sie sich vor Gericht verantworten müssen.«

Die Papiere fielen Gussalow aus der Hand, die Brille beschlug vor Schreck, und von den verzerrten Lippen war deutlich der Wunsch abzulesen, ein großes Glas Wodka ohne Zuspeise zu trinken.

»Was ist passiert?«

»Ihr Hund hat zwei Menschen zerfleischt. Sie sind tot.« Sanja war endgültig in Fahrt gekommen, und nun konnte ihn nichts mehr stoppen. »Ein fünfjähriges Mädchen und seine Oma, eine

Veteranin, die noch die Blockade erlebt hat. Und die Freundin der Oma hat er ebenfalls angefallen. Sie liegt jetzt auf der Intensivstation. Ihr Zustand ist lebensgefährlich, die Ärzte garantieren für nichts.«

»Aber ...«

»Die Besitzerin des Hundes ist auf der Flucht, vielleicht ist sie schon gar nicht mehr im Land, aber da jedes Verbrechen bestraft werden muss, werden Sie sich verantworten müssen, verehrter Nestor Iwanowitsch. Sie und Ihre Frau, Naina Antonowna. Die Aussicht, den Prozess gegen Sie zu gewinnen, ist ausgesprochen gut. Wir schaffen einen Präzedenzfall, damit allen anderen die Lust vergeht.«

Vainonen fiel auf einen wackligen Hocker, der vor einem ebenso wackligen Tisch mit den Resten eines frugalen Mittagsmahls stand: ein vertrocknetes Spiegelei und Nudeln, gemischt mit gerösteten Zwiebeln.

»So, und jetzt raus mit der Sprache, Nestor Iwanowitsch. Erzähl mir alles. Ein umfassendes Geständnis, wie man so sagt ...«

»Wovon erzählen?«

»Von dem Hund. Und von dem, der ihn gekauft hat.«

»Was weiß ich davon?« Um das Zittern in den Händen zu unterdrücken, ergriff Vainonen einen Becher mit abgeschlagenem Henkel. »Da kam ein Mädchen aus der Stadt angefahren ...«

»Familienname? Vorname?«

»Was weiß ich? Ich bin kein Milizionär, ich habe ihre Papiere nicht kontrolliert. Im Club hat man ihr meine Telefonnummer gegeben. Sie sagte, sie brauche einen Wachhund.«

»So hat sie sich ausgedrückt, einen Wachhund?«

»Genau so. Und der Hund sollte schon erwachsen sein, damit sie nicht noch Zeit für die Erziehung vergeuden müsste. Da haben wir ihr Tuma gegeben.«

»Und diese Tuma ist also ein Wachhund? Und schlägt immer an, wenn jemand an die Tür kommt?«

»Das muss sie ... das muss sie tun!«

»Gut. Jetzt zu dem Mädchen.«

»Das Mädchen war bildschön. So was habe ich noch nie gesehen, Ehrenwort!«

Sanja zog mehrere Fotos aus der Tasche und breitete sie vor Vainonen aus.

»Ist es diese?«

»Ich glaube ja ... Auf jeden Fall sah sie so ähnlich aus«, bestätigte Nestor Iwanowitsch. »Die Schönen sehen alle gleich aus. Meine Naina zum Beispiel kann man mit keiner anderen verwechseln. Sogar die Welpen erkennen sie. An der langen Nase.«

Sanja unterbrach diese lyrische Abschweifung rasch: »Also, was war mit diesem Mädchen?«

»Was soll mit ihr gewesen sein? Außer dass sie schön war, kann ich nichts Besonderes über sie sagen. Höchstens noch, dass sie etwas nervös wirkte.«

»Was heißt das – ›sie wirkte etwas nervös‹?«

»Eben das. Einen Dobermann kauft man nicht so im Vorübergehen. Schon gar nicht einen erwachsenen. Der Dobermann ist ein unbeständiger und heimtückischer Hund. Wenn man sich ohne Rücksicht auf die Kosten für einen erwachsenen Dobermann entscheidet, muss man schon ziemlich in der Klemme stecken.«

»Und diese Tuma ...«

»Nicht doch.« Vainonen holte Luft. »Tuma ist ein besonderer Fall.«

»Was ist an ihr so Außergewöhnliches?«

Vainonen nahm geräuschvoll einen Schluck aus dem Becher und wischte sich mit dem Ärmel den Mund ab.

»Das ist es ja eben, gar nichts«, sagte er schließlich. »Tuma ist Ausschussware.«

»Jetzt aber mal langsam, Nestor Iwanowitsch. Willst du damit sagen, du hast einem schutzbedürftigen Mädchen einen wertlosen Hund untergejubelt?«

»Wertlos ist er doch gar nicht. Bloß vom Charakter her kein Wachhund.« Vainonen beugte sich zu Sanja hinüber, entblößte seine langen Hauer, die an die Stoßzähne eines Elefanten erinnerten, und kicherte. »In der Brunst ist ihre Mama weggelaufen, man hat sie nur mit Mühe wiedergefunden. Aber vorher hat sich noch irgendein Straßenköter an sie herangemacht. Einer von der allerharmlosesten Sorte. So ist Tuma entstanden – das Äußere hat sie von der Mutter, aber im Charakter schlägt sie ihrem Vater, der Promenadenmischung, nach. Nur ihr Aussehen ist Furcht einflößend und ihre Schnauze gewaltig, aber ansonsten ist sie das reinste Schoßhündchen. Kläfft nur hin und wieder, wenn sie gerade mal Lust hat. Mit einem Wort, sie benimmt sich ganz menschlich.«

»Und wie kommt es dann zu zwei Toten und einer Schwerverletzten?« Sanja beschloss, seine Taktik bis zum Ende durchzuhalten.

»Das verstehe ich ja auch nicht. Sieht ihr gar nicht ähnlich.«

»Und das Mädchen?«

»Das Mädchen war nervös. Wie ich schon sagte, als ob sie vor irgendwas Angst hätte. Sie verlangte die am besten geschulte und bösartigste Hündin.«

»Das hat sie gesagt – ›bösartig‹?«

»Vielleicht nicht wörtlich, ich hab's nur so aufgefasst.«

»Was war los, Nestor Iwanowitsch, hat die Schöne Sie so konfus gemacht?«

»Sie tat mir Leid.« Vainonen rieb die Brille sauber und seufzte. »Ein Fremder kommt mit einem ausgewachsenen Dobermann nicht klar. Aber Tuma war genau das Richtige. Die würden einträchtig zusammen leben ...«

»Das bestimmt. Und du hast nicht mit der Wimper gezuckt, als du der Schönen für ihr Geld solchen Schund untergeschoben hast?«

»So furchtbar viel Geld war es nun auch wieder nicht. Nur dreihundert Dollar. Für einen geschulten Hund nehme ich sonst das Doppelte. Oder sogar das Dreifache.«

»Warum kaufst du dir dann keine neue Brille? Von so viel Geld?«

Vainonen stand auf und zog den schmuddeligen Vorhang mit dem Stempel »Eigentum des Verkehrsministeriums« beiseite. Offenbar war dieser Vorhang vor ewigen Zeiten aus einem Zug geklaut worden.

»Sehen Sie die vielen Hunde? Das ist unsere Produktion. Und in die Produktion muss man investieren. Das ist das Gesetz des Marktes.«

»Na schön. Aber das mit dem Mädchen war nicht anständig. Betrogen hast du sie, Nestor Iwanowitsch.«

»Ich hab sie nicht betrogen! Ganz im Gegenteil, ich hatte Mitleid mit der blühenden Schönheit. Und Tuma sieht sehr abschreckend aus. Da traut sich höchstens ein Selbstmörder ran. Also habe ich die Unschuld beschützt und mein Kapital vermehrt. Alle können zufrieden sein.«

»Außer den Opfern des Überfalls. Halte dich bereit, Nestor Iwanowitsch.« Sanja war entschlossen, nicht locker zu lassen. Er glaubte mittlerweile fast schon selbst an die von ihm erfundene Schauergeschichte. »Wir werden dich als Zeugen vorladen.«

»Vielleicht haben Sie etwas verwechselt? Vielleicht war das gar nicht Tuma? Könnte sie nicht ...«

»Was heißt, nicht Tuma? Hier steht es doch auch im Stammbaum: von den besten ausländischen Zuchttieren, den Nachkommen Gerhilds von Thüringen. Oder fabrizierst du die Stammbäume auch selber?«

»Was reden Sie!« Vainonen errötete und versuchte, schnell das Thema zu wechseln: »Und das Mädchen? Ist sie zu Schaden gekommen?«

»Aus dem Staub gemacht hat sich dein Mädchen. Gut möglich, dass sie ins Ausland abgeschwirrt ist.«

»Und der Hund? Tuma?«

»Tuma ist auch verschwunden«, seufzte Sanja. Und das war die einzige Wahrheit, die sein listiger Milizionärsmund in den letzten zehn Minuten ausgespuckt hatte.

»Und ich? Was ist mit mir?«

»Immer mit der Ruhe. Vorläufig nichts. Vielleicht musst du als Zeuge aussagen. Aber merk dir für die Zukunft: keine Urkundenfälschungen mehr. Wir werden deine Krokodilsfarm im Auge behalten.«

Die nächste Vorortbahn verpasste Sanja.

Aber das war jetzt unwichtig. Auch der feuchte Schnee, der inzwischen vom Himmel fiel, war unwichtig. Wichtig war nur eins: Die Fahrt nach Pudost war erfolgreich gewesen. Darja Litwinowa hatte einen Wachhund gekauft, weil sie Angst vor etwas hatte.

Große Angst.

13. Februar. **Ljolja**

Der Fall nahm eine abscheuliche Wendung.
Die abscheulichste, die man sich vorstellen konnte.

Das wusste Ljolja sofort, als er die Ergebnisse der Expertise erhielt. Das nachlässig verwischte Blut auf dem Fußboden gehörte wirklich Radziwill. An dem Taschenmesser, das in der Handtasche der Toten gefunden worden war, wurden ebenfalls Blutspuren von Radziwill gefunden. Und mit einiger Mühe konnte man das Messer mit der hervorspringenden dünnen Klinge die Tatwaffe nennen.

Aber das erklärte noch nicht die Anwesenheit der toten Litwinowa im Cottage. Wieso war sie zurückgekehrt? Hatte sie das Hemd mitgenommen, aber das Messer vergessen? Und war gekommen, um es zu holen? Und hatte mitten in der Vorstellung plötzlich beschlossen, sich eine Spritze zu setzen, sie aber nicht richtig berechnet?

Wie auch immer, bis jetzt war das die einzige wahrscheinliche Theorie: Sie erklärte sowohl die fehlenden Fingerabdrücke wie auch die vorhandene Fahrkarte nach Murmansk.

Das Motiv war ebenfalls mehr oder weniger klar. Alles deutete auf die sadistischen Neigungen Radziwills hin. Vielleicht war er in Rage geraten, hatte dem Mädchen unerträglich wehgetan, sie hatte versucht, sich zu wehren, und ihn versehentlich getötet. So etwas war möglich, wenn ...

Wenn Radziwill ein Sadist war.

Aber wenn er ein Masochist, also die passive Seite, war?

Am erstaunlichsten fand Ljolja, dass er sich nun schon mehrere Tage ganz intensiv mit der Litwinowa beschäftigte, ohne etwas über sie erfahren zu haben. Oder doch nur sehr wenig.

Erstens die Wohnung am Bolschoi Prospekt. Darja war hier erst vor zwei Monaten eingezogen. Davor war sie laut eines Vermerks in ihrem Pass in der Stadt Apatity im Gebiet Murmansk gemeldet gewesen. Offensichtlich hatte sie bis vor kurzem einfach zur Miete gewohnt.

Zweitens ihre berufliche Tätigkeit. Sie hatte wirklich bei »Calypso« gearbeitet, aber diese Arbeit trug eher episodischen Charakter: in den letzten drei Jahren nur ein paar winzige, nicht gerade beeindruckende Verträge, zwei, drei Auftritte in Werbespots, das war alles. Mehr oder weniger regelmäßig trat sie nur in Modenschauen auf, aber mit keinem Modeschöpfer arbeitete sie langfristig zusammen, sondern stand, wie man sagt, auf Abruf bereit.

Eine Ersatzspielerin.

Und an allem waren die Drogen schuld.

Wie hatte sie sich nur ohne regelmäßige Einkünfte diese Wohnung in einer angesehenen Gegend kaufen, sie möblieren und mit teurer Technik ausstatten können?

Regina sprach von Darja mit verhaltener Trauer, die Gatti mit galligem Zynismus, aber alles lief immer auf dasselbe hinaus: Die Litwinowa war hinter den Männern her und löste mit ihrer Hilfe alle ihre Probleme.

Nach der Durchsuchung und dem üblichen langwierigen Papierkram fuhr er zusammen mit Regina wieder ins »Doktor Watson«. Dort erzählte Regina ihm von den beiden Mädchen, die gleich bei der Gründung der Agentur zur Visitenkarte von »Calypso« wurden – Xenia Nikolskaja und Darja Litwinowa. Ein wenig später kam sie selbst, Regina Bader, dazu, die von Xenia Nikolskaja sofort Bader-Bader – in Analogie zu Baden-Baden – getauft wurde; zum Teil wegen des Gleichklangs, zum Teil wegen des therapeutischen Einflusses, den Regina auf die temperamentvolleren Freundinnen ausübte. »Du bist der reinste Kneippkurort in den Bergen des Schwarzwalds, Bader-Bader«, scherzte die gebildete Xenia gern.

Aber ihre enge Freundschaft dauerte nur zwei Jahre.

Dann wurden die Mädchen erwachsen und zogen es vor, ihren Weg allein zu gehen. Nur die Litwinowa nicht. Sie schaffte es buchstäblich physisch nicht, lange allein zu sein – ihre bittere Kindheit als Waise in Apatity machte sich bemerkbar.

»Sie war zu abhängig von Männern«, sagte Regina zu Ljolja. »Vielleicht hat sie das zu Grunde gerichtet.«

»Ist das denn so schlecht?«

»Du bist ein Chauvinist. Eine Frau muss unabhängig sein, um wirklich zu spüren, dass sie eine Frau ist.« Regina lächelte.

»Und wie war die Beziehung zwischen der Nikolskaja und der Litwinowa in der letzten Zeit?« Es ließ Ljolja noch immer keine Ruhe, dass Xenia Nikolskaja behauptet hatte, das Mädchen auf dem Foto nicht zu kennen.

»Was meinst du damit?«

»Sind sie zumindest noch gute Bekannte geblieben?«

»Ich weiß nicht ... Wir waren lange nicht mehr zusammen und haben miteinander geredet. Ich glaube nicht, dass sie sich oft getroffen haben. In den letzten zwei Jahren hat sich Darjas Charakter auch abrupt geändert. Sie betrachtete alle anderen Frauen als Konkurrentinnen im Kampf um die Männer, das war schon so eine Art Manie bei ihr.«

Die Ärmste.

»Hör mal, Regina.« Ljolja fasste das Mädchen am Arm. »Ich habe mich mit der Nikolskaja getroffen ...«

»Ist das ein Geständnis?«

»Großer Gott, nein, da verstehst du mich falsch ... Ich habe mich mit der Nikolskaja getroffen und ihr das Foto von Darja gezeigt. Aber sie hat so getan, als würde sie sie nicht erkennen. Hat gesagt, sie hätte dieses Mädchen noch nie gesehen. Was meinst du, warum hat sie gelogen?«

»War das dieselbe Fotografie, die man bei dem Bankier gefunden hat?«

»Ja. Aber woher weißt du davon?«

»Veta hat mir davon erzählt. Du hebst sie in deiner Brusttasche auf, stimmt's?«

»Nicht mehr«, lachte Ljolja.

»Wirklich nicht?«

»Bestimmt nicht ... Du kennst die Nikolskaja doch, Regina. Wie ist das zu erklären?«

»Möglicherweise war ihr die Fotografie unangenehm.« Regina wurde verlegen und suchte nach Worten. »Weil sie selber dem Bankier nahe stand.«

»Was glaubst du, warum ist sie herausgeschnitten?«, fragte Ljolja plötzlich.

»Wer?«

»Die Fotografie. Gewöhnlich schenkt man seinem Liebsten doch keine Ausschnitte aus Gruppenfotos.«

Die Bader runzelte die Stirn und biss sich auf die Lippe.

»Ich weiß nicht, Lieber. Ich weiß es wirklich nicht.«

»Was war das denn für eine Affäre, die die Nikolskaja mit Radziwill hatte?«, wechselte Ljolja das Thema. »Auf die sie bis jetzt so ... so unangemessen reagiert?«

»Na gut, ich will's dir erzählen. Ich war in diese Geschichte mit German eingeweiht. Den Anfang habe ich sogar selbst miterlebt. Sie flogen für ein paar Tage nach Frankreich, und Xenia besuchte mich in Besançon. Damals war sie noch ganz hingerissen von German. Aber schon nach kurzer Zeit rief sie mich an und sagte, er sei ein Dreckskerl. Und dass sie ihn verlassen hätte. Einzelheiten hat sie nicht erzählt. Und ich habe nicht gebohrt. Jetzt glaube ich, dass es etwas mit der Kollektion von Peitschen in seinem Haus zu tun hatte.«

Reginas Gesicht verzerrte sich plötzlich, und ihre Nasenflügel bebten vor Hass. Ljolja schwieg und betrachtete ergriffen das Gesicht des Mädchens: Auch im Zorn bist du wunderschön, meine Liebste!

»Und was war zwischen der Nikolskaja und der Gatti?«, fragte er schließlich seufzend. Armer Detektiv, dein Beruf lässt dir keine Zeit für die Liebe!

»Das hat nichts mit der Sache zu tun, und ich möchte nicht ... Ich habe dir schon gesagt – ich stehe auf Vetas Seite. Obwohl ich auch Xenia nicht verurteile ...«

»Hat sie gegen die Regeln bei ›Calypso‹ protestiert? Mehr Lohn verlangt? Eine Rebellion angezettelt?«

Regina lächelte, streckte den Arm aus und zerzauste ihm die Haare.

»Nehmen wir an, dass es so war, mein lieber Sherlock Holmes. Und jetzt lass uns dieses Gespräch beenden.«

Das Gespräch war beendet, aber etwas beunruhigte Ljolja trotzdem noch. Dieser lateinische Spruch, den die Nikolskaja zitiert hatte und der als Inschrift auf der Peitsche im Zimmer von Agnieszka Radziwill stand, ging ihm nicht aus dem Kopf. Wem gehörte diese Peitsche, und wem zu Ehren war diese Inschrift eingraviert worden? Von Agnieszka selber war nichts mehr zu erwarten. Sie sprach nur noch in ihrem wilden Polnisch-Ukrainisch-Gemisch, warf den Hörer auf und wollte niemanden sehen. Womöglich beging sie demnächst noch auf dem Grab des Bankiers Selbstmord. Ljolja hätte es nicht gewundert.

Noch mehr interessierte er sich für das Notizbuch der Toten. Es war voll von Telefonnummern, Vor- und Familiennamen von Männern, die entweder schon tot, längst ins Ausland gegangen oder für lange Zeit hinter Gitter gewandert waren. Einige der Namen waren Ljolja bekannt. Mit einem dieser Männer, einem gewissen Kirsanow, hatte Ljolja seinerzeit direkt zu tun gehabt.

Kirsanow war ein philosophischer Hacker, der das gute alte LSD dem neumodischen Heroin vorzog und seinerzeit Petersburg schockiert hatte, als er dreist Gelder von den Konten mehrerer Handelsbanken klaute. Bei der Untersuchung und beim Prozess heuchelte Kirsanow gekonnt den Anhänger der synkretistischen Sekte »Ewiger Heiliger Orden der

Cherubim und Serafim«. Unter dem Namen »Baba-Aladura« – »Vater der Betenden« – hielt er den Wachsoldaten und den Sekretärinnen Predigten und versprach allen, die sich ihm anschlössen, Gottes Segen. Man schickte Kirsanow in die Psychiatrie, aus der er ein halbes Jahr später wieder herauskam, nur um dann in seiner verwahrlosten Wohnung an der Prjashka Selbstmord zu begehen. Letzten November war er begraben worden.

Kirsanow hatte viele Anhänger – sowohl unter den Alt-Hippies und LSD-Konsumenten wie auch unter dem Junggemüse der Hacker. Aber in welchem Zusammenhang Kirsanows Telefonnummer im Notizbuch der Litwinowa aufgetaucht war – das wusste Ljolja nicht. Und wo er die Berührungspunkte zwischen der toten Litwinowa und dem toten Kirsanow suchen sollte – auch nicht.

Im Notizbuch gab es noch einen anderen Namen, der Ljoljas Interesse weckte: »Maschkow«.

Den Namen Wsewolod Maschkow hatte er zum ersten Mal von Regina gehört und sich bemüht, alle verfügbaren Informationen über ihn zusammenzutragen. Maschkow war der Direktor einer Bank gewesen, die die Finanzkrise nicht überlebt hatte. Nach der Pleite übersiedelte Maschkow nach Prag, wo er eine Immobilie besaß, aber dort verloren sich seine Spuren. Auf eine nach Prag geschickte Anfrage kam die Antwort, dass der russische Staatsbürger Wsewolod Illarionowitsch Maschkow zum gegenwärtigen Zeitpunkt nicht auf dem Territorium Tschechiens lebe. Aber am interessantesten war, dass Maschkow Mitte der Neunziger, bevor er selber Karriere machte, in einer der Filialen von Radziwills »Irbis« gearbeitet hatte.

In diesem Zusammenhang wurde Emma Alexandrowna Radziwill ein weiteres Mal zum Gespräch eingeladen. Dabei erzählte sie Ljolja, dass ihr verstorbener Mann eine Zeit lang einen fähigen jungen Angestellten besonders gefördert habe, er ging sogar in ihrem Haus ein und aus, aber dann sei die Beziehung plötzlich abgekühlt.

Kein Wunder, dachte Ljolja zynisch, während er die Raubtierphysiognomie der Witwe studierte. Vermutlich hast du den jungen Kerl so mit deinem Schnurrbart gekitzelt, dass er schleunigst Reißaus genommen hat. Vor dir und vor deiner widerlichen Eidechse.

Wie auch immer, es war unmöglich, Maschkow ausfindig zu machen, und es gab keinerlei Anlass, einen Prozess gegen ihn anzustrengen oder Interpol einzuschalten. Aber in Ljoljas dünn gewordenem Kartenstoß gab es noch zwei Spielkarten, deren Bedeutung unklar war. Möglicherweise waren es nur Luschen, und Ljolja würde die Partie verlieren.

Aber wenn es umgekehrt war?

Noch während der Durchsuchung hatte man in der Tasche einer Jeans, die der Litwinowa gehörte, eine Visitenkarte gefunden: »Denis Jewgenjewitsch Markelow. ›Autopilot‹, Studio für Computergrafik«.

Die zweite Überraschung war der Computerinhalt der Toten gewesen. Man entdeckte eine große Zahl von Programmen, die mit Fug und Recht als Hacker-Programme bezeichnet werden konnten. Ein hübsches Model, das sich in seiner Freizeit damit vergnügt, Server zu knacken – das konnte Ljolja sich selbst in seinen wildesten Träumen nicht vorstellen. Aber die größte Erschütterung erwartete ihn, als mit der entsprechenden amtlichen Erlaubnis der elektronische Briefkasten der Toten geöffnet wurde. Als die E-Mail-Ausdrucke auf seinen Schreibtisch flatterten, stieß er einen Pfiff aus: Im Drama tauchte eine neue Person auf. Die letzten Mails, die von einem gewissen Grim stammten, waren erst nach dem sechsten Februar abgeschickt worden – also nach dem Tod der Litwinowa. Und diese Nachrichten waren beantwortet worden. Jedenfalls war das aus dem Text der Korrespondenz ersichtlich:

»Verdammt nochmal, antworte, sonst denke ich noch, dass du gar nicht mehr am Leben bist!«

»Warum schweigst du? Was ist mit Leopard?«

»Wer sind Sie?«

»Einverstanden. Heute Abend um 19.13 Uhr. Prospekt der Metallarbeiter 113, Wohnung 3. Die Tür wird offen sein. Ende der Verbindung.«

Das konnte nur eins bedeuten: Die beiden ersten Briefe waren an die Litwinowa selbst gerichtet, die anderen an eine unbekannte Person, die Zugang zum Computer der Litwinowa und damit also auch zu ihrer Wohnung hatte. In diesem Moment fiel ihm wieder Gussalows mysteriöser Dobermann ein. Die Dobermannhündin, genauer gesagt. Sanja hatte also nicht fantasiert, als er behauptet hatte, dass ein Hund in der Wohnung eingesperrt gewesen sei. Und mit dem Tier zusammen vermutlich noch jemand anders.

Und wer war dieser Leopard?

War das ein Spitzname?

Aus dem Zoologieunterricht wusste Ljolja: Für den Schneeleoparden gibt es eine zweite Bezeichnung – Irbis. Eben diesen Namen trug Radziwills Bank. Diese Buchstabenverbindung brannte wie ein Feuer in Ljoljas Seele und drehte sich wie eine Windmühle in seinem Hirn. Es war an der Zeit, der Wohnung Nr. 3 am Prospekt der Metallarbeiter einen Besuch abzustatten. Zumal die Tür ja offen stand ...

In der Wohnung Nr. 3 am Prospekt der Metallarbeiter 113 war der arbeitslose Invalide Anton Antonowitsch Basilewitsch, geboren 1967, registriert. Das waren alle Daten, die Ljolja beim Einwohnermeldeamt erfahren hatte.

Basilewitsch wohnte in einem heruntergekommenen vierstöckigen Mietshaus im Erdgeschoss, mit den Fenstern zum Hof. Als Ljolja auf das Haus zuging, trat er in Hundekacke, musste lange seine Schuhe säubern und war deshalb in der allerwiderlichsten Laune, als er endlich vor der Tür der Wohnung Nr. 3 stand.

Die Tür war verschlossen – von Gastfreundlichkeit keine Spur.

Ljolja drückte lange auf den Klingelknopf, bis endlich von drinnen eine nervöse Stimme erklang: »Wer ist da?«

»Ich will zu Anton Antonowitsch Basilewitsch«, sagte Ljolja mit sanfter Stimme und griff in seine Tasche, um den Ausweis hervorzuholen.

Die Wohnungstür wurde weit aufgerissen.

»Das bin ich. Anton Antonowitsch Basilewitsch. Mit wem habe ich die Ehre?«

Vor Ljolja saß ein Mann im Rollstuhl. Aber das fiel Ljolja im ersten Moment gar nicht auf. Ihn beeindruckte sofort das Gesicht von Basilewitsch – das Gesicht eines edlen Räubers: eine hohe, leicht abfallende Stirn, stark ausgeprägte Jochbögen, weit auseinander stehende Augen. Vervollständigt wurde das Bild durch eine römische Nase mit schön geformten, sinnlichen Nasenflügeln und einem harten Mund. An den pechschwarzen Haaren war sicher schon mehr als ein Kamm zerbrochen, und das Gesicht wurde von einem ebenso schwarzen, sorgfältig gestutzten Bart eingerahmt.

»Hauptkommissar Ljolja, Leonid Petrowitsch, Abteilung ...«, begann Ljolja, aber Basilewitsch hörte ihm gar nicht zu. Auch den Ausweis würdigte er keines Blickes.

Er legte den Kopf auf die Seite und lächelte traurig.

»Etwas Ähnliches habe ich erwartet. Treten Sie ein.«

Geschickt drehte er seinen Rollstuhl um und fuhr in die Wohnung zurück. Ljolja folgte ihm.

Wenn das Gesicht des Wohnungsinhabers dem eines edlen Räubers glich, so wirkte seine Behausung eher wie die Klause eines Intellektuellen. Die kleine Zweizimmerwohnung war mit Büchern voll gestopft. Die Bücher standen sogar auf provisorischen Regalen im Flur und in der winzigen Küche, und Ljolja zweifelte keine Sekunde daran, dass sich ihm in Bad und Toilette das gleiche Bild bieten würde.

»Hierher! Kommen Sie hierher!«, rief Basilewitsch aus dem Wohnzimmer. »Und nehmen Sie sich noch eine Tasse aus der Küche mit.«

In der Küche herrschte perfekte Ordnung, und Ljolja fand ohne Mühe die sauber gespülten Tassen, die an einer hölzernen Querleiste hingen. Er wählte eine davon mit der Aufschrift »Darja«. Der Name war in ein in zwei Hälften zerbrochenes Herz eingeschlossen.

Ausgerechnet.

Mit der Tasse in der Hand ging Ljolja ins Zimmer.

Direkt unter der Decke über dem Schreibtisch von Basilewitsch hing ein riesiger Lenkdrachen – ein lächelnder Fisch mit blauen Augen und ebenso blauen Schuppen. Auf dem Tisch stand ein Computer, und gerade flimmerte eine Zeile über den Bildschirm: »ARBEITEN, CHARLIE!« Der Tisch war überhäuft mit Zeitschriften, Heften, irgendwelchen Scheiben und Büchern.

Auf dem Tisch stand eine Fotografie der Litwinowa.

Basilewitsch drückte auf den Knopf des Wasserkochers und fragte freundlich: »Möchten Sie Tee oder Kaffee?«

»Kaffee, bitte«, sagte Ljolja und stellte die Tasse auf einem kleinen Tisch ab, der zwischen Schreibtisch und Sessel eingezwängt war.

Basilewitsch warf einen flüchtigen Blick auf die Tasse mit dem Namen und machte ein finsteres Gesicht, sagte aber nichts.

»Zwei Löffel Zucker«, fügte Ljolja hinzu. »Ich mag ihn süß ... Was ist das für ein Spruch auf Ihrem Monitor? ›Arbeiten, Charlie!‹?«

»Das bedeutet – arbeiten ... Charlie Chaplin hielt sich einen extra Angestellten, den er sehr gut bezahlte, nur dafür, dass er ihn jeden Morgen mit eben diesem Satz weckte.«

»Und die Moral?«, fragte Ljolja.

»Die Moral? Arbeite im Schweiße deines Angesichts, nur das bringt dir Unabhängigkeit und Ruhm. Aber Sie sind ja nicht deshalb hergekommen, nicht wahr?«

»Nein.« Ljolja nahm seinen Kaffee in Empfang und trank vorsichtig einen Schluck. Dann nickte er zum Foto der Litwinowa hinüber: »Eine Bekannte?«

»Ja. Eine Bekannte.« Basilewitsch gab sich zurückhaltend, obwohl der liebevoll ausgesuchte Rahmen eine ganz andere Sprache sprach.

»Ich fürchte, ich habe eine traurige Nachricht für Sie ...«

Der Stuhl unter Basilewitsch ächzte bedrohlich. Unwillkürlich rückte er näher auf Ljolja zu und senkte den Kopf.

»Darja?«, fragte er.

»Ja. Sie ist an einer Überdosis Heroin gestorben. Schon am vierten Februar.«

Die Tasse, die Basilewitsch bis zu diesem Augenblick in der Hand gehalten hatte, fiel zu Boden und zerbrach.

»Heroin?«, flüsterte Basilewitsch hilflos und zog die Brauen hoch. »Wieso denn Heroin? Und was heißt – gestorben?«

»Ihre Bekannte war seit langem drogensüchtig. Das hat die Obduktion ergeben.«

»Und Sie glauben an einen Unglücksfall? Sie denken, sie sei einfach so gestorben? Man hätte sie nicht ermordet?!«

Eigentlich hegte Ljolja ja die gleichen Zweifel wie Basilewitsch. Aber jetzt spürte er plötzlich eine dumpfe Gereiztheit.

»Man hat sie nicht ermordet, wenn Sie dabei an eine gewaltsame Einwirkung von außen denken. Es war wirklich Heroin, das sie umgebracht hat. Die Überdosis. Uns liegt das Gutachten der Experten vor.«

»Und daran glauben Sie?«, murmelte der Invalide noch einmal und bemühte sich, das Zittern in seiner Stimme zu unterdrücken.

»Sind Sie bereit, mir alles zu erzählen?«

Wieder senkte er den Kopf, gab aber keine Antwort.

»Zuerst über Sie selber«, sagte Ljolja sachlich.

»Was denn über mich?«

»Sitzen Sie schon lange im Rollstuhl?«

»Acht Jahre. In meiner Jugend habe ich mich mit Gleitschirmfliegen beschäftigt und bin abgestürzt. Ich bin lange therapiert worden, spezielle Trainingsmethoden, hoffte, wieder laufen zu können, aber wie Sie sehen ...«

»Und jetzt?«

»Auch jetzt hoffe ich noch. Aber Sie sind doch nicht deswegen gekommen? Um sich meine Geschichte anzuhören ... Habe ich Recht?«

»Sie haben Recht. Erzählen Sie mir, wie Sie Darja Litwinowa kennen gelernt haben.«

»Oh! Das ist eine alte Geschichte ...«

»Wie alt?«

»Wir kennen uns seit zwei Jahren. Wir haben uns übers Internet kennen gelernt.«

»Durch eine Partneragentur?«, fragte Ljolja.

»Nicht ganz. In einem der Chats. Wir haben ein paar Sätze gewechselt, Gefallen aneinander gefunden, E-Mails ausgetauscht, und so kam die Sache ins Rollen.«

»Ins Rollen – wohin?«

»Ich bin gelernter Programmierer, und sie fing damals gerade erst an, am Computer zu arbeiten, für sie war alles interessant. Sie hat mich besucht. So haben wir uns auch persönlich kennen gelernt.«

»Ist sie oft zu Ihnen gekommen?«

»Nein. Das war ja auch nicht nötig. Wir konnten uns wunderbar übers Internet austauschen ...«

»Eine virtuelle Romanze?«

»Nicht ganz.« Basilewitsch verstummte für eine Weile.

Ljolja nutzte die Pause, holte den Ausdruck ihrer E-Mail-Korrespondenz heraus und legte ihn vor den Programmierer auf den Tisch.

»Erkennen Sie das?«

»Alle Achtung, sind Sie fix! Ja. Das sind meine Briefe.«

»Ich möchte Sie um einen Kommentar dazu bitten.«

»Ist sie ... ist sie wirklich tot?«

»Ja.«

»Gut. Ich will Ihnen alles erzählen, was ich weiß.« Basilewitsch fuhr geschickt an den Tisch heran, nahm ein Zigarettenetui, öffnete es und bot es Ljolja an: »Rauchen Sie. Aus

Kuba, sehr gute. Handgedrehte. Haben mir Freunde mitgebracht.«

»Danke, ich habe meine eigenen.«

Basilewitsch nahm sich eine Zigarette von ungewöhnlicher kaffeebrauner Farbe, klickte mit dem Feuerzeug und tat einen tiefen Zug.

»Also, es war so. Manchmal hat Darja Spaß an Einbrüchen gehabt.«

»Einbrüchen?«

»Wissen Sie, was Hacker sind?«

»So ungefähr, ja ...«

»Sie war natürlich kein Hacker im klassischen Sinn. Das Hackertum ist ja genauso eine Philosophie wie zum Beispiel psychedelische Drogen. Das ist eine Lebensform, eine Lebensanschauung. Nein, in diesem Sinn war sie zweifellos kein Hacker. Es gab in Petersburg so einen Typ – Wadim Kirsanow.«

»Den gab es«, bestätigte Ljolja.

»Sie kennen ihn ... Dann kann ich alles leichter erklären. Wadim betrachtete das Hackertum als Business. Als etwas, das realen Gewinn bringt, zur Bereicherung führt. Ich fürchte, Darja hat sich seine Ideen in einem sehr praktischen Sinn angeeignet.«

»Hat sie Kassen geplündert, oder was?«

»Um Himmels willen! Ich glaube, so weit ist sie nicht gegangen.«

»Warum haben Sie ihr dann einen so seltsamen Brief geschickt?« Ljolja wedelte mit dem Ausdruck und las mit Emphase vor: »Verdammt nochmal, antworte, sonst denke ich noch, dass du gar nicht mehr am Leben bist!«

Basilewitsch runzelte die Stirn.

»In den letzten Monaten hatte sie begonnen, gefährliche Spiele zu spielen.«

»Was heißt – gefährliche?«

»Sie hat sich Informationen beschafft, die für interessierte Personen einen großen Wert darstellten.«

»Was heißt das?«

»In Einzelheiten hat sie mich nicht eingeweiht.«

»Trotzdem waren Sie doch über alles auf dem Laufenden. Sie wussten, dass sie bedroht war.«

»Ich habe es geahnt. Einmal kam sie zu mir mit der Bitte um Zusammenarbeit. Es war ein ganz spezieller Vorschlag. Ich konnte ihn nicht annehmen.«

»Warum?«

»Er widersprach meinen Prinzipien. Das habe ich ihr auch gesagt: ›Entschuldige, aber ich habe meine eigene Sicht der Dinge.‹«

»Und sie?«

»Hat nur gelacht. Und hinzugefügt ...« Basilewitsch schloss die Augen und lächelte. »Sie hat hinzugefügt: ›Seine eigene Sicht der Dinge zu haben kann sich nur der erlauben, der die Dinge gekauft hat.‹«

»Das klingt wie ein Credo«, bemerkte Ljolja.

»Ach, das glaube ich nicht. Sie hat sich einfach auf ein Spiel eingelassen, dessen Regeln sie nicht kannte. Sie wollte mit diesen speziellen Informationen handeln.«

»Sie waren also eingeweiht.«

»Nein, woher denn ... Sie wusste einfach, dass sie sich immer auf mich verlassen konnte. Sie war mir sympathisch, obwohl ich nicht immer verstanden habe, was sie wollte.«

»Und was wollte sie nun wirklich?« Dieses ziemlich inhaltslose Gespräch faszinierte und ärgerte Ljolja gleichzeitig. Er konnte den Grund für seine Gereiztheit selbst nicht recht verstehen, was ihn nur noch mehr aufbrachte.

»Ich denke, Geld.«

»Na, Geld ist doch für ein Model ihrer Klasse kein Problem. Sie wussten doch, dass sie Model war?«

»Ja. Sie hat es mir gesagt. Allerdings hatte sie das in letzter Zeit fast aufgegeben.«

»Aber trotzdem.«

»Sie verstehen nicht. Sie wollte nicht einfach Geld. Sie wollte *viel* Geld. Viel und sofort. Sie wollte den Jackpot knacken, das Maximum kriegen. Um dann nie wieder an Geld denken zu müssen.«

»Und auf welche Weise gedachte sie sich dieses Geld zu verschaffen?«

»Ich weiß nicht. Eine Zeit lang hatten wir sehr engen Kontakt. Aber dann gab es in unserer Beziehung eine ziemlich lange Unterbrechung.«

»Kirsanow?«, bemerkte Ljolja scharfsinnig.

»Vielleicht. Jedenfalls schließe ich das nicht aus ... Möglicherweise hat sie einiges bei ihm gelernt. Im engen Kreis seiner Anhänger hat Wadim gern seine Erfahrungen verbreitet. Ein halbes Jahr lang haben wir uns nicht ein einziges Mal gesehen, sie hat mir auch keine einzige E-Mail geschickt. Obwohl ich ihr regelmäßig geschrieben habe.«

»Aber angerufen haben Sie nicht?«

»Ich habe kein Telefon.«

»Wie können Sie denn dann im Internet arbeiten – ohne Telefonanschluss?«

»Über Mobilfunk ... Lokalnetz, Postserver und so weiter. Für einen Nichtspezialisten ist das ermüdend. Jedenfalls kann man so ins Internet gehen, ohne die Telefonleitung zu benutzen.«

»Ich verstehe. Und was war weiter?«

»Weiter?« Basilewitsch nahm sich eine neue Zigarette. »Sie hat sich vor zwei Monaten gemeldet. Hat gesagt, sie wäre in eine dumme Geschichte gestolpert. Es könnte gefährlich für sie werden. Sie hatte sich sogar einen Hund angeschafft. Einen Dobermann, glaube ich.«

»Und warum gefährlich, hat sie Ihnen das nicht erzählt?«

»Nicht im Detail. Soweit ich verstanden habe, lag sie mit einer großen Firma im Clinch. Ein ganz blöder Zufall. Es war ihr gelungen, kompromittierendes Material über ein hohes Tier, den Leiter einer Holding oder so was, herauszufinden ... Möglich, dass sie schon mit Kirsanow zusammenarbeitete, aber der hat ja unerwartet den Löffel abgegeben. Unerwartet für alle. Sie verstehen?«

»Und?«

»Sie wollte mit diesen Informationen zur Konkurrenz. Aber ... Kurz, entweder wollten sie die Informationen nicht benutzen, oder Darja selbst hat es sich anders überlegt. Und dann findet eine Fusion dieser Firmen statt, die größere schluckt die kleinere, und Darja mit ihrem Wissen wird zu einer lästigen Person. Das heißt ... Das heißt, wenn ich zum Beispiel wüsste, Sie hätten einen Menschen umgebracht ...«

»Eine interessante Vorstellung.« Ljolja grinste.

»Das ist nur ein Beispiel ... Wenn ich also wüsste, Sie haben einen Menschen umgebracht, und ich käme ohne Umschweife zu Ihnen und wollte Sie erpressen. Und hätte dabei keine Ahnung, wie die Sache ausgeht. Sie könnten mir ein Schweigegeld zahlen, aber Sie könnten mich auch umbringen. Wenn ich zu viel verlange.«

»Das heißt, sie fürchtete, man könne sie aus dem Weg räumen?«

Basilewitsch seufzte und berührte die Fotografie auf dem Tisch.

»Ich weiß nicht. Vielleicht. Aber vielleicht war sie auch mit der Summe, die man ihr anbot, nicht zufrieden. Und sie suchte nach einem anderen Käufer. Und es war ihr wichtig, durchzuhalten, bis dieser Käufer sich fand.«

»Und über was für Informationen verfügte sie?«

»Das weiß ich nicht.«

»Wenigstens ungefähr?« Ljolja verzog die Lippen zu einem schiefen ironischen Lächeln. »Kontonummern im Ausland? Verbotene Transferaktionen? Namen von Strohfirmen?«

»Ich weiß es nicht.« Basilewitsch zuckte die Achseln. »Sie hat keine Einzelheiten erzählt.«

»Na schön. Und wer ist dieser Leopard?«

»Leopard?« Basilewitsch machte ein erstauntes Gesicht.

»Hier, lesen Sie selbst.« Ljolja hielt dem edlen Räuber das

Blatt vor die Augen. »Warum schweigst du? Was ist mit Leopard?«

»Ach, das. So nannte sie einen neuen Verehrer. Machte dabei ein geheimnisvolles Gesicht und lächelte. Sagte, er wäre ein ziemlich einflussreicher Mann. Er war es wohl auch, dem sie ihre Informationen anbieten wollte. Und der zugleich das Angenehme mit dem Nützlichen verbinden konnte. Er gefiel ihr. Ich vermute, sie hatte ein Verhältnis mit ihm, vertraute ihm aber nicht völlig. Das hat sie mir selber geschrieben. Parallel dazu hatte sie noch einen anderen Kerl. Wissen Sie, ich bringe ihre Beziehungen schon durcheinander. Das letzte Mal war sie bei mir ... Rücken Sie doch mal etwas näher ...«

Basilewitsch zog einen Wochenkalender zu sich heran und blätterte die Seiten mit gelenkigen Fingern durch.

»Aha. Das letzte Mal war sie Ende Januar bei mir, am einunddreißigsten. Sie hat gesagt, sie führe weg. Und würde sich unmittelbar vor der Abreise unbedingt noch bei mir melden. Aber das hat sie dann doch nicht getan.«

»Wohin wollte sie fahren?«

Basilewitschs Augen huschten umher, sprangen von einem Gegenstand zum anderen und blieben schließlich an Ljoljas Jackett hängen.

»Ich weiß nicht ...«

»Na gut. Sie machten sich also Sorgen?«

»Sie sagte, man dürfe niemandem vertrauen, am wenigsten dem Liebhaber, mit dem man im selben Bett schliefe. Besonders dem mit dem dicken Geld nicht, der die Einflusssphären aufteilt wie einen Kuchen. Und wenn ihr irgendetwas zustieße, dann sollte ich ein paar Sachen erledigen ...«

»Ein paar Sachen?«

»Zeigen Sie mir Ihren Dienstausweis«, sagte Basilewitsch.

Das kam völlig überraschend. Ganz am Anfang ihrer Unterredung, noch an der Tür, hatte er Ljoljas bescheidene offizielle Vorstellung gar nicht bis zu Ende angehört. Und jetzt verlangte er die Papiere und wollte sie unter der Lupe prüfen.

Aber Ljolja ließ sich nichts anmerken und streckte ihm den Ausweis hin.

Basilewitsch begutachtete den Ausweis von allen Seiten, führte ihn dicht an die Augen und bog an den Kanten herum. Besondere Aufmerksamkeit widmete der Invalide den Stempeln, den Vermerken über die Verlängerung und den Unterschriften.

»Lesen Sie den Text jetzt von rechts nach links?«, erkundigte sich Ljolja sanft.

»Habe ich schon.« Basilewitsch seufzte.

»Und, sind Sie zufrieden?«

»Nein. Ich fürchte, meine Informationen fallen nicht in Ihren Kompetenzbereich.«

Diese Dreistigkeit verschlug Ljolja für einen Moment die Sprache.

»In wessen denn? Oder wollen Sie, dass alle Kommissare der Generalstaatsanwaltschaft in Reih und Glied vor Ihnen aufmarschieren? Gefechtsbereit und mit Standarte?«

»Vielleicht.«

»Gut. Lassen wir dieses Thema vorläufig. Ich hätte gern noch einige Fragen von Ihnen beantwortet, die für die Ermittlung von Interesse sind.«

»Ermittlung?«, fragte Basilewitsch sofort alarmiert. »Ist also doch schon eine Ermittlung im Gange?«

»Es betrifft Ihre Korrespondenz. Die beiden letzten Mitteilungen. Wenn ich richtig verstanden habe, erhielten Sie den Vorschlag zu einem Treffen. Von wem?«

»Ich weiß es nicht«, gestand Basilewitsch.

»Sie wissen gar nicht, mit wem Sie sich treffen wollten? Dieser Mensch hat sich nicht vorgestellt?«

»Nur zur Hälfte.«

»Was heißt das?«

»Sie hat mir von Darjas Computer aus eine E-Mail geschickt. Sie schrieb, wir müssten uns treffen. Und hat mir Ort und Zeit genannt – vor der Akademie der Künste, kurz nach sieben. Das war vor ein paar Tagen. Als ich meine neue Post öffnete, dachte ich – Gott sei Dank, Darja hat sich endlich gemeldet. Aber es war nicht Darja.«

»Wie haben Sie das gemerkt?«

»Verstehen Sie denn nicht? Sie hat mir ein Treffen vorgeschlagen. Mir! Ein Treffen!« Basilewitsch brach in lautes Lachen aus, warf den Kopf zurück und schlug sich mit beiden Händen auf die Knie. »Also wissen Sie! In den letzten Monaten bin ich nicht mal aus der Wohnung gekommen. Darja wusste das, weil sie mich kannte. Sie ist immer selber hergekommen. Der Mensch, der mir den Brief geschickt hat, wusste das nicht.«

»Und Sie haben ihm – oder ihr – geschrieben – ›Wer sind Sie?‹.«

»Ja.«

»Und was war die Antwort?«

»Eine Frau. Es war eine Frau. Sie schickte mir eine Nachricht, die etwa so lautete, sie sei eine Freundin und wir müssten uns unbedingt treffen, es ginge um Darja. Natürlich habe ich ihr geglaubt. Ich musste ihr glauben. Wenn sie in ihrem E-Mail-Programm war, kannte sie auch ihr Passwort. Und das hatte ihr nur Darja geben können. Ich habe sie hierher gebeten. Aber gekommen sind Sie. Und heute ist schon der dreizehnte Februar ...«

»Das heißt ... Sie wollen sagen, sie selbst hat auf einem Treffen bestanden, ist dann aber gar nicht erschienen?«

»Ja. Genau das will ich sagen.«

»Und danach hat sie nichts mehr von sich hören lassen?«

»Nein. Um ehrlich zu sein, ich habe es etwas mit der Angst bekommen, obwohl das eigentlich nicht meine Art ist.«

»Wie hat sie sich genannt?«

Basilewitsch zuckte die Schultern.

»Ich sagte doch – eine Freundin von Darja.«

»Kein Name?«

»Nein.«

»Und sonst ... Hat die Litwinowa Ihnen mal von ihrer Arbeit erzählt? Von ihren Freundinnen?«

»Einiges von der Arbeit schon. Aber das hat mich nicht besonders interessiert. Und sie selbst in der letzten Zeit auch nicht. Und was die Freundinnen betrifft ... Sie hat mal ein paar Namen erwähnt. Hat gesagt, das seien lauter karrieregeile Biester. Und übertriebener Ehrgeiz im Beruf sei eine sichere Methode, frigide zu werden. Und dass Frigidität überhaupt eine Berufskrankheit von arbeitenden Frauen sei. Sie war schon ulkig, diese Darja.«

Basilewitschs Augen wurden feucht, und Ljolja holte tief Luft. Gott sei Dank, endlich zeigte er Gefühle! Bis jetzt hatte der Invalide sich kaum etwas anmerken lassen. Was schon sehr merkwürdig war, wenn man das Porträt auf dem Schreibtisch berücksichtigte und diese fast mütterliche Fürsorge in den Briefen.

»Wussten Sie, dass sie Drogen nimmt?«

»Wir haben über dieses Thema nicht gesprochen. Aber ich habe es geahnt.«

»Und haben Sie nie versucht, als ihr guter Freund auf sie einzuwirken?«

»Nein. Drogen sind eine Frage des Glaubens. Und in Glaubensfragen bin ich tolerant.«

»Nun denn.« Ljolja schickte sich an aufzustehen. »Danke, falls Sie aufrichtig waren. Ich denke, was Sie mir mitgeteilt haben, wird der Ermittlung helfen.«

Eine bürokratische Lüge! Alles, was Basilewitsch so bereitwillig berichtet hatte, würde die Ermittlungen weder in die eine noch in die andere Richtung weiterbringen. Er hatte nur noch einige Nuancen hinzugefügt, ein paar Farben und Schattierungen zum psychologischen Porträt Darja Litwinowas. Kein sehr sympathisches Porträt: eine Nymphomanin und Geldjägerin, die bedenkenlos mit ihrem eigenen und mit fremden Leben spielte. Die romantische Affäre mit German Radziwill verwandelte sich unversehens in ein ganz gewöhnliches Geschäft. Ein Geschäft, nach dessen Abschluss die Partner mit Champagnergläsern anstoßen und einander beschnuppern, ob noch ein Quickie im Bett drin ist. Nichts weiter.

»Die Ermittlung ist also bereits im Gang?« Basilewitschs Frage riss Ljolja aus seinen trüben Gedanken.

»Ja. Aber dabei geht es nicht um den Tod der Litwinowa. Da ist alles mehr oder weniger klar. Vor einiger Zeit wurde ein bekannter Bankier ermordet, den Ihre Freundin allem Anschein nach gut gekannt hat. Er heißt German Julianowitsch Radziwill. Und er leitete die ziemlich einflussreiche Bank ›Irbis‹. Sagt Ihnen dieser Name irgendetwas?«

Der Invalide schwieg lange, kniff die Augen zusammen und griff sich mit den Fingern in den Bart. Offenbar war sein Lieblingsfach in der Schule ebenfalls Zoologie gewesen.

»Wenn Sie mir noch etwas mitzuteilen haben, tun Sie es jetzt. Zwar ist die so genannte Freundin Darjas an dem verabredeten Tag nicht bei Ihnen erschienen, aber es gibt keinerlei Garantie, dass sie es nicht in der nächsten Zeit noch tut. Denken Sie darüber nach, Anton Antonowitsch«, sagte Ljolja warnend.

Der Bart des Invaliden sträubte sich, und Ljolja spürte fast physisch, wie unter seiner Schädeldecke die verschiedensten Gefühle miteinander im Widerstreit lagen – sollte er sich diesem spießigen kleinen Kommissar sofort anvertrauen oder es auf unbestimmte Zeit verschieben. »Darjas Freundin«, dieses Gespenst, dem Basilewitsch so leichtsinnig die Tür zu seiner Wohnung im Erdgeschoss offen gehalten hatte, konnte sich leicht in eine reale Bedrohung verwandeln. Am Ende triumphierte das gesunde Gefühl des Selbsterhaltungstriebs.

»Also gut. Ich übergebe Ihnen, was Darja bei mir gelassen hat. Aber Sie müssen mir dafür eine Quittung ausstellen und sich darum kümmern, dass es in die richtigen Hände auf höchster Ebene gelangt.«

Basilewitsch zog eine Schreibtischschublade auf, wühlte einige Augenblicke darin herum und förderte schließlich ein ganz gewöhnliches Briefkuvert ans Tageslicht, das noch aus Vor-Perestroika-Zeiten stammte, mit einem Biber, der einen Flussdamm baute. Unter dem Bild des emsigen Tieres verkündete eine Grußzeile: »Herzlichen Glückwunsch zum Tag der Bauarbeiter!«

Der Umschlag verschwand in Ljoljas Ledermappe, und er selbst verbrachte noch zehn Minuten damit, die dazugehörige Quittung auszustellen. Mehr als alles fürchtete Ljolja, dass der zänkische Basilewitsch einen Stempel verlangen könnte, den Ljolja nicht hatte.

Aber alles ging gut. Das Gespräch war beendet. Ljolja verabschiedete sich, versicherte Basilewitsch, dass der Umschlag mit dem Brief der zuständigen Behörde übergeben werde, und verließ die Wohnung. Die Mappe mit dem munteren Biber darin schien geradezu zu strahlen und ihm die Hände zu verbrennen. Er trat aus dem Haus, warf noch einen verstohlenen Blick auf die Fenster von Basilewitschs Wohnung und drückte sich dann sofort in den nächsten Hauseingang, mit dem verlegenen Gesichtsausdruck eines Menschen, der rasch seine Notdurft verrichten will.

Er stieg auf den Treppenabsatz zwischen Erdgeschoss und erstem Stock und riss, vor Ungeduld vergehend, den Umschlag auf. Es lag nur ein Blatt Papier darin, ein Computerausdruck.

Aber der Text! ...

Der Text versetzte ihm einen Schock. Er las die paar Zeilen immer wieder und bemühte sich, den Sinn des Geschriebenen zu erfassen.

»Ich habe weder vor zu sterben noch Selbstmord zu begehen. Ich werde auch nirgends schneller als achtzig fahren. Ich bin ein sehr vorsichtiger Mensch und kontrolliere regelmäßig die Bremsen. Aber falls mir irgendetwas passiert, so sollten Sie Ihr Augenmerk auf den Direktor der Handelsbank ›Irbis‹, German Julianowitsch Radziwill, richten. Darja Litwinowa. 3. Januar d. J.«

In ohnmächtiger Wut schlug Ljolja mit der Faust gegen die eisernen Briefkästen.

Der Kreis schloss sich. Beide waren tot, und beide klagten einander an. Wessen Partei man ergreifen sollte, war völlig ungewiss. Radziwill, als der zuerst Gestorbene, konnte für sich zweifellos das Recht der ersten Nacht beanspruchen. Aber auch Darja Litwinowa war nicht von gestern. Eine Überdosis ist eine zweischneidige Sache.

Eine Karte hatte Ljolja noch in der Hinterhand: die Visitenkarte, die in der Jeanstasche der Litwinowa gefunden worden war.

»Denis Jewgenjewitsch Markelow. ›Autopilot‹, Studio für Computergrafik.«

13. Februar – 14. Februar. **Natalja**

Unter allen nötigen Sicherheitsvorkehrungen wurde Tuma zu der großmütigen Ninon transportiert. Die Operation fand im Schutze der Nacht statt und wurde sorgfältig geplant. Ninon kam mit Wladiks Wagen und wartete gute zehn Minuten, bis Natalja zusammen mit dem Tier die Treppe herunterkam. Sie hatte Tuma eine Art improvisierte Pferdedecke aus einem alten Flanellhemd Woronows umgelegt – zur Tarnung. Woronow kämpfte bis zuletzt um sein Hemd. Er behauptete, man könne es noch um eine Wärmflasche wickeln. Aber Natalja verstand es, ihn mit listigen Vorschlägen zu überreden: Man könne das Hemd ja sorgfältig zerschneiden und als Putzlappen gebrauchen:

1. Für die Arbeitsoberflächen der Underwood;
2. für ihre Tastatur;
3. für die Blätter der Haworthie, die in der Küche auf dem Fensterbrett stand;
4. für den Küchentisch.

Nach knapp zwei Stunden war der Widerstand des Schriftstellers gebrochen, und er trennte sich schließlich doch noch von dem Hemd. Unbemerkt gelangte Natalja mit Tuma durchs Treppenhaus auf die Straße, bugsierte die Hündin auf den Rücksitz des Autos und merkte erst da, dass sie ihre Handtasche mit dem Schlüssel zu ihrem Zimmer auf der Petrogradka bei Woronow liegen gelassen hatte. Sie sprang aus dem Auto und winkte Ninon zu: »Fahrt ab!«

»Und du?« Ninon schlug die Autotür noch nicht zu.

»Fahrt ab, ihr dürft hier nicht lange bleiben. Ich komme schon allein nach Hause.«

Ninon blinkte zum Abschied mit der Lichthupe und fuhr rasch ab. Natalja kehrte ins Haus zurück. Sie fuhr mit dem Lift in den fünften Stock und stand einige Minuten vor der versiegelten Wohnung der Litwinowa. Genauso hatte vermutlich auch Denis davor gestanden.

Denis!

Sie hatte alles aus der Wohnung geräumt, was an den Computerspezialisten erinnern konnte – die Fotografie auf dem Tisch, die Kassette aus dem Anrufbeantworter. Nur eins hatte sie vergessen – seine Visitenkarte, die er ihr selber gegeben hatte und die in der Gesäßtasche der Jeans geblieben war. Sicher hatte man sie schon gefunden, und sicher hatte man sie zu den Akten gelegt ... Wie konnte sie nur so ein Schaf sein!

In der lausigsten Gemütsverfassung stieg Natalja zu Woronow hinunter und klingelte an seiner Tür.

Er öffnete fast sofort.

»Sie? Man kommt ja gar nicht dazu, Sie zu vermissen.«

»Verzeihen Sie bitte. Ich habe meine Tasche vergessen ... Dauernd vergesse ich etwas ... Aus mir wäre ein schlechter Detektiv geworden.«

»Ein miserabler.«

»Ich bin schon wieder weg. Vielen Dank. Sie haben mich einfach gerettet.«

»Weiß Gott!«

»Wladimir Wladimirowitsch«, Natalja senkte ihre Stimme bis zu einem Flüstern, »werden Sie mich auf dem Laufenden halten?«

Woronow kratzte sich an der Wange und zuckte mit dem Kinn. Dann holte er tief Luft und sagte mit einem Seufzer: »Hören Sie, wo fahren Sie denn hin?«

»Zu mir nach Hause, auf die Petrograder Seite.«

»Es ist schon Nacht.«

»Ist nicht schlimm, ich nehme ein Taxi.«

»Aber ich kann Sie nicht begleiten. Meine Mandeln sind sowieso schon widerlich vergrößert, es besteht Verdacht auf Parapertussis ...«

»Auf was?«

»Parapertussis. Und das kann leicht zu Pertussis selbst führen. Zu Keuchhusten.«

»Ich dachte immer, Keuchhusten wäre eine Kinderkrankheit.«

»Das habe ich auch gedacht. Aber es stimmt nicht. Und morgen muss ich mich mit der Nichte des Kommissars treffen. Zum Mittagessen. Das ist wichtig. Ich habe an diesem Kommissar ein ganz egoistisches Interesse ... Könnten Sie heute nicht bleiben? Und mir helfen, mich vorzubereiten. Ich habe mich noch nie mit einem sechzehnjährigen Mädchen unterhalten.«

Natalja musste lachen.

»Also das ist wirklich nicht schwer, Ehrenwort. Hören Sie, wenn ich bleibe – bringen Sie mich dann wieder im Bad unter?«

»Aber nein«, sagte Woronow im Tonfall der beleidigten Unschuld. »Ich habe ein Gästebett. Sie können in der Küche schlafen.«

»Sehr liebenswürdig von Ihnen.«

»Das ist keine Laune von mir. Ich hasse es nur einfach, wenn jemand den Raum okkupiert, in dem ich arbeite.«

»Alles klar. Sie markieren Ihr Territorium und grenzen es ab. Wie ein Stinktier oder ein Meerkater.«

»So ungefähr«, stimmte Woronow großmütig zu. »Na, wie ist es? Nehmen Sie meine Einladung an?«

Natalja trat endlich ein, versperrte wie die Hausherrin alle Schlösser, schob alle Riegel vor und sagte erst dann zu Woronow: »Einverstanden.«

Den Rest der Nacht verbrachte Natalja damit, eine passende Ausstattung für den Schriftsteller auszusuchen. Das war ziemlich schwierig. In dem wurmstichigen Kleiderschrank lagen nur ein paar Hosen ohne Gürtel und ein paar Hemden ohne Knöpfe. Der uralte und längst aus der Mode gekommene Lavsan klebte pieksend an den Fingern, weil er sich im Lauf der Jahre elektrisch aufgeladen hatte; das Leinen war vergilbt, und die indische Seide aus vergangenen Hippie-Zeiten zerfaserte unter den Händen. Die beiden vorhandenen Jacketts waren von Motten zerfressen. Von Woronows ganzer Garderobe war das solideste Stück eine Schirmmütze, die der Wind der chinesischen Kulturrevolution irgendwann mal in dieses alte Petersburger Haus geweht hatte.

Vom spezifischen Duft all dieser Herrlichkeiten juckte es Natalja in der Nase, und ihre Augen begannen zu tränen. Sie ging ins Bad und wusch sich Gesicht und Hände lange mit Kinderseife. Der einzigen Seife, die auf der kapriziösen Haut Woronows keine Reizungen hervorrief.

»Sie bringen mich zur Verzweiflung, Wladimir Wladimirowitsch«, sagte Natalja, als sie aus dem Bad kam. »Sie sind ein berühmter Schriftsteller. Ein erfolgreicher Mann. Und keineswegs arm. Können Sie sich denn nicht irgendwas Anständiges kaufen?«

»Was heißt anständig?«, ging Woronow sogleich in die Luft. »Sehe ich etwa unanständig aus?«

»In einer solchen Aufmachung können Sie höchstens Sperrmüll sammeln oder Obdachlosenzeitungen verteilen. Das würden Sie sicher überzeugend machen.«

»Kümmern Sie sich um Ihren eigenen Kram«, fauchte Woronow zurück.

»Aber Sie haben mich doch selbst gebeten.«

Dem war nichts entgegenzusetzen, und Woronow kapitulierte.

»Denken Sie nicht schlecht von mir, Natalja. Ich kaufe mir durchaus was zum Anziehen. Vor zwei Jahren zum Beispiel habe ich mir eine Weste gekauft. Aus Leder. Meine Lieblingsweste ...«

»Klar, Sie kaufen sich Kleidung. Und tragen sie so lange, bis sie Ihnen am Körper vermodert. Geben Sie mir die Telefonnummer Ihres Agenten.«

»Aber jetzt ist es drei Uhr früh!«

»Wie viel zweigen Sie für ihn von Ihren Honoraren ab?«

»Dreißig Prozent.«

»Dann spielt die Uhrzeit keine Rolle. Geben Sie mir die Nummer.«

Zu Nataljas Erstaunen war Margolis zu Hause. »Guten Abend, Semjon Borissowitsch.« Natalja packte den Stier sofort bei den Hörnern. »Hier spricht die Nachbarin von Wladimir Woronow. Natalja.«

»Natalja? Kenne ich nicht.«

Natalja ließ ihn nicht weiterreden – was machte es schon für einen Unterschied: Natalja, Darja oder Sofija, Woronow war sowieso jeder Frauenname egal.

»Das macht nichts. Sie müssen sofort herkommen.«

Sie erinnerte sich an Margolis' stutzerhaftes Äußeres, sein elegantes Hemd und seine modische Hose. Dem könnte man die Auswahl der Kleidung getrost anvertrauen!

»Ist etwas passiert?« Margolis war ernstlich besorgt. »Hat er einen Anfall? Asthma? Angina pectoris?«

»Aber nein. Gott behüte, nichts dergleichen. Bis jetzt noch nicht. Kommen Sie und bringen Sie Kleidung für Wladimir Wladimirowitsch mit.«

»Kleidung?«

»Neue Sachen. Morgen hat Wladimir Wladimirowitsch ein wichtiges Treffen, und er muss perfekt aussehen.«

»Ein Treffen?«, erschrak Margolis. »Was für ein Treffen? Wieso bin ich darüber nicht informiert? Und wer sind Sie überhaupt? Merken Sie sich, Teuerste, für alle Treffen und Termine der Firma ›Wladimir Woronow‹ bin ich zuständig.«

»Winseln Sie nicht, Semjon Borissowitsch«, sagte Natalja mit unerwarteter Wut in der Stimme. »Das ist ein privates Treffen. Aus einem privaten Anlass. Und es ist für ihn sehr wichtig. Deshalb bitte ich Sie, mit entsprechender Kleidung zu kommen.

Hemd, Krawatte, Anzug und Schuhe. Und ein anständiger Mantel. Und vielleicht noch ein Halstuch ...«

Natalja stockte: Für ein sechzehnjähriges Mädchen war das viel zu offiziell. Das Gespräch würde nicht in Gang kommen, sie würde nicht wissen, wohin mit ihren Händen, sich wegen eines Pickels auf der Stirn schrecklich genieren und mit feuchten Händen an der Serviette zerren.

»Und noch eine zweite Kleidervariante, Semjon Borissowitsch. Eine demokratische Hose oder Jeans nach Ihrem Gutdünken. Ein Hemd, von mir aus ein Jeanshemd. Und ein Pulli.«

»Oder vielleicht noch ein dicker Rollkragenpullover?«, fiel Margolis der zügellosen »Nachbarin« ins Wort. »Oder eine Taucherausrüstung? Oder die Tiara des römischen Papstes?«

»Rollkragenpullover geht auch«, versetzte Natalja trocken. »Aber keine türkische Billigware. Nehmen Sie einen guten isländischen.«

»Und woher kriege ich den um drei Uhr morgens?«, erkundigte sich Margolis. »Und auch alles Übrige?«

»Gehen Sie auf die Suche, Semjon Borissowitsch. Lassen Sie sich was einfallen. Es gibt bei uns doch teure Geschäfte, die rund um die Uhr geöffnet sind. Es gibt schließlich auch noch den Duty Free Shop. Sie sind doch ein heller Kopf«, schmeichelte ihm Natalja.

»Na schön«, sagte Margolis resigniert. »Ich will sehen, was ich tun kann. Aber hat das nicht Zeit bis morgen Früh?«

»Ganz offensichtlich nicht.«

Natalja legte den Hörer auf und drehte sich zu Woronow um, der sie in stummer Verwunderung anglotzte.

»Ich dachte, Sie seien eine Furie, Natalja«, sagte er langsam. »Aber ich habe mich geirrt. Sie sind keine Furie. Sie sind eine Harpyie.«

»Heben Sie sich Ihre Komplimente für die Nichte des Kommissars auf. Da werden sie Ihnen noch nützen.« Natalja fühlte plötzlich eine fast verzweifelte Fröhlichkeit. »Jetzt befassen wir uns mit Ihnen. Zuerst mal mit den Haaren. Mit so einer Frisur schrecken Sie ja sämtliche Zwiebeln im Salat auf. Wo lassen Sie sich Ihre Haare schneiden?«

»Das mache ich selbst. Ich schneide mit der Schere ab, was stört ...«

»Das sieht man. Geben Sie mir Ihre Schere und ein Bettlaken. Wir werden einen Menschen aus Ihnen machen. Einen angesehenen Schriftsteller, der unsere Lolita beeindruckt.«

Natalja hatte in ihrem Leben erst einem einzigen Kunden die Haare geschnitten. Dieser Kunde war ein sanftmütiges, stummes Geschöpf gewesen – Almotschka, die Zwergpudelhündin von Ninon, die vor zwei Jahren das Zeitliche gesegnet hatte.

Nun hoffte Natalja inständig, während sie mit der Schere über dem Ohr des hilflosen, in das Bettlaken gewickelten Woronow klapperte, es werde gelingen.

Und tatsächlich, der Haarschnitt glückte und veredelte das mürrische Gesicht Woronows. Sein Schädel stellte sich als erstaunlich gut geformt heraus.

»Herzlichen Glückwunsch. Jetzt sehen Sie nicht mehr so ...« »Abstoßend« wollte sie sagen, biss sich aber noch rechtzeitig auf die Zunge. »Jetzt sehen Sie nicht mehr so finster aus. Lächeln Sie!«

»Was denn noch!«

»Jetzt müssen wir Sie nur noch von diesen Ziegenborsten befreien, und dann ist alles in Ordnung. Haben Sie ein Eau de Cologne? Oder ein Toilettenwasser?«

Natalja fiel Dschawas geliebtes »Hugo Boss« ein, und sie wurde traurig. Auf wessen Sofa mochte ihr Ex-Lover wohl jetzt liegen?

»Ich benutze kein Eau de Cologne. Ich finde, jeder Mensch sollte seinen individuellen Geruch haben.«

Aha. Den Geruch nach den verstaubten Tasten der Underwood, nach Sojasteaks, Kampfer und einem lange nicht gewaschenen Hemd. Wirklich ein beeindruckendes Bukett.

»Individuell. Wie bei einer Bisamratte ...«, bemerkte sie.

»Und wenn schon.«

Woronow war nicht gekränkt, er zog sich das Laken herunter und ging ins Bad, um einen Blick auf seine neue Frisur zu werfen. Schon im Bad, rief er plötzlich: »Hören Sie mal, Natalja! Haben Sie ihre Fotoalben gesehen?«

»Wessen?«

»Der Litwinowa?«

»Nein. Die sind mir gar nicht in die Hände geraten.«

»Natürlich, Sie haben sich nur für die Klamotten interessiert! Mir ist es gelungen, einiges anzusehen. Und wissen Sie, was mich erstaunt hat?«

Natalja ging hinter Woronow ins Bad und lehnte sich an den Türpfosten. Der Schriftsteller betrachtete sich misstrauisch im Spiegel. Aber der Schnitt war wirklich gar nicht übel gelungen, nur im Nacken hätte man vielleicht noch etwas mehr wegnehmen sollen. Aber im Großen und Ganzen – gar nicht übel ...

»Was hat Sie erstaunt?«

»Ich habe kein Foto von ihrem Freund gefunden. Von dem, dessen Visitenkarte Sie ergattert haben.«

»Tatsächlich? Vielleicht hat er alle mitgenommen, als er ging? Damit nichts mehr an ihn erinnerte.«

»Aber eins hat er stehen lassen – gerahmt und an gut sichtbarer Stelle.«

»Vielleicht hat er es einfach vergessen!«

»Na, Gott mit ihm, diesem Bürschchen. Aber die Mädchen auf dem anderen Foto – das ist spannend, das bringt einen auf allerlei Gedanken. Allzu viele gemeinsame Fotos von ihnen gibt es nicht, nur ein paar, aber die sind ziemlich interessant. Zum Beispiel eins, wo sie nur zu zweit drauf sind: Regina Bader – die Schönheit mit der Narbe – und ein zweites Mädchen, eine Freundin, ich weiß nicht mehr, wie sie heißt ... Sieht jedenfalls auch sehr passabel aus. Ich habe dieses Foto herausgenommen und geschaut, was auf der Rückseite steht. Ich sehe immer gern hinter die Fassade und drehe alles von außen nach innen.«

»Das habe ich bemerkt.«

»Und wissen Sie, was dort geschrieben stand?« Woronow stockte etwas verlegen. »›HÜNDINNEN!‹ Wie finden Sie das? Nennt sie Hündinnen, stellt aber ein gemeinsames Foto auf den Schreibtisch.«

Nein, die Frisur war wirklich gelungen. Definitiv.

»Sie haben keinen blassen Schimmer von Frauen!«, sagte Natalja. »Ihre Stimmungen sind wechselhaft. Ich selber habe schon so oft Fotos zerrissen und hinterher wieder zusammengeklebt. Und Tränen darüber vergossen.«

»Um irgendeinen Milchbubi, der gute fünf Jahre jünger ist als Sie!«, nörgelte Woronow plötzlich unzufrieden.

Natalja war perplex über so viel Hellsichtigkeit.

»Wie kommen Sie darauf?«

»Weil Ihnen das auf der Stirn geschrieben steht! Sie werfen sich mit Begeisterung solchen Nichtsnutzen an den Hals und wundern sich, wenn sie Ihnen beim Finale die Pistole an die Schläfe setzen ...«

Margolis erschien zwei Stunden später mit zwei riesigen Tüten. Beim Anblick des gründlich veränderten Woronow ließ er die Klamotten fallen und stieß einen Pfiff aus.

Als Natalja erschien, zuckte er viel sagend mit der Nase und zwinkerte Woronow zu.

»Ich glaube, dieses Mädchen hieß vor ein paar Tagen noch Darja! Oder, Wolodjenka?«

»Was macht das schon aus – Darja, Natalja oder Sofija.« Woronow zuckte die Schultern. »Es geht nicht um den Namen, sondern um die Unannehmlichkeiten, die sie einem bereiten.«

»Trotzdem – eine Frau übt auf einen Mann einen segensreichen Einfluss aus. Das habe ich immer behauptet. Halt mal.«

Und Margolis begann, den Inhalt der Tüten auf den Sessel zu schütten.

Woronow betrachtete die Neuanschaffungen mit kühlem Gleichmut, was man von Natalja nicht eben sagen konnte. Sie faltete die Sachen sofort auseinander und begann sie kritisch zu mustern. Margolis nutzte die eingetretene Pause, schnappte sich den Packen Papier mit den ersten getippten Kapiteln des Romans und begann zu lesen.

»Wunderbar!«, seufzte er schon nach der ersten Seite. »Das ist göttlich, Wolodjenka! ›Er lag in der äußersten Ecke des Kofferraums, zusammengekrümmt, von niemandem mehr gebraucht, wie ein Bonbonpapier, das man in den Mülleimer wirft. Ein verschämtes kleines Loch zierte seinen Schädel, und die blutverschmierten Wimpern schienen sich über so eine traurige Nachbarschaft zu wundern ...‹ Welcher Ausdruck! Welch leichte Feder! Denk an meine Worte, man wird dich noch in die Ruhmeshalle der Dichter tragen.«

»Genau. Mit den Füßen voran.« Woronow stand mitten im Zimmer und drückte die Neuerwerbungen unentschlossen an seine Brust.

»Was stehen Sie herum, Wladimir Wladimirowitsch?«, trieb ihn Natalja an. »Marsch ins Schlafzimmer, probieren Sie die Sachen an.«

Überraschend gefügig verschwand Woronow mit dem Stapel Kleider im Schlafzimmer. Margolis und Natalja blieben allein zurück. Der Literaturagent sauste in die Diele und kehrte mit einer flachen kleinen Kognakflasche zurück.

»Was geht hier vor, erklären Sie mir das bitte! Oder bin ich schon ganz senil geworden und kann mir keine Namen mehr merken? Woher jetzt plötzlich Natalja?«

»Von der Petrograder Seite«, erwiderte sie prompt.

»Nehmen Sie zur Kenntnis, ich stelle Ihnen keine unnötigen Fragen. Lassen Sie uns anstoßen ... Natalja. Offenbar ist es Ihnen gelungen, dieses amorphe Opossum zu zähmen! Ich gratuliere. Vor Ihnen hat das noch keine geschafft. Und was habe ich alles für Frauen zu ihm eingeladen, ganz andere ...«

... als Sie graues Mäuschen, ergänzte Natalja in Gedanken und ging in die Küche, um Gläser zu holen. Margolis folgte ihr und machte die Tür fest zu.

»Aber jetzt erklären Sie mir, was geht hier vor? Was sind das für überstürzte Einkäufe, die nicht bis morgen warten können?

Und was ist das für ein privates Treffen? In den vergangenen drei Jahren hat es bei Wolodjenka private Treffen nur mit Ärzten gegeben. Und mit den Mitarbeitern der Seuchenbehörde zwecks Ausrottung von Kakerlaken.«

»Er ist zum Mittagessen eingeladen. Genauer gesagt, er selbst hat eingeladen.«

»Wen?«

»Ein sechzehnjähriges Mädchen. Das sehr wichtig für ihn ist.«

»Und Sie spielen die Kupplerin? Erschrecken Sie mich nicht! Eine Minderjährige! Hat er das denn nötig?«

»In gewisser Weise. Die Sache ist die, dass ...«

Natalja kam nicht mehr dazu, ihren Satz zu beenden: In der Küchentür erschien Woronow in Anzug, weißem Hemd und Schuhen mit offenen Schnürsenkeln. In der Hand hielt er eine Krawatte in dezentem Grau. Sein Hals hatte sich, eingezwängt vom Hemd, drohend gerötet, und der Kragen war verrutscht.

»Na, wie sehe ich aus?«, fragte Woronow.

»Es könnte kaum schlimmer sein«, gestand Natalja. »Man sieht sofort, dass Sie nie unter Menschen gehen und dass die letzte gesellschaftliche Veranstaltung, die Sie besucht haben, die Weihnachtsfeier im Kindergarten war.«

»Könnte mir vielleicht einer die Krawatte binden?«

»Eine Krawatte macht alles nur noch schlimmer. Sie wird Ihnen bloß wie eine Riesenschlange vom Hals baumeln«, stellte Natalja vernünftig fest.

»Warum eigentlich nicht?« Margolis nutzte den Moment und nahm einen Schluck aus der Flasche. »Soll sie baumeln. Das passt doch zu einem berühmten Kriminalautor. Es hat so etwas ... wie von Hitchcock.«

»Haben Sie die demokratische Ersatzgarnitur auch mitgebracht?«

»Natürlich. Ich habe genau Ihre Instruktionen befolgt. Nur einen isländischen Pullover habe ich nicht gefunden. Ich musste mich mit einem englischen begnügen.«

»Ziehen Sie sich um, Wladimir Wladimirowitsch. Vielleicht haben Sie damit mehr Glück.«

Woronow knirschte mit den Zähnen, gehorchte aber und verzog sich wieder zurück ins Schlafzimmer.

»Sie wirken ja wahre Wunder, meine Liebe«, lobte Margolis, sobald Woronows linkische Gestalt hinter der Zimmertür verschwunden war.

»Meinen Sie?«

»Das sieht doch ein Blinder! Und er schreibt jetzt auch besser. Wissen Sie, es ist so etwas Irrwitzig-Blutiges in seiner Wortwahl aufgetaucht. Mich als seinen Agenten freut das. Überhaupt freut es mich, dass Sie in seinem Leben aufgetaucht sind. Wer weiß, vielleicht werde ich Sie beide noch zum Altar führen.« Margolis zwinkerte ihr zu, und Natalja errötete unwillkürlich.

»Reden Sie keinen Unsinn, Semjon Borissowitsch! Das ist doch ein Hirngespinst.«

»Ein Hirngespinst, das es wert wäre, Wirklichkeit zu werden, meine Liebe ...«, flüsterte Margolis bedeutungsvoll.

Natalja gab keine Antwort, sondern richtete ihren Blick stattdessen auf das Handgelenk des Literaturagenten.

»Entschuldigen Sie, Semjon Borissowitsch, ist das ein Silberarmband, das Sie da tragen?«

14. Februar. **Ljolja**

Ach, wie wenig Ljolja doch seine Nichte Serafima kannte! Das ganze Ausmaß seiner Unwissenheit begriff er, als er sie abholte, um sie zu dem Treffen mit Woronow mitzunehmen.

Auf sein Klingeln erschien zunächst Simotschkas Mutter, seine ältere und einzige Schwester Jelena, die schon vor achtzehn Jahren den Familiennamen Ljolja gegen den Familiennamen Alabina-Mitnizkaja eingetauscht hatte.

»Ist das Kind fertig?«, fragte Ljolja, sobald Jelena die Tür öffnete.

»Ich weiß nicht. Sie lässt schon seit drei Stunden niemanden mehr in ihr Zimmer. Und davor hat sie uns eine hysterische Szene gemacht, wir beide, ihr Vater und ich, seien Hungerleider, die ihr keine angemessene Existenz garantieren könnten. Meine englischen Halbschuhe hat sie sich geborgt und ihrem Vater die Krawatte abgeluchst, die er sich in Plowdiw gekauft hat. Bring sie bloß schnell weg von hier, Leonid!«

»Das kriegen wir schon hin«, warf ihr Ljolja rasch zu und steuerte das Zimmer seiner Nichte an.

Vorsichtig klopfte er an die verschlossene Tür.

»Simka! Komm raus, es ist Zeit!«

»Bist du es, Onkel Leonid?«

»Natürlich. Du willst doch nicht, dass wir zu spät kommen?«

Zu spät kommen wollte Serafima auf keinen Fall. Augenblicklich wurde der Schlüssel im Schloss herumgedreht.

Was vor Ljoljas Augen auftauchte, erinnerte nur noch entfernt an seine Nichte, die er vergötterte, hätschelte und seit frühester Kindheit auf Händen trug.

Statt der schönen langen Haare, die sie hatte wachsen lassen, seit sie zehn war, trug sie eine extreme Kurzhaarfrisur. Auf die zurückgekämmten Reste ihrer Mähne hatte Sima mindestens eine Tube Gel verteilt, und jetzt glänzte ihr Kopf matt wie der Panzer eines Gürteltiers.

Der schmächtige Körper der Nichte war in ein dreiteiliges Kostümchen gezwängt, an ihrem Hals schlenkerte die in Plowdiw gekaufte Krawatte ihres Vaters. Dunkler Lippenstift, dunkle Augenschatten und ein dämonischer Schönheitsfleck über der Oberlippe, an dem Serafima offenbar stundenlang gearbeitet hatte, vervollständigten das Bild.

»Grundgütiger!«, war alles, was Ljolja noch hervorbrachte.

»Wieso? Das ist eine Stilkombination. Eine Synthese aus Jean Seberg und dem Film ›Matrix‹«, erwiderte die fortschrittliche Serafima kess. »Eine Frau muss ein Vamp sein, sonst wird sie von ihren erfolgreicheren Rivalinnen überrannt.«

»Fehlt nur noch die Sonnenbrille und eine Pistole, Marke ›Beretta‹. Dann gehst du glatt als FBI-Agentin durch.«

»Eine Brille habe ich«, sagte die Nichte hochmütig und setzte sich eine schmale Sonnenbrille auf die Nase. »Und die Pistole leihe ich mir von dir.«

»Ich bin Ermittler, Simka. Ich trage keine Pistole. Jedenfalls nicht so oft, wie ich gern möchte ...«

»Schade. Nun, wie gefalle ich dir?«

Du Ärmste, könntest du diesen erbärmlichen Dichterling sehen, dessen ganze Attraktivität sich auf ein angedeutetes Ziegenbärtchen beschränkt! Ein solcher Mann sollte besser in einer Gemüselagerhalle Kartoffeln sortieren statt jungen Mädchen die Köpfe zu verdrehen. Aber laut sagte Ljolja das lieber nicht.

Du wirst noch Zeit genug haben, enttäuscht zu sein, Serafima Alabina-Mitnizkaja!

»Du hast mir nicht geantwortet!« Serafima schob die Brille hoch und starrte ihren Onkel an. »Wie gefalle ich dir?«

»Wunderbar. Fahren wir.«

»Ich hoffe, du nimmst ein Taxi?«

»Was bleibt mir anderes übrig?«

Das Treffen war für drei Uhr verabredet, in dem bewussten »Doktor Watson«.

Als Ljolja und Simotschka das Lokal betraten, saß Woronow bereits am ungefährlichsten und vor fremden Blicken am besten geschützten Tisch. Die Nichte packte ihren Onkel am Ellbogen und flüsterte mit ausgetrockneten Lippen: »Ich habe Angst.«

»Ich bin ja bei dir.«

»Du verstehst nicht. Du bist du. Dich kenne ich seit hundert Jahren. Aber er ist Woronow, in Fleisch und Blut. Und ich werde ihn jetzt gleich kennen lernen. Ich könnte glatt verrückt werden bei dem Gedanken!«

Schon dich lieber für passendere Kerle, meine Liebe!

Zugegeben, der Schriftsteller hatte sich auf das Treffen ebenfalls gut vorbereitet. Jedenfalls bemerkte Ljolja sofort einige vorteilhafte Veränderungen an ihm. Er hatte sich die Haare schneiden und das Kinn rasieren lassen und das schlampige Karohemd gegen einen schicken Pullover eingetauscht. Außerdem baumelte an Woronows Handgelenk ein Silberarmband, das ihm etwas von einem Bohemien gab.

Wirklich nicht schlecht, dachte Ljolja boshaft, sogar deine Hässlichkeit wirkt auf einmal schick. Genauso schick wie die berühmte Familienkrawatte aus Plowdiw. Das fehlte noch, dass dieser Typ seiner einzigen Enkelin den Kopf verdrehte.

»Ist er hier?«, fragte Simotschka mit abgerissenem Flüstern.

»Ja.«

»Ich sterbe ... Wo denn?«

»Der Tisch in der Ecke rechts.«

Simotschka heftete sofort ihre gierigen Augen auf Woronow und schnappte nach Luft.

»Wie toll er aussieht! Ich kann nicht – ich falle in Ohnmacht. Meine Knie sind ganz weich ...«

»Sei kein Schaf, Simka! Er wartet.«

Ljolja schleifte die sich mit roten Flecken bedeckende Nichte fast gewaltsam zu dem Tisch. Aber die Vorstellung der Helden ging ziemlich daneben: Woronow flüsterte etwas Unverständliches und drückte schlaff Simotschkas Hand, die gluckste irgendeine genauso unverständliche Antwort, beide erröteten, setzten sich ungeschickt hin und glotzten einander an.

»Soll ich etwas zu essen bestellen?« Ljolja beschloss, die Situation aufzulockern.

»Ja, ja, natürlich«, stimmte Woronow erschrocken zu. »Daran habe ich auch schon gedacht, aber die Dame sollte selber wählen können.«

Nach zwanzig Minuten klapperten sie endlich mit ihren Gabeln und tauschten Gemeinplätze aus wie »Ich lese Ihre Bücher mit Begeisterung, Wladimir Wladimirowitsch!«, »Ich bin geschmeichelt ...«, »Ihr Held, er ist so intellektuell – und nur der Intellekt hat ein Anrecht auf Männlichkeit und Sex-Appeal«, »Ein ungewöhnlicher Standpunkt, besonders für einen so jungen Menschen wie Sie es sind ...«

Ljoljas Kiefer verkrampften sich bei diesem Gesäusel, und er lehnte sich auf dem Stuhl zurück, um seinen eigenen Gedanken nachzuhängen.

Statt im »Watson« mit Regina zu essen war er gezwungen, seine Nichte und diesen schwachsinnigen Schriftsteller zu beaufsichtigen. Andererseits war er ja selber schuld: Regina hatte zusammen mit ihm fahren wollen, aber seine blödsinnige Eifersucht – sogar auf diesen literarischen Pygmäen, du lieber Himmel! – hatte Ljolja bewogen, freundlich abzulehnen. Er hatte sogar ein durchaus überzeugendes Argument gefunden: »Wenn du erscheinst, wird Simka völlig in den Hintergrund treten, und der Schriftsteller wird nur noch dich anschauen.«

»Meinst du?«

»Natürlich. Alle schauen immer nur dich an.«

Etwas so Offensichtliches bestritt Regina nicht.

Ljoljas Gedanken glitten weiter zu Denis Jewgenjewitsch Markelow, dem Mitarbeiter des Computerstudios »Autopilot«. Die Begegnung mit Markelow hatte Ljolja stutzig gemacht, aber der Ermittlung nichts Neues hinzugefügt.

Er hatte sich mit Markelow auf neutralem Terrain getroffen. Ljolja zog es sowieso vor, die Leute nicht unnötig aufs Präsidium zu bestellen, in der begründeten Annahme, dass die behördliche Atmosphäre kaum dazu angetan sei, Zungen zu lösen.

Das Studio »Autopilot« befand sich in der Barmalejewastraße, und Markelow schlug ihm ein Treffen in der nahe gelegenen belebten Tschkalowstraße vor, vor der Bar »Zarenjagd«.

Unverzüglich.

So hatte sich Markelow ausgedrückt – »unverzüglich«. Kaum dass sich Ljolja am Telefon vorgestellt und gesagt hatte, dass er wegen Darja Litwinowa anrufe. Falls dieser Name Herrn Markelow etwas sage.

Der Name sagte ihm etwas. Nach kurzem Schweigen atmete der geheimnisvolle Herr Markelow tief durch: »Ist ihr etwas passiert?«

»Tja, was soll ich Ihnen sagen.« Ljolja vermied es, am Telefon über ihren Tod zu sprechen. »Wenn Sie nichts dagegen haben, sollten wir uns treffen. Wann könnten wir miteinander reden?«

»Unverzüglich. Soll ich irgendwohin kommen?«

»Sie sind doch bei der Arbeit ... Ich kann selber zu Ihnen kommen.«

»Dann in der Tschkalowstraße, vor der ›Zarenjagd‹.«

»Ich bin in vierzig Minuten da.«

Als Ljolja in der Tschkalowstraße eintraf, stand Markelow schon vor dem Eingang der Bar.

Er war ein sympathisch aussehender junger Mann, mit dem Standard-Gesicht eines Frauenlieblings: Dreitagebart, die kühne Nase des Marlboro-Cowboys und ein scharf geschnittener Mund. Ljolja dachte unwillkürlich an das ziemlich zerknautschte Gesicht des toten Radziwill.

»Sind Sie Denis Markelow?«, fragte Ljolja den jungen Mann.

»Ja. Und Sie sind vermutlich ...«

»Ich heiße Leonid Petrowitsch. Gehen wir doch hinein und trinken in Ruhe einen Kaffee.«

»Was ist mit Darja passiert?« Markelows Gesicht verzerrte sich schmerzlich.

»Sind Sie ein guter Bekannter?«

»Ein guter Bekannter? Wir haben zusammen gelebt! Bis vor kurzem. Bis ... Bis dieser Kerl auftauchte ...«

Der Junge war offensichtlich heftig aufgewühlt. Womöglich würde er ihm noch gleich hier auf der Straße sein Herz ausschütten! Ljolja zog Markelow rasch ins Lokal, und einige Minuten später tranken sie schon, begleitet vom endlosen wiederkäuenden Singsang Filipp Kirkorows, ihren Kaffee.

»Es ist mir sehr unangenehm, Ihnen das mitteilen zu müssen, Denis Jewgenjewitsch – aber Darja Litwinowa ist nicht mehr am Leben.«

Markelows Kinn begann zu zittern, und seine Augen wurden glasig. Die Pause dauerte einige tragische Augenblicke lang, dann flüsterte er: »Was? Was haben Sie gesagt?!«

»Leider ...«

»Nein ... Wie ist das geschehen?«

»Sie sagten, dass Sie zusammen lebten.«

»Ja. Bei ihr. Sie selbst wollte es so. Aber dann tauchte dieser verfluchte Bankier auf. Das ist noch gar nicht so lange her, im Januar vielleicht ... Genauer gesagt, im Januar habe ich davon erfahren. Sie wollte mit ihm irgendwohin fahren. Sie selber hat mir gesagt, sie müsse zu Dreharbeiten, aber ich habe gespürt, dass das nur eine Ausrede war.«

»Also ein Bankier.«

»Nun ja.«

»Seinen Namen hat sie nicht erwähnt?«

»Warten Sie ... Sie hat von German gesprochen. Aber von mir aus kann er heißen, wie er will.«

»Haben Sie sich mit ihr ausgesprochen?«, fragte Ljolja. »Mit ihr gestritten?«

»Sie kennen Darja nicht. Mit ihr kann man sich nicht aussprechen. Einmal hat er mitten in der Nacht angerufen. Es war ihm ganz egal, dass Darja nicht allein lebte. Dass sie einen Freund hatte.«

»Und Sie?«

»Ich war empört und bin sofort gegangen, habe sogar meine Zahnbürste liegen lassen. Und mein Rasierzeug. Ich dachte, sie würde mich anrufen, wir liebten uns doch! Jedenfalls hat sie mir das gesagt, und ich habe es geglaubt.«

Ljolja runzelte die Stirn. Weder Zahnbürste noch Rasierzeug waren in Darja Litwinowas Wohnung gefunden worden. Allerdings musste das nicht viel bedeuten: Eine beleidigte Frau und erst recht eine Frau, die entschlossen ist, sich mit einem anderen Mann zu treffen, konnte alle diese Schätze leicht auf den Müll geworfen haben.

»Und was war dann?«, fragte Ljolja.

»Ich habe den Kopf verloren. Bin zu ihr zurückgegangen und habe ihr den Wohnungsschlüssel in den Briefkasten geworfen. Ich wollte ein für alle Mal Schluss machen. Ich bin nach Moskau gefahren, dann wieder zurückgekommen, habe versucht, mich mit ihr in Verbindung zu setzen ... Aber es hat nicht geklappt, verstehen Sie?« Markelow schlug die Augen nieder und schluckte. »Ich habe immer wieder bei ihr angerufen. Ich weiß, das ist Schwäche, aber ... ich habe ihr dumme Sachen auf den Anrufbeantworter gesprochen.«

Die Litwinowa hatte tatsächlich einen Anrufbeantworter, aber das Kassettenfach war leer gewesen. Jemand hatte die Kassette herausgenommen, und das war bestimmt nicht die Hausherrin gewesen. Die war zu diesem Zeitpunkt schon tot.

»Ich verstehe. Aber die Sache ist die, dass wir im Anrufbeantworter gar keine Kassette gefunden haben«, sagte Ljolja ehrlich.

Diese Mitteilung verblüffte Markelow.

»Und auch keinen Schlüssel im Briefkasten«, fügte der Kommissar hinzu. »Und der Kasten selber war aufgebrochen.«

»Wirklich?« Markelow lächelte verwirrt, riss sich aber gleich wieder zusammen. »Ich weiß nicht. Wo kann er wohl hingekommen sein?«

»Erzählen Sie mir von Darjas Freunden.«

»Ihren Freunden?«

»Hatten Sie öfter Besuch?«

»Wissen Sie«, sagte Markelow und wählte seine Worte sehr vorsichtig, »Darja war bei all ihrer Schönheit ein sehr verschlossener Mensch. Ein paar Mal habe ich eine Freundin von ihr gesehen – ich glaube, sie hieß Xenia ...«

»Xenia Nikolskaja?«, fragte Ljolja.

»Kann sein ... Ja, Nikolskaja. Jetzt erinnere ich mich. Und dann, um ehrlich zu sein, ich war es ziemlich leid, dass sie ständig von irgendwelchen Typen angerufen wurde. Ich weiß ja, ihr Beruf und so weiter. Sie hat mir geschworen, dass sie mit allen längst Schluss gemacht hätte. Aber sie riefen trotzdem an. Einer war ganz besonders lästig. Ich glaube, er rief sogar aus dem Ausland an. Genau. Darja war nicht zu Hause, ich nahm ab, und eine Telefonistin sagte: ›Nehmen Sie bitte ein Gespräch aus Salzburg an.‹ Ja, Salzburg, jetzt fällt es mir wieder ein. Und der Anrufer stellte sich als Wsewolod vor. Ich hasse sie alle!«

Markelow schlug wütend mit der Faust auf den Tisch, der Löffel in der Kaffeetasse begann zu zittern, und Ljolja hatte unwillkürlich Mitleid mit dem jungen Mann. Schließlich befand er selber sich jetzt in einer ganz ähnlichen Situation wie der unglückliche Denis.

Nur dass Regina unvergleichlich zartfühlender und taktvoller war als die Litwinowa, sie respektierte sein Recht auf ihre alleinige und ungeteilte Liebe – aber würde das auch in Zukunft so sein?

»Wie ist sie gestorben?«

Von der schmutzigen Spritze, die neben dem Sessel gelegen hatte, wollte Ljolja nichts erzählen, um die romantischen Gefühle des Ex-Liebhabers zu schonen.

»Sie starb an einer Überdosierung. In Olgino. Wussten Sie, dass sie drogensüchtig war?«

Markelow nahm den Löffel aus der Kaffeetasse, bog ihn krumm und dann wieder gerade.

»Über dieses Thema möchte ich lieber nicht reden. Ich habe versucht, dagegen anzugehen, und sie hat mir versprochen aufzuhören. Sie sagte, sie würde es allein schaffen. Das heißt also, dieser Mistkerl hat sie nach Olgino gebracht und dort ...«

»Sprechen Sie von dem Bankier, der ihr in der letzten Zeit den Hof gemacht hatte?«

»Von wem denn sonst! Dreckskerl! Abschaum!«

»Die Sache ist die, dass er auch nicht mehr am Leben ist.«

»Gott sei Dank«, brach es aus Markelow hervor. »Dem Hund einen Hundetod.«

Xenia Nikolskaja war weitaus zurückhaltender im Ausdruck ihrer Gefühle gewesen. Und dennoch ... Offenbar hatte der Möchtegern-Playboy Radziwill es vor seinem Tod noch geschafft, etliche Freunde der Litwinowa gegen sich aufzubringen.

»Sie waren aber nicht zusammen. Den toten Bankier hat man in Petersburg gefunden.«

»Was macht das für einen Unterschied!«

Für dich keinen, das ist richtig. In Markelows Augen standen echte Tränen – eigentlich war er doch ein ganz netter Kerl, dieser Computerfritze! Schade, dass er an das falsche Mädchen geraten war.

»Sie haben Recht. Sagen Sie, der Computer in der Wohnung der Litwinowa, ist das Ihrer?«

Über Markelows Gesicht glitt ein Schatten.

»Nicht ganz. Darja hatte auch vorher schon einen PC, ich habe nur den Monitor ausgetauscht, den Speicher erweitert und noch verschiedene Kleinigkeiten geändert.«

»Kannte sie sich gut mit Computern aus?«

»Sie konnte damit arbeiten. Hat stundenlang davor gesessen. Ihr gefielen Computerspiele – solche, die etwas kniffliger waren.«

»Weiter nichts?«

»Ich verstehe nicht, was meinen Sie denn?«

»Nun, hat sie sich nicht zum Beispiel als Amateur-Hackerin betätigt?«

»Darja? Ich weiß nicht. Zumindest haben wir davon nie gesprochen. Aber dass sie alles blitzschnell begriffen hat und ziemlich schwierige Programme beherrschte, das ist wahr.«

»Ich verstehe. Und ist es schon länger her, dass Tuma verschwunden ist?«

»Wer?«

»Tuma. Die Hündin.«

»Die Hündin? Meinen Sie den Dobermann?«

»Genau.«

»Nein.« Markelow stützte das Kinn in die Hand. »Darja hatte sie ja erst kürzlich gekauft. Als erwachsenes Tier. Vermutlich hat sie sich nicht eingelebt. Mir hat sie von Anfang an nicht gefallen. Viel zu ängstlich, gar keine Kämpferqualitäten.«

»Aber warum hat sie sie gekauft? Sie hätte sich doch auch einen Welpen anschaffen können.«

»Darja war immer unberechenbar. Und ein Welpe bringt eine Menge Unbequemlichkeiten mit sich. Vielleicht wollte sie sich vor Scherereien schützen, vor Schmutz in der Wohnung. Sie hatte einen richtigen Sauberkeitsfimmel.«

Das konnte man wohl sagen, einen solchen Fimmel, dass sie die Wohnung vor ihrer Fahrt nach Olgino noch blitzblank, bis zum letzten Fingerabdruck, gewienert hatte.

»Hatten Sie den Eindruck, dass sie sich in der letzten Zeit vor etwas fürchtete?«

»Wovor sollte sie sich fürchten, wenn ich die ganze Zeit bei ihr war?«

»Natürlich.«

»Allerdings war ich in den letzten zwei Wochen Tag und Nacht im Studio. Wir arbeiten gerade an der Computergrafik für einen Film. Um ehrlich zu sein, sie hatte überhaupt Probleme ... psychische ... Ich glaube, aufgrund ihres Drogenmissbrauchs. Daher kamen alle ihre Manien, ihre unkontrollierten Panikattacken. Es war sehr schwer mit ihr, glauben Sie mir.«

»Und nachdem die Litwinowa weggefahren war, sind Sie nicht mehr in ihre Wohnung gegangen?«

»Ich habe die Schlüssel zurückgegeben, das sagte ich Ihnen ja. Dann habe ich angerufen«, sagte Markelow, vorsichtig die Worte wählend. »Ich habe ihr sogar vorgeschlagen, sich mit mir zu treffen. Aber darauf hat sie überhaupt nicht reagiert. Ich konnte ja nicht ahnen ...« Markelow schniefte auf. »Wo ist sie jetzt?«

»Sie meinen die Lei... ihren Körper?«, rutschte es Ljolja heraus. »Vorläufig im Leichenschauhaus.«

»Und ... kann man ihn abholen? Ich habe Geld ... Ich würde kommen ...«

Guck mal an, die Schlange der Interessenten, die die Litwinowa unter die Erde bringen wollen, wird ja immer länger!

»Ich verstehe Ihre Gefühle. Aber es ist so, dass das schon die Agentur übernimmt, bei der die Litwinowa gearbeitet hat.«

»›Calypso‹?« Markelow brach in nervöses Gelächter aus. »›Calypso‹ und die alte Schnepfe Violetta Gatti? Die wagen es noch ...«

»Ist irgendwas nicht in Ordnung?«, erkundigte sich Ljolja einschmeichelnd.

»Die haben sie doch auf dem Gewissen! Und die Gatti, dieses Miststück, zuallererst. Sie hat ihr keine Arbeit mehr gegeben, hat ihr Knüppel zwischen die Beine geworfen, ihren Ruf ruiniert. Und jetzt vergießt sie Krokodilstränen.«

Armer Denis Markelow, blind wie ein Maulwurf. Er sah nur das, was er sehen wollte. Auch bei einer so kitzligen Frage wie dem Ruf Darja Litwinowas. Ljolja war eher geneigt, Violetta Gatti, der Nikolskaja und Regina zu glauben.

»Beruhigen Sie sich, Denis Jewgenjewitsch! Ich verstehe Ihre Gefühle. Übrigens, wann haben Sie die Litwinowa kennen gelernt?«

»Das war letztes Jahr, Anfang Dezember. Auf einer Präsentation unserer Filme im Haus des Films.«

Und im Januar bist du schon bei ihr eingezogen. Ein rasantes Tempo.

»Es war Liebe auf den ersten Blick. Leidenschaft«, erklärte Markelow düster.

Das brauchte er nicht näher zu erklären. Diesen Zustand kannte Ljolja nur zu gut.

»Ich verstehe Sie, Denis Jewgenjewitsch.«

»Wir hatten noch nicht einmal Zeit, uns richtig kennen zu lernen. Sie hat mir sehr viel bedeutet, glauben Sie mir.«

»Ich glaube Ihnen.«

»Ich würde ihren Leichnam gern abholen ... Ich denke, ich habe darauf mehr Recht als diese Schlange Gatti.«

»Ich werde versuchen, Ihnen zu helfen.«

»Gut, dass Sie mich gefunden haben.« Markelow seufzte. »Es hätte ja auch anders kommen können. Und dann hätte ich nichts erfahren. Oder erst sehr viel später. Wie ist Ihnen das gelungen?«

Ljolja zog aus seiner Jackentasche Markelows Visitenkarte mit dem Zusatz »Sie gefallen mir«. Markelow drehte sie in den Händen und begann zu grübeln.

»Erkennen Sie sie?«, fragte ihn Ljolja.

»Ja ...«

»Wir haben sie unter den Sachen der Litwinowa gefunden.« Ljolja wies mit dem Kopf auf den handschriftlichen Zusatz. »Offenbar war der Beginn Ihrer Bekanntschaft recht romantisch.«

»Ja. Romantisch.«

»Ich will Sie nicht länger aufhalten, Denis Jewgenjewitsch. Und obwohl unsere Bekanntschaft unter weniger romantischen Umständen stattgefunden hat ... Hier bitte.« Ljolja reichte Markelow seine Karte mit der Telefonnummer. »Rufen Sie mich an, und ich werde Ihnen alle nötigen Informationen geben. Über die Litwinowa.«

»Danke.«

Sie verließen gemeinsam die »Zarenjagd« und schüttelten sich die Hand. Markelow ging in Richtung Barmalejewastraße, und Ljolja schaute ihm noch lange hinterher. Ein sympathischer Bursche. Obwohl noch Fragen offen geblieben waren. Aber sie betrafen nicht Markelow selbst, sondern die Wohnung.

Markelow behauptete, dass er eine Zeit lang dort gewohnt habe, und als er gegangen sei, habe er einige seiner Sachen liegen lassen. Aber sie waren nicht gefunden worden. Ebenso wenig wie der Schlüssel im Briefkasten, obwohl er sich, wie Markelow versichert hatte, dort hätte befinden müssen. Vorausgesetzt natürlich, niemand hatte ihn herausgenommen. Wie die Kassette im Anrufbeantworter ...

Und wie den Hund.

Der Hund beunruhigte Ljolja wirklich. Er glaubte Sanja Gussalow, dass dieser hinter der Tür Gebell gehört hatte; bis dato hatte Sanja ihm nie Anlass gegeben, ihn irgendwelcher Sinnestäuschungen oder anderer Halluzinationen zu verdächtigen. Aber schließlich hatte doch wohl nicht der Hund den Schlüssel aus dem Briefkasten genommen, war in die Wohnung eingedrungen, hatte die Kassette aus dem Anrufbeantworter entfernt, sich mit Markelows Rasierapparat das Fell rasiert und den Apparat dann in den Mülleimer geworfen!

Wenn nun Denis Markelow log?

Wenn er zusammen mit der Litwinowa diese krummen Dinger gedreht hatte, von denen ihm der Invalide Basilewitsch erzählt hatte? Und sie gemeinsam den Bankier beseitigt hatten?

Der Wachmann der Firma Spline und sein Freund hatten gesehen, dass ein Mädchen mit Radziwills Auto vorgefahren war. Alles deutete auf die Litwinowa hin, aber eine derartige Operation hätte sie kaum ohne Komplizen durchführen können. Denis Markelow war der ideale Komplize, wenn man dazu noch seine Berufsrichtung berücksichtigte. Und jetzt, nach dem überraschenden Unfalltod der Litwinowa, hätte er eigentlich auf Tauchstation gehen müssen.

Aber er dachte gar nicht daran.

Stattdessen versuchte er eine geschlagene Stunde lang, Ljolja davon zu überzeugen, dass er der Litwinowa sehr nahe gestanden und die ganze letzte Zeit mit ihr verbracht habe. Keine Logik ...

Außer der eines verliebten Mannes.

»Möchtest du Nachtisch?«, holte ihn Serafimas Stimme aus seinen Gedanken.

»Wie, gibt es schon Nachtisch?«

Die Nichte blickte ihren Onkel mit vernichtendem Blick an. Du nichtsnutziger, gefühlloser Typ, wie kannst du in den Wolken schweben, wenn dir gegenüber Wladimir Woronow höchstpersönlich sitzt!

»Also, wo waren wir stehen geblieben, Sima?«, fragte Woronow die Nichte ganz angeregt.

»Ich glaube auch, dass mythologische Namen den Menschen böse Streiche spielen können«, verkündete Serafima mit Nachdruck, und Ljolja wäre bei so viel Bedeutsamkeit fast unter den Tisch gekrochen.

»Das nennt man die Missgunst der Mythologie«, unterstützte Woronow Serafima.

»Sogar bei Onkel Leonids Fällen taucht immer irgendeine Firma mit einem mythologischen Namen auf.«

Das war ein ganz gewöhnlicher Trick von Sima. Die Mythologie war ihr Steckenpferd. Sie schwärmte für Mythen. Für alle Götter und Göttinnen, von Griechenland bis zu den Azteken, von Amaterasu bis Parvati. Und das in ein Gespräch einzuflechten, besonders mit einem Menschen, an dem man einen Narren gefressen hatte, war eine Frage der Technik. Woronow würdigte diese Technik gebührend.

»Zum Beispiel ›Calypso‹.« Er zwinkerte Ljolja zu, und Serafima konzentrierte sich auf ihren Teller mit Schokoladenpudding.

Nach einigen Sekunden Schweigen äußerte sie plötzlich: »Die, die verbirgt.«

»Was meinen Sie damit, Sima?«, fragte Woronow zusammenzuckend.

»Calypso bedeutet in der Übersetzung aus dem Altgriechischen: ›Die, die verbirgt.‹ Die Nymphe, bei der Odysseus sieben Jahre gelebt hat.«

»Ein erstaunliches Zusammentreffen, nicht wahr?«, sagte Woronow über Serafimas Kopf hinweg zu Ljolja. »Man sollte Sie als Beraterin in Fragen der Mythologie konsultieren, Sima.«

»Wenn Sie vielleicht jemals etwas in dieser Art schreiben wollen ...« In Simas Augen trat ein schwärmerischer Glanz.

»Dann rufe ich Sie unbedingt an. Sie sind ein erstaunliches Mädchen.«

Serafimas Finger umklammerten den Löffel, und Woronow fuhr fort: »Aber ihr Onkel scheint heute nicht bei Laune zu sein.«

»Er hat Probleme bei der Arbeit«, rutschte es der naiven Nichte heraus.

»Das liegt daran«, sagte Woronow lächelnd, »dass er eine Regel nicht beherzigt: Die Aufdeckung eines Verbrechens ist reine Mathematik. Man kann die Lösung finden, ohne auch nur das Zimmer zu verlassen. Es müssen nur die Ausgangsparameter für die Suche gegeben sein.«

Das war eine Herausforderung, aber Ljolja versuchte, sie zu ignorieren. Es wäre ihm auch gelungen, wäre nicht die aufdringliche Serafima gewesen, die flüsterte: »So wie das Ihr Kriwulja macht, nicht wahr?«

»Blödsinn«, fuhr Ljolja auf. Seine heiß geliebte Sima – Sima, für die er immer alles getan hatte, die er als Kind zu Weihnachten sogar in den Kulturpalast der Miliz geführt hatte – übte jetzt ganz offen an ihm Verrat. »Das sind Märchen, verehrter Wladimir Wladimirowitsch.«

»Wieso denn Märchen? Alles lässt sich mathematisch analysieren«, widersprach Woronow, und Sima klatschte in die Hände.

»Unfug. Nur in der Literatur sind die Verbrechen derart raffiniert. Im alltäglichen Leben ist alles viel einfacher.«

»Und in Ihrem letzten Fall?«, fragte Woronow listig.

»Ja, Onkel Leonid!«, unterstützte ihn Sima. »In deinem letzten Fall?«

Jetzt versuchten die beiden, den Kommissar, der sich mit den Knödeln des »Watson« den Bauch voll geschlagen und seine Wachsamkeit verloren hatte, aufs Glatteis zu locken.

»Wenn Sie mir alle Umstände des Falles erzählen«, holte Woronow zum Schlag aus, »kann ich Ihnen in ein paar Tagen, vielleicht auch schon früher, die Namen der Täter nennen. Oder zumindest ein ungefähres Bild des Verbrechens erstellen.«

»Onkel Leonid!«, flehte Serafima bebend. »Bitte ...«

»Das fällt unters Dienstgeheimnis.«

»Ich bitte Sie ja nicht, mir Namen zu nennen. Mir reicht das Schema. Und eine Auflistung der Beweismittel. Sogar psychologische Charakteristiken sind nicht wichtig.«

Serafima verzog flehend das Gesicht, und ihre Gel-Haare sträubten sich.

»Bitte, sei doch nicht so! Bitte, bitte!«

Und Ljolja kapitulierte. Er dämpfte seine Stimme zu einem tragischen Flüstern, machte Pausen anstelle der Namen und versuchte, so objektiv wie möglich zu sein. Er erzählte von Radziwill; von Darja Litwinowa, die draußen vor der Stadt tot mit einer Spritze vor den Füßen gefunden worden war (an dieser Stelle brummte die erbarmungslose Serafima zynisch); von dem Invaliden Basilewitsch mit seinen kubanischen Zigaretten und dem Bild der Toten auf dem Tisch; von dem unglücklichen Verliebten Markelow (an dieser Stelle vergoss die sentimentale Serafima eine Träne auf ihren Schokoladenpudding); vom Kavalleristenschnurrbart der Madame Radziwill und ihren beiden Reptilien (an dieser Stelle verzog die empfindliche Serafima angewidert das Gesicht).

Er vergaß auch nicht die rührende Freundschaft zwischen den Models zu erwähnen, die häkelnde Tamara Alexandrowna Kutscherenko, die rothaarige Violetta Gatti, die wutschnaubende Agnieszka Radziwill und die Überweisung zum Narkologen, die in der Handtasche der toten Litwinowa lag. Und das sadomasochistische Inventar Radziwills. Dann konzentrierte sich Ljolja auf die Beweismittel: das Hemd des Toten, der Manschettenknopf im Kofferraum, die beiden Schlüssel im Handschuhfach, die herausgeschnittene Fotografie und das Taschenmesser, mit dem der Mord möglicherweise begangen worden war. Auch den Brief der Litwinowa, der auf dem Computer geschrieben worden war, erwähnte er, und sogar den Geisterhund namens Tuma.

Und seltsam, obwohl er so widerstrebend begonnen hatte, er fand immer mehr Gefallen am Erzählen, der Damm war gebrochen, die Schleusen geöffnet, und als die Geschichte sich ihrem Ende näherte, tat es Ljolja plötzlich selber Leid.

»Was halten Sie davon?«, fragte er Woronow und holte tief Luft.

»Glänzend. Ein ideales Romansujet.«

»Und wer ist der Mörder?«

»Der Mörder war der Taxifahrer«, erinnerte sich Simotschka an die alte Anekdote.

»So ungefähr«, stimmte Woronow unerwartet zu. »Zumal es sich ja auch nicht um einen Mord handelt, sondern um zwei.«

»Nein, glücklicherweise war es nur einer. Sie haben nicht richtig zugehört«, stichelte Ljolja.

»Onkel Leonid!«, wies ihn Serafima sogleich zurecht.

»Aber das Interessanteste an dieser ganzen Geschichte ist nicht der Mörder, sondern es sind die Zeugen«, bemerkte Woronow.

»Die Zeugen?«

»Ein gut geölter Mechanismus. Ein hervorragendes Streichorchester, und jeder spielt seinen Teil der Partitur.« Woronow verfiel in einen philosophischen Ton. »Sagen Sie, ist es in Ihrer Praxis schon einmal vorgekommen, dass die Zeugen so perfekt zusammenpassten, sich so gut ergänzten, dass es nicht die kleinste Unstimmigkeit in ihren Aussagen gab?«

»Manchmal«, wich Ljolja einer konkreten Antwort aus.

»Alles hängt von den Zeugen ab. Einer von ihnen muss einen anderen Namen bekommen. Und auf die andere Seite überwechseln.«

Ljolja runzelte verständnislos die Stirn. Woronow fuhr fort: »Wozu wurde das Hemd in der Wohnung zurückgelassen? Und was ist mit dem Geld?«

»Das Geld ist völlig echt. Es wurde aus dem Safe von Radziwill genommen. Das hat die Spurenermittlung einwandfrei festgestellt.«

»Vermuten Sie, dass die Litwinowa selber es genommen hat?«

»Ich weiß nicht. Aber ich schließe eine solche Möglichkeit nicht aus. Ich glaube sogar, dass es nur ein kleiner Teil des Geldes war.«

»Sie sollte reingelegt werden und hat mit dem Betrüger kurzen Prozess gemacht?« Woronow lächelte.

»Wenn man die spezifischen Interessen des Verstorbenen berücksichtigt, ist alles möglich. Haben Sie jetzt genug Informationen? Sind Sie bereit, ein Lösungsschema zu konstruieren, ohne das Zimmer zu verlassen?«

»Dafür brauche ich ein paar Tage.«

»Schaffen Sie es bis Montag?« Ljolja beschloss, seiner einfältigen Nichte die ganze Unfähigkeit dieses schriftstellernden Idioten vorzuführen. »Montag den Zwanzigsten.«

»Ich denke, ja. Falls keine Umstände höherer Gewalt eintreten.«

»Welche meinen Sie?«

»Falls Sie den Täter eher finden als ich.«

Das wohl kaum, dachte Ljolja, sprach diesen Gedanken aber lieber nicht laut aus.

Serafima klatschte zum wiederholten Mal an diesem Abend

in die Hände: Das war ja keine Kneipe, das war wie im Mariinski-Theater bei einer Premiere. Das finstere Zähnefletschen ihres geliebten Onkels störte sie nicht im Geringsten. Sie lächelte beide Männer berückend an und sagte mit Engelsstimme: »Also am nächsten Montag um drei Uhr, am selben Ort. Geht das?«

»Das geht«, bestätigte Woronow.

Der Rest der Zeremonie dauerte nicht länger als zehn Minuten: Ljolja und Woronow zahlten gemeinsam die Rechnung, dann signierte Woronow sein letztes Buch für Serafima und küsste ihr zum Abschied die Hand.

Als sie bereits im Taxi saßen, entdeckte Ljolja Tränen unter der schmalen Brille seiner Nichte.

»Was ist denn los, Sima?«

»Du bist gemein, Ljontschik.« Ljontschik nannte Serafima ihren Onkel nur in Augenblicken tollkühner, verzweifelter Verwegenheit. »Du hast dich widerlich benommen. Gut, dass Woronow so ein edler Mensch ist ...«

Sie öffnete das Buch und vertiefte sich in die Widmung: »Der wunderbaren, klugen Simotschka, Kennerin der Mythologie, mit den allerbesten Wünschen vom bescheidenen Autor. Ich freue mich über unsere Bekanntschaft. Wladimir Woronow.«

Die Synthese zwischen Jean Seberg und dem Film »Matrix« nahm die Brille ab und begann ungeniert zu heulen.

»Aber was hast du denn?«, fragte Ljolja beunruhigt.

»Ich liebe ihn«, schluchzte die Nichte. »Du weißt nicht zufällig, ob er verheiratet ist?«

»Bist du jetzt völlig übergeschnappt?!«

»Du bist ein gefühlloser Rohling. Du verstehst nichts! So ein Mensch ... Ich werde mein ganzes Leben nur ihm dienen ...«

Sima ging vor die Hunde, und er konnte nichts dagegen tun. Außer vielleicht administrative Maßnahmen ergreifen.

»Das wirst du nicht«, knurrte Ljolja.

»Und warum nicht?«

»Weil ich ihn hinter Gitter bringen werde. Wegen Verführung einer Minderjährigen.«

»Ein Idiot bist du, Onkel!«

Serafima drehte sich zum Fenster um, drückte ihr Buch an die Brust, und den Rest des Weges bis nach Hause sprachen sie kein Wort mehr miteinander. Ljolja setzte seine Nichte vor ihrem Haus ab, bekam zum ersten Mal im Leben keinen Kuss zum Abschied und jagte nach Hause zum Prospekt der Veteranen.

Dort, so hoffte er, wartete bereits Regina auf ihn.

Sie tat es wirklich. Obwohl sie nicht hörte, wie er ganz leise den Schlüssel im Schloss drehte und ebenso leise in die Wohnung kam.

Sie saß im halbdunklen Schlafzimmer vor dem kleinen Pfeilerspiegel aus Mahagoni, den Ljolja von seiner Mutter geerbt hatte. Über dem Spiegel brannte matt eine Wandlampe, und er erblickte Reginas Gesicht.

Sie betrachtete aufmerksam ihre Narbe. Armes Mädchen. Ljolja fing ihren Blick im Spiegel auf und lächelte ihr zu.

»Ich habe gar nicht gemerkt, wie du hereingekommen bist«, sagte sie leise.

»Ich auch nicht«, erwiderte er.

»Wie war dein Treffen?«

»Noch schlimmer als befürchtet. Ich habe diesem verflixten Schriftsteller alles verraten – allerdings ohne Namen zu nennen.«

»Hat er dich nach deinen Theorien gefragt?« Regina streckte die Arme nach ihm aus und legte sie um seinen Hals.

»Die brauchte er gar nicht. Der hat selber mehr als genug. Er hat eine vollständige Aufzählung aller Beweismittel und eine vollständige Liste aller handelnden Personen verlangt, inklusive der Nebenfiguren.«

»Komme ich da auch vor?«

»Indirekt, Kindchen, indirekt.«

»Als Geliebte des Hauptkommissars?«, lachte sie.

»Bist du meine Geliebte?«, fragte Ljolja mit stockendem Herzen.

»Was denkst du denn?« Sie ließ ihm keine Zeit, zur Besinnung zu kommen, und fuhr fort: »Dein Kollege hat angerufen. Er hat wichtige Neuigkeiten.«

»Sanja?«

»Ja ... Weißt du was, dein Schriftsteller gefällt mir. Ein richtiger Bücherwurm. Ein hypochondrischer kleiner Detektiv. Du hast doch nichts dagegen, wenn ich ihn zum Jubiläum von ›Calypso‹ einlade? Es gibt eine große Party. Übermorgen um neun. Die schönsten Mädchen und die elegantesten jungen Männer.«

»Doch. Ich habe etwas dagegen«, sagte Ljolja eifersüchtig. »Ganz besonders, weil mich niemand eingeladen hat.«

»Wirklich?« Regina lachte. »Ich lade dich ein. Ruf Gussalow an, er hat darum gebeten.«

Was Gussalow ihm ein paar Minuten später mitteilte, versetzte Ljolja einen Schock. Einer der Kellner aus den »Wildgänsen« hatte vergeblich versucht, Ljolja zu erreichen, und sich stattdessen mit Sanja in Verbindung gesetzt. Mit einer Verspätung von fast zehn Tagen war diesem Trottel plötzlich eine charakteristische Eigenheit von Radziwills Begleiterin eingefallen.

Sie hatte eine ungewöhnliche Art zu rauchen: mehrere Ringe auszustoßen und sie dann auf einen Rauchstrahl aufzufädeln. Ljolja erinnerte sich sofort an den Schminkraum bei »Lenfilm« und an das Restaurant »Geisha«. Und an das fehlerlose Latein.

Auf diese Art rauchte nur die Nikolskaja ...

14. Februar – 15. Februar. **Natalja**

Natalja holte Woronow an der Metrostation ein.
Woronow stand vor dem Eingang und war in Gedanken versunken: Sollte er hineingehen, oder sollte er es lassen. Einerseits war es bequem, zehn bis fünfzehn Minuten – und er war auf der Wassili-Insel; andererseits schreckte ihn die Grippeepidemie und die Vorhalle, in der Penner herumlungerten, die von Parasiten und Tuberkelbazillen vermutlich nur so wimmelten.

»Woronow«, schrie Natalja, so laut sie konnte, und der Schriftsteller wandte widerstrebend den Kopf.

»Da sind Sie ja. Lange nicht gesehen.«

»Das war ja ein widerwärtiges Schauspiel«, schleuderte Natalja ihm entgegen.

»Wieso kleben Sie mir dauernd an den Fersen? Und besetzen auch noch den Tisch am Fenster! Ich wollte mich selber dorthin setzen.«

»Ich war neugierig, wie Ihr Treffen mit diesem minderjährigen Küken verlaufen würde.«

»Haben Sie Ihre Neugier befriedigt?«

»Sie sind gar nicht so ein Unschuldslamm, wie Sie immer vorgeben möchten!«

»Was meinen Sie damit?«

»Wenn nicht dieser Onkel als Aufpasser dabei gewesen wäre, hätten Sie sich glatt auf Sie gestürzt!«

»Reden Sie keinen Blödsinn. Ein liebes kleines Ding, kennt meine Bücher auswendig, da würde sich jeder Autor geschmeichelt fühlen.«

»Ich kenne Ihre Bücher auch auswendig, aber mir küssen Sie nicht die Hand!«, sagte sie gekränkt.

»So sehr trifft Sie das?«

»Nichts trifft mich. Ich habe nur langsam den Eindruck, dass Sie diesen spießigen Kommissar und seine Geschichten bloß als Vorwand benutzt haben. In Wirklichkeit ...« Natalja wurde plötzlich klar, dass sie mit ihrer kleinlichen Eifersucht abstoßend wirken musste, und sie wechselte abrupt das Thema: »Haben Sie wenigstens erfahren, was Sie erfahren wollten?«

»Im Großen und Ganzen ja. Ich habe noch einige fehlende Bruchstücke bekommen. Jetzt kann man darangehen, die Teile zusammenzusetzen. Vorausgesetzt natürlich, sie ergeben ein Ganzes.«

»Haben Sie ein weiteres Treffen verabredet?«, fragte Natalja trocken.

»Wie kommen Sie darauf? Haben Sie gelauscht? An den Lippen abgelesen?«

»Das habe ich gerade nötig! Ich vermute es einfach. Sie haben sie derart schmierig angeglotzt, als Sie das Buch signiert haben! Ich weiß, solche Typen sind jetzt in Mode, aufgestylt, ganz in Schwarz und langen Mänteln. Die haben zu oft den Film ›Matrix‹ gesehen, dabei ist ihnen das Hirn aufgeweicht. Aber Sie sind schließlich nicht der Terminator, Wladimir Wladimirowitsch, schauen Sie sich doch an! Ein typischer Schriftsteller und Stubenhocker, Pantoffeln stehen Ihnen weit besser.«

»Ja, wir haben ein Treffen verabredet.«

»Ich hab's doch gewusst!«

»Am nächsten Montag. Ich habe dem Kommissar versprochen, ihm eine mehr oder weniger akzeptable Lösung zu liefern. Was glauben Sie wohl, wie mir zu Mute war, als er von dem Hund erzählt hat? Ich wäre nicht nur vor Scham fast gestorben, am liebsten wäre ich vor Angst unter den Tisch gekrochen. Zu tun, als ob man von nichts wüsste, der Miliz wichtige Informationen vorzuenthalten ...«

»Wollen Sie mich etwa verraten?«

»Nein, woher denn ... Wissen Sie, Natalja, ich habe so ein Gefühl, als wäre ich schon ganz nahe an der Lösung des Rätsels, es fehlt nur noch ein kleines Detail, ein Pinselstrich. Der zweite Tod – der Tod von Darja Litwinowa – er fügt sich nicht in den Zusammenhang, er ist zufällig, und bei einem solchen Fall sollte es keine Zufälle geben. Und überhaupt – mir scheint, sie ist hier überflüssig.«

»Wer?«

»Ihre Hundehalterin, Darja. Sie steht gewissermaßen für sich, außerhalb des Puzzles. Und das ist falsch, das darf nicht sein. Ein Verbrechen ist nur der Teil eines Landschaftsbildes, es muss sich den Gesetzen dieses Bildes unterordnen. Es darf nicht dumm und unpassend aussehen, wie eine Dattelpalme am Nordpol. Und der Tod der Litwinowa sieht dumm und unpassend aus. Wenn es ein gewaltsamer Tod gewesen wäre, dann, ja dann ließe sich alles leicht erklären. Aber es war ja gewissermaßen ein natürlicher Tod. Zu dumm ...«

Natalja blickte traurig auf die Türen zur Metrostation. Ununterbrochen strömten die Menschen heraus und hinein. »Wissen Sie was, Natalja, lassen Sie uns ein Taxi nehmen und zu mir nach Hause fahren. Das Wetter ist scheußlich, und dazu noch diese Massenaufläufe von Bazillenträgern. Und akute Atemwegserkrankungen vertrage ich schlecht ...«

Natalja war befördert worden.

Erst hatte sie im Bad übernachtet, dann auf der Liege in der Küche. Jetzt trat ihr Woronow sein Schlafzimmer ab – das Allerheiligste des Schriftstellers, mit einem durchgelegenen und abblätternden Ledersofa. Auf das Sofa waren unordentlich ein groß geblümtes Kopfkissen und ein wattierter Militärmantel geworfen. Die ganze Nacht lauschte Natalja auf Woronows Schritte hinter der Wand: Er ging ununterbrochen im Zimmer auf und ab, führte Selbstgespräche, klapperte hin und wieder auf der Underwood und begann dann erneut, Kilometer für

Kilometer zwischen Tisch und chinesischem Wandschirm zurückzulegen.

Mitten in der Nacht riss Woronow plötzlich die Tür zum Schlafzimmer auf, steckte den Kopf hinein und fragte: »Wo ist die Kassette aus dem Anrufbeantworter?«

»In meiner Tasche«, stotterte Natalja.

Woronows Kopf verschwand wieder, und nach einiger Zeit vernahm sie, untermalt von knisternden und krächzenden Störungen, die Stimme Darjas: »Wohnung Litwinowa. Leider sind wir nicht zu Hause. Hinterlassen Sie eine Nachricht nach dem Piepton. Wir rufen zurück.«

Woronow spulte das Band in seinem Diktaphon wieder und wieder ab. Natalja war es bald leid, ständig »deine Lenussik« und die Firma »Askod« samt »unseren Vertretern« zu hören. Das temperamentvolle Französisch ermüdete sie ebenfalls. Nur die Stimme des unglücklichen Denis Markelow brachte ihr angenehme Erinnerungen an die in dem fünfundzwanzigstöckigen Elfenbeinturm verbrachte Nacht zurück. Nach einer Stunde endete die Folter, und Woronow tauchte erneut bei ihr auf.

»Sie haben gar nichts von der Einladung gesagt. Die Ausstellung neuer Computertechnologien. Das ist ja schon heute.«

»Haben Sie etwa in meiner Handtasche gewühlt?« Vor Empörung blieb Natalja fast die Luft weg.

Wie hatte sie das vergessen können – die Einladung an Darja Litwinowa ...

Woronow blieb unbeeindruckt.

»Nehmen wir einfach an, die Karte ist von selbst herausgefallen. Aber darum geht es gar nicht. Wir müssen dorthin fahren, Natalja! Die Karte gilt ja für zwei Personen.«

»Warum denn, um Himmels willen? Ich mache bei diesem Spiel nicht mehr mit. Ich stecke sowieso schon viel zu tief drin.«

»Sie verstehen nicht. Haben Sie den Anrufbeantworter abgehört? Haben Sie gehört, dass der Name ›Askod‹ fiel? ›Askod‹

ist eine große Computerfirma, die sich mit wichtigen Projekten befasst. Die größte Firma in unserer Gegend. Was sind das für Angebote in Bezug auf ›Askod‹? Sollten die vielleicht auch ausspioniert werden?«

»Du lieber Gott, Wladimir Wladimirowitsch! Was geht Sie irgendeine Computerfirma an? Sie haben ja noch nicht mal einen Computer. Und nach wem sollen wir auf dieser Ausstellung suchen?«

Woronow, der die ganze Zeit den Umschlag mit der Einladung in der Hand hielt, holte aus der Schreibtischschublade eine Lupe hervor und setzte sich auf den Fußboden. Eine ganze Weile betrachtete er den Umschlag unter dem Vergrößerungsglas, dann rief er Natalja herbei: »Kommen Sie mal her!«

Gehorsam ließ sie sich neben Woronow nieder.

»Was ist das für ein Buchstabe?«

Den schmutzigen, verschmierten Stempel konnte man kaum entziffern, aber Natalja gab sich trotzdem alle Mühe.

»Meiner Meinung nach ein ›x‹«, sagte sie unsicher.

»Genau, ein ›x‹«, bestätigte Woronow. »Das glaube ich auch. Und zusammen ergibt das ›AJAX‹. Wieder so eine Missgunst der Mythologie. Mit der Mythologie muss man auf der Hut sein. Was meinen Sie dazu, Natalja?«

»Ich meine gar nichts. Von was für einer Mythologie reden Sie überhaupt? Und was sagt Ihnen der Name dieser Firma?«

»Auf jeden Fall wissen wir, wer mit der Litwinowa ins Geschäft kommen wollte.«

»Und?«

»Wir fahren dorthin, suchen den Stand von diesem ›AJAX‹ ... Sie stellen sich als Darja Litwinowa vor ...«

»Sind Sie verrückt geworden?!«

»Ich bin noch nicht zu Ende«, erklärte Woronow mit Nachdruck. »Sie stellen sich als Darja Litwinowa vor, und dann warten wir ab, was geschieht.«

»Man wird mich in eine Zwangsjacke stecken. Im besten Fall. Die Leute kennen die Litwinowa doch.«

»Das werden wir ja sehen, ob sie sie kennen.« Woronow vertiefte sich in die Betrachtung seines Wandschirms und verstummte.

»Was haben Sie vor?«

»Vorläufig weiß ich es noch nicht. Irgendwer in dieser Geschichte – so hat der Kommissar erzählt – hat eine Andeutung gemacht, dass die Litwinowa etwas mit Computereinbrüchen zu tun hat. Und wenn meine Vermutung stimmt ... Regen Sie sich nicht auf, ich werde ja bei Ihnen sein.«

Natalja betrachtete zweifelnd Woronows schmächtige Gestalt, seine spitzen Schultern, seinen kraftlosen Bauch und seine ebenso kraftlosen Arme und sagte gedehnt: »Das ändert die Sache natürlich von Grund auf. Was macht denn Ihr Keuchhusten?«

»Den verschiebe ich auf bessere Zeiten ...«

Auf der Ausstellung für neue Computertechnologien, Telekommunikationssysteme und Fernmeldeanlagen wurde es Woronow schlecht. Kaum war er etwas tiefer in das verzweigte Netz der Pavillons mit ihren unzähligen Abzäunungen und Stellwänden eingedrungen, erbleichte er, seltsame violette Flecken erschienen auf seinem Gesicht, und in den frisch geschnittenen Haaren sprühten wieder elektrische Funken. Er hing an Nataljas Arm und flüsterte: »Lassen Sie uns irgendwo verschnaufen ...«

»Sie sind wohl nicht bei Trost?«, bürstete Natalja ihn im Tonfall einer zänkischen Ehefrau ab. »Wir sind doch gerade erst gekommen. Wenn Sie sich nicht gut fühlen, hätten Sie zu Hause bleiben sollen.«

»Sie verstehen nicht ... Die Strahlungen. Hier ist es voll von Strahlungen, die für Menschen schädlich sind.«

»Sie wussten doch, worauf Sie sich einließen! Na, wo ist er denn, Ihr denkwürdiger Ajax?«

»Mein Gott, woher soll ich das wissen?«

»Na also.« Natalja führte Woronow zum Stand »Antiviren AVP« und flüsterte grimmig: »Dieser ganze Zirkus war völlig überflüssig! Was soll ich denn sagen?«

»Sie sagen, Sie seien Darja Litwinowa.«

»Die werden auf Darja Litwinowa gerade warten!«

»Sie warten!« Woronow bemühte sich, möglichst überzeugend zu klingen. »Sie warten. Sonst hätten sie Ihnen keine Einladung geschickt.«

»Na schön. Und wenn sie nun die Hand an die Mütze legen und sagen: ›Gehen wir‹?«

»Dann gehen Sie. Und reden mit ihnen.«

»Worüber?« Natalja war entsetzt über Woronows Naivität und Treulosigkeit. »Worüber soll ich mit ihnen reden, wenn ich einen Hacker nicht von einem Buchmacher unterscheiden kann? Wollen Sie mich endgültig ins Verderben stürzen?«

»Ich kann es auch nicht unterscheiden, aber das ist unwichtig«, wiegelte Woronow ab. »Der Kommissar hat mir erzählt, dass die Litwinowa sich Informationen aus dem Netz verschafft hat, um damit zu handeln. Sagen Sie einfach ein paar möglichst allgemeine Sätze: Wo, wann, wie viel, so geht das nicht, das klingt schon besser, ich bin bereit zur Übergabe ... Und so weiter.«

»Sie sind ein Abenteurer, Woronow.«

»Sie hätten eben keinen Hund auf der Straße auflesen sollen«, erwiderte der Schriftsteller trocken. »Jetzt sind wir hier, und es ist zu spät zum Rückzug.«

Eine halbe Stunde später hatten sie den winzigen Stand von »Ajax« gefunden, in einem ganz versteckten Winkel der Ausstellung. An der Abzäunung aus Sperrholz prangte ein bleicher Aushang mit dem Firmenlogo: eine Diskette, die zum Schild stilisiert war, im Zentrum ein eleganter Speer. Neben dem Logo stand sichtlich gelangweilt ein junger Mann, der keineswegs wie ein Gangster aussah: ein braver Schülerscheitel, rote, mit leichtem Flaum bedeckte Wangen und beleidigt aufgeworfene

Lippen; kein Wunder – der Platz war nicht der günstigste und die Firma wohl auch nicht besonders imposant. Er hatte allen Grund, missmutig auszusehen.

»Handeln Sie.« Woronow gab ihr einen Schubs und verdrückte sich hinter den benachbarten Mini-Pavillon.

Mit Wattebeinen ging Natalja auf den melancholischen Jüngling zu. Der drückte irgendeinen Prospekt an die Brust und lebte bei ihrem Anblick merklich auf.

»Guten Tag!« Die Zunge in ihrem Mund fühlte sich geschwollen an und wollte ihr nicht richtig gehorchen, aber jetzt musste sie ihren Soloauftritt zu Ende führen, verflucht sei Woronow!

»Herzlich willkommen bei ›Ajax‹! Ich ...«

»Mein Name ist ... Darja. Darja Litwinowa.«

»Jakowlew, Oleg Pawlowitsch«, sagte der junge Mann mit breitem Lächeln. »Unsere Firma ist erst kürzlich gegründet worden, aber sie hat sich auf dem Markt für Zubehör und Software schon einen guten Namen gemacht ...«

»Darja Litwinowa«, sagte Natalja noch einmal und kam sich vor wie ein aufdringlicher Papagei. »Litwinowa.«

»Ja, das habe ich gehört. Darf ich Ihnen diesen Prospekt überreichen.« Und er schob der verdutzten Natalja eine kleine Broschüre in die Hand.

»Sie haben mich offensichtlich nicht verstanden«, improvisierte sie. »Ich bin Darja Litwinowa.«

»Wieso denn ... ich habe Sie verstanden«, sagte der jugendliche Repräsentant von »Ajax« verwirrt. »Wofür interessieren Sie sich?«

»Und Sie?«

»Meinen Sie mich persönlich oder die Firma?«

»Die Firma.«

»Geschäftspartner.« Oleg Pawlowitsch kam wieder in vertrautes Fahrwasser und holte tief Luft. »Potenzielle Käufer ... Geschäftskontakte. Distributoren ...«

»Und was ist mit mir?« Zum Teufel, was für eine dumme Figur sie machte!

»Mit Ihnen persönlich?« Offenbar war Natalja nicht nach dem Geschmack des jungen Jakowlew. »Welche Firma vertreten Sie denn?«

»Ich bin Darja Litwinowa.«

»Ja, das sagten Sie schon.«

Die Situation wurde absurd. Der gut vorbereitete Spion kommt zu seinem Verbindungsmann, aber anstelle des üblichen Stiefelputzers trifft er einen Matrjoschka-Verkäufer.

»Warten Sie, ich hole meinen Vorgesetzten.«

Die Angst, die schon nachgelassen hatte, krallte sich erneut mit klebrigen Händen in Nataljas Magengrube. Oleg Pawlowitsch Jakowlew verschwand hinter einem pastellfarbenen Vorhang und erschien einen Augenblick später mit einem anderen jungen Mann wieder. Dieser Augenblick hatte vermutlich genau für den Satz »Da ist eine Verrückte!« gereicht. Der Vorgesetzte fixierte Natalja mit unverhohlenem Interesse und wiederholte die traditionellen Begrüßungsformeln, wie bei einer chinesischen Teezeremonie.

Nachdem sie ihn angehört hatte, sagte Natalja noch einmal stumpf: »Ich bin Darja Litwinowa.« Und endlich kam sie auf die Idee, die Einladung aus ihrer Handtasche zu holen: »Hier, bitte.«

Aber auch das machte auf die Vertreter von »Ajax« keinen Eindruck.

»Sie waren es doch, die mich zu dieser Ausstellung eingeladen haben? Sehr liebenswürdig von Ihnen.«

»Da muss eine Verwechslung vorliegen. Wir haben diese Einladungen nicht verschickt.«

»Wer denn dann?«

»Tja ... Ich denke, das fällt in die Kompetenz der Veranstalter.«

»Aber was soll ich denn machen?«, fragte Natalja verwirrt, und die beiden Repräsentanten schauten sie mitfühlend an.

»Wenn Sie sich für Lernprogramme interessieren, dann kann unsere Firma Ihnen einige Prototypen anbieten.«

»Danke, ich denke darüber nach«, stotterte Natalja und trat mit dem Hintern voran den Rückzug von dem verfluchten Stand an.

Woronow war nicht zu sehen. Sie fand ihn erst nach einer Viertelstunde: Er lungerte in der Nähe der Direktion herum.

»Na, wie sieht's aus?«

»Schlecht. Sie haben mich zur Idiotin gemacht! Und sich selbst verdrückt ... Und dabei haben Sie doch gesagt, Sie bleiben bei mir.«

»Seien Sie nicht böse.« Der Schriftsteller grinste. »Ich habe etwas Derartiges geahnt. Sie haben Ihre Schuldigkeit getan, Natalja. Und ich habe bei der Direktion einiges in Erfahrung gebracht. Es ist Zeit zu gehen.«

Aber sie kamen nicht weit. Vor dem großen Stand mit dem Slogan »AUTOPILOT« hielt sie Denis Markelow an. Denis mit dem raffinierten Dreitagebart und der weichen Stimme.

»Natascha!«

Natalja zuckte zusammen, Woronow drehte sich um und machte ein finsteres Gesicht.

»Ach, unser Liebhaber«, zischte er. »Erkennen Sie ihn? Ich habe ihn sofort erkannt. Nach der Fotografie.«

Denis sauste wie ein Wirbelwind auf Natalja zu und küsste sie auf die Wange.

»Wo sind Sie nur geblieben, Natascha! Sind weggegangen, ohne sich zu verabschieden!«

»Ich wollte ... Ich dachte, dass es so besser wäre.«

»Aber es war schlimmer. Ich habe den Zettel mit Ihrer Telefonnummer verloren und wusste nicht, wie ich Sie finden sollte.«

»Was ist mit Ihrer Freundin?«, fragte Natalja plötzlich.

»Darüber möchte ich jetzt nicht reden.« Markelows Miene verfinsterte sich. »Ich erzähle es Ihnen später. Irgendwann. Aber was machen Sie hier?«

»Und Sie?«

»Ich bin von meinem Studio abkommandiert. Wir versuchen, ein paar Filme zu verkaufen und Verschiedenes aus unseren Programmen. Toll, dass wir uns getroffen haben!«

»Ich freue mich«, sagte Natalja einfach.

Woronow, der die ganze Zeit daneben stand, verzog angewidert das Gesicht: Die Situation ist klar, eine unbesonnene Liebesnacht, eine hastige Vereinigung unter reichlich Alkoholeinfluss. Konnte man es der Heldin zum Vorwurf machen, dass sie einen so amoralischen Prototyp hatte?!

»Sie haben uns noch gar nicht bekannt gemacht«, bemerkte er trocken.

»Ja. Das ist Wladimir Wladimirowitsch Woronow, Schriftsteller. Und das ist Denis. Wir kennen uns noch nicht so lange.«

Aber Zeit genug für diverse Freiübungen im Bett hattet ihr schon, sagte Woronows säuerlicher Gesichtsausdruck.

»Markelow.« Denis streckte energisch seinen Arm aus, wobei ihm der Hemdsärmel aus dem Jackett rutschte, und Woronow schüttelte erstaunlich lange seine Hand.

»Woronow.«

»Gehen wir vielleicht zusammen einen Kaffee trinken? Wo wir uns schon so unverhofft getroffen haben?«

»Eine prima Idee«, freute sich Natalja.

Denis gefiel ihr immer besser. Letztendlich konnte es ihr doch egal sein, dass er irgendwann mal mit der Litwinowa liiert gewesen war. Heute trug er einen eleganten Anzug, ein schneeweißes Hemd und eine modische Krawatte und sah noch attraktiver aus als damals im »Dirigeable Nobile«.

Galant bestellte er Kaffee, und sie saßen eine gute halbe Stunde an dem improvisierten Büfett. Denis erzählte ihnen von der Ausstellung und von »Autopilot«, davon, dass einer ihrer Filme beim Filmfestival in Locarno gezeigt werden sollte und einer ihrer Werbeclips schon für die Cannes-Rolle angemeldet war. Er hätte sie noch länger unterhalten, wenn ihn nicht einer seiner Kollegen gerufen hätte.

»Es wird Zeit für mich«, sagte Denis seufzend. »Ich hoffe, Sie werden nicht wieder verschwinden.«

»Das hoffe ich auch.« Natalja setzte das charmanteste Lächeln auf, zu dem sie fähig war.

»Warum haben Sie denn nicht wenigstens angerufen? Haben Sie meine Visitenkarte verloren?«

»Wo denken Sie hin!«, erschrak Natalja. »Nein, natürlich nicht.«

»Wissen Sie noch, was ich darauf geschrieben habe?«

»Ja.«

»Na also.« Er vergaß auf der Stelle Woronow, der aus Prinzip nur sein geliebtes Mineralwasser trank, und flüsterte: »Das gilt immer noch. Aber jetzt lasse ich Sie erst fort, wenn ich Ihre Telefonnummer weiß.«

»Haben Sie was zu schreiben?«

»Natürlich.«

Markelow zog seinen Füller heraus und reichte ihn Natalja zusammen mit seinem Notizbuch. Und sie schrieb mit leichtem Herzen ihre Telefonnummer von der Petrogradka hinein.

Es wurde Zeit, bei Woronow auszuziehen und nach Hause zurückzukehren!

Sie verließen die Ausstellung in völligem Schweigen. Erst am Ausgang blieb Woronow für einen Moment stehen und kläffte: »Nutte!«

»Meinen Sie mich?«, fragte Natalja erstaunt.

»Wohl kaum die Stieftochter von Charles de Gaulle, wahrhaftig! Warum haben Sie mich angelogen?«

»Wieso angelogen?« Sie hielt es nicht einmal für nötig, beleidigt zu sein.

»Sie hatten ja doch was mit ihm.«

»Das geht Sie nichts an.«

»Seien Sie vorsichtig, Natalja.« Woronow kaute auf den Lippen, während er nach einer möglichst bissigen Formulierung suchte. »Plötzlich auftauchende leidenschaftliche Liebhaber sind in Kriminalromanen immer die Mörder. Das sollten Sie im Auge behalten.«

»Sie spinnen ja total mit Ihren blöden Kriminalromanen.«

Noch nie hatte sie derart grob mit Woronow gesprochen. »Höchste Zeit, dass Sie sich auf Kinderbücher umschulen lassen.«

»Das geht Sie nichts an! Das Einzige, was mich deprimiert, ist, dass meine Heldin, dieser Satansbraten, Sie in allem nachäfft.«

»Dann kümmern Sie sich doch um Ihre Heldin!«

»Leider kümmere ich mich schon seit langem nicht mehr um sie. Ich bin gezwungen, mich um die Angelegenheit zu kümmern, in die Sie mich hineingezogen haben.«

»Des Menschen Wille ist sein Himmelreich«, bemerkte Natalja achselzuckend.

»Sie verlassen mich?«

»Ich denke, Sie sind mich langsam leid.«

»Noch vor einer Stunde haben Sie anders gedacht.« Woronow kratzte wie wild an seinem Kinn, was er immer tat, wenn ihn etwas aufregte.

»Vor einer Stunde musste ich auf Ihr Betreiben die Rolle eines Clowns, eines Zirkushündchens, eines idiotischen Papageis spielen. Noch nie im Leben habe ich mich so erniedrigt gefühlt! Und wir haben reineweg nichts erfahren.«

»Nichts zu erfahren bedeutet manchmal viel mehr als Sie ahnen. Denn man kann keine schwarze Katze in einem schwarzen Zimmer finden, besonders, wenn sie gar nicht da ist.«

»Das stammt nicht von Ihnen!«

»Ich habe ja auch nicht vor, es in meinen Roman einzubauen. Fahren Sie noch mit zu mir, Natalja?«

»Hat das Sinn? Ich war schon lange nicht mehr zu Hause. Es wird Zeit, dass ich mal wieder in mein Zimmer komme, sonst besetzen es noch meine Nachbarn und hissen dort ihre Flagge.«

Der von ihrer Hand frisierte Woronow entschwand bereits, blieb in der Vergangenheit zurück, in einer Geschichte, die sie für immer vergessen wollte. Und sie verspürte deswegen nicht die geringsten Gewissensbisse. Wenn man bedachte, dass dieser Flegel sie im Bad hatte schlafen lassen!

»Es hat Sinn«, erwiderte Woronow. »Und wenn auch nur den, dass Sie Ihre Sachen wegräumen.«

Natürlich, zu etwas anderem war sie nicht zu gebrauchen!

»Gut.«

»Ich brauche den Schlüssel zur Wohnung der Litwinowa.«

»Wollen Sie heimlich hinein? Aber sie ist doch versiegelt.«

»Ja, das will ich. Es gibt dort ein Ding, das ich unbedingt brauche. Ein fehlendes Puzzleteil ... Wenn sich herausstellt, dass ich mit meiner Vermutung Recht habe, dann werde ich Ihnen erzählen können, was tatsächlich vorgefallen ist.«

»Wozu? Das lese ich dann besser in Ihrem Roman.«

»Ich verstehe. Der stoppelbärtige Romeo. Aber Sie können mich doch nicht so im Stich lassen ... Sie haben doch selber angefangen.«

»Na gut. Zum Teufel mit Ihnen, fahren wir.«

Eine Stunde später waren sie schon vor der Wohnung der Litwinowa. Woronow entfernte vorsichtig das Siegel, und Natalja stand, über den Treppenschacht gebeugt, Schmiere.

Woronow blieb nur kurze Zeit in der Wohnung, kam aber rundherum zufrieden wieder heraus.

»Haben Sie bekommen, was Sie wollten?«, erkundigte sich Natalja matt.

»Ja.«

»Offenbar ein ziemlich kleines Ding.«

»Nicht besonders groß. Können Sie mir einen Gefallen tun?«

»Natürlich.«

»Erinnern Sie sich an die Adresse, die Ihnen der Mann mit dem Pseudonym Grim in seiner E-Mail genannt hat?«

Natalja schloss die Augen: »Prospekt der Metallarbeiter 113, Wohnung 3.«

»Sie müssen unbedingt dorthin fahren.«

»Wozu?«

»Nun, erstens, um ihm mitzuteilen, was passiert ist. Zweitens, um etwas zu übergeben.«

»Etwas?«

»Dieses Foto hier.« Woronow zog aus seiner Westentasche eine ganz gewöhnliche Fotografie. Darauf abgebildet war Darja mit Tuma. Nichts Auffälliges.

»Deswegen haben Sie die versiegelte Tür aufgebrochen?«

»Unter anderem auch deswegen«, sagte Woronow ausweichend.

»Und wieso soll ich dieses Foto übergeben?«

»Wieso?« Woronow dachte nach. »Na, immerhin hat dieser geheimnisvolle Briefpartner sich doch um das Schicksal der Litwinowa große Sorgen gemacht. Ich denke, dieses Foto wird ihm ein kostbares Andenken sein.«

»Sonst nichts?«

»Nichts. Ich verspreche Ihnen ... Höchstens noch eine Kleinigkeit. Merken Sie sich den einen Satz: ›Erpressung hat noch niemandem etwas genützt.‹«

»Und zu wem soll ich diesen Satz sagen?«

»Zu dem, der Ihnen die Tür öffnen wird.«

»Gleich als Erstes?«

»Wieso denn gleich als Erstes? Verwickeln Sie ihn in ein Gespräch. Und wenn dann die Rede auf die Litwinowa kommt ...«

Natalja fuhr erst gegen Abend zum Prospekt der Metallarbeiter, darauf hatte Woronow bestanden. Genauer gesagt, er hatte sie einfach unter den lächerlichsten Vorwänden nicht früher weggelassen: »Ich möchte Ihnen noch vorlesen, was ich geschrieben habe, Natalja ...«, »Ich habe versucht, nicht mehr so viele Partizipialkonstruktionen zu verwenden, sehen Sie, ich habe nicht vergessen, was Sie mir gesagt haben, Natalja«, »Meinen Sie, dass ich den Hund etwas aus den Augen verloren habe? Ich würde ihn ja mit Vergnügen für immer vergessen, aber vielleicht haben Sie Recht, er sollte die Handlung vorantreiben ...«, »Finden Sie nicht, dass die dicke Busenfreundin ziemlich überflüssig ist?«, »Ja, einverstanden, ich bin nicht der größte Kenner der weiblichen Psychologie, aber eine Frau ist für einen Krimi auch nicht die passende Heldin – dass sie die Verbrechen aufklärt, wird immer wirken wie an den Haaren herbeigezogen ...«

Erst gegen acht Uhr abends gelang es Natalja, aus Woronows Wohnung zu entkommen. Sie stopfte alle ihre Sachen in ihre Tasche und gab Woronow zum Abschied sogar einen Kuss.

»Ich werde Sie ab und zu besuchen. Sie erlauben es doch?«

»Natürlich. Ich werde mich freuen. Ich werde Ihnen mein Buch widmen, wenn es mir gelingt, es zu beenden.«

»Sie haben viel für mich getan.«

»Und Sie haben weniger getan, als Sie hätten tun können«, sagte Woronow unerwartet traurig.

»Sie sind lieb, und ich verspreche, mich zu bessern.«

»Grüßen Sie Ihren jungen Mann. Vielmehr, es ist ja gar nicht Ihrer ...«

Natalja hielt es für das Beste, diese Bemerkung zu überhören.

»Richten Sie bitte auch Semjon Borissowitsch einen ganz herzlichen Gruß von mir aus.«

»Bestimmt.«

»Ich warte mit Spannung auf Ihre Bücher.«

»Ich bin gerührt. Geben Sie ihm die Fotografie? Heute noch?«

»Ja. Aber ... Warum können Sie das nicht selber tun?«

»Ich hasse dieses Wetter, meine Lungen und Bronchien werden damit nicht fertig.«

»Im Café haben Sie das Gegenteil bewiesen.«

»Ein kurzer Anfall von Wohlbefinden. So was kommt auch vor. Ich kann mich also auf Sie verlassen?«

»Ja. Natürlich. Sie können sich immer auf mich verlassen.«

Woronow schlug sofort die Tür hinter ihr zu, klapperte aber nicht mit seinen Schlössern. Ein ziemlich missratener Abschied, aber was machte es noch aus?

Es war schon völlig dunkel, als sie das gesuchte fünfstöckige Haus fand. Die finstere Gegend und die finsteren grauen Gebäude luden ganz und gar nicht zu späten Besuchen ein. Aber wer sagte denn, dass sie einen Besuch abstatten wollte? Sie würde einfach die Fotografie abgeben und wieder gehen.

Und diese ganze Geschichte ein für alle Mal abhaken.

Lange musste sie an der Tür klingeln. Endlich hörte man tief drinnen in der Wohnung ein leichtes melodisches Knarren, und die Tür wurde aufgerissen. Vor Überraschung presste Natalja die Hand vor den Mund: Jetzt war ihr klar, warum Grim sie sofort durchschaut hatte. Er saß in einem Rollstuhl und streckte seinen gepflegten Bart zu Natalja hoch. Von einem Treffen an der Sphinx konnte keine Rede sein – er wäre in seinem Rollstuhl gar nicht so weit gekommen.

»Womit kann ich dienen?« Die klugen Augen unter den buschigen Brauen tasteten Natalja von Kopf bis Fuß ab.

»Entschuldigen Sie ... Ich konnte nicht früher kommen, obwohl wir uns verabredet hatten.«

»Ich erinnere mich nicht.«

»Die E-Mails«, soufflierte Natalja und zitierte: »Ich bin eine Freundin Darjas. Wir müssen uns unbedingt treffen.«

Etwas Seltsames ging mit dem Invaliden vor sich: Er schnaufte schwer auf und verstummte. Sein Mund verzerrte sich, und seine Augen blinzelten – so rasch wie bei einem Vertreter aus der Familie der Eissturmvögel.

Natalja schwieg ebenfalls abwartend.

Die Stille dauerte so lange und war so tief, dass man hörte, wie irgendwo in einem Bad das Wasser rauschte.

»Kommen Sie herein«, sagte der Mann im Rollstuhl schließlich. »Ich heiße Anton.«

»Und ich Natalja.«

»Angenehm.«

Ein paar Augenblicke später stand sie in dem mit Büchern voll gestopften Zimmer.

»Setzen Sie sich«, lud Anton sie ein. »Möchten Sie vielleicht einen Kaffee?«

»Ich bleibe nicht lange. Ich wollte Ihnen nur sagen ... über Darja ...«

»Ich weiß schon alles. Sie sind eine Freundin von ihr? Sie hat nie von Ihnen gesprochen.«

»Nicht direkt eine Freundin. Ich war zufällig in ihrer Wohnung. Ich habe ihren weggelaufenen Hund zurückgebracht.«

»Ich verstehe.«

»Sie waren mit ihr befreundet?«

»Ja«, sagte Anton nach kurzem Nachdenken. »Wir waren Freunde. Ein entsetzliches Ende. Hat er mit Ihnen auch gesprochen?«

»Wer?«

»Der Kommissar. Ich habe seinen Namen vergessen.«

»Nein, wie kommen Sie darauf? Die Miliz weiß gar nichts von meiner Existenz. Es tut mir aufrichtig Leid, glauben Sie mir. Ich habe Ihnen ein Foto mitgebracht. Vielleicht ...« Natalja konnte ihren Satz nicht zu Ende sprechen, sie holte das Foto aus ihrer Handtasche und reichte es dem bärtigen Anton.

»Ich habe schon eins.« Ohne das Foto auch nur anzusehen, wies er mit dem Kopf zu dem Porträt auf dem Tisch.

Wie dumm und unnütz du jetzt dastehst, Natalja Iwanowna, mit deinen Beileidsbezeugungen und der armseligen Fotografie! Wozu braucht er denn den Hund?

»Aber vielleicht ...«

»Wer sind Sie überhaupt?«

»Ich sagte Ihnen doch schon, ich bin keine Freundin von Darja. Ich habe sie nie gesehen. Aber was für eine entsetzliche Geschichte ... Erpressung hat noch niemandem etwas genützt, finden Sie nicht auch?«, sagte sie endlich den von Woronow vorbereiteten Satz und beruhigte sich. Der Mohr hatte seine Schuldigkeit getan – der Mohr konnte gehen.

»Genau«, ertönte hinter Natalja so unverhofft eine Stimme, dass sie zusammenfuhr. »Und sie hat Darja tatsächlich niemals gesehen.«

Eine Stimme, die ihr sehr bekannt vorkam. Die Stimme, die sie auf dem knisternden Anrufbeantworter gehört hatte, die Stimme, die Sherry für sie bestellt und ihr im vierundzwanzigsten Stock Wein angeboten hatte ...

Denis.

Natalja drehte sich um: Es war tatsächlich Denis. Der sie erst heute auf der Ausstellung zum Abschied geküsst hatte. Er trug immer noch denselben stutzerhaften Anzug, der ihm so erstaunlich gut stand.

»Hallo«, sagte Denis und lächelte.

»Guten Abend.« Natalja blieb kaum Zeit zu staunen, aber sie fügte trotzdem hinzu: »Erstaunlich ...«

»Na, und wie ich erst mal staune!«

»Was machst du hier?«

»Ich besuche einen Freund. Und du? Ich wusste gar nicht, dass du Anton kennst.«

Der Bärtige schnappte nach Luft, und seiner Kehle entrang sich ein undeutliches Ächzen.

»Wir kennen uns nicht. Ich werde dir alles erklären, ich erzähle es dir von Anfang an. Du hast doch selbst von Zufällen gesprochen«, sprudelte Natalja hervor.

»Ja, das war mal. Im ›Dirigeable Nobile‹, wo du auch rein zufällig aufgetaucht bist, wie mir jetzt klar ist. Du hast also einen kleinen Rüden namens Semjon. Und dieser Rüde öffnet dir so einfach die Türen beliebiger Wohnungen.«

»Was für ein Rüde?«, flüsterte Natalja.

»Hast du etwa vergessen, wie du im ›Dirigeable‹ aufgetaucht bist?«

»Nein, aber ... Du lässt mich ja nicht ausreden.« Warum ließ sie sich diesen unverschämten Ton gefallen?

»Arbeitest du mit jemandem zusammen? Oder für jemanden?«, stieß Denis kalt hervor.

»Sie hat mit den Ermittlungen nichts zu tun«, mischte sich Anton plötzlich ein.

»Wirklich? Wie ist dann dieser Spürhund von der Miliz an meine Visitenkarte gekommen?«

»Ich habe sie in der Jeans vergessen«, stotterte Natalja, nur um diese eisige Stimme nicht hören zu müssen. »Es war nicht meine Jeans.«

»Du hast also in ihrer Wohnung gewohnt, ihre Sachen getragen, ihre Bekannten ausspioniert ...«

»Ich habe nur den Hund zurückgebracht. Zu der Adresse, die innen auf dem Halsband stand.«

Denis brach in lautes Gelächter aus.

»Der Hund. Das hätte ich mir ja denken können. Wie er mir auf die Nerven gegangen ist! Nicht zuletzt wegen dieses verdammten Hundes habe ich Darja verlassen.«

»Wovon redest du?« Natalja versuchte immer noch vergeblich, den Sinn von Denis' Worten zu erfassen.

»Gut. Du hast den Hund zurückgebracht, aber wie bist du in die Wohnung gekommen?«

»Der Brief im Postkasten ... Dein Brief mit dem Schlüssel.«

»Du hast also einen fremden Postkasten aufgebrochen und anschließend eine Wohnung?! Hat man dir als Kind nicht beigebracht, dass man so etwas nicht tut?«

»Ich wollte nicht ... Ich dachte ...«

»Genug Märchen erzählt!«, schrie Denis plötzlich. »Du arbeitest für Radziwill? Oder für eine Konkurrenzfirma? Und hast jetzt beschlossen, uns zu erpressen, ja?«

»Schreit doch um Himmels willen nicht so!«, flehte Anton.

»Halt du gefälligst die Schnauze!«

»Erklärt mir bitte, was hier vorgeht«, sagte Natalja leise.

»Bevor die Bullen kamen, bist du rasch abgehauen, nicht? Die wolltest du auch nicht treffen?«

»Wie hätte ich ihnen denn den Inhalt des Koffers erklären sollen?«, erwiderte Natalja.

»Kluges Mädchen.« Denis grinste. »Wie angenehm, kluge Mädchen zu sehen. Aber das Spiel ist aus, meine Teure.«

»Ich verstehe nicht?«

»Macht nichts, bald wirst du's begreifen. Was ist mit dem Hund?«

»Er ... Er ist weggelaufen«, platzte Natalja heraus.

»Schon wieder?« Denis trat plötzlich dicht auf Natalja zu und packte sie am Arm. »Wer weiß sonst noch, dass du hier bist?«

Der verfluchte Woronow hatte sie offenbar in eine ganz widerliche Geschichte hineingezogen, sie als Spitzel benutzt, ohne im Geringsten an die möglichen Folgen zu denken. Oder hatte er vielleicht doch an die Folgen gedacht? Er war ja wohl nicht umsonst so hartnäckig gewesen ...

»Niemand«, flüsterte Natalja und schloss die Augen.

»Und dein Begleiter auf der Ausstellung? Dieser Arschpickel auf Beinen?«

»Er ist harmlos. Schreibt Märchen für Kinder und macht mir den Hof ...«

»Schlecht macht er das!« Denis' weiße Raubtierzähne blendeten sie fast. »Er sollte besser auf dich aufpassen.«

Er hielt sie immer noch fest gepackt, drückte sie vorsichtig in den Sessel und umklammerte ihre Handgelenke.

»Bloß nicht hier, ich flehe dich an, nicht hier!«, jammerte Anton.

»Halt die Klappe, du Waschlappen! Ich tue ihr doch gar nichts. Sie soll hier nur sitzen, nachdenken und uns dann alles erzählen. Alles, was sie weiß.«

»Was wollt ihr denn von mir?«, fragte Natalja mit ersticktem Flüstern.

»Was willst du denn von uns?«, fragte Denis zurück. »Hast du vor, uns zu erpressen?«

»Ich?!«

»Weswegen bist du denn sonst gekommen?«

Wo steckt dieser verfluchte Woronow?, dachte Natalja traurig. Er hat gewusst, welche Wendung die Dinge nehmen würden, sonst hätte er nicht auf diesem Besuch bestanden! Aber wenn nun sein Sujet eine ganz andere Richtung genommen hat? Und was soll ich in den nächsten fünf Minuten sagen?

Aber sie brauchte gar nichts mehr zu sagen. Hinter Denis ertönte ein Rascheln, und er drehte sich erschrocken um.

»Hallo, Kumpel!«

Natalja erkannte sogleich den abstoßenden Kerl mit der Visage eines Serienkillers wieder, der ihr seinen Ausweis vor den Türspion gehalten hatte. »Euer Gespräch wird ja immer interessanter. Vielleicht sollten wir es an einem anderen Ort fortsetzen?«

Der mürrische Onkel der leichtsinnigen Sima und der Serienkiller, der sich bei genauerer Betrachtung als Einsatzmann mit Namen Gussalow entpuppte, waren so nett, sie mit dem Auto zur Wassili-Insel zu bringen.

»Wie sind Sie ihnen nur auf die Spur gekommen, Wladimir Wladimirowitsch?«, fragte Gussalow respektvoll.

»Die schwarzen Fäden am Handgelenk«, brummte Woronow. »Gut, dass Sie mir das gesagt haben, Leonid Petrowitsch. Schwarze Fäden bedeuten die höchste Stufe im Hackermilieu. Und die beiden sind professionelle Hacker. Eine Zeit lang waren sie hinter Radziwill her. Offenbar sind sie bei einem der Server von ›Irbis‹ eingebrochen, haben wertvolle Informationen heruntergeladen und angefangen, damit zu handeln. Ich weiß nicht genau, welcher Art diese Informationen waren. Aber sicher war genügend kompromittierendes Material über Radziwill dabei ... Wie übrigens wohl für jeden Banker. Der Computer, der bei der Litwinowa stand, war gar nicht ihr eigener. Es war der Computer von Markelow. Er hatte ihn einfach zu seiner Geliebten geschleppt, das war alles. Ich glaube, sie haben sich ständig wegen der Drogen gestritten – und wegen der periodisch auftauchenden neuen Männer. Eines Tages wurde er so wütend, dass er beschloss, sie zu verlassen, umso mehr, als sich eine günstige Gelegenheit bot – die Reise nach Moskau. Ich glaube, so hat er schon öfter gehandelt. Aber diesmal ... Als er zurückkam, war Darja nicht mehr da. Und auch der Schlüssel war weg. Und dann noch die Nachricht vom Mord an Radziwill. Da gerieten sie in Panik. So wie unerfahrene kleine Erpresser in Panik geraten ... Sie befürchteten, und nicht ohne Grund, dass man über den toten Radziwill auch ihnen auf die Spur kommen könnte.«

»Warum?«, fragte Gussalow erstaunt.

»Möglicherweise hatten sie schon einen Teil der Informationen verkauft. Und ein toter Radziwill war für sie gefährlicher als ein lebendiger. Bei einem Mann von dieser Größenordnung würde sehr gründlich ermittelt werden, und wer weiß, was dabei alles ans Tageslicht kommen konnte ... Und da auch Darja verschwunden war, beschloss Markelow, den Verdacht auf sie zu lenken. Den Brief der Litwinowa, den Ihnen sein Freund zugespielt hat, haben sie selber verfasst.«

»Wie haben Sie das erraten?«

»Würden Sie etwa einen solchen Brief auf dem Computer schreiben und ausdrucken? Sie würden ihn einfach mit der Hand schreiben. Aber keiner von ihnen hätte die Handschrift der Litwinowa nachahmen können. Jedes graphologische Gutachten hätte sofort festgestellt, dass es sich um eine Fälschung handelte. Mit dem Computerdrucker war das Problem gelöst. Und dann diese Einladung zur Ausstellung, die Markelow selber in den Briefkasten gesteckt hatte. Damit hatten sie zwei Fliegen mit einer Klappe erwischt. Erstens hatten sie begriffen, dass in der Wohnung jemand war. Und dieser Jemand war nicht Darja. Mit der Einladung konnten sie diesen Jemand herauslocken und ihn sich zumindest mal ansehen. Sich ein genaueres Bild machen. Und zweitens wurde damit noch einmal unterstrichen, dass Darja Litwinowa etwas mit Computern zu tun hatte.«

»Und die Nachrichten auf dem Anrufbeantworter?«, fragte

Ljolja, der bis jetzt geschwiegen hatte. Nachdem Natalja sich legitimiert hatte, war auch die Kassette wieder aufgetaucht und hatte ihren Platz unter den Beweismitteln gefunden.

»Wegen der Treffen? Das bezog sich natürlich auf die professionelle Hackertätigkeit Markelows. Falls Sie es bemerkt haben – es fällt dort nie ein Name, weder der Markelows noch der der Litwinowa. Aber da es sich um den Anrufbeantworter der Litwinowa handelt, betrachtet man automatisch alle Botschaften als an sie gerichtet. Und noch einmal zu der Einladung. Privatpersonen haben solche Einladungen gar nicht bekommen, das habe ich von der Direktion erfahren. Mehrere solcher Karten sind aber an die Adresse von »Autopilot« gegangen, und eine davon hat Markelow benutzt. Ein paar kleine Veränderungen und Tricks – und es sah aus wie eine private Einladung für Darja Litwinowa.«

»Aber wieso mussten sie Radziwill töten, diese Hacker?« Gussalow schlug sich vor Erregung aufs Knie.

»Aber sie haben ihn ja gar nicht getötet. Die beiden sind nur Erpresser, nicht mehr. Ich sagte doch, der tote Radziwill war für sie gefährlicher als der lebendige. Sie sind keine Mörder.«

»Aber wenn sie es nicht waren, wer ist dann der Mörder?«

15. Februar. **Ljolja**

Ljolja hatte die ganze Fahrt über zerstreut dem selbstzufriedenen Monolog Woronows gelauscht und lehnte sich nun im Sitz zurück.

Mit den Erpressern war alles klar. Ein dummes Zusammentreffen, mehr nicht. Vorausgesetzt natürlich, Darja Litwinowa hatte mit ihnen nicht unter einer Decke gesteckt. Das musste man noch genauer klären. Was ihn jetzt mehr beunruhigte, war die Nikolskaja. Und ihre elegante Manier zu rauchen.

Er hatte sich heute mit ihr im Restaurant »Wildgänse« getroffen. Am selben Tisch, an dem Radziwill das letzte Mal in seinem Leben zu Abend gegessen hatte.

Eins musste man ihr lassen – die Nikolskaja reagierte auf die Einladung zu einem Essen in den »Wildgänsen« philosophisch. Sie verzog keine Miene, als Ljolja sie zu dem bewussten Tisch führte. Essen wollte sie allerdings nichts, sondern bat nur um ein Glas Wein. Und ihre Zigaretten holte sie auch nicht heraus.

»Haben Sie mit dem Rauchen aufgehört, Xenia?«, erkundigte sich Ljolja.

»Ja. Das Alter, wissen Sie. Rauchen beeinflusst die Gesichtsfarbe negativ«, sagte die Nikolskaja gedehnt und starrte den Kellner, der sich in ihrer Nähe herumtrieb, durchdringend an.

Es war derselbe Kellner, der sich noch gerade rechtzeitig an ihre kapriziösen Rauchkringel erinnert hatte.

»Warum haben Sie mir nicht gesagt, dass Sie an jenem Abend mit Radziwill hier waren?«, fragte Ljolja. Bei der Nikolskaja spielte man besser mit offenen Karten, sie war ein ebenbürtiger Gegner.

»Sie haben mich nicht danach gefragt.«

»Wirklich?«

»Nicht direkt jedenfalls. Und ich liebe Direktheit, wissen Sie.«

»Gut.« Ljolja ergötzte sich fast schon an der olympischen Ruhe des Models. »Haben Sie am Abend des dritten Februar hier zusammen mit Radziwill gegessen?«

»Ja. Ich hoffe, das ist noch kein Grund, mir Handschellen anzulegen?«

»Nein. Hat er Sie hierher eingeladen?«

»Ja. In den letzten drei Jahren hat er das ziemlich oft getan.«

»Und Sie haben seine Einladungen immer angenommen?«

»Nicht immer. Nur, wenn ich in schlechter Stimmung war. Dieser Trottel hat meine Stimmung immer in schwindelnde Höhen gehoben.«

»Dieser Trottel?«

»German. Jedes Mal hat er mich um Gegenliebe angebettelt. Es war so komisch zu sehen, wie er mir zwischen Hauptgericht und Nachtisch ewige Liebe geschworen hat. Wie er sich erniedrigt und gesagt hat, er wolle alles für mich tun ... Mich ablecken und ausschlecken ... Ich will gar nicht wiederholen, was er mir alles für Geschmacklosigkeiten zugeflüstert hat.«

»Und doch war zwischen Ihnen einmal eine romantische Beziehung. Sie selbst haben mir davon erzählt.«

»Ja, das stimmt. Solange ich nichts von seinen perversen Neigungen wusste. Dass er ein Sadist war. Und dass es ihm Genuss verschaffte, das Objekt seiner Begierde zu quälen. Sie kennen doch vermutlich seine Folterkammer schon? Vor einem Jahr bin ich schwach geworden und zu ihm gefahren. Er war allzu hartnäckig, und mir war gerade ein Vertrag geplatzt. Ich hasse es, wenn Verträge platzen ... Also, ich war am Boden zerstört. Und da rief er an, lud mich in ein sehr teures Restaurant ein. Auf einer kleinen Insel ... Wir fuhren zwei Stunden, bis wir da waren, und die ganze Fahrt über jaulte er mir von seiner Liebe vor. In Olgino schließlich füllte er mich mit Champagner ab wie die letzte Nutte. Aber als er seine Peitschen herausholte ... Er hätte mich fast umgebracht. Nur mit Mühe und Not konnte ich mich befreien. Bis jetzt habe ich eine Narbe auf dem Rücken. Falls wir uns mal näher kommen, zeige ich sie Ihnen.«

»Aber am dritten Februar war all das vergessen?«

»Nein, aber mir gefiel es, wenn er mir ewige Liebe schwor. Wenn Sie wüssten, wie widerlich und gleichzeitig komisch das war! Er lud mich zum Abendessen ein, das ist richtig. Er sagte, am nächsten Morgen würde er nach Frankreich fliegen. Fragte, ob ich ihm nicht Gesellschaft leisten wolle. Wir hätten doch so viel Spaß zusammen gehabt ... Ich habe natürlich abgelehnt.«

»Haben Sie aus dem Restaurant jemanden angerufen?«

»Ja. Meinen Freund. Wir hatten uns am Vorabend gestritten, aber ich rief als Erste wieder an, und er bat mich um Verzeihung. Wir haben verabredet, uns zu treffen. Damit war der Abend mit German zu Ende.«

»Das war alles?«

»Nein, nicht ganz. Ich habe ihm noch erlaubt, mein Knie anzufassen. Er war ja ganz närrisch vor Begierde. Und das war am allerkomischsten.«

»Und dann sind Sie gefahren.«

»Ja. German war so nett, mich bis zum Platz des Aufstandes zu bringen. Dort wartete Andrej schon auf mich. Mein Freund.«

»Derselbe, der nach Österreich gefahren ist?«

»Ja. Aber inzwischen ist er schon wieder zurück.«

»Und er kann Ihr Alibi natürlich bestätigen?«

»Natürlich.«

»Großartig. Wissen Sie was, Xenia? Ich möchte Sie bitten, die Stadt nicht zu verlassen. Vorläufig.«

»Wollen Sie das schriftlich haben, dass ich in Petersburg bleibe?« Die Nikolskaja lächelte.

»Betrachten Sie es als eine persönliche Bitte von mir ...«

»Der Wein hier ist wirklich gut. Und danke für Ihre Gesellschaft, mein Lieber.«

Sie trank ihr Glas aus, stand leichtfüßig auf und ging auf den Kellner zu. Und Ljolja hörte, wie sie halb fröhlich, halb verzweifelt sagte: »Manchmal muss man nicht nur auf die Beine, sondern auch ins Gesicht gucken. Damit erweisen Sie der Menschheit einen unschätzbaren Dienst, Garçon!«

Das Gespräch mit der Nikolskaja ging ihm auch jetzt nicht aus dem Kopf, während dieser hochnäsige Fatzke Woronow seine Theorie von den erpresserischen Hackern vor dem Mund und Nase aufsperrenden Sanja Gussalow entwickelte.

Grips hatte er schon, dieser Schreiberling. Grips und Logik. Wie Mörder sahen diese beiden Idioten nicht aus, da hatte er Recht. Dann schon eher die Nikolskaja. Motive hatte sie mehr als genug. Und dieser Andrej taugte nicht für ein Alibi: Der würde Gott weiß was beschwören – dass sie Tee auf den Plantagen Ceylons geerntet habe, dass sie auf den Mond geflogen sei ...

Und dann Radziwill ...

Wie war Darja Litwinowa nur in sein Cottage gekommen? War sie etwa den gleichen Weg wie die Nikolskaja gegangen, aber es war nicht nur bei einer Narbe auf dem Rücken geblieben? Oder waren die Hacker und ihre tote Fixerin doch nicht so harmlos, wie es Woronow hinzustellen versuchte?

»Sie hören mir ja überhaupt nicht zu, Leonid Petrowitsch!«, drang Woronows Stimme wie durch Nebel an sein Ohr.

»Verzeihung?«

»Die letzte Nachricht auf dem Anrufbeantworter. Sie war auf Französisch. Sie sollten Fachleute konsultieren. Ob der Text wirklich von einem Muttersprachler gesprochen worden ist.«

»Ja, natürlich«, erwiderte Ljolja mechanisch. Was zum Henker für ein Muttersprachler?

Verfluchtes Französisch! In ein paar Tagen würde Regina nach Besançon fahren, und er war darauf gar nicht vorbereitet. Er war auf ein Leben ohne sie überhaupt nicht vorbereitet ...

»Wladimir Wladimirowitsch, Sie sind zur Jubiläumsparty von ›Calypso‹ eingeladen«, erinnerte Ljolja sich plötzlich. »Sie müssen unbedingt kommen. Heute Abend um zehn.«

»Wie?« Woronow zog die Brauen hoch. »Das kommt ja wie gerufen. Wie gerufen ...«

16. Februar. **Natalja**

Warum bloß hatte sie sich von Woronow überreden lassen und war mit ihm auf diese blöde Party von »Calypso« gegangen? Mit einem exotischen Cocktail in den schweißigen Händen stand sie in einer Ecke und betitelte ihn in Gedanken mit den schlimmsten Schimpfwörtern.

Die ganzen letzten Tage hatten sie sich kaum getrennt, zusammengehangen wie siamesische Zwillinge. Sie musste sich tief schürfende Sentenzen über seinen neuen Roman anhören und seinem unverständlichen Gemurmel über den Mord an dem Bankier lauschen ... Nachdem der Kleinbus der Miliz sie vor seinem Haus auf der Wassili-Insel abgesetzt hatte, wachte sie Tag und Nacht wie eine Krankenschwester über Woronows schöpferische Ideen. Kühn verflocht er Wahrheit und Erfundenes, kritzelte zahllose Blätter voll, zerriss sie dann wieder und arbeitete irgendwelche neuen Schemata aus. Ein paar Mal verschwand er für einige Stunden und kehrte jedes Mal in finsterster Gemütsverfassung zurück.

Das Mosaik wollte sich nicht zusammenfügen, Woronow war nervös, und das für Montag angesetzte Treffen im Café »Doktor Watson« näherte sich unerbittlich. Natalja konnte sich eine leichte Schadenfreude nicht verkneifen.

»Verstehen Sie, Natalja, die Litwinowa ist nicht ohne Grund in Olgino aufgetaucht. Dass Morde aneinander anschließen wie Glieder einer Kette, ist gut möglich. Aber dies hier ist ein Zufall. Und in einem solchen Fall sollte es keine Zufälle geben ... Er ist bis in die letzten Feinheiten durchdacht, das spüre ich.«

»Ich glaube, das haben Sie schon mal gesagt«, bemerkte Natalja sanft.

»Wirklich? Na, das ist eine typische Untugend von Schriftstellern. Wenn man auf Seite hundertfünfundzwanzig ist, kann man sich unmöglich noch daran erinnern, was man auf Seite zweiunddreißig verkündet hat. Fahren Sie mit mir zu dieser Party, Natalja?«

»Ich?«

»Natürlich. In Begleitung einer Dame werde ich solider aussehen.«

Natalja war vor Überraschung ganz perplex. Und zwar nicht nur, weil er sie einlud, an der Bohème-Party teilzunehmen. Sondern auch, weil er selbst, der sogar zu Hause einen Mundschutz aus Gaze trug, den Entschluss gefasst hatte, sich mitten ins Getümmel von nicht ganz nüchternen Leuten mit eher zweifelhafter Reputation zu stürzen!

»Und ihre Gesundheit, Wladimir Wladimirowitsch? Wird eine so große Menschenansammlung ihr nicht schaden?«

»Egal.« Woronow schlug mit der Hand durch die Luft.

Oho! Das war ja ganz was Neues.

»Sie fahren doch nicht einfach so dorthin?«, mutmaßte Natalja.

»Sie haben es erraten. Nicht nur so. Die Litwinowa hat eine Zeit lang bei ›Calypso‹ gearbeitet, und ich möchte mir diesen Laden mal etwas genauer ansehen.«

Und so stand sie nun mit ihrem Cocktail in einer Ecke, wie ein hässliches Entlein zwischen lauter wunderschönen Schwänen, fremd auf dieser Feier des Lebens. Seltsam, aber Woronow, dieser Verräter, fühlte sich hier durchaus wohl. Regina Bader wich ihm nicht von der Seite – die Schöne mit der Narbe im Gesicht, die Herzensdame des Kommissars Leonid Petrowitsch. Übrigens trieb auch er sich ganz in der Nähe umher und schielte eifersüchtig zu Woronow hinüber. Und Woronow ...

Wenn er in dieser Art weitermachte, konnte er sich auf eine

Woche Untersuchungshaft gefasst machen. Aber anders hatte er es auch nicht verdient.

Natalja nahm einen Schluck von ihrem Cocktail und verzog das Gesicht. Eine widerliche Plempe. Aber sie könnte die Gelegenheit nutzen, sich voll laufen lassen und Woronow eine Eifersuchtsszene machen. Schließlich hatte er sie doch hierher gebracht. Und was geschah jetzt? Er ließ sie schmählich im Stich!

Mistkerl!

Sie vertiefte sich in den Inhalt ihres Glases und bemerkte gar nicht, wie ein junger Mann auf Woronow und die Bader zutrat. Er stand mit dem Rücken zu Natalja, und dieser Rücken kam ihr überraschend bekannt vor. Er rief ihr besinnungslose Nächte ins Gedächtnis, ineinander verflochtene Arme, eine Stimme, die im Halse stecken blieb ...

Dschawa.

Dschawachir Scharipow, der Renegat aus Taschkent, der verfaulte Zweig eines edlen Pflaumenbaums.

Natalja hätte beinahe aufgeschrien und ließ ihr Glas fallen. Es zersprang in tausend kleine Splitter, die klebrige grünliche Flüssigkeit sickerte heraus, und der Zitronenhalbmond, der auf ein Cocktailschirmchen gespießt war, zuckte wie ein kleiner Fisch über den Boden.

Dschawa.

Dschawa wandte sich auf das Geräusch hin langsam um, wie in Zeitlupe, und sie erblickte sein markantes Profil und eine sich ringelnde Haarsträhne, die er lässig hinters Ohr geworfen hatte. Er erkannte sie sofort, lächelte und ging mit der unvergleichlichen Grazie eines gezähmten Wüstengeparden auf sie zu.

»Hallo«, sagte er zwanglos. »Dich habe ich hier wirklich nicht erwartet.«

»Ich dich auch nicht, weiß der Himmel«, stotterte Natalja.

»Was machst du hier?«, fragte er lächelnd.

»Und du?«

»Ich habe zuerst gefragt ...«

»Ich bin eingeladen.«

»Von wem?« Er versuchte nicht einmal, eine leichte Geringschätzigkeit zu verbergen: Sie hatten ein Jahr zusammen gelebt, aber sie war trotzdem eine *charypka* für ihn geblieben.

»Vom Chef der Agentur«, log Natalja zu ihrer eigenen Überraschung.

»Tatsächlich? Ich muss Veta fragen.«

»Wer ist das?«

Dschawa entblößte die ihr so vertrauten Schneidezähne und begann zu lachen.

»Ach, du ...«

»Charypka«, ergänzte Natalja böse.

»Genau. Veta ist die Agenturchefin.«

Und deine Geliebte, allem Anschein nach. Woher sonst dieser schicke Anzug, dieses schneeweiße Hemd, diese Krawattennadel, diese ausgefallenen Manschettenknöpfe und diese umwerfenden Schuhe. Und unter dieser ganzen Pracht verbirgt sich deine einzige Geheimwaffe – dein brauner Schwanz.

»Vielleicht ist sie die Chefin, aber du bist eine Null«, schleuderte ihm Natalja wütend entgegen. »Spezialisierst du dich jetzt auf reiche Weiber?«

Dschawa war überhaupt nicht beleidigt, im Gegenteil, er beugte sich zu ihr hinunter und küsste sie auf die Wange.

»Hättest du denn gewollt, dass ich mein ganzes Leben auf deinem durchgelegenen Sofa verfaule? Nun schmoll doch nicht, Natascha-chom ...«

»Wie alt ist sie?«

»Das spielt überhaupt keine Rolle. Ich bin kein Gigolo. Gut möglich, dass ich bald das höchstbezahlte Model bei ›Calypso‹ bin.«

Wer wollte daran zweifeln!

»Hast du ihr auch Brodski vorgelesen?«

»Natürlich.« Er war bezaubernd in seiner kindlichen Unverschämtheit. »Sie ist ganz verrückt nach mir.«

»Das sehe ich.«

Man musste das Offensichtliche akzeptieren. Dschawa hatte aufgehört, dem armseligen Gespenst des Theaters nachzurennen und sich in die Arme des Modelbusiness geworfen. Und es zeigte sich, dass er in diese Welt glänzend passte. Ein Bild aus einem Katalog, ohne Bezug zur grauen Realität – das war genau das Leben, von dem er geträumt hatte.

»Du bist noch schöner geworden«, sagte Natalja versöhnlich.

»Du siehst auch nicht übel aus. Ich hoffe, du bist nicht allein hier?«

»Mit einem Freund. Einem sehr bekannten Schriftsteller.« Mein Gott, was redete sie da? Aber es stimmte ja, verflucht nochmal!

Dschawa drehte seinen Kopf majestätisch in Woronows Richtung.

»Der da?«

»Ja.«

»Schläfst du mit ihm?«

»Wieso?«

»Er sieht nicht aus wie ein Mann, mit dem man ins Bett geht.«

»Du bist natürlich überzeugt, dass man nur mit dir ins Bett gehen kann.«

Dschawa lächelte wieder und gab ihr noch einen Kuss: »Ich kapituliere. Siehst du, wie glänzend sich alles gefügt hat. Also, ich gehe jetzt, sonst wird Veta noch eifersüchtig. Ich möchte ihr nicht die Laune verderben.«

Natürlich, davon hängen alle deine zukünftigen Aufträge ab.

»Na, dann Hals- und Beinbruch«, knurrte Natalja und hoffte inständig, dass sich ihr Tonfall nicht allzu sehr nach einer verlassenen Geliebten anhörte.

Kaum war Dschawa gegangen, da stürzte sich Woronow wie ein Geier auf Natalja.

»Wer war das?«, fragte er laut flüsternd.

»Ein alter Freund von mir.«

»Und was macht er hier?«

»Er ist der Liebhaber der Dame, die das heutige Fest veranstaltet. Er schwärmt für ältere Semester.« Diese giftige Bemerkung konnte Natalja sich nicht verkneifen.

»Violetta Gatti?«

»Wie sie heißt, weiß ich nicht.«

»Es wäre nicht schlecht, nähere Bekanntschaft zu schließen.«

»Mit wem? Mit Dschawa?«

»Aber nein, mit Violetta Sergejewna. Um ihr für den wunderbaren Abend zu danken.«

Weiter kam Woronow nicht. Regina Bader kam auf sie zu, zusammen mit einer kleinen hässlichen rothaarigen Frau.

»Sie langweilen sich doch nicht?«, fragte Regina. »Erlauben Sie, dass ich Ihnen Violetta Sergejewna Gatti vorstelle, die Inhaberin der Agentur.«

Natalja nuschelte nur etwas Unverständliches, aber Woronow verbeugte sich ungeschickt und küsste der rothaarigen Schreckschraube die Hand.

»Ich freue mich sehr, Sie kennen zu lernen, Violetta Sergejewna. Es ist großartig hier.«

»Gefällt es Ihrer Begleiterin auch?« Die Gatti sah Natalja dabei nicht einmal an.

»Sie ist begeistert«, antwortete Woronow an Nataljas Stelle.

»Auch ich bin begeistert. Über Ihre Bücher«, revanchierte sich die Gatti. »Wann beglücken Sie uns mit dem nächsten Meisterwerk?«

»Ich weiß nicht. Ich beschäftige mich in meiner Freizeit gerade mit einem realen Mordfall ...«

»Radziwill?« Die Gatti kniff wissend die Augen zu. »Regina sagte mir, dass Sie der Ermittlung behilflich sind.«

»Na, das ist zu viel gesagt«, meinte Woronow verlegen.

»Ist der Mörder schon gefunden? Es heißt, die Verletzung, die Radziwill zugefügt wurde, sei sehr seltsam gewesen.«

»Mehr noch, auch die Tatwaffe war sehr seltsam ...«

»Wirklich?« Nun starrten alle drei Frauen Woronow verwundert an – die Gatti, die Bader und die über diese Wendung des Gesprächs völlig verdatterte Natalja.

»Tatsächlich. Man hat sie natürlich bis jetzt noch nicht gefunden. Und auch noch nicht alle Beweise.«

»Was Sie nicht sagen! Und wo ist der Mord geschehen?«

»Der Bankier hatte ein heimliches Liebesnest im Grünen«, plauderte Woronow aus der Schule. »Höchstwahrscheinlich ist es dort passiert. Merkwürdig, dass die Ermittlung sich damit noch gar nicht richtig befasst hat. Alle interessieren sich nur für diese Fixerin ...«

An dieser Stelle stockte Woronow und zwinkerte erschrocken mit den Augen.

»Verzeihen Sie. Ich hatte ganz vergessen, dass es ja eins von Ihren Mädchen war.«

»Macht nichts«, beruhigte die Gatti ihn. »Was bedeutet, eine ungewöhnliche Tatwaffe? War es denn kein Messer? Regina sagte mir, dass in ihrer Handtasche ein Messer gefunden wurde.«

»Nun, diese Fragen dürfen Sie nicht mir stellen. Wir haben einen Kommissar ... Allerdings glaube ich, als ein Mann, der sich mit dem Genre des Kriminalromans befasst, dass alles ein wenig komplizierter war. Und dass der Mörder noch gar nicht ins Blickfeld der Ermittler gekommen ist.«

»Sie machen uns ja richtig neugierig, Wladimir Wladimirowitsch«, lachte die Gatti.

»Keineswegs. Die wirklich interessanten Entwicklungen stehen uns noch bevor. Ich glaube, es sind noch nicht alle Fingerabdrücke im Haus gefunden worden.«

Natalja war außer sich vor Verwunderung: Woronow benahm sich wie der letzte Trottel, spreizte sich wie ein Pfau und schwatzte einen solchen Schwachsinn daher, dass sie sich am liebsten die Ohren zugehalten hätte.

Zum Glück wurde das Gespräch an dieser Stelle von irgendeinem hohen Tier aus der Stadtverwaltung unterbrochen, und die beiden Frauen verschwanden. Sobald Woronow wieder mit Natalja allein war, ging eine Veränderung in seinem Gesicht vor sich. Es wurde hart, entschlossen und ...

Und schön. Du musst es zugeben, Natalja.

»Was haben Sie da für ein Blech geredet?«, fragte sie Woronow trotzdem. »Das war ja hochgradig peinlich!«

»Jetzt ist keine Zeit für Erklärungen!«, brummte Woronow. »Wir müssen weg von hier.«

»Aber es gefällt Ihnen doch so gut«, stichelte Natalja. »Ich fürchte, die Gastgeberin wird es Ihnen übel nehmen, wenn Sie die Party so plötzlich verlassen.«

»Sie wird es überleben. Aber wir müssen uns sputen, wenn wir den Täter noch erwischen wollen.«

»Wie bitte?«

»Das erkläre ich Ihnen später, Natalja. Jetzt müssen wir handeln.«

Sie saßen erst seit einer halben Stunde im Zimmer, aber diese halbe Stunde kam Natalja schon wie eine Ewigkeit vor. Ihre Augen hatten sich an die Dunkelheit gewöhnt, und sie unterschied bereits die Umrisse des Kamins, der Sessel und der Keramiken auf den Regalen. Es war so still, dass Woronows Atmen ihr im Kopf dröhnte wie eine Glocke. Woronow machte sich ganz in der Nähe zu schaffen, in der Wandnische.

»Was machen Sie da?«

»Ich bereite das Terrain vor.«

»Worauf warten wir? Und wo sind wir hier?«, fragte sie flüsternd.

»Das ist das Landhaus von Radziwill. Hier ist er ermordet worden. Und nicht nur er.«

»Wer noch?«

»Die Litwinowa.«

»Ist sie denn ermordet worden?«

»Ja ... Übrigens, Sie sitzen in dem Sessel, in dem man sie gefunden hat.«

Natalja presste erschrocken die Hand vor den Mund und rutschte auf den Fußboden.

»Zum Teufel mit Ihnen. Hätten Sie mir das nicht vorher sagen können?«

»Vor den Toten brauchen Sie sich nicht mehr zu fürchten. Die Lebenden – die sind gefährlich. Ich glaube, da kommt gerade einer von diesen Lebenden.«

Natalja kauerte sich zusammen und verstummte. Man hörte ein undeutliches Rascheln, ein Klicken, dann wehte ein eisiger Windstoß von der Bucht herein: Jemand hatte das Fenster geöffnet und stand nun im Zimmer. Natalja hörte abgerissenes Atmen und erblickte einen Moment später auch die Umrisse einer Gestalt.

Groß und fantastisch mager.

Der unerwartete Besucher knipste eine Taschenlampe an, und der bleiche Strahl tanzte über Wände und Decke, bohrte sich dann in die Nische mit dem kleinen Tisch, auf dem die Holzschale mit den Wollknäueln stand. Der Strahl der Taschenlampe konzentrierte sich auf die Wolle, und Natalja konnte sogar die verschiedenen Farben erkennen: rot, grün und beige. Der Besucher streckte seine behandschuhte Hand nach der Schale aus, und in diesem Moment machte Woronow das Licht an.

Die Taschenlampe fiel dem Unbekannten aus der Hand und rollte über den Fußboden. Natalja schrie laut auf: Vor ihr stand, verstört und fassungslos, Regina Bader.

20. Februar. **Woronow**

Am Montag schneite es, und auf der Speisekarte im »Doktor Watson« standen wieder die traditionellen Knödel, Bier, Ale und Kognak.

Gussalow und Natalja bestellten sich Kognak, und Serafima trank aus Solidarität mit Woronow Mineralwasser.

»Es ist Montag«, flüsterte sie pathetisch und ließ ihre verliebten Blicke über Woronows Gesicht wandern. »Montag. Sie haben versprochen, alles zu erzählen.«

Woronow räusperte sich und umfasste mit beiden Händen sein Glas Mineralwasser. Dann wuschelte er der dahinschmelzenden Serafima durch die kurzen Fransen.

»Wie geht es Ihrem Onkel?«

»Schlecht. Er hat sich in seiner Wohnung eingeschlossen und lässt seit zwei Tagen keinen rein. Und ans Telefon geht er auch nicht.«

»Man hat ihm nachträglich Urlaub bewilligt«, ergänzte Gussalow.

»Erzählen Sie uns, wie alles gewesen ist?«, schaltete sich Simotschka wieder ein.

»Gut.« Woronow fuhr sich durchs Haar und seufzte tief auf. »Die Manschettenknöpfe. Alles kam durch die Manschettenknöpfe. Die haben ihnen das Spiel vermasselt. Die hier Anwesenden wissen, dass ein Manschettenknopf im Kofferraum gefunden wurde. Und am Hemd des Toten der zweite. Aber sehen Sie, es ist doch so ... Leute vom Format des toten Radziwill würden niemals solchen billigen Trödel tragen. Das wäre völlig unpassend. Genauso unpassend wie zu einer Direktorenversammlung nackt zu erscheinen.«

»Und wenn es nun seine Lieblingsknöpfe waren? Wenn sie ihm als Andenken kostbar waren?«, warf Serafima mit blitzenden Augen ein.

»Dann hätte er sie zu Hause tragen können. Oder zu einem Picknick im Grünen. Aber Radziwill ist direkt vom Büro ins Restaurant gefahren und konnte sich eine solche Freiheit nicht erlauben. Die Gatti hatte alles genau geplant, aber was sie zu Fall brachte, war die ganz banale Leidenschaft für ihren jungen Liebhaber. Sie tauschte die Manschettenknöpfe aus, ersetzte sie durch die ersten besten, die ihr in die Hände kamen. Und ihrem jungen Kerl schenkte sie die von Radziwill, aus Platin mit Brillanten. Es handelte sich um exklusive Unikate. Die konnte sich der usbekische Liebhaber nicht leisten, und die Gatti selber auch nicht.«

»Übrigens hat Radziwills Frau die Manschettenknöpfe bereits identifiziert«, mischte sich Gussalow ein. »Sie waren wirklich sehr kostbar – Platin und darin eingesetzt Brillanten. Auf Bestellung von einem Pariser Juwelier angefertigt.«

»Warum hat seine Frau denn nicht gesagt, dass die Knöpfe, die man gefunden hat, gar nicht ihrem Mann gehörten?« Serafima ließ nicht locker – sie zeigte schon alle Anlagen zu einem Privatdetektiv.

»Alles ganz einfach.« Woronow lächelte düster. »Radziwill war altmodisch und schwärmte für Hemden von einem ganz bestimmten Schnitt. Unbedingt mit Manschettenknöpfen. Davon hatte er mindestens zehn Stück. Und dann – das Yin und das Yang waren offener Hohn, eine Anspielung auf das ausschweifende Leben ihres Ex-Mannes. Radziwill und seine Frau lebten schon seit über drei Jahren wie Katz und Hund miteinander. Die Manschettenknöpfe waren das einzige Detail, das mich verwirrt hat. Diese Knöpfe und das Foto der Litwinowa. Das Foto hat Radziwill nie gehört. Die beiden kannten sich gar nicht. Genau genommen war es auch gar kein Foto, sondern nur der Teil eines Fotos – das Foto selbst bewahrte Regina Bader als Andenken an den Anfang ihrer Karriere in ihrem Notizbuch auf. Als sie Radziwill tötete und die Gatti zum Tatort holte ...«

»Warten Sie«, flehte Serafima. »Bitte alles der Reihe nach.«

»Gut. Aber dann lässt sich ein kurzer historischer Exkurs nicht umgehen. Alles begann im Jahr 1994, als sich Radziwill und die Gatti kennen lernten. Aus ihrer Bekanntschaft wurde eine ganz spezielle Freundschaft. Die Mädchen von ›Calypso‹ ...« Hier machte Woronow eine lange Pause. »Natürlich nicht alle – nur ein kleiner Kreis von Auserwählten – führten für Radziwill verschiedene delikate Aufträge aus. Sie kamen mit wichtigen Leuten zusammen, holten, auf ihrem Schoß sitzend, bestimmte Informationen aus ihnen heraus, und so weiter. Auch Radziwill selber benutzte die Mädchen der Gatti, nicht so oft allerdings, wie man hätte vermuten können ... Die Sache war die, dass er ganz bestimmte sexuelle Neigungen hatte, die mit den Jahren immer ausgeprägter wurden. Kurz gesagt, er war ein echter Sadist. Eine Zeit lang befriedigte seine Cousine Agnieszka, die ihm hündisch ergeben war, diesen dunklen Teil seiner Sexualität. Aber ab einem bestimmten Moment konnte diese nicht besonders anziehende Frau den Bankier nicht mehr zufrieden stellen. Das war vor einigen Jahren, als er die Nikolskaja traf und sich in sie verliebte – soweit er zu Liebe überhaupt im Stande war. Aber gerade bei ihr flammten Radziwills sadistische Neigungen mit neuer Heftigkeit auf. Aus diesem Grunde trennten sie sich. Radziwill hörte die ganzen Jahre über nicht auf, Xenia zu lieben, er lud sie in regelmäßigen Abständen ein, flehte um Gegenliebe, ließ sie nicht in Ruhe. An jenem Tag, dem dritten Februar, trafen sie sich. Das Wiedersehen endete kläglich, und Radziwill war rasend vor Wut und Enttäuschung. Möglicherweise hatte er völlig die Kontrolle über sich verloren. Er ruft die Gatti an und bittet sie, ihm eins ihrer Mädchen zu schicken. Und die Gatti schickt ihm die Bader. Man darf ihr daraus keinen Vorwurf machen, sie wusste wahrscheinlich gar nichts von den Neigungen des Bankiers. Bestimmt wusste sie nichts davon. Solche Dinge werden gewöhnlich sorgfältig geheim gehalten – sie sind ein zu guter Anlass für Erpressung. Das wusste Radziwill und war deshalb äußerst vorsichtig.«

An dieser Stelle von Woronows Monolog schnaubte Simotschka entrüstet.

»Ich fahre fort«, sagte Woronow und hob belehrend den Finger. »Regina Bader fährt also zu ihm, sie kann gar nicht anders. Das Wort der Gatti ist für sie Gesetz, sie verdankt der Inhaberin von ›Calypso‹ alles, ist ihr aufrichtig ergeben. Was im Einzelnen zwischen ihr und Radziwill vorfiel, lassen wir dahingestellt sein. Vor Wut über die ihm erneut entschlüpfte Nikolskaja überspannte er höchstwahrscheinlich den Bogen. Er fügte der Bader echte, gefährliche Schmerzen zu. Sie versucht wegzulaufen, rennt durchs Haus, aber er holt sie ein oder droht sie jeden Moment einzuholen. Da beschließt sie, sich zur Wehr zu setzen, und ergreift den ersten Gegenstand, der ihr in die Hände kommt ...«

»Und was war das für ein Gegenstand?«

»Eine Häkelnadel. Eine ganz gewöhnliche Häkelnadel. Allerdings eine ungewöhnlich große. Sie lag zusammen mit der Wolle in dem Holzteller – die Frau, die sich um das Haus kümmerte, handarbeitete schrecklich gern. Die Bader stößt aufs Geratewohl mit der Nadel nach ihm, von unten nach oben, und trifft ihn ins Auge. Der Stoß ist so heftig, dass die Nadel tief eindringt und das Gehirn verletzt.«

»Und?!«, fragte Simotschka mit entsetztem Flüstern.

»Das war's. Der Bankier ist tot. Die Bader ist in Panik: Sie hat einen Menschen umgebracht, ihre Karriere ist ruiniert, sie wird nie wieder einen Auftrag bekommen. Radziwill war ein einflussreicher Mann, niemand wird ihrem kindlichen Gestammel, dass sie nur aus Notwehr handelte, Glauben schenken ... Sie ruft die Gatti an, und die kommt unverzüglich. In wenigen Stunden arbeiten sie eine Art Rettungsplan aus. Sie beschließen, mit Darja Litwinowa, längst verbrauchtem Material, ein Bauernopfer zu bringen.«

»Was heißt – längst verbrauchtem Material?«, fragte Natalja, die bis jetzt geschwiegen hatte.

»Die Litwinowa war eine gescheiterte Existenz. Ja, die drei Mädchen hatten gemeinsam angefangen, aber sie war aus verschiedenen Gründen bald aus dem Rennen ausgeschieden. Erstens hing sie schon mehrere Jahre lang an der Nadel. Dann ihre unersättliche Gier nach Männern, die sie völlig aufzehrte. Manchmal schob man ihr trotzdem einen Auftrag zu, aber das war nur ein Zubrot, ein schwacher Abglanz vom Anfang ihrer Karriere. Die Litwinowa in eine Falle zu locken war nicht weiter schwer. Aber zuerst müssen sie die Leiche loswerden. Sie fahren den toten Radziwill in seinem eigenen Auto in die Stadt, die Bader opfert einen Teil der Fotografie, auf der sie alle drei abgebildet sind – die Litwinowa, die sich durch eine Ironie des Schicksals am Rand des Bildes befindet, wird abgeschnitten und dieser Teil des Fotos in Radziwills Brieftasche gesteckt. Das Hemd, mit dem sie das Blut weggewischt haben, nimmt die Gatti mit. Es kann ihnen noch nützlich sein. Nachdem sie das Auto mit der Leiche vor irgendeinem Bürogebäude abgestellt haben, warten sie bis zum Morgen und rufen dann die Litwinowa an. Die Gatti bietet ihr einen Auftrag in Frankreich an, aber sie müsse erst noch ein Casting machen. Die Litwinowa dafür in Radziwills Cottage zu locken ist ein Leichtes ... Dort trinken sie zusammen Sekt und feiern Versöhnung. In den Sekt ist wahrscheinlich ein Schlafmittel gemischt worden. Nachdem die Litwinowa eingeschlafen ist, spritzt ihr die Gatti die tödliche Dosis Heroin. Aber vielleicht war auch kein Schlafmittel nötig, die Litwinowa spritzte sich ja sowieso jeden Tag. Die Gatti war ihr einfach bei der Dosierung behilflich, wie sie ihr auch früher geholfen hatte. Ihre Mädchen hantierten alle mit Heroin und traten nicht selten als Drogenkuriere auf ...«

»Aber warum hat die Gatti das alles für Regina getan und sich so tief in die Sache verstrickt?« Vor Aufregung stützte Simotschka sogar die Ellbogen auf den Tisch. »Sie hatte doch nichts zu befürchten.«

»Die Bader wusste zu viel über sie. Vielleicht hat sie ihrer Patin gedroht: ›Wenn ich auffliege, dann reiße ich dich auch hinein.‹ Mit einem Wort, sie hat ihr keine Wahl gelassen. Der zweite Teil der Operation ist einfach. Sie nehmen der Litwinowa die Schlüssel zu ihrer Wohnung weg, und die Bader fährt dorthin. Unterwegs kauft sie auf den Pass der Litwinowa eine Fahrkarte nach Murmansk. Sie nimmt auch Radziwills Hemd, seine Papiere und sein Geld mit. Damit die Flucht der Litwinowa glaubwürdig wirkt. Anschließend fährt sie zu der Stelle, wo sie den Wagen mit der Leiche abgestellt haben, wirft die Schlüssel zu Radziwills Cottage und zur Wohnung der Litwinowa ins Handschuhfach – um so den Ring zu schließen, die beiden zusammenzubringen. Die tote Litwinowa bleibt im Cottage. Von außen soll das Ganze folgendermaßen aussehen: Die Mörderin – nach der Version der wirklichen Mörder: die Litwinowa – hat etwas am Tatort vergessen, nämlich die Tatwaffe; daher taucht ein Messer auf, das sie vorsorglich mit dem Blut Radziwills verschmiert haben. Sie kehrt am Tag nach dem Mord ins Cottage zurück, um dieses ›Etwas‹ zu holen, verspürt plötzlich ein heftiges Verlangen nach dem Rauschgift, setzt sich in den Sessel, um sich die Droge zu spritzen, und ...«

»Überdosierung!«, flüsterte Simotschka.

»Genau.«

»Aber wussten sie denn nicht, dass die Litwinowa nicht allein lebte?«

»Wahrscheinlich hatte die Litwinowa der Gatti erzählt, dass sie sich vor kurzem von ihrem Freund getrennt habe. Weiter brauchten sie dann nur zu warten, bis die Ermittler zu ihnen kamen. Und kommen würden sie, nicht umsonst stand auf dem Schreibtisch der Litwinowa das Foto der drei Grazien von ›Calypso‹. Und dann konnten sie die ganze Wahrheit über die Tote erzählen – dass sie eine Fixerin war und als Nymphomanin galt.«

»Aber wie ist es Ihnen gelungen, Regina ins Cottage zu locken?« Simotschka schüttelte ihre Raspelfransen.

»Ganz einfach. Ich habe auf der Party erzählt, dass das Mordwerkzeug nicht gefunden worden sei. Das war die Wahrheit. Die schmale kleine Ahle am Taschenmesser, die nach der Version der Gatti und der Bader von der Litwinowa benutzt worden sein sollte, passte im Durchmesser, aber nicht in der Länge. Sie war zu kurz. Ein kleiner Fehler, dem die Ermittler aber weiter keine Aufmerksamkeit geschenkt hatten. Aber das wussten unsere beiden Mädchen nicht – und sie gerieten in Panik. Sie beschlossen, die Häkelnadel – das wahre Mordinstrument – wegzuräumen und zu verstecken. Nun, und alles Übrige wissen Sie.«

»Und der Hund? Woher kam denn eigentlich der Hund?«

»Es war so, dass sich bei der Litwinowa durch den ständigen Konsum von Narkotika lästige Phobien entwickelt hatten. Sie fürchtete sich. Sie fürchtete sich vor allem, und deshalb schaffte sie sich den Hund an. Denis Markelow, mit dem sie in der letzten Zeit zusammenlebte, hasste diesen Hund. Und bevor er ihr den Schlüssel in den Briefkasten warf, brachte er ihn möglichst weit weg und ließ ihn dann im Park laufen. So rächte er sich an der Litwinowa für deren ständiges Verschwinden, für die dauernden Anrufe irgendwelcher Männer und für das Heroin. Er liebte sie ja eigentlich, auf seine Weise ...«

»Mir tut sie Leid«, sagte Natalja plötzlich.

»Wer?«

»Regina. Im Grunde genommen war das alles ja nur ein tragischer Unglücksfall, nicht wahr?«

Nataljas Stimme klang so bittend, dass Sanja Gussalow laut aufseufzte und sich mit seiner breiten Hand die Nasenwurzel rieb. Die anderen sagten lange Zeit gar nichts.

Draußen vor dem Café schneite es unaufhörlich weiter.

Epilog

2. *Juni.* **Natalja**

Bist du nicht schon halb verhungert?«, rief Natalja laut, als sie die Tür öffnete. »Ich habe ein Hähnchen gekauft, in einer Stunde gibt es Tschachochbili ...«

Keine Reaktion. Nur das wütende Klappern der Underwood war zu hören.

Natalja betrat auf Zehenspitzen das Zimmer und blieb in der Tür stehen. Sie sah Woronows angespannten Rücken, seine verkrampften Schulterblätter und den verwuschelten Haarschopf. Der über alles geliebte Mann ... der finstere, mürrische, geliebte Mann ...

Sie berührte mit den Lippen seinen Nacken, suchte nach dem kleinen genialischen Huckel auf dem Scheitel und flüsterte: »›Der Schweif des Todes‹ ist schon im Handel. Ich habe ihn heute in der Auslage gesehen. Freust du dich?«

»Mhm.« Woronow hob den Kopf und stieß ihr gegen das Kinn.

»Und Tuma hat neun Welpen bekommen, stell dir vor. Ninon ist selig, sie hat ihnen mit Wladiks Hilfe schon die Schwänze kupiert.«

»Selber?!«

»Nun ja. Das ist keine so schwierige Operation. Und außerdem ... Ich war heute beim Arzt ... Sag bitte, du hast doch keine Allergie gegen Kinder?«

In einem Wäldchen bei Moskau wird die schrecklich zugerichtete Leiche einer Frau gefunden – der Kopf ist zertrümmert, ein Teil des Gehirns fehlt. Es ist bereits der zweite Mord dieser Art. Die Spur führt zu einer Tierversuchsstation, wo eine Gruppe von Wissenschaftlern Experimente an Menschenaffen durchführt, und von dort weiter ins Moskauer Museum für Vor- und Frühgeschichte. Dort entdeckt Nikita Kolossow, Chef der Mordkommission, menschliche Schädel, denen vor zigtausend Jahren die gleichen Verletzungen zugefügt wurden. Ist die Mordwaffe womöglich ein prähistorisches Werkzeug? Und warum sind stets ältere Frauen die Opfer? Der Polizeireporterin Katja Petrowskaja lassen diese Fragen keine Ruhe. Gemeinsam mit Kolossow macht sie sich auf die Suche nach dem Täter.

ISBN 3-404-14769-3

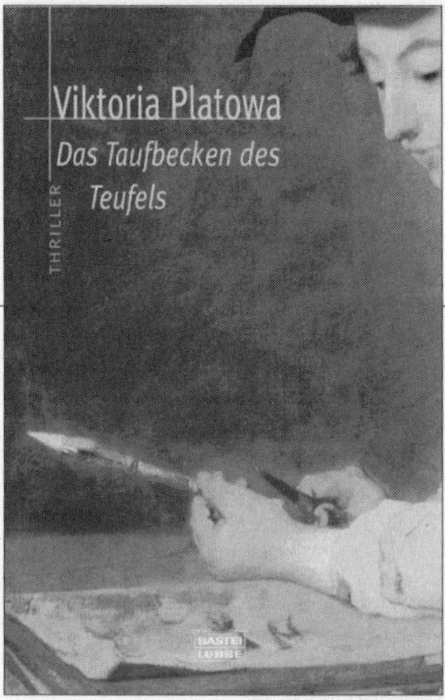

Ein fesselnder, faszinierender Thriller der russischen Kult-Autorin

Ein geheimnisvolles Gemälde hinterlässt eine blutige Spur. Die Freunde Kat, Sheka und Lawrucha, die sich von der Kunstakademie kennen, kommen auf mysteriöse Weise in den Besitz eines sehr alten und kostbaren Gemäldes. Es handelt sich um einen verschollenen Flügel des Altartriptychons eines geheimnisvollen holländischen Malers aus dem 15. Jahrhundert mit grausigem Ruf.
Die Freude über die Tafel, deren Rückseite die Apokalyptischen Reiter zeigt, verwandelt sich in Angst, denn die Vorderseite zeigt ein Mädchen, das Kat wie aus dem Gesicht geschnitten ist. Und dann erfahren die drei, dass auch der letzte Eigentümer des Bildes eines merkwürdigen Todes gestorben ist ...

ISBN 3-404-15115-1

BASTEI LÜBBE